HANNE-VIBEKE HOLST

Mann umständehalber abzugeben
Meerjungfrau sucht Mann fürs Leben

Mann umständehalber abzugeben

Therese, eine engagierte, ehrgeizige Fernsehjournalistin, die immer auf der Suche nach der nächsten großen Story ist, bekommt die Chance ihres Lebens: Weil der amtierende Moskaukorrespondent wegen der Geburt seiner Zwillinge nach Kopenhagen zurückkehrt, soll die junge Kollegin den vermeintlich ruhigen Sommerjob in Moskau übernehmen. Doch während karrieremäßig alles reibungslos verläuft, wird Therese privat gewaltig aus der Bahn geworfen. Sie verliebt sich, und zwar in einen jungen Kollegen mit Karriereknick – in Paul, der sich nach seiner Kündigung als freier Journalist durchschlagen muß. Er ist der erste Mann, dessen Charme sie ernsthaft erliegt. Aber muß sie deshalb gleich schwanger werden? Paul ist ganz begeistert von ihrer Schwangerschaft und verspricht, den idealen Hausmann abzugeben. Doch Therese schwant: Es ist nicht alles Gold, was glänzt – schon gar nicht, was den Vater in spe angeht.

Meerjungfrau sucht Mann fürs Leben

Therese, die erfolgreiche, engagierte Reportagejournalistin, ist glücklich: Sie scheint die einzige Frau weit und breit zu sein, der es gelingt, Kind und Karriere unter einen Hut zu bringen. Denn ihr Lebensgefährte Paul verspricht ihr, sie als Hausmann zu entlasten. Doch als er die Chance seines Lebens erhält, als Nachrichtensprecher bei einem großen Fernsehsender anzufangen, macht er sich aus dem Staub und zieht von Kopenhagen nach Odense. Am Wochenende kehrt er ins traute Heim zurück und erwartet eine erholte, liebevolle und geistreiche Gefährtin, die sich in seinem Glanz sonnt. Therese will sich damit nicht zufriedengeben – sie schwankt zwischen dem Wunsch, nur für ihr Kind dazusein, der Sehnsucht, mit Paul zusammenzuleben, und dem Bedürfnis, sich in ihrem Job zu verwirklichen. Die Liebe zu ihrer Tochter gibt Therese schließlich die Kraft, ihr Leben völlig neu zu ordnen.

Autorin

Hanne-Vibeke Holst ist in Dänemark eine der populärsten Autorinnen von Kinder- und Jugendbüchern. Sie ist dreifache Mutter und wohnt in Kopenhagen. Ihre Romane »Mann umständehalber abzugeben« und »Meerjungfrau sucht Mann fürs Leben« wurden in Dänemark in kürzester Zeit zu Bestsellern.

Von Hanne-Vibeke Holst außerdem bei Goldmann lieferbar:
Meerjungfrau sucht Mann fürs Leben. Roman (43899) · Mann umständehalber abzugeben. Roman (44262) · Sag jetzt nichts, Liebling. Roman (44352)

Hanne-Vibeke Holst

Mann umständehalber abzugeben

Meerjungfrau sucht Mann fürs Leben

Zwei Romane in einem Band

Aus dem Dänischen
von Christel Hildebrandt

GOLDMANN

Die Originalausgabe von »Mann umständehalber abzugeben«
erschien 1992 unter dem Titel »Thereses tilstand«,
die von »Meerjungfrau sucht Mann fürs Leben« 1994 unter dem Titel
»Det virkelige liv«, beide bei Gyldendal, Kopenhagen

Umwelthinweis:
Alle bedruckten Materialien dieses Taschenbuches
sind chlorfrei und umweltschonend.

Der Goldmann Verlag
ist ein Unternehmen der Verlagsgruppe Random House.

Taschenbuchausgabe 9/2001
Mann umständehalber abzugeben
Copyright © der Originalausgabe 1992 by Hanne-Vibeke Holst
Copyright © der deutschsprachigen Ausgabe 1999 by
Wilhelm Goldmann Verlag, München,
in der Verlagsgruppe Random House GmbH
Published by Agreement with Leonhardt & Hoier Literary Ageny,
Copenhagen
Redaktion: Tina Schreck
Meerjungfrau sucht Mann fürs Leben
Copyright © der Originalausgabe 1994 by Hanne-Vibeke Holst
Copyright © der deutschsprachigen Ausgabe 1998 by
Wilhelm Goldmann Verlag, München,
in der Verlagsgruppe Random House GmbH
Published by Agreement with Leonhardt & Hoier Literary Ageny,
Copenhagen
Redaktion: Henriette Zeltner
Umschlaggestaltung: Design Team München
Umschlagfoto: Imagine/Hoa Qui
Druck: Elsnerdruck, Berlin
Titelnummer: 45069
BH · Herstellung: Heidrun Nawrot
Made in Germany
ISBN 3-442-45069-1
www.goldmann-verlag.de

1 3 5 7 9 10 8 6 4 2

Mann umständehalber abzugeben

Erster Teil

Erst als wir rechter Hand Riga überfliegen und ich weiß, daß ich auf dem Heimweg bin, spüre ich seine Nähe. Die Sehnsucht überfällt mich wie der völlig überraschende Biß eines Raubtiers – schockierend und ohne Vorwarnung, so daß ich die Augen schließen und dagegen ankämpfen muß.

»Ist Ihnen nicht gut?« Eine Stewardeß beugt sich über mich, und ich versichere ihr, daß ich okay bin, nehme aber doch das Glas Wasser, das mir routinemäßig angeboten wird.

Paul. Ein Sommer und eine Revolution liegen zwischen uns, und ich habe in diesen Wochen, in denen ein Imperium zusammenbrach und eine Demokratie geboren wurde, an ihn weder denken können noch wollen. Oder doch. Manchmal, ganz plötzlich, in kurzen, aufflackernden Momenten, spürte ich ihn – in der Nacht, als die Panzer kamen und ich das erste Mal in meinem Leben bereit war, für eine Sache zu sterben, aber mit ansehen mußte, wie das andere für mich taten. Und als sie das Feliks-Dzierżyński-Denkmal umstürzten, da war es Pauls Hand, nach der ich griff, und erst hinterher, als wir wieder Luft holen konnten, wurde mir bewußt, daß es eine fremde, schwere Hand war, die ich so fest drückte.

Das Ironische dabei ist, daß niemand den ganzen Ereignissen gegenüber mehr Abstand haben könnte als gerade Paul. Paul ist ein Kindskopf, ein frankophiler Liebhaber und ein verdammt guter Fernsehreporter. Er gehört zu der Sorte, der ich inzwischen entwachsen bin, aber nichtsdestotrotz war es sein Bett, in dem ich an dem Morgen aufwachte, als ich losfahren sollte, vor fast einem Jahrhundert. Irgendwo sagte es *Klick* in dieser Nacht, die erfüllt war mit Flüstern und Rufen, und zum ersten Mal ahnte ich eine Messerspitze Verdruß darüber, daß ich wegfahren mußte. Wegfahren von der Möglichkeit, ihn laut diskutierend in der Kantine oder auf dem Redaktionsflur zu treffen, wie es so oft geschehen war. Wegfahren von einem Sommer, der vielleicht noch etwas anderes als nur Arbeit, Zufälle und die übliche Reise Richtung Süden beinhaltet hätte.

»Kommst du wieder?« fragte er, als ich mich im Morgengrauen verabschiedete.

Ich ließ eine zweideutige Antwort in der Luft hängen und flog nach Moskau. Ich plazierte ihn in die Kategorie der one-night-stands, wohin er nach der üblichen Definition auch gehörte. Dachte ich.

Je näher wir Skandinavien kommen, desto deutlicher zeichnet er sich ab und verdeckt das Gefühl der Souveränität und Euphorie, das ich hatte, als ich es mir in der business class gemütlich machte und mit mir selbst mit Champagner anstieß. I made it. Das waren drei Tage, in denen die Welt und auch ich erschüttert worden waren, aber ich habe es geschafft. Ich bekam meine Reportage fertig, blieb dem Lauf der Dinge immer eine Nasenlänge voraus und arbeitete tagelang, ernährte mich von Kaffee, Zigaretten und Toblerone, um auch nicht eine dieser atemlosen weltgeschichtlichen Sekunden zu verpassen. Und auch wenn ich nicht mit CNN oder BBC konkurrieren kann, so weiß ich doch, daß unter den gegebenen Bedingungen unsere Berichterstattung nicht viel besser hätte ausfallen können.

Ich bestelle einen GinTonic bei der Stewardeß und nehme ihn mit, als ich nach hinten gehe, um zu rauchen und das

Phantom zu verjagen. Ich bin müde. Wenn diese romantische Vorstellung von Paul, einem Kollegen, den ich kaum kenne, ein Ausdruck der Erschöpfung ist, so ist das entschuldbar. Jedenfalls flog ich am ersten Juli nach Moskau als Sommervertretung, weil Ferdinand, der feste Korrespondent, zu Hause wegen kombinierter Ferien und Entbindungsurlaub unabkömmlich war. Alle – mich eingeschlossen – glaubten, es würde alles still und friedlich sein, reine Routine. Und dann begann es tatsächlich, obwohl jeder ein gewisses Zittern schon gespürt hatte und meine russische Freundin Swetlana den ganzen Sommer mit einem abgehärmten Gesichtsausdruck herumlief und immer wieder murmelte: »Soon everything will be over! Finish!« Die Botschaften richteten Telefonketten ein und fertigten Evakuierungspläne an, und der kleine bleiche Brite vom *Independent*, der aussieht wie ein Internatsschüler, aber mit sicherer Autorität schreibt, vertraute mir an, daß »something is rotten in the KGB«. Das war keine wirkliche Neuigkeit, so daß ich sie nicht ernsthaft nachprüfte, sondern mich an die hielt, die der Meinung waren, daß ein eventueller Putsch nicht vor dem Spätsommer stattfinden würde. Oder wenn wieder ein Herbst ins Land zog und die Aussicht auf einen weiteren endlosen Winter ohne alles die Massen so weit aufwiegeln würde, daß die Forderung nach Recht und Ordnung und Lebensmitteln in den Regalen es den Erzkonservativen leichtmachen würde, die Macht zu übernehmen.

Aber so kam er dann doch eher, der Putsch. Swetlana rief mich um zwei Uhr nachts an und bat mich weinend, »to tell the whole world, while there's still time!«. Ich stand auf und schaute aus dem Fenster. Das, was ich sah, hatte ich mir zwar hin und wieder schon mal vorgestellt, aber trotzdem wollte ich nicht glauben, daß es jetzt zur Realität geworden war. Panzer rollten die Sadowaja hinauf. Ich rief zu Hause an und weckte den General, den Nachrichtenchef, der nicht umsonst ein alter Kriegsberichterstatter ist und in weniger als zehn Sekunden bereit war, den gesamten Apparat in Gang zu setzen.

»Wir sind um sechs Uhr dänischer Zeit auf Sendung, okay?« Und das waren wir, und bereits in diesen allerersten Stunden, in denen niemand ahnte, was wirklich geschehen war oder geschehen würde und in der jede Angst begründet erschien, hatte ich das ganz klare, ekstatische Bewußtsein, daß ich niemals etwas Größeres als das hier erleben würde. Während ich also mein Kamerateam mobilisierte und meinen Zigarettenvorrat überprüfte, dankte ich Lenin, Ferdinand und dem General, die dafür gesorgt hatten, daß ich mich dieses Mal zur richtigen Zeit an der richtigen Stelle befand. Und dann machte ich mich an die Arbeit – oder genauer gesagt, ich begab mich in diesen kollektiven Schwebezustand, in dem die Grenzen zwischen Beruf und Privatleben keine Bedeutung mehr haben. Die Studenten errichteten Barrikaden, die alten Babuschki gaben den Kindersoldaten Brot, und dann waren noch wir da, die die Geschichte erzählten. Und in den intensivsten Augenblicken hatten wir das Gefühl, daß *wir* die Geschichte waren. Die Weltgeschichte. Ihr verpflichtet – koste es, was es wolle. Ich nippe an meinem GinTonic und inhaliere tief den Rauch meiner Zigarette. Mehrere Wochen lang hatte ich kein Privatleben mehr. Das gab mir ein Gefühl der Erleichterung, ein Gefühl der Größe allein dadurch, daß ich einfach die üblichen Familienbanalitäten ignorieren konnte, mit denen man sich sonst herumschlagen muß. Aber was ist mit Paul? Was ist mit dieser undefinierbaren Sehnsucht, die mich den ganzen Weg über verfolgt hat und mich manchmal in einem Gefühl tiefer Melancholie hat aufwachen lassen? I don't know. Vielleicht ist es was Hormonelles. Vielleicht ist es ein Ausdruck sexueller Unterernährung. Vielleicht ist es mein Unterbewußtsein, überlege ich, das versucht, sich durch die feste Porzellanhülle zu bohren ... Aber wenn ich ehrlich bin, dann ist er wirklich ein guter Liebhaber, und wer kann das nicht gebrauchen, wenn er aus dem Krieg heimkehrt?

Ich schlage die *Herald Tribune* auf und beginne zu lesen. Und als wir im Anflug auf Kopenhagen-Kastrup sind, bin ich cool, beherrscht, und meine Hände zittern nur noch leicht.

Ich habe außer der Produktionsassistentin keinem erzählt, daß ich mit dieser Maschine komme, deshalb ist auch niemand da, um mich abzuholen. Im Prinzip gefällt mir das – ich war immer froh, daß nicht ich diejenige war, die von einem Empfangskomitee mit Flaggen und Transparenten und dem ganzen rührseligen Drumherum abgeholt wurde. Aber heute abend wäre es dennoch schön gewesen, wenn ein Mensch dagewesen wäre – Birgitte oder Kiki –, um mich zu begrüßen. Und auch wenn es sinnlos und lächerlich ist, kann ich nicht umhin, ich muß nach einem bekannten Gesicht Ausschau halten, als ich an der Glasscheibe vorbei zur Gepäckausgabe gehe.

Aber unter den anonymen, leicht bekleideten, suchend um sich blickenden Sommerdänen ist niemand, den ich kenne – und wenn nicht der redselige, junge Taxifahrer gewesen wäre, der mich nach Østerbro fuhr, dann wäre meine Ankunft ein ziemlich trauriges Erlebnis geworden. Doch er erkennt mich sofort wieder und fragt, ob ich nicht die und die sei, und tröstet mich und schmeichelt mir gleichzeitig und läßt mich generös aufrunden, als ich den Taxischeck ausschreibe. Dafür schleppt er meine Koffer bis zur Haustür, wo ich frech übers Türtelefon meine Nachbarn über mir, die Obertunten Simon und Frank, um Gepäckträgerdienste bitte. Sie eilen die Treppe herunter, beide in schwarzen Radlerhosen und enganliegenden Boxerunterhemden – »Indian Summer, du, ist das nicht toll?« –, so daß auch eine irrelevante Heterofrau den Anblick ihrer olivgoldenen Bizeps und Trizeps genießen kann, als sie unaufhörlich plappernd das Gepäck in den vierten Stock tragen.

»Nun, und *wie* war es in Moskau? Mein Gott, ist das spannend! Ja, weißt du, wir waren dafür auf einer entzückenden kleinen griechischen Insel, fast keine Touristen, deshalb hatten wir keine Ahnung, als wir nach Athen kamen! Und zuerst haben wir gedacht, sie hätten Gorbi umgebracht. Und was soll ich dir sagen? Da haben wir uns einfach hingesetzt und geheult! Wie die Schloßhunde haben wir um die Wette geheult!«

Wir lachen, die beiden stellen die Koffer vor meiner Tür ab, und ich stecke meinen Schlüssel ins Schloß, schaffe es aber nicht, sie einzuladen. Statt dessen sage ich, daß ich ihnen ein Glas Pfefferwodka in den nächsten Tagen schulde. O ja, der Essensclub muß so bald wie möglich wieder ins Leben gerufen werden.

»Wie wär's mit griechisch am Donnerstag?« schlägt Simon vor.

»Das klingt gut!« entgegnet Frank und greift ihm an den Po. Ich muß wieder lachen. Simon und Frank garantieren immer Unterhaltung erster Klasse.

»Dann gibt's russisch am nächsten Donnerstag bei mir!« rufe ich ihnen nach, als sie schon die Treppe hinauflaufen.

»Ja? Und was ist das?« fragt Frank lüstern.

»Rote-Beete-Suppe!« grinse ich und schließe auf.

Ich mache die Tür hinter mir zu und bin allein. Ich gehe durch die Wohnung; sie wirkt verlassen, aber auch vertraut. Ich bin es, die hier wohnt. Das ist mein Territorium. Meine Bilder an der Wand, meine Bücher im Regal, meine Kissen auf dem ausgeblichenen blauen Sofa. Meine Pinwand mit alten Schnappschüssen, Restaurantquittungen, Presse-IDs von erinnerungswürdigen Begebenheiten. Mein Eineinhalbpersonenbett im Schlafzimmer.

Kiki, meine kleine Schwester, ist hiergewesen. Die Topfpflanzen sind ins Badezimmer gebracht und in der Duschwanne plaziert worden, die Post ist heraufgeholt und auf meinen Schreibtisch gelegt worden, auf dem auch ein sonnenvergilbtes Exemplar vom *Ekstra Bladet* liegt. Als ich es in die Hand nehme, entdecke ich einen kleinen handgemalten Stern und ein »Viel Glück« am Fernsehprogramm. Eine Vorschau handelt von mir. Von meiner Moskau-Berichterstattung. »Thereses Revolution« heißt der Artikel, und meine Ohren werden rot, als ich weiterlese: »Therese Skårup, die Urlaubsvertretung von Kanal 1, hat anscheinend alles. Einen nie enttäuschenden professionellen Überblick, ein wohlfundiertes Wissen und einen offenbar natürlichen Sinn für das Medium. Und es schadet auf keinen Fall, daß sie eine schier unglaubliche Ausstrahlung hinter der seriösen Fassade verbirgt. Wenn ich Nachrichtenchef mit Problemen wäre, würde ich auf Therese setzen, auch nach der Revolution...«

»Ganz meine Meinung«, murmle ich und muß auf eine Art lächeln, daß ich froh bin, allein zu sein. Meine Erziehung hat mir eine gesunde, natürliche Abneigung gegen die Boulevardpresse eingeimpft, aber manchmal haben sie ja doch recht ... Und jedenfalls kann man, trotz aller gegenseitigen Beteuerungen, sicher sein, daß sie in der Chefetage gelesen wird. Ich blättere die Post durch – Kontoauszüge, Einladungen zu einer Vernissage und zur Versammlung der Baugenossenschaft, ein Brief von Sabine aus Köln und das Angebot eines schnellen Verlags, einen Beitrag zu einem Buch über »Die drei Tage« zu schreiben.

Und ganz unten im Haufen eine Ansichtskarte aus Skagen mit Meeresmotiv.

»Liebe Therese, ich habe gerade den Sonnenuntergang geschwänzt, um dich auf den Barrikaden zu sehen. Bis bald! Paul.«

Poststempel von vor einer Woche, stelle ich fest und lese den Text noch einmal mit stärker klopfendem Herzen. Was soll ich davon halten. Kameradschaftliches, kollegiales Lob oder eine Aufforderung zum Tanz?

Ich lege die Karte hin und ziehe die Jalousien hoch, so daß die Abendsonne durch die streifigen Fensterscheiben einfallen kann. Habe wie immer sofort Blickkontakt mit einer jungen Frau, die im Haus gegenüber wohnt. Gott allein weiß, ob sie den ganzen Sommer über so dagestanden hat, aus dem Fenster schauend, den großen, teigartigen Busen auf den gekreuzten Unterarmen ruhend. Ich sehe als erste weg und ziehe mich ins Zimmer zurück. Dann höre ich sie irgendwas in den Straßenschacht hinunterrufen. Ein Hund bellt ein paarmal, und eine heisere Männerstimme antwortet. Er sagt was von »Halben« und »im Gange sein«.

Dann gehe ich in die Küche und trinke ein Glas Wasser. Ein Korb mit verwelkter Kresse steht auf dem Fensterbrett, und eine dicke Fliege brummt verzweifelt gegen die Fensterscheibe. Ich öffne das Fenster und schmeiße sie raus, atme tief die Luft ein und gehe unruhig wieder ins Wohnzimmer. Lese Sabines Brief. Ob ich mal bei Gelegenheit anrufe?

Ich versuche es sofort, erreiche aber nur ihren Anrufbeantworter: »Hinterlassen Sie bitte einfach eine Nachricht.« Das mache ich, wonach ich sofort meine Mutter anrufe.

»Liebste Therese, ich bin ja *so* froh, daß du wieder zu Hause bist. Wenn du wüßtest, wie unruhig ich war!« zwitschert sie und klingt aufrichtig froh. Aber wie üblich, wenn sie weiß, daß ihre Nachkommenschaft sicher im Stall ist, verliert sie schnell das Interesse an uns und spricht nur noch von sich selbst und der Rolle, an der sie momentan arbeitet.

»Schatz, in vierzehn Tagen soll ich die Lady Macbeth spielen, und ich sage dir, *dieses Mal sterbe ich!* Nein, wirklich! Die bringen mich um! Entweder wird Blut fließen, oder sie lassen mich in aller Stille sterben! Und das wäre das schlimmste. Übrigens, herzlichen Glückwunsch, mein Schatz, alle sagen, daß du deine Sache ganz phantastisch gemacht hast!«

Wir verabreden uns zum Brunch am nächsten Vormittag, und ich lege mit einer leichten Irritation und einem Seufzer darüber auf, daß unsere Beziehung niemals intensiver werden wird. Sie ist enger mit ihren Kritikern als mit ihren Kindern verbunden. Aber ich hasse sie dafür nicht mehr.

Ich trinke noch einen Schluck Wasser, nehme ein Bad und gehe ins Schlafzimmer, um CNN einzuschalten. In Kroatien wird gekämpft; unter den sechzehn Toten sind auch Mitarbeiter eines österreichischen Fernsehteams. Während des ersten Werbeblocks – in dem sie erzählen, in welchem Hotel in Luleå ich CNN sehen kann – gehe ich wieder in mein Arbeitszimmer und suche seine Nummer auf meiner Telefonliste, in die ich ihn einmal aus irgendeinem Grund eingetragen habe.

Ich tippe schnell die Ziffern ein, und bevor ich es mir noch anders überlegen kann, höre ich seine Stimme.

»Hier ist Paul.«

Vielleicht ist es die Hitze, die wie eine Wand in dem von Menschen überfüllten Boltens Gård steht. Vielleicht ist es der Kulturschock, sich innerhalb so kurzer Zeit wieder mitten in der westlichen Dekadenz zu befinden. Vielleicht ist es einfach nur Müdigkeit. Jedenfalls löst das Wiedersehen mit ihm eine so starke physische Reaktion aus, daß ich unwillkürlich stehenbleibe und nach Luft schnappe, bevor ich mich die letzten Meter zum Cafétisch durchdrängle.

Dann entdeckt er mich, winkt kurz mit zwei Fingern und steht auf, um mich zu begrüßen. Er ist dunkel, sonnengebräunt und ganz in Weiß gekleidet, weiße Levis, weißes Hanes-Hemd und weiße Converse; irgendwie erinnert er mich an einen französischen Rot-Kreuz-Mitarbeiter – einen jungen, idealistischen Arzt –, und ganz gegen meine Gewohnheit umarme ich ihn unverhältnismäßig innig. Als bräuchte ich Trost, jemanden, der auf die Wunde an meinem Knie pustet.

Ich lasse ihn unvermittelt los und setze mich, bemühe mich angestrengt um einen neutralen Gesichtsausdruck, als ich seinem Blick über den Tisch hinweg begegne.

»Es ist heiß«, sage ich, und in dem Lächeln, von dem ich dachte, ich hätte es vergessen, erkenne ich, daß ich durchschaut worden bin.

»Glühend heiß!« bestätigt er. »Was willst du trinken?«

Normalerweise bestehe ich darauf, selbst zu bestellen und zu bezahlen, aber heute abend schaffe ich es nicht zu zeigen, was ich für ein Kerl bin. Also verhalte ich mich wie ein feminines Wesen. Passiv und empfangend.

»Das gleiche wie du!« sage ich und nicke zu seinem Glas.

»Kir Royal? Wie wär's mit 'nem Wodka?«

»Hatte ich zur Genüge!« sage ich nachdrücklich.

»Du siehst ein wenig müde aus«, sagt er, während er versucht, einen Kellner zu erwischen.

»Ja, ich sehe schrecklich aus!« stelle ich fest und fasse mir an meine bleichen Wangen.

»Nein, wunderbar. Sophisticated. Du siehst aus wie Meryl Streep in ›Sophies Entscheidung‹!« Er umfaßt mein Handgelenk, läßt es aber gleich wieder los, als er wunderbarerweise Kontakt zu einem der ungewöhnlich arroganten Kellner bekommt, der offensichtlich seine Bestellung akzeptiert und notiert.

»Werdet ihr eigentlich dafür bezahlt, daß ihr so unverschämt seid?« fragt er den jungen Typen. Ganz freundlich.

»Nein, wir werden überhaupt nicht bezahlt«, zischt der Kellner und entfernt ein paar leere Biergläser von unserem

Tisch. Ich suche in meiner Tasche nach Zigaretten, gucke verstohlen nach Brandmarken am Handgelenk, wo die Haut immer noch brodelt. Paul raucht Gitanes und lehnt meine Marlboro Light dankend ab, die ich eingetauscht habe gegen meine früheren Camel in einem Versuch, die Teereinnahme zu reduzieren. Wenn ich schon nicht aufhören kann.

»Warst du in Frankreich?« frage ich mit einem Blick auf die Zollmarke der blau-weißen Zigarettenpackung.

Er nickt.

»Drei Wochen in Nizza. Wir haben ein Appartement gemietet.«

»Und was war mit Skagen?« frage ich, während das Wort ›wir‹ blinkend in mir kreist. Das geht mich nichts an, und außerdem möchte ich gar nicht wissen, wer sie war.

»Arbeit. Ich habe da oben einen Artikel über deren Touristikkonzept geschrieben.«

»War's gut?« frage ich und bin froh, diesen Ton der Sachlichkeit zwischen uns legen zu können Er ist zu überwältigend, und ich bin zu müde. Ich sollte mich entschuldigen, sagen, daß mir nicht gut ist, und nach Hause gehen. Jetzt sofort. Bevor ich verbrenne.

»Routine. Aber es war in Ordnung, mal in Skagen gewesen zu sein. Auch wenn ich ziemlich viel vorm Fernseher gehangen habe.« Der Kellner kommt mit unseren Kir Royal. Natürlich bezahlt Paul, und ich mische mich nicht ein.

»Es war einfach saugut, was du da zustande gebracht hast. Laß uns darauf anstoßen!« Er stößt sein Glas leicht gegen meines.

»Findest du?«

»Das finden wir alle. Mal abgesehen von Ferdinand. Es heißt, er fühle sich ausgetrickst.«

»Aber das ist doch nun wirklich nicht meine Schuld, daß

er Zwillinge gekriegt hat!« protestiere ich. »Und jetzt hat er es ja überstanden!«

»Und der Champagner ist auch schon schal geworden!« Paul lächelt. »Wollen wir nun anstoßen oder nicht? Herzlichen Glückwunsch!«

Ich bedanke mich hocherfreut über seine Anerkennung, und nach seiner Aufforderung – »Wir beschränkten Inlandsjournalisten sind doch süchtig zu hören, was ihr Korrespondenten dort draußen in der großen weiten Welt treibt« – fange ich an zu erzählen. Offenbar habe ich ein ausgeprägtes Bedürfnis gehabt, alles zu erzählen, denn ich rattere wie eine Kalaschnikow, und Paul hört zu, lächelt und bestellt aufs neue. Um alles mitzubekommen, was ich in dem ansteigenden Summen von immer mehr Menschenstimmen an einem Samstag abend in Kopenhagen sage, muß er sich weit über den Tisch beugen. Schließlich, nachdem ich alles losgeworden bin – von den Kakerlaken in der Küche bis zu Jelzin im Panzer, Puschkins Poesie und die beeindruckende Trauerdemonstration auf dem Manegenplatz –, bin ich so heiser, daß ich die Musik aus der angrenzenden Diskothek nicht mehr übertönen kann. Wir sehen die Musiker von hinten durch eine riesige Glasfront, und Paul schlägt vor, hinüberzugehen und ein wenig neue Musik zu hören, »if you can't beat them, join them«, wie er sagt.

Und das tun wir. Die Band, wie auch das Publikum, ist sehr jung und mir vollkommen unbekannt. »Trains & Boats & Planes« nennen sie sich, und Paul behauptet, es sei mit die originellste Popmusik, die momentan überhaupt gespielt werde. Es gibt keine Sitzplätze mehr, also stehen wir dicht beieinander und wiegen uns sanft zu der melodiösen, melancholischen Musik, die von einem dunklen Cello und einem spröden, charismatischen Leadsänger bestimmt wird. Ich werde langsam betrunken, das ist mir nur zu klar, deshalb geht mir die Musik direkt ins Blut. Aber Paul wirkt kein bißchen überrascht, als ich mich ihm zuwende und ihn küsse. Gierig und lange.

»Soll ich dich jetzt nach Hause bringen?« fragt er nur.

Danke. Das darf er gern.

Ich beiße ihm in die Schulter und bohre meine Nägel in seinen Rücken, während er sich an meinem Hals festsaugt. Wir wimmern und schreien, stöhnen und seufzen, bis plötzlich alles in Rot explodiert ...

»Du bist herrlich«, flüstert er irgendwann in der Stille, die folgt, und legt mir eine Hand auf die Hüfte.

»Mmh«, grunze ich mit geschlossenen Augen und fühle, wie sich die Welle langsam zurückzieht und zu einem berauschenden Prickeln wird.

»Ich habe dich vermißt«, sagt er und legt seinen Kopf zwischen meine Brüste.

»Das brauchst du nicht zu sagen!« Ich öffne meine Augen nur einen Schlitz, so daß ich gerade in seine sehen kann, in denen der Rand der Kontaktlinsen als ein Kreis um die Iris zu erahnen ist. Schweißtropfen hängen in seinen Wimpern, und ich erinnere mich vom letzten Mal daran, daß das sein postkoitales Merkmal ist. Daß er hinterher so unglaublich schwitzt. Als würde er alles ausschütten. Meines besteht in glühenden Wangen und einer Sanftheit, die ich nicht beherrschen kann.

»Aber es ist so!« beharrt er. »Das war eine absolut außergewöhnliche Nacht, als wir letztes Mal ...«

»Das stimmt«, gebe ich zu. »Wirklich außergewöhnlich.«

»Hör auf zu spotten!«

»Ich spotte nicht!« versichere ich ihm und streichle seinen Rücken, bis er eine Gänsehaut bekommt. »Ich habe dich auch vermißt.«

Womit das gesagt und akzeptiert ist. Mit Hilfe des Alkohols, aber ohne Einschränkungen. Ich habe Paul vermißt.

Er stützt sich auf seine Ellbogen und sucht skeptisch die Wahrheit in meinem Gesicht.

»Wirklich?«

Ich nicke, und er rollt neben mich, meine Hand in seiner.

»Tes«, fängt er an und benutzt wie viele Kollegen mein Redaktionskürzel. »Ich habe ja nie geglaubt, daß du wirklich so ein kalter Fisch bist.«

»Vielleicht bin ich es ja morgen«, sage ich gedämpft und lasse meine Augenlider wieder ganz zufallen. Das Bett dreht sich wie ein Karussell, und Paul stopft die Decke um mich fest. Gibt mir einen Gute-Nacht-Kuß und läßt mich einschlafen, mit seiner Hand auf meinem Venusberg.

Wir wachen an einem Sonntagmorgen mit Regen, Donner und einem jähen Temperaturabfall auf. Ich bin wahnsinnig durstig und habe einen schweren Kopf, bin jedoch erleichtert, daß ich keine Reue spüre und es überhaupt nicht als verkehrt empfinde, neben Paul in meinem Bett aufzuwachen. Auch er hat offensichtlich keine unguten Gefühle – gibt mir nur einen lieben Guten-Morgen-Kuß und zieht mich an sich.

Wir bedanken uns gegenseitig für die Nacht. Reden über dies und das, necken uns, kuscheln aneinander. Dann stehen wir träge auf, gehen gemeinsam ins Bad und machen unter der Dusche Schaumliebe – eine Disziplin, die Paul souverän beherrscht. Aber das wußte ich ja schon – er ist wirklich ein guter Liebhaber. Hinterher, als wir endlich etwas angezogen und uns einen Liter Pepsi Light geteilt haben, der glücklicherweise im Küchenschrank übersommert hat, möchte Paul Frühstück und die Morgenzeitung haben.

»Das kannst du hier nicht kriegen«, sage ich, und mir fällt meine Brunch-Verabredung mit meiner Mutter ein. Die Uhr zeigt Viertel vor elf, ich muß los.

»Darf ich mitkommen?« fragt er, und ich stoße nur ein verwundertes »Was?« aus.

»Warum nicht?« fragt er und will mich an sich ziehen.

»Darum!« antworte ich und gestatte mir für einen Augenblick, die Berührung seiner Hände auf meinem Rücken zu genießen. Normalerweise kann ich es nicht ertragen, am Tag danach angefaßt zu werden.

»Weil du kalt bist heute?« ärgert er mich und gibt mir einen Kuß auf den Knutschfleck, mit dem er mich rücksichtslos markiert hat.

»Genau!« erwidere ich, mache mich frei und rufe ein Taxi. Übertriebener Luxus, aber das Fahrrad jetzt aus dem Keller heraufzuholen, das ist mir im Augenblick zu kompliziert, und außerdem gießt es draußen zu sehr, um auch nur trocken zur Bushaltestelle zu kommen. Und schließlich – wenn wir das Taxi zusammen nehmen, können wir auf dem Rücksitz noch Händchen halten …

Wir verabschieden uns vor seiner Haustür in der Nørre Søgade.

»Wann sehen wir uns wieder?« fragt er und hält meine Hand fest, nachdem er aus dem Wagen gestiegen ist.

»Früher oder später«, antworte ich.

»Dann aber lieber früher! Ich bin den ganzen Tag zu Hause.« Er drückt meine Hand, bevor er die Tür zuwirft, bleibt dann im Regen stehen und winkt mir nach. Immer noch in seiner weißen – sofort durchnäßten – Kleidung. Ich lehne mich im Sitz zurück und schnuppere den geheimnisvollen Duft, der aus meinem Schoß aufsteigt.

»Und jetzt zur Havnegade!« sage ich dem Fahrer im Spiegel und habe Lust, laut loszulachen.

»Mein Gott!« ruft meine Mutter aus, als sie mich umarmt hat. »Ist der russisch?«

»Was?« frage ich desorientiert.

»Der da!« lächelt sie und legt ihren Finger genau dorthin, wo Paul sich letzte Nacht festgesogen hat.

»Ist der russisch?« wiederholt sie, als handle es sich um ein besonderes Schmuckstück in Silberfiligran.

»Das ist ein Vampirbiß!« erwidere ich und hänge meinen Mantel auf.

»Ja, ja, die sind wild, die Russen!« Mutter kichert und überprüft automatisch ihr Aussehen, als sie am Garderobenspiegel vorbeikommt, um in die Küche zu gehen. Sie ist im Morgenmantel, aber ihr Make-up ist sorgfältig aufgetragen. Wie ein Zahnloser, der als erstes morgens nach seinem Gebiß greift, sucht sie ihre Kosmetiktasche. Seit ich von daheim ausgezogen bin, habe ich sie nie ohne Rouge und Wimperntusche gesehen. In der Küche ist hübsch für vier gedeckt, und es duftet verführerisch nach Kaffee. Vermutlich hat sie bereits einen halben Eimer getrunken.

»Kiki kommt auch – mit ihrem neuen Macker. Wie hieß er noch? Morten oder Martin oder so«, erzählt sie, während sie die Marmelade auf den Tisch stellt.

»Und was ist mit deinem Macker?« frage ich und schenke mir eine Tasse Kaffee ein.

»Der gute alte Freddy?« fragt sie und verzieht das Gesicht. »Er ist auf dem Land. Er hat mir feierlich erklärt, daß er sich NIEMALS wieder vor einer Premiere in meiner Nähe aufhalten wird. Er behauptet, ich wäre dann unausstehlich.«

»Das bist du doch auch!« Ich lasse mich mit der Tasse in der Hand auf einen Stuhl fallen. Ich habe das Gefühl, mich während eines Erdbebens in einem schwankenden Hochhaus zu befinden.

»Ich bin nur so verdammt nervös! Diesmal müssen sie mich auf die Bühne zerren!« Mutter zupft an ihrem Mundwinkel, ein Zeichen dafür, daß sie wieder Herpes bekommt. Ihre Premierennervosität zeigt sich immer in Herpesbläschen. »Sie werden mich umbringen!«

»Das sagst du jedesmal!« Ich nippe an dem Kaffee, er schmeckt scheußlich, bringt mich aber näher an die physische Realität heran.

»Ja, aber diesmal ist es ernst!« Mutter braust auf. »Wenn ich einen König hätte, der *mit* einem spielt und nicht *gegen* einen, dann ginge es ja noch ... Wenn nicht der süße Viktor dabei wäre, hätte ich schon lange einen Nervenzusammenbruch gehabt!«

Mutter greift nach ihren Zigaretten auf dem Dunstabzug, zündet eine an und inhaliert nervös.

»Viktor ist genial. Er *macht* etwas mit mir. Er holt etwas in mir hervor, von dem ich selbst nicht gedacht habe, daß ich es kann ...«

»Ist er jetzt wieder dein Liebhaber?« falle ich ihr schroff ins Wort und rutsche auf meinen alten Platz an der Wand. Mutter hat ihr festes Repertoire an Liebhabern, die sie in mehr oder weniger regelmäßigen Abständen immer wieder aufnimmt. Regisseure, die immer unmittelbar Zugang zu ihr haben, Schauspieler oder Back-stage-Leute, obwohl letzteres nun schon ein paar Jahre zurückliegt. Dafür, denke ich, hat sich jetzt wohl ein Theaterdirektor eingeschlichen, von dem sie letztlich auch mehr hat.

»Also, Therese, du klingst wie Freddy!« Mutter verdreht die Augen. »Er ist so unglaublich eifersüchtig. Er versteht einfach nicht, was es heißt, eine künstlerische Symbiose mit einem anderen Menschen einzugehen!«

»Nun mal ehrlich, Mutter, was kann man denn von einem Zahnarzt erwarten!«

»Ein bißchen Verständnis! Großzügigkeit!« Mutter streift die Asche von ihrer Zigarette ab, und ich kann ihr nur noch einen Blick zuwerfen, bevor wir Kikis drei kurze Klingelzeichen hören.

»Ich mache auf!« sage ich, und Mutter nickt.

Kiki ist auch keine Schauspielerin geworden. Sie hat

zwei, drei angefangene Ausbildungen hinter sich und arbeitet jetzt als Croupier in einem der großen Hotels. Aber auch wenn ihr Mutters elektrische Nervosität fehlt, ist sie ansonsten diejenige von uns beiden, die Mutter am meisten ähnelt. Sowohl vom Aussehen – rotblond, mit Sommersprossen und Kurven, während ich dunkel und knochig bin wie Vater – wie vom Gemüt her. Genau wie Mutter hat Kiki eine Art ewiger Kindlichkeit, eine unzensierte Unmittelbarkeit, die sie immer gesund, aufbrausend und direkt reagieren läßt.

Als Kinder hatten wir Probleme miteinander, weil der Altersunterschied zwischen uns nur gering ist, wir uns viel zu oft selbst überlassen wurden, aber so unterschiedlich waren, daß wir kaum etwas miteinander anfangen konnten. Ich war die Ältere und die Klügere, während sie die Stärkere und Robustere war, und deshalb gewann fast immer sie.

Ich habe es mir nie eingestanden, aber ich glaube, eigentlich fürchtete ich mich vor ihr. Sie machte mir angst. Kiki wütete und fluchte, warf sich hysterisch schreiend auf den Boden, fiel von Bäumen und brach sich Arme und Beine, steckte ihr Zimmer in Brand oder lief davon, während ich mich still und erhaben durch meine Kindheit bewegt habe, nur das einzige Ziel vor Augen: groß zu werden, um Anerkennung von meinem abwesenden Vater zu erlangen.

»Hallo, Superstar!« Kiki drückt mich begeistert an sich. »Spitze, dich wiederzusehen!«

Sie sieht aus, als meine sie das wirklich, und es erfüllt mich wie immer mit einer sonderbaren Form von guter Laune, daß ich von ihr akzeptiert werde. Und einer gewissen Erleichterung, denn sie hat sich nie, auch nicht, seit wir erwachsen sind, mit ihrer Kritik zurückgehalten.

»Das ist Marvin«, sagt sie und zieht den langhaarigen Typen nach vorn.

»Marvin?« Ich gebe ihm die Hand, und er beantwortet meine unausgesprochene Frage.

»Meine Mutter war Marvin Gaye-Fan. Nenn mich einfach Spunk.«

»Wie die Lakritzpastillen!« wirft Kiki ein und legt dabei einen Finger auf meinen Hals. »Nana?«

»Vampirbiß«, sage ich kurz.

Kiki grinst.

»Heißt er Paul? Und schickt Postkarten aus Skagen?«

»Du bist schrecklich, du Rotzgöre!« Ich schubse sie leicht, und Kiki legt ihren Kopf nach hinten und schüttelt grinsend die Regentropfen aus ihrem lockigen Haar. »Ja, aber ich habe doch recht, oder?«

Kiki und Spunk waren am Abend zuvor auf einem Fest, sind davon noch angeschlagen und knabbern an ihren Brotscheiben, die sie selbst mitgebracht haben. Und ich habe es mir aus praktischen Gründen in Moskau fast abgewöhnt zu essen – die humanste Lösung für einen Korrespondenten ohne Korrespondentenfrau –, und eine Nacht mit Paul ist, nach normalen Kriterien zu urteilen, auch nicht gerade appetitfördernd. Das einzige, wozu ich Lust habe, ist, zu rauchen und zu trinken. Und als Mutter und Kiki sich Blicke zuwerfen und zu einem Verhör ansetzen wollen, komme ich ihnen zuvor. Ich schlage vor, daß Mutter die Flasche armenischen Cognac öffnen soll, die ich ihr mitgebracht habe.

»So früh am Morgen?« fragt Mutter rhetorisch, während sie schon kleine Gläser aus dem Schrank holt.

»Wir schaffen es locker bis zum Mittag«, erklärt Kiki. »Übrigens habe ich einen Brief von ihm gekriegt«, fügt sie ohne Übergang hinzu.

»Wie geht es ihm?« fragt Mutter neutral, aber mit einer Stimme, die ein paar Oktaven höher liegt als sonst.

Spunk schaut verwirrt von einer zur anderen.

»Keine Ahnung. Als ich sah, daß er von ihm ist, habe ich ihn zerrissen, ins Klo geschmissen, mich hingesetzt und drauf geschissen!«

Wir starren sie alle drei wie gelähmt an.

Mutter steht der Mund offen, und ich schließe meinen erst, als Spunk seine Neugier nicht mehr länger bremsen kann. Oder seine Eifersucht.

»Wovon zum Teufel redest du, Weib!«

»Von meinem Vater«, lächelt sie beruhigend. »Oder genauer gesagt, von meinem verstorbenen Vater.«

»Kiki!« protestiert Mutter. »Mußt du so hart sein?«

»Yes, mam!« erwidert Kiki. »Wollen wir anstoßen?«

Warum nicht? Es gibt sowieso nichts anderes zu greifen, und nach ein paar Gläsern hat das Gespenst sich aufgelöst. Jedenfalls fast. Denn ich spüre, daß mich ein kalter Wind durchfährt und die Türen aufspringen, die ich sonst sorgsam geschlossen halte. ›Warum schreibst du ihr und nicht mir?‹ hallt das Echo nach, aber es dreht sich nicht um. Und dann ist es fort.

»Hallo! Träumst du von deinem Traumprinzen?« Kiki knipst mich zurück in die Küche, wo die Stimmung inzwischen ziemlich angeheitert ist. Und auch wenn Mutter die ganze Zeit mit ihrem Rollenheft wedelt und erklärt, daß sie jetzt unbedingt ihre Rolle lernen muß, ist sie andererseits doch froh, eine Entschuldigung zu haben, nicht damit anfangen zu müssen. Sie erscheint mir angespannter als normal, darum halte ich sie nicht zurück, als sie nach der Flasche greift, auch wenn ich weiß, daß sie manchmal etwas zuviel trinkt. Anscheinend hat sie Entspannung dringend nötig. Vielleicht ist es ja doch keine Lüge, daß sie diesmal nervöser ist als sonst. Vielleicht ist es das Alter, das früher oder später auch zu der bestkonservierten Diva kommt, sich über Nacht bei ihr einschleicht und sich als Leberflecken auf den Handrücken niederläßt.

»Theresekind, erzähl uns doch von Moskau!« fordert Mutter mich auf, als sie meinen prüfenden Blick bemerkt. »Hattest du nicht schreckliche Angst?«

Das ist lieb von ihr, und ich belohne sie mit einem Lächeln. Einem echten.

»Ich wäre fast vor Angst gestorben!« lüge ich und präsentiere eine Auswahl an spektakulären Details und Anekdoten von der Front, während ich mich selbst darüber wundere, warum die bewegendsten Begebenheiten in Rußland seit 1917 sich wie ein Märchen mit Helden, Schurken und einem glücklichen Ende anhören, wenn man sicher in einer dänischen Küche sitzt vor einem Publikum, das es gewohnt ist, alles im Fernsehen präsentiert zu bekommen.

»Wollen wir nicht auch dorthin!« ruft Spunk aufgeregt und stößt Kiki einen Ellbogen in die Seite, als ich von den Schlangen vor McDonald's und PizzaHut erzähle.

»Was zum Teufel sollen wir da?« Kiki bricht eine Ecke von einem Kopenhagener ab.

»Ein Fast-food-Restaurant eröffnen natürlich! Schließlich bin ich Koch«, erklärt er mir. »Hier gibt es kaum was für mich zu tun. Aber dort – in Rußland! Das ist doch fast wie Amerika neunzehnhundertzehn!«

Spunk ist hellauf begeistert und entwirft bereits eine Speisekarte mit Pastagerichten, Frikadellen und warmen Sandwiches.

»Siehst du es nicht vor dir?« fragt er mich, weil Kiki es einfach nicht will, und ich nicke und schlucke langweilige, wichtige Informationen hinunter, die seiner Begeisterung einen ziemlichen Dämpfer versetzen würden.

»Wir könnten steinreich werden!« Das ist ein Argument, das für einen Augenblick sticht, bis Kiki auch das locker pulverisiert hat.

»Und was sollen wir mit den vielen Rubeln machen?«

Ich grinse und unterstütze Spunk, indem ich erkläre, daß irgendwann auch der Rubel konvertierbar werden wird.

»Okay!« Kiki gibt ihm einen Kuß auf die Wange. »Aber dann will ich mein eigenes Kasino haben!«

Spät am Nachmittag, als Kikis und Mutters Fragen immer aufdringlicher werden, breche ich auf. Ich verweigere jede Antwort, aber Kiki bringt mich dennoch unter lautem, siegreichem Gejohle zum Erröten, als sie mit ihrer exakten Beschreibung den Nagel auf den Kopf trifft.

»Ist es der Windbeutel aus den Nachrichten? Dieser feuchte Dunkelhaarige?«

Als ich schließlich heimkomme, duftet mein Bettzeug immer noch nach ihm, dem Feuchten. Ich ziehe mich aus und gehe mit einem Stapel Zeitungen und einer Tasse Beuteltee in die Federn. Es regnet ununterbrochen, ich bin leicht beschwipst und müde und stöpsle das Telefon aus, bevor vielleicht jemand auf die Idee kommen könnte, mich anzurufen. Bevor *er* vielleicht auf die Idee kommen könnte ... Morgens hatte ich den Anrufbeantworter nicht mehr einschalten können, also weiß ich nicht einmal, ob er es nicht schon versucht hat. Ich schlafe über einem Auszug aus Raissas Autobiographie ein, die in der *Sunday Times* veröffentlicht ist – entweder sie ist vollkommen vernarrt in Michail, oder sie ist einfach gut erzogen –, und wache plötzlich ganz verwirrt von dem eindringlichen Summen der Türklingel auf. Einen Augenblick glaube ich, ich bin immer noch in Moskau und habe eine wichtige Deadline verschlafen ...

Natürlich ist er es. Ich bin nicht einmal richtig überrascht. Lasse ihn nur herein und versuche aufzuwachen.

Die Kälte aus dem Hausflur zieht meine nackten Beine hinauf; ich lasse die Tür offenstehen und krieche wieder ins Bett.

»Ist das eine Einladung?« fragt er in der Türöffnung, die

er mit nassem Staubmantel und breitkrempigem Borsalino ausfüllt. Er sieht aus wie Humphrey Bogart, und das ist wohl auch der Sinn der Sache.

»Play it again, Sam!« sage ich mit tiefer Ingrid-Bergman-Stimme, und bevor ich die Konsequenzen abwägen kann, hat er den Hut abgenommen, sich aus dem Mantel geschält und landet mitten in den Zeitungen.

»*Sunday Times*? Bist du immer so seriös?« Er fegt die Seiten zu Boden, von denen mich ein junger Gorbi mit einem sensiblen Mund anguckt, während ich Paul aus seinen Klamotten schäle, um an seine warme, büschelweise behaarte Brust zu kommen.

»Scharf«, murmelt er hinterher wie ein erschöpfter Boxer. »Scharf ...«

»Und gefährlich«, füge ich hinzu, ohne sicher zu sein, daß er mich versteht.

Er nickt nachdenklich. Läßt eine Locke meines Haars durch seine Finger laufen.

»Lebensgefährlich.«

Später, als es dunkel geworden ist und wir mit einem leicht genierten Kichern Simons und Franks lautem Sonntagsbumsen zuhören mußten – wie sie es vorher bei uns mußten –, bestellen wir Pizza, die wir im Bett essen, während wir CNN leise laufen lassen. Der Montag wirft bereits seine Schatten, und wir möchten beide gern ordentlich angezogen antreten und die Situation wenigstens einigermaßen im Griff haben. Deshalb halten wir uns mit dem Alkoholkonsum zurück und verkorken bereits nach einem Glas den Chianti wieder.

»Kaffee?« frage ich.

»Aber du hast doch gar keinen, oder?«

»Nescafé?«

Paul schüttelt den Kopf.

»Nein, danke. Ich denke, ich sollte mich schleunigst auf den Nachhauseweg machen.«

Dann steigt er aus dem Bett, während ich liegenbleibe und die Verwandlung beobachte, die ich auch schon bei anderen Männern gesehen habe. Die Verwandlung von dem süßen, albernen Liebhaber zum seriösen, fernen Reporter. Vom Jungen zum Mann. Zum Glück muß er keinen Schlips umbinden. Ich fände es unerträglich, ihm dabei zuzusehen, wie er sich mit flinken, routinierten Fingern den Knoten bindet, beinahe ohne jede Ähnlichkeit mit dem, der vor kurzem noch mit meinem Körper gespielt hat. Ich sag's doch immer: Sex macht mich übersensibel. Erst als er vollständig angezogen ist, kommt er zu mir, setzt sich auf die Bettkante und nimmt meine Hand in seine.

»Ich bin froh, daß du wieder zurück bist.«

»Ich auch«, sage ich und lege einen Moment lang meine Wange an seine, wo der Zwei-Tage-Bart pikst. Dann lasse ich ihn gehen. »Hallo!« rufe ich ihm nach, als er schon an der Tür ist. »Den hier hast du vergessen!«

Ich werfe den Borsalino wie eine Frisbeescheibe durch das Zimmer. Er schnappt ihn im Flug und setzt ihn auf. Verzieht seinen Mund wie Bogart und ist fort.

»Ja«, sage ich zu mir selbst mit einem Seufzer wie eine alte Frau. »Jaja, soso, jaja ...«

Dann stehe ich auf und wasche ab. Packe meinen Koffer aus. Es regnet immer noch.

Ich habe mich am Montag morgen nach der Morgenkonferenz gerade beim Tagesdienst gemeldet, als der General mich schon zu sich ruft. Kirsten, die Producerassistentin, reckt den Daumen aufmunternd in die Luft.

»Keine Angst. He loves you!«

Es heißt, er ist gut zu Kindern und Tieren, aber ansonsten ist Freundlichkeit nicht gerade das, wofür unser Chef bekannt ist. Er ist eine harte Nuß, und es ist nicht ungewöhnlich, daß selbst sturmerprobte Kollegen schluchzend sein Büro verlassen. Deshalb schiebe ich die halboffene Tür mit einem gewissen Beben auf, obwohl ich ein absolut reines Gewissen habe.

»Therese Skårup!« ruft er laut und erhebt sich zu seiner ganzen imposanten Größe. Zwei Meter groß und hundertzwanzig Kilo schwer – und mit einem Ego versehen, das genauso überdimensioniert ist wie sein Körper. Wirklich ein Mann mit Stärke.

Er kommt mir mit ausgebreiteten Armen entgegen, um mich zu umarmen; bei seiner Flügelspannweite und überhaupt ist es unmöglich, die Umarmung zu parieren.

»Herzlichen Glückwunsch, ich bin stolz auf dich! Das hast du wirklich gut gemacht! Hast du das schon gesehen?« fragt er und fischt eine Fotokopie des Fernsehkommentars aus den Stapeln auf seinem Schreibtisch.

Ich lächle ironisch und antworte, daß ich es gesehen habe, aber bekanntermaßen haben diese Boulevardblätter ja Probleme mit der Wahrheit.

»Ganz deiner Meinung«, nickt er, schließlich ist er Lieblingsopfer der Seite zwei der Zeitung. »Aber die anderen Zeitungen sind auch auf dich aufmerksam geworden – positiv –, und hier im Haus sind wir *sehr* zufrieden!«

Und als wenn das nicht schon genug wäre, bekomme ich den wahren Ritterschlag, als er mir eine seiner starken griechischen Zigaretten anbietet. Ich bedanke mich, und er selbst schafft es, während der Audienz, die wie immer schnell vom General selbst handelt, zwei, drei Stück zu rauchen. Er erzählt von seiner Zeit als Kriegskorrespondent in Nahost und Südostasien. *Nam*, natürlich, das war sein Krieg, und »irgendwann muß ich doch mal ein Buch darüber schreiben, denn bislang hat es ja noch niemand beschrieben, wie es wirklich war!«.

Ich unterdrücke hinter dem dunklen Rauch ein Lächeln, als mir Paul in den Sinn kommt; er ist berühmt für seine Fähigkeit, den General bis ins Detail parodieren zu können, mit wortwörtlichen Zitaten.

Moskau kennt er natürlich auch in- und auswendig, der General – o ja! –, deshalb können meine Augenzeugenschilderungen und Analysen des Putsches ihn nicht wirklich vom Stuhl reißen. Sie dienen höchstens als Stichworte für seine eigene wortreiche Interpretation der Geschehnisse, die er als »Dilettantencoup« beschreibt.

Der Monolog wird schließlich von seiner Sekretärin unterbrochen, die ihn an eine Besprechung mit dem Fernsehdirektor um zehn Uhr dreißig erinnert. Der General sieht resigniert auf seine Uhr.

»All diese verfluchten Besprechungen. Tes, es macht viel mehr Spaß, Indianer zu spielen, als Häuptling zu sein!«

Ich habe große Lust zu fragen, ob ich ihn mit dieser Bemerkung zitieren darf, aber so sicher sitze ich nun auch nicht im Sattel. Er ist launisch und leicht zu provozieren, und ich habe keine Lust, einer der Mitarbeiter zu werden, die demonstrativ aufs tote Gleis geschoben wurden, weil sie den Gott geärgert haben. Als ich deshalb lieber untertänig lächle, statt garstig zu sein, bringt er mich noch bis zur Tür. »Nun ja, also willkommen im Club, Tes! Schön, ein Mädchen dabeizuhaben, das Haare auf der Brust hat!«

»Die Eier nicht zu vergessen!« pariere ich über die Schulter hinweg.

Er bricht in krächzendes Tabaksgelächter aus, das in Husten umschlägt.

»Eier! Hast du die auch noch? Das muß ich bei Gelegenheit mal überprüfen!«

Fast der ganze Vormittag vergeht damit, daß ich die Post durchsehe, mich aufs laufende bringe und mit den anderen rede. Ich liebe meine Arbeit, es ist schön, wieder in meinem Handtuch-großen Büro zu sitzen, und auch schön, die Kollegen wiederzusehen.

Aber meine Seele hängt immer noch irgendwo zwischen den Zwiebeltürmen des Kremls und dem Weißen Haus, und ich weiß aus Erfahrung, daß es ein paar Tage dauern wird, bis ich den unerträglichen Gesichtsausdruck abgelegt habe, mit dem wir Auslandskorrespondenten nach Hause zu kommen pflegen. Das hassen sie im Inland, wo sie sowieso der Meinung sind, wir wären alle nur eingebildete Angeber. Deshalb sind gemischte Ehen auch nicht so üblich ...

»Hallo! Willkommen daheim!« Lea, eine etwas ältere Kollegin, kommt, um mich zu begrüßen. Sie ist gerade mit einem Rot-Kreuz-Flugzeug aus dem Sudan zurückgekommen. Offensichtlich hat sie den Drang zu reden, denn sie schiebt den Papierstapel vom Besucherstuhl und läßt sich darauf nieder.

»Skelette!« sagt sie nur. »Und wenn sie nicht verhungern, dann werden sie im Bürgerkrieg umgebracht. Merkwürdig«, sie schüttelt langsam den Kopf und steckt sich geistesabwesend ein Stück Nikotinkaugummi in den Mund. »Ich bin jetzt so oft in der Dritten Welt gewesen und habe alles schon gesehen. Normalerweise kann ich das wegstecken ... auch die ausgetrockneten Säuglinge und die Fliegen. Aber diesmal ...«

Lea kaut und sinkt in sich zusammen, während ich die Gelegenheit nutze, einen verstohlenen Blick auf den laufenden Fernseher zu werfen, der neben dem Gästestuhl steht. CNN sendet direkt aus dem Parlament, und auch wenn es jetzt Ferdinand ist, der den Laden dort drüben schmeißt, muß ich mit Bildern und Nachrichten auf dem laufenden sein und bereit, etwas zusammenzufassen oder zu kommentieren.

»Das ist so, seit ich Matthias bekommen habe«, fährt Lea grübelnd fort. »Seitdem geht es mir so nahe.«

Ich nicke verständnisvoll, während ich nebenbei registriere, daß Jelzin einen beunruhigten, scheißwichtigen Gesichtsausdruck aufgesetzt hat, und gleichzeitig überlege, warum Paul wohl nicht auf der Morgenkonferenz war.

Lea durchschaut mich und steht mit leicht geschürztem Mund auf.

»Na ja, das verstehst du erst, wenn du selbst Kinder hast.«

Ich verdrehe die Augen und greife nach dem Telefon. Lea ist ein abschreckendes Beispiel dafür, was aus einem eigentlich vernünftigen Menschen werden kann, der plötzlich darauf besteht, *Mutter* werden zu wollen – mit vierzig! Und dann noch *alleinerziehende Mutter*. Sie, die der tough Cookie der Redaktion war, bekannt für ihr Engagement und ihre Furchtlosigkeit, interessiert sich jetzt vor allem für Matthias' letztes Bäuerchen, ist ewig und drei Tage krank geschrieben und fährt nur noch auf Befehl fort, und auch dann möglichst nur in ›sichere‹ Gebiete. Und sie war einmal mein Vorbild.

Paul ist in die Kantine gegangen, erklärt mir die Sekretärin vom Inland, ich lege auf und beschließe blitzschnell, daß ja eigentlich Mittagspause ist.

Zu behaupten, ich hätte den ganzen Sommer über gehungert, ist übertrieben, aber sicher bin ich etwas unterernährt – ich habe vier Kilo abgenommen und spüre, wie mir das Wasser im Mund zusammenläuft, als mir der vertraute Geruch von Soße und Kartoffeln aus der Großküche entgegenschlägt. Deshalb kann ich es trotz des beunruhigenden Fahrstuhlgefühls im Zwerchfell nicht lassen. Ich *muß* Schweinebraten mit Rotkohl haben! »Das ist gut! Du brauchst ein bißchen Fleisch auf den Knochen«, murmelt er plötzlich hinter mir, als ich in der Kassenschlange stehe. »Und danke für den gestrigen Tag!«

Er pustet mir in den Nacken, und ich kann mich nur kurz nach ihm umwenden, bevor ich das Essen bezahlen muß, von dem ich mit einem Mal ganz sicher bin, daß ich es nicht hinunterbekommen werde.

Paul hat bereits gegessen – er ist nur hier, um Kaffee zu holen. Zwei Tassen. Ich gehe auf die Tische zu, die wie immer um diese Zeit von den Nachrichtenleuten besetzt sind. Sie erlösen mich, indem sie schnell und aufmerksam Platz für mich und mein Tablett machen und mich anschließend mit interessierten, freundlichen Fragen überschütten. Paul hat sich auf seinen Platz gesetzt, schräg gegenüber von Henriette, einer flinken Parlaments-Reporterin mit hochgestecktem Haar und einem Blitzen in den Augen. Sie ist es also, für die er Kaffee geholt hat, und sie nimmt ihn so entspannt und zurückgelehnt entgegen, daß kein Zweifel möglich ist.

Es gelingt mir, ihn vollkommen zu übersehen, während ich Fragen beantworte, Geschichten erzähle und den General preisgebe – das mit dem Häuptling und den Indianern ruft ungeteilte Begeisterung hervor –, und mit einer teuflischen Schadenfreude bemerke ich, daß *sie* diejenige von uns ist, die am meisten reingelegt wurde. Nicht der Schatten eines Mißtrauens ist in ihrem aufmerksamen Zuhören zu bemerken.

Mit einer gemurmelten Entschuldigung und einem fast unberührten Teller breche ich noch vor Paul auf und stelle mein Tablett auf das Stativ, ohne daß jemand von meinem Rücken irgend etwas ablesen könnte. Und da Paul – obwohl doch alle wissen, daß er der größte Herzensbrecher des Senders ist – diskret mit seinen Eroberungen umgeht, muß ich auch nicht befürchten, öffentlich vorgeführt zu werden.

Auf dem Weg zurück durch die labyrinthartigen Flure bis zum Ausland versuche ich mir selbst einzureden, daß ich überreagiere. Er hat mich weder angelogen, noch hat er mir etwas versprochen, und ich habe weder gefragt noch etwas gefordert. Dennoch sitzt eine eisige Enttäuschung in meinen Eingeweiden, was mich wiederum wütend macht.

Den ganzen Sommer über bis zu diesem Augenblick habe ich – ob eingestanden oder nicht – von ihm geträumt. Davon, zu ihm zurückzukommen. Aber Paul ist kein junger Prinz, der durch die Dornenhecke bricht und Dornröschen aus der Verzauberung befreit. Ich habe mich geirrt. Paul Weber ist Paul Weber – ein Mann, vor dem jede Mutter ihre Tochter warnen sollte. Schade, denn sie konnte ihn wirklich gut leiden. Den Auserwählten. Den Einzigen. Den Mann.

Sonst bin ich nicht so. Ich bin nicht so eine, die sich gleich nach dem ersten Kuß im Lilly-Modell-Hochzeitskleid sieht. Ganz im Gegenteil, ich habe noch nie so weit gedacht. Doch, einmal habe ich das. Aber da war ich so jung und wurde so enttäuscht, daß das Psychoanalyse für Doofe ist, warum ich seitdem ein gebranntes Kind bin. Das muß mir keine Quacksalberseele erklären, und ich denke, ich habe gelernt, mit der Wunde zu leben. Zumindest habe ich gelernt, mich soweit zu schützen, daß nur äußerst selten Salz in die Wunde gelangen kann.

Als ich aber schließlich im Auslandsflur angekommen bin, brennt sie so stark, daß ich schnurstracks in mein Büro trample und die Tür hinter mir schließe. Ich lasse mich auf den Stuhl fallen und stütze die Ellbogen auf die ausgediente IBM-Schreibmaschine, während ich auf die roten Vogelbeerbäume im Hinterhof schaue. Dann versuche ich die Situation kalt und ruhig zu analysieren, wie ich es immer tue. Und das einzige, was dabei herauskommt, nachdem ich den Baum nur noch wie durch einen Nebel sehe, ist, daß ich mich selbst nicht mehr wiedererkenne. Ich habe mich verändert.

Dem Putsch die Schuld zu geben, wäre zu pathetisch, obwohl jeder, der so einen Umsturz miterlebt hat, sich einbildet, nie wieder der gleiche zu sein. Nein, wenn ich ehrlich sein soll, kann ich alles nicht beantworten, weder warum, seit wann noch wie. Widerstrebend muß ich erkennen, daß ich irgendwo in mir einen vagen Traum von – believe it or not – Liebe hege. Was ich damit anfangen soll, weiß ich nicht. Noch weniger, was ich mit Paul anfangen soll. Abgesehen von dem Nächstliegenden – ihn zu exekutieren.

Als es an die Tür klopft, zucke ich zusammen und sage mit klopfendem Herzen »Ja?«

»Störe ich?« Es ist Ras, der Auslandsredakteur, der seinen kahlen Kopf hereinsteckt.

»Nein, nein!« versichere ich hektisch, als wäre ich auf frischer Tat ertappt worden, obwohl ich bezweifle, daß seine Sensibilität weit genug entwickelt ist, um zu begreifen, in was für einem Sturm ich mich gerade befinde. Wäre sie es, hätte er sicher nicht drei Exfrauen, sieben Wochenendkinder und katastrophale Finanzen. »Setz dich!«

»Wie geht's?« fragt er mit einem Blick auf meinen sonderbar leeren Schreibtisch.

»Gut. Ich akklimatisiere mich«, lächle ich beruhigend.

»Bist du müde?« fragt er.

Ich zucke mit den Achseln.

»Vielleicht eine Spur.«

»Wie wäre es mit Urlaub? Hast du noch welchen zu kriegen?« Er lehnt sich im Stuhl zurück, stopft seine Pfeife. Signalisiert ›viel Zeit‹.

»Noch zwei Wochen, aber der General hat mich gebeten, sie noch aufzusparen, bis die Situation sich stabilisiert hat.«

»Ja«, nickt Ras. »Er setzt große Stücke auf dich. Aber paß trotzdem auf, daß du nicht aufgerieben wirst.«

Unsere Blicke treffen sich bei der gleichen Gedankenassoziation, und wir lächeln beide verständnisvoll.

»Und zwar in jeder Beziehung!« Ras lächelt und zeigt dann auf den Bildschirm, der immer noch die CNN-Übertragung aus dem Parlament zeigt. »Darum kümmert sich Ferdinand, wenn du dich um die Republiken kümmern könntest. Visnews will gegen fünf neue Bilder aus Georgien und dem Baltikum haben.«

»Okay«, nicke ich und greife nach einem Kugelschreiber.

»Bist du inzwischen mit deiner Akklimatisation fertig«, fragt Ras, »oder soll ich die Tür wieder schließen?«

»Nein, laß sie nur offen!« sage ich und greife nach einem Stapel Tickermeldungen.

Wie immer am ersten Arbeitstag nach dem Urlaub oder einer Reise geht alles langsamer. Ich brauche viel Energie für Routinearbeiten, die normalerweise eben nur Routinearbeiten sind, für die ich mich jetzt jedoch richtig anstrengen muß. Aber alle sind nett und hilfsbereit, und ob ich nun ins Bänderarchiv, zur Graphik oder zu den Textern komme, die mal wieder einen russischkundigen Übersetzer brauchen, überall scheine ich mit neuem Respekt betrachtet zu werden. Und alle wollen Originaläußerungen direkt von der Quelle haben. Bis ich endlich wieder zurück in meinem Stall bin und bereit, einen Artikel zu schreiben, ist es schon spätnachmittags, und der Redaktionsschluß rückt mit rasender Geschwindigkeit näher.

Irgend jemand hat einen braunen Umschlag auf meinen Schreibtisch gelegt, und wenn ich schlau wäre, würde ich ihn dort liegenlassen. Aber ich reiße ihn auf, als würde mein gesamtes künftiges Schicksal von dem Inhalt abhängen. »Tes, ein spätes Essen heute abend? P.«

»No way!« murmle ich und knülle den Zettel zu einer Kugel zusammen, die ich in den Papierkorb schmeiße. Dann malträtiere ich die Schreibmaschinentastatur, vertippe mich und rege mich darüber auf, daß mein Computer immer noch nicht on line ist, rufe unten an und bestelle Aufnahmezeit in zwanzig Minuten.

Zum Glück ist es Søren, mit dem ich meinen Beitrag redigieren soll. Ein alter Hippie mit Lederweste und Pferdeschwanz, humorvoll und geduldig. Außerdem kann er einfach einen Kommentar gestalten. Was gerade heute Gold wert ist, denn mein eigener Überblick ist, gelinde gesagt, etwas verschleiert. Es ist schon nach sieben, als er mich ins Tonstudio schickt, aber er bleibt gelassen, nichts kann ihn aus der Ruhe bringen, weder die Ermahnungen der Redaktionssekretärin noch meine wiederholten Huster und Versprecher.

»Noch einmal«, sagt er nur. »Wir haben genug Zeit.« Die Nachrichten sind bereits auf Sendung, als wir unseren Beitrag endlich abliefern, ins Sekretariat gehen und ihn uns noch einmal ansehen. Ich kann nicht anders, ich muß mich einfach im Raum umschauen, nach *ihm* Ausschau halten. Aber er ist nicht da. Dafür jedoch Lea, die den Kopf wegdreht, als ihr Beitrag über den Sudan dran ist.

»Ist das nicht entsetzlich«, murmelt sie und beißt sich auf die Finger.

»Starke Geschichte«, nickt Søren mit soviel sozialer Entrüstung, wie er sympathischerweise noch besitzt.

Mein Beitrag geht unbemerkt durch – falls er kritisiert wird, wird das erst morgen früh bei der Redaktionskonferenz geschehen –, und gleich danach stehe ich auf und packe meine Sachen zusammen.

Als ich in unsere Abteilung komme, sitzt Ras immer noch in seinem Büro. Er telefoniert, beeilt sich jedoch, das ziemlich privat klingende Gespräch zu beenden, und winkt mich zu sich, als ich vorbeigehe.

»Zwei Dinge«, sagt er, als er aufgelegt hat. »Punkt eins: Ich gebe dir morgen unabhängig vom Dienstplan frei. Ich habe genug Leute, und falls etwas passiert, rufe ich dich einfach an. Punkt zwei: Soll ich dich in die Stadt mitnehmen?«

»In die Stadt? Wohnst du nicht in Farum?«

»Ich habe eine Verabredung!« grinst er und schiebt seine Pfeife zwischen die Zähne.

»Na, so was!« kommentiere ich mit einem vielsagenden Blick zum Telefon. Wenn es mir doch auch so ginge.

Obwohl Ras nur zehn Jahre älter ist als ich, hat er mich immer leicht väterlich behandelt. Und als wir in seiner alten Rostlaube, einem alten Postauto und beliebten Thema in den Spottliedern bei der Weihnachtsfeier, in die Stadt fahren, zeigt es sich schnell, daß er auch diesmal ein paar väterliche Worte auf Lager hat. ›Sich nicht aufreiben lassen‹, ›sich nicht auf den Lorbeeren ausruhen‹ und mehr in der Art. Vielleicht ist es in Wirklichkeit auch eine Art andersartigen Lobs, auf jeden Fall ist es freundschaftlich gemeint. Und als das erst einmal überstanden ist und ich entsprechend andächtig gelauscht habe, wird es eine angenehme Fahrt mit genau der richtigen Mischung aus Klatsch und Sachlichkeit. Ich necke ihn ein wenig mit seiner Mätresse und muß mir auf die Zunge beißen, um nichts zu der amourösen Verbindung zwischen Paul und seiner Christiansborg-Schnalle beizusteuern, als Ras irritierenderweise selbst auf sie zu sprechen kommt und sie als ein ›wahres Naturtalent‹ beschreibt.

»Sie ist mit dem Paul aus dem Inland zusammen«, erklärt er und fragt mich, wo ich aussteigen möchte. »Weber!« fügt er hinzu. Vollkommen überflüssigerweise.

»Ach, laß mich einfach hier raus! Ich kann den Bus im Jagtvej nehmen!« versichere ich, als ich am Åboulevard aussteige.

»Du mußt entschuldigen. Ich würde dich natürlich gern nach Hause fahren, aber ...« Ras sieht mich verzweifelt an. Für eine mittlere Führungskraft kann er nicht besonders gut unangenehme Beschlüsse fassen.

»Das ist schon in Ordnung!« lächle ich und bedanke mich fürs Mitnehmen.

Am nächstgelegenen Kiosk hole ich mir einen Hot dog mit gerösteten Zwiebeln. Ein Fettwanst mit tätowierten Händen rülpst laut und vernehmlich neben mir. Es ist mir ganz gleich. Ich stopfe nur in mich hinein. Versuche nicht an *ihn* zu denken, mir nicht vorzustellen, wie nah von hier er wohnt. Ich könnte in zehn Minuten bei ihm sein.

Der Fette rülpst erneut.

»Mahlzeit!« sage ich und gönne ihm einen Blick aus Schlafzimmeraugen. Er grinst träge, ich gehe zur Bushaltestelle.

Der Anrufbeantworter blinkt rot, als ich heimkomme. Drei Nachrichten. Die erste von dem Verlagslektor, der möchte, daß ich etwas schreibe. Die zweite ist ein wortloses Stöhnen, was alles von einem Psychopath bis zu Tante Mo aus der Provence sein kann – sie kommt mit Anrufbeantwortern nicht zurecht. Die dritte ist von Paul.

»Hallo, ich bin's. Es ist jetzt fünf nach acht. Rufst du mich mal an?«

Um das nicht zu tun, tippe ich blitzschnell Birgittes Nummer ein. Ich habe schon mehrere Male versucht sie anzurufen, gestern und heute, aber immer ohne Erfolg. Und auch diesmal dauert es so lange, bis sie ans Telefon kommt, daß ich fühle, wie sehr ich sie vermisse. Aber endlich ist sie da – ganz außer Atem.

»Hallo, Therese! Bist du endlich wieder zurück?« plappert sie los und klingt so froh, daß ich ganz gerührt werde. Dennoch zögert sie, als ich sie zum Tee einlade.

»Ach, Therese, ich würde ja schrecklich gern, aber ...«

»Was, aber?« Ich wickle mir die Telefonschnur um einen Finger, wie er sich mein Haar um seinen gewickelt hat ...

»Weißt du, ich bin so schrecklich schwanger inzwischen ...«

»Mein Gott, das hatte ich ja ganz vergessen!« sage ich und

ziehe den Finger heraus. Reiße statt dessen einen Fensterbriefumschlag auf. Die Elektrizitätswerke. Eine Mahnung.

»Wirklich? Na, das kann ich mir denken!« Birgitte lacht trocken. »Aber ich nicht. Du solltest mich sehen! Elefant in oversize!«

»Das muß ich auf jeden Fall!« kichere ich.

»Ich kann mich kaum noch von der Stelle bewegen. Ich war schon im Bett. Und Jens ist am Storebælt, er hat den Wagen ...«

»Ich sag' dir was, Birgitte, diese Ausreden lasse ich nicht gelten. Du nimmst dir jetzt ein Taxi auf meine Kosten, wenn es nicht anders geht!« beharre ich.

»Okay«, stimmt sie zu, nachdem sie sich den Vorschlag überlegt hat. »Ich komme. Aber du mußt mir versprechen, nicht zu lachen!«

Hinterher hole ich tief Luft. Beginne bei dem Anblick einer Gitane-Kippe im Aschenbecher zu träumen. Warum habe ich den nicht gestern saubergemacht? Lese unkonzentriert eine Lokalzeitung – die Polizei will die Hausbesetzer um die Ecke rausschmeißen, kann aber nichts tun, solange keine Anzeige vorliegt. Ich gehe in die Küche und setze Wasser auf, bleibe wieder träumend mit der Teekanne in der Hand stehen, als das Telefon klingelt.

»Entbindungsstation!« sage ich frech, fest davon überzeugt, daß es Birgitte ist.

»Wie bitte?« fragt Paul konsterniert.

»Ach, nichts. Ein interner Joke«, erkläre ich obenhin, während ich mich an der Tischkante festhalte, um nicht umzufallen. Und wieder habe ich den Finger um die Schnur, wie mein Bein sich um seines wickelte ...

Paul hat den falschen Einstieg ins Gespräch bekommen, und das ist mir nur recht. So kann ich leichter die Oberhand behalten. Freundlich, aber bestimmt.

»Hast du meinen Brief bekommen?« fragt er unsicher.

»Ja«, antworte ich kurz, während ich den wilden Drang unterdrücke, jetzt gleich mit ihm Telefonsex zu machen. Hier. Sofort.

»Aber du hast nicht geantwortet?«

»Ich hatte keine Zeit«, sage ich und kreuze die Beine. Dann setze ich mich hin und male Kringel auf den Rand der Zeitung.

»Therese, ich weiß nicht, was passiert ist, aber es kommt mir so vor, als wärst du seit gestern ziemlich abgekühlt. Ist der Eindruck richtig?«

»Nun ja«, murmle ich undeutlich. Ich kann es nicht lassen – schließe die Augen und sehe ihn vor mir. Heute kam er in Denimblau. Verwaschenes Hemd, das frau aufknöpfen kann, Knopf für Knopf. Seine Telefonstimme ist eine Spur heiser. Ist seine Fernsehstimme auch so? Wieso habe ich das bisher noch nie bemerkt?

»Und willst du trotzdem mit mir essen? Wenn du rüberkommst, könnte ich was in der Küche zaubern. Oder wir gehen in ›Kates Joint‹, falls sie nicht in Indien ist.«

»Ich kann leider nicht. Ich erwarte Besuch«, erkläre ich förmlich, während meine Phantasie mir mit weichgezeichneten Bildern von Paul und mir in den Rücken fällt, wir beide, wie wir Tandoori-Hähnchen essen ...

»Mann oder Frau, wenn man fragen darf?«

»Das darfst du gern, aber du bekommst keine Antwort.« Paul seufzt.

»Tes, verflucht noch mal! Ich vermisse dich! Sag mir, was ich falsch gemacht habe, damit ich mich bessern kann!«

Ein Taxi fährt vor dem Haus vor, und ich spreize die Lamellen der Jalousie. Birgitte steigt aus. Sie hat nicht besonders übertrieben. Sie ist wirklich gewaltig.

»Okay«, sage ich und hole tief Luft. Zögere.

»Ja?«

»Ich konnte es noch nie vertragen, die zweite zu sein.«

Paul seufzt erneut. Und das sei ihm hoch angerechnet, daß er mir keine direkte Lüge auftischt.

»Okay. Laß uns drüber reden. Wenn du jetzt also ...«

Wie ein gewünschter dramatischer Effekt ertönt aufs Stichwort die Türklingel.

»Grüß schön!« sagt er sauer, als ich das Gespräch mit einer vieldeutigen Entschuldigung beende. Als ich aufgelegt habe, entdecke ich, daß ich auf den Zeitungsrand lauter kindliche Herzchen gemalt habe.

»Du hast versprochen, nicht zu lachen!« ermahnt mich Birgitte, als sie hereinkommt und sich den Mantel auszieht.

Aber das läßt sich gar nicht vermeiden. Sie hat etwas so grotesk Komisches und gleichzeitig tief Rührendes an sich, wie sie in ihrem Overall dasteht, mit ihrem riesigen Bauch und den weichen, fast zerfließenden Gesichtszügen einem Mumintroll ähnelt.

»Das ist überhaupt nicht witzig!« sagt sie scharf. »Ich weiß sehr gut, wie ich aussehe! Ich bin einfach verdammt schwanger! Ha, ha!«

Plötzlich ist sie kurz vorm Weinen. Ihre Augen füllen sich mit Tränen, und ich nehme sie spontan in die Arme. Sie schluchzt einmal auf, aber dann macht sie sich mit einer abwehrenden Bewegung frei, räuspert sich und wischt sich mit einem Finger über die Augen.

»Liegt es an Jens?« frage ich, ohne zu mitleidig oder vorwurfsvoll zu klingen. Auch wenn Birgitte genau weiß, daß ich nie die große Offenbarung in dem sauertöpfischen Zeichendreieck von einem Ingenieur gesehen habe. Dafür ist er überzeugt davon, daß ich einen schlechten Einfluß auf seine Frau ausübe. Was ich als Kompliment betrachte.

»Nicht direkt. Man wird in diesem Zustand nur etwas labil. Aber schön, dich wiederzusehen«, sagt sie und hält meine Hand für einen Moment. »Wie ist es dir ergangen?«

Das berichte ich ihr, während wir in der Küche stehen, georgischen Tee kochen und Brote schmieren. Birgitte hat mich in Moskau besucht, als ich für ein paar Jahre im Kollegium des Ministerrats gewohnt habe, frierend und hungrig, und eine Salmonellenvergiftung von einer verdorbenen Wurst hatte, aber dennoch nur widerstrebend zugeben wollte, daß der idealisierte Sowjetkommunismus, den ich von meinem Vater und der dänischen KP kannte, nichts anderes als eine dicke Lüge und aufgeblasene Propaganda war.

Wir nehmen das Tablett mit ins Wohnzimmer und setzen uns jede in eine Ecke des Sofas, die Beine untergeschlagen – soweit sich das für Birgitte noch machen läßt –, wie wir es schon hundertmal zuvor gemacht haben. Und das ist entspannend, vertraut und dennoch anders als sonst. Birgitte ist anders. Sie, die immer überall dabei war und normalerweise diejenige ist, die mich über das Kulturleben auf dem laufenden hält, mit dem ich nur sporadisch Kontakt pflege, redet nur von Vorsorgeuntersuchungen, Atemübungen und erzählt voller Stolz, daß das Kind inzwischen circa dreitausend Gramm wiegt und sich bereits gedreht hat. Und auch wenn sie scheinbar meinen Putschschilderungen lauscht und vertiefende Fragen an den relevanten Punkten stellt, erscheint sie dennoch abwesend und in sich gekehrt und weicht jedesmal ab, wenn sie spürt, wie das Kind sich bewegt.

»Jetzt! Fühl mal!« ruft sie aus, eine Hand auf dem Bauch, als ich gerade dabei bin, eine ziemlich interessante Theorie über Gorbatschows Zukunft zu entwickeln. Seine Stellung wird immer schwächer werden, sein Spielraum immer kleiner ...

Ich gehorche, lege eine Hand auf den Ballon, und es ist wirklich sonderbar, eine Ferse oder ein Knie zu fühlen, aber ehrlich gesagt hätte ich lieber Birgitte bei mir gefühlt. Sie wird erst richtig aufmerksam, als ich ihr beschreibe, wie die Frauen in sowjetischen Krankenhäusern ihre Kinder kriegen. Sie schüttelt sich, als ich ihr von der hohen Säuglingssterblichkeit erzähle, von Gebärenden, die in Reih und Glied liegen, von der fehlenden Anästhesie, sturzbetrunkenen Ärzten, korrupten Krankenschwestern und der wochenlangen Isolation von der Umwelt, in der frischgebackene Mütter gehalten werden.

»Soll das heißen, daß sie *allein* gebären? Ist der Vater nicht dabei?« fragt sie.

»Er darf unten auf der Straße stehen und warten, daß sich Mutter und Kind einen Tag später am Fenster zeigen. So war es jedenfalls. Vielleicht wird sich das jetzt auch ändern. Zumindest für die Reichen. Früher oder später wird es sicher eine kapitalistische, kooperative Geburtsklinik geben.«

Birgitte starrt in ihre Teetasse.

»Ich glaube ja ehrlich gesagt auch, daß Jens am liebsten drum herumkommen würde. Nicht dabeisein möchte, meine ich. Aber das traut er sich doch nicht direkt zu sagen, und er *muß* dabeisein. Schon um mir die Hand zu halten. Ich habe eine Scheißangst vor der Geburt!«

Birgitte lächelt unsicher und greift nach der Teekanne. Ich stehe auf, lege eine Platte auf und vermeide es, zum hundertsiebenundzwanzigsten Mal, unsere Freundschaft mit der Frage aufs Spiel zu setzen, was zum Teufel sie eigentlich mit diesem Mann will.

»Ich kann doch mitkommen!« biete ich ihr statt dessen an, als ich mich wieder gesetzt habe und die scharfe Leningrad-Band »Kinder der Zukunft«, sehr trendy, durch den Raum dröhnt.

»Du?« Birgitte lacht laut auf. »Und was ist, wenn es mitten in einem neuen Putsch passiert? Oder du gerade auf einer Reportagereise in Transkaukasien bist?«

Da hat sie natürlich den Nagel auf den Kopf getroffen, und das bringt mich dazu, von der Audienz beim General zu erzählen. Birgitte nickt aufmerksam, aber ich merke deutlich, daß ihr Interesse für meine Karriere ungefähr so groß ist wie mein Interesse für ihre Geburtsvorbereitungen.

»Und das da?« fragt sie plötzlich und deutet auf den beeindruckenden Knutschfleck, den ich den ganzen Tag erfolgreich mit Hilfe von Make-up und einem großen russischen Kopftuch versteckt hatte.

»Gar nichts«, weiche ich aus, wobei ich jedoch verräterischerweise bis zum Hals erröte.

»Nein, natürlich nicht, das sehe ich!« Birgitte triumphiert. »So einen roten Kopf habe ich bei dir seit Jahren nicht gesehen! Nicht mehr seit ...«

»*Piep!*« unterbreche ich sie.

»Genau! Nicht mehr seit *piep!*« grinst sie. »Nun erzähl schon!«

»Er heißt Paul, ist Umwelt- und Arbeitsmarktreporter im Inland und ein gefundenes Fressen für zu viele Damen. That's it!« lüge ich und verstecke mich hinter meinem Teebecher.

»Abgesehen davon, daß du ganz scharf auf ihn bist.«

»Bin ich nicht!« widerspreche ich und erröte wieder. Das auch noch.

»Doch, bist du! Und wenn er auch so scharf auf dich ist, dann bin ich der Meinung, daß du ihn dir schnappen solltest!« beschließt sie kategorisch, als würden wir über ein Paar neue Schuhe reden.

»Ich habe keine Lust auf eine feste Beziehung«, erkläre ich.

Birgitte schenkt sich Tee nach. Sieht mich von der Seite her an.

»Das glaubst du doch selber nicht! Nun mal ehrlich, Therese, du brauchst gewisse Verpflichtungen! Einem anderen Menschen gegenüber!« erläutert sie, weil sie weiß, was ich ihr entgegnen will. Daß ich meiner Arbeit verpflichtet bin. Diese Debatte haben wir schon oft geführt. Der Unterschied dabei ist nur, daß ich sonst rein theoretisch argumentiere.

»Und warum?« frage ich und zünde die erste Zigarette des Abends an. Aus Rücksicht auf die Schwangere und ihren Fötus habe ich mich auch in diesem Punkt heroisch beherrscht.

»Damit du erwachsen wirst. Man kann nicht ...«

»Birgitte, nun hör aber auf!« brause ich auf. »Wird man deswegen erwachsen, weil man sich verpflichtet? Für Villa, Volvo und Waschmaschine? Meine Güte, schau dich doch nur einmal um!«

Ich weiß, daß ich damit einen Schritt zu weit gegangen bin. Mindestens. Aber das ist sie auch.

Birgitte sammelt sich. Leckt sich die Lippen. Guckt auf ihre Swatch.

»Nun ja«, sagt sie und kommt mit angestrengter Miene vom Sofa hoch. »Ich muß sehen, daß ich nach Hause komme. Zu meiner Waschmaschine!«

»Entschuldige, das war nicht persönlich gemeint«, sage ich und reiche ihr meine Hand.

»Natürlich war es das!« Sie wirft mir ein schräges Lächeln zu, als ich sie vom Sofa hochgezogen habe. »Der Dunkle ist es, nicht wahr? Der so aussieht wie Richard Gere?«

»Nein!« widerspreche ich. »Er sieht viel besser aus!«

Birgitte kichert wie ein Teenager. »Go for it!« sagt sie.

Ich benutze meinen freien Tag, um einfach nichts zu tun und zu mir selbst zu kommen. Schlafe lange, mache sauber, gehe ins Waschcenter, zur Bank und zur Post. Kaufe im Supermarkt die Grundausstattung und bei Jan, dem polnischen Gemüsehändler um die Ecke, Unmengen Obst und Gemüse.

»Strastwuitje!« begrüßt er mich strahlend, als ich das kleine Geschäft mit einem Korb Pflaumen betrete. Wir reden immer russisch miteinander. Obwohl er glühender Antikommunist ist und das bereits war, als es noch nicht ungefährlich war, ist er ein großer Liebhaber der russischen Sprache. Abgesehen von mir, gibt es nur noch ein paar Botschaftskunden, mit denen er russisch sprechen kann. Aber denen antwortet er nur mit mürrischen Einwortsätzen.

»Herrenvolk!« schnaubt er, als ein paar umfangreiche russische Diplomatenfrauen ins Geschäft rauschen. »Die können nichts lernen, die wollen nichts lernen! Die denken gar nicht daran, auch nur ein einziges ihrer zahllosen Privilegien aufzugeben! Und jetzt erst recht nicht! Ne, ne, so naiv dürft ihr hier im Westen nicht denken. Und dieser Boris, der soll ein Demokrat sein? Ein Volksverhetzer! Opportunist! Soll ich dir einen Witz erzählen?« fragt er schließlich, als er Tomaten abwiegt.

»Also, vier Staatsoberhäupter haben sich versammelt und unterhalten sich nach einer Konferenz. ›Wenn ich im Ausland bin, fahre ich immer Mercedes‹, sagt der deutsche Bundeskanzler. ›Ja, wenn ich im Ausland bin, fahre ich immer Citroën‹, sagt der französische Präsident. ›Und wenn ich im Ausland bin, fahre ich nur Rolls Royce!‹ sagt darauf der britische Premierminister. ›Und Sie?‹ fragen sie den russischen Generalsekretär. ›Wenn ich im Ausland bin, fahre ich immer *Panzer*!‹«

Ich lache, obwohl der Witz alt und überholt ist, und Jan belohnt das, indem er mir ein paar Tomaten zusätzlich einpackt.

»Willst du dafür den neuesten Genossenschaftswitz hören?« frage ich.

»Ja!« nickt er eifrig.

»Der kostet zehn Dollar!«

Jan lacht polternd und zustimmend, so daß sich einige dänische Kunden im Geschäft konsterniert umdrehen. »Ja, ja, in diesen Genossenschaften herrscht der reinste Kapitalismus!« kommentiert er und wendet sich mit einem beflissenen »Wassollessein?« dem nächsten Kunden zu.

Ras hat auf den Anrufbeantworter gesprochen – er wünscht mir einen schönen freien Tag und geht davon aus, daß er mich nicht braucht. Ein Kulturverein in Westjütland möchte mich für einen Vortrag einladen, und der Verlagslektor möchte gern, daß ich zurückrufe, am besten »heute noch«. The rest is silence. Was bedeutet: Keine Nachricht von Paul, was gleichzeitig eine Enttäuschung und eine Erleichterung ist. Ich koche mir mit meiner alten, ramponierten Sansibarkanne einen Espresso, rauche ein paar Zigaretten, gieße die Blumen. Dann rufe ich den Verlagslektor an und verspreche ihm, einen Beitrag zu schreiben, den ich in spätestens drei Wochen abgebe. Anschließend telefoniere ich mit der Vorsitzenden des Kulturvereins, die einen so starken westjütländischen Akzent hat, daß ich kaum verstehe, was sie sagt. Ein Vortrag ist etwas ganz Neues für mich, aber da allgemein bekannt ist, daß verschiedene Kollegen fabelhaft mit derartigen Nebenjobs verdienen, sehe ich keinen Grund, mich zurückzuhalten. Doch ich bin bescheiden mit meiner Honorarforderung, vielleicht zu bescheiden, wie ich hinterher überlege. Sie klang so zufrieden, diese kulturelle Vorsitzende, und war ganz eifrig darauf bedacht, sofort einen Termin festzumachen. Wir haben einen Termin Mitte November vereinbart – natürlich unter dem Vorbehalt, daß er in meinen Dienstplan paßt.

Und dann nehme ich mir die Bänder vor, die ich aus Moskau mitgebracht habe. Es sind mehrere Kilometer Film von Den Drei Tagen, als ich meinen Kameramann Sergej gebeten habe, die Kamera permanent laufen zu lassen. Viel von dem Stoff ist zu grob und durcheinander, um es senden zu können, aber je mehr ich mir ansehe, um so sicherer werde ich, daß daraus eine vibrierende, authentische und außergewöhnliche Reportage zu machen ist. Nach ein paar Stunden bin ich so vertieft und habe bereits angefangen, das Material zu strukturieren, daß ich Ras einfach anrufen muß.

Zuerst schimpft er.

»Du solltest doch freimachen, meine Liebe!«

»Das mache ich ja auch!« behaupte ich und erzähle ihm dann, daß ich Gold gefunden habe. Was trotz allem sein Interesse weckt.

»Und was denkst du, was man damit machen sollte?« fragt er schließlich.

»Einen Beitrag fürs Auslandsjournal«, schlage ich vor.

»Das heißt, daß du vom Dienstplan suspendiert werden willst?« fragt er leicht besorgt.

»Nur für ein paar Tage ...«, wiegle ich ab.

»Das muß ich erst mit dem Journal checken und vielleicht auch gleich mit deinem ganz speziellen Freund«, entscheidet Ras und verspricht zurückzurufen.

Während ich auf seinen Rückruf warte, mache ich mit dem Video weiter. Spule vor und zurück und bin ganz wild darauf, in einen Schneideraum zu kommen. Das kann eine wirklich gute Story werden.

Es klingelt an der Haustür, und ich stehe auf, verärgert über die Unterbrechung, die mich aus einem Zustand reißt, den ich am liebsten mag: Arbeitseuphorie. Es ist ein Blumenbote mit einem riesigen Blumenstrauß. Zuerst bin ich überzeugt davon, daß es sich um ein Mißverständnis handeln muß, aber dann sehe ich die Karte und nehme den

Strauß an. Vierundzwanzig langstielige rote Rosen. No more, no less. »Voll Sehnsucht, dein P.«

Mehrere Stunden lang habe ich nicht an ihn gedacht, ihn höchstens als ein schwaches Sausen im Blut gespürt, und als ich nun mit dem monströsen, in Zellophan gewickelten Strauß in der Hand dastehe, möchte ich ihn am liebsten auf den Küchentisch legen und weiterarbeiten. Ihn zurückweisen, den Strauß als ein trojanisches Pferd betrachten. Aber dann fällt mir Tante Mo und ihr Rosengarten ein, der ihr Leben lang ihre Leidenschaft war, ob sie nun mit dem einen oder dem anderen verheiratet war, hier oder dort gewohnt hat oder schließlich Witwe ihrer beiden Ehemänner war. Und wie schon so oft ist es ihre Eisenhand in Samthandschuhen, die meine Handlungen steuert, als ich die Rosen aus dem Zellophan befreie, die Stiele anschneide, bevor ich schließlich Wasser in einen verbeulten Champagnerkühler fülle und sie hineinstelle.

Der Strauß findet in meinem Schlafzimmer auf dem Boden neben meinem Bett, wo es von Bändern und Notizen nur so wimmelt, ein Plätzchen, und widerstrebend muß ich zugeben, daß er schön ist. Obwohl ich davon überzeugt bin, daß Paul schon Tausende solcher Karten geschrieben hat, durchläuft mich doch ein Schauer, als ich sie noch einmal lese. Und noch einmal. Kurz bevor ich vor lauter verbotenem Entzücken zerfließe, ruft der General an. Himself. Er ist der Meinung, das mit den Bändern klänge »riesig«, schlägt aber vor, eine eigene Sendung daraus zu machen. Also eine richtige Dokumentation. Wenn ich denke, daß ich Stoff genug für fünfzig Minuten habe. Das denke ich.

Reichen mir sieben Redaktionstage, so daß der Film für den übernächsten Freitag ins Programm genommen werden kann? Auch das denke ich.

Gut, dann wird er es selbst mit Ras regeln, daß ich aus dem normalen Dienstplan herausgenommen werde.

So. Nachdem ich aufgelegt habe, bleibe ich eine Weile regungslos stehen und starre aus dem Fenster. Das Mädchen gegenüber hängt wie immer in ihrem Fensterrahmen, schaut mich gleichgültig an wie ein neunzehnjähriges Musterbeispiel für einen Menschen, den man durch Nichtstun vor die Hunde gehen läßt. Behindert durch Arbeitslosigkeit.

Das bin ich nicht, ganz im Gegenteil. Das Versprechen, das ich dem General gegeben habe, grenzt an Wahnsinn. Wenn ich es einhalten will, muß ich sofort loslegen. Ich wende mich vom Fenster ab, gehe aufs Klo, koche Kaffee. Und dann betrete ich den geschlossenen Raum der Konzentration.

Dort bleibe ich fast zehn Tage, von denen ich mich die meiste Zeit mit Søren, den ich mir als Techniker geangelt habe, hinter dem Mischpult befinde. Trotz seiner Flowerpower-Ideale hat er Respekt vor meinem Ehrgeiz und meinem Ernst und läßt sich von meiner Vision anstecken, die ich anfangs nur vage als »eine Oper« bezeichnen kann. Ohne schwerfällige Analyse und Interpretation, sondern nur Bilder voller Pathos, Angst und Hoffnung. Untermalt von russischer Opernmusik.

»Du meinst, wir sollen *Kunst* machen? In sieben Redaktionstagen?« fragt er mich am ersten Morgen, als wir die Croissants vertilgen, die ich zum Kaffee mitgebracht habe. Als ich nicke, legt er mir eine Hand aufs Knie und sagt, daß ich wahnsinnig sei. Wenn das stimmt, dann sind wir es beide, denn von dem Moment an ist er hundert Prozent für mich und das Projekt engagiert. Läßt sich selbst von den Standbildern auf dem Monitor hinreißen – alte, bettelnde Frauen, ängstliche Kindersoldaten, junge Studenten im Freudentaumel. Das Volksmeer auf dem Manegenplatz und die stumme kollektive Trauer über die drei Opfer.

»Ist das schön!« sagt er mehrfach. »Ich wünschte, ich wäre dort gewesen ...«

Ich erinnere ihn daran, daß wir eine Oper produzieren. Daß die Vorstellung zu Ende ist, wenn der Projektor ausgeschaltet ist. Aber Sørens Glauben an das *Volk* ist unerschütterlich, und als uns beim Schnitt nur noch die letzten Sequenzen fehlen, ist er dagegen, daß wir auch nur ansatzweise Skepsis gegenüber der russischen Revolution zeigen könnten. Erst nach stundenlangen Diskussionen beugt er sich und ist damit einverstanden, daß wir die Oper mit einer Bilderserie von Jelzin abschließen; die letzte Aufnahme, die mein Kameramann von unten gefilmt hat, läßt ihn wie ein Denkmal erscheinen. Ein großer Mann. Wie Lenin, Stalin oder Dzierżyński.

Meine einzige Kritik an Søren ist, daß er immer pünktlich geht. Er muß seine Tochter spätestens um fünf aus dem Kindergarten abholen, Viertel vor ist er also weg. Ohne einen Techniker kommt man schlecht weiter, aber ich bleibe dennoch sitzen, sehe mein Schnittmanuskript noch mal durch, höre mir die Musik an oder gehe auf den Auslandsflur, um die Lage zu peilen und ein wenig mit Ras und den Kollegen zu reden. Knud, ein älterer Kollege in der Osteuropa-Redaktion, pikst mich beleidigt an und kann nur schwer seine Unzufriedenheit darüber verbergen, daß ich mich mit einer eigenen Sendung, der Revolution und allem hervortun darf, während er wie alle anderen Doofen das tägliche Geschäft erledigen muß.

»Du bist nur neidisch!« erklärt die Producerassistentin mit ihrem losen Mundwerk und drückt ihm eine Thermoskanne in die Hand, damit er Kaffee kochen kann. Kirsten ist erst fünfundzwanzig, aber sie hat die notwendige, angeborene Autorität, so daß die alten Primadonnen ihr wie gutdressierte Hunde gehorchen.

Paul hat aufgehört, mich anzurufen oder mir Nachrichten zu hinterlegen, und es sind auch keine weiteren Umschläge oder Blumenboten gekommen. Da die Rosen schnell verwelken, weil ich weder das Wasser wechsle noch sie schneide, und ich ihm nur einmal in der Kantine über den Weg laufe, wo er – vielleicht mir zu Ehren – mit dem Arm locker um Henriettes Schulter sitzt, fehlt nicht mehr viel, daß ich ihn ganz verdrängen kann. Aber beim Essen mit Frank und Simon, wo ich etwas zuviel Retsina zum Moussaka trinke und die beiden nebeneinandersitzen, sich Küßchen geben und Zärtlichkeiten austauschen und dabei so unglaublich männlich sind, da muß ich doch von ihm erzählen. Und an dem Morgen, als ich sehe, wie er aus *ihrem* VW Cabriolet aussteigt, krampft sich in mir einiges zusammen.

Ich versuche einen primitiven Gegenzug – am Wochenende rufe ich einige meiner alten Flammen und Liebhaber an. Der eine würde verdammt gern kommen und hat schrecklich viel Lust, aber er steht kurz vor seiner Hochzeit. Ein anderer irritiert mich bereits fürchterlich während eines Essens in dem neuen thailändischen Restaurant, wo ich mich mit ihm verabredet habe. Den dritten besteige ich sogar, krabble jedoch schnell wieder herunter und lasse ihn frustriert, um nicht zu sagen erzürnt in einem Hotelbett in Vesterbro zurück.

In den letzten Tagen vor Redaktionsschluß habe ich keine Zeit, an ihn zu denken. Ich bin kurz davor, in Panik zu geraten, aber Søren erweist sich wieder einmal als Kumpel. Er überredet seine Mutter, die Tochter abzuholen, und da seine Krankenschwesterehefrau sowieso Nachtwache hat, kann er unbegrenzt bleiben. So sitzen wir die letzten beiden Abende bis spät in die Nacht da – bis es uns vor den Augen flimmert, der Nacken steif wird und wir nicht mehr in der Lage sind, länger vernünftig zu arbeiten. Erst am Freitag nachmittag – im allerletzten Augenblick – können wir stolz und guten Gewissens das fertige Band dem Sendeleiter abliefern.

Ich fühle mich ausgelaugt und euphorisch, habe das Gefühl, meiner Vision so nahe wie möglich gekommen zu sein, und spendiere Søren und den anderen im Redaktionsflur Wein. Nachdem die Leute nach und nach mit ihren Beiträgen fertig geworden sind, entwickelt sich das Ganze zu einer Art Umtrunk – zur großen Verärgerung des Sekretariats, in dem die Leute bis zum Ende der Spätnachrichten nüchtern bleiben müssen. So daß der General, der keine Gelegenheit ausläßt, sich aufzublasen, den Redaktionsflur entlanggerollt kommt, um mit seiner Rifle zu drohen. Ich nehme ihm den Wind aus den Segeln, indem ich ihm auch ein Glas anbiete. Er fragt, ob meine Arbeit denn wirklich so gut sei, daß ich es mir erlauben könne, mich selbst zu feiern, und ich antworte »you bet!« und gebe ihm eine Kopie des Bands. Er kann es sich ja selbst angucken, wenn er mir nicht glaubt.

»Ich habe keine andere Wahl!« sagt er und kippt den sauren Kantinenwein hinunter. Aber er nimmt tatsächlich das Band mit und versichert, daß er es sich sofort anschauen werde.

Søren und ich werfen uns Blicke zu – ich bin nicht wirklich davon überzeugt, daß der Bericht dem Geschmack des Generals entspricht. Er ist zweifellos mehr für Pulver und Kugel als für eine großartige Oper und *Kunst*! Während also der General mit dem Band in seinen Pranken den Flur entlangmarschiert, bereue ich bereits, daß ich unbedingt Emma Peel spielen mußte. Es ist schon früher vorgekommen, daß er interveniert hat und in letzter Sekunde eine Umarbeitung gefordert oder eine Sendung aus dem Programm genommen hat. Und natürlich kann er das jetzt auch noch tun.

Aber genau fünfundfünfzig Minuten später – in denen Søren und ich verschiedene Strategien diskutiert haben, wie wir uns im schlimmsten Fall verhalten, allerdings ergebnislos – kommt er zurück. Mit dem Band in der einen Hand und zwei Flaschen Wein in der anderen.

»Prima«, sagt er. »Anders, aber gut. Herzlichen Glückwunsch!« Dann gibt er mir das Band und die Flaschen und fordert schroff, daß wir doch bitte schön unser Fest aus Rücksicht auf die arbeitende Bevölkerung in die Kantine verlegen möchten. Ich starre mit offenem Mund auf die beiden Flaschen St. Emilion und komme erst wieder zu mir, als Søren mir in den Rücken boxt und »Wahnsinn!« ruft und die anderen um mich herum ebenfalls ihrer Anerkennung Ausdruck verleihen. Es ist nicht jedem vergönnt, Wein oder öffentliches Lob vom Programmchef zu bekommen. Und schon gar nicht beides zugleich.

Deshalb hebe ich auch besonders hervor, daß die halbe Ehre Søren gebührt, und überreiche ihm die eine Flasche. Danach gehorchen wir dem Befehl und verlegen das Fest in die Kantine, die zu diesem Zeitpunkt so gut wie leer ist. Wir trinken schnell die beiden Flaschen aus und kaufen weitere, nachdem sich das Gerücht in der Abteilung verbreitet hat und die Gesellschaft immer größer wird. Es ist außerordentlich selten, daß es hier ein Gelage gibt – normalerweise stürzen die Leute nach Hause, sobald sie können. In der Beziehung ist es ein langweiliger Arbeitsplatz.

Gegen sieben, als ich so viel getrunken habe, daß ich schon links und rechts heftig flirte, taucht Paul auf. Dicht gefolgt von Henriette, die in voller Kriegsbemalung und auf hohen Hacken daherstolziert und aussieht, als wäre sie auf dem Weg in die Stadt, um sich dort zu amüsieren. Im Gegensatz zu mir, ich trage flache Absätze, und von meinem Make-up ist nur noch ein bißchen verschmiertes Mascara übrig.

»Läuft es gut?« fragt Paul mich.

Ich nicke und biete überfreundlich Paul und auch Henriette ein Glas Wein an. Paul bedankt sich und setzt sich sofort hin, während Henriette den Kopf schüttelt und stehenbleibt – trippelnd und offensichtlich ungeduldig. Aber als er ihren Wink mit dem Zaunpfahl ignoriert, kann sie nicht länger an sich halten und begeht einen fatalen Fehler.

»Paul, wir müssen jetzt wirklich gehen, wenn wir nicht ...«

Paul schaut kaum zu ihr hoch, während er sie auszählt. »Du bist auch eingeladen. Ich habe jedenfalls vor zu bleiben. Okay?«

Das ist boshaft, und Henriettes Reaktion ist die einzig würdevolle. Sie geht. Verläßt die Kantine und ihren Traum vom Liebhaber Paul.

Jemand räuspert sich, andere scharren unangemessen mit den Füßen unter dem Tisch, und unmittelbar nach Henriettes Abgang löst die Gesellschaft sich auf. Der Zauber ist gebrochen, die Stimmung kaputt, und den Leuten fallen plötzlich Verabredungen und Versprechen ein, sie bekommen ein schlechtes Gewissen und stürzen heim zu Frau oder Mann. Sogar Søren hat es eilig auszutrinken – er muß seine Tochter bei seiner Mutter abholen –, aber er drückt meinen Arm und bedankt sich für eine tolle Zusammenarbeit, dann ist auch er fort.

Ich hätte während des allgemeinen Aufbruchs abhauen sollen, bleibe jedoch dummdreist sitzen und schaue ihn herausfordernd an, als wir allein sind.

»Danke für die Blumen«, sage ich dann.

»Ach, du hast sie also gekriegt?« erwidert er säuerlich. »Die Dankeskarten sind ja nicht gerade in überwältigender Menge bei mir angekommen.«

Ich zucke mit den Schultern. Lüge rund heraus und mit voller Absicht.

»Ich hatte keine Zeit.«

»Keine Zeit – wofür?«

»Keine Zeit zum Flirten.«

Paul bewegt seinen Kopf langsam von einer Seite zur anderen. »Tes –«, sagt er nur. Resigniert und sanft.

Sein Blick ist wie ein Laserstrahl, der sich durch weiches Fleisch schneidet. Ich schaue weg und sauge meine Zigarette glühendheiß, um den Drang zu überspielen, mich ihm an den Hals zu werfen. Meine Hände auf sein Gesicht zu legen, seine Lider zu küssen...

»Bist du noch nicht vor Hunger gestorben?« fragt er dann in einer ganz anderen Tonlage, die mich zum Lachen bringt.

»O doch!« gebe ich aus vollem Herzen zu, und von dort bis zu einem kleinen provenzalischen Restaurant in der Innenstadt ist es nicht sehr weit.

Beunruhigend kurz sogar, denke ich mit einem nervösen Kichern, als ich in der winzigen Toilette des Restaurants stehe und versuche, ungefähr so auszusehen, wie man sich eine Dame vorstellt. Unten in meiner Tasche finde ich glücklicherweise ein Paar große goldene Ohrringe und eine halbleere Parfumprobe. »Magie Noire« – die ich mir hinter die Ohren und zwischen die Brüste tupfe – just in case. Mit meinen schwarzen Jeans und dem schon etwas abgetragenen Body ist nicht viel zu machen, und wenn es soweit kommen sollte, muß er sich damit abfinden, daß mein Slip eher von H&M als von Aubade ist.

Wir einigen uns auf das Tagesmenu – Schnecken, Kalbsschnitzel und Crème caramel – und akzeptieren den Weinvorschlag des Kellners, einen jungen, kühlen Beaujolais. Paul ißt schmatzend und mit Genuß und spricht laut und begeistert über das Essen. Er läßt den jungen Wirt rufen und macht ihm Komplimente in etwas, das für mich wie perfektes Französisch klingt.

»Lernt man das in Skovshoved?« ärgere ich ihn und tunke mein Baguette in die Schneckensoße. Beim Sender ist das sein Handicap – daß er ein waschechter Oberklassensprößling ist.

»Meine Großmutter mütterlicherseits war Französin«, erklärt er nebenbei. »Und außerdem habe ich als Tellerwäscher in einem Restaurant in Marseille gearbeitet. Aber mein Vater stammt aus Viborg«, fügt er als Entschuldigung hinzu und tupft sich die Mundwinkel mit der weißen Stoffserviette ab.

Und dann reden wir über etwas anderes. Harmlos fröhlich, so daß ich während des Hauptgerichts keine Atemnot aufgrund der elektrisierenden Atmosphäre mehr habe, die mich, seit wir allein in der Kantine zurückblieben, zu einem einzigen stromführenden Teil gemacht hat.

Als jedoch der Kellner die Fleischteller entfernt hat und Paul sich über den Tisch beugt, mir eindringlich in die Augen sieht und seine Knie gegen meine drückt, habe ich dennoch das Gefühl, einen Schlag zu bekommen. 220 Volt.

»Okay, nun erzähl mal. Was ist zwischen Sonntag und Montag passiert?«

»Nichts«, weiche ich aus.

»Tes!« beharrt er.

»Ich habe mich nur geirrt. Dich romantisiert. Das ist nicht deine Schuld. Wenn ich mich ungeschickt verhalten habe, bitte ich hiermit um Entschuldigung«, erkläre ich und neige meinen Kopf auf japanische Art.

»Wenn es Henriette ist, von der du so kryptisch redest, so ist das nie etwas Ernsthaftes gewesen. Und wie du selbst gesehen hast, ist die Verbindung endgültig beendet.«

»Zack!« kommentiere ich.

»Dir zu Ehren«, sagt er ausdruckslos wie ein Samurai.

»Was für ein Geschenk!«

Paul schweigt. Spielt lange mit einem Brotkrümel, bevor er mich wieder anschaut.

»Ich verstehe deine Angst und deine Bedenken sehr gut.

Du kennst mich nicht, aber ich denke wirklich, daß ich so bin, wie du hoffst, daß ich bin.«

»Und wieso denkst du das?« frage ich mit dem letzten Rest angestauter Aggression.

Er spielt mit anderen Brotkrümeln. Fegt sie zu einem kleinen Haufen auf der Tischdecke zusammen. »Weil ich dich haben will!«

Zack!

Als wenn das ein Argument wäre! antwortet mein Gehirn, während mein Körper sofort zu singen anfängt. Hosianna, Halleluja! Und während ich nach einer entwaffnenden Antwort suche, werde ich in seine Augen gesogen, und genau in dem Moment, als das Dessert auf den Tisch gestellt wird, sage ich wie in Trance: »Ich will dich auch haben.«

Wir kosten pflichtschuldigst das goldfarbene Dessert, lassen aber die Löffel gleichzeitig sinken.

»Ist so eine Crème caramel nicht äußerst erotisch?« fragt Paul, worauf ich antworte, indem ich den Löffel in die Crème schiebe und ihn dann langsam ablecke. Paul stöhnt leise auf.

»Nun?«

Dann bezahlen wir. Stürzen aus dem Restaurant und erneut in ein Taxi, in dem wir uns halberstickt und ohne den sich räuspernden Fahrer zu beachten aufeinanderwerfen. Gegenseitig öffnen wir widerspenstige Reißverschlüsse, und als wir Pauls Wohnungstür hinter uns geschlossen haben, fallen wir im Flur übereinander her.

Danach siedeln wir in sein ockerfarbenes Schlafzimmer um und machen es noch einmal – aber ruhig, freundlich und mit einer schwindelerregenden neuen Zärtlichkeit. Ich bin auf diesem Gebiet unerfahren, spüre jedoch plötzlich in einem heiligen Moment, daß das der Weg zur Hingabe ist. Vielleicht sogar zur Liebe.

Ich lecke ihm die Schweißtropfen ab, schnüffle in seiner

Achselhöhle, küsse sein kleines Tier und habe nur noch den einen Wunsch: hier zu liegen und seinem Herzschlag zu lauschen, während er mir übers Haar streicht.

Früh am nächsten Morgen werde ich geweckt.

»Herzlichen Glückwunsch!« sagt er und raschelt munter mit der Tageszeitung.

»Was ist los?« frage ich schlaftrunken, aber nicht ganz sicher, ob ich träume oder wach bin, als ich Paul nackt auf der Bettkante sitzen sehe, die Zeitung in der Hand.

»Die Fernsehkritiker sind begeistert! Hör mal: ›Mit ihrer Oper in Rot gelang es Therese Skårup, die stereotype und oft reichlich langweilige Berichtform zu erneuern, so daß die russische Revolution Fleisch und Blut bekam. Sicher brach sie dabei mit dem Objektivitätskriterium, das ansonsten wie ein Mühlstein vielen Mitarbeitern der Staatssender anhängt, und traf eine bewußte Entscheidung, als sie die Reportage zu einer subjektiven Augenzeugenschilderung machte. Die Revolution, wie Skårup sie sah – mit ihren Helden und Schurken, mit ihrem Glauben und ihren Zweifeln. Man kann sich über ihre Beurteilungen streiten, aber wie mutig und wohltuend ist es doch, eine Reportage zu sehen, die persönlich und konsequent gemacht ist, sowohl in Form wie in Inhalt. Das ist die Art Fernsehen, die in die Zukunft weist und dem Medium in diesen bewußtlosen Glücksradzeiten einen Sinn gibt.‹«

Paul sieht mich triumphierend an, als hätte er es selbst geschrieben, während ich mich im Bett halb aufrichte und gähne. »Du gähnst? Nach so einer Kritik?« Paul sieht mich verblüfft an. »Es ist sechs Uhr«, gähne ich erneut. »Aber es war lieb von dir. Danke.«

»Danke gleichfalls!« Paul schüttelt den Kopf. »Sollte es jemals jemanden geben, der so über mich schreibt, dann würde ich ... Wo ist dein Band?«

»Was für ein Band?« frage ich und sinke wieder in die Kissen. Ich habe Kopfschmerzen.

»Die Reportage? In deiner Tasche?« fragt er und schaut sich suchend um.

»Ja. Warum?« Ich bin schon fast wieder eingeschlafen.

»Weil ich sie sehen will!« sagt Paul über die Schulter und verläßt das Schlafzimmer.

»Jetzt?«

»Ja!« ruft er aus dem Wohnzimmer und kommt mit dem Band in der Hand zurück. Eigentlich sollte ich dagegen protestieren, daß er allein an meine Tasche geht, aber nun mal ehrlich, es ist sechs Uhr morgens ...

Er schiebt das Band ins Videogerät und springt mit der Fernbedienung in der Hand erwartungsvoll wieder ins Bett. »Du bist ja geisteskrank!« erkläre ich.

»Man muß sich einen Vorsprung sichern!« grinst er und fragt, wann ich Kaffee haben möchte.

»Um neun. Um halb elf muß ich zum Friseur«, murmle ich, drehe mich zur anderen Seite und schlafe bei den Tönen zu »Boris Godunow« und meiner eigenen Stimme wieder ein. Wir frühstücken im Erker mit Ausblick auf den Dunst über dem Peblingesø. Teilen uns die Zeitung – von der Paul bisher nur die Fernsehrezension gelesen hat –, Inland für ihn, Ausland für mich. Und zum Schluß ein bißchen Kultur. Zwischendurch spähen wir immer mal wieder schnell über den Zeitungsrand, berühren uns, tippen mit den Zehen unter dem Tisch den anderen an. Sein Nagel vom großen Zeh wandert kratzend mein Bein hinauf und erzeugt bei mir eine Gänsehaut. Dafür lasse ich einen Fuß seinen behaarten Schenkel hinauflaufen – schubse seinen Kimono beiseite, so daß ich ganz hinaufkomme und meinen Fuß zwischen seine Beine legen kann. Er umfaßt meine Hacke, so daß ich gleichzeitig berauscht und sensibilisiert die Zeitung fallen lasse, um ihn ansehen zu können. Paul war schon immer ein hübscher Typ – das ist Teil seines Rufs. Aber an diesem Samstag vormittag, als er unrasiert und verlottert mir gegenübersitzt, da sehe ich, daß er schön ist. Ich suche nach Worten, um es ihm zu sagen – aber die Telepathie zwischen uns ist so konkret, daß er mir zuvorkommt.

»Tes, du bist schön«, sagt er, und ich schüttle schnell den Kopf. Geniert. Senke den Blick, fühle mich entblößt und voller Fehler. Fehler, die er vielleicht bisher übersehen hat, aber die er in diesem Morgenlicht der Erkenntnis unzweifelhaft bemerken wird. »Doch, das bist du!« beharrt er. »Es ist wunderbar, dich anzugucken.«

»Nein!« Ich schüttle den Kopf. »Meine Augen stehen zu eng zusammen, meine Nase ist schief, und mein Mund ist zu groß ...«

»Sonst noch was?«

»Ich kriege schon Falten!«

Paul grinst. Läßt meine Füße los und gießt Kaffee ein. »Let's face it! Du gehst hart auf die Neunundzwanzig zu!«

»Und du?«

»Ein junger Mann von siebenundzwanzig! Aber nur ruhig, ma chérie! Ich war schon immer scharf auf reife Frauen.«

Ich ohrfeige ihn mit dem Sportteil, während er mein Handgelenk packt und mich auf seinen Schoß zieht. Mich küßt und eine Hand besitzergreifend auf meine Brust legt, die sich bereits aufführt, als gehöre sie ihm. Schamlos, wollüstig.

Wir sind den ganzen Tag zusammen. Selbst als ich zum Friseur gehe, kommt er mit. Sitzt unbeirrt dabei und guckt von seinem Platz in dem dreieckigen Wartesofa aus in meinen Spiegel, verzieht seinen Mund zu einem imaginären Kuß und formt »Je t'aime« mit den Lippen, so daß ich geniert schmunzle und Bente, meine Friseuse, wissend breit grinst. Wir pflegen sonst immer sehr interessante Gespräche zu führen, sie und ich. Dostojewski ist ihr Lieblingsschriftsteller, und wir versuchen auch ein wenig ernsthaft über »Schuld und Sühne« zu reden, das sie im Urlaub erneut gelesen hat, aber Pauls Anwesenheit wirkt auf uns beide zu ablenkend. Also konzentriert sie sich aufs Schneiden, und ich sitze in dem gestreiften Hemd, das ich mir von ihm ausgeliehen habe, nur summend da. Gewöhne mich an meinen Schwebezustand. Spüre, wie das Eis bricht.

Anschließend gehen wir Hand in Hand den Strøget entlang. Immer wieder komme ich aus dem Schritt, und Paul fragt, ob ich auch so schlecht tanze.

»Ich bin nur aus der Übung«, erkläre ich und will ihn unwillkürlich loslassen, als wir ein paar Kollegen entdecken, die auf uns zukommen. Aber Paul hält mich fest, als wäre ich ein Hund, der an der Leine zieht, und redet in dem entsprechenden gewissenhaften, ruhigen Ton auf mich ein.

»Ruhig, ruhig! Die haben uns schon gesehen! Also kannst du ebensogut deinem Schicksal mit Würde entgegengehen!« sagt er und lächelt ihnen freundlich zu, als sie uns mit Augen, groß wie Kameralinsen, anstarren.

»Welchem Schicksal?« knurre ich zwischen den Zähnen.

»Daß wir spätestens Montag bei der Morgenkonferenz als das neue Paar des Senders gelten!«

Die Kollegen, zwei Typen von der Dokumentargruppe, halten sich nicht zurück, sie bleiben stehen und wollen mit uns plauschen. Ich bleibe demonstrativ stumm, während Paul, immer noch meine Hand fest in seiner, die absolute Komödie spielt und über Wind und Wetter und die Tamilensache plaudert, an der die beiden gerade dran sind.

»Herzlichen Glückwunsch«, sagt der eine schließlich direkt zu mir. »Das war eine tolle Reportage, die gestern von dir gelaufen ist.«

Ich bedanke mich und interveniere hastig, als Paul mit

der heutigen Fernsehrezension prahlen will. Auf dem Weg in die Stadt kauft er noch fünf weitere Zeitungen – zwei Morgen- und drei Abendzeitungen –, drei berichten positiv, eine ist sauer, und eine erwähnt die Reportage gar nicht.

»Warum sollte ich das nicht sagen?« fragt Paul, als wir die beiden Neugierigen endlich los sind.

»Hochmut kommt vor dem Fall!« erkläre ich drohend.

»Aber ich bin doch so stolz auf dich!« Paul drückt mich heftig an sich. »Ich finde, du bist phantastisch! Ich finde, es ist die wunderbare, prachtvolle und absolute Seligkeit, hier mit dir auf der Straße laufen zu dürfen! Ist das so schlimm?«

»Das weiß ich nicht!« antworte ich konfus, lege aber jedenfalls meine Hand wieder in seine.

Wenn er sich abzuheben traut, dann ich auch. Paul hatte es, soweit mir bekannt, nie eilig, seine neuen Eroberungen vorzuführen. Vermutlich, um anderen Damen nicht alle Hoffnung zu nehmen! Daß er jetzt so begeistert ist, mit mir gesehen zu werden, muß ein direktes Signal für mich sein. Er will für mich der sein, den ich mir erhoffe. Bleibt nur noch die Frage, wen er sich in mir erhofft.

Genau das frage ich mich, als wir am Abend wieder im Erker sitzen und coq au vin essen, für dessen Zubereitung er den ganzen Nachmittag gebraucht hat, während ich gegen seinen Willen nach Hause gegangen bin, um die Post durchzusehen, mich umzuziehen und ein paar Grad abzukühlen, bevor ich völlig dahinschmelze. Aber die Wirkung des kalten Wassers und eines Ablenkungsbesuchs bei Simon und Frank, wo ich Paul skrupellos auf seinen Körper reduziere – »ein knackiger Bissen« –, ist nur kurzlebig. Denn sobald ich wieder bei ihm bin, beginnen mein Schoß, mein Körper und meine Seele zu lechzen und zu glühen.

»Jetzt erzähle mir mal, wer du bist, Therese!« sagt er und schenkt mir Wein nach.

Normalerweise besteht meine Beziehung zu Männern, die diese Art rhetorischer Fragen mit verschleiertem Verführerblick stellen, nicht über das Ende eines candlelight dinner hinaus. Aber wenn Paul das sagt, dann ist das natürlich etwas vollkommen anderes. Ich drehe das Glas am Stiel, während ich nachdenke, bereit, eine richtige Antwort zu geben.

»Journalistin?« antworte ich und höre selbst, daß es eher wie eine Frage klingt.

Paul lächelt leicht.

»Journalistin? Und was noch?«

»Frau?«

»Frau«, wiederholt Paul und erfüllt das Wort mit einer neuen, warmen Sinnlichkeit, die meine Gebärmutter wie eine Seeanemone schaukeln läßt.

»Und weiter? Wer bist du noch?«

Ich zucke unsicher mit den Schultern.

»Ich selbst«, antworte ich schließlich, und das klingt vielleicht etwas poppig, ist aber deshalb nicht weniger wahr. Ich bin in erster Linie ich selbst, und so ist es schon immer gewesen.

»Und darauf bist du stolz«, sagt er und verwirrt mich, weil er so direkt in meine eigenen Gedankenbahnen eindringt.

»Wie meinst du das?« frage ich ablenkend.

»Du bist stolz, du selbst zu sein«, erklärt er. »Du bist Journalistin und Frau und stolz, du selbst zu sein.«

»Letzteres habe ich nicht gesagt!« protestiere ich.

»Was hast du nicht gesagt?«

»Daß ich *stolz* bin, ich selbst zu sein!«

»Ja, bist du es denn nicht?« Paul schiebt mir eine Packung Zigaretten hin, und ich ergreife das Päckchen mit einer heftigen Bewegung. Irgendwie fühle ich mich in eine Ecke gedrängt.

»Darf ich das nicht?« frage ich zornig und ignoriere demonstrativ das Feuerzeug, das er bereithält, während ich mich über den Tisch beuge und meine Zigarette an einer Kerze anzünde.

»Doch, natürlich. Wenn ich du wäre, wäre ich auch stolz auf mich. *Ich* bin ja auch stolz auf dich, das habe ich doch schon gesagt!« erklärt Paul und schaut mir ungeniert ins Dekolleté.

»Paul, was spielen wir hier eigentlich?« frage ich und schiebe den Stuhl hart nach hinten.

»Nichts«, antwortet er mit unschuldiger Miene. »Ich versuche nur herauszufinden, was für ein Mensch du bist.«

Das tut er dafür um so gründlicher und mit einer derartigen Hartnäckigkeit, daß ich mehr als einmal an diesem Wochenende das unangenehme Gefühl habe, wir würden Katze und Maus spielen. Wobei ich natürlich die Maus bin. Aber jedesmal, wenn ich frage, ob er mich zum Narren hält, schaut er mich ernst an und gibt mir die gleiche Antwort, in verschiedenen Variationen: »Ich will wissen, wer du bist.«

Und ich, die ansonsten bekannt dafür ist, reserviert zu sein und nie so eine war, die ihre Lebensgeschichte in der S-Bahn zum besten gibt, gehe am Sonntag Hand in Hand mit Paul um die Seen und erzähle ihm Dinge, von denen ich gedacht habe, ich hätte sie vergessen. Er hat ein seismographisches Gespür dafür, wo es weh tut, und ohne sich zu schämen, legt er genau dort seinen Finger drauf und bohrt weiter, bis er dahin kommt, wo meine Nervenstränge ungeschützt freiliegen. Ganz zurück in die Kindheit und zum Ursprung aller Schmerzen.

Also erzähle ich zum ersten Mal als Erwachsene von dem sieben Jahre währenden Strindberg-Drama meiner Eltern, das alle, außer den Akteuren selbst, ausschloß, so daß sogar die Kinder, die sie hervorgebracht hatten, zu Statisten oder Requisiten wurden.

»Das ist wirklich ein gutes Beispiel für zwei Menschen, die ganz und gar nicht füreinander geschaffen sind!« sage ich trocken.

Paul lächelt und macht mich damit aufmerksam auf meinen unbewußt aufgestellten Gegensatz zu uns beiden ...

»Und warum waren sie das nicht?« fragt er und nimmt mich von dem einen Haken, um mich sogleich an einen anderen zu hängen.

»Ach«, ich breite die Arme aus und muß mich entschuldigen, weil ich fast einen alten Mann mit Stock geschlagen hätte. »Sie waren einfach zu unterschiedlich. Du weißt, mein Vater kommt aus einem strenggläubigen Kleinbauernmilieu auf Læsø, rebellierte und ging nach Kopenhagen, um Kunst zu studieren. Aber ...«

Ich stocke, als wir einem Elternpaar mit Zwillingskinderwagen ausweichen müssen. Zum ersten Mal seit Jahren sehe ich meinen Großvater vor mir. Brütend und gewaltig, schwer in seinen riesigen, schlurfenden Holzschuhen, die Kiki und mich immer laut losprusten ließen. Sie fragte ihn einmal, ob er die auf einer Werft hatte anfertigen lassen, und das fand er überhaupt nicht lustig. Er fand sowieso, daß wir zwei ungezogene Kopenhagener Gören waren, und die wenigen Sommer, die wir die lange Reise nach Læsø machten und die Sommerferien in Großvaters Lehmhütte mit Strohdach verbrachten, in der die kalten Kammern nach Urin rochen und es weder ein WC mit Wasserspülung noch fließend Wasser überhaupt gab, sind in meiner Erinnerung immer noch in erster Linie furchteinflößend und exotisch. Noch jetzt kann ich das Gefühl plötzlicher Kälte und Klammheit spüren, wenn wir aus der sonnenflimmernden Læsø-Natur mit Hummeln in den Heckenrosen in Großvaters Küche traten, wo immer Kröten und Ohrenkneifer auf uns lauerten. Und dann Großvater selbst, der plötzlich in der Türöffnung erscheinen konnte, nach Stall stinkend und gefährlich. Außerdem sprach er in dieser unverständlichen Kartoffelsprache, die Kiki nachahmte, wenn wir im Bett lagen. Aber im Grunde genommen war er ein stummer Mann. Wir hörten ihn eigentlich nur etwas sagen, wenn er schimpfte oder das Tischgebet sprach. Selbst Vater hatte Angst vor ihm. Nur Mutter konnte wie ein Zitronenfalter um ihn herumflattern und ab und zu ein Blitzen in seinen Augen hervorrufen, und es geschah sogar manchmal, daß sie ihn zum Lächeln brachte. Aber wir fuhren immer zur falschen Zeit, und wenn Mutter nicht auf der Fähre nach Frederikshavn seekrank wurde und sich übergab, so stritten Vater und sie bereits auf dem Wasser, wie krank im Kopf Großvater war. Denn auch wenn Vater schrecklich frustriert war, verteidigte er trotzdem Großvater und warf Mutter vor, sie sei eine bourgeoise Ziege, die keine Ahnung von dem »wahren Leben« habe. Ein einziges Mal gab er zu, daß es »schlimmer geworden ist, seit Großmutter tot ist«, und da stritten sie nicht. Statt dessen sah ich zu meiner Verwunderung, daß Vaters Maske Risse bekam und ihm Tränen in die Augen stiegen. Mutter umarmte ihn, und darauf liefen Kiki und ich schnell zum Achtersteven und spuckten über die Reling. Das ist wohl so zwanzig Jahre her. Soweit ich weiß, lebt er immer noch.

»Dein Vater war also auf der Kunstakademie, aber?« fordert Paul mich auf.

»Aber«, fahre ich fort, »das ging wohl nicht so gut, oder er wurde einfach vom heiligen Feuer ergriffen. Jedenfalls wurde er zu einem glühenden Kommunisten, trat der DKP bei und fühlte sich berufen, ›sozialistische Kunst‹ zu machen. Er war bei der Gründung der Røde Mor dabei und malte Agitprop-Plakate für die 1.-Mai-Treffen und so. Und abgesehen von Mutter verehrte er Lenin, Marx und die Union der Sozialistischen Sowjetrepubliken.«

»Daher hast du das also?« Paul lächelt.

»Jedenfalls den Ansatz«, nicke ich. »Und Mutter war das bürgerliche Gegenteil. Tochter eines Kopenhagener Rechtsanwalts und seiner migränegeplagten Ehefrau, absolvierte die Schauspielschule des Königlichen Theaters, und als sie Vater kennenlernte, bereits ›ein vielversprechendes Talent‹. Aber wie alle anderen fand sie die Proteste romantisch, also flirtete sie zwischen ihren Ibsen-Proben ein wenig mit den Roten. Sie lernten einander auf einer politischen Veranstaltung kennen und …«

»Der Mann vom Volk verliebte sich in das hübsche Mädchen aus der Oberschicht, das weiche Knie kriegte, wenn ein Mann aus dem Volk sie küßte«, fährt Paul fort. »Aber dann endeten die faszinierenden Gegensätze damit, daß sie zu unverzeihlichen Fehlern wurden?«

»Klassenfeinde!« nicke ich und erzähle die Geschichte, wie ich sie von Tante Mo, der Schwester meines Großvaters mütterlicherseits und der einzigen, die den Kontakt zu meiner Mutter aufrechterhalten hat, gehört habe. Mutter hatte nicht auf ihre bürgerlichen Eltern gehört und meinen Vater geheiratet.

Ich war zu klein, um die Nuancen in dem Kampf der Klassen und Geschlechter zu verstehen – aber groß genug, um die Scherben zusammenzufegen, wenn wieder einmal Waffenstillstand herrschte und die Gegner eine heftige Versöhnung im Schlafzimmer versuchten. Damals, als der Krieg zu einem erschöpfenden Grabenkrieg geworden war und Vater den Tag mit sechs Bier und einer halben Flasche Schnaps begann, um das Dasein auszuhalten, holte Tante Mo uns ab und teilte meiner Mutter mit, daß wir erst wieder zurückkommen würden, wenn »geordnete Verhältnisse« herrschten.

Das einzig Vernünftige, da weder Mutter noch Vater die Kraft hatten, sich um uns zu kümmern und das Kindermädchen schon lange davongelaufen war. Wir lebten von Haferflocken mit Milch, denn das war das einzige, was wir selbst kochen konnten. Und als es keine Milch mehr gab, aßen wir sie ohne. Als Tante Mo – durch Intuition und einen Anruf meiner Klassenlehrerin – das entdeckte, nahm sie sofort die Sache in die Hand. Wir müssen ziemlich lange bei Tante Mo und Onkel Erik auf dem Land geblieben sein, denn ich ging dort in die Schule und hatte schon fast schreiben gelernt, als wir zurück in die Havnegade und eine Wohnung ohne Vater kamen.

»Und weißt du, was das schlimmste an der ganzen Geschichte ist?« frage ich Paul, der mich auf eine Bank zieht. »Mutter hat während der ganzen Zeit keine einzige Probe versäumt, nicht eine Vorstellung im Theater!«

»Disziplin?«

»Ja, in der Beziehung war sie immer wahnsinnig diszipliniert.«

»Und deshalb haßt du sie?«

Ich lehne mich an Paul, der mir seinen Arm um die Schulter legt. »Ich hasse sie. Und bewundere sie.«

Er hat offenbar fürs erste genug, denn jetzt läßt er mich in Ruhe. Wir gehen entspannt plaudernd weiter, die Østerbrogade hinauf zu mir. Gucken Schaufenster an. Kleidung, Küchen, Inneneinrichtung. Paul ist es, der immer wieder stehenbleibt. Ich möchte mich selbst nicht besser machen, indem ich behaupte, daß mich materielle Dinge nicht interessieren. Aber ich habe den Puritanismus der Partei nie ganz ablegen können, und außerdem habe ich keinen ausgeprägten ästhetischen Sinn. Früher war es immer Birgitte, die sich als meine persönliche Stylistin betätigt hat, und seit sie andere Prioritäten hat, sind mein Look wie auch meine Wohnung ziemlich nichtssagend geworden. Während Paul, und dafür wird er von den Hängeärschen im Sender verlacht, ein eitler Markenfan ist – und nach weniger als zwei

Tagen in seiner Wohnung kann ich berichten, daß er auch Einrichtungsmagazine liest.

Die Frage, die ich noch unausgesprochen und unbeantwortet zwischen uns hängen lasse, ist natürlich, wo er eigentlich das Geld für die teure Vier-Zimmer-Wohnung an den Seen mit Mahagoni-Küche, Badezimmer in norwegischem Granit und Le Corbusier und Philippe Starck im Wohnzimmer hat. Ganz zu schweigen von den Boss-Anzügen, den Stenström-Hemden und den handschuhweichen italienischen Schuhen!

Wir kaufen unterwegs Kuchen, und während wir händchenhaltend nach Hause gehen, bin ich fest davon überzeugt, daß man nicht noch spießiger werden kann. »Ist doch schön, oder?« grinst Paul, als ich eine Spitze über kleinbürgerliche Sonntagsvergnügen von mir gebe. Schön, zumindest als Abwechslung, denke ich, als ich uns in meine Wohnung hineinlasse, wo – was mir plötzlich bewußt wird – so oft die Sonntagsmelancholie in den Ecken gelauert hat. Und ich summe, als ich in der Küche stehe und Café au lait auf die altmodische Art und Weise mit Espresso und gekochter, geschlagener Milch mache. Es gefällt mir zu wissen, daß er drinnen auf meinem verschlissenen Sofa sitzt und eine meiner zerkratzten Platten hört, die auf meinem alten Plattenspieler läuft.

Die Freude über ihn und diesen Tag springt mir voran wie ein kleiner Gummiball und läßt ihn aufschauen, als ich das Tablett auf den Tisch stelle.

»Du lächelst?« stellt er fragend fest und lächelt selbst.

»Ich freue mich einfach, daß du hier bist«, erkläre ich, wohl wissend, daß ich mir damit eine Blöße gebe.

»Ich freue mich auch hierzusein! Komm!« Er lehnt sich zurück und will nach mir greifen.

»Zuerst der Kaffee!« sage ich.

»Zuerst ein Kuß!« beharrt er und küßt mich, daß ich den

Boden unter den Füßen verliere. »Und dann der Kuchen!« neckt er mich und schubst mich weg.

Ich beherrsche mich und mache mich statt dessen über den Mandelkuchen her, der nur ein billiger Ersatz ist.

»Und dein Vater?« fragt er plötzlich ohne Übergang, als er das erste Stückchen Kuchen im Mund hat.

»Mein Vater?«

»Ja, wo ist er abgeblieben? Einfach aus der Geschichte ausgetreten, als du neun warst, oder wie?«

Ich seufze. Vor allem vor Müdigkeit. Psychische Müdigkeit. »Können wir das nicht ein andermal durchnehmen, Sigmund?«

»Wie du willst. Ich bin nur neugierig.«

»Ja, das kann man wohl behaupten!« bestätige ich und erzähle ihm doch die Geschichte. Von Vater, der ein halbes Jahr später mit Entzugstabletten und vielen Versprechungen doch wieder zurückkam und fast ein halbes Jahr lang der perfekte Vater war. Lieb und witzig, zärtlich und anwesend. Von Mutter, die sich während einer Tournee durch die Provinz einem anderen Schauspieler in die Arme warf – Vater entdeckte das, weil sie wollte, daß er es entdeckt.

»Und dann ging er ganz fort. Legte einen Zettel und etwas Geld für uns auf den Küchentisch und verschwand. Reiste in Europa und Nordafrika herum und landete schließlich auf Mallorca, wo er anfing, Kitschportraits für Touristen zu malen, und damit so viel verdiente, daß er es sich leisten konnte, Alkoholiker zu sein. Dort ist er, soweit ich weiß, immer noch.«

»Hast du keinen Kontakt zu ihm?«

Ich schüttle energisch den Kopf.

»Im ersten Jahr schrieb er, und wir, meine kleine Schwester und ich, schrieben ihm zurück. Aber dann verlief sich das im Sand. Kiki, meine Schwester, hat ihn einmal an einem Strand da unten gesehen, aber ich habe ihn nicht mehr gesehen, seit er abgereist ist. Ich würde ihn wahrscheinlich gar nicht wiedererkennen, wenn ich ihm auf der Straße begegnen würde.«

»Vermißt du ihn?«

»Nicht mehr«, sage ich und mache dicht. Auch wenn es Paul ist ...

Die letzte Vernehmung des Tages wird am späten Sonntagabend in meinem Bett durchgeführt. Hinterher.

»Du, Tes«, murmelt er. »Darf ich dir eine Frage stellen?«

»Soll das ein Witz sein?« frage ich und schnuppere an seiner Halsgrube. Plane einen Revanche-Knutschfleck.

»Hattest du 'nen Russenschwanz?«

»Wie bitte?« frage ich erstaunt und setze mich jäh im Bett auf, daß er zur Seite rollt.

»Hattest du 'nen Russenschwanz?« wiederholt er ruhig.

»Das geht dich doch überhaupt nichts an!«

»Aber ... hattest du?« beharrt er.

»Nein!«

»Warum nicht?«

»Ich hatte keine Zeit. Außerdem ist die Perestroika auf dem Gebiet der Intimhygiene noch nicht eingeführt«, erkläre ich.

»Und das bedeutet?« Paul krabbelt zu mir hoch.

»Daß sie sich nicht waschen. Da«, sage ich und zupfe an seinem Pimmel.

»Au!« ruft er. Aber dann grinst er ein breites Jungsgrinsen. »Heißt das, daß es außer mir keinen anderen gab, seit letztem Mal?«

»Ja! Und ich wünschte, ich könnte das gleiche sagen!« erwidere ich und zupfe noch einmal. Strafend.

Er umschließt meine Hand mit seinen Händen.

»Tes, in meinem Leben hat nie eine andere Frau existiert. Du bist die erste. Und die letzte.«

»Ha!« fauche ich und will mich freimachen. Aber Paul hält mich fest.

»Glaube mir lieber.« Paul schlägt einen Flickflack mit den Augen. »Vielleicht ist das ja eine Drohung!«

Paul hatte vollkommen recht. Noch bevor wir – jeder für sich – am Montag morgen die Glastür durchschritten haben, sind wir bekannt als *das neue Paar*. Und obwohl wir uns darin einig sind, uns zurückzuhalten und das gemeine Volk nicht unsere zerbrechliche Romanze besudeln zu lassen, ist nichts zu machen. Wir sind hot news.

Lea lächelt warm und gratuliert mir. Kirsten schnalzt mit der Zunge, und Ras nennt mich eine »Renegatin«, weil ich mich mit einem vom Inland eingelassen habe. »Hättest du nicht einen aus unseren eigenen Reihen nehmen können?«

Ich bin überrumpelt von dem enormen Interesse an meinem Privatleben, und bevor ich das Visier herunterlassen kann und die Standardantwort »no comments« herleiere, ist es zu spät. Da das Dementi nicht umgehend erfolgt, weiß jeder im Laufe weniger Tage, daß die Geschichte stimmt: Die Hochzeitsglocken beginnen bereits zu läuten ... Ich hasse Journalisten!

Ich gebe mir große Mühe, mich wie immer zu verhalten, das heißt beschäftigt und professionell, während Paul immer wieder unsere Abmachung über Diskretion mit gestohlenen Küssen, einem Überfall im leeren Redaktionsraum und langen, tiefen Blicken über einen vollbesetzten Kantinentisch hinweg unterminiert.

»Ihr strahlt ja dermaßen!« ruft Lea eines Tages, als sie seinen Blicken nicht ausweichen kann, und bringt damit den ganzen Mittagstisch zum befreienden Lachen.

»Ja, es ist wirklich nervend mit all dieser Liebe!« meckert Kofoed, der Bornholmer Stützpfeiler im Sonntagsmagazin.

»Schade, sonst könntest du sicher was lernen!« pariert

Paul, der nie aus seiner Antipathie gegenüber dem geräucherten Bornholmer Junggesellen einen Hehl gemacht hat. Kofoed hat keinen Charme und ist deshalb nach Pauls Meinung die absolute Fehlbesetzung für einen Moderator.

Abgesehen davon verstehe ich sein Unwohlsein uns gegenüber ausgezeichnet. Ich war immer die erste, die sich über so ein Gelaber empörte, und war in dieser Beziehung nie – man braucht nur Birgitte zu fragen – besonders großzügig. Freude über das Glück anderer, wenn sie sich in lallende Stereotypen verwandelten, sobald sie meinten, den Mann/die Frau fürs Leben gefunden zu haben, war mir fremd.

Meine Entschuldigung: Ich bin nicht mehr ich selbst. Verliebtsein ist ja im Grunde ein krankhafter Zustand, eine Krise, deren Abklingen man abwarten muß. Danach – so liest Paul aus dem Alberoni vor, den er auffallend abgegriffen in seinem Regal stehen hat – kann das Verliebtsein plötzlich von Gleichgültigkeit oder sogar Widerwillen gegenüber dem zuvor so glühend Besungenen abgelöst werden. Oder – im Idealfall – in echte Liebe transformiert werden. Ersteres ist eine banale Erfahrung in einem kritischen Single-Leben und also auch in meinem. Mit letzterem kann man genauso sicher rechnen, wie damit, eines Tages von CNN einen Job angeboten zu bekommen. Hier kann ich auch ebensogut für Paul reden, denn auch wenn er ein beziehungsloser Peter Pan ist – gewesen ist? –, so weiß ich doch, daß er gleichzeitig ein »Born-to-be-wild«-Freak ist und nie daran gezweifelt hat, eines Tages die einzige auf seine Goldwing zu schwingen und in den Sonnenuntergang hineinzufahren.

Deshalb gibt es neben all der Freude, der Verwunderung und Glückseligkeit, die Augen morgens aufzuschlagen und seinen zu begegnen, auch stellenweise Frost in Herz und Hirn. Eine Abneigung dagegen, an den Haaren weggeschleppt zu werden, das verletzende Gefühl, gelockt und verführt zu werden, und ein grundlegendes, alles durchdringendes Mißtrauen gegenüber allzu engen Paarverhältnissen.

Anders gesagt: Es ist bei weitem nicht so, daß ich nicht auf der Hut wäre. Und gerade deshalb ist es so bedauerlich, daß meine Versuche, die Fahne aufrecht zu halten und die Zugbrücke hochzuziehen, so halbherzig sind. Oder genauer – mißglückt sind. Innerhalb von vierzehn Tagen wird »ich« zu »wir« und »mir« zu »uns«, und ich habe Probleme, mich daran zu erinnern, daß es jemals anders war. Aber am allerschlimmsten ist, daß ich, je weiter ich den Berg hinaufkomme, um so ängstlicher werde abzustürzen.

Manchmal, wenn ich allein bin und für einen Moment die Hypnose abschütteln kann, frage ich mich selbst, was es eigentlich ist, was an ihm so besonders sein soll. Was hat Paul, was all die anderen nicht hatten? Und endet vielleicht die ganze Geschichte damit, daß ich gedemütigt dastehe, angeschmiert und um eine Erfahrung reicher, während Paul weiterzieht? Wieder einmal reingelegt!

Aber wenn wir zusammen sind, erscheint mir jeder Zweifel vollkommen absurd, fast blasphemisch. »Man soll über Wunder nicht spotten, indem man ihnen zu entgehen versucht«, schreibt Paul mir einmal auf eine Reklamepostkarte aus einem Café, als ich meine Bedenken vorgebracht habe und ihn bitte, die Geschwindigkeit zu drosseln. »Genieße es, meine Geliebte. Genieße mich, genieße dich, genieße uns!«

Das lehrt er mich auch. Loszulassen und zu genießen. Also genießen wir einander in diesem reifen Spätsommer, in dem die Märkte sich mit Heide füllen und ein angeschwollener Wespenstich mich daran erinnert, daß ich immer noch nur ein Mensch bin. Und dazu nur ein halber Mensch – wenn ich allein bin, ohne ihn, und ins Leere greife, kann ich nichts anderes tun, als ruhelos darauf zu warten, daß er zurückkommt, damit wir unseren unterbrochenen Dialog, unsere abenteuerliche Expedition fortsetzen können. Denn das sind wir – zwei Entdeckungsreisende, die ein neues Land erobern und nie wissen, ob ihr nächster Schritt sie in Sumpfgebiet, zwischen Sanddünen oder in das verbrannte Gras der Savanne führt.

Derart – unter Tropenhelm und großen Gefahren – lernen wir einander kennen. Werden miteinander vertraut, flüstern intim, miteinander verschmolzen. Wir teilen Tage und Nächte, und ganz gleich, was wir tun, es ist für uns ein fast greifbarer Genuß, zusammenzusein: Ob wir nun französische Filme sehen, einkaufen oder zu Rockkonzerten gehen. Ob wir in Vesterbro türkisch essen oder beim Brunch im d'Angleterre sitzen. Wir reden, bis uns die Kiefer weh tun. Über die Filme, Bücher und die Musik eines ganzen Lebens. Wir zeigen einander Kopenhagen und überschütten uns gegenseitig mit Kindheitserinnerungen und alten Witzen. Wir rekonstruieren all die Gelegenheiten, wo wir vielleicht auf derselben Fete waren, im selben Bus, zum selben Springsteen-Konzert in Hamburg.

Manchmal glaube ich, Paul als Sechzehnjährigen mit gelocktem Haar und Mittelscheitel vor mir zu sehen, und er ist überzeugt davon, daß wir zum Soundtrack von »Grease« zusammen getanzt haben. Was ich nicht glaube, denn ich habe John Travolta immer verabscheut, und außerdem, argumentiere ich süßlich, würde ich mich doch auf jeden Fall daran erinnern ...

Aber wir sind uns in unserer Verwunderung darüber einig, daß wir nicht schon lange aufeinandergestoßen sind. Das hätte zweifellos leicht geschehen können, wir haben verschiedene gemeinsame Bezüge und Bekannte und haben beide im »Tannhäuser« Absinth getrunken – um nur ein Beispiel zu nennen.

Allein die Tatsache, daß es uns geglückt ist, uns in der Journalistenhochschule aus dem Weg zu gehen, ist ein Mysterium. Ich hatte gerade mit dem Praktikum angefangen, als er mit dem ersten Theorieabschnitt in Århus anfing, und als ich zum zweiten Abschnitt zurückkam, war er im Praktikum. Paul behauptet, er hätte mich in der Kantine gesehen, als unsere Gruppe am Praxistag mitten im Praktikantenabschnitt in Lederjacken auftrat, und ich kann mich daran erinnern, daß ich von ihm gehört habe, weil eine Achtzig-Kilo-Frau aus meiner Klasse öffentlich erklärte, sie wäre bereit, sich den Mund mit Draht zunähen zu lassen, wenn sie dadurch Paul Weber kriegen würde. Diese Geschichte schluckt Paul mit einem breiten Pferdehändlergrinsen und revanchiert sich damit, daß er erzählt, diverse Typen in seinem Jahrgang wären ganz scharf auf mich gewesen.

»Ach Quatsch! Die kannten mich doch gar nicht!« antworte ich, nicht weniger angetan.

»Nein, aber sie kannten dein Namenszeichen. Wir waren alle stark beeindruckt von deinen Artikeln. Noch an der Hochschule und schon so etabliert, daß du übers Ausland schreiben durftest! Über Außenpolitik!«

Paul neckt mich. Kratzt an meiner Seriosität, kitzelt an meiner eigenen Ernsthaftigkeit. Vielleicht genieße ich an Paul in erster Linie seine unablässigen Herausforderungen, den Widerstand eines gleichwertigen Partners. Obwohl es genau diese Provokation ist, die einen Typen wie Paul so anstrengend und irritierend macht, ist sie vielleicht auch das, was ihn von den anderen unterscheidet. Daß Paul sich nicht abfindet, nicht mit einer schnellen Antwort oder taktischen Manövern abgespeist werden kann.

Dennoch brauche ich ziemlich lange, bis ich den Ernst unserer »Beziehung« begreife, wie ich sie nur zögernd nenne, weil ich mir immer noch einbilde, daß wir kein offizielles »Paar« sind. Gleichzeitig sehe ich selbst, wie lächerlich das ist, auch wenn Paul klug genug ist, es mir nicht auf die Nase zu binden. Denn ich binde mich an ihn, auch wenn ich so tue, als ob dem nicht so wäre.

Ich zeige mich öffentlich mit ihm, küsse ihn in der S-Bahn – also wirklich! – und führe ihn in den Teil meines Privatlebens ein, der normalerweise verbotenes Terrain für meine Liebhaber ist: Ich stelle ihn meinen Freunden und meiner Familie vor.

Birgitte trifft er das erste Mal auf der Wöchnerinnenstation des Rigshospitals, einen Tag, nachdem sie ihren Sohn geboren hat. Das war ein faux pas meinerseits, denn Birgitte sieht ziemlich ramponiert aus und will sich anscheinend nicht zu dem winzigen schlafenden Wesen bekennen, das in einem Plexiglasbettchen neben ihrem Bett liegt. Außerdem hat sie im Moment verständlicherweise wenig Interesse an meinen Angelegenheiten. Jens schaut sauertöpfisch wie immer und strahlt in keiner Weise beschützende Väterlichkeit aus. Wir verehren ihr einen von Paul ausgesuchten Mickymaus-Strampelanzug, der ein vorsichtiges Lächeln auf ihr Gesicht zaubert, während sie insgesamt fast traurig wirkt.

»Wirst du jetzt mütterlich?« fragt Paul im Fahrstuhl nach unten, und ich antworte ihm, indem ich die Augen verdrehe. Nein, ich werde weder diesmal mütterlich noch ein paar Wochen später, als Birgitte uns zu Pizza und Wein aus dem Karton einlädt. Ganz im Gegenteil. Die Szenerie ist beängstigend. Birgitte sieht immer noch aus wie etwas, das die Katze gefunden hat – ohne Make-up und mit ihren mindestens zehn überflüssigen Kilo, die sie notdürftig unter einem Sweatshirt und Leggings aus der letzten Saison verbirgt. Ein schlimmer Niedergang für eine Frau, für die Ästhetik einmal alles war. Aber diesmal zeigt sich jedenfalls eine Art Symbiose zwischen ihr und dem Kind, das bezeichnenderweise noch namenlos ist, weil die Eltern in dieser Frage festgefahren sind. Birgitte möchte ihn Maximilian nennen, weil er so groß war, und Jens beharrt auf Morten, was Birgittes Vorstellungen von einem Jungennamen diametral entgegengesetzt ist. »Warum nennt ihr ihn nicht einfach Susanne?« schlägt Paul vor und erntet das einzige Birgitte-Kichern des Abends, während Jens das überhaupt nicht witzig findet. Die Chemie zwischen Jens und Paul ist eindeutig nicht so, daß wir vier jemals eine Wandertour in den Alpen machen werden.

Der Junge, der immer noch winzig klein ist mit dünnen Froschbeinen und verschrumpeltem Gesicht, ist unruhig und schreit ununterbrochen, so daß Birgitte entweder mit ihm auf und ab läuft oder sich in das gewaltige ergonomische Stillkissen setzt und das Sweatshirt hochzieht, um das Kind erst an die eine, dann an die andere vor Milch fast platzende Brust zu legen.

Jens sitzt schäumend vor der Pizza, von der Birgitte kaum etwas probieren konnte, bis er endlich explodiert.

»Bring endlich das Kind zur Ruhe!« zischt er zwischen zusammengepreßten Zähnen hervor, wobei seine Halsadern hervortreten und er die Fäuste ballt.

»Was glaubst du denn, was ich hier mache!« schreit Birgitte, und Jens steht so abrupt auf, daß sein Stuhl fast umkippt. Wütend rennt er aus dem Zimmer, wirft die Tür hinter sich zu und poltert die Treppen hinunter. Birgitte bleibt wie erstarrt stehen, sogar das Kind hat instinktiv aufgehört zu weinen. Paul und ich sehen uns über den Tisch hinweg an und erwarten, daß sie weinend auf dem nächsten Stuhl zusammenbricht. Aber das tut sie nicht. Sie beißt sich auf die Lippen und reißt sich zusammen. Legt das jetzt ruhige Kind in den Wipper, schaukelt ihn leicht und wendet sich uns zu.

»Kaffee oder Tee?« fragt sie unheimlich ruhig und geht hinaus, um Wasser aufzustellen.

Wir kommen zu keinem vernünftigen Gespräch, denn als wir endlich mit unserem Tee dasitzen, meldet der Kleine sich umgehend mit durchdringendem Gebrüll.

»O nein, jetzt hat er sich schon wieder eingeschissen!« ist Birgittes Kommentar.

Paul bietet seine Hilfe an, aber Birgitte sagt mit einem müden Zucken um den Mund, daß sie das wohl am besten selbst macht. Als ich vorschlage, daß wir damit den Abend beenden, versucht sie nicht einmal zu protestieren.

»Ich komme ein andermal vorbei«, versichere ich ihr, als wir uns im Flur verabschieden.

»Süßes Baby!« neckt Paul sie auf dem Weg hinaus.

»Scheißsüß!« erwidert Birgitte mit dem Kind über der Schulter und ähnelt zum Glück endlich einmal wieder sich selbst.

»Sie ist sonst nicht so!« sage ich leicht verärgert, als wir in der ohrenbetäubenden Stille der Straße stehenbleiben.

»Du meinst, sie *war* sonst nicht so!« korrigiert Paul mich. Und dann gehen wir ins Kino. Wir schaffen es gerade noch zur Spätvorstellung im Grand.

Mutter lernt Paul bei der Premiere zu »Macbeth« kennen. Gewöhnlich war Birgitte immer meine Premierenbegleitung, aber da ich annehme, daß ihr gesellschaftliches Leben bis auf weiteres außer Betrieb ist, lade ich Paul ein.

Und während ich wie üblich angespannt mit hyperempfindlichen Sensoren für die Publikumsreaktionen dasitze und einen Voodooblick auf die Kritikerschar in der ersten Reihe richte, ist Paul hellauf begeistert.

»Wow, die hat Charisma!« ist sein Kommentar, sobald das Saallicht in der Pause eingeschaltet wird. Ich bin befangen und außerstande, ihre Darstellung zu beurteilen, während Paul ihr, nachdem der Vorhang gefallen ist, in der Garderobe begeistert gratuliert. Sie ist immer noch in Kostüm und Maske, und auch wenn die Theaterschminke langsam im Schweiß zerfließt und die Schminke von nahem grotesk übertrieben wirkt, muß ich doch zugeben, daß sie malerisch und beeindruckend zugleich ist, wie sie dasitzt und ihre Brust sich vom Premierenfieber und vor Erschöpfung hebt und senkt. Es gab stehende Ovationen und sechs Vorhänge, und obwohl Macbeth der eigentliche Star war und nicht Lady Macbeth, kann sie sicher sein, daß ein großer Teil des Applauses ihr gegolten hat. Dennoch ist die Angst echt, als sie sich vorbeugt und mich fragt:

»Wie ist es gelaufen?«

»Gut!« versichere ich ihr und werde sofort von Paul überboten.

»Souverän!« sagt er. »Im Guten wie im Schlechten!«

Damit bekommt er zehn Punkte und ein Divalächeln der Art, die mir Bauchweh verursacht. Ich habe es immer gehaßt, wenn sie die große königliche Schauspielerin spielte mit affektierten Manieren und gönnerhafter Leutseligkeit! Ich liebte meine Mutter, wenn sie ganz gewöhnlich zu Hause herumlief wie jede andere Mutter auch. Entspannt und weiblich, mit umgebundener Schürze Kartoffeln schälte oder Wäsche zusammenlegte. Und während Kiki immer darauf bedacht war, nach der Schule sofort nach Hause zu rennen, wenn eine Zeitschrift sich angemeldet hatte und Fotos für Weihnachten, Pfingsten oder Ostern machen wollte, hielt ich mich entweder fern oder schloß mich in meinem Zimmer ein und war nicht vor die Kamera zu kriegen. Deshalb gibt es Hunderte von herzzerreißenden, niedlichen Pressefotos von Kiki, aber nur wenige von mir aus der Zeit, als ich noch ein Baby war und mich nicht wehren konnte. Aber vielleicht hatte ich schon damals einen instinktiven Widerwillen, denn ich sehe auf allen Fotos böse und abweisend aus.

Paul lacht und küßt mich auf die Nase, als Mutter kurze

Zeit später während eines improvisierten Mittagessens – »und bringe auf jeden Fall deinen netten neuen Freund mit!« – Presseausschnitte zeigt, die Tante Mo gesammelt hat. Bei der Gelegenheit erzählt sie die Geschichte von einer Premierenfeier, bei der ich so wütend wurde, weil mich keiner beachtete, daß ich allen Blumen die Köpfe abriß. »Ich warne dich, Paul!« lacht Mutter. »Sie war schon immer eine kleine Furie!«

Ich schnaube, und Paul erwidert, daß auch Trolle gezähmt werden können, was Mutter außerordentlich witzig findet. Überhaupt ist sie so schräg und zum Flirten aufgelegt, daß die nächstliegende Assoziation zu Frau Junkersen in »Die chronische Unschuld« führt. Eine Filmrolle, die Mutter übrigens zu ihrer großen Empörung nicht bekam. Paul frißt ihr aus der Hand und läßt sich bereitwillig bezaubern, während ich den Tisch abdecke und mich wieder einmal darüber wundere, wie leicht selbst begabte Männer um den Finger zu wickeln sind. Vermutlich aus Opposition gegen meine Mutter habe ich nie so eine schmachtende femme fatale sein wollen – oder können –, sondern habe es im Gegenteil als ein Kompliment aufgefaßt, wenn ich als kalter Fisch bezeichnet wurde. Selbst unter meinen russischen Freunden, wo ich oft mit Hilfe von Wodka und lockerer Stimmung kurz davor war, mich gehenzulassen, behielt ich dennoch die ganze Zeit die Situation unter Kontrolle, und keiner ist mir an die Wäsche gegangen.

»Deine Mutter ist schön«, sagt Paul, als wir gegen zwei Uhr endlich aus der Havnegade Richtung Nyhavn gehen.

»Ja, sehr schön«, nicke ich und bin trotz allem eine zu loyale Tochter, um ihn auf den Verfall aufmerksam zu machen, der einem bereits in die Augen springt und sie ganz konkret betrachtet langsam Rollen kosten kann. Ich versuche statt dessen, sie mit seinen Augen zu sehen, mit den Augen eines Mannes. Dabei sehe ich weder Tränensäcke noch

Falten, sondern ein ausdrucksvolles Gesicht mit einer intensiven, funkelnden Augenpartie und einem großen, schönen Mund. Anstelle von Wülsten und Schwere sehe ich einen Körper, der immer noch adrett und vital ist. Sie versteht es nach wie vor, sich zu bewegen, zu kleiden und zu schminken, so daß sie gleichzeitig Klasse und Kunst ausstrahlt.

»Und du siehst ihr ähnlich«, stellt er fest, als wir die kleine Brücke über den Kanal überqueren. »Aber auf eine vollkommen andere Art und Weise. Beeindruckend!«

Wie ich Birgitte gegenüber einräume, als sie mich eines Tages beim Sender anruft – während der Kleine schläft –, ist Paul nicht einer von denen, auf die man jeden Tag stößt. Das weiß ich wohl. Und außerdem brauche ich nur Henriette anzusehen, die kaum ihren Kummer verbergen kann, wenn sie ab und zu das Pech hat, auf uns zu stoßen.

»Ja, er ist schon toll, aber …«, sage ich und habe Schwierigkeiten, meine Unsicherheit zu formulieren. »Aber vielleicht ist er ein wenig manisch.«

Denn obwohl ich ganz scharf auf ihn bin, ist Pauls Interesse für mich und mein Leben, meine Vergangenheit und meine Gegenwart fast erschreckend systematisch. Er erforscht mich, fragt mich aus, trifft nur zu gern selbst meine eher peripheren Freunde und Bekannten – darunter Billy und Eva, die mit mir auf der Journalistenschule waren –, spielt Billard mit Kiki und Spunk in irgendwelchen obskuren Nørrebro-Spelunken, telefoniert mit Tante Mo in der Provence und Sabine in Köln und läßt schön grüßen, wenn ich mit Swetlana rede, die ab und zu aus Moskau anruft, um sich Luft zu machen oder mich bittet, ihr Vitamintabletten und Kondome zu schicken. Sie ist allein mit einem Kind, hat bereits drei Abtreibungen hinter sich und würde keine weitere überstehen. »Everything is still so difficult! When will

Russia ever be a civilized country?« klagt sie in ihrem stimmhaften Englisch, das sie gern zur Schau trägt, obwohl ich in aller Bescheidenheit sagen muß, daß mein Russisch besser ist. »In hundert Jahren!« antworte ich immer darauf, und dann seufzt sie und fragt, ob ich nicht einen reichen dänischen Mann für sie wüßte, damit sie rauskommt. Oder eher hinein – denn es ist inzwischen schwieriger, in die Wärme hineinzukommen als aus der Kälte heraus.

Ich verspreche, Paul mit der Aufgabe zu betrauen, und er sondiert wirklich seriös das Terrain in seinem alten Team von Goldküstenjünglingen, muß jedoch negativen Rapport erstatten. »Wenn sie nicht verheiratet sind, sind sie ungenießbar oder arrogant.«

Er lernt das russische Alphabet und kommt so weit, daß er unsere Namen in kyrillischen Buchstaben schreiben kann; er liest unaufgefordert meine englischsprachigen Nummern der Moscow News, damit er in meinem Spezialgebiet besser Bescheid weiß. Er lernt meine Lieblingsgerichte zu kochen und meine Lieblingsdrinks zu mixen. Eines Tages kommt er mit einem Geschenk, einem schwarzen, enganliegenden Kookaï-Kleid, das zu kaufen ich selbst mich nie getraut hätte, was mir aber perfekt steht und mich aussehen läßt wie eine Frau, die zu sein ich immer geträumt habe. »Woher wußtest du meine Größe?« frage ich verblüfft, als ich das Kleid anziehe.

»Ich habe mich vorgetastet«, antwortet er und legt mir die Hände auf die Hüften.

Ich bin geschmeichelt – wer wäre das nicht? –, und in gewisser Weise werde ich dadurch auch erweckt. Aber gleichzeitig fühle ich mich verunsichert. Wenn er wie ein wahrer Forscher nun alle Informationen zusammenfügt, die er mittlerweile über mich gesammelt hat, muß er mich doch bald besser kennen als ich mich selbst. Und wozu wird er dieses Wissen benutzen?

»Um herauszufinden, daß du die bist, die ich mir vorstelle!« neckt er mich, als ich ihn frage, und das wirkt in keiner Weise beruhigend. Ganz im Gegenteil, ich bekomme im Laufe des Herbstes ein immer stärkeres Gefühl, daß dieses Abenteuer nicht umsonst zu haben ist. Irgendwann werde ich bezahlen müssen – und den Preis kenne ich noch nicht.

Aber ich lebe die ganze Zeit in dem Glauben, daß ich mich zurückziehen kann, falls es zu heiß oder zu anstrengend wird, und deshalb glaube ich auch, daß es nicht ernst gemeint ist, als Paul während eines gemeinsamen freien Nachmittags fragt, ob wir nicht zusammenziehen wollen.

Wir sind mit dem Rad nach Sophienholm gefahren, um eine Ausstellung experimenteller Fotokunst zu sehen. Normalerweise ist Paul kulturell interessierter als ich. Ich habe die Tendenz zum Fachidiotentum, wenn mich nicht jemand mitreißt – aber diesmal bin ich es, die den Ausflug und das Ziel vorgeschlagen hat. Ganz einfach, weil ich den Künstler kenne. Nikolaj ist ein lieber, freakiger Typ, der eine Ausbildung zum Pressefotografen bei Politikern machte, als ich gerade als frisch ausgebildete, verklemmte Redaktionssekretärin dort in der Auslandsabteilung anfing. Er kam immer zu spät und ging etwas nonchalanter mit der Disziplin um, als es der Redaktionsleitung gefiel. Er rettete sich vor einem Rausschmiß, indem er die Chefin verführte. Schließlich kündigte er selbst, wenn man so eine offizielle Formulierung benutzen kann für die hingerotzte Art, in der er wissen ließ, daß er für den Einsatz bei Feuersbrünsten oder den Kampf in der Horde der Pressefotografen, um das beste Foto von heimgekehrten Geiseln oder einem Minister auf dem Weg zum Kommissionsgerichtshof zu schießen, ungeeignet sei. Nein. Nikolaj wollte KÜNSTLER sein, worüber wir in diesem Winter viel in der Kantine lachten.

Ich versuchte es ihm auszureden, schockiert darüber, daß jemand dem Geschäft den Rücken kehrte und ohne zu zögern ins kalte Wasser sprang. Und natürlich lief es auch nicht so einfach, wie er es sich in seinem Übermut gedacht hatte. Er schlug sich so durch, wie viele andere Selbständige mit hohen Idealen. Mit schwankenden Einnahmen, Bankkredit und einigen Mauscheleien. Ab und zu treffe ich ihn in der Stadt, und wir trinken einen Kaffee oder einen Calva zusammen, auf meine Rechnung, weil »du so reich bist und ich so arm«. Dafür ist er fröhlich und unbeschwert, hat immer etwas Phantastisches zu erzählen und macht sich langsam einen Namen. Und als er plötzlich eines Tages mitten im Sommer – noch vor dem Putsch – an der Tür zur Korrespondentenwohnung in Moskau klingelte, war das ganz in Ordnung. Aber auch anstrengend, denn ich ließ mich dazu überreden, ihm die Kontakte zu verschaffen, die er brauchte, um die Erlaubnis zum Fotografieren zu bekommen. Was damit endete, daß er die ganze Woche auf einem aufgeklappten Gästebett im Wohnzimmer schlief, und es fehlte nicht viel, und er wäre in meinem gelandet. Aber anscheinend war ich damals bereits, ohne es zu wissen, monogam geworden. Wenn ich also theoretisch ohne weiteres mit einem strohblonden Typen mit schmalen Hüften und goldbraunen Beinen in abgeschnittenen Jeans hätte anbandeln können, wußte ich doch nur zu gut, daß ich es später bereut hätte.

Trotzdem hatten wir viel Spaß, wenn wir uns abends trafen; ich nahm ihn mit ins »Usbekistan«, ein wirkliches Rummelrestaurant, oder mit zu Anna, der unterhaltsamsten skandinavischen Korrespondentin in der Stadt. Sie arbeitet fürs Svenska Dagbladet, ist Mitte Vierzig und hat eine reichlich pubertierende Tochter. Anna benutzt jede Ausrede, um improvisierte, feuchte Feste zu veranstalten, und kann in einer Dreiviertelstunde die halbe Stadt dazu bringen, in den mafiabeherrschten Vorort zu fahren, wo sie in einer modernen Slumwohnung wohnt – eingerichtet von einer teuren dänischen Handwerkergang – in einem der neuesten Ghettos für Ausländer. So war Nikolajs Anwesenheit natürlich Anlaß genug, eine kleine Grillparty auf ihrem Balkon zu veranstalten, und auch wenn es die Teenagertochter war, die ihn fast auffraß, war es schließlich Anna, die ihn schamlos in ihrem üppigen Schoß aufnahm. Als er am nächsten Vormittag angetappt kam und mit einem breiten Grinsen feststellte, daß ich sauer war, war er gleichzeitig am Boden zerstört und vollkommen aufgedreht. Natürlich war ich sauer. Auch wenn wir keine Beziehung dieser Art hatten, betrachtete ich ihn dennoch ein wenig als zu mir gehörend. Ich war sauer, weil er mit einer gebumst hatte, die seine Mutter hätte sein können. Wenn man seine ganze Kindheit hindurch Augenzeugin der mütterlichen Promiskuität sein mußte, ist es wohl nicht verwunderlich, wenn man zimperlich wird. Er kaufte mir einen Strauß weißer Kalla auf dem Wawilowamarkt, und ich ließ mich von ihm abknutschen; als er abfuhr, war ich gleichzeitig erleichtert und etwas traurig. Der Einladung zur Vernissage, die er mir schickte, hat er ein Foto von mir beigelegt, das er an einem klaren Morgen auf den Leninbergen gemacht hat. Es ist ein Schwarzweißportrait; ich bin darauf mit verschleiertem Blick und leicht geöffneten Lippen zu sehen, die Moskauer Skyline im Hintergrund. Eindeutig nichts für Paul, der nie glauben wird, daß ich mit dem Typen, der einen so zärtlichen Eindruck auf mein Gesicht zaubern kann, nie zusammen war. Und Pauls Röntgenaugen sollen meine Beziehung zu Nikolaj nicht trüben; ich möchte ihn gern als einen fernen, anziehenden Stern in meinem Universum betrachten. Als Reserve ...

Als wir Nikolaj auf der Ausstellung treffen, begnüge ich mich mit einer förmlichen Begrüßung und beglückwünsche ihn zu seinen Bildern – vor allem bin ich angetan von seiner Badehäuser-Serie, den moskowitischen Banjas.

»Die sind ja direkt von der Atmosphäre angehaucht«, wage ich einen kleinen Scherz, den Nikolaj versteht, aber offensichtlich nicht wahnsinnig komisch findet. Sehr passend wird Nikolaj in dem Moment von einem leopardengemusterten Anorexie-Geschöpf überfallen, das Paul mir als eine bekannte Subkultur-Tänzerin vorstellt.

Nikolaj durfte nur bei den Männern fotografieren, weshalb ich, als wir die Ausstellung verlassen und zum See hinuntergehen, wo wir uns an einen Hang setzen und die Aussicht genießen, eine detaillierte Beschreibung der Frauenabteilung liefere. Dort ist es bei weitem nicht so logenartig, wie es Berichten zufolge bei den Männern sein soll. Dort sitzt man nicht schwitzend im Dampf, während man gesalzenen Hering mit Schwarzbrot und Fenchel ißt, mit Wodka nachspült und Geschäfte aushandelt und Schwarzmarktverträge aller Art abschließt. Bei den Frauen ist es vor allem der Körper, auf den sich alles konzentriert. Und nie habe ich so überwältigende Frauenkörper gesehen wie in den russischen Banjas. Uralte Frauen mit unförmigen Brüsten – nein, Eutern! – und Bäuchen, die bis zu den Knien herabhängen. Langes Haar, das sie normalerweise unter einem Kopftuch verbergen, das im Bad jedoch in dünnen Strähnen naß und grau über Schultern und Rücken fällt. Hühneraugen und Krampfadern, Fettpolster und riesige Warzen, Buckel und schlabbernde Hintern. Ein so hemmungsloser Verfall, wie ich ihn mir in unserer Zeit nicht vorstellen konnte, bevor ich ihn selbst sah und mich in meiner eigenen Nacktheit provozierend reich und gesund fühlte. Und dann dieser durchdringende Gestank von gegorenem Kefir, den sie in ihren Marmeladengläsern mitbringen und den sie nach dem Dampfbad, nachdem sie die Haut sorgfältig mit Birkenreisig rotgeschlagen haben, langsam einander auf die Haut klopfen, als nährendes Schönheitsmittel. »Das solltest du sehen!« sage ich. »Ich würde schrecklich gern einmal eine Reportage über eine Banja machen. Das Problem dabei ist nur, den Geruch rüberzubringen! Man versteht Rußland nicht, wenn man diesen Geruch nicht kennt.« Ich lasse mich noch ein wenig über das Thema Geruch und Fernsehen aus, bis mein Motor aussetzt und ich feststelle, daß Paul gar nicht zuhört.

»Woran denkst du?« frage ich und schiebe mir den Ausstellungskatalog unter den Po, während ich überlege, ob es trotz meiner ganzen Anstrengungen Eifersucht sein kann, die meinen Geliebten plagt.

»Wollen wir nicht zusammenziehen?«

Der Angriff kommt derart überraschend, daß ich reflexartig, mit einem Grinsen und einem Finger auf dem Abzug, antworte:

»O nein!«

»Aber, warum denn nicht? Eigentlich wohnen wir doch sowieso schon zusammen!« argumentiert er, und formal betrachtet hat er damit ja recht. Wir schlafen fast jede Nacht nebeneinander ein, pendeln zwischen unseren Wohnungen hin und her, haben in beiden eine Zahnbürste und schon seit langem die Ersatzschlüssel ausgetauscht. Eine Selbstverständlichkeit für ihn, eine Überwindung für mich.

Ich verfolge, wie das letzte Kajak der Saison graziös den blanken Spiegel des Sees zerteilt. Ein Einer.

»Du würdest schnell meine schmutzigen Unterhosen leid«, sage ich ausweichend. Ich bin ganz und gar nicht auf Konfrontation und festgelegte Positionen eingestellt.

»Ganz im Gegenteil!« ruft er aus. »Ich liebe sie! Ich will sie für dich waschen!«

»Und meine Blusen bügeln?« frage ich.

»Jawohl!« versichert er wie ein eifriger Pfadfinderjunge.

Ich lache etwas sanfter. Zünde mir eine Zigarette an und lasse meinen Blick wieder auf den Einer fallen, der in einem verbissenen Wettbewerb gegen sich selbst auf dem Weg ins

Ziel ist. Vielleicht sollte man es mal mit Segeln versuchen. Oder Surfen. Vor einigen Sommern, als ich eine kurze Beziehung mit einem strohdummen, bildschönen Helleruptypen hatte, habe ich es mal probiert. Er konnte alles im Wasser, war dagegen beim Sex vollkommen phantasielos. Und er war nicht in der Lage, eine Banküberweisung allein auszufüllen. Birgitte bumste mit seinem Kumpel in einem Zweimaster im Hafen von Rungsted. Ein paar Wochenenden verbrachten wir zu viert in einem Speedboot auf dem Sund draußen. Birgitte und ich starben jedesmal vor Lachen, wenn wir uns ansahen, weil die Jolly-Cola-Typen nicht wußten, daß wir nur mit ihnen spielten, wir aber nur zu gut wußten, daß wir zu diesem Quatsch eigentlich zu alt waren. Als wir sie fallenließen, waren sie tödlich beleidigt, und das war eine Art Rache für die Niederlage, die wir selbst in diesen Kreisen in unserer frühesten Jugend hatten hinnehmen müssen. Rache für Jakob, den treulosen Tennisspieler. Und was Birgitte betraf – Rache für die unzähligen Feste, bei denen sie nicht dazugehörte, wo sie absolut aus dem Rahmen fiel mit ihren chinesischen Eßstäbchen im Haar, ihren schwarzlackierten Nägeln und ihrem wütenden Diskussionseifer. Außerdem weigerte sie sich, die Haare an ihren Beinen zu entfernen, blieb ihrem Århuser Dialekt treu und hatte eine Mutter, die Sozialarbeiterin war und in einer Frauenwohngemeinschaft wohnte, und einen obdachlosen Vater, der in Århus geblieben war. Deshalb war Birgitte dazu verdammt, in einer Ecke zu stehen und Salzstangen zu essen, während die anderen knutschten und die Töchter aus gutem Haus mit langen, blonden Haaren und Gazellenlippen sie nicht einmal eines Blickes würdigten.

Im Verhältnis zu diesen Puppen paßte ich auch nicht ins Bild, aber meine Mutter war berühmt, und mir lief bald der Ruf voraus, eine Art »Satansbraten« zu sein. In der elften

Klasse gewann ich einen Aufsatzwettbewerb zu dem Thema »Die Jugend und die Ölkrise«, veranstaltet vom Rotary Club, in der zwölften wurde mein wutschnaubender Essay über die frauenfeindliche Indoktrination in den Schulbüchern in der Zeitung »Information« veröffentlicht, ich wurde zu einer Diskussion mit dem Unterrichtsminister in irgendeinem Rundfunkprogramm eingeladen, und in der dreizehnten nahm ich an einem skandinavischen Fernsehquiz für Jugendliche teil, bei dem ich dänische Siegerin und Zweite in der Gesamtwertung wurde. Außerdem war ich Redakteurin der Schülerzeitung, erklärte Kommunistin und nicht so sehr von Babyspeck, unerwünschtem Haarwuchs und Frustrationen geplagt wie Birgitte.

Ich war zumindest *interessant*, und wenn ich auch nicht wahnsinnig umschwärmt war, so wurde ich jedenfalls nicht komplett ignoriert. In der Regel saß ich in irgendeinem Zimmer und diskutierte mit den Jungs über die Weltlage und provozierte sie mit meiner Befürwortung der Diktatur des Proletariats und der Konfiszierung jeglichen privaten Eigentums. Wenn Birgitte ihr hoffnungsloses Warten am Rand der Tanzfläche aufgab, setzte sie sich dazu und ließ jede Diskussion platzen. Sie war verzweifelt und aggressiv, weil sie wieder einmal von diesen Menschen abgewiesen worden war, über die sie einerseits meckerte, andererseits aber nichts sehnlicher wünschte, als von ihnen akzeptiert zu werden.

Wie dreckig es Birgitte ging, begriff ich erst, als ich Jakob ausgeliefert war. Er war der große Bruder von einem aus dem Haufen, zu dem Birgitte und ich mehr oder weniger am Rande gehörten. Ich kannte ihn gut – alle kannten ihn, denn er war ein Tennisspieler auf dem Weg nach oben. Er sah verdammt gut aus, und außerdem war er *erwachsen*. Zweiundzwanzig und bereits in der großen Welt zu Hause, im wahren Leben. Reiste zu Turnieren, war zum Training in den USA und zum Wochenende bei Bjørn Borg.

Die Mädchen fielen fast in Ohnmacht, wenn er überraschend mit seinem kleinen Bruder auftauchte, und die Jungs brachten ihre Stimme in eine tiefere Tonlage und tranken in Null Komma nichts Unmengen von Gin. Als ich bemerkte, daß er mir und nicht den anderen eindeutige Signale zukommen ließ, beschloß ich sofort, daß er mich entjungfern sollte. Er sollte der Auserwählte sein, denn ein Teil des Mystischen, das mich in diesen Jahren umgab, bestand in der fehlenden Antwort auf die Frage: Ist Therese noch Jungfrau oder nicht? Und wer war dann mit ihr in der Koje? Die Wahrheit war, daß sowohl Birgitte als auch ich noch in der dreizehnten Klasse so jungfräulich wie Klosterschwestern waren. Das war unser größtes Geheimnis, auf das wir lange Zeit stolz waren – daß wir uns nicht von irgendwelchen Idioten hatten decken lassen –, aber von einem bestimmten Zeitpunkt ab war es zu einem dringenden Problem geworden. Vor allem für Birgitte, die mutig zugab, daß nicht mehr sie es war, die die Jungs verschmähte, sondern die Jungs sie verschmähten. Und ich war es leid, unwissend zu sein, und außerdem – ja außerdem waren wir beide einfach absolut bereit. Wir hatten schlicht und ergreifend Lust! Aber ich wollte nicht einen von den Üblichen haben. Ich wollte keine Trophäe sein, über die diskutiert und der eine Note auf einer Skala von eins bis zehn gegeben wird. Ich wollte es nicht mit einem machen, von dem ich wußte, daß er es auch mit all den anderen zum ersten Mal gemacht hatte. Und ich wollte es nicht mit einem von denen machen, weil er dann wußte, daß ich noch Jungfrau war.

Jakob, dachte ich, ist der ideale Partner. Er stand außerhalb, er war älter und sicher so erfahren, daß er die Führung übernehmen und mir helfen konnte, ohne meinen Mangel an Routine zu bemerken. Und außerdem war ich scharf auf ihn – ich wollte ihn gern haben.

Wir machten es noch am selben Abend – auf dem Rücksitz seines 2 CV. Diese Variante hatte er in den Staaten gelernt, und ich hatte sie im Kino gesehen, also war es kolossal schick. Aber ansonsten war es einfach unbequem, kalt und ziemlich unromantisch. Das schlimmste war, daß es auch noch »ohne alles« ablief. Er fragte nicht, ging einfach davon aus, daß ein so erfahrenes Mädchen verhütete, und mitten im Debüt brachte ich es nicht mehr über die Lippen. Hinterher fuhr er mich nach Hause, weil wir ja sowieso schon im Auto waren, und sagte, daß ich ein süßes Mädchen sei, daß er mich anrufen würde. Nie werde ich die Leere vergessen, die in mir wütete, als ich die Treppen zum fünften Stock hinaufging, mit feuchtem Slip, wunder Scheide und dem verzweifelten Wunsch, meine Mutter möge zu Hause sein, damit ich mich ihr an den Hals werfen konnte. Das war sie auch. Aber ich hatte kaum die Wohnungstür aufgeschlossen und eine unbekannte Lederjacke an der Garderobe erspäht, als ich bereits ein Seufzen und Stöhnen aus dem Schlafzimmer hörte. Reichlich komisch, aber ich konnte nicht darüber lachen. Nur die Tür hart hinter mir zuwerfen, in mein Zimmer stürzen und in voller Lautstärke Shit & Chanel aufdrehen. Schön und herrlich, sang Anne Linnet, während ich unter die Bettdecke kroch und lernte, daß Sex stinkt.

Er rief wirklich am nächsten Tag an, und obwohl ich mir in der Nacht geschworen hatte, auf jede seiner Fragen nur mit NEIN, NEIN und nochmals NEIN zu antworten, kam ich wie ein dummes kleines Hundebaby angetapst, sobald er mich im folgenden halben Jahr rief. Manchmal war er lieb, und manchmal war er ein wunderbarer Liebhaber. Manchmal war er witzig, lud mich ins Restaurant ein, und manchmal schenkte er mir zollfreies Eau de Toilette oder rief undeutlich aus irgendeinem fremden Land an. Einmal rief er von einem Davis-Cup-Turnier mitten in der Nacht an und sagte, er würde mich vermissen, fühle sich einsam und freue sich darauf, mich wiederzusehen und all diesen romantischen Quatsch, den ich so wahnsinnig gern von ihm hörte. Und in meiner unglückseligen Naivität reichte das, um mich alle Fehler, Demütigungen und Verletzungen vergessen zu lassen, all die Male, wo er mich enttäuschte. Seinen vollkommenen Mangel an Interesse für mich und meine Angelegenheiten. Seine Affären mit anderen und seinen Widerwillen, Kondome zu benutzen. Nach dem ersten ungeschützten Mal gab ich mir einen Stoß und kaufte eine Packung Kondome, die ich ihm mit einer rosaroten Schleife umwickelt überreichte. Er sah mich verwirrt an. Nimmst du denn nicht die Pille? fragte er, und als ich den Kopf schüttelte und einen Frau-kenne-deinen-Körper-Vortrag über die Nebenwirkungen von Antikonzeptiva hielt, lachte er nur und sagte, das könne ja alles sein, aber er sei allergisch gegen Gummi. Nur ein paarmal konnte ich ihn dazu bringen, sonst zog er sich heraus, und ich führte Buch über unsichere und sichere Tage. Aus irgendeinem unverständlichen Grund brachte ich es nie über mich, mir eine Spirale einsetzen zu lassen, wie Birgitte sie bereits jahrelang ungenutzt im Bauch mit sich herumschleppte.

Außerdem war Birgitte blaß vor Eifersucht und hielt mir einen flammenden Vortrag, schimpfte über meine Dummheit und zog sich schließlich ganz von mir zurück. Begann statt dessen mit Frustessen, schwänzte den Unterricht und tat sich mit ein paar ausgeflippten Althippies aus Christiania zusammen, die ihr zum einen das Haschischrauchen beibrachten, sie daneben aber auch nachdrücklich aus ihrem Jungfrauenstadium befreiten.

Kurz vor den Osterferien in der letzten Klasse ging es, wie Birgitte schon lange vorhergesagt hatte, schief. Jakob, der mich ein ums andere Mal versetzte und offensichtlich dabei war, mich fallenzulassen, schwängerte mich. Wir waren zum letzten Mal zusammen, und an dem Abend hatte ich, melodramatisch wie meine Mutter, eine Antwort verlangt. Waren wir ein festes Paar oder nicht? Also, wenn ich schon so fragte, dann waren wir das wohl nicht, oder? Aber wir konnten ja trotzdem Freunde sein, erklärte er und lächelte sein Colgatelächeln, und in meiner Verzweiflung darüber, verstoßen worden zu sein, schlief ich noch einmal mit ihm, obwohl meine Temperaturkurve eindeutig sagte, daß ich einen Eisprung hatte. Schwachsinnig, aber dennoch war ich überrascht, nein, schockiert, als ich schwanger war. Wie so viele andere Mädchen, die ungewollt schwanger werden, hatte ich einfach nicht geglaubt, daß mir so etwas passieren könnte. Ich war viel zu jung, um ein Kind auszutragen, und der Gedanke, daß man so leicht und gegen seinen Willen schwanger werden konnte, erschien mir komplett absurd.

Aber man konnte es also, und ich wurde es, und wenn ich noch einen vagen Jungmädchentraum dahingehend hatte, daß Jakob anständig reagieren würde, wurde der an dem Tag zerstört, als ich ihn anrief und ihm erzählte, daß der Test positiv war. »Und warum erzählst du *mir* das?« fragte er mit eisiger Stimme. Ich war wie gelähmt, konnte nur kläglich stotternd sagen, daß das doch wohl ziemlich normal sei, da er doch schuld daran war. »Woher willst du eigentlich wissen, daß ich es war? Du pennst doch mit der ganzen Stadt!« Das war so ungeheuerlich, daß ich noch zehn Jahre später spüre, wie meine Wangen vor Scham, Wut und Enttäuschung darüber, daß ich mich auf so ein Arschloch eingelassen hatte, knallrot wurden.

Ich blieb drei Tage lang im Bett und behauptete, »Bauchschmerzen« zu haben. Meine Mutter, die wie immer ausreichend mit ihren eigenen Problemen beschäftigt war, gab mir Schmerztabletten und ließ mich in Ruhe. Danach hatte ich meine Wunden soweit geleckt, daß es mir möglich war, mich wieder in der Stadt zu zeigen, in der auch er sich bewegte. Ich fuhr zu Tante Mo, schüttete ihr mein zerbrochenes Herz aus und bekam Earl Grey von Perchs mit Scones dazu. In Tante Mos Kokon blieb ich weitere zwei Tage, und am nächsten Montag ging ich zum Arzt und bekam eine Überweisung – und am Freitag wurde es entfernt. Während die anderen den letzten Schultag feierten, lag ich in Vollnarkose, und das, was ich mir als seelenlosen Schleimklumpen vorstellte, wurde abgesaugt. Tante Mo wartete auf mich im Aufwachraum und fuhr anschließend mit mir im Taxi nach Hause in die Havnegade, wo sie Mutter informierte. Ich glaube wirklich, Mutter war verletzt, daß ich mich ihr nicht anvertraut hatte. Sie wirbelte das ganze Wochenende um mich herum und sagte sogar eine vielversprechende Verabredung ab, um MUTTER spielen zu können. Sie flößte mir ziemlich viel Rotwein ein und forderte mich auf, alles rauszulassen, zusammenzubrechen, mich auszukotzen. Aber ich enttäuschte sie und blieb standhaft. Ich hatte nicht die geringste Lust, dieses dumpfe Gefühl von Verlust von etwas, das ich nicht einmal benennen konnte, in echten Schmerz übergehen zu lassen. Viel lieber wollte ich die Erleichterung, »es losgeworden zu sein«, pflegen und gleichzeitig die alberne Phantasie abschütteln, die ich von Jakob hatte. Und ich war froh, ehrlich froh, als Birgitte mit einem siebten Sinn dafür, daß irgend etwas nicht stimmte, anrief und die Hand zur Versöhnung ausstreckte. Sie war großmütig genug, nicht zu triumphieren, sondern solidarisch mit mir das Schwein zu verdammen. Außerdem brauchte sie mich auch – wenn keiner sie aus dem Sumpf zog, würde sie ihr Abitur nicht schaffen. Aber ich war immer noch wütend, glühte vor Zorn, und meine Wut benutzte ich als Absprungbrett, so daß ich trotz eines etwas ermatteten Körpers mich am Montag morgen um neun Uhr auf die Prüfungen vorbereitete. Ich sprintete durch den gesamten Prüfungsverlauf, verbissen und besessen, und schloß mit einem so hervorragenden Notendurchschnitt ab, daß ich auf jede Hochschule hätte gehen können ...

Eigentlich war mir das Abitur scheißegal, so egal wie alles andere zu dieser Zeit. Mein Auftreten diente einzig und allein dazu, Jakob zu demonstrieren, daß er von mir aus auf den Mond oder zu den French Open fahren konnte. Und das tat er auch – er zog ins Ausland und heiratete ein Tennis-Groupie, aber blieb immer nur vielversprechend, bis er zu alt war und wahrscheinlich als Tennislehrer in Kalifornien endete. Ich sah ihn vor gar nicht langer Zeit auf dem Strøget, eine aufgedunsene Null im blauen Blazer.

Aber leider, obwohl er es gar nicht wert ist, muß ich zugeben, daß ich Jakobs Erbe in mir trage: ein tiefes Mißtrauen Männern gegenüber. Und ich brauche gar nicht lange nachzudenken, um zu wissen, daß es zwischen Jakob und Paul keinen anderen gab, den ich ernsthaft über meine Türschwelle gelassen hätte. Das ist auch ganz in Ordnung, und ich lüge nicht, wenn ich sage, daß ich niemanden vermißt habe. Oder nichts. Auf keinen Fall bis zu dem Zeitpunkt, als Birgitte vor ein paar Jahren sich vom Minderwertigkeitskomplex ihrer Jugendzeit hat fällen lassen und mit Jens zusammengezogen ist. Vorher war sie blühend und verrückt, kreativ und immer auf dem laufenden. Sie veranstaltete Mammutfeste und organisierte Ausflüge, kreierte Hüte und Nudelsalate und war diejenige, die einen riesigen Kreis von Freunden und Bekannten zusammenhielt; sie war diejenige, die eine Tüte Gummibären, verkleidet als mail-art, zum Geburtstag schickte. Gleichzeitig ging es mit ihrer Karriere als autodidaktisches Multitalent im Bereich Einrichtung und Design bergauf, sie hatte ihren Babyspeck ab-

und sich einen Ladyshaver zugelegt. Der Århuser Dialekt hing ihr noch nach, aber nur als charmante sprachliche Eigenart. Sie hatte viele Verehrer, aber obwohl es ein paar wirklich gute Typen dazwischen gab, die ich selbst ernsthaft in Erwägung hätte ziehen können, ließ sie sie alle nach einer Weile fallen. Entweder waren sie zu häßlich oder zu albern, zu provinziell oder zu wild. Es dauerte ziemlich lange, bis ich sie durchschaute. Sie wollte es nicht zugeben, aber sie wartete darauf, daß ER auftauchte. Der hübsche Junge mit dem guten Hintergrund, der schönen Sprache und der hoffnungsvollen Zukunft. Der Ritter, der sie von ihrer anarchistischen 68er-Kindheit mit gemeinsamer Haushaltskasse, kollektiven Aussprachen und Gemeinschaftsmüttern in wechselnden auseinanderbrechenden Wohngemeinschaften befreien konnte.

Sie lernte Jens an der Bar im Café Victor kennen, kurz vor der Sperrstunde, wo er sie festhielt, als sie, mit einem gediegenen Rausch, von ihren hohen Absätzen rutschte. Das erwies sich als äußerst symbolträchtig, denn genau das war es, was dann folgte: Jens, der rechtwinklige Ingenieur mit ordentlicher Kontoführung, holte innerhalb von Null Komma nichts Birgitte, meine schräge, spezielle Lieblingsfreundin, auf den Boden der Tatsachen. Und da trampelt sie seitdem herum und versucht sich selbst und andere davon zu überzeugen, daß Jens der Mann ihres Lebens ist und es immer schon war. Deshalb ist unsere Freundschaft, auch wenn ich zugeben muß, daß sie tut, was sie kann, nicht mehr dieselbe.

Das mußte ich akzeptieren, denn mir blieb nichts anderes übrig, und auch wenn ich sie oft vermisse, reichte das nicht aus, um selbst auf die Jagd nach einem passenden Partner zu gehen. Ganz im Gegenteil, nachdem ich Zeuge ihres schnellen Verwelkens in dem Gefängnis der Paarbeziehung geworden war, war ich stärker als zuvor um meine eigene Identität bemüht. Ich will auf keinen Fall gefressen werden. Auch nicht von dem schönsten Löwen im Dschungel.

»Woran denkst du?« fragt Paul und zupft mich sanft am Ärmel.

»An gar nichts«, antworte ich und bewege meinen Blick vom Einer zu Paul. Er hat Sonne im Haar. »Warum bist du so scharf auf eine gemeinsame Adresse?« frage ich dann.

»Des Geldes wegen. Wir sparen eine ganze Menge. Nur eine Miete, ein Telefon, einmal Fernsehgebühren.« Paul kneift die Augen zusammen. »Und die vielen Taxirechnungen, die wir sparen. Ich habe es ausgerechnet. Du kannst eine ausgedruckte Budgetrechnung kriegen, wenn dich das überzeugt!«

»Und ich dachte, du wolltest das aus Liebe!« sage ich und mache Abstriche an meiner Wachsamkeit.

»Das auch, aber diese Argumente interessieren dich doch gar nicht! Für eine Frau hast du eine ziemlich überdimensionale linke Gehirnhälfte!«

Paul balanciert elegant auf der Linie zwischen leichtem Spott und tödlichem Ernst. Mir ist das bewußt, und schnell und gierig drücke ich meinen Mund auf seinen. Der Kuß wird erwidert, wir tändeln etwas herum und kommen uns unter der Rotbuche, deren Blätter noch wie ein kupferner Schild am Baum sitzen, ziemlich nahe. Trotz der Erleichterung darüber, daß ich einen Aufschub erreicht habe, weiß ich genau, daß es sich nur um eine mittelfristige Verschiebung auf der Tagesordnung handelt. Und als es am selben Abend zum ersten Mal er ist und nicht ich, der darauf besteht, nach Hause zu gehen und allein zu schlafen, weiß ich, daß es sich um eine direkte Strafe handelt und ich einen Vorgeschmack darauf bekomme, was mich noch erwartet. Auge um Auge, Zahn um Zahn.

Als ich in plötzlicher Angst vor dem Abstand meinen

Stolz hinunterschlucke und ihn zu überreden versuche, doch zu bleiben, triumphiert er boshaft:

»Leider«, sagt er und gibt mir einen Wangenkuß. »Weißt du, meine Integrität ...«

Die Episode ist möglicherweise unheilverkündend, aber nicht alarmierend. Wir setzen unser Pendlerleben fort, er mit seiner Kontaktlinsenausrüstung und ich mit meinen Antibabypillen im Gepäck, das in Plastiktüten von der einen Adresse zur anderen transportiert wird. Unser Verliebtsein ist immer noch frisch und glänzend, mir wird immer noch heiß und kalt, wenn ich ihn wiedersehe, und die Leute um mich herum sagen mir ganz spontan, daß ich so hübsch geworden bin! »Sex«, würde ich am liebsten antworten, denn ich fühle mich wie ein blühendes Mohnblumenfeld, hervorgezaubert durch die Liebe eines Mannes, zu dem die meisten meiner Kollegen ein ziemlich ambivalentes Verhältnis haben. Wie ich es auch hatte, bevor ich meine Hand in seine legte. Immer noch wird er als ein komischer Kauz angesehen, ein eitler, dummer Junge, dessen Talent nur von seinen eigenen Erwartungen übertroffen wird. Mit anderen Worten – Paul Weber wird nicht ernst genommen. Vielleicht nehme ich ihn auch nicht ernst genug, denn während ich zur Ruhe komme und mich auf dem Plateau, auf dem wir uns jetzt befinden, einrichte und sicher fühle, spüre ich doch, daß Paul höher hinaus will. In die dünne Luft, senkrecht die Bergwand hoch, und seine Fahne auf dem höchsten Gipfel einrammen.

Aber dennoch überhöre ich seine Signale, tue, als wenn nichts wäre, wenn er ein undurchsichtiges Gesicht aufsetzt, ignoriere sein schlafloses Hin- und Herwälzen. Nicht weil er um Aufmerksamkeit oder Anteilnahme buhlt – er wischt es lächelnd beiseite, wenn ich doch einmal frage, ob etwas nicht in Ordnung ist. Und die meiste Zeit ist er unwiderstehlich und ansteckend fröhlich. Nimmt mich in die Arme und wirbelt mich herum, küßt mich leidenschaftlich und grölt alte Schlager unter der Dusche. »Ich brauche keine Millionen, mir fehlt kein Pfennig zum Glück!«

So kommen wir auch froh und elegant – er in dunklem Anzug und ich in meinen Kookaï-Kleid und auf hohen Hacken – zum traditionellen »Arschkriecherfest« des Generals für speziell Auserwählte, zu dem wir beide eingeladen sind. Auch letztes Jahr waren wir beide da – woran ich mich nicht besonders gern erinnere, weil ich davon überzeugt bin, daß Paul und Henriette auf der Gästetoilette gebumst haben –, also müssen unsere Aktien ziemlich hoch stehen. Wir haben beide damit kokettiert abzusagen, aber zum einen will Paul den General davon überzeugen, daß er vom Inland zum Sonntagsmagazin versetzt werden sollte, was schon einmal von Kofoed abgelehnt wurde – »Sollte der Junge nicht erst einmal trocken hinter den Ohren werden?« –, und zum anderen sind wir wie alle verliebten Paare vergnügungssüchtige Narzißten, die es genießen, sich in der großen, weiten Welt zu spiegeln. Von ihr geneckt zu werden. Obwohl der Sender uns schon seit langem als »Schraube und Mutter« ansieht, wie Paul es hin und wieder anzüglich nennt, dürfen wir nicht nebeneinandersitzen.

Ich bin nämlich in der Rangfolge aufgestiegen und Ehrengast. Wenn man es genau nimmt, dann sind Henriette (!) und ich auf beiden Seiten des Gastgebers zur Dekoration angebracht, die weiblichen Talente. Am gegenüberliegenden Tischende sitzen Frau General, Lenemädchen, wie er sie nennt, und böse Zungen behaupten, daß sie es ist, die zu Hause das Sagen hat. Unter den Auserwählten ist außerdem auch Ras; der sitzt gemütlich zu meiner Rechten, ein paar von der alten Garde – die Waffenbrüder des Generals – und Kofoed mit einem für diese Gelegenheit aufgetragenen klebrigen Lächeln.

Paul sitzt an einem der kleinen Tische, wo es, den Lachsalven nach zu urteilen, sehr viel lustiger zugeht als an unserem Tisch, an dem wir der Protzerei des Generals ausgesetzt sind. Seine Gattin verzieht keine Miene – begnügt sich damit, den Kellnern kurze Anweisungen zu geben –, ansonsten verhält sie sich passiv und stumm. Ganz gleich, ob ihr mächtiger Mann nun vom Attentat auf Robert Kennedy erzählt – »Bob war verflucht noch mal ein feiner Kerl!« – oder seine undiplomatische Meinung über den neuen Fernsehdirektor zum besten gibt. Rivalinnen oder nicht, Henriette und ich treffen uns in verständnisinnigem Kichern hinter seinem Rücken. Und das muß ich ihr lassen: Sie ist keine berechnende Claqueuse. Sie hält nicht damit hinterm Berg, daß sie sich allmählich langweilt, was den General wiederum so sehr aus der Fassung bringt, daß er seinen Monolog unterbricht und seine kalte Zigarre anzündet. Unter anderen Umständen hätten wir uns treffen können, Henriette und ich.

Vor dem Käse hält er eine Rede. Predigt salbungsvoll von den »Freunden und Mitarbeitern«, die er an diesem Abend um sich gesammelt hat und die den Sender sicher durch die knochenharte Konkurrenz der Zukunft führen sollen – sowohl die inländische als auch die ausländische. »Und das schafft ihr, indem ihr *Neuigkeiten* produziert, Leute! Eure Unterhaltungssendungen und Quizprogramme sind ja gut und schön, aber es sind die *Neuigkeiten,* die das Rückgrat bilden, die tägliche Nachrichtensendung ist das Flaggschiff des Senders! Und das könnt ihr gern zitieren!«

Jubel und Applaus – und Pfiffe von Paul.

Nach einer längeren selbstgefälligen Sequenz beendet er die Rede mit einem herzlichen Toast auf »die jungen Talente«.

»Ihr seid das Fernsehen von morgen! Aber denkt daran, ihr steht auf den Schultern von uns Alten! Ohne uns wärt ihr gar nichts!« Großer Applaus von den Alten und erneut ein durchdringender Pfiff von Paul. Ich drehe mich nach ihm um, sehe ihn wie einen schnoddrigen Gassenjungen vor mir. Genieße diesen Anblick. Als der General sich wieder hingesetzt hat, fährt er mit seiner Belehrung an Henriette und mich gewandt fort.

»Ihr seid ja gar keine richtigen Reporter! Meine Generation damals, die hat vierundzwanzig Stunden am Tag gearbeitet. Wir sind nach Beirut geflogen und weiter nach Nam, ohne auch nur die Frau zu Hause anzurufen. Wir haben mit dem Paß unterm Kopfkissen geschlafen! Als Lenemädchen ihr erstes Kind kriegen sollte, mußte ich während der Wehen weg! Und bin erst zurückgekommen, als das Kind zwei Monate alt war! Stimmt's, Lenemädchen?«

Der General hebt grüßend sein Glas, und seine Frau erwidert ausdruckslos den Gruß. Lenemädchen sieht aus wie eine, die ihren Gatten eines Sonntags während des Kirchgangs erdolchen könnte.

»Nicht wahr? Habe ich recht?« wendet er sich seinen Waffenbrüdern zu, die brummen, daß das verdammt richtig sei, und dann folgt ein längerer Sermon von der Front, das Aufzählen von Sechs-Sterne-Generalen und Horrorgeschichten aus dem schwärzesten Afrika. Viel Wind, aber wenig Unterhaltungswert. Weshalb Paul ein abwehrendes Nicken als Antwort erhält, als er vorbeikommt, mich in den Nacken küßt und fragt, ob ich mich amüsiere.

»Meine Güte, was ihr doch für Angeber seid!« sagt Henriette schließlich, und das bringt den General, der sich inzwischen einen ordentlichen Rotweinschwips angetrunken hat, dazu, sein Hemd aufzuknöpfen und die Narbe einer Schußwunde zu zeigen, die er im Sechstagekrieg bekommen hat. Nur zwei Zentimeter vom Herz entfernt, betont er und hält zwei Fettwülste auseinander, damit wir die

Narbe sehen können. Henriette und ich platzen fast vor Lachen, aber der General fährt unerschüttert fort.

»Aber heutzutage! Die Jungen sind ja solche Schlappschwänze, am liebsten würden sie noch einen Leibwächter mitnehmen! Oder sie nehmen mal wieder Erziehungsurlaub! Oder sind kurz vor der Geburt! Oder müssen zum Elternabend in den Kindergarten!« faucht er und läßt seine Zigarrenasche auf die Käseplatte rieseln. »Wie soll man da vernünftige Nachrichten machen?«

»Du mußt zugeben, daß du gerade jetzt einen Mann in Kroatien hast!« werfe ich ein und denke an Michael, einen netten Kerl, Chef des Lottoclubs von der Auslandsabteilung und angenehm bescheiden.

»Ja! Michael, auf den kann man sich verlassen! Einen Toast auf Michael!« Der General hebt erneut sein Glas, und wir stoßen auf Michael an. Das hat er auch nötig. Inzwischen sind im jugoslawischen Bürgerkrieg schon so viele Presseleute getötet oder verwundet worden, daß man mehr als nur seine Pflicht tut, wenn man dort bereits die dritte Woche aushält.

»Und was ist mit euch, Mädels?« Der General breitet seine Arme wie Flügel um Henriettes und meine Schultern.

»Ihr kommt doch wohl nicht an und wollt Kinder haben, Erziehungsurlaub und all diesen Blödsinn, oder? Aber wie ich höre, hast du dich verlobt«, sagt er zu mir.

Ich murmle ablenkend, daß ich so verlobt ja nun auch nicht bin. »Und ich bin unfruchtbar«, trumpft Henriette auf und erhebt sich. Ein kleines Lächeln ist um Lenemädchens harten Mund zu ahnen.

Der General fordert mich zum ersten Tanz auf, und ich muß dankend nicken und ihm folgen, obwohl ich aus den Augenwinkeln sehe, daß Henriette Paul auffordert. Der General drückt sich fest an mich, seinen Wanst an meinen Bauch.

Paul und Henriette tanzen in der Peripherie meines Blickfelds, und obwohl mir in einem giftigen Augenblick die Szene von der Gästetoilette einfällt, bin ich nicht ernsthaft nervös. Nur etwas unruhig.

»Tes«, sagt der General ganz dicht an meinem Ohr. »Ich möchte dir gern was sagen, aber das muß unter uns bleiben.«

Der General macht eine Kunstpause, und ich biete ihm den gewünschten Gesichtsausdruck, neugierig und gespannt. »Ja?«

»Ich habe große Pläne mit dir.«

»Ach?« sage ich, hellwach und bereit. Er hat zuviel getrunken und redet nasal, aber ich habe gehört, daß er gerade in diesem Zustand gern seinen Mitarbeitern Hinweise gibt, die einen erschauern lassen.

»Möchtest du gern nach Moskau? Ich meine, willst du *Korrespondentin* in Moskau werden?«

Er zieht mich noch fester an sich, legt eine Hand reichlich zudringlich auf meine rechte Pobacke.

»Ein tolles Kleid hast du an!« stellt er sabbernd fest, das Schwein, und drückt zu. Vollkommen bewußt, daß ich in Erwartung der Fortsetzung festsitze. Ein Lehrbuchbeispiel für sexuelle Belästigung am Arbeitsplatz.

»Wenn ich du wäre, würde ich mir den Arsch – haha – abarbeiten, um auf mich aufmerksam zu machen, und dann würde ich mich um Ferdinands Nachfolge bewerben. Sein Vertrag läuft in zwei Jahren aus, aber ich habe die begründete Vermutung, daß er schon gern früher zurückkommen würde.«

»Und was ist mit Knud?« fragte ich mit sachlichem Pokerface und bin plötzlich froh darüber, daß ich festgehalten werde, damit ich nicht in Ohnmacht fallen kann. »Ist er nicht vor mir dran?«

Korrespondentenintrigen schmieden ist eines der Lieblingsspiele in der Auslandsabteilung. Wer geht wohin, wenn der und der Vertrag ausläuft? Gibt es irgendwelche Chefs, die hereinschneien und uns den Jackpot vor der Nase wegschnappen? Gibt es irgendwelche Joker? Jemanden, der in Ungnade gefallen ist, oder Posten, die im Zuge einer weiteren Sparrunde gestrichen wurden? Wir wollen schließlich alle raus, und wenn das Klima bei uns manchmal leicht eisig wird, dann hängt das oft mit irgendwelchen Rochaden zusammen. Wer triumphiert, wer wird übergangen? Meine Stärke ist mein fließendes Russisch, meine Sowjetleidenschaft und mein Geschlecht. Denn auch wenn der General ein Chauvinist der übelsten Sorte ist, weiß er doch genau, daß es nicht schlecht ist, sich mit ein paar feschen Mädels hervorzutun – fürs Senderprofil. Aber selbst in meinen gewagtesten Träumen bin ich davon ausgegangen, daß es in den nächsten fünf Jahren für mich nicht möglich sein würde, als feste Korrespondentin nach Moskau zu kommen. Der General sieht mich schielend an. Vielleicht ist er schon so breit, daß er nicht mehr weiß, was er sagt.

»Schon möglich, daß Knud glaubt, er wäre dran. Vor fünfzehn Jahren war er auch ausgezeichnet – und es ist schließlich nicht seine Schuld, daß nie irgendwas dort passiert ist. Aber jetzt will ich frisches Weiberblut auf dem Posten!« Der General lächelt teuflisch und drückt mir die Luft ab.

Da passiert es. Blitzschnell wie ein Hai kommt Paul und entreißt mich den Klauen des Generals. »Ich hacke dir die Hände ab, wenn du sie noch mal so anfaßt!« faucht er und sieht den General wütend an, während sich seine Hand wie ein Eisenring um mein Handgelenk legt.

Der General schüttelt verwirrt den Kopf, als könne er nicht glauben, was mit ihm geschieht. Mir geht es genauso. Das ist eine Szene von der Art, wie ich sie hochgradig verabscheue. Der Tanz um uns herum stockt, die Leute bleiben stehen und starren uns an. Die Peinlichkeit ist schier mit Händen zu greifen.

»Paul, nun mal ehrlich!« sage ich leise und ziehe meine Hand aus seiner.

Paul wirft mir einen einzigen Blick zu, und als ich nicht darauf reagiere, dreht er sich um und verläßt den Raum. Der General schleicht davon, füllt sein Glas, und ich stehe wie gelähmt da und reibe mir das Handgelenk, bis Ras kommt und anfängt, mit mir zu tanzen.

»Sind wir hier in der Steinzeit, oder was?« fragt er.

Ich lächle entschuldigend und tanze mechanisch Jitterbug. Ras hat Schweißtropfen auf seiner Stirnglatze und leicht feuchte Hände, und aus irgendeinem Grund kommt mir zum ersten Mal der Gedanke, daß er möglicherweise mehr als nur professionelles Interesse an mir haben könnte.

Jedenfalls scheint er verletzt, als ich mich nach dem Stück entschuldige und ihn allein auf dem Tanzboden stehenlasse. Pauls grauer Mantel hängt – wie erwartet – nicht mehr im Flur, als ich meinen eigenen nehme und ihn mir nur über den Arm werfe, bevor ich Hals über Kopf aus dem Haus stürze. Den Gartenweg entlang, auf die kleine Zufahrtsstraße und um die Ecke, wo ich endlich eine Gestalt im Mantel entdecke, die gerade in ein Taxi steigt.

»Paul!« rufe ich gellend und laufe hinter ihm her. Vollkommen bewußt, daß ich ihn nie wieder erreichen werde, wenn ich es jetzt nicht schaffe. Ich rufe noch einmal, aber entweder hat er mich nicht gehört, oder er will mich nicht hören, denn er zieht die Wagentür zu, ohne sich umzudrehen. Ich knicke um und verfluche meine hohen Absätze, und als das Auto langsam vom Fußweg herunterrollt, verfluche ich auch noch Paul.

Dann pfeife ich. Zehnmal so laut und durchdringend wie Paul während der Rede des Generals. Und das scheint zu wirken – vielleicht hat ja der Taxifahrer ein besonderes Ohr für Pfiffe – jedenfalls hält der Wagen an. Ich nehme meine Schuhe in die Hand und laufe das letzte Stück zum Auto auf Silk-look-Strümpfen, während ich mich mit jagendem Atem frage, ob er das wirklich wert ist.

Ich reiße die hintere Tür auf und werfe mich neben Paul auf die Rückbank. Außer Atem, mit laufender Nase von der Herbstkälte und Tränen der Wut in den Augen.

Paul guckt steif geradeaus.

»Fahren Sie nur!« sage ich zu dem Fahrer, der mich neugierig im Rückspiegel betrachtet.

»Was zum Teufel sollte das?« frage ich, als der Wagen sich in Bewegung setzt. »Glaubst du, wir leben in der Steinzeit, oder was?«

Paul dreht sich zu mir und sieht mich lange an.

Ein Backpfeifengesicht, widersinnig schön.

»Entweder du gehörst zu mir, oder du gehörst nicht zu mir.«

»So einfach ist das ja nun nicht!« protestiere ich.

»Doch, genau so einfach ist das. Bei mir gibt es nur entweder-oder. Und wenn dir das nicht gefällt, dann hast du die Wahl. Du brauchst nur den Fahrer zu bitten, anzuhalten und einen zweiten Wagen zu rufen.«

Ich öffne und schließe den Mund, außerstande, diesem fremden Mann mit dem verschlossenen Gesicht etwas zu sagen. Sinke statt dessen wortlos im Sitz zusammen. Eine derart bodenlose Arroganz habe ich noch nie erlebt! Die einzig richtige Reaktion wäre, laut loszulachen, auszusteigen und sich zu verabschieden! Mit diesem Gedanken spiele ich eine Weile in meiner Ecke, während die Vorstadt mit ihren Hochhäusern, Tankstellen und ihrem kalten Licht vorbeiflimmert. So einfach wäre das, wieder ich selbst zu sein und da weiterzumachen, wo ich aufgehört habe. Still und friedlich und ohne Dramatik und turbulentes Privatleben auf den Moskauposten hinzuarbeiten – auf meinen ultimativen Karrieretraum. Vielleicht Birgitte auf einer anderen Frequenz wiederzufinden, mein Krafttraining, das ich in letzter Zeit auf schändliche Weise vernachlässigt habe, wieder zu intensivieren. Fachliteratur und dicke russische Romane lesen. Mal hier und da mit einem bumsen.

Mal hier und da mit einem bumsen ... Der Gedanke ist absurd. Ekelerregend. Alles dreht sich in mir um, meine Gebärmutter stöhnt, meine Eierstöcke jaulen auf. Wenn ich es nicht schon lange wußte, dann jetzt. Es ist zu spät, um zu gehen, zu spät, umzukehren, zu spät, zu bereuen. Die Wahl existiert nicht einmal mehr als Möglichkeit. Denn es gibt nur Paul.

»Ich hasse dich!« zische ich und habe Lust, ihm sein makelloses Profil zu zerkratzen.

»Ich liebe dich«, sagt er, während ihm die Scheinwerfer eines entgegenkommenden Fahrzeugs übers Gesicht fegen.

Am nächsten Tag habe ich Dienst und werde vom Radiowecker um acht geweckt. Keine alarmierenden Neuigkeiten – der Abrüstungswettlauf wird fortgesetzt und die Kämpfe in Kroatien auch. Miles Davis ist gestorben, und das läßt mich an meinen Vater denken, obwohl er kein Jazzfan war. Ob er wohl auch verbraucht ist? Alt geworden? Als ich ihn das letzte Mal sah, war er wohl in Pauls Alter, so um die Dreißig und noch jung. Ich seufze und drehe mich zu Paul um. Paul, dessen Schulter bloßliegt. Paul, der sagt, daß er mich liebt. Paul, der noch schläft.

Nach dem Ritt der Nacht sind wir beide nackt. Er nahm mich, als wir heimkamen, und ich ließ es geschehen. Verführt von seinem Jähzorn, erregt von seinem Besitzanspruch. Hinterher fielen wir ausgepumpt und erschöpft um – ohne das sonst übliche Nachspiel, das wir intensiv pflegen. Manchmal ist schon einer von uns aufgestanden und hat Essen gemacht – Paul hat einmal um halb drei nachts Spaghetti gekocht –, das wir dann im Bett gegessen haben. Oder wir öffnen eine Flasche Wein, teilen uns ein Bier oder eine Zigarette, wenn ich so weich bin, daß ich das absolute Rauchverbot in meinem Schlafzimmer aufhebe. Und hier ist es – hinterher –, in der intim duftenden Bettwärme, wo wir unsere intensivsten Gespräche geführt haben. Über Bohr und Einstein, Gott und Buddha, über Stillstand und Bewegung. Hier haben wir am heftigsten diskutiert, über die genaue Anzahl der afrikanischen Staaten, über französisches Fernsehen und amerikanisches, über Clarence Thomas und Anita Hill. Und hier haben wir am leisesten geflüstert und am lautesten gelacht. Und hier habe ich die Liebe am natürlichsten gespürt und am wenigsten beängstigend. Du und ich, amen. Nichts darüber, nichts darunter, nichts daneben.

Aber heute nacht war Paul buchstäblich ausgepumpt, und ich war immer noch zu wütend zum Schmusen. Und während er sofort wie ein sibirischer Bär einschlief, lag ich hellwach neben ihm und ereiferte mich immer mehr darüber, daß er den Abend zu einem Western umfunktioniert hatte und mich zu einer Stellungnahme gezwungen, zu der ich nicht bereit gewesen war. Und weil ich nicht einschlafen konnte und darüber auch noch sauer wurde, weil ich am nächsten Morgen früh zur Arbeit mußte, bekam er auch daran die Schuld.

Ich mache das Radio aus und schalte auch nicht CNN ein, wie ich es sonst immer tue, werfe mir statt dessen meinen Kimono über und schleiche mich aus dem Schlafzimmer, um ihn nicht zu wecken. Ich möchte allein sein. Ich muß jetzt allein sein. Ungestört zu mir kommen.

Ich schäle eine Apfelsine am Küchentisch, stelle mich ans Fenster und gucke auf den trostlosen grauen Hinterhof. Das Schaukelgerüst ist verrostet, die Mülleimer sind überfüllt. Geistesabwesend mümmle ich meine Apfelsine. Den vergangenen Abend muß ich wohl als Wendepunkt ansehen. Er hat nicht nur sich selbst blamiert und ist voll ins Fettnäpfchen getreten, indem er den General öffentlich zur Schau gestellt hat. Er hat auch mich blamiert, mich sozusagen mit seiner unmöglichen Forderung nach blinder Ergebenheit in seinem Sturz mitgezogen. Und ich habe es zugelassen.

»Hier bist du?« klingt es plötzlich sanft verwundert hinter mir. Paul steht in der Küchentür und blinzelt verschlafen – splitternackt mit bläulichen Bartstoppeln und zerzaustem Haar.

Ich nicke mit der Apfelsine im Mund und werde von einer Mischung aus heißer Aggression und wilder Zärtlichkeit erfüllt. »Warum denn?« fragt er, und automatisch öffne ich die Arme und drücke ihn an mich, als er zu mir kommt. Sein Mundgeruch läßt mich unwillkürlich den Kopf zur Seite drehen.

»Darf ich dich nicht küssen?«

»Du duftest nicht gerade nach Lilien!«

»Entschuldige. Haßt du mich immer noch?« Paul drückt sich noch enger an mich, reibt sich an mir und klaut eine Apfelsinenscheibe.

»Ja!« sage ich mit Nachdruck. »Und der General garantiert auch!«

»Meinst du, er wird mich feuern?« Paul küßt mich auf den Hals, und ich öffne den Kimono, um ihn zu wärmen.

»Möglich. Ein verwundeter Stier ist immer gefährlich!«

»Und du? Du auch?« fragt er und hebt mich hoch, so daß ich mit einer Pobacke auf dem Rand des Küchentischs sitze.

»Habe ich eine Wahl?« murmle ich und bekämpfe meine Sehnsucht nicht länger.

»Die haben wir beide nicht!« pustet er mir ins Ohr, und dann denken wir nicht weiter.

Was ansonsten schwierig geworden ist – nicht zu denken. Nach einem ruhigen Sonntagsdienst, in dem ich problemlos einen Beitrag über norwegische Innenpolitik zusammenschustere und ein paar Telegramme zu Kurzmeldungen redigiere, habe ich drei freie Tage. Ich teile Paul mit, daß ich gern allein sein möchte, und diesmal wird das sogar ohne Diskussion zur Kenntnis genommen.

Und als der gerissene Stratege, der er ist, muß er sich deswegen auch nicht beunruhigen. Es gibt kaum einen Quadratmeter in meiner Wohnung, der nicht an ihn erinnert. Unablässig werde ich von all diesen Paul-Fetischen verfolgt, die mein Appartement füllen. Wenn ich morgens aufwache, kann ich die zweite Bettdecke umarmen, die er mitgebracht hat, und wenn ich mir die Zähne putze, kann ich seiner Zahnbürste zuwinken und seinen Rasierschaum begrüßen. Ich habe Danone-Joghurt im Kühlschrank und Noilly Prat im Wohnzimmer, seine momentane Lieblingsplatte liegt auf dem Plattenspieler und seine Entspannungslektüre, der letzte Jan-Guillou-Thriller, auf dem Couchtisch. Und damit nicht genug. Als ich stundenlang in einem verwüsteten Waschsalon stehe, kann ich seine Boxershorts und seine Hemden in der Bunt- beziehungsweise Feinwäsche sehen. Letzteres wird nur noch dadurch übertroffen, daß ich seinen Wollpullover trage.

Nachmittags laufe ich ziellos in der Stadt herum. Ich bin zu unruhig, um daheim zu sitzen, gleichzeitig aber zu sehr mit mir selbst beschäftigt, um andere Menschen zu besuchen. Einerseits würde ich gern mit jemandem reden, andererseits würde ich am liebsten meine Ruhe haben. Ich gehe ins Sputnik, den Buchladen der Dänisch-Russischen Freundschaftsvereinigung, wo es aussieht, als wollten sie einen Ausverkauf veranstalten, und dem ist wohl auch fast so. Der blasse Idealist, der mir fünf Pop-Art-Lenin-Postkarten verkauft und den ich sicher schon einmal in einem Sommerlager in Minsk getroffen habe, klagt jedenfalls darüber, daß im Mutterland alles im Umbruch ist.

»Wir bekommen keine Ware, und wir wissen nicht, bei wem wir uns beschweren sollen!« seufzt er desillusioniert und zwirbelt seinen dünnen Bart. Ich bin nicht die einzige, die die Orientierung verloren hat.

Würde Tante Mo noch in Virum und nicht in der Provence leben, wäre ich zu ihr gefahren. Und wenn meine Mutter die Fähigkeit hätte, sich mit etwas anderem als sich selbst zu beschäftigen, könnte sie mir wahrscheinlich eine Antwort geben. Oder Birgitte. Aber deren Ratschläge sind im Moment unerträglich. Ihre stürmische Begeisterung für die Ehe und die Familie gestattet keinerlei Kompromisse, weshalb ich lieber mein Fahrrad wende, als ich feststelle, daß ich auf dem Weg zu ihr bin. Es gibt nur eine Möglichkeit – abgesehen von Paul, dem Wolf selbst. Einen Menschen, dem ich mich jetzt anzuvertrauen wage. Sabine in Köln.

Als wäre es eine Frage von Leben und Tod, eile ich nach Hause und rufe sie im Büro an.

»Sabine Mitteregger ist im Moment leider nicht im Haus«, teilt ihre Sekretärin mit und verspricht ihr auszurichten, daß sie zurückrufen soll. Das tut sie auf der Stelle, also war die Sekretärin, wie ich schon vermutete, nur ein Filter.

»Tes, is that you!« ruft Sabine überrascht und ist hoch erfreut über die Aussicht, von mir Besuch zu bekommen. Sie muß nur noch ein paar Dinge organisieren und hat einige Termine, wenn ich mich also währenddessen ein paar Stunden allein beschäftigen kann, gibt es überhaupt kein Problem.

»It can wait«, sage ich, da ich weiß, wie voll ihr Terminkalender normalerweise ist.

»You need to come now, don't you?« werde ich verabschiedet. Und dann muß ich Ras anrufen und ihm ein paar Urlaubstage extra rausquetschen.

»Ich habe noch ein paar Urlaubstage und massenhaft Überstunden«, erkläre ich.

»Ja, ja, Tes. Das weiß ich«, seufzt Ras. »Aber du weißt auch, wie schwierig es ist, den Dienstplan zu ändern! Jelzin ist dabei, sich in einen Krieg in ... was weiß ich, wie es heißt, einzumischen.«

»In Tschetschenien-Ingutschenien«, erläutere ich.

»Ja, genau, jedenfalls wird die Lunte an dem kaukasischen Pulverfaß immer kürzer! Und wen soll ich da dransetzen?«

»Lieber, guter Ras, es ist wirklich sehr, sehr wichtig für mich!«

»Willst du zum Honeymoon mit deinem Neandertaler?« fragt er spitz.

»Ganz im Gegenteil«, antworte ich, und da wird Ras deutlich entgegenkommender.

»Na gut, aber dann hinterlasse zumindest Telefonnummer und Adresse, daß wir dich anrufen können, falls es brennt! Ferdinand hat Bauchschmerzen, kapiert?«

Ich kapiere. Ich weiß nicht, was mit Ferdinand los ist, aber seine Berichte sind in letzter Zeit etwas unregelmäßig geworden. »Natürlich. Hast du was zu schreiben?«

Ich widerstehe der Versuchung, Paul anzurufen. Aber da er mich auch nicht anruft und ich nicht möchte, daß meine Fahrt nach Köln wie eine Seifenoper-Episode aussieht, schreibe ich ihm einen kurzen, undramatischen Hinweis auf eine der Lenin-Postkarten, daß ich für ein paar Tage verreist bin. »Um ein bißchen nachzudenken. Bis bald. Deine Tes.«

Ich werfe die Karte in den Briefkasten am Hauptbahnhof, greife entschlossen meine große Mandarina-Duck-Reisetasche und gehe zum Bahnsteig, wo der Nordexpreß schon bereitsteht. Während ich vorm Schaffner nach meiner Reservierung suche, ahne ich einen wachsenden Schatten am Rande meines Blickfelds. Als ich aufschaue, ist er zu Paul geworden. Unter dem Humphrey-Bogart-Hut. Ich versuche ihn wegzublinzeln, wie eine Fata Morgana. Aber er bleibt dort stehen, nimmt mich beim Arm und zieht mich vom Schaffner fort. »Haust du ab?« fragt er.

Ich schüttle energisch den Kopf, obwohl ich mich wie eine Gefangene fühle, die bei einem Fluchtversuch ertappt wurde.

»Das kannst du nämlich gar nicht!« sagt er und gibt mir einen Kuß.

»Was machst du hier?« frage ich verwundert.

»Gebe dir einen Abschiedskuß«, erklärt er und macht es noch einmal.

»Woher wußtest du, daß ich hier bin?« frage ich mechanisch, als hätte das irgendeine Bedeutung.

»Ein wenig Investigationsjournalismus hat man ja nun einmal gelernt«, erwidert Paul und infiziert mich mit sich.

Der Schaffner fängt an, die Türen zuzuwerfen, die Lokomotive brummt potent, und ich befreie mich von Paul.

»Wann kommst du wieder?« fragt er, als ich in den Zug gestiegen bin und er mir meine Tasche hereingereicht hat.

»Samstag. Wenn ich überhaupt zurückkomme!« sage ich, um zumindest eine Andeutung von Vorbehalt in diese unglaubliche Abschiedsszene zu schieben.

»Natürlich machst du das!« sagt er selbstsicher und wirft mir eine Kußhand zu, als die Lokomotive sich langsam in Bewegung setzt.

Ich kann mich nicht beherrschen, ich muß in mein Abteil laufen und ein Fenster runterziehen, damit ich Paul winken kann, der auf dem Bahnsteig steht und seinen Hut schwenkt. Und an dem offenen Fenster bleibe ich stehen, die Haare wehen mir ins Gesicht, und ich winke und winke, bis er zu einem undefinierbaren Punkt geworden ist. Ich bleibe stehen, bis die Lichter der Stadt nicht mehr zu sehen sind und wir das dunkle Land mit Feldern und Zäunen erreicht haben, beleuchtet von einem orangefarbenen Vollmond. Vielleicht hat es ja eine tiefere Bedeutung, denn als ich kurz darauf auf die Toilette gehe, um mich für die Nacht im Schlafwagen bereit zu machen, sehe ich die ersten Blutstropfen. Einen Tag zu früh, was mich stutzen und nachzählen läßt, denn seit Jahren war mein Zyklus genau achtundzwanzig chemisch gesteuerte Tage lang. Ich muß eine Pille vergessen haben. Shit.

Ich teile das Schlafwagenabteil mit einer dicken, deutschen Dame, die mir unter dem Mantel höflicher Andeutungen befiehlt, meinen reservierten Schlafplatz unten aufzugeben. Ich gehorche – ohne jede Form von Widerstand –, denn ich habe überhaupt nichts dagegen, oben zu liegen. Dort liege ich und versuche ohne Erfolg einzuschlafen, während mein Körper sich nach ihm sehnt und meine Seele hektisch bemüht ist, Abstand von ihm zu gewinnen – schließlich entferne ich mich ja auch rein physisch von ihm. Erst als Wasser zwischen uns ist, schlafe ich endlich ein.

Sabine wartet schon auf dem Bahnsteig, als der Zug am nächsten Morgen ganz früh in den Hauptbahnhof einrollt. Sie strahlt und wirft ihr langes dunkles Haar nach hinten, als sie mich aussteigen sieht, und wir umarmen uns glücklich und voller Wiedersehensfreude.

»Du bist aber dünn geworden!« ruft sie auf englisch aus. Wir haben uns auf einer Studienreise in Amerika kennengelernt, und es kommt uns merkwürdig vor, deutsch zu sprechen.

»Revolution & Love!« erkläre ich und weiß, daß sie mich versteht. Sabine ist einer der wenigen Menschen in meinem Leben, zu denen ich sofort Vertrauen gefaßt habe und denen gegenüber ich immer offen war; auch wenn wir uns nur ein paarmal im Jahr treffen können, besteht diese direkte Verbindung zwischen unserem Gefühlsleben.

Als ihr bei meiner Frage nach Reinhardt die Verzweiflung über das klassisch geformte Gesicht huscht, ist mir klar, daß die Beziehung nach wie vor frustrierend ist. Von ihrer Affäre, die sie nun schon drei Jahre mit einem bekannten Intendanten hat, weiß außer mir niemand. Zwar ist er auf dem Papier geschieden, das Problem ist aber, daß seine Exfrau, eine sehr bekannte und beliebte Schauspielerin an seinem Theater, sich weigert auszuziehen und damit droht, sich, ihn und seine Geliebte, falls er jemals eine haben sollte, umzubringen. Mit anderen Worten: ein Riesenskandal, der nicht weniger pikant durch die Tatsache wird, daß Sabine selbst ein bekanntes Fernsehgesicht ist – und die Tennispartnerin der Exfrau.

»Ich kenne Schauspielerinnen. Sie lieben Theaterdonner und Melodramen!« tröste ich sie, als wir beim Frühstück in Sabines kleiner Wohnung sitzen.

»Das kannst du laut sagen«, stimmt Sabine finster zu. »Das Problem daran: Sie ist *crazy*! Erinnerst du dich an ›Eine verhängnisvolle Affäre‹ mit Glenn Close und Michael Douglas?«

»War das der Film mit dem gekochten Kaninchen?«

Sabine nickt und schüttelt sich.

»Also, dann weißt du, was uns bevorsteht! Aber nun erzähle mal von deiner Liebe!«

»Er heißt Paul«, fange ich an. Und in den nächsten zwei Tagen gebe ich alles von mir. Des langen und des breiten. Über Paul in allen Nuancen und aus allen Winkeln, von nah und fern. Im Kunstmuseum, in Videocafés, in Modeboutiquen. Auf der Straße und in Sabines altem Mercedes, wo wir italienische Schlager und Hiphop hören, wovon sie, die sonst so seriös ist, nicht genug kriegen kann. Vielleicht schaltet sie ja hin und wieder ab, aber jedenfalls tut sie so, als höre sie mir zu. Lauscht und lacht, den Kopf zur Seite geneigt, als ich von dem unglaublichen Abend beim General erzähle.

»I wanna meet that guy!« erklärt sie, aber sie gibt mir keinerlei Rat, was ich mit ihm anstellen soll. Weshalb ich also anfange, laut zu denken, um aus diesem Labyrinth herauszufinden.

Erst im Dom schweige ich. Ergriffen von dem durch die Buntglasfenster hereinfließenden Licht und der andächtigen Stille, die ich – die Atheistin – immer als wohltuend empfunden habe.

Wir zünden beide zwei Kerzen an – eine für den Weltfrieden und eine für das persönliche Glück. Und als wir die brennenden Kerzen in die Halter gesteckt haben, sagt sie: »Vielleicht solltet ihr heiraten?«

Ich breche in unbeherrschtes Kichern aus, eine schwarzgekleidete Frau, die murmelnd vor sich hin betet, dreht sich um und bittet um angemesseneres Verhalten.

Draußen vor dem Dom frage ich: »Get married? Are you insane?« und muß wieder lachen. Etwas zu laut und zu demonstrativ, das merke ich selbst.

»Why not?« fragt sie ruhig, und ich kann nur widerwillig mit den üblichen Repliken antworten.

»Ich glaube nicht an die Ehe, das weißt du doch. Und auf jeden Fall nicht jetzt. No way!«

Sabine hakt sich bei mir ein, und wir gehen weiter.

»So ist es mir auch ergangen«, sagt sie, und ich nicke eifrig. Genau. Wir haben uns immer ein tolles Leben als Singles ausgemalt, mit unglaublich viel Erfolg, schnellen Autos und jungen Liebhabern. Und vielleicht, wenn wir siebzig sind und uns aus dem Scheinwerferlicht zurückgezogen haben, dann wollten wir überlegen, ob wir vielleicht einen unserer Verehrer auserwählen und heiraten würden. Einfach um der Leute willen und um jemanden fürs Grobe zu haben ...

»Aber seit ich dreißig geworden bin«, sagt sie und bleibt einen Augenblick lang stehen, »da habe ich das Gefühl, irgendwas ist geschehen ...«

»Eine Identitätskrise?« versuche ich es mit hochgezogenen Augenbrauen, aber sie ignoriert die Ironie und redet einfach weiter, und mit jedem Wort wächst meine Furcht vor dem Verrat. Nicht du auch noch, Sabine ...

»Du weißt, ich liebe meine Arbeit. Ich mache, was ich will, und wenn ich Lust habe, kann ich es bis ganz oben schaffen. Meine Eltern sind stolz auf mich, und Reinhardt liebt mich zum Teil auch wegen meiner Erfolge. Ich fühle mich selbständig und frei – genauso, wie ich es mir immer gewünscht habe.«

»Superwoman!« werfe ich ein.

»Ach!« wehrt sie ab und setzt ihre Sonnenbrille auf, als ein gutbürgerliches Ehepaar sie offensichtlich erkannt hat und stehenbleibt, um sie anzustarren.

»Nun gut, jedenfalls war es so, als ich dreißig geworden bin«, fährt sie dann fort. »Da haben sie eine große Surprise Party beim Sender organisiert. Ich war zu Tränen gerührt, weißt du, sogar der Fernsehdirektor tauchte auf – mit einer Gehaltserhöhung! Und für mich sind Überraschungsparties schon immer der Inbegriff von Popularität und Erfolg gewesen. Wenn Leute so etwas für einen machen, dann entweder, weil man die Macht hat oder weil sie einen mögen. Im besten Fall, weil beides zutrifft. Ich stand also da, sonnte mich in der allgemeinen Aufmerksamkeit, und Reinhardt kam und gab mir einen Kuß auf die Wange – schließlich ist er auch Kulturredakteur! You made it, Sabine! habe ich mir gesagt und einiges getrunken, denn ich mußte ja mit allen anstoßen. Schließlich sind wir zu mir nach Hause gegangen und haben dort das Fest fortgesetzt – Reinhardt war auch dabei, wir konnten zusammen tanzen, und es war einfach schön. Aber ganz plötzlich war mir, als wenn der Ton verschwunden war – so, als hätte man den Ton beim Fernseher abgeschaltet. Ich konnte die anderen sehen, sie aber nicht mehr hören. Und in meinem Kopf begann es zu schrillen, es war wie eine Sirene – klagend und schmerzhaft. Ich habe mir meine Jacke geschnappt und bin von meinem eigenen Fest abgehauen. Habe den Wagen genommen und bin ins nächste Kino gefahren. Dort habe ich irgendeinen schrecklichen, bluttriefenden Film gesehen. Da saß ich dann und habe geheult, ohne zu wissen, warum. Ich habe mich einfach leer gefühlt, bedeutungslos. Und unbeschreiblich traurig.«

»Liebeskummer!« diagnostiziere ich. Diesmal sogar auf deutsch.

»Sure«, nickt sie. »Natürlich geht die Sache mit Reinhardt mir ziemlich nahe. Es ist unwürdig und lächerlich, und genau betrachtet habe ich eine Scheißangst vor dieser Hexe. Aber, Therese, das war es nicht allein. Das *ist* es nicht allein. Es ist die fehlende Perspektive. Der Wunsch nach Nähe und Gemeinsamkeit …«

Sabine zögert. Sieht mich von der Seite an, ich bin gefaßt und vorbereitet. Und dann tut sie es. Sie verrät mich. Sie verrät uns. »Okay, to be frank. I guess, I want a family.«

Am nächsten Morgen verabschieden wir uns auf dem Bahnhof. Wie geplant, nicht früher und nicht zerstritten. Aber unsere Beziehung ist nicht mehr so eindeutig und makellos, wie sie war, als ich kam. Ich habe sie ein bißchen verloren und benötige den größten Teil der Rückfahrt, um das zu erkennen und zu verstehen. »Der Spiegel« mit einer eigentlich sehr interessanten Titelstory über die deutschen Weißrussen, die »heim ins Vaterland« wollen, bietet keine Hilfe, lieber döse ich in meiner Ecke am Fenster und lasse mich von der graugetönten Landschaft betäuben. Ich will auch heim. Aber wohin. Oder zu wem. Wieder ist es mein

Körper, der die Führung übernimmt: Auf der Fähre kaufe ich Yves Saint Laurent Bodylotion für mich und eine Stange Gitanes für ihn. Sans filtres.

Paul hat Dienst, wie ich weiß, deshalb gehe ich davon aus, daß ich still und friedlich nach Hause kommen und weiter überlegen kann. Aber gerade als ich aus dem Untergrund auftauche, um zur S-Bahn zu gehen, werde ich am Arm gepackt.

»Therese!« ruft er. Er ist gelaufen, der weiße Atem umhüllt ihn wie ein Heiligenschein, und in seinen Nasenlöchern glitzert ein dünner Rotzstreifen. Ganz simpler Rotz. Trotzdem sieht er mit seinen klaren, ozeanblauen Augen, die sich durch Rauch und Dampf schneiden und den Hauptbahnhof zu einer Kulisse werden lassen, wie ein Engel aus. Ein Winterengel.

»Hast du nachgedacht?«
»Ja!«
»Mit welchem Ergebnis?«
»Das weiß ich nicht«, murmle ich und verstecke mein Gesicht in seinem olivgrünen Parka, seiner Arbeitskleidung, während ich versuche, mich an alle Gegenargumente zu erinnern.

»Das wollte ich nur wissen. Bis dann!« lacht er und gibt mir einen hastigen Kuß. »Draußen wartet ein ganzer Ü-Wagen auf mich – im Halteverbot. Wir sehen uns heute abend!«

Und das tun wir natürlich. An diesem Abend und am folgenden, und ich fühle mich wie jemand, der erkannt hat, daß sein Schicksal besiegelt ist. Ich könnte mich zwar dagegen wehren, aber was würde das nützen?

Im Sender reden sie über uns, vor allem wohl über mich. Die kleine Szene beim General ist schon lange zu einem Mythos geworden – Billie ruft an und fragt, ob es wirklich stimme, daß Paul den General zu Boden geschlagen hätte, so daß dieser verarztet werden mußte?

Ich lache und wiegele ab, obwohl ich Billies Theorie kenne, daß man nie eine gute Geschichte dadurch kaputtmachen sollte, daß man die Wahrheit erzählt.

»Oh«, sagt sie. »Aber es stimmt doch wenigstens, daß er dich an den Haaren weggeschleppt hat?«

»Kaum!« sage ich scharf. Diese Version ist mir neu. Zumindest so direkt ausgesprochen.

»Das habe ich auch nicht geglaubt. Aber paß auf, daß er dich nicht mit Haut und Haaren auffrißt!« warnt Billie, deren eigenes Leben aus einem Katalog mißglückter Paarbeziehungen besteht, aus Fehlinvestitionen in verheiratete Männer und brünette Tarzantypen.

Ich versichere ihr, daß weder er noch irgendein anderer Mann mich jemals auffressen wird, und versuche gar nicht erst, ihr zu erklären, daß Paul nicht mit dem Begriff »ein Mann« zu fassen ist. Paul ist Paul, und ohne Paul gibt es nichts. Ohne Paul ist mein Leben eine Mondlandschaft – golden, bleich und steinig. Das klingt vielleicht romantisch, aber tatsächlich ist darin eine große Portion Rationalität enthalten: Ich halte mich an Paul, weil die Chance, etwas Besseres zu finden, gleich Null ist. Das Problem ist nur, daß mir der Zeitpunkt so ungünstig erscheint, mich gerade jetzt dem Einzigen, Auserwählten ganz hinzugeben, wo ich doch aller Vernunft und allen Erwartungen zufolge mich besser auf die Weltgeschichte und die neue Weltordnung konzentrieren sollte. Draußen forschen, statt in mir drinnen. In dieser Richtung habe ich mich selbst erzogen, und so sehe ich mich auch – als Frontkämpfer in Kaki. Ich habe nur wenige Heldinnen, dafür aber viele Helden und habe immer mehr Wert darauf gelegt, etwas zu tun als zu sein. Oder anders gesagt – ich habe die maskulinen Tugenden immer mehr bewundert als die femininen.

Ein ganzes Stück des Wegs läßt Paul mir mein Bild, und mit seiner Bestätigung fühle ich mich souverän und ohne Probleme. Ich vergesse meine Bedenken und meine Wachsamkeit, muß zugeben, daß zwei besser sind als einer allein, und öffne alle Fenster weit.

»Mein Gott, was tut er dir gut, der Paul!« sagt Mutter eines Tages, als wir uns in der Abteilung für Toilettenartikel im Kaufhaus begegnen. Und sogar Kiki akzeptiert ihn – wie könnte sie auch anders, setzt er doch alle seine Charmebomben und Überredungsmissiles ein. Aber vielleicht bin ich auch ungerecht – denn Paul mag sie wirklich gern. Ihre Einfachheit ohne jedes Protzen, und das spürt sie.

»Er ist zwar immer noch ein Windbeutel, aber er ist in Ordnung. Paß gut auf ihn auf!« sagt sie bei der Einweihungsparty für die Wohnung, die sie und Spunk gemietet haben. Ich war empört, daß sie ihre eigene aufgegeben hat, Paul half ihr dagegen beim Umzug.

Während Paul also hart daran arbeitet, in meine Familie integriert zu werden, weiß ich immer noch so gut wie nichts über seine. Er selbst ist äußerst sparsam mit Mitteilungen über sie, und ich dränge ihn nicht. Zwar bin ich schon neugierig, habe aber andererseits keine Ambitionen, »Schwiegertochter« zu werden. Außerdem habe ich immer mehr damit zu tun, das paarbildende Aktivitätsniveau zu dämpfen und mich auf meine Arbeit zu konzentrieren, je mehr der Herbst in den Winter übergeht und das Chaos die Sowjetunion bedroht.

So muß ich beispielsweise meinen Vortrag vorbereiten, den ich an einem stürmischen Novemberabend in einem Gemeindesaal in Westjütland halte. Es gibt gemeinsames Singen aus dem Hochschulgesangbuch, in der Pause Kaffee und Schnittchen, und während ich referiere, klappern mehrere Frauen mit ihren Stricknadeln. Ich habe ein zwanzig Seiten langes, durchgearbeitetes Manuskript mitgebracht, aber als ich leicht nervös am Rednerpult stehe und den vollen Saal mit den gedeckten Tischen vor mir sehe, ist mir schnell klar, daß diese Leute sicher nicht von weit her gekommen sind, um eine komplizierte Analyse zu hören, mit der ich in der außenpolitischen Gesellschaft brillieren könnte. Sie wollen etwas über die *Russen* hören, über die Menschen. Also bekommen sie statt des Referats einen Augenzeugenbericht vom Putsch, einige Alltagsbetrachtungen und meine eigene persönliche Meinung dazu, was geschehen wird. Dort und in Europa. Die Resonanz ist, vorsichtig gesagt, nicht gerade überwältigend. Daß ich die Versammlung nicht im Griff habe, bringt mich ein wenig aus der Fassung. Und während ich auf der einen Seite weiter spreche, sehe ich auf der anderen Seite Paul vor mir. Er hätte sie problemlos gefesselt – hätte die Frauen dazu gebracht, ihre Maschen zu verlieren, und die Männer, auf den Stühlen nach vorn zu rutschen.

Er verwirrt mich, so daß ich einen Moment lang Gefahr laufe, den Faden zu verlieren. Ich rette mich in Ähs und Ems und spüre, wie sich leichte Unruhe im Saal breitmacht. Aber sonderbarerweise habe ich plötzlich ein Gefühl, als wäre er bei mir. Als ließe er sich wie eine weiße Taube auf meiner Schulter nieder, was zu meiner Entspannung beiträgt. Und als wir die Pause erreicht haben, habe ich soviel Lächeln und zustimmendes Kopfnicken geerntet, daß ich weiß, ich habe es geschafft. Die Fragen nach der Pause – Was ich von Gorbatschows Zukunftsaussichten halte? Wie ich Jelzin einschätze? Ist die Versorgungslage wirklich so schlimm, wie man hört, und nützen westliche Lebensmittelsendungen dann überhaupt etwas? – beantworte ich souverän mit Hilfe des gelassenen Charmes, den ich mir von Paul leihe. Und als der Abend mit rhythmischem Klatschen und dem gemeinsamen Schlußlied ausklingt, sind wir Freunde geworden, der Saal und ich.

Ich erreiche gerade noch den letzten Flug nach Hause. Der Organisator hat mir zwar überaus herzlich angeboten, dort zu übernachten, aber ich wäre übers Wasser gegangen, um nach Hause und in seine Arme zu kommen.

Paul wartet mit Rotwein und Porreetorte, und ich sitze glücklich auf seinem Schoß und erzähle fast euphorisch von dem Abend. »Ist das nicht phantastisch! Man ist dort, wo sich Hase und Fuchs gute Nacht sagen, und da sitzt ein ganzer Saal voll, der danach lechzt, die Weltsituation zu diskutieren!«

»Therese hat das dänische Volk getroffen!« ärgert Paul mich. »Man muß nicht provinziell sein, nur weil man aus der Provinz stammt. Wie man auch nicht automatisch Kosmopolit ist, nur weil man kosmopolitisch lebt.«

»War das auf mich gemünzt?« frage ich gekränkt und zupfe ihn an der Nase. Eigentlich hat er es gar nicht verdient, aber ich kann mich nicht zurückhalten, ich muß ihm erzählen, daß er den ganzen Abend bei mir war.

»Eine weiße Taube? Vielleicht bin ich ja nächstes Mal ein schwarzer Rabe ...«

Der Vortrag bleibt eine Ausnahme, auch wenn ich witzigerweise kurze Zeit später eine Anfrage von einem Verein in Esbjerg bekomme. Sie hätten gehört, ich wäre gut ... Worauf ich erst einmal tief Luft holen und mein soziales Leben mehr oder weniger vertagen muß, um die Stapel ausländischer Zeitungen und Zeitschriften, die sich im Laufe der letzten Monate angesammelt haben, durchzusehen und auszuwerten. Ich überprüfe Informationsquellen, mache in regelmäßigen Abständen meine Runden in der russischen Botschaft und stoße auf ein paar gute Geschichten. Unter anderem über sowjetische Industriespionage und die Infiltration des KGB in Dänemark. Ras schüttelt den Kopf, aber mir macht es Spaß, John Le Carré zu spielen,

Geheimnisse zu entdecken, und auch beim Sender müssen sie zugeben, daß es erste Sahne ist, wenn ich alte »Kontakte« zum Plaudern bringe. Es ist interessant, wie sie dazu gebracht wurden, Räuber und Soldat mit Bart und dunkler Brille zu spielen. Unglaublich naiv. Einige der alten DKPler wissen – woher auch immer! –, daß ich die Tochter meines Vaters bin, und fragen so ganz nebenbei, wie es ihm denn gehe. Und als ich wahrheitsgemäß antworten muß, daß ich keine Ahnung habe, kommt es:

»Das ist aber schade. Er hätte auch einiges erzählen können!«

Ich bohre nicht weiter, bin aber kurz davor, nach Mallorca zu fahren, um ihn zu besuchen und ihm ein Mikrophon unter die Nase zu halten. War mein Vater ein KGB-Agent? Ein dänischer Spion? Ich glaube das nicht, denn was hätte er ausspionieren können? Er hatte zu keinerlei Informationen Zugang, die fremde Mächte hätten interessieren können. Und außerdem – wenn er wirklich auf ihrer Gehaltsliste stand, dann wäre sein Abgang sicher nicht so armselig gewesen.

Der General ist mit meinen bunten Geschichten zufrieden. »Prima, Tes! Mach der Auslandsredaktion mal ein bißchen Feuer unterm Hintern!«

Und meine Zufriedenheit wächst noch mehr, als die Printmedien sich auf den Knochen stürzen, den ich ihnen hingeworfen habe, und wochenlang ihr Süppchen damit kochen. Ich hoffe, daß ich meine Korrespondentenkandidatur damit auf einigermaßen sicheren Boden gestellt habe, trotz meiner Beziehung zu Paul, die mich offensichtlich einiges persönliches Prestige gekostet hat. Wieviel, das weiß ich nicht, ich spüre es nur als einen kühlen Hauch, vor allem im Umgang mit Ras. Und auch der General hat Paul nicht vergessen. Auch wenn er sich noch nicht gerächt hat, so zweifle ich nicht im geringsten daran, daß es eiskalte

Schikane ist, wenn Pauls Beiträge im letzten Moment rausgeschmissen oder seine Vorschläge bereits auf der Redaktionskonferenz abgelehnt werden.

In dieser Hinsicht – was die Arbeit betrifft – ist es für Paul ein frustrierender Herbst. Und auch wenn er klug und stark ist und genau weiß, wofür er bezahlt, braucht er mich möglicherweise deshalb um so mehr. Um in einem anderen Bereich Bestätigung zu bekommen.

Und gerade nach einem Streit mit seinem Redaktionschef, weil eine wirkliche Topstory über Greenpeace, an der Paul drei Tage dran war, so lange hinausgeschoben wurde, bis TV2 vorgeprescht war, lädt er mich zu seinen Eltern nach Skovshoved ein. Oder wie er formuliert: »Man möchte gern seine Verlobte kennenlernen.«

Ich protestiere gegen diese Warenbezeichnung, was er jedoch vom Tisch wischt und erklärt, daß es schließlich das erste Mal sei, daß er eine ernsthafte Beziehung zu Hause vorstelle, da dürfe er doch bitte schön etwas dick auftragen. Und um den Ernst der Sache noch zu unterstreichen, ist es auch noch der Martinstag, an dem wir zum Essen eingeladen sind. Wir sollen um zwanzig Uhr erscheinen, und da ich Dienst habe, muß ich mich hastig im Büro umziehen. Paul, der mich mit dem Taxi abholt, mustert mich kritischer als üblich. Stellt fest, daß ich mir die Nägel nicht lackiert habe, und kaut an seinen eigenen.

»Du bist nervös?« stelle ich verwundert fest, was er jedoch abstreitet. Sonst gibt er während der ganzen Fahrt keinen Ton von sich. Wobei ich gut ein paar Worte zur Vorbereitung gebrauchen könnte – denn falls Paul überhaupt seine Familie erwähnt hat, dann immer nur bitter und undurchschaubar. Sein Vater ist ein »inferiorer Direktor« in einer der großen Banken und seine Mutter eine »alkoholisierte Hirntote«. Außerdem hat er einen Bruder, der ein »geistloser Goldflipper« in einer Börsenmaklerfirma ist, verheiratet mit einer »Tochter aus reichem Hause«, mit der er ein »fettes, verzogenes Gör« hat. Allem Anschein nach eine ganz solide Familie, aus der er stammt. »Stützen der Gesellschaft«, wie er sie zu nennen pflegt. Diese Stützen der Gesellschaft haben, wie sich zeigt, ihren mondänen Sitz in einem alten Forsthaus mit geräumigem Wintergarten. Eingerichtet mit De-Sede-Leder, chinesischen Teppichen, geschmackvoller moderner Kunst und einem riesigen, aufgeklappten Flügel. Trotz der Erfolge meiner Mutter wurden wir nie reich, aber ich habe dennoch zu viele Bürgerkinder kennengelernt, um jetzt beeindruckt zu sein. Ich stelle nur fest, daß Paul mehr Geld im Rücken hat, als er zugibt, und daß es garantiert mom & dad sind, die ihm die teure Wohnung mit Blick auf die Seen bezahlen.

Wir werden ganz nach Vorschrift von Pauls Eltern empfangen, Helene und Ernst, die beide genauso stilvoll und gepflegt erscheinen wie ihr tadelloses Heim. Große, schlanke Menschen im modernen, klassischen Outfit – leger, aber in keiner Weise zufällig zusammengestellt. Ihre Haare sind weiß, seine grau, aber man kann immer noch sehen, daß sie es ist, von der Paul seine Farbe hat. Dafür ist es ansonsten der Vater, dem er am meisten ähnelt. Von ihm hat er das Lächeln, die lange, gerade Nase und den Schlafzimmerblick, der sich bei dem Vater hinter der goldeingefaßten Zweistärkenbrille verbirgt. Und als wir, nachdem wir die üblichen Höflichkeitsphrasen im Entree gewechselt haben, ins Wohnzimmer geleitet werden, sehe ich, daß Paul, wie so viele Söhne, auch wie sein Vater geht. Im Wohnzimmer sitzen bereits Pauls älterer Bruder Phillip und seine bildschöne Frau Marianne. Sie stehen höflich auf und geben uns die Hand, und ich kann mich nicht daran erinnern, Paul jemals so zugeknöpft erlebt zu haben wie in dem Moment, als er seinen Bruder begrüßt.

»Was darf ich euch anbieten?« fragt Ernst und zieht uns zur Hausbar.

Ich bitte um Gin mit Tonic, und Paul schließt sich dem ohne große Begeisterung an. Gemeinsam stoßen wir an und bemühen uns um eine Konversation, obwohl es mir äußerst schwer fällt, mich von Pauls demonstrativem Schweigen nicht anstecken zu lassen. Schlecht informiert, wie ich bin, habe ich keine Ahnung, was hier nicht stimmt. Abgesehen davon, daß er ganz offensichtlich keine besonderen brüderlichen Gefühle für Phillip hegt, der sich von dieser Antipathie nicht beeindrucken läßt; gut gelaunt und prahlerisch erzählt er im Börsenslang von gesteuerten Spekulationen, Optionen und »futures«, wieviel Milliarden in der Kaffeekasse sind und was für einen Schnitt er an einem guten Tag machen kann.

Die Frauen in seinem Leben, seine Mutter und seine Ehefrau, himmeln ihn an und erklären lachend, das seien böhmische Dörfer für sie, und Paul fragt, ob nicht mal jemand den Stecker ziehen könne. Ernst trinkt seinen Whisky mit einem aufmerksamen Gesichtsausdruck; wie es von einem guten Gastgeber erwartet wird, ist er jederzeit bereit einzugreifen. Als Phillip fragt, ob er etwa die Gesellschaft langweile, erwidere ich zweideutig: »Mich stört es nicht.« Ernst schmunzelt mir über sein Whiskyglas zu, und auch wenn Phillip ziemlich nervig ist, langweilig ist er nicht. Für Geld, Wirtschaft, Macht und die Mechanismen und deren Gesetzmäßigkeit interessiere ich mich in letzter Zeit aus beruflichen Gründen. Denn genaugenommen ist es unmöglich, die Sowjetunion und ihre langsame Annäherung an die Weltwirtschaft zu beurteilen, wenn man den Unterschied zwischen IWF und Weltbank nicht kennt und ohne zu zögern erklären kann, wie sich die Zinsen auf die Aktienkurse auswirken. Bei einem gemütlichen Streifzug mit Paul durch die Antiquariate des Univiertels fand ich vor kurzem etwas von Keynes und von Friedman, was ich mir an den langen Winterabenden vornehmen will. Paul, der bei derselben Gelegenheit Henry Millers Briefwechsel mit Brenda Venus gekauft hat, knurrte mich ungewöhnlich schlecht gelaunt an, als ich die Bücher zum Bezahlen auf den Tresen legte. »Geld ist doch wohl das Uninteressanteste auf der ganzen Welt!« erklärte er, worauf ich mit einem Blick auf Henry Miller erwiderte: »Gewisse Menschen würden meinen, daß Sex genauso uninteressant ist!«

»Schade für die«, sagte er und hätte mir fast die Tür an den Kopf geworfen, als wir das Geschäft verließen.

Damals verstand ich überhaupt nichts, und auch jetzt noch, nachdem ich seine Leichen im Keller kennengelernt habe, halte ich es für eine Überreaktion. Und um sozusagen Pauls störrisches Verhalten zu kompensieren, trage ich entgegenkommend zur Konversation bei, indem ich sage, daß ich mir unter *Börse* eine Menge hysterischer Männer vorstelle, die durcheinanderschreien, mit den Armen fuchteln und die ganze Zeit in direktem Kontakt mit Tokio, New York und Frankfurt stehen.

»Was gar nicht so verkehrt ist!« stimmt Ernst mir zu. Phillip breitet die Arme aus und bietet mir an, mich einmal mitzunehmen, warnt mich aber gleichzeitig davor, daß ich sicher enttäuscht wäre.

»Das Ganze geht ja on line am Computer vor sich. Heutzutage ist der Börsenmarkt global – er ist ein einziges großes Computernetzwerk. Wir in Kopenhagen kriegen die gleichen Informationen wie die in Singapur. Alles passiert zur selben Zeit. Der Markt ist so empfindlich, daß wir oft sehen, was geschehen wird, bevor es tatsächlich geschieht. Noch bevor ihr Journalisten etwas davon merkt!« Phillip lehnt sich gut gelaunt zurück und wirft sich eine Handvoll Erdnüsse in den Mund. Er sieht nicht so gut aus wie Paul, seine Züge sind nicht so harmonisch und seine Augen etwas schwer, aber er ist auf jeden Fall ein good-looking guy.

»Unglaublich«, sagt Ernst.

»Ja, nicht wahr?« stimmt Helene zu. »Man glaubt es kaum, nicht wahr?«

»Nehmen wir beispielsweise den Golfkrieg«, fährt Phillip fort, »da stieg der Dollarkurs bereits vor Bushs Rede. Und ich hatte das vorausgesehen, also haben wir Millionen Dollar gekauft. Allein am ersten Tag haben wir dadurch 26 Millionen verdient.«

»Mein Gott, ist das pervers!« Paul setzt sich aufrecht hin.

»Was ist pervers?« fragt Phillip kampfbereit, und ich bemerke einen alarmierenden Blickwechsel zwischen Helene und Marianne.

»Es ist ja wohl pervers, mit dem Krieg zu spekulieren! Das ist der reinste Zynismus! Fünfzigtausend Tote, und du sitzt da und redest davon, wieviel du verdient hast.«

»Weißt du was, Kleiner?« Phillip ist auf seinem Platz ganz nach vorn gerutscht. »Wenn es jemanden gab, der an dem Krieg verdient hat, dann wart ja wohl ihr beim Fernsehen das! CNN ist dabei reich geworden! Ted Turner grinst immer noch! Und ihr habt doch auch jede Minute genossen, gib es doch zu! Habt ihr etwa an Tote und Verletzte gedacht, wenn ihr um elf Uhr abends die Livesendung für die atemlose Nation gemacht habt?«

»Einige von uns auf jeden Fall!« sagt Paul so laut, daß es fast ein Schreien ist.

»Ach was, das stimmt doch nicht! Ihr habt an euren Schlips gedacht! An den Seidenschlips!« Phillip lächelt sein Großer-Bruder-Lächeln. Haushoch überlegen.

»Aber das ist schon ganz in Ordnung, Kleiner. Fernsehen ist ein Spiel. Die Börse ist ein Spiel, und wir beide holen uns dort unseren Kick. Der Unterschied ist nur, daß mein Gehaltsscheck deutlich höher ausfällt als deiner.«

Phillip hat gewonnen. Paul kann den Aufschlag nicht bedienen, er sitzt nur da und starrt Phillip an, und es fehlt nicht viel zum Brudermord, als Helene aufwacht. Sie wendet sich mir zu. »Soweit wir gehört haben, bist du Sowjet-Expertin?«

»Nun ja, was heißt Expertin«, murmle ich mit einem Seitenblick zu Paul, der neben mir zu Stein geworden ist.

»Ich habe mehrere von deinen Berichten gesehen«, sagt Ernst und übernimmt damit ganz natürlich die Rolle des Vaters, dem es allein schon durch seine Anwesenheit gelingt, Kain und Abel zu trennen.

»Das habe ich leider nicht. Um die Uhrzeit bringe ich Juliane immer ins Bett«, zwitschert plötzlich Marianne, wie eine Musterschülerin, die ihr Stichwort kennt. »Stimmt das wirklich, was man da sieht? Haben die überhaupt nichts in den Läden?«

»Das stimmt, aber ...«, setze ich an und überlege, ob ich bis zu den Menschewiken und Bolschewiken zurückgehen soll oder ob ich einer Person gegenübersitze, die doch mit gewisser Regelmäßigkeit Zeitung liest. Wie die strickenden Hausfrauen in Westjütland.

»Haben die auch keine Pampers?« fragt sie in anteilnehmendem Ton.

»Pampers?« wiederhole ich. »Das habe ich nicht überprüft. Aber da es weder Vitamintabletten noch Blutplasma oder Tampons gibt, haben sie sicher auch keine Pampers.«

Die Art, wie sie ihren dreifachen Diorring dreht, zeigt, daß ich ihr etwas zu nahegetreten bin, aber glücklicherweise kann ich das wieder auffangen, indem ich erzähle, wie einmal ein bekannter sowjetischer Schriftsteller seinen Einkaufswagen in dem finnischen Valuta-Supermarkt mit Pampers füllte.

»Und er hat mit seiner Golden Card bezahlt«, schließe ich ab und ernte dafür das zustimmende Gelächter der Gesellschaft – außer Pauls.

»Was für ein Leben«, sagt Marianne, angeregt durch

meine Freundlichkeit. »Was würden wir ohne Pampers machen, Phillip?«

»Dann hättest du eben noch eine Waschmaschine mehr!« lautet die Antwort, die Marianne losgackern und Helene in gespielter Verärgerung mit der Zunge schnalzen läßt.

»Aber liebste Mutter, schließlich ist das ihre Arbeit! Das ist doch eine faire, logische Arbeitsteilung. Ich bin draußen, und sie ist drinnen. Ich mische mich nicht in ihre Arbeit ein und sie sich nicht in meine. Genau so, wie ihr es gemacht habt.«

»Mein Gott!« sagt Paul leise und fährt sich mit einer zitternden Hand durch sein kräftiges schwarzes Haar. Eigentlich müßte es geschnitten werden, aber es gefällt mir besser so lang. Er sieht wilder damit aus. Sexy.

»Das ist ja auch nur, solange die Kinder – ja, wir planen ja bald noch ein paar mehr – also, solange die Kinder noch klein sind«, sagt Marianne defensiv. »Denn eigentlich bin ich Fremdsprachenkorrespondentin, Französisch und Deutsch ...«

Ich nicke verständnisvoll, was die reine Heuchelei ist, denn ich kann sie ganz und gar nicht verstehen. Ihr Leben erscheint mir sterbenslangweilig. Und ich hätte gar nicht gedacht, daß es so etwas noch gibt. Frauen, die zu Hause bleiben.

Helene versucht ihr zu Hilfe zu kommen mit ein paar Hinweisen auf Fehler von Pädagogen und Kindergärten, wobei Ernst sie jedoch, ohne mit der Wimper zu zucken, unterbricht und den Faden von vorher wiederaufnimmt. Er erzählt, daß er vor kurzem mit einer Bankdelegation in Moskau war, weil die Bank – »das ist auf keinen Fall für die Presse bestimmt« – kurz vor Vertragsabschluß in einem dänisch-sowjetischen Joint-venture-Projekt steht.

»Wir hatten einige äußerst positive Kontakte auf höchstem Niveau in der Außenhandelsbank und im Wirtschaftsministerium, aber ich muß zugeben, daß ich persönlich nicht so ganz überzeugt bin ...« Ernst kneift die Lippen in einer nachdenklichen Art zusammen, wie es große Männer zu tun pflegen, und steht dann auf, um allen nachzuschenken.

»Wenn das meine Millionen wären, würde ich sie lieber auf der Bank lassen«, sage ich und nicke, als mir ein neues Glas angeboten wird. Ich habe zufälligerweise gerade vor kurzem einen Bericht über die vernachlässigten Joint-venture-Projekte gemacht. »Westliche Geschäftsmänner drängen nach Moskau wie die Moslems nach Mekka, aber um es klar zu sagen: die Russen haben einfach kein Geld. Und selbst wenn man so optimistisch ist, an eine goldene Zukunft zu glauben, muß man es sich leisten können, reichlich Dollar oder D-Mark zu investieren. Außerdem darf man nicht erwarten, vor zweitausendsiebzehn auch nur einen einzigen konvertierten Rubel dafür zurückzubekommen. Kann die dänische Wirtschaft dabei mithalten?«

Ernst nickt altväterlich. »Sowohl die Wirtschaft als auch ich teilen deinen Pessimismus. Andererseits – hat die Ostasiatische Gesellschaft etwa ihre Investitionen in China wieder rausgeholt?« fragt er verständnisvoll. Er respektiert mich, und darüber bin ich erleichtert. Außerdem läßt mich sein natürlicher Charme nicht kalt. Paul muß ihn von ihm haben; seine Mutter ist zwar auch attraktiv, oder war es zumindest, aber sie ist nicht so offen. Selbst als sie mit einer vertraulichen Geste ihre Hand auf meinen Arm legt und sagt, daß ich meiner Mutter ähnlich sehe, die sie für eine unserer größten Schauspielerinnen hält, ist sie auf der Hut. Mir fällt auf, daß sie nur Schweppes Tonic trinkt, ohne Gin. Aber ihre Hände zittern leicht, und sie wirkt angespannt. Entzugstabletten vielleicht.

Ernst ist beruflich an meiner Einschätzung der ökonomischen Reformpläne interessiert, und obwohl ich mich langsam auf das dünne Eis der Unwissenheit begebe, rede ich selbstsicher weiter, wie eine Sowjet-Expertin, von Ernsts und Phillips anerkennendem Nicken bestärkt. Bis Paul, der lange Zeit gemault und eine Zigarette nach der anderen aus der Silberdose geraucht hat, mich schroff unterbricht.

»Wollen wir eigentlich heute nichts mehr essen?« fragt er seine Mutter.

»Doch, doch«, antwortet sie, schaut zunächst auf ihre Uhr und dann zu Ernst. »Der Tisch ist für neun Uhr bestellt, nicht wahr?«

Paul stöhnt demonstrativ, und erst jetzt fällt mir auf, daß es hier überhaupt nicht nach Essen riecht. Nach Rauch, Eau de Toilette und Schnaps, aber nicht nach Essen. Und schon gar nicht nach einer leckeren Martinsgans, wenn es das war, was er erwartet hat.

»O nein, ich glaube, ich bin in diesem Restaurant aufgewachsen!«

»Paul, du weißt doch, daß man keine Gäste mit meinen Kochkünsten beglücken kann«, lacht Helene nervös.

Wir bekommen schließlich Ente, Ente à l'orange, im Hotel, in dem einer der exquisitesten Küchenchefs des Landes in der Küche zaubert. Weshalb es natürlich besonders und ganz besonders teuer ist, und nach den aufmerksamen Kellnern und den kurzen Bemerkungen, die zwischen den Gastgebern und dem Geschäftsführer gewechselt werden, zu urteilen, muß die Familie wirklich zu den Stammgästen gehören. Das Menü ist schon im voraus bestellt, der Bourgogne seit einer Stunde entkorkt. Ernst lobt ihn in den höchsten Tönen und diskutiert mit dem Geschäftsführer die Jahrgänge, wobei dieser seinem Gast darin recht gibt, daß gerade dieser Jahrgang jetzt genossen werden sollte, solange er noch jung ist.

»Ja, so ist das mit bestimmten Weinsorten, genau wie mit bestimmten Frauen«, scherzt Ernst, und Phillip und Marianne lachen, während Helene gerade mal ihre Mundwinkel verziehen kann.

Phillip läßt sich lang und breit darüber aus, in welchen Wein man heute investieren sollte, und Marianne erzählt von einem Besuch in einem der Rothschildkeller während einer Weinreise im letzten Herbst. Ich kann ein paar Bemerkungen über georgischen Wein und russischen Champagner einwerfen, die direkt zur Vorspeise überleiten, Hummerbisque mit ganzen Kaiserhummerschwänzen, und einem Gespräch über Kaviar. Ernst hält am meisten von dem iranischen, Phillip behauptet, daß er weder Kaviar noch Austern vertrage. Marianne beklagt sich, wie empfindlich er beim Essen sei, und Helene meint irgendwo gelesen zu haben, daß gerade Kaviar einen schrecklich hohen Cholesteringehalt habe.

»Aber dann laß es doch einfach sein, liebstes Mütterchen!« zischt Paul, und die Stimmung ist ein weiteres Mal ganz unten. Ich weiß nicht, warum, aber ich fühle mich für ihn verantwortlich und rede während des Hauptgerichts hektisch weiter – über die Verunreinigung des Kaspischen Meers, wodurch die Störe vom Aussterben bedroht sind, so daß man nicht mehr wie in meinen ersten Moskaujahren zum Hintereingang des Restaurants Prag gehen kann und für ein paar harte Devisen zwei Marmeladengläser mit feinem, gräulichem Belugakaviar gefüllt bekommt. Kaviar ist zum schwarzen Gold geworden, das von den Anwohnern skrupellos abgefischt und auf Bestellung an die aserbaidschanische Mafia weiterverkauft wird.

»Ganz Moskau schwimmt in Mafiakaviar«, erzähle ich, was Phillip veranlaßt, eine Schmugglergeschichte zum besten zu geben. Ernst und Helene fallen sich gegenseitig ins Wort bei dem Versuch, von früher zu erzählen, als sie jung waren und zwei Jahre in Syrien lebten, wo Ernst einen Job bei einem Citibank-Ableger hatte.

Die Erinnerungen an die verflossene Jugend lassen Helene plötzlich lebendig und eifrig werden, und obwohl sie nur Selters trinkt, bekommt sie rote Wangen, als sie von dem orientalischen Abenteuer erzählt.

»Phillip wurde dort geboren – in dem amerikanischen Hospital«, erzählt sie und sieht Phillip zärtlich an, der sein Glas nimmt und ihr damit zunickt.

»Wirklich?« läßt Paul sich vernehmen und zündet sich eine Zigarette an, obwohl er der einzige ist, der mit seinem Essen fertig ist. Ernst räuspert sich und wedelt den Rauch von seiner Entenbrust, und ich spüre meine eigene Irritation wie ein mürrisches Gefühl auf den Wangen. Das ist einfach zu kindisch, ganz gleich, welche Gründe er für sein Verhalten haben mag. Aber alle beherrschen sich, auch wenn es Phillip nicht leichtfällt, essen zunächst französischen Käse und danach Nußkuchen mit Moccacreme, und dann sind wir uns alle einig darin, den Kellner zu bitten, unsere Komplimente an den Koch weiterzugeben. Nach dem Kaffee schlägt Ernst vor, den Abend mit ein paar gemütlichen Gläschen vor dem Kamin abzuschließen, aber als wir in der Garderobe stehen, erklärt Paul kurz, daß »wir« nach Hause fahren. »Warum denn?« protestiert Ernst verärgert und hilft mir in den Mantel.

»Ich habe Kopfschmerzen«, sagt Paul und bittet die Garderobiere, ein Taxi zu rufen.

»Doch wohl keine Migräne?« fragt Helene beunruhigt und zeigt zum ersten Mal an diesem Abend mütterliches Interesse für ihn.

»Ein bißchen«, sagt Paul, reibt sich die Schläfen, und ich schaue unentschlossen von einem zum anderen. Daß Paul an Migräne leidet, ist mir vollkommen neu.

»Ich habe bestimmt eine Tablette«, sagt sie und wühlt sofort in ihrer Tasche, aber Paul schüttelt abwehrend den Kopf.

»Hab' ich selbst«, erklärt er kurz und nimmt mich bei der Hand. Während ich mich von seiner Familie verabschiede, trippelt er ungeduldig von einem Fuß auf den anderen. Marianne ist kurz davor zu knicksen, als sie gute Nacht sagt, und Helene hält meine Hand in ihrer und sagt, das nächste Mal will sie ihr Fabergé-Ei aus dem Safe holen und es mir zeigen. Ernst wie auch Phillip küssen mich auf die Wange.

»Es war wirklich nett, dich kennenzulernen«, sagt Ernst, und ich meine es ernst, als ich sage »gleichfalls«.

Im Normalfall interessieren mich reiche Menschen herzlich wenig, und früher in meiner schwarzweißen Jugend war ich der Meinung, daß alle, die mehr als ein Facharbeiter verdienten, Klassenfeinde und Verbrecher waren, die man ebensogut gleich mit einer Kalaschnikow niedermähen konnte. Und auch wenn ich schon vor langer Zeit meinen Glauben an die rote Glückseligkeit verloren habe, hege ich immer noch eine tiefgründige Verachtung für die Bourgeoisie. Ihre Mitglieder sind in der Regel selbstgefällig, intolerant und stinklangweilig. Viele von ihnen sind unerträglich ignorant, als lebten sie in einer Art Reservat, einem Apartheidsystem, in dem sie sich mit so unangenehmen, häßlichen Dingen wie den Realitäten der übrigen Bevölkerung, der krankmachenden Arbeitslosigkeit, den Zwangsabtreibungen oder der Wartezeit auf eine Hüftoperation, nicht beschäftigen müßten. Und nichts wäre leichter, als mit dem Finger auf Pauls Familie zu zeigen, aber Hand aufs Herz, ich habe schon schlimmere Exemplare getroffen.

Deshalb kann ich seine Verdammung nicht teilen. Das einzige, was ich kann, während wir im Taxi sitzen – schon wieder eins! – und in die Stadt fahren, ist, dazusitzen, mir auf die Zunge zu beißen und den Mund zu halten. Ich muß mich beherrschen, um nicht auf ihn loszugehen und meiner Frustration darüber, daß er, mein Held, so viel

Schwäche gezeigt hat, in Beschimpfungen Luft zu machen. Er hat sich zu einem fünfjährigen kleinen Bruder machen lassen, der mit seinem Auto auf den Wohnzimmertisch haut, um auf sich aufmerksam zu machen. Aber ich habe keine Lust mehr, mich in aller Öffentlichkeit zu streiten, und ich will auch nicht diejenige sein, die den ersten Stein wirft; solange Paul schweigt, schweige ich auch.

Also wächst die Stille und wird zu einer Kluft zwischen uns, die mit jedem Taxameterschlag tiefer wird, und als wir Østerbro erreichen und jeder auf einer Seite aussteigt, ist sie zu einer schroffen Feindseligkeit geworden.

Auf der Treppe treffen wir Simon und Frank, die auf dem Weg zu Madam Arthur sind, und wie immer können sie nicht anders, sie müssen ein wenig mit Paul flirten, der in unseren Essensclub aufgenommen wurde und um den sie mich demonstrativ beneiden.

»Wollt ihr nicht mit in die Stadt?« fragen sie und stupsen uns dabei in die Seite. Sie sind geschminkt und bester Laune, und einen Augenblick lang überlege ich, ob ich nicht auf alles scheißen soll und einfach mit ihnen abhaue, mich beim Tanz zwischen Schwulen und Transvestiten und anderen, denen es gar nicht schräg genug sein kann, amüsiere.

»Nein, danke!« erwidert Paul abweisend und geht weiter die Treppe hinauf, während ich einen Blick mit meinen Übermietern wechsle.

»Na gut, dann vielleicht ein andermal?« sagen sie, blinzeln mir zu und wünschen mir mimisch »good luck!«, bevor sie albern kichernd die letzten Stufen hinuntereilen.

Paul ist direkt ins Schlafzimmer gegangen und bereits dabei, sich auszuziehen, als ich hereinkomme. Ich lehne mich an die Wand und beobachte ihn, während er, ohne eine Notiz von mir zu nehmen, sich weiter auszieht und an mir vorbei ins Badezimmer geht. Ich bleibe stehen, während ich ihn zuerst Zähne putzen, dann gurgeln und ausspülen höre – danach laut ins Klobecken pinkeln und spülen. Anschließend kommt er zurück, immer noch, ohne mich zu beachten, und geht ins Bett. Zieht sich die Decke über den Kopf und schließt die Augen.

Eine durch und durch komische Nummer.

»Willst du mir nicht gute Nacht sagen?« frage ich von meinem Posten aus.

»Gute Nacht!« tönt es unter der Bettdecke hervor.

»O Scheiße, bist du kindisch!« fauche ich und spüre, wie die Lava langsam den Krater hinaufkriecht. Ich habe nicht wenig Lust, mich mit ihm zu streiten, zu prügeln, Teller auf den Boden zu schmeißen!

»So ein verzogenes Zuckerbübchen«, fahre ich fort, um eine Reaktion des passiven Bündels zu provozieren. »Mag ja sein, daß deine Familie geisteskrank ist und dein Bruder eine Landplage, aber heute abend warst du mit Abstand der Lächerlichste ...«

Da reagiert er. Als wenn der Film zurückgespult würde, sehe ich, wie er die Bettdecke zur Seite schlägt, aufspringt und sich anzieht ...

»Was machst du?« frage ich ängstlich, sofort zum Rückzug bereit.

»Ich gehe!« sagt er kurz und reißt seine Sachen aus dem Schrank.

»Du gehst? Warum?« frage ich überflüssigerweise.

Paul dreht sich um. Nimmt mein Gesicht fest in seine Hände. »Meine Frau muß mich nicht verstehen. Aber sie muß mich verdammt noch mal akzeptieren! Ohne Einschränkung!«

»Und was ist, wenn ich das nicht kann?« frage ich mit pochendem Herzen und einer belegten Stimme.

»Das weißt du!« sagt er düster und bohrt seinen Blick tief in meinen.

»Ja!« nicke ich und lasse die Lava heraus. Lasse sie Olivenhaine und Dörfer begraben, Weinhänge und Schafpferche. Und Paul und mich, die wir uns kaum umdrehen können, bevor es zu spät ist. Dann werden wir begraben, wie die Liebenden von Pompeji, deren Kuß als eingetrockneter Abdruck zurückblieb.

Er läßt mich los und fängt an, seine Sachen zusammenzusuchen. Ich will nicht zusehen, kann aber trotzdem meinen Blick nicht abwenden und folge ihm, zoome ihn heran, während seine wohlgeformten Hände nach einem weiteren Buch, einem Schuh, einer Schachtel Zigaretten greifen.

Er scheint ruhig und kontrolliert wie ein Chirurg, und jedesmal, wenn er etwas Neues findet, was er in seine große Reisetasche packt, habe ich das Gefühl, als entferne er eines meiner Organe. Ich setze mich auf einen Stuhl an meinem Schreibtisch, sitze dort reglos und verblute. Aber entweder sieht er das nicht, oder es ist ihm vollkommen gleichgültig, denn als er die Tasche gepackt und zugemacht hat, zieht er seinen Mantel an und geht. Nachdem er mich stilgerecht auf die Wange geküßt hat. Fast brüderlich.

Dort auf dem Stuhl bleibe ich sitzen und mache mir den ganzen Umfang der Katastrophe bewußt, krümme mich zusammen, um das Loch in meinem Bauch zu verstecken. Ich greife nach einer Flasche Stolitschnaja und trinke systematisch mit dem einzigen Ziel, blau genug zu werden, um meinen Stolz hinunterzuschlucken. Wobei ich leise murmelnd vor mich hin monologisiere und mich immer wieder frage, ob es vielleicht soweit gekommen ist, daß ich mich selbst neu definieren muß. Ist es vielleicht doch nicht so ungemein spannend, das ganze Leben nur mit sich allein zu verbringen? Werde ich dann als fossiler Drachen, als frustrierte alte Schachtel, die etwas leistet, aber nichts genießt, enden? Die zusieht, wie die anderen, einer nach dem anderen, sich in ihre summenden Gärten mit Gänseblümchen und Kinderscharen zurückziehen, während sie selbst herumrennt und eine Welt beschreiben soll, die sie möglicherweise gar nicht versteht.

Als ich genug getrunken habe, mache ich mich auf zu ihm. Es ist ungefähr halb drei, die Fenster sind dunkel, wie ich von der Straße aus sehe, also schläft er hoffentlich. Tief, denn er antwortet nicht auf mein Klingeln, und jetzt kommt endlich der Augenblick, in dem der Schlüssel von Nutzen ist. Ich schließe auf, nehme den Fahrstuhl zu seiner Wohnung und schließe auch seine Wohnungstür auf, womit ich gegen meine eigenen, feierlich aufgestellten Regeln vom Schutz des Privatlebens verstoße. Mir kommt der Gedanke, und läßt mich kurz innehalten, bevor ich die Tür aufschließe, daß er mich bestrafen könnte, indem er mit irgendeiner blondierten Schnepfe bumst.

Das tut er nicht. Er liegt laut schnarchend auf dem Sofa, angezogen und mit einer halbleeren Flasche Cuervo Gold neben sich.

»Wodka für mich, Tequila für dich«, murmle ich, schwankend über ihm stehend, während ich versuche, ihn wach zu rütteln. »Paul!« rufe ich, aber er schläft fest, und ich werde plötzlich schrecklich lüstern und frivol, wie ich ihn da so entzückend fern liegen sehe, daß ich anfange, ihn auszuziehen. Zuerst reagiert er nicht, aber als ich ihn zielbewußt streichle, kommt er soweit zu sich, daß er eine »technische Erektion« kriegt. Und dann wacht er schließlich auf, blinzelt und sieht mich überrascht an, als wäre ich ein Traum – oder Alptraum. Aber er fragt nichts, zieht mich nur an sich, und dann lieben wir uns auf seinem englischen Ledersofa. Betrunken, halb schlafend und sonderbarerweise beide jammernd und greinend wie Kinder.

»Ich liebe dich«, sagt er, als wir zerschlagen und frierend am nächsten Morgen aufwachen.

Und ich liebe ihn. Natürlich tue ich das. Sonst würde ich ja nicht hier liegen und mich selbst nicht verstehen.

»Ich liebe dich auch«, sage ich mit morgenrauher Stimme. »Unfaßbar, aber es stimmt!«

»Nein, Tes! Das möchte ich klar und deutlich von dir hören!«

Ich befeuchte meine Lippen. Klappere mit den Zähnen und krieche ganz nah an ihn heran. Niemand kann behaupten, daß ich mit dieser Erklärung um mich werfe. Ich glaube sogar, daß ich es noch nie zuvor gesagt habe. Nicht einmal zu Jakob. Doch, vielleicht einmal zu Jakob. Vor lauter Verzweiflung. Ich schließe die Augen. Schnuppere seinen Duft, der mich weich werden läßt.

»Ich liebe dich, Paul.«

Und dann lieben wir uns erneut. Feierlich.

»Na, wie ist es, einen Liebsten zu haben?« fragt Birgitte, als ich am ersten Sonntag im Advent zu Gløgg und Æbleskiver in ihrem neuen Helleruphaus eingeladen bin. »Ein wahnsinniger Spontankauf«, wie Birgitte entschuldigend bemerkt. Es hat ein Vermögen gekostet, und ich bezweifle, daß die beiden das haben. Aber – »mit Kindern kann man doch nicht in der Stadt wohnen«. Wohlgemerkt Plural. Jens ist »am Storebælt«, und Paul hat Dienst. Sie sieht inzwischen besser aus – wenn auch immer noch etwas rund –, hat kastanienbraune Strähnen im Haar und sich Mühe beim Anziehen gegeben. Sogar etwas Make-up hat sie aufgelegt – mir zuliebe, sagt sie. Der Junge, der immer noch nicht getauft ist, den Birgitte jedoch Maxi nennt, liegt auf einer bunten Decke auf dem Boden, spielt mit seinen Zehen und gurgelt vor sich hin, und wenn ich es denn zugeben soll: Er ist ganz niedlich.

»Einen Liebsten?« frage ich säuerlich lächelnd. Ich habe mich immer noch nicht daran gewöhnt, Paul als solchen zu bezeichnen, obwohl es mir nach der Nacht auf dem Sofa sonnenklar war, das war der point of no return. Paul ist mein Freund, wir sind ein Liebespaar, auch nach außen und ganz offiziell.

»Herrlich«, sage ich mit einem leichten Zittern. Ich habe ihn seit Mitte der Woche nicht gesehen – er ist wegen einer größeren Sache mit heimlich vergrabenen Giftfässern auf dem Land und zum Research auf Lolland-Falster. Er ist Feuer und Flamme für diese Aufgabe, wirklich engagiert und moralisch entrüstet über diese Umweltschweinerei, die sich die Wirtschaft erlaubt, obwohl sie doch immer wieder lauthals erklärt, »grün« und »umweltbewußt« zu produzieren. Ich kann es mir nicht verkneifen, ich muß ihn damit ärgern, daß ein Bürgersöhnchen so sein schlechtes Gewissen beruhigt. Das Václav-Havel-Syndrom, wie ich es nenne. Aber ich beneide ihn um sein eindeutiges Engagement, das ich selbst in meiner Beziehung zur Ostfront langsam vermisse, wo es immer schwieriger wird, sich engagiert und ehrlich mit dem auseinanderzusetzen, was dort passiert. Ich meine, die Mauer ist schließlich gefallen, das Baltikum ist frei, die Altkommunisten haben aufgegeben, und ich muß gestehen, daß ich es eher mit den Skeptikern halte, die obdachlose Desperados, Mafiosi und schlechtbewachte Atomwaffenarsenale mehr fürchten als einen Typen wie Bürgermeister Sobtjak, der St. Petersburg in »Newsweek« eine baldige Zukunft als strahlendes Energie- und Finanzzentrum voraussagt. Anyway, wie kann man anderer Meinung sein, als daß es eine verdammte Schweinerei ist, Gift einzubuddeln und Abwasser in den Bach zu kippen, so daß die Fische mit dem Bauch nach oben schwimmen. Paul recherchiert in einer eindeutigen Angelegenheit, und außerdem tut es ihm gut, aus einer Situation rauszukommen, die er in einer mehr oder weniger wohlbegründeten Paranoia als kafkaesk erlebt. Und auch für mich ist es gut, einmal allein zu sein, gut, ihn vermissen zu dürfen.

»Das ist wirklich was Ernstes, oder?« fragt Birgitte und schiebt mir die Schale mit dem Gebäck rüber.

»Was Ernstes?« weiche ich aus. Nehme zwei Æbleskiver, obwohl ich eigentlich nur eine nehmen wollte. »Er ist ein hübscher Typ. Uns geht es prima, wir können zusammen lachen, wir bumsen gut zusammen, wir sind beide heiß auf Pasta und Fernsehen, und er hat einen reichen Vater! Heißt das, daß es was Ernstes ist?«

»Was verdammt Ernstes!«

Wir essen, reden über den Gløgg, der ziemlich stark ist. Eine fertige Mischung, mit Cognac und diversen Einlagen angereichert.

»Jens kann Gløgg nicht ausstehen«, erklärt Birgitte. Paul ist auch nicht so scharf drauf, stimme ich zu. Dafür mag Jens gern Æbleskiver. Ja, Paul auch, und wie! Vor allem die von Brugsens! Nein, Jens zieht Irmas vor. Falls Birgitte sie nicht selbst macht ... Diese Unterhaltung wird in vollem Ernst geführt. Zwischen zwei erwachsenen Frauen, einst enge, revolutionäre Blutsschwestern. Jesus Christus! Ich will gerade etwas Witziges über uns sagen, als Maxi anfängt zu jammern und Birgitte aufsteht, ihn hochnimmt und an die Brust legt. Er saugt sich mit emsig arbeitenden Wangenmuskeln gierig fest.

»Danach schläft er sicher gut«, lächelt sie, worauf der Junge plötzlich ihre Brust losläßt und ihr direkt ins Gesicht guckt. Birgitte erwidert seinen Blick, plappert verliebt mit ihm, und ich bin genauso ausgeschlossen, als säße ich einem turtelnden Paar gegenüber. Ich nehme noch eine Æbleskive und bestreiche sie mit Johannisbeermarmelade – Schwiegermutters selbstgemachte – und bin mir meiner lächerlichen Eifersucht wohl bewußt.

»Ist er nicht süß?« sagt Birgitte begeistert, als das Kind die Brustwarze wieder schnappt und erneut anfängt zu saugen.

Ich nicke. Wirklich süß.

Dann wendet sie ihre Aufmerksamkeit wieder mir zu.

»Und was wollt ihr tun?«

»Wer?« frage ich verwirrt.

»Paul und du. Wollt ihr zusammenziehen?«

Ich setze mich unwillig im Korbsessel auf.

»Warum sollten wir?

»Das ist doch ganz natürlich«, Birgitte legt das Kind an die andere Brust.

»Ich lebe immer noch am liebsten allein«, sage ich und suche auf meinem Glasboden nach Mandelsplittern und Rosinen.

»Und wie ist es mit Paul?« Sie läßt nicht locker und füllt ihr Glas mit der einen Hand, während sie das Kind mit der anderen stützt.

»Es kann schon sein, daß wir auf diesem Gebiet unterschiedlicher Meinung sind«, sage ich leicht dahin, den Mund voll mit Mandeln und Rosinen.

»Prinzipiell?« bohrt sie nach. »Oder nur im Augenblick?«

Ich zögere. Eigentlich habe ich keine Lust mehr, ihr alles zu beichten. Andererseits – sie ist nun einmal meine einzige gute Freundin.

»Laß es mich so sagen: Ich bin mir nicht sicher, was draus wird, aber ich habe Lust, daß was draus wird ...«

Ich verziehe das Gesicht und reiche ihr mein Glas, das sie noch einmal füllt. Habe Lust, ihr von der Freude zu erzählen, die er für mich ist. Von den Augenblicken goldener Wonne, die ich in diesen Monaten erlebe. Von dem Genuß, eine Straße entlangzugehen und ihn wie einen Flügelschlag zu spüren, ihn wie eine Spiegelung über den Seen zu sehen, ihn wie den Rest einer Symphonie zu hören, den Nacken zurückzulegen und ihn in einem rosa Nachmittagshimmel zu fangen. Von engen Gassen, die entstehen, weil er durch sie gegangen ist. Von seiner Stimme, seinem Lachen, das zwischen den Häusern hängt, und von seinem Schatten, der mir beschützend folgt, bis er plötzlich vor mir ist, aus einem Eingang tritt und mich umarmt.

Birgitte lächelt. Warm, ohne jeden Stachel. Sie ist nicht dumm, wie konnte ich das denken. Birgitte weiß, was mit mir los ist. Ich nippe am Gløgg und spüre, wie sich eine schnurrende Wärme in meinem Körper ausbreitet, so daß ich eine erlaubte Übersprunghandlung vornehme und meine Strickjacke ausziehe.

»Du hast Angst, daß du enden könntest wie ich?« fragt Birgitte mit einer Handbewegung, die das ganze Wohnzimmer, in dem wir sitzen, umfaßt.

Was soll ich darauf sagen? Wie immer ist Birgittes Wohnung eine direkte Verlängerung ihrer selbst. Ein showroom, der zeigen soll, was sie im Augenblick zu bieten hat. Wer sie sein möchte. In der Wohngemeinschaft war ihr Zimmer eine Höhle mit Matratzen und selbstgefärbten Batikkissen auf dem Boden, Kerzen in Bastflaschen und einem halben Dutzend politischer Propagandaplakate, die von den Wänden um die Wette schrien. Später, als sie für kurze Zeit Architektur studierte, wohnte sie weißgestrichen und funktionell, als sie in der Werbebranche war, hatte sie eine durchgestylte Mickymaus-Periode, und damals, als sie glaubte, sie würde Bühnenbildnerin, wurde plötzlich alles schwarz und bronzefarben, die Vorhänge waren drapiert, und in allen Ecken waren Büsten mit Rokokokleidern aufgestellt.

In den Jahren, als sie wohl am ehesten sie selbst war und erkannt hatte, daß sie als Autodidaktin und ohne kreative Einschränkungen am weitesten kommen würde, war ihre fußkalte Ladenwohnung in Nørrebro eine schöne Mischung aus einer schlampigen Werkstatt, einer Kaffeestube und verfeinerter Wohnkultur. Alle besuchten sie gern und oft damals, kamen fast täglich vorbei, sie war immer mit irgendeinem neuen unglaublichen Projekt beschäftigt, lag entweder im Blaumann auf dem Boden und schweißte Eisenmöbel zusammen oder fummelte, in weiße Gaze gehüllt, an einem riesigen Hut mit Vogelfedern und vier ineinander geschlungenen Schwanenjungen herum. Anfangs verkaufte sie ihre Sachen vor allem an Freunde und Freundesfreunde, aber so langsam wurden auch etablierte Boutiquen in der City ihre Kunden, und mehrere ihrer Möbel gingen als Unikate an Paustian. Kurz bevor das Unglück – Jens – sie ereilte, war sie dabei, ein Café einzurichten, und hatte einige Kontakte nach Mailand, aus denen vielleicht etwas werden konnte. Es war also reichlich was los damals. Manchmal schob sie ihre Arbeit beiseite und trank Kaffee mit ihren Gästen, andere Male ließ sie sich davon überhaupt nicht beeindrucken, und wieder andere Male, wenn ein Abgabetermin kurz bevorstand, konnte sie uns ohne Zögern in ihre Arbeit mit einbeziehen. Wir beneideten sie, romantisierten sie vielleicht auch. Übersahen, daß sie zeitweise so arm war, daß sie kaum ihre Miete zahlen konnte und fortwährend mit Banken und Kreditgebern in Verhandlungen stand und sich dabei zäher zeigen mußte, als sie eigentlich war. Und dann gab es die Konkurrenz, den Kampf der Selbständigen um Aufträge, um etwas zu verdienen und nicht übergangen oder wieder rausgeschmissen zu werden. Ich glaube nicht, daß Pauls Einschätzung, Birgitte sei eine schwache Frau, stimmt. Ich betrachte sie als stark, aber sie ist nie über diese tiefe Verunsicherung hinweggekommen, die ihre Pubertät verpestet hat. Wenn sie einen Konkurrenten im Nacken spürt, schert sie aus und zieht sich zurück, statt die Zähne zusammenzubeißen und den Kampf aufzunehmen. Wie ich es machen würde. Und wie die meisten Männer es ganz instinktiv machen.

Als sie Jens gerade kennengelernt hatte, waren wir uns einig darüber, daß er nur eine Verkehrsinsel sein konnte. Eine Zwischenstation, auf der sie auftanken konnte und für eine Weile Schutz suchen, bis sie von der Bürgerlichkeit genug hätte und neue Kräfte, um sich weiter mit Bankkrediten und Steuerschulden herumzuschlagen. Ich persönlich fügte hinzu, daß Jens genau die Variante war, die ihr noch fehlte. Sie konnte sich so beweisen, daß sie auch einen kriegen konnte, und wenn sie ausreichend Bestätigung bekommen hätte, wäre sie imstande, der brennenden Sehnsucht der Vergangenheit den Rücken zu kehren und die Künstlerin zu werden, die sie sowieso schon immer war.

Aber in Null Komma nichts kündigte sie ihre Ladenwohnung in Nørrebro, zog in Jens' komfortable Østerbrowohnung, wurde schwanger und heiratete, ohne ein einziges Mal mit mir darüber zu sprechen. Trotzdem war ich bei ihrer Hochzeit, die sich vor allem durch den heftigen Zusammenstoß unterschiedlicher Kulturen auszeichnete – auf der einen Seite seine ordentliche Steuerberaterfamilie aus Nordseeland, auf der anderen ihre flippige Wohngemeinschaftsbande mit dem armen Århus-Vater und ihrer lesbischen Pädagogenmutter an der Spitze. Das hätte witzig sein können, war es aber nicht. Ganz und gar nicht. Ihr Vater war innerhalb kürzester Zeit betrunken, ihre Mutter hielt eine Rede, in der sie mehr oder weniger eindeutig ihre nicht sehr diplomatische Meinung über die Wahl ihrer Tochter von sich gab, worauf Birgitte heulend rauslief. Jens verweigerte den Brautwalzer; seine Familie saß eisig schweigend da und dachte sich ihren Teil. Auch auf dieser Seite hatte man sich offensichtlich etwas Besseres erhofft.

Das ist jetzt ungefähr ein Jahr her, und nun sitzt sie hier in der Helleruphütte, die sie so »originell« eingerichtet hat, daß es schon neurotisch wirkt. Der perfekte Rahmen für die perfekte Familie. Und da es heute der erste Sonntag im Advent ist und damit bald Weihnachten, ist das Wohnzimmer mit Nelkenapfelsinen dekoriert, einem gewaltigen Adventskalender und Mistelzweigen über den Flügeltüren zwischen den beiden Räumen. Der Adventskranz gehört zu der Sorte, bei der allein eine der dunkellila Kerzen ein kleines Vermögen kostet, und in dem geflochtenen Korb, der farblich genau zum Adventskranz paßt, liegen Vanillekränzchen und Spekulatius, die sie selbst gebacken hat. Das zusammen ist alles sehr schön und stimmungsvoll, und ich hätte nicht das geringste dagegen – vielleicht würde ich sogar die ästhetische Sorgfalt loben –, wenn es nicht ausgerechnet Birgittes Wohnung wäre. Für mich ist dieses geschmückte Wohnzimmer ein Symbol für die verlorene Birgitte, das Chamäleon Birgitte. Weshalb sie recht hat mit ihrer Frage, und wie immer hat sie den Mut, sie direkt zu stellen. Ja, genau, ihr Leben macht mir angst.

»Bereust du es nicht manchmal?« frage ich statt einer Antwort.

Birgitte rührt nachdenklich in ihrem Gløgg. Stellt fest, daß Maxi eingeschlafen ist, und legt ihn vorsichtig neben sich aufs Sofa. »Man bereut doch wohl nie ein Kind, oder? Man bereut vielleicht, daß man keins gekriegt hat!« erklärt sie und zeigt im selben Moment einen entschuldigenden Blick. Aber da ich nicht reagiere, fährt sie fort.

»Ich wollte doch immer gern eine Familie. Meine eigene Familie«, betont sie mit einer verständnisheischenden Grimasse.

»Und mußte das jetzt sofort sein?« frage ich und vermeide die Fortsetzung »mit ihm?«

»Wann sonst?« hackt Birgitte zu. »Wenn ich alt bin?«

»Aber, du warst doch gerade dabei ...!«

»Wobei war ich? Gerade bei etwas, das nicht warten kann? Weißt du was, Therese, alles kann warten. Das einzige, was nicht warten kann, ist dein Körper.«

»Deine biologische Uhr«, spotte ich. Ich bin es so leid,

daß man offensichtlich nicht einmal einen Cappuccino mit einer Frau um die Dreißig trinken kann, ohne daß sie irgendwann das Klischee vom unaufhörlichen Ticken der biologischen Uhr auf den Tisch bringt. »Du bist neunundzwanzig, du hast noch fünfzehn Jahre, um Kinder zu kriegen!«

»Ja, ja, und je älter du wirst, um so lustiger werden die Kinder!« sagt sie scharf und steht auf, um eine Decke für ihren schlafenden Sohn zu suchen. »Was ja nicht einmal gelogen ist. Wenn du also eins willst, dann überlege es dir!«

»Ich kann mir mich überhaupt nicht als Mutter vorstellen!« sage ich mit einem schnellen Blick auf Maxi.

»Du nicht!« grinst Birgitte. »Aber Paul! Also paß lieber auf!«

Bei mir zu Hause gibt es weder Adventskranz noch Adventskerzen, und ich sehe kaum die Dekorationen und Weihnachtsschaufenster in der Stadt. Weihnachten ist einfach nichts für mich. So war es immer, seit Tante Mo nach Frankreich gezogen ist, denn seit sie weg ist, gab es niemanden, der für uns ein Weihnachtsfest organisierte. In meiner Kindheit sind wir fast immer aufs Land gefahren, wo Onkel Erik und Tante Mo die traditionelle Weihnachtsfeier wie im Bilderbuch ausrichteten, mit Weihnachtsmann, Schlittenfahrt und Gottesdienst. Wir aßen das traditionelle Weihnachtsessen mit einer Mandel im Dessert, und der Tannenbaum, den wir selbst im Wald geschlagen hatten, reichte natürlich bis an die Decke. Mutter, die alle mit üppigen Geschenken bedachte, las mit ihrer geschulten Stimme das Weihnachtsevangelium und sang, während wir um den Baum gingen. Damals wurden wir nie enttäuscht, jedes Jahr war Weihnachten genauso herrlich wie im Jahr zuvor.

Nicht einmal, daß Vater plötzlich nicht mehr dabei war –

um zu necken, zu protestieren und mit Onkel Erik Schach zu spielen –, konnte es kaputtmachen. Solange er an uns dachte. Wir erwarteten nichts Teures oder Prächtiges von ihm, wir freuten uns über die Dinge, die er für uns gemacht hatte – Malbücher, illustrierte Erzählungen, ein riesiges Bild von Kiki und mir und unserem Kleinmädchenleben als Motiv. Die ersten Jahre nach seiner Abreise hat er immer an uns gedacht. Wir vergaben ihm, daß er fort war, denn wir spürten die Hingabe und die Sehnsucht, die in seinen kleinen Geschenken für uns steckte. Damals schrieb er auch Briefe – kleine, alberne Briefe mit kleinen, albernen Märchen vom Maultier Tortilla und den beiden kleinen Signoritas. Aber dann brach der Kontakt ab – mein zwölfter Geburtstag war der erste, den er ignorierte, und zum folgenden Weihnachtsfest kam auch nichts von ihm. Wir hatten ihm treu und brav etwas geschickt – Kiki und ich hatten mühsam und trotz tränenreicher Kämpfe einen zwei Meter langen bunten Schal für ihn gestrickt, da wir gehört hatten, daß es im Winter auf Mallorca kalt werden konnte.

Ich war bereits auf dem Weg in die Klarsicht der Pubertät und vergrub meine Enttäuschung in mir, hatte mich darauf eingestellt, daß er uns jetzt endgültig verlassen hatte. Aber Kiki war immer noch ein unschuldiges, eigentlich naives Kind, und sie reagierte wie immer gesund und direkt mit Weinen, Wut und Flüchen über das dumme Schwein. Aber Weihnachten hatte seine Magie verloren – und als Onkel Erik kurz darauf starb, war es sowieso nicht mehr das gleiche. Auch wenn Tante Mo in ihrem Haus in Virum sich alle Mühe gab, an den alten Ritualen festzuhalten, war es doch nie mehr das gleiche ohne Onkel Erik mit seiner offenen, lauten Freude. Ganz im Gegenteil, gerade Weihnachten wurde sein Verlust fast unerträglich, und als Vater anscheinend definitiv beschlossen hatte, uns aus seinem Gedächtnis zu streichen, wurde die Weihnachtsvorfreude auf den reinen Materialismus reduziert. Weihnachtsgeschenke, Süßigkeiten, Marzipanschweinchen. Später rebellierte ich gegen alles Bürgerliche, wollte auch Weihnachten abschaffen und ließ demonstrativ mein Weihnachtsessen unberührt auf dem Teller liegen aus Solidarität mit den Hungernden in den Entwicklungsländern; statt Weihnachtsgeschenke zu kaufen, überwies ich zweihundert Kronen für die Sandinisten in Nicaragua. Kiki besaß nie eine derartige politische Haltung, mit der sie sich herumschlug. Für sie war Protest immer etwas Physisches gewesen – sex & drugs & heavy metal –, dafür war sie erst dreizehn, vierzehn Jahre alt, als sie anfing, auch Weihnachten herumzuziehen. Gegen zehn Uhr teilte sie uns mit, daß sie jetzt genug vom ländlichen Feiern hätte, dann zog sie los und kam auf irgendeine Art tatsächlich in die Stadt. Mutter war auch nicht gerade in einer ihrer stabilen Perioden – jedes Jahr schleppte sie einen neuen Liebhaber an. Jedes Jahr sah sie unglücklicher aus als im vorigen, und jedes Jahr war die Wahl der Weihnachtsgeschenke ihres Liebhabers ein unumstößliches Zeichen für sie, daß er sie ganz und gar nicht verstand. Die Tante mischte sich nie direkt ein – aber ihre knappen, trockenen Bemerkungen genügten, um uns in irgendeiner Form gerade am Heiligabend unserer Misere bewußt zu werden.

Als Onkel Georg dazustieß, ließ er sich nie von uns aus der Ruhe bringen – er lächelte nur freundlich und zog sich schon früh am Abend mit einem anständigen Cognac und der Havanna-Zigarre, die Mutter ihm stets schenkte, in die Bibliothek zurück, wo er Verdis »Requiem« lauschte.

Als dann auch noch Onkel Georg starb und Tante Mo nach Frankreich zog, kamen wir stillschweigend überein, Weihnachten nicht mehr zu feiern. Das haben wir so beibehalten, und oft sind wir auch alle drei in irgendeinem anderen Winkel der Erde, ich habe zum Beispiel einige Heiligabende in Moskau verbracht. Ein paarmal haben wir ein improvisiertes Nichtweihnachtsessen zusammen verspeist. Manchmal haben wir uns verrückte symbolische Geschenke überreicht – Kiki und ich hatten ein paar Jahre lang so eine Art »das häßlichste Weihnachtsgeschenk der Welt«-Wettbewerb, und manchmal haben wir die Überraschungsmandel ins Chili con carne gesteckt, zuviel Weihnachtsbier getrunken und uns über alle anderen mit ihren verlogenen Feiern lustig gemacht. Jedenfalls hat Weihnachten keinerlei Bedeutung für mich, abgesehen davon, daß es mir ein paar friedliche freie Tage bescheren kann, wenn es günstig liegt. Deshalb, und ohne jeden Märtyrergedanken, melde ich mich freiwillig für den Dienst während der Weihnachtsfeiertage. Das habe ich letztes Jahr auch getan, und das ist eine einfache Methode, verdammt viel kollegialen Kredit zu erhalten. Denn selbst der ruppigste Reporter wird beim Thema Weihnachten weich, und wenn auch nur, weil er verheiratet ist und Kinder hat. Als Paul mich also Anfang Dezember fragt, was wir denn Weihnachten machen, kann ich ihm ganz einfach antworten.

»Ich weiß nicht, was du machst, aber ich werde arbeiten.«

»Arbeiten?« wiederholt er. »Aber hätten wir darüber nicht vorher einmal reden sollen?«

»Warum denn?« frage ich verblüfft.

»Warum? Weil es Heiligabend ist! Ich weiß nicht, ob du schon mal davon gehört hast? Das hat was zu tun mit einem, der Jesus heißt, und dann gibt's da noch so einige alte Traditionen mit Tannenbaum und so!«

Wir sind bei mir daheim. Spülen das Geschirr von den letzten drei Tagen. Ich wasche, er trocknet ab.

Vorsichtig lasse ich eine der hohen russischen Teetassen ins Wasser gleiten. Sie sind ein wenig kitschig mit Blumen und Goldrand, aber ich liebe sie, und sie gehen so leicht kaputt. »Ich hatte keine Ahnung, daß das für dich so wichtig ist. Bei uns zu Hause haben wir die letzten zehn Jahre überhaupt nicht Weihnachten gefeiert«, erkläre ich und bitte ihn, vorsichtig mit der Tasse zu sein.

Er sieht mich bedeutungsvoll an.

»Was für Zustände!«

»Macht ihr das denn? Feiert ihr Weihnachten bei euch?« frage ich und wasche eine weitere Tasse ab.

»Da kannst du aber Gift drauf nehmen! Wir tun alles, um uns selbst zu zeigen, was für eine gute, wohlhabende Familie wir sind. Leider hat das Restaurant Heiligabend geschlossen, weshalb Mutter immer eine Köchin engagiert. Aber dann gibt's von allem was – und mehr als genug!«

»Und im ris à l'amande sind Diamanten?«

»Nicht so sarkastisch, meine Geliebte!« Paul trocknet die Tasse demonstrativ vorsichtig ab. Ich muß lachen.

»Und da machst du wirklich mit? Wo du das Ganze doch derart verabscheust?«

»Ne, ne, normalerweise mache ich mit ein paar Kumpels Skiurlaub. Aber dieses Jahr hatte ich eigentlich damit gerechnet, daß wir beide ...?«

»Gemeinsam unsere Weihnachtskörbchen flechten ...?« singe ich und lasse neues Wasser einlaufen. »Du kannst mir ja 'nen Hamburger machen, wenn ich von der Arbeit komme.«

»Und was ist mit deiner Mutter? Und Kiki?« Paul schaut mich gespannt an.

»Mutter will mit Freddy zur Wallfahrtsreise nach Rom. Als Buße für Viktor, nehme ich an. Und ich habe gehört, daß Kiki Spunks unüberschaubarer Familie vorgeführt werden soll.«

»Also!« Paul sieht fast enttäuscht aus und reibt langsam das Besteck trocken. »Dann bleiben nur du und ich?«

»Ist das denn nicht in Ordnung?« frage ich.

»Meine süße, geliebte Tes! Aber das ist es doch, was ich

mir am sehnlichsten wünsche!« erklärt er und pustet mir in den Nacken.

Der Dezember rast dahin, wie es immer geschieht, wenn in einem Monat eine Nachricht die andere erschlägt. In Maastricht wird der Europavertrag formuliert, in Jugoslawien kämpfen sie weiter, und in der Sowjetunion hat Gorbatschow schließlich keine andere Aufgabe mehr, als hinter sich das Licht auszumachen. Immer mehr Republiken stellen sich unter den Schirm der Staatengemeinschaft, und Jelzin zeigt sich selbstsicher, als er im gutsitzenden Anzug den amerikanischen Außenminister im Katharinensaal des Kreml empfängt. Ich werde Gorbi vermissen.

Und als würde das nicht ausreichen, unsere genau berechneten Nachrichten zu füllen und uns Reportern Atemnot zu bereiten, wird auch noch auf Saddam Hussein im Dezember ein Attentat verübt, wonach er offensichtlich schwer verwundet in seinem Führerbunker liegt. Vielleicht ist er bereits tot; CNN zitiert anonyme irakische Ärzte, die behaupten, daß sie ihn erschossen und eindeutig tot gesehen haben. Die Aussage wird durch den Mangel an Fotos bekräftigt. Es gibt nur einige Sekunden vom Attentat selbst, die CNN herausschmuggeln konnte, aber keine offiziellen irakischen von einem lächelnden Saddam, der auf dem Krankenbett das Siegeszeichen macht. Die Welt hält den Atem an, und dieses Mal nicht aus Sorge, daß der Staatschef sterben könnte, sondern aus Angst, er könne überleben.

In der Redaktion hängen wir vor CNN und diskutieren, wer wohl hinter dem Attentat steht, das während einer Militärparade verübt wurde. Der Bombenwerfer ist offensichtlich selbst mit in die Luft geflogen, aber es gibt hartnäckige Gerüchte, daß die CIA dahintersteckt. Oder der Mossad. Die Producerassistentin opfert sich und holt uns etwas zu essen aus der Kantine, und über dem Salat, immer noch mit den Augen auf dem CNN-Bildschirm, tauschen wir unsere Attentatserinnerungen aus. Ras erinnert sich daran, wie John F. Kennedy getötet wurde, ich erinnere mich nur noch daran, wie im Rundfunk bekanntgegeben wurde, daß Robert Kennedy tot war, und die Erwachsenen plötzlich mit Trauer und Schock reagierten. Lea brach über John Lennons Tod zusammen, wie sie mit zittriger Stimme berichtet, und ich blieb wie erstarrt und laut heulend stehen, als ich eines Morgens die Zeitung holte und sah, daß Palme erschossen worden war. Aber das erzähle ich nicht.

Der General ist in seinem Element – wie ein Marschall, der seine Truppen durch eine Schlacht bringen soll, rennt er herum, schreitet die Front ab, mischt sich überall ein und ist unerträglich irritierend. Er ist es, der beschließt, daß wir einen eigenen Mann im Irak brauchen. Eine Verfügung, mit der Ras ganz und gar nicht einverstanden ist, weil ein aus Dänemark geschickter Reporter ja nun nicht die Chance einer Frau auf dem Bau hätte, eine bessere Geschichte nach Hause zu bringen, als wir sie übers Netz kriegen. Aber der General besteht darauf; »der eine Diktator ist immer vom anderen Diktator fasziniert«, interpretiert Ras und kaut auf seiner Pfeife. Sein Reisebudget ist so knapp, daß er absolut keine Lust hat, das Geld zu opfern, um sich lächerlich zu machen. Außerdem sieht er Probleme, einen Reporter so kurz vor Weihnachten zu finden, der in den Irak geht. Michael winkt gleich ab; er ist erst vor kurzem mit einer Binde um den Kopf und einem leichteren Granatenschock aus Kroatien zurückgekommen, und der Arzt hat ihm Ruhe und Entspannung verordnet. Eine Mitteilung, die beim General eher Verachtung als Verständnis auslöst. Er schnaubt, daß er notfalls selbst fährt, wenn keiner der Damen und Herren Manns genug ist.

Aber dann meldet Miriam sich plötzlich freiwillig. Sie ist

erst seit einem halben Jahr beim Ausland, ist jung und noch nicht sehr lange im Geschäft, relativ klein und unverkennbar jüdisch. Sie hat den Mittleren Osten als Fachgebiet, also ist es logisch, daß sie das Ereignis abdeckt. Aber Ras hat dennoch Bedenken – ob sie es schafft? Und sogar der General, der diese Art Dummdreistigkeit liebt, nimmt sie unter vier Augen ins Gebet, bevor er beschließt, sie fahren zu lassen.

»Und ich dachte, die Frauenbewegung hätte sich selbst in Grund und Boden gesiegt«, sagt sie spitz, als sie zurückkommt.

»Das war einmal«, erwidere ich und frage, ob sie mit mir essen gehen mag. Wir hatten bisher nicht viel Kontakt miteinander, aus irgendeinem Grund habe ich sie als Kuriosum des Flurs angesehen und ihr nie größeren Ehrgeiz zugetraut. Aber jetzt zeigt es sich, daß sie eiskalt ist und auch kein Problem darin sieht, als Jüdin einen Auftrag in einem arabischen Land zu erledigen.

»Aber die glauben doch, es war der Mossad«, bemerke ich. »Da können sie solchen wie dir gegenüber schon etwas ruppiger werden.«

»Wieso denn?« fragt sie herausfordernd und legt ihren Kopf mit den kurzen Haaren schräg. »Ich bin Dänin! Seit vier Generationen, verdammt noch mal!«

»Entschuldige«, murmle ich und gebe ihr ein paar gute Ratschläge, wie sich ein weiblicher Reporter im Feld sinnvollerweise verhalten sollte.

An dem Vormittag, als sie sich blaß und kaugummikauend in einer großen, bunten Daunenjacke verabschiedet, knuffe ich ihr kameradschaftlich in den Rücken und wünsche ihr gute Reise.

»Na, sehe ich aus wie eine heimliche Mossad-Agentin?« fragt sie und macht Kaugummiblasen.

»Vielleicht wie Mossad-Brut, also paß auf dich auf! Und

vergiß nicht, eine Postkarte zu schreiben!« sage ich, während ich sie zur Glastür bringe. Von dort sehe ich ihr nach, wie sie mit ihrem Koffer und ihrer Umhängetasche mit dem Logo des Senders drauf losfährt, und ich weiß ganz genau, wie herrlich und schrecklich zugleich sie sich in diesem Moment fühlt. Neugierig, reisefiebrig und nervös. Wird sie es schaffen, dort auf dem Schlachtfeld, wo sie sich mit CBS, ABC und ZDF um Telefone, Satelliten, Bilder und Geschichten prügeln muß? Oder fällt sie auf den Arsch, fällt durch und muß zurück und ihre Niederlage dem General beichten, weil sie es nicht geschafft hat, drei Tage hintereinander sich ihren Stoff zu beschaffen? Oder läuft es wie geschmiert – ist das geleaste Kamerateam gut und kooperativ, bekommst du deine Satellitenzeit rechtzeitig, paßt du auf, daß du dich zum Schneideraum nicht verläufst, hast du die Geschichte im Griff – dann darfst du euphorisch werden.

Miriam schafft es, sogar verdammt gut, und der General rennt im Sekretariat herum, plustert sich auf und prahlt damit, es wäre seine Idee gewesen, sie loszuschicken. Und natürlich kann er es sich nicht verkneifen, sie mir unter die Nase zu reiben.

»Von ihr kannst du noch was lernen! Sie hat es wirklich drauf!«

Ich lächle süß und nutze die Gelegenheit zu fragen, wie es denn mit meinen Aussichten auf die Korrespondentenstelle aussieht.

»Hoffentlich so wie geplant. In gewissem Grad hängt das ja auch von deinem Engagement ab«, erklärt er und dreht mir den Rücken zu.

Ich stehe unentschlossen da und starre wütend seinen krummen Rücken an. Genau diese Art hat den General zu einer verhaßten Person und die empfindlichsten Mitarbeiter zu pulverisierten Fällen werden lassen. Und wenn man das einmal zuviel durchgehen läßt, hat man paradoxerweise seinen Selbstrespekt wie auch sein Ansehen bei ihm verloren. Weshalb ich ihm drei Minuten gebe, um sein Büro zu erreichen, bevor ich mit einer bewußt entschlossenen Miene an seiner Sekretärin vorbeirausche.

»Ja?« sagt er nur und schaut kaum auf. Er hat etwas Weihnachtsschmuck und eine Schale mit Pfeffernüssen auf seinem Schreibtisch stehen – neben der CNN-Videokassette »Operation Desertstorm«.

Ich räuspere mich, um ihn zu zwingen, mich anzusehen. Was er auch tut. Fischartig.

»Falls du etwas an meiner Arbeit auszusetzen hast, dann wäre ich dir dankbar, wenn du die Kritik direkt formulieren könntest«, sage ich.

»So, so!« sagt er mit gekräuselten Lippen und sucht in seiner Innentasche nach einer seiner griechischen Karelia-Zigaretten. Ein Friedenszeichen. »Setz dich doch, Tes!« fordert er mich auf.

Ich gehorche, indem ich mich auf die äußerste Kante des geflochtenen Wegenerstuhls setze. Jetzt sind wir in gleicher Augenhöhe, vorher mußte er zu mir aufsehen.

»Ich bin mit deiner Arbeit nicht unzufrieden«, sagt er und inhaliert den Rauch. »Ganz im Gegenteil habe ich mir notiert, daß du schnell und gründlich arbeitest und daß es dir gelingt, deinen Stoff auch für Lieschen Müller begreiflich zu machen. Hervorragend! Aber dein Privatleben könnte mir Anlaß zur Besorgnis geben.«

»Mein Privatleben ist genau das: mein Privatleben!« betone ich.

Der General wedelt abwehrend den Rauch weg. »Ja, solange es nicht deine Arbeit beeinflußt, mein Schatz! Und abgesehen davon, daß ich nicht im geringsten die Wahl deines Partners gutheißen kann, so kann es mir doch wohl einige Sorgen machen, ein fast verlobtes Mädel wegzuschicken. Ich wünsche und erwarte volles Engagement von seiten meiner Korrespondenten. Ihr seid ja teuer genug, nicht wahr!«

»Entschuldigung, Chef, habe ich das richtig verstanden, hast du gerade gesagt, ich soll mich von meinem Freund trennen, um in die engere Wahl zu kommen?« frage ich und beuge mich vor.

Der General wird von einem plötzlichen Hustenanfall heimgesucht.

»Das habe ich nicht gesagt«, hustet er. »Aber wenn ich du wäre, dann würde ich mir überlegen, ob Paul Weber ... Schließlich ist es doch gar nicht sicher, daß er dich fahren lassen wird. Er könnte dir ein Ultimatum stellen, oder?«

Ich hole tief Luft, zum ersten Mal flackert mein Blick unsicher durch den Raum. Nicht weil ich mich vor dem General fürchte, sondern weil ich weiß, daß ich, wenn ich antworte, es gar nicht vermeiden kann, mehr über meine Beziehung zu Paul verlauten zu lassen, als mir lieb ist.

»So dumm ist er nicht«, sage ich und treffe wieder den Blick des Generals. Und dann verrate ich ihn ein wenig, meinen Geliebten: »Der Korrespondentenposten in Moskau ist mein Lebenstraum. Und wenn ich den verwirklichen kann, dann wird mich kein Mann auf dieser Welt dazu bringen, nein zu sagen.«

»Auch Paul Weber nicht?« fragt der General und wippt auf seinem Chefstuhl hin und her.

»Auch Paul Weber nicht«, erkläre ich mit fester Stimme.

»Gut«, nickt er zufrieden. »Willst du eine Pfeffernuß? Sie sind von meiner Mutter!«

Ich verlasse das Büro des Generals mit dem Mund voller Pfeffernüsse, den Kopf voll mit neuen, großen Aufgaben, die ich mir seiner Meinung nach für das Sonntagsmagazin vornehmen soll, und einem Herz voller Wehmut. Dort drinnen habe ich Paul verkauft, und das wäre nicht notwendig gewesen.

Am liebsten würde ich ins Inland rübergehen, ihn suchen und meinen Kopf an seine Brust legen, aber dafür habe ich keine Zeit. Ich habe eine Verabredung mit einem prima Kumpel aus dem Außenministerium, mit dem ich ab und zu meine Moskau-Nostalgie pflege. Er war dort drei Jahre lang Botschaftssekretär – wir haben uns bei einem Empfang am Nationalfeiertag vor ein paar Jahren kennengelernt. Jetzt ist er seit einem Jahr wieder zurück. Wir können gut miteinander reden, haben vieles gemeinsam, und ich habe ihn aus rein beruflichen Gründen – weil seine Analysen und Meinungen mich interessieren – kurz nach seiner Rückkehr einmal zum Essen eingeladen. Er lehnte dankend ab mit dem Hinweis, daß seine Frau auf einem Kurs sei und er die Kinder hüte, aber er würde sich gern mittags mit mir in der Kantine treffen. Damit hat er also klar und deutlich signalisiert, daß er über das Fachliche hinaus nichts mit mir am Hut hat.

Eigentlich finde ich, diese offiziell ihren Status zur Schau tragenden Familienväter so um die Zweiunddreißig haben etwas Komisches an sich. Ich glaube ihnen und ihrem Beharren auf Monogamie nicht. Aber das ist seine Sache, und da ich weiterhin uneingeschränkt sein Wissen respektiere und er eine ausgezeichnete und verläßliche Quelle ist, rufe ich ihn ab und zu an. Aber diesmal war er es, der mich anrief – ob wir uns nicht treffen und unsere gemeinsame Passion pflegen wollten?

Ich habe Paul nichts von der Verabredung erzählt, obwohl sie nun weiß Gott platonisch ist, und während ich in der repräsentativen Vorhalle des Ministeriums auf Christian warte, habe ich fast so etwas wie ein schlechtes Gewissen. Vielleicht wäre dem nicht so, wenn Christian häßlich wäre, aber im Grunde genommen ist er ein ziemlich attraktiver Typ von der rothaarigen, sommersprossigen Sorte.

»Wollen wir in die Stadt?« fragt er und schlägt ein nahe gelegenes Christianshavner Café vor. Warum nicht? Also machen wir das, und es kann daran liegen, daß wir uns außerhalb der Grenzen des Außenministeriums mit seinen wohlerzogenen, schlipstragenden Dschungeltrommlern befinden, jedenfalls ist er viel entspannter als sonst. Bestellt Wein, zieht sein Jackett aus und erzählt Geschichten und Anekdoten aus der Welt der Diplomaten. Und dann schwelgen wir natürlich hemmungslos in Moskau – ich erzähle lang und breit und bis in die topographischen Details vom Putsch, und er ärgert sich schrecklich darüber, daß er zu der Zeit mit seiner Familie im Sommerhaus an der Westküste saß und keine Ahnung hatte, was da vor sich ging, bevor es beinahe schon vorbei war. Und als der Wein ausgetrunken ist, sind wir uns einig, daß er versuchen soll, Botschafter zu werden – vielleicht in Riga –, und dann werde ich Korrespondentin, und dann werden wir tolle Kaviarorgien veranstalten und die ganze dänische Meinung über die Sowjetunion lenken. Alles viel Luft und Phantasie, aber wir amüsieren uns prächtig.

Als wir uns vor dem sandfarbenen Koloß des Außenministeriums verabschieden, umarmt er mich, wünscht mir schöne Weihnachten und sagt, daß er sich riesig darauf freut, mich nächstes Jahr wiederzusehen. Gleichfalls, lächle ich und gehe in bester Laune zurück zu meiner Arbeit.

Saddam überlebt und hält eine seiner psalmonierenden arabischen Fernsehansprachen, aber ich habe mittlerweile das Interesse für diesen Teil der Welt zugunsten meines eigenen Bereichs verloren. Eine Woche vor Weihnachten bittet mich der Redakteur des Sonntagsmagazins nämlich, eine Art Zukunftsvision von der neuen Sowjetunion für

Neujahr zu machen. Zwanzig Minuten, bitte schön, und ich habe freie Hand.

»Habt ihr das mit Ferdinand abgesprochen?« frage ich kollegial.

»Er hat das Angebot zuerst gekriegt, aber abgelehnt.«

»Und Knud?«

»Möchte auch lieber nicht. Außerdem ist er nicht der Bildmann dafür, oder?« schmeichelt der Redakteur.

»Und Ras?«

»Ihm sind die Hände von einem gewissen Herrn gebunden worden.«

»Ihr seid aber hartnäckig!«

Daß diese Aufgabe die Idee des Generals war, daran habe ich keinen Zweifel. Ich soll gefordert und getestet werden. Und wenn er es so haben will, dann soll er es verflucht noch mal so kriegen. Arbeit hat mich noch nie bange gemacht, auch keine Arbeit unter Druck.

Also mache ich mich frisch ans Werk. Rufe zu Hause bei Paul an, der frei hat, und erkläre ihm, daß wir in den nächsten Tagen nicht so schrecklich viele Weihnachtskörbchen miteinander flechten können.

»Und was ist mit Heiligabend. Da haben wir doch eine Verabredung, oder?« sagt er muffig, schluckt es aber ansonsten. Was er auch muß, hat er selbst doch die letzten Wochen damit verbracht, mit der Nase auf einer »interessanten, zum Himmel stinkenden Spur« herumzuschnüffeln. Eine Geschichte, die, wenn alles klappt, einen Riesenskandal auslösen wird. »Güllegate« auf ziemlich hoher umweltministerieller Ebene. Und vielleicht, was für Paul natürlich ein nicht unbedeutender Nebeneffekt wäre, den Sender dazu zwingen würde, ihm den verdienten Journalistenpreis zu verleihen. Wenn man es genau betrachtet, hat er für den Preis bereits einen Platz auf seinem Montana-Regal frei gemacht.

Wir haben also beide viel zu tun, und wenn wir uns endlich hier oder dort treffen, meist spätabends, sind wir so erschöpft, daß wir es nicht einmal mehr schaffen, uns gegenseitig über die Erlebnisse und Entdeckungen des Tages zu informieren. Oder wir sind einfach zu müde, um zuzuhören. Aber das ist nicht schlimm, weil wir unter den gleichen Bedingungen arbeiten und uns darauf eingestellt haben, daß die Bedingungen nun einmal so sind. Und wir sind beide darauf aus dabeizusein. Ich kann manchmal fast euphorisch werden, wenn ich das Gefühl habe, mich mitten im Weltgeschehen zu befinden, und ab und zu koche ich vor Begeisterung über und brauche jemanden, mit dem ich diese Begeisterung teilen kann. In der Regel kann ich den Dampf in der Redaktion ablassen, aber manchmal muß ich es einfach Paul erzählen, daß wir in einer phantastischen Zeit leben.

»Wir stehen mitten in einer Furt! Darüber habe ich auch mit Christian geredet ...«, verplappere ich mich eines Abends. »Du weißt doch, meine Quelle im Außenministerium, mit dem ich mich manchmal treffe.«

»Nein, das weiß ich nicht«, erklärt Paul, und seine Nackenhaare richten sich auf. »Ist das dein Liebhaber?«

»Paul!« protestiere ich und bemerke erst jetzt, daß er an diesem Abend viel stiller als sonst ist.

»Bist du müde?« frage ich und streichle seine Füße, die auf meinem Schoß liegen.

»Entschuldige«, nickt er. »Ich habe ein paar Probleme in der Redaktion, aber damit will ich dich nicht nerven. Was wünschst du dir zu Weihnachten?« fragt er dann zum x-ten Mal.

»Nichts Besonderes!« beteure ich, ebenfalls zum x-ten Mal, »und das kriegst *du* auch nicht!«

»Aber ich habe doch gesagt, was ich mir wünsche!«

»Eine Ehefrau in Seidenpapier? Die kriegst du sowieso

nicht! Jedenfalls nicht von mir!« sage ich und schiebe seine Füße weg.

»Und warum nicht?« gluckst er.

»Weil ich nicht eingepackt werden kann!«

Am folgenden Tag verlasse ich die Arbeit im Schneideraum so früh, daß ich noch in die Stadt stürzen und ein paar Weihnachtsgeschenke kaufen kann. Gemäß uralter Tradition schenken Birgitte und ich uns etwas, und auch wenn ich daran zweifle, daß das noch aktuell ist, steht sie dennoch auf der Liste. Und Paul, natürlich. Wenn es etwas gibt, was ich nicht kann, dann Geschenke aussuchen. Aber für Birgitte kaufe ich Julia Wosnesenskajas »Das Decamerone der Frauen«, das Sittenbild einer Geburtsabteilung in einem Leningrader Krankenhaus, das ist wohl okay.

Paul hingegen bereitet mir richtiges Kopfzerbrechen. Was schenkt man einem Mann, der alles hat, inklusive eines eindeutig besseren Geschmacks als man selbst? Man resigniert schon bei den eigenen Ansprüchen und endet damit, ein Paar alberne Boxershorts und eine Spaghettimaschine zu kaufen. Weder sehr romantisch noch sehr phantasievoll, I know.

Als ich gegen sieben nach Hause komme, steht er in meiner Küche und schneidet Zwiebeln.

»Was machst du da?« frage ich eher verblüfft als anklagend und stelle meine Tüten ab.

»Koche Essen für dich!« sagt er und gibt die Zwiebeln in die Pfanne. Es riecht nach Knoblauch und Olivenöl.

»Ja, aber, hast du denn keinen Dienst?« frage ich und gehe zu ihm in die Küche.

»Doch, aber ich habe die Arbeit geschmissen.«

»Die Arbeit geschmissen?« plappere ich überrascht nach.

»Genau, ich habe jetzt bereits fünf Berichte fertig, und als heute wieder keiner davon auf die Sendeliste gekommen ist, bin ich zum General gegangen und habe ihm mitgeteilt, daß ich nicht auf Halde produziere.«

»Und dann?«

»Dann entwickelte sich daraus ein etwas lauteres Gespräch.« Paul zieht die Folie von einem Paket Hackfleisch ab und gibt das Fleisch zu den Zwiebeln. Sugo.

»Und?«

»Wir sind uns nicht einig geworden. Also bin ich nach Hause gegangen.«

»Ja, aber was nun?« frage ich und nehme meinen Schal ab.

»Jetzt werde ich für eine Weile Hausmann sein. Ich schaffe es gerade noch, für Weihnachten Schmalzgebäck zu backen!«

»Und du hast nicht vor, wieder zur Arbeit zu gehen?«

»Ne, nicht bevor sie meine Berichte gesendet haben. Und er hat selbst gesagt, daß er das nicht tun wird. Sie seien tendenziös, behauptet er. Willst du ein Glas Wein?«

Paul gießt den Wein ein, und ich schäle mich aus dem Mantel, während ich gleichzeitig versuche, mich von dem ekligen Judasgefühl zu befreien, das seit meinem letzten Treffen mit dem General in mir schlummert.

»Außerdem hat er mir in reichlich direkten Formulierungen erklärt, daß er sich nicht besonders viel aus meiner Person mache und mir sowieso keine besonders strahlende Zukunft voraussage. Eigentlich überhaupt keine.« Paul findet den Dosenöffner mit einer Sicherheit, als wäre es seine Küche, öffnet eine Dose Tomatenmark und kippt den Inhalt zu dem gebräunten Fleisch.

»Er hat dich gefeuert?« frage ich atemlos.

»Nein, dazu sah er sich leider nicht in der Lage. Ärger mit den Gewerkschaftsleuten, weißt du. Aber er hat mir deutlich zu verstehen gegeben, daß er alles tun wird, daß ich mich nicht lange halte.«

»Und was hast du darauf gesagt?«

»Daß er der aufgeblasenste, lächerlichste Narr ist, der sich jemals als Journalist bezeichnet hat, und daß er als sogenannter Chef ein Schandfleck ist und ein Skandal für unseren Sender wie für unseren ganzen Berufsstand.«

»Paul!« rufe ich aus und muß lachen. »Und dann?«

»Dann habe ich ihm fröhliche Weihnachten gewünscht und das Lokal verlassen.«

Ich schüttle den Kopf.

»Damit kommst du nicht lebend davon!«

Paul zuckt mit den Schultern. Gießt ein wenig Wasser und einen Schluck Rotwein in die Pfanne und rührt um.

»Solange ich dich habe, ist alles andere sekundär. Die kriegen mich nicht klein!« sagt er mit einem alten Christiania-Slogan und legt den Deckel auf den Sugo. »Wollen wir anstoßen?«

Pauls Kamikazeaktion ist natürlich *das* Gesprächsthema an den folgenden Tagen. Das meiste Gerede findet rücksichtsvollerweise ohne mich statt, und diejenigen, die es doch nicht lassen können und das Thema unbedingt anschneiden müssen, werden mit einem knappen »Kein Kommentar« abgefertigt. Falls also jemand eine rasende Furie erwartet hat, die bis zum letzten Blutstropfen für ihren Geliebten kämpft, so wird er enttäuscht. Ganz gleich, wie offiziell meine Beziehung zu Paul inzwischen ist, so behalte ich mir doch das Recht vor, nur für meine eigenen Angelegenheiten zu sprechen. Ich habe meine eigene, zwiespältige Beziehung zum General, um die ich mich kümmern muß. Und um es offen heraus zu sagen, meine eigene Karriere, die ich pflegen muß. Außerdem bin ich felsenfest davon überzeugt, daß Paul auch allein mit der Situation fertig wird.

Er scheint auch in keiner Weise niedergeschlagen oder

reumütig, eher fröhlich und erleichtert. Von einer Last befreit wie Krag, als dieser neunzehnhundertdreiundsiebzig als Ministerpräsident demissionierte. Und während ich an meiner eigenen Geschichte bastle und eine reichlich weihnachtsgestreßte Technikerin mit meinen perfektionistischen, anstrengenden Forderungen zum Wahnsinn treibe, genießt er es, zu Hause zu sein, oder ist in geheimen Missionen in der Stadt unterwegs. Wenn ich dann spät und ausgelaugt nach Hause komme, schwirrt er mit einer geheimnisvollen Miene um mich herum, als wäre er der Weihnachtsmann höchstpersönlich.

Am 22. findet das Weihnachtsessen von unserem Flur statt, an dem ich für ein paar Stunden teilnehme, aber ausgebuht und als Musterschülerin tituliert werde, als ich die fröhliche Gesellschaft mit einem einfachen Aquavit verlasse. Meine Entschuldigung ist meine Sendung – »ich muß morgen wieder früh raus!« –, aber die Wahrheit ist, daß ich hundertzwanzigprozentig sicher bin, mit wachsender Promille Zielscheibe ihres Klatsches zu werden. Ras ist bereits ziemlich angesäuselt, als er mich hinausbegleitet.

»Tes«, sagt er und hält mich zurück. »Warum verläßt du mich immer?«

»Ras!« bremse ich ihn, als er mich umarmen will.

»Was hat er, was ich nicht habe?« fragt er mit großen, wäßrigen Schnapsaugen.

»Power!« sage ich bissig und spüre plötzlich unbändige Lust zuzuschlagen. Ras blinzelt wie ein gemobbter Schuljunge. »Aber du bist trotzdem süß!« lasse ich mich erweichen. »Geh jetzt wieder zu den anderen rein«, sage ich und streichle ihm die Wange.

»Tes, falls du ... irgendwann einmal ... deinen Steinzeitmann satt hast, dann ...«

»Psst!« schneide ich ihm das Wort ab. »Tschüs!«

»Tschüs!« sagt er und bleibt am gleichen Fleck stehen,

mit seinen nach oben zeigenden Ecco-Schuhschnäbeln und dem aus der Hose gerutschten Hemd. Er sieht aus wie eine Karikatur, als ich gehe. Er kann froh sein, daß ich kein Tratschweib bin.

Am Abend vor Heiligabend schauen wir bei meiner Mutter vorbei, die frei hat und dabei ist, die Koffer für ihre Romreise zu packen. Sie ist hektisch und nervös, die Herpescreme sitzt wie ein weißes Törtchen in ihrem Mundwinkel, und sie betont so ausdrücklich, wie froh sie doch sei, um Weihnachten herumzukommen, daß ich das Gefühl habe, sie würde es doch ganz gerne feiern. Vielleicht hat sie aber auch nur Panik bei der Vorstellung, eine ganze Woche allein mit Freddy zu verbringen, dem langweiligen Zahnarzt. Aber falls es zu arg wird, kann sie ja immer noch irgendeinen Piccolo in ihrem zweifellos mondänen Hotel verführen. Denn man kann viel über Freddy sagen, zum Beispiel, daß er impotent und langweilig ist oder daß er eine Hühnerbrust hat, aber er verdient reichlich Geld und zögert nicht, es auszugeben. Für Mutter.

»Du mußt schon entschuldigen«, sagt Paul, als wir gehen. »Aber ich mag sie einfach!«

»You're welcome!« sage ich gähnend. Ich muß am nächsten Morgen früh raus, weil um zwölf Redaktionsschluß ist. Und danach gilt wieder der normale Dienstplan, auf dem ich für die drei Weihnachtstage eingetragen bin. Weshalb mir unsere Verabredung zu einem Hamburger morgen abend bei Paul ausgezeichnet paßt.

Ich werde rechtzeitig fertig, schaue bei der Sonntagsmagazinredaktion vorbei und unterhalte mich ein wenig mit dem Redakteur. Grüße demonstrativ Kofoed, der mich offensichtlich in seinen Widerwillen, den er gegenüber Paul hegt, mit eingeschlossen hat. Hinterher gehe ich zum Auslandsflur und werde von einem etwas beschämten Ras aufs laufende gebracht. Wir haben uns seit seinem Antrag nicht mehr gesehen. Ich soll Stallwache schieben, und es sieht so aus, als würde das nicht schwer werden. Die ganze Welt ist in Weihnachtsferien, und der Teil, der es nicht ist, ist sowieso uninteressant.

»Du«, sagt Ras und senkt seine Stimme, als wir allein im Redaktionszimmer sind, »ich habe wohl letztes Mal ziemlichen Scheiß geredet ...«

»Alles vergeben und vergessen. Gehe nach Hause und tanze um den Weihnachtsbaum!«

Ras strahlt.

»Danke, Tes! Ich hatte wirklich einen ziemlichen moralischen Kater ...«

»Wieso, hast du es etwa nicht ernst gemeint?« necke ich ihn.

»Doch, doch, jedes Wort!« grinst er. »Feierst du Weihnachten mit ... deinem Freund?«

Ich lächle.

»Nenne ihn nur den Steinzeitmann. Wir essen einen Hamburger, ja.«

»Das klingt ja gemütlich«, sagt er sarkastisch und stopft seine Pfeife.

»O ja, das wird es bestimmt!« erwidere ich und greife zu dem bisher so stillen Telefon, das plötzlich laut schrillt. Es ist der London-Korrespondent. Er hat gerade gehört, daß die IRA eine Bombe im Harrods gezündet hat. Gleichzeitig kommen die stündlichen Nachrichten von Reuter. Das genügt. Sieben Tote, darunter der Weihnachtsmann eines großen Kaufhauses und zwei Kinder, und mehr als dreißig Verletzte.

»Ich bin schon weg!« sagt Ras. »Fröhliche Weihnachten!«

Trotz meiner Anti-Weihnachts-Gesinnung gehe ich schnell

bei mir vorbei und ziehe mich um, bevor ich den Bus zu Paul nehme. Simon und Frank haben mir ein Glas selbstgemachtes Mango-Chutney vor die Tür gestellt, mit einem lieben Weihnachtsgruß, und ich revanchiere mich mit einer Dose russischer Tschatkakrebse, die ich vor ihre stelle. Aus der Wohnung dringen Stimmen und fröhliche Weihnachtsmusik aus dem Radio, zu der irgend jemand, vielleicht Frank, grölt: »Wer hat gesehen, wie der Weihnachtsmann Papa geküßt hat?« und jemand anderes, vielleicht Simon, laut lacht. Sie haben ihre jeweiligen Familien zum Essen eingeladen, ein grenzüberschreitendes Projekt, mit dem sie beide letzten Monat intensiv beschäftigt waren. Offenbar funktioniert alles plangemäß – jedenfalls stinkt der ganze Flur nach gebratener Ente.

Zu meiner eigenen Überraschung überfällt mich eine merkwürdige Beklemmung – wie das kleine Mädchen mit den Schwefelhölzern, das ausgesperrt ist –, die ich auch nicht loswerde, als ich im Bus auf dem Weg zu Paul sitze und durch die weihnachtlich geschmückte Stadt fahre, mit den leuchtenden Sternen in den Fenstern und den zu erahnenden Tannenbaumspitzen dahinter. Eine Wehmut, weil ich keine normale Familie habe, mit der ich Weihnachten feiern werde. Genau wie die erwartungsvollen Fahrgäste, zwischen denen ich sitze. Aber, so tröste ich mich, für die meisten ist Heiligabend sowieso nur eine Pflichtübung, eine jährlich wiederkehrende Enttäuschung und der letzte Nagel zu ihrem Sarg. Kein Wunder, daß kurz nach Weihnachten auf dem Wohnungsmarkt immer so viel los ist.

Auch Pauls Flur duftet nach Weihnachtsessen. Und wieder werde ich von einer nostalgischen Welle überschwemmt – kann direkt Tante Mos krosse Ente schmekken, die glasierten Kartoffeln auf der Zunge fühlen, die Soße auf dem Teller sehen. Das macht fett! murmle ich vor mich hin und klingle.

Paul hat sich auch umgezogen. Er ist neu eingekleidet. Ein blaßgrünes, strukturgewebtes Hemd, die Krawatte in goldenen Farbtönen, passende Cordhose. Ich kenne ihn lange genug, um zu wissen, daß das kein Zufall ist, und als er mich feierlich ins Wohnzimmer führt, sehe ich das Gemälde. Wie ein Bühnenbildner hat er ein Universum in Grün und Gold geschaffen. Es gibt kein elektrisches Licht, das Wohnzimmer ist ausschließlich von unzähligen goldenen Kerzen erleuchtet. Auf dem Tisch liegt eine grüne Decke, dekoriert mit Goldäpfeln und Goldähren, und ums Zimmer herum hat er ein grünes Taftband befestigt. Birgitte hätte es nicht perfekter machen können.

Paul sieht mich gespannt an, während ich den Raum auf mich wirken lasse.

»Toll!« flüstere ich, aufrichtig beeindruckt.

Er lächelt und schenkt Rotwein ein – einen premier cru, den er sicher aus dem Weinkeller seines Vaters entwendet hat –, und nachdem wir angestoßen haben, entschuldigt er sich und verschwindet in der Küche.

Währenddessen gehe ich leise herum und genieße die Seligkeit, freue mich, bei ihm zu sein, freue mich auf den Abend, der vor uns liegt.

»Bitte zu Tisch!« gibt er bekannt und zieht mir einen Stuhl heraus. Man kann ja viel über die Bürgersöhnchen sagen, aber sie haben's nun mal drauf!

Und dann serviert er das Hauptgericht – auf einer Goldplatte! Garniert mit kleinen glasierten Kartoffeln und Rotkohl!

Ich öffne den Mund vor Verblüffung.

»Paul! Ich wollte doch nur einen Hamburger!«

»Therese, ich habe gelernt, deine geheimen Wünsche zu erraten!« sagt er und stellt die Soße – auch in einer goldenen Schüssel – auf den Tisch. Holt Johannisbeergelee, Salzkartoffeln und setzt sich endlich mir gegenüber.

»Mir fehlen die Worte!« sage ich und breite theatralisch die Arme aus.

»Ja, das stimmt tatsächlich! Fröhliche Weihnachten, meine Geliebte!«

Ich esse, bis ich fast platze, und jeder Bissen ist ein Schritt zurück in das verlorene Land meiner Kindheit. Als hätte er Zaubertropfen in den Wein getan oder ein magisches Pulver in die Soße gestreut – ich spüre, wie ich mit jedem Bissen schrumpfe und immer kleiner werde, bis meine Beine nicht mehr zum Boden reichen und mein Vater mir gegenübersitzt und mir verständnisvoll zublinzelt, während Onkel Erik am Tischende sitzt und einen Toast auf Tante Mo ausbringt, die »sich wieder einmal selbst übertroffen« hat. Mutter ist jung und schön, ich hatte fast vergessen, daß sie einmal so aussah, und sie füttert Kiki, die noch so klein ist, daß sie auf einem Kinderstuhl sitzt und ein Lätzchen umhat. Und ich habe Bauchschmerzen vor Aufregung, mache mir aber gleichzeitig große Sorgen um den Weihnachtsmann, der laut Onkel Erik durch den Schornstein kommen soll – wie soll er das schaffen, wo wir doch Feuer im Kamin haben? Ohne sich zu verbrennen, meine ich. Papa, was meinst du?

»Woran denkst du?« Pauls Stimme ist weit entfernt.

»An gar nichts«, sage ich und lege mein Besteck hin. »Danke für das köstliche Essen!«

»Es gibt noch Dessert!« Paul steht auf, streift mich mit einer Fingerspitze, als er meinen Teller abräumt. Ich will aufstehen, um ihm beim Abdecken zu helfen, aber er wehrt ab. »Bleibe nur sitzen. Willst du rauchen?«

Ich schüttle den Kopf. Lächle.

»Das ist auch nicht angebracht in Gesellschaft eines premier cru!«

Paul verschwindet in der Küche mit Platten und Tellern den Arm hochgestapelt – den Trick kann er also auch – und kommt mit kleinen Desserttellern zurück.

»Wenn es jetzt riz à l'amande gibt, heule ich!«
Paul lacht.
»Versprichst du mir das?«

Ich heule erst hinterher, als ich allein gelassen werde in einem vollkommen dunklen Wohnzimmer, mit einem kleinen, rosaroten Marzipanschweinchen – meinem Mandelgeschenk, wobei ich den starken Verdacht habe, daß ich es ganz ungerechtfertigterweise erhalte –, ich heule erst, als die Tür aufgeht und Paul zu den ersten Tönen von Verdis »Requiem« hereinkommt, einen brennenden Minitannenbaum in den Händen. Ich weiß nicht, wo er seine Auftritte probt, aber dieser ist so effektvoll, daß mir die Tränen in die Augen steigen.

Er stellt den Baum auf den Boden und setzt sich neben mich aufs Sofa, ich ergreife seine Hand und drücke sie fest. Während wir also Hand in Hand mitten in der Weihnachtsdekoration sitzen, die flackernden Kerzen betrachten und der Musik lauschen, die jetzt auch noch Onkel Georg in das Familienbild bringt, das ich den ganzen Abend vor Augen hatte, da muß ich schluchzen.

»Onkel Georg«, will ich erklären, aber Paul bringt mich zum Schweigen.

»Ich weiß schon! Bleib einfach hier sitzen. Wir haben viel Zeit.«

Viel Zeit – wozu? hätte ich fragen können, aber ich lehne mich nur gehorsam zurück. Bleibe ganz still sitzen und spüre die Welt, wie es, laut Paul, gemäß der pseudointellektuellen Populärwissenschaft möglich sein soll.

Kurz darauf bewegt Paul sich. Greift neben sich nach der Bibel, die ich schon vorher bemerkt hatte.

»Ich möchte gern ein bißchen für dich lesen«, sagt er und räuspert sich einmal kurz.

»Es begab sich aber zu der Zeit, daß ein Gebot von dem

Kaiser Augustus ausging, daß alle Welt geschätzt würde. Und diese Schätzung war die allererste und geschah zur Zeit, da Cyrenius Landpfleger in Syrien war. Und jedermann ging, daß er sich schätzen ließe, ein jeglicher in seine Stadt. Da machte sich auf auch Joseph aus Galiläa, aus der Stadt Nazareth, in das jüdische Land zur Stadt Davids, die da heißt Bethlehem, darum daß er von dem Hause und Geschlechte Davids war, auf daß er sich schätzen ließe mit Maria, seinem vertrauten Weibe, die war schwanger. Und als sie daselbst waren, kam die Zeit, daß sie gebären sollte. Und sie gebar ihren ersten Sohn und wickelte ihn in Windeln und legte ihn in eine Krippe; denn sie hatten sonst keinen Raum in der Herberge ...«, liest er, und seine Stimme bekommt Mutters Ton, und ich denke an sie, wie sie einmal war und wie sie vielleicht hätte werden können, und ich sehe sie vor mir in einem vornehmen Restaurant in Trastevere oder in einer engen, nach vorn drängenden Menschenmenge auf dem Petersplatz, in dem Wunsch, gesegnet zu werden. Von der Liebe oder von dem Leben selbst.

Als er das Buch zugeklappt hat – eine große, ledereingebundene Bilderbibel mit Golddruck! –, will er singen. Und auch wenn ich mich anfangs dagegen wehre, endet es schließlich damit, daß ich etwas heiser in »Stille Nacht« einfalle, auch wieder so ein Lied, das zu Tränen rührt.

Wieder ist das Timing perfekt, denn als wir mit der letzten Strophe zu Ende sind, sind die kleinen Kerzen auf dem Baum fast abgebrannt.

»Geschenke!« Paul reibt sich gut gelaunt die Hände, und ich muß hinaus und meine bescheidenen Geschenke für ihn holen, die vor dem poetischen Hintergrund des Abends noch prosaischer erscheinen als zu dem Zeitpunkt, als ich sie gekauft habe. Wenn ich sie doch wenigstens noch mal eingepackt hätte – statt sie in dem leicht wiedererkennbaren Geschenkpapier des Kaufhauses zu lassen.

»Ach, das ist nichts Besonderes!« sage ich und lege sie ihm in den Schoß. Aber Paul ist süß und entgegenkommend – sicher war er klug genug, seine Erwartungen nicht zu hoch zu schrauben, denn er lacht über die Boxershorts und die Spaghettimaschine.

»Danke schön«, küßt er mich, »auch wenn es etwas egofixiert ist!«

»Egofixiert?«

»Nun, ich gehe davon aus, daß du denkst, du wirst es sein, die sowohl meine selbstgemachten Spaghetti serviert bekommt als auch meinen scharfen Hintern hierin sehen wird!« erklärt er und hält die Shorts hoch.

»I can hardly wait«, verdrehe ich die Augen. Und das ist nicht einmal gelogen. Ich sehne mich nach ihm. Danach, ihm für diesen fragilen Heiligabend zu danken.

»Aber zuerst kriegst du dein Weihnachtsgeschenk!« sagt er, und an seiner Stimme und seinem angespannten Gesichtsausdruck kann ich erkennen, daß das für ihn der Höhepunkt des Abends ist. Auf den er hingearbeitet hat. Und das macht mich nervös und ein wenig ärgerlich – daß ich mich wieder einmal nach seinen Erwartungen richten soll. Hinzu kommt, daß ich keine Ahnung habe, was er sich hat einfallen lassen Das kann im Prinzip alles sein, von einem Hundebaby bis zu Abfahrtsskiern. Oder – was ich annehme – französischer Seidenunterwäsche.

»Hier!« sagt er und legt ein kleines flaches, viereckiges Päckchen, das er unterm Sofa hervorgezogen hat, vor mich hin. Eingepackt in Goldpapier, natürlich, zusammengehalten von grünem Tüll.

»Schön«, stelle ich erneut fest, während ich vorsichtig auspacke. Es ist ein bläuliches Samtetui, und ich muß schnell Paul ansehen und ein skeptisches »Nein!« loswerden, bevor ich mich traue, es zu öffnen.

Doch. Es funkelt und blitzt, als ich es öffne. Und auch

wenn ich schon ahnte, daß wir auf dem Weg in die Schmuckabteilung sind, hätte ich nicht verblüffter sein können, wenn ein Troll aus der Schachtel gesprungen wäre.

»Aber das ist nicht echt, oder?« flehe ich, doch Paul nickt mit den Augen, die ebenfalls zu funkelnden Sternen geworden sind.

»Aber Paul!« seufze ich verzweifelt und schaue den Schmuck an. Oder die Schmuckstücke. Eine Kette, ein Armband und zwei große Ohrringe mit weinroten, tropfenförmigen Steinen. »Was soll ich damit machen?«

»Es zum Beispiel tragen!« lächelt er. »Das ist von meiner Großmutter mütterlicherseits.«

»Dann hast du es jedenfalls nicht gekauft?« stelle ich erleichtert fest, was Paul zum Lachen bringt.

»Nein, Tes, das habe ich nicht! Zwar verhalte ich mich manchmal wie ein Penner, aber so hoch ist meine Kreditwürdigkeit nun doch nicht!«

»Und was ist das?« frage ich ehrfürchtig. Bereits von so viel Reichtum überwältigt.

»Das sind Rubine und Brillanten. Meine Großmutter bekam es um neunzehnhundertfünfundzwanzig als Liebesgabe von einem russischen Großfürsten in Paris. Er hatte es aus seiner Heimat mitgebracht – es war Teil seines Fluchtkapitals –, und meine Großmutter behauptete immer, daß es bei Fabergé gefertigt worden war. Aber das kannst du ja überprüfen lassen.«

»Was ist es wert?« frage ich weiter.

Paul lächelt leicht.

»Willst du es denn verkaufen?«

»Nein! Ich will es gar nicht haben! Es ist viel zuviel für mich!« Ich lasse den Deckel zuklappen und will ihm die Schachtel zurückgeben. »Wo hast du das denn her? Deiner Mutter gestohlen?«

»Keine Sorge, das habe ich geerbt. Meine Großmutter hat

mich sehr geliebt.« Paul öffnet das Etui wieder und nimmt die Kette in die Hand. »Sie ist gestorben, als ich zwölf war – hat übrigens sehr ärmlich in Vesterbro gelebt –, und meine ganze Kindheit hindurch hat sie von dem Schatz gefaselt, den sie in einem geheimen Bankfach hätte. Mutter hatte auch davon gehört, als sie noch ein Kind war, aber sie war der Meinung, es wäre entweder eine Lüge, oder Großmutter hätte es schon vor langer Zeit verkauft oder verpfändet.« Paul lächelt in sich hinein.

»Sie war eine ziemlich schillernde Person, meine Großmutter, und sie erzählte gern irgendwelche tollen Geschichten; je älter ich wurde, um so phantastischer wurden die Geschichten und um so französischer wurde ihr Dänisch. Zum Schluß, als sie leicht alkoholabhängig und senil war, war ich der einzige, der ihr noch zuhören mochte. Und die Geschichte von dem russischen Großfürsten und ihrem Schatz war natürlich eine meiner Lieblingsgeschichten, weshalb ich immer wieder um Wiederholung bat. Als sie starb, stellte sich heraus, daß sie ein Testament zu meinen Gunsten geschrieben hatte. Phillip wollte sich fast totlachen, aber nur bis zu dem Tag, als der Notar und Vater das Bankfach öffneten. Denn da lag er – Großmutters Schatz.«

Paul hält den Schmuck gegen das Licht und lächelt.

»Gute Geschichte!« erkläre ich, unsicher, ob ich ihm glauben soll oder ob das Ganze nicht ein herber Weihnachtsjoke ist. Vielleicht hat der ganze Krempel ja nur 98,50 in Daells Vareskur gekostet.

Paul nickt.

»Ja, die Geschichte hat mich oft in meiner trüben Jugend getröstet. Jedesmal, wenn Phillip mich verprügelt, gedemütigt oder mir mein Mädchen ausgespannt hat. Dann konnte ich immer hochgucken und Großmutter auf einer Wolke mir zuwinken sehen. Äußerst zufrieden damit, daß sie uns alle angeschmiert hatte!«

»Entschuldige, aber was hat deine Großmutter eigentlich gemacht?« frage ich und hätte es mir schon selbst denken können.

»Sie war eine professionelle Maitresse. Sie war sehr schön, und ihre Schönheit war ihr einziges Kapital, um aus dem Dreck rauszukommen. Angefangen hat sie als Tänzerin – in so einem Etablissement hat der Großfürst sie gefunden –, und er hat sie einige Jahre ausgehalten. Sie hat immer gesagt, daß er ihr Geliebter war, ›mon amour, Igor‹, und in den Jahren mit ihm fehlte es ihr an nichts. Sie war extravagant und teuer, ich sehe sie immer auf eine Chaiselongue drapiert vor mir, aber das lief nur so lange, bis der Großfürst pleite war, in den Bois de Boulogne fuhr und sich dort erschoß.«

»Was für eine phantastische Geschichte!« werfe ich erneut mit skeptischem Sarkasmus ein.

»Ja, und sie geht noch weiter. Denn mit Igors Tod wurde meine Großmutter wieder von einem Tag auf den anderen arm wie eine Kirchenmaus. Ihr wurde alles weggenommen – es gehörte ja ihm und damit seinen Gläubigern –, also stand sie im wahrsten Sinne des Wortes auf der Straße, in der Hand einen Koffer mit Kleidung und …«

»… einem Etui mit Juwelen!« werfe ich ein.

»Genau! Einem Etui mit Juwelen, das sie in einer ausgehöhlten Bibel versteckt hatte. Die wollten sie ihr zumindest nicht wegnehmen!« lächelt Paul. »Nun ja, aber dennoch war sie in einer schrecklichen Situation. Dreißig Jahre war sie alt – und das ist für eine Tänzerin und Maitresse ziemlich alt. Also konnte sie nur eines tun – ›die Perle‹ verkaufen, eine große Perle an einer Hutnadel, die auch übersehen worden war, weil sie im Hut steckte. Und damit quartierte sie sich in einer billigen, verlausten Pension ein. Sie überlegte, ob sie Gift nehmen solle, aber nach einer Woche stand sie doch wieder auf und war bereit, ums Überleben zu kämpfen. Und es vergingen auch wirklich nur ein paar Monate, bis sie ihre Krallen in einen wohlgenährten dänischen Großhändler schlagen konnte, dem sie den Kopf so sehr verdrehte, daß er sie mit sich nach Dänemark nahm. Natürlich war Christiansen auch verheiratet, und bereits im Zug nach Norden bekam er kalte Füße, aber da war es zu spät, denn da war Großmutter schon schwanger. Und«, erklärt Paul, moralisch seinen Kopf schüttelnd, »das war auch etwas schäbig von ihr gewesen. Denn sie wußte ganz genau, wie sie eine Schwangerschaft hätte verhindern können. Aber sie brauchte eine Leibrente – und wie sie behauptete, hatte sie außerdem den Wunsch nach einem Kind.«

»Deine Mutter?« frage ich.

Paul nickt.

»Ja, Mutter. Sie ist also, so gern sie das auch verdrängen möchte, ein echtes Hurenkind. Zwar eins der ersten Klasse, denn auch wenn Christiansen Igor nicht bis an die Manschettenknöpfe reichen konnte, war er doch so anständig, daß er – ordentlich – für seine uneheliche Tochter bezahlte und sie auch ziemlich oft in der Wohnung in der Bredgade besuchte, wo er sie untergebracht hatte. Dank ihm und seinen germanischen Verbindungen kamen sie mit heiler Haut durch den Krieg – und wundersamerweise hatte Christiansen auch danach keine Probleme, obwohl ich der Meinung bin, diese Verbindungen hätte man mal genauer untersuchen müssen. Dafür starb er, ein erneuter sozialer Abstieg für meine Großmutter. Aber da er die Vaterschaft juristisch anerkannt hatte, bekam meine Mutter ihr Pflichterbe – zur Empörung der Großhändlerfamilie. Während also Großmutter in eine Zweizimmerwohnung in einem Hinterhof in Vesterbro ziehen mußte und von dem lebte, was sie beiseite hatte legen können, verließ ihre Tochter das sinkende Schiff und zog zu ein paar vornehmen Schulfreundinnen, wurde Studentin und ging auf die Handelsschule. Dort lernte sie Vater kennen. Einen unsicheren Jungen aus Viborg, der die Regeln der Kopenhagener feinen Kreise nicht kannte und dem es vollkommen egal war, daß die Vergangenheit seiner Verlobten einige Flecken aufwies. Er war bis über beide Ohren verliebt, und wenn ich ihn irgendwie doch ein bißchen mag, dann deshalb. Er hat jedenfalls aus Liebe geheiratet, und ich bin mir nicht sicher, daß man das von meiner Mutter auch behaupten kann.«

Paul schiebt die Unterlippe vor, verloren in seinem Familiengemälde.

»Warum hast du mir das nie erzählt?« frage ich.

»Man soll nicht alle Schränke gleichzeitig öffnen!«

»Und warum darf ich dann keine Geheimnisse für mich behalten?« frage ich.

»Das ist was anderes!« sagt er und hält mir die Halskette hin. »Darf ich dich damit sehen?«

»Ja«, nicke ich zögernd.

»Aber du sollst ganz nackt sein. Ich will die Rubine auf deiner Haut sehen«, erklärt er in gedämpftem Ton, der fast in Flüstern übergeht und schließlich in ein heiliges Schweigen, als er mich auszieht.

Zunächst bin ich steif und widerspenstig – aber meine Stimmung an diesem Abend war schon vorher so unsicher, daß er mich schnell auch in dieses Spiel hineinlockt. Während meine Brustwarzen sich aufrichten und mein Schoß sich entspannt, füllt sich mein Bewußtsein mit Bildern von einer anderen Zeit. Und als ich ganz nackt bin und er die Ohrringe an meinen Ohrläppchen befestigt, das Armband um mein Handgelenk legt und schließlich meine Haare hochhebt, damit er die Kette um meinen Hals legen kann, bin ich ein Gemälde oder ein Märchen. Seine französische Großmutter auf einer Chaiselongue mit ihrem russischen Verehrer über sich.

»Paul!« schreie ich und kämpfe verzweifelt, um an seine Haut unter dem Hemd zu kommen, als er mich hochhebt und in mich eindringt. Blitzschnell geht es, dann spaltet das Bild sich in Atome, und ich spüre die Explosion wie ein Echo, das in meinem tiefsten Inneren widerhallt. Ich weiß nur, diesmal war es anders. Kosmisch, überirdisch, Urgestein.

»Tes«, flüstert er viel später. »Bist du da?«

»Ich weiß nicht«, sage ich und öffne meine Augen, blicke ihn an. In seinen Augen schimmert Wasser.

»Warum weinst du?« fragt er.

Ich lächle angestrengt.

»Aber du bist es doch, der weint!« Und dann spüre ich, wie eine Träne aus meinem Auge rinnt, die rechte Wange hinunter. Paul küßt sie fort.

»Es ist irgendwas passiert«, murmle ich belegt. »Vielleicht war das deine Großmutter. In Zukunft müssen wir es immer mit Rubinen machen!«

»Sie stehen dir gut«, sagt er, kniet sich hin und betrachtet mich. »Du siehst aus wie ein Gemälde eines flämischen Meisters.«

»So fühle ich mich auch. Darf ich eine rauchen?«

Paul holt seine Zigaretten und seinen Bademantel für mich und kommt mit zwei Gläsern Cognac wieder aufs Sofa. Nimmt die Fernbedienung für seine B&O-Anlage und läßt erneut Verdis Requiem spielen.

»Warum hat deine Großmutter den Schmuck nie verkauft?« frage ich, als wir eine Weile rauchend und trinkend dagesessen haben.

»Zunächst einmal war sie in ihrer ganzen Skrupellosigkeit ziemlich romantisch. Die Erinnerung an Igor, den sie wirklich als die Liebe ihres Lebens ansah, hielt sie den Rest ihres Lebens aufrecht, und es hätte ihr das Herz gebrochen, wenn sie sein Geschenk hätte verkaufen sollen. Ihr ›Schatz‹, das war ihre Identität. Und gleichzeitig ihr Katastrophenkapital – die Reserve für die äußerste Not. Und so weit kam es nie – oder sie wollte nicht zugeben, daß es so weit gekommen war –, daß sie ihre Wertgegenstände hätte veräußern müssen.«

»Und du?«

»Ich?« Paul sieht mich verständnislos an.

»Ja, hast du nie mit dem Gedanken gespielt, ihn zu verkaufen?«

Paul schüttelt heftig den Kopf.

»Nein! Ich bin nämlich auch ziemlich romantisch, wenn du das noch nicht gemerkt haben solltest. Außerdem kann ich ihn gar nicht verkaufen. Jedenfalls nicht, ohne die alte Hexe zu betrügen.«

»Wieso nicht?«

Paul schaut mich an. Wie ein Akrobat, der auf absolute Ruhe wartet, bevor er seine halsbrecherische Nummer zeigt, wartet er meine absolute Aufmerksamkeit ab.

»Sie hatte eine Bedingung gestellt«, sagt er dann. »Ich sollte den Schmuck meiner Geliebten schenken, der Liebe meines Lebens, an unserem Verlobungstag!«

Ich fliege in freiem Fall, das Blut verläßt die Wangen, die Ohren sausen, und ich fasse ins Leere, als ich instinktiv nach vorn greife. »Verlobungstag?« wiederhole ich japsend. Und in der Sekunde weiß ich es. Ich bin schwanger. Ich bin schwanger von Paul.

Zweiter Teil

Es ist erst sechs, als ich aufwache und das unangenehme Gefühl habe, die ganze Nacht einen Alptraum gehabt zu haben. Ich schalte den Halogenspot an, drehe mich zu Paul, und als ich ihn im Schlaf sehe, fällt mir der Traum ein: Zwei uniformierte Männer führen mich schreiend und um mich tretend ab, werfen mich in eine Zelle und schließen mich ein, während Paul auf der anderen Seite der Gitter steht und mich unergründlich anlächelt. Aus irgendeinem Grund ist er ganz in Weiß, trägt einen Strohhut und hat einen kleinen, silberbeschlagenen Stock in einer Hand. Wie ein Flaneur aus dem vorigen Jahrhundert.

Ich sinke zurück, will die Übelkeit hinunterschlucken, die wie die überflüssige Zugabe zu einem glasklaren Traum in meinem Hals aufsteigt. Ich mache die Lampe wieder aus und stehe lautlos in der Morgenfinsternis auf, schleiche mich ins Badezimmer, schließe die Tür und suche nach der kleinen Schachtel in meiner Kulturtasche. Meine Finger zittern, als ich sie öffne, und ich muß die Gebrauchsanweisung mehrere Male lesen, bevor ich bereit bin. Dann fange ich an – pinkle in den Deckel, sammle ein paar Tropfen Urin mit der Pipette und träufle sie in das eine Röhrchen, das ich in die Schachtel neben das andere zurückstelle. Dann heißt es warten. *Falls* – wird die Flüssigkeit innerhalb von zehn Minuten die Farbe wechseln, und nach einer halben Stunde ist das Resultat sicher. Ich gehe hinaus und hole die Zeitung, gehe wieder ins Badezimmer und setze mich aufs Klo, während ich versuche, mich auf die Schlagzeilen zu konzentrieren. Rußland ist zum Jahreswechsel offiziell zur Marktwirtschaft übergegangen, in Moskau herrschen zwanzig Grad minus, und vor den Volksküchen, die Kohlsuppe an die Armen austeilen, sammeln sich die Schlangen der Hungernden. Ein westdeutscher Lebensmitteltransport ist überfallen worden; ein Dichter hat in St. Petersburg Selbstmord begangen. Und in Jugoslawien haben sie sich bald alle gegenseitig auf barbarischste Weise umgebracht.

Ich lese das alles – während meine Gedanken die ganze Zeit bei dem Röhrchen mit der Flüssigkeit sind, die möglichst klar wie destilliertes Wasser bleiben soll. Aber bereits nach den ersten fünf Minuten zwinge ich mich hinzugucken und sehe einen schwachen purpurroten Schimmer; nach einer unendlich langen Viertelstunde gibt es keinen Zweifel mehr. »Positiv!« steht in Flammenschrift auf den weißen Badezimmerfliesen. »Positiv!« schreit die Handbrause. »Positiv!« gurgelt das WC-Becken, als ich spüle, nachdem ich mich übergeben habe.

Dann ziehe ich mich an und gehe zur Arbeit, ohne Paul zu wecken, was ich sonst immer tue. Setze nur den Kaffee auf und schreibe einen feigen Guten-Morgen-Zettel. »Du hast so schön geschlafen, bis bald. Deine T.«

Der Winter ist eigentlich mild, auch dieses Jahr, aber ausgerechnet an diesem Morgen liegt der Nachtfrost wie Schorf auf den Wasserpfützen und läßt meine Finger bereits in den wenigen Sekunden, die ich brauche, das Fahrradschloß zu öffnen, steif werden. Ich fahre jetzt mit dem Fahrrad zur Arbeit. Das ist ein Teil meiner Neujahrsvorsätze – stay fit. Seit Weihnachten habe ich also gejoggt, bin geschwommen und radgefahren wie eine Verrückte, habe ein Kilo abgenommen und festere Schenkel bekommen, aber das, von dem ich seit der Empfängnis sicher war, daß ich es in mir berge, habe ich nicht austreiben können. Ein instinktives Gefühl, das verblüffend schnell von ganz konkreten Zeichen bestätigt wurde – schwere Brüste, der Drang, zu pinkeln, und eine Übelkeit, die fast den ganzen Tag über anhält.

Vielleicht wäre es mir gar nicht aufgefallen oder ich wäre zumindest in der Lage gewesen, es mit Hormonschwankungen oder Streß wegzuerklären, wenn ich es nicht schon einmal erlebt hätte. Und wenn nicht Paul gewesen wäre, der mich auch in diesem Punkt sehr genau beobachtet.

»Sag mal, bist du über die Zeit?« fragte er vor knapp zwei Wochen.

»Ein paar Tage«, antwortete ich ausweichend, und als er nach weiteren drei Tagen das Thema wieder aufgriff, hielt ich einen längeren Vortrag über die neuen Ultraniedrigdosis-Pillen, die ich jetzt nehme. »Die können zu Blutungsstörungen führen, bis man sich an sie gewöhnt hat«, erklärte ich mit aufgesetzter Autorität. Paul sah mich forschend an und schlug vor, diesen Pillenzirkus zu beenden.

»Und was ist die Alternative?« fragte ich kampfbereit. Es hat mich schon immer geärgert, daß es kein vernünftiges Verhütungsmittel für Frauen gibt.

»Gummi, Pessar, Spirale – nichts«, antwortete er und zuckte mit den Schultern, als wäre das nicht so wichtig.

»Nichts?« wiederholte ich. »Du meinst, unterbrechen, kombiniert mit sicheren Phasen?«

»Ich meine *nichts*«, betonte er. »In sechs Wochen bin ich arbeitslos, da brauche ich eine Beschäftigung.«

»Du kannst ja meine Blumen gießen!«

»Nein, nun mal ganz ernsthaft. Für mich wäre das keine Katastrophe. Ich würde mich riesig freuen!«

Nach dieser Mitteilung ist es für mich einfach unmöglich, ihm meine Gefühle mitzuteilen. Aber da mein Körper sein Instrument ist, wie er selbst behauptet, hat er sich in letzter Zeit mehrfach darüber gewundert. Vor allem über den Marilyn-Monroe-Busen, den ich als prämenstruell definiere, und er hat mich ein paarmal nachts erwischt, als ich zum Pinkeln hoch mußte.

»Bist du sicher, daß du keinen Test machen willst?« fragte er vor einigen Tagen.

»Warum denn?« fuhr ich ihn an.

»Weil du anders aussiehst. Dein Blick ist anders geworden.«

»Verflucht, das ist er nicht!« fauchte ich, um jegliche Form der Romantisierung der »schwangeren Frau« von mir abzuschütteln. Aber ich bin nicht mehr achtzehn, und etwas habe ich doch seit dem letzten Mal gelernt. Zum Beispiel rechtzeitig zum Arzt zu gehen. Je eher, um so besser.

Deshalb habe ich gestern den Test gekauft, zusammen mit Nasentropfen, Vitamintabletten und Heftpflaster, damit er nicht offen auf dem Tresen liegen und mich verraten würde. Es genügte, daß die Apothekenhelferin sich bemüßigt fühlte, eine längere Belehrung über die Vor- und Nachteile des einen Tests gegenüber dem anderen von sich zu geben – die ganze Apotheke als interessiertes Auditorium dabei. Das einzige, was eigentlich noch fehlte, war, daß der General zur Tür hereingerauscht wäre.

Dann würde er endgültig seine Hand von mir abziehen und mich in seinem kleinen schwarzen Buch streichen – wenn das nicht schon vor langer Zeit passiert ist. Möglicherweise in Verbindung mit Pauls spektakulärer Kündigung/seinem Rausschmiß, worauf ein Diskussionsbeitrag folgte, den er die Weihnachtstage über geschrieben hat. Der Artikel, der in »Ekstra Bladet« auf einer ganzen Seite unter der Spaltenüberschrift »Der häßliche Führer« gedruckt wurde, war ein ausschweifendes, gehässiges Portrait eines kleinen, machtgierigen Menschen in einem großen Körper. »Wir kennen ihn alle, den regionalen Napoleon. Ihn, dessen wichtigste Eigenschaft darin besteht, Angst und Schrecken zu verbreiten. Ihn, der jeden Anflug von Kreativität und neuem Denken unterbindet, weil das seine eigene Mittelmäßigkeit entlarven würde. Kein Wunder, daß die Organisation langsam versandet, die Mitarbeiter an Feuer verlieren und die Konkurrenz sie überholt ...«

Es wurden keine Namen genannt, aber das Ziel war deutlich. Auch für *himself*, der sofort Paul zu sich zitierte – begleitet von einem Kollegen des Personalrats – und ihm im Laufe dieses Gesprächs fristlos kündigte. Auf der Stelle! Der Mensch vom Personalrat protestierte zwar mit Hinweis auf die Meinungsfreiheit der Mitarbeiter, und Paul fragte, ob der General sich denn getroffen fühle: »Bist du denn ein machtgieriger Napoleon?« Leider mußte das Personalratsmitglied lachen, und das war zuviel. Der General, der sich die ganze Zeit um Fassung bemüht hatte, verlor die Beherrschung und ging auf Paul los, so daß der Mann vom Personalrat sich dazwischenwerfen mußte und die Sekretärin auf den Flur stürzte und um Hilfe rief. Die Situation wurde genauso peinlich für den General, wie Paul es geplant hatte. Der General schwor, außer sich vor Wut, daß er persönlich dafür sorgen werde, daß Paul nie wieder einen Auftrag bekäme. Nirgends!

»Du bist fertig, Paul Weber!« schrie er mit blutunterlaufenen Augen und Schaum in den Mundwinkeln, als Paul mit einem halb abgerissenen Jackenärmel aus seinem Büro ging.

Das ist Pauls Schilderung, und der Mann vom Personalrat bestätigt alles. Am Tag darauf sah der General seine Dummheit ein; er mußte sich zu einem Kompromiß durchringen. Paul akzeptierte die Kündigung unter der Bedingung, daß er seine dreimonatige Kündigungszeit plus alle noch nicht vergüteten Überstunden bezahlt bekam. Ein Triumph für Paul, aber seitdem hat mein oberster Chef mich nicht mehr gegrüßt.

Die Uhr zeigt erst Viertel nach sieben, als ich in die Østerbrogade einbiege und mich unter die ersten, gut eingepackten Radfahrer mische. Wir sind viele, und wir treten kräftig in die Pedale, weil es kalt ist und weil wir es eilig haben. Mir gefallen diese Morgenfahrten gut, ich mag diese entschlossene, energische Stimmung, während wir unsere Batterien aufladen, den Körper in Schwung bringen.

Eine Mutter rollt neben mich, als wir am Strandboulevard bei Rot halten müssen. Sie hat zwei kleine bunte Michelin-Kinder auf dem Rad, eins vorn, eins hinten, und einen Rucksack auf dem Rücken. Das kleine hinten schläft mit schief hängendem Kopf und Schnuller im Mund, das große guckt aus einem Spalt in der Elefantenhaut. Entdeckt mich und starrt mich neugierig mit großen, braunen Augen an. Ich probiere unsicher ein kleines Lächeln – und versuche, das Alter zu erraten. Ist es drei, vier oder fünf?

Seine Mutter fährt bereits bei Gelb an, so daß sie vor mir losfahren. Aber dann guckt es an ihrem vorgebeugten Körper vorbei und winkt mir mit seiner Handschuhhand zu. Ich winke zurück und verliere erst den Kontakt zu ihm, als sie bei der ersten Seitenstraße abbiegen. Hinterher wundere ich mich – ich kann mich nicht daran erinnern, jemals mit einem Kind geflirtet zu haben.

Dampfend und außer Atem komme ich beim Sender an – nachdem ich mich einmal in die Büsche übergeben habe – und stoße vor der Glastür mit Ras zusammen, dessen Dienst bereits um acht Uhr anfängt.

»Schon so früh?« bemerkt er, und ich leiere sofort geschäftsmäßig die Schlagzeilen des Tages herunter und welche Geschichten ich zu verfolgen gedenke.

»Immer mit der Ruhe, Tes! Zuerst Kaffee und einen Kopenhagener, dann ein paar Zeitungen und eine Pfeife, und dann können wir mit der Arbeit anfangen! Und wenn du Kaffee kochst, hole ich die Kopenhagener.«

Ras ist immer noch etwas peinlich berührt wegen des Weihnachtsessens, um ihn also nicht zu verletzen, muß ich seine Einladung annehmen.

»Machst du eine Schlankheitskur?« fragt er mit einem Blick auf meinen übriggelassenen halben Kopenhagener, als ich den Teller wegschiebe.

Ich nicke, während die gegessene Hälfte in meiner Speiseröhre auf und ab rutscht und groteske, glasierte Dimensionen annimmt. Mit dem Kaffee geht es sonderbarerweise besser, aber als er seine Pfeife anzündet, muß ich mich mit der Entschuldigung, dringend telefonieren zu müssen, zurückziehen.

Ich telefoniere wirklich – rufe meine Ärztin an und bitte um einen Termin. Sobald es geht.

»Worum dreht es sich?« fragt die Sekretärin, und ich antworte kurz, daß ich das nicht sagen möchte. Dafür hat die Sekretärin weder heute noch morgen einen Termin frei.

»Es ist äußerst wichtig!« beharre ich.

»Das sagen sie alle«, seufzt die Sekretärin. »Dann kommen Sie um halb zwei.«

Es ist nicht einfach, sich um diese Uhrzeit davonzuschleichen, aber ich erfinde »eine Verabredung mit einer Quelle in der Stadt« und verlasse um ein Uhr das Haus. Damit gelingt es mir auch noch, einem Anruf von Paul auszuweichen, der sonst mindestens zweimal am Tag anruft, »um meine Stimme zu hören«. Er will es nicht zugeben, aber er langweilt sich, obwohl er mittlerweile seine bezahlte Freizeit dazu nutzt, Bernstein & Woodward zu spielen, die ins »Güllegate« tauchen. Er ist fast fertig mit seinen Recherchen und hat jetzt angefangen, das Buch der Bücher zu schreiben, das die Spitzen der Landwirtschaft dazu bringen wird, »sich in die Hosen zu scheißen«.

Die ältere Sprechstundenhilfe begrüßt mich mit zusammengekniffenem Mund und bittet mich, im Wartezimmer Platz zu nehmen, wo bereits zwei ältere Leute sitzen. Ein ungemein fetter, alter Mann mit rasselndem Atem und einem Stock zwischen den Beinen und eine alte Frau mit zu Berge stehenden Haaren und geschwollenen Beinen. Ich hole die »Moscow News« aus der Tasche und fange an zu lesen, werde jedoch von der laut redenden Sprechstundenhilfe gestört, die hereinkommt und den alten Mann holt, um seinen Blutdruck zu messen. »Ja, und jetzt einmal aufstehen, Herr Jensen! Ja, so geht es!« Der Alte erhebt sich schnaufend und stöhnend und stützt sich auf den Arm der Sprechstundenhilfe, während sie aus dem Wartezimmer stapfen.

»Nein, nein, es ist nicht leicht, alt zu werden«, erklärt die Frau, während sie ihnen nachblickt und mich dann vorwurfsvoll ansieht, als wäre es meine Schuld. Sie stützt sich auch auf einen Stock, als sie aufgerufen wird, und somit bin nur noch ich übrig. Ich bin unruhig, stehe auf und gehe zum Fenster, wo ich in Augenhöhe mit einem kleinen, flinken Vogel auf einem kahlen Baum bin. Das erinnert mich an den Jungen von heute morgen, und ich muß lächeln, als mir sein erhobener Fäustling wieder einfällt.

»Therese Skårup!« ertönt die Stimme der Ärztin hinter mir, und ich drehe mich um, nehme meine Tasche und gehe vor ihr ins Sprechzimmer.

»Ja, bitte?« sagt sie auffordernd hinter ihrem Schreibtisch, als ich mich gesetzt habe.

»Ich fürchte, ich bin schwanger«, sage ich und treffe ihren Blick hinter den klaren Brillengläsern. Sie hat einen jugendlichen, geföhnten Pagenschnitt und ein leicht rundes Gesicht, aber nach ihrer handfesten Ausstrahlung zu urteilen, würde ich sie dennoch auf mindestens fünfundvierzig schätzen.

»Haben Sie selbst einen Test gemacht?« fragt sie.

»Positiv«, nicke ich.

»Aber Sie nehmen doch die Pille?« sagt sie, meine Karte studierend.

»Ich habe ein paar vergessen. Mein Leben ist in letzter Zeit ziemlich hektisch gewesen«, entschuldige ich mich wie ein unzuverlässiger Teenager.

»Dann wollen wir mal sehen!« sagt sie und bittet mich, »sich unten freizumachen und auf dem Untersuchungsstuhl Platz zu nehmen«.

Was ich auch tue, aber sie muß mich mehrere Male bitten, mich zu entspannen, während ich mit den Beinen in den Stützen liege – eine Stellung, die ich verabscheue –, bevor sie mich untersuchen kann.

»Entspannen Sie sich!« sagt sie erneut, während sie herumtastet und fühlt. »Doch ja«, sagt sie schließlich. »Ihre Gebärmutter ist bereits deutlich vergrößert, und Sie haben auch schon die richtige violette Farbe in der Scheide. Herzlichen Glückwunsch!«

»Vielen Dank!« murmle ich und wische mich mit dem Papier ab, das sie mir reicht, nachdem sie sich die Handschuhe abgestreift hat.

»Wann war der erste Tag Ihrer letzten Menstruation?« fragt sie, als wir wieder einander gegenübersitzen, den Schreibtisch zwischen uns.

»Am zehnten Dezember«, erkläre ich, während die Ärztin eine Drehscheibe aus der Schublade zieht.

»Zehnter Dezember?« wiederholt sie und dreht die Scheibe. »Dann sind Sie nach medizinischen Maßstäben in der sechsten Woche und haben den Termin um den sechzehnten September. Aber das ist nicht einfach, das ganz genau zu bestimmen, weil Sie die Pille genommen haben.«

»Aha«, sage ich.

»Sie sind nicht sonderlich begeistert?« fragt sie und legt Drehscheibe und Kugelschreiber auf den Tisch.

»Nicht direkt«, sage ich.

»Warum nicht?« fährt sie fort.

»Zum einen bin ich mir gar nicht sicher, ob ich überhaupt ein Kind haben will. Und zum anderen auf jeden Fall nicht jetzt, und zum dritten lebe ich in keiner festen Paarbeziehung. Nicht direkt.«

»Dann wollen Sie das Kind also nicht behalten?« fragt sie in einem Ton, den ich unnötig tendenziös finde.

»Nein.«

»Das müssen Sie natürlich mit sich selbst und Ihrem Partner ausmachen. Aber«, sagt die Ärztin und beugt sich wieder über meine Karte, »es ist sozusagen meine ärztliche Pflicht, Sie darauf aufmerksam zu machen, daß eine Abtreibung kein ganz risikofreier Eingriff ist. Es gibt immer ein gewisses Risiko der Infektion und der Sterilität – und die wird mit der Anzahl der Abtreibungen nicht geringer. Und Sie hatten ja schon mal eine.«

»Das ist mir klar«, sage ich kurz. Ich brauche keine Moralpredigten.

»All right, aber dann müssen Sie noch mal auf den Stuhl. Sie müssen auf Clamydia und Gonorrhoe untersucht werden – reine Routine«, sagt sie und schiebt die Brille hoch, als ich protestieren will.

Also wieder von vorn, und hinterher bin ich gezwungen, ihr erneut am Schreibtisch gegenüberzusitzen, während sie eine Überweisung fürs Krankenhaus ausschreibt.

»So! Die weitere Prozedur kennen Sie, nicht wahr?« sagt sie und schiebt das Formular in einen A5-Umschlag. »Aber!« sagt sie und beugt sich vor. »Ich kenne Frauen wie Sie gut genug, um zu wissen, daß sie nicht schwanger werden, wenn sie es nicht wollen. Ich denke, Sie sollten einmal mit Ihrem Unterbewußtsein darüber reden!«

Auf dem Weg hinaus muß ich die Tür für die nächste Patientin aufhalten. Eine frischgebackene Mutter mit ihrem winzig kleinen Baby. Mein Über-Ich ignoriert sie, aber mein Unterbewußtsein atmet den Duft eines Säuglings ein.

»Wie war deine Verabredung?« fragt Ras, als ich zurück zum Sender komme.

»Gut!« antworte ich und nehme begeistert den Stapel Telegramme entgegen, die er mir entgegenhält.

»Ich hätte gern fünfundvierzig Sekunden für Jelzin in Frankreich, und außerdem habe ich eine verdammt gute BBC-Reportage über die neureichen Moskowiter eingekauft, die du redigieren kannst.«

»Warum haben wir das nicht selbst gemacht?« frage ich, gieße mir einen Kaffee ein und nehme ein Stück Sahnekuchen. Die Übelkeit ist für heute vorbei, jetzt bin ich hungrig und durstig zugleich. »Wer hat den Kuchen ausgegeben?« frage ich.

»Der Wettclub. Sie haben hundertachtundvierzig Kronen auf einen Zehner gewonnen. Ich dachte, du machst eine Diät«, sagt er, während ich genüßlich kaue.

»Ich habe einen labilen Charakter«, lächle ich und wiederhole meine Frage. »Warum haben wir die Reportage nicht selbst gemacht? Und warum machen wir sowieso nicht viel mehr von der Straße? Ich habe gestern mit einer russischen Freundin gesprochen, und sie sagt, die Mafia hat überall die Daumen drauf! Inklusive westlicher Hilfslieferungen.«

»Nun, nun, junge Frau! Nicht so schroff!« mahnt Ras mich. »Ferdinand hat genug, um das er sich kümmern muß.«

»Du könntest ihm doch ein wenig Assistenz rüberschicken!« schlage ich vor und gehe in mein Büro.

Dort mache ich mich sofort an die Arbeit, selbstvergessen und stur, und der überwältigende Müdigkeitsanfall am Nachmittag wird mit Kaffee, Zigaretten und Adrenalin bekämpft. Mitten im schärfsten Sperrfeuer ruft Paul an: »Wo bist du den ganzen Tag gewesen?« Aber er akzeptiert es, mit viel Arbeit als Entschuldigung abgespeist zu werden. Er sagt, daß er etwas für mich kochen will – selbstgemachte Pasta –, und das ist in Ordnung.

Erst auf dem langen Radweg nach Hause denke ich wieder an meinen »Zustand« und den Besuch bei der Ärztin, dieser moralischen Schnepfe. Bei ihrer abschließenden Bemerkung über das Unterbewußte verweile ich nur kurz, schalte schnell um zum eigentlichen Problem bei der ganzen Sache: Paul. Gewisse rabiate Feministinnen älteren Jahrgangs wären vermutlich eiskalt in der Beziehung zu ihrem Partner, aber ich bin trotz allem der Meinung, daß er als Verursacher das Recht auf Information hat. Und das kann ebensogut heute wie morgen passieren.

Paul leidet zur Zeit, in der er die meisten Tagesstunden allein vor seinem Computer verbringt, an einer Form von Hausfrauensyndrom. Er redet und redet – darüber, was er in dem italienischen Spezialgeschäft erlebt hat, wo er Semouille und Pesto gekauft hat, von der Arbeit am Buch und über einen Beamten vom Umweltministerium, der ihm trotzdem helfen will – off the record. Deshalb habe ich erst bei Käse und Obst, die immer Pauls Menüs abschließen, die Gelegenheit, es ihm zu sagen.

»Ich war heute bei der Ärztin«, fange ich an, während ich mit dem Löffel eine halbe Kiwi aushöhle.

»Ja, und?« fragt er und hört auf zu kauen.

»Ja, du hattest recht. Ich *bin* schwanger.«

»Ist das wahr?« fragt er mit angehaltenem Atem.

»In der sechsten Woche.«

»Wahnsinn!« ruft er aus, und erst jetzt zeigt er das breiteste Lächeln der Welt. Von einem Ohr zum anderen, von einem Auge zum anderen. Er besteht nur noch aus einem großen, alles schmelzenden Lächeln. Er nimmt meine Hand, hält sie fest, während er wie ein Ballettänzer um den Tisch herumtänzelt und sich vor mir niederkauert, die Hände auf meinen Knien.

»Und es ist von mir?«

»Also, Paul! Natürlich ist es von dir!« sage ich und schaue seufzend zur Seite.

»Ja, und?« fragt er.

»Ich will es nicht haben!« schreie ich gellend.

Paul zieht ungläubig die Augenbrauen zusammen, und das Lächeln erlischt. Er steht auf und geht einen Schritt von mir weg.

Ich esse meine Kiwi zu Ende, während er hinter mir in der Wohnung herumläuft. Ein Feuerzeug klickt, Tabakwolken kommen heran. Frank Cessno, CNN INTERNATIONAL, wird mitten in einem Satz abgewürgt. Dann geht er in die Küche, setzt Wasser auf, füllt Kaffeepulver ein, klappert mit den Tassen, stellt sie aufs Tablett, gießt kochendes Wasser auf den Kaffee. Öffnet den Kühlschrank, holt die Milch heraus, gießt sie in eine Kanne – die mit dem Muschelmuster. Ein einziges Mal höre ich ihn seufzen, aber da ist er schon wieder auf dem Weg zu mir. Und dann stellt er das Tablett auf den Tisch, setzt sich mir gegenüber und serviert ruhig den Kaffee, wie immer. Schiebt mir die Packung Zigaretten rüber. Gibt mir Feuer, als ich mich vorbeuge.

»Okay«, sagt er dann. »Entschuldige. Laß uns noch mal von vorn anfangen. Du bist schwanger, und du möchtest das Kind wegmachen lassen ...«

»Warum sagst du das so?« fahre ich auf. »Die Ärztin wollte auch schon unbedingt ...«

»Psst!« heißt er mich mit einem Finger auf den Lippen

schweigen. »Darüber wollen wir ja reden. Aber wenn du es lieber anders definieren möchtest, dann sagen wir eben, daß du einen provozierten Abort vornehmen lassen willst.«

Meine Schultern verkrampfen, und ich rauche die Zigarette heiß. Fängt es jetzt wieder an wie Katze und Maus?

»Ja!«

Paul nickt wie ein ermunternder Pädagoge.

»Gut. Rein juristisch ist es ja dein Kind – entschuldige, dein Fötus –, aber wärst du trotzdem so lieb, mir zu sagen, *warum*?«

»Weil«, setze ich an und streife meine Asche ab, während ich die Argumente aneinanderreihe. Ökonomische, praktische, politische. Sogar ökologische. Gute, akzeptable Argumente, zu denen er nickt, so daß ich glaube, er versteht mich. Ist vielleicht sogar zum Teil meiner Meinung. Er läßt mich eine Ewigkeit reden, bis er mich schließlich rauh unterbricht.

»Warum willst du kein Kind mit mir haben, Tes?«

Ich schaue ihn an und sehe ein unrasiertes Gesicht in Grau und Schwarz.

»Paul«, murmle ich. »Darum geht es doch gar nicht, es ist doch nicht, weil du …«

»Worum geht es dann?«

»Nun sei doch nicht kindisch!« weise ich ihn zurecht. »Ich bin einfach nicht bereit dafür! Und vielleicht möchte ich gar kein Kind! Im Augenblick habe ich ganz und gar keine Lust, ein Kind zu kriegen!«

»Wozu hast du dann Lust?« fragt er.

Ich zucke mit den Schultern. Weiß, daß alles, was ich jetzt sage, ihn verletzen wird.

»Zum Beispiel habe ich Lust zu arbeiten«, werfe ich dahin und gieße mir noch einen Kaffee ein.

»Zum Beispiel hast du Lust, Korrespondentin in Moskau zu werden?«

»Ja, dazu habe ich riesige Lust. Und was ist bitte schön so falsch daran?« hacke ich trotzig zurück. »Das ist der Traum meines Lebens, und ich habe ihn fast in Händen. Kannst du nicht verstehen, daß es jetzt einfach nicht der Zeitpunkt ist, Windeln zu wechseln und *Mutter* zu sein?«

»Doch, das kann ich gut verstehen«, sagt Paul, jetzt wieder mit klinischer Genauigkeit. »Aber das hättest du dir vielleicht vorher überlegen sollen!«

»Wie bitte?« schreie ich.

»Ja, da hättest du besser aufpassen sollen, chérie!«

»*Wir* hätten wohl besser aufpassen sollen!«

»*Du* hättest besser aufpassen sollen! Wenn du dir so sicher warst, daß du nicht schwanger werden wolltest, dann hättest du nicht so schludrig verhüten dürfen! Wie oft hast du die Pille vergessen? Zweimal? Dreimal?«

»Du hast mich verführt!« knurre ich.

»Du wolltest verführt werden!«

Touché. Jetzt steht es Klinge gegen Klinge, Stahl gegen Stahl. »Außerdem«, fährt er fort und sticht die Klinge in mein ungedecktes Fleisch, »ist es ja nicht das erste Mal, also hättest du es doch wissen müssen!«

»Wovon redest du?« frage ich, während mir die Hitze in die Wangen steigt. Das Kapitel über Jakob und die Abtreibung ist eins von denen, die ich fest versiegelt halte.

»Du warst das doch damals mit Jakob Lassen, oder?« Paul schiebt den Stuhl nach hinten und steht auf. Geht wieder auf und ab.

»Ja, ich habe dir ja selbst erzählt, daß wir eine kurze Zeit zusammen waren ...«

»Stimmt, aber du hast mir nicht erzählt, daß er dich dick gebumst hat. Dafür hat er mir das selbst gesagt.«

»Das glaube ich nicht!« fahre ich auf und weiß, daß ich direkt in die Falle gegangen bin.

Meine Rache dafür, hereingelegt worden zu sein, besteht

darin, daß ich sehe, wie sich über seine Augäpfel eine Haut zieht. Das hätte er nicht nötig gehabt.

»Nun gut«, sagt er dann. »Dann steht's jetzt fifty-fifty.«

»Was meinst du damit?« flüstere ich.

»Ich war selbst einmal Vater eines abgetriebenen Fötus.«

Ich lache trocken.

»Und wer war die Mutter?«

»Ist doch egal. Sie ist heute Fotomodel in Japan. Und es hätte sowieso nie mit uns geklappt, aber trotzdem war ich damals stinkwütend.« Paul setzt sich wieder hin. »Ich habe ihr sogar angeboten, das Kind großzuziehen. Aber sie war auf dem Weg zu Eileen Ford in New York, und das war ja schlecht möglich mit dickem Bauch. Sie hat sich für ihre Karriere entschieden ...«

Paul lächelt schief, seine Aggression ist jetzt absorbiert. Meine Wut ist auch verflogen, jetzt lasse ich mich dafür von der Eifersucht aufzehren. Paul als Vater eines Kindes einer anderen. Unerhört!

»Verstehst du das nicht?« frage ich.

»Doch, natürlich tue ich das. Ihr seid es, um deren Körper es geht. Aber ich habe mir damals geschworen, daß ich nie wieder eine Abtreibung mitmachen will.« Paul denkt nach. »Deshalb ...«

»Deshalb?«

Paul nimmt meine Hand und hält den Kopf schräg.

»Deshalb bin ich der Meinung, wir sollten das Kind kriegen.«

»Und wenn ich nicht will?«

»Das weißt du.«

Alle anderen Menschen auf dieser Welt würden still und friedlich beieinandersitzen, eine Tasse Kaffee trinken und vernünftig die Situation besprechen. Sie würden darüber schlafen, einen undramatischen Beschluß fassen, ihn durchführen und hinterher still und friedlich in ihrem Dasein weitermachen.

Aber so läuft das nicht mit Paul. So läuft das nicht bei uns. Minen werden ohne Vorwarnung gezündet, Granaten werden einander zugeworfen. Das weiß ich, und deshalb bin ich jetzt an der Reihe, meine bescheidenen Eigentümer in künstlerische Supermarkt-Plastiktüten zu stopfen, während Paul mit einem vergrämten Gesichtsausdruck zuguckt. Aber in dieser Sache ist es nicht möglich, einen Kompromiß zu schließen. Der Beschluß ist gefaßt, und zwar von mir. Ich kann und will jetzt kein Kind haben.

Paul macht keine Szene. Und wenn das der endgültige Bruch ist, dann verläuft er glücklicherweise sehr zivilisiert – fast sanft. Zwei Liebende, die vom Leben selbst getrennt werden. Zum Heulen, eigentlich, aber das tue ich nicht. Das kann ich gar nicht – verkniffen, wie ich bin.

Aber in den folgenden Tagen bin ich hart und biestig und verbreite eine derart miese Stimmung, daß ich einen Anschnauzer von der Producerassistentin bekomme.

»Nun mal ehrlich, hast du Liebeskummer, oder was?« fragt sie mich direkt, und als ich sie abweisend anfauche, bittet sie mich, in meinem Zimmer zu verschwinden und die Tür zu schließen. Und in der Theaterkantine, wo ich vor Probenbeginn mit Mutter einen Kaffee trinke, gelingt es mir, einen ihrer Schauspielerfreunde zu verärgern, der oft bei uns daheim war und mir beigebracht hat, auf dem Klavier »Everybody loves Saturday night« zu spielen. Und der Frauenabend mit Eva und Billie, den ich selbst angeregt habe, wird ein Fiasko. Weil ich mürrisch und empfindlich bin, nichts von meiner »love story« preisgeben will und keine Lust habe, meine Zeit mit dem üblichen Tratsch zu vertun. Für Evas hoffnungslose Affäre mit einem pakistanischen Taxifahrer habe ich nur eine hochgezogene Augenbraue übrig.

Paul läßt wie erwartet nichts von sich hören, und eigentlich kann ich mich ja gleich daran gewöhnen, je eher, um so besser. Wieso eigentlich. Das Spiel ist aus; ich muß es einsehen, als ich mit der Überweisung ins Rigshospital in der Hand dastehe. Sie sind barmherzig – es sind nur noch sieben Tage dieses höllischen Vakuums zu überstehen.

Sieben Tage, in denen ich schlafe, esse, arbeite und fernsehe, Quiz, Talkshows, MTV. Ganz gleich, was, wenn es mich nur betäubt. Sieben Tage, in denen ich mir alle Mühe gebe, nicht zu denken und nicht zu fühlen. Sieben Tage, in denen ich meinen Kopf vom Körper trenne und mich routiniert übergebe.

Am siebten Abend gehe ich mit Andrej Amalriks verblüffender Prophezeiung »Wird die Sowjetunion überleben?« ins Bett, geschrieben 1969. Nein, könnte ich dem Verfasser antworten, wenn er nicht bei einem Autounfall in Spanien ums Leben gekommen wäre. Aber ich lege das Buch weg – außerstande, mich auf politische Analysen zu konzentrieren. Lösche das Licht und versuche einzuschlafen – ich soll am nächsten Morgen nüchtern um zehn Uhr im Krankenhaus sein. Gegen ein Uhr dämmre ich endlich ein und bin fast auf dem Weg ins Refugium des Schlafs, als ich plötzlich ganz deutlich den kleinen Jungen auf dem Fahrrad vor mir sehe. Sehe, wie er seinen Handschuh hebt und mir zuwinkt ... Ich drehe mich auf die andere Seite, um ihn zu verscheuchen, aber das Bild wird überblendet von einem Feuerwerk durcheinanderwirbelnder Bilder, einem schnell geschnittenen Popvideo: fruchtbare Frauen, dicke Bäuche, Neugeborene mit Speckrollen, Kinderwagen, Maria und ihr Kind, die Skulptur einer stillenden Frau, eine stillende Birgitte, flaumige Köpfe, Windelreklame und ich selbst als Kind in Fötusstellung. Und ich sehe grüne Kittel und gelbe Raubtieraugen über den Masken und Metallschüsseln und Messer, die durch die Luft zischen ... Und ich sehe den Eimer, in den sie den Fötus werfen werden, und ich sehe das Blut und rieche den Tod, und ich höre ein kleines Herz schnell wie das eines Vogels schlagen ... Und schließlich höre ich ein neugeborenes Kind weinen – ängstlich und durchdringend, und ich sehe mich selbst hinzueilen, um es zu finden und zu beschützen, panisch im Kreis herumrennend, vergeblich, bis ich entdecke, daß es tief, tief in mir selbst ist, und ich spüre, wie sich meine Brüste mit Milch füllen, und da höre ich, wie das Weinen aufhört und zu einem schmatzenden Saugen wird ...

Ich wache auf und stelle fest, daß mein Gesicht feucht ist. Ich putze mir die Nase und wische mir die Augen trocken, aber die Tränen rinnen in einem unaufhörlichen Strom immer weiter. Werden zur Quelle, Flut und zum Meer. Ein ständig ansteigender Ozean, aus dem ein fremdes, aber dennoch bekanntes Wesen mich ernst mit seinen sonderbaren, stilisierten E.T.-Augen ansieht. Ich möchte nach ihm greifen, stoße jedoch mit der Nase gegen Glas, und der Fötus schlägt mit seinem Seepferdchenschwanz und verschwindet irgendwo in seinem Aquarium aus meinem Blickfeld.

Das läßt mich laut und klagend weinen, und endlich bin ich richtig wach, setze mich im Bett auf und verberge mein Gesicht in den Händen, während ich jämmerlich weine und mich dabei mit dem Oberkörper vor und zurück wiege. Ich bekomme vor mir selbst Angst und will die Vernunft zurückholen, aber sie ertrinkt in diesem Schwall aus Wasser, Bildern und unerträglicher Sehnsucht.

»Baby, Baby, Baby!« murmle ich und weine über das Kind, das ich einmal verloren habe, über das Kind, das ich bald verlieren werde, und den Mann, den ich auch verloren habe.

Ich bin so entrückt in meiner Verzweiflung, daß ich nicht höre, wie ein Schlüssel ins Schloß geschoben wird, und als ich seine Stimme höre, dauert es eine Weile, bis ich begreife, daß er es wirklich ist. Erst als ich den festen Griff spüre, als er mich am Arm packt.

»Tes? Was ist?« ruft er voller Panik.

»Paul?« antworte ich mit belegter Stimme.

»Hast du was getrunken? Hast du Tabletten genommen?« fragt er und sucht hektisch mit seiner freien Hand auf meinem Nachttisch herum.

Ich schüttle den Kopf und werfe mich schluchzend an seine Brust. Heule Rotz und Wasser, bis sein Sweatshirt durchnäßt ist. Klammere mich an ihn und weine hemmungslos, wie ich es nach meiner Erinnerung noch nie gemacht habe. Nicht einmal als Kind. »Ja, schon gut!« tröstet er brüderlich, streicht mir übers Haar und klopft mir auf den Rücken, bis ich soweit bin, daß ich ihn loslassen kann. Aber meine Lippen zittern immer noch, und mein ganzer Körper bebt.

»Soll ich einen Notarzt holen?« fragt er besorgt. »Brauchst du was zur Beruhigung?«

»Nein, aber ich hätte gern eine Zigarette«, antworte ich mit dünner Stimme und greife nach den Kleenextüchern auf dem Nachttisch.

»Hier?« fragt er mit schiefem Grinsen und einem Hinweis auf meine rigiden Schlafzimmerregeln.

»Hier«, nicke ich und putze mir die Nase, während Paul eine Gitane anzündet, die er mir zwischen die Lippen schiebt. Danach zündet er sich auch eine an, und wir rauchen schweigend und halten einander an der Hand.

»Was ist denn los?« fragt er schließlich. So freundlich, daß ich wieder schluchzen muß.

»Das Kind. Es soll doch morgen früh weggemacht werden, aber ...«, erkläre ich und kann fast nicht mehr weiterreden. »Aber ich glaube nicht, daß ich ...«

»Du glaubst nicht?« flüstert er, und jetzt werden seine Augen auch feucht. »Ja, und?«

»Dann muß ich es wohl behalten«, sage ich geknickt.

»Du meinst ...« Paul legt eine Hand auf meinen Bauch unter der Bettdecke. »Du meinst, daß wir ein Kind kriegen werden?«

»Ja, das heißt es wohl«, sage ich zweifelnd. Aber der Zweifel dauert nur einen Moment. Dann höre ich die Münzen in der Gewinnlade rasseln, der Engelschor bricht in einen Hosiannajubel aus: Jackpot und Ave Maria!

Ich putze mir energisch die Nase. Lächle Paul an. Erlöst durch meinen Entschluß, schwindlig und euphorisch darüber, wie einfach das doch ist. Ich bin schwanger. Ich werde ein Kind kriegen.

An nächsten Morgen rufe ich im Krankenhaus an und sage ab; danach die Ärztin und bitte um einen neuen Termin; und erst als ich am Nachmittag in ihrem Sprechzimmer stehe, dicht gefolgt von Paul, glaubt er wirklich, daß ich es mir nicht noch anders überlege.

»Ja bitte?« fragt die Ärztin, als wir uns gesetzt haben.

»Ich habe die Abtreibung abgesagt. Wir wollen das Kind haben«, sage ich entschlossen, während Paul strahlend neben mir sitzt.

»Herzlichen Glückwunsch! Das ist ja eine schöne Neuigkeit!« lächelt die Ärztin freundlich und ähnelt gar nicht mehr dem Moralapostel, dem ich letztes Mal gegenübersaß. »Und Sie beide sind sich einig darüber?«

»Absolut einig!« antwortet Paul und erwidert das Lächeln der Ärztin. Man kann ja viel sagen, aber auf jeden Fall wird das Kind einen schönen Vater haben.

»Ja, dann müssen wir Sie jetzt erst mal ordentlich untersuchen!« sagt die Ärztin gut gelaunt, und damit mache ich den ersten Schritt in ein Universum, von dessen Existenz ich bisher keine Ahnung hatte.

Ich werde gewogen, der Blutdruck wird gemessen, ich

werde über frühere Krankheiten ausgefragt – Hatten Sie Röteln? – und über schlechte Gewohnheiten und bekomme schließlich ein paar ärztliche Ratschläge hinsichtlich meines Nikotin- und Alkoholkonsums mit auf den Weg. Das beste wäre, ich würde ganz aufhören zu rauchen oder es zumindest drastisch einschränken. Und nur ab und zu ein Glas Wein trinken. »Die ganz Eisernen sagen, gar kein Alkohol, aber ganz so spartanisch muß es ja nun nicht sein«, sagt sie und notiert alles in ein Heft, das sie »Mutterpaß« nennt. »Aber auf jeden Fall müssen Sie darauf achten, nicht zuviel Streß ausgesetzt zu sein. Das tut weder Ihnen noch dem Kind gut!«

Paul beteuert, daß er schon auf mich aufpassen wird.

Wir bekommen einen festen Händedruck, als wir sie mit dem Mutterpaß verlassen, und die Information, daß wir von der Entbindungsklinik zur Hebammenuntersuchung eingeladen werden – in der sechzehnten Woche.

Und dann stehen wir an einem feuchten, aber milden Februartag auf der Straße und sind jetzt offiziell werdende Eltern. Paul grinst albern und umarmt mich, kauft im nächsten Blumenladen zwölf rote Rosen und lädt mich zum Essen ein. Mit einem – »aber nur einem!« – Glas Elsässer Wein dazu und einer halben Zigarette danach.

Paul ist euphorisch, redet in einem fort und sieht mich an, als wäre ich ein Wunder – die Heilige Maria mit Glorienschein und allem. Ich selbst hege zwar keinen Zweifel daran, daß die Entscheidung richtig war, aber jetzt, wo das Problem, sich dazu zu bekennen, ausgestanden ist, fühle ich mich dennoch unsicher und verletzlich und voller unbeantworteter Fragen über das Wie und Wann.

»Paul? Können wir uns auf etwas einigen?« frage ich und unterbreche ihn damit in seinen Ausführungen, was wohl besser sei: ein erstgeborenes Mädchen oder ein erstgeborener Junge.

»Worauf?«

»Daß wir es noch für uns behalten, bis auf weiteres. Als unser süßes Geheimnis«, locke ich ihn.

»Warum? Bereust du es etwa schon?« fragt er ängstlich.

»Nein, nein. Ich brauche nur etwas Zeit. Um mich an den Gedanken zu gewöhnen. Gibst du mir die? Bitte!«

»Am liebsten würde ich es ja laut verkünden«, sagt er. »Aber ich werde mein Bestes tun«, verspricht er und küßt mir die Hand.

Es ist nicht einfach für ihn, sein Versprechen zu halten, denn Paul ist einfach die Inkarnation des schwangeren Mannes. Er kauft dicke Handbücher, aus denen er endlos zitiert. Er weiß, was ich essen und trinken soll. Er kauft Eisentabletten und preßt Zitrusfrüchte aus, gibt mir morgens Kekse auf der Bettkante zu essen, um die Übelkeit zu bekämpfen, und legt mir abends Kissen unter die Beine, um meinen Blutkreislauf anzuregen.

Und dann redet er – von dem Moment an, in dem ich durch die Tür trete, werde ich mit Worten überschüttet, mir werden Meinungen und ein Engagement abgefordert, das ich bedauerlicherweise nicht habe. »Nein, ich will jetzt nicht entscheiden, ob ich eine Epiduralanästhesie während der Geburt haben will – ich weiß doch kaum, was eine Epiduralanästhesie ist! – Nein, ich habe keine Ahnung, was der Unterschied zwischen der Eröffnungs- und der Austreibungsphase ist. – Doch, doch, ich finde es ja auch phantastisch, daß das Herz bereits in der siebten Woche vollständig ausgebildet ist ...«

»Du brauchst nicht traurig zu sein«, sagt er dann meist mit seinem Kopf auf meinem Bauch, wenn er über meine geringe Begeisterung über »unser kleines Wunder« verletzt ist, »deine Mutter hat da einige Rollenprobleme, aber sie liebt dich trotzdem«.

Dann schnalze ich mit der Zunge und erkläre ihm, daß er lächerlich und sentimental zugleich ist, worauf Paul aufgekratzt pfeifend in sein Zimmer geht und auf seinem Macintosh klappert. Er ist fast fertig mit seinem Buch – meine Schwangerschaft hat ihm einen längeren Atem gegeben, sagt er. »Jetzt habe ich wirklich etwas, wofür es sich zu arbeiten lohnt.«

Ich begreife seine Reaktion nicht, fühle nicht diesen Instinkt, den zu haben er behauptet, was ich ihm nicht so recht glaube. Paul will einfach ein glücklicher werdender Vater sein. Und natürlich wäre es herrlich, wenn ich auch eine glückliche werdende Mutter wäre. Aber seit der Nacht, die Paul als »Mariä Verkündigung« bezeichnet, bin ich nicht wieder von irgendeiner Form religiöser Gefühle heimgesucht worden. Und wenn ich nicht diese Übelkeit hätte und Paul, der mich ständig daran erinnert, würde ich meine Schwangerschaft wahrscheinlich tagelang einfach vergessen.

Beim Sender wissen sie nichts – auch wenn Kirsten mich an einem Vormittag kritisch betrachtete, als sie hinzukam, während ich mich in der Damentoilette übergab.

»Bist du krank?« fragte sie, als ich herauskam und mir Wasser ins Gesicht spritzte. Sie stand vor dem Spiegel und zog ihren Lidstrich nach. »Habe mir den Magen verdorben«, log ich und vermied ihren Blick im Spiegel.

Und als Ras eines Nachmittags in mein Zimmer rauschte, wo ich auf dem Boden lag, um ein kurzes Nickerchen zu machen – ich bin noch nie so müde gewesen! –, habe ich ihn mit einer Lüge über eine schlaflose Nacht abgespeist.

»Warum hast *du* denn schlaflose Nächte?« fragte er verblüfft, als wäre es ganz unmöglich, mich mit etwas anderem als harmonischem, gesundem Nachtschlaf zu verbinden.

»Ach, Ras, ich mache mir solche Sorgen über die Weltlage

und den Zusammenbruch der Sowjetunion«, erklärte ich und stand auf.

Ras lachte.

»Don't overdo it, Tessie!«

Glücklicherweise, wie Paul gelesen hat, soll die Übelkeit und auch die Müdigkeit im vierten Monat nachlassen, und dem nähern wir uns bald. Er hat mir auch erzählt, daß ich erst drei Monate vor der erwarteten Niederkunft verpflichtet bin, meinen Arbeitgeber zu unterrichten. Das läßt mir ja noch etwas Zeit, meine Verteidigungsrede zu formulieren, denn ich weiß nur zu gut, daß es genau das sein wird, was ich von mir geben muß. Ich muß den General davon überzeugen, daß ich kein schizophrenes Miststück oder eine abtrünnige Korrespondentenkandidatin bin, sondern ganz im Gegenteil eine moderne Superwoman, die Mutterschaft und Karriere unter einen Hut bekommt.

Ich bin froh, daß ich ihm nicht schon übermorgen die Idee verkaufen muß, denn ehrlich gesagt stehe ich selbst der Tragfähigkeit dieser Idee etwas skeptisch gegenüber. Aber auch diesen Problemkomplex hat Paul schon seit langem analysiert und eine Lösung gefunden. Und hier haben wir endlich ein Thema, das auch mich interessiert: Wie werden wir die Zukunft praktisch organisieren? Das diskutiere ich viel lieber mit ihm als Jungs- oder Mädchennamen oder die Inspiration, die aus der Reproduktion erwächst ...

Für Paul ist die Lösung ganz einfach, er macht weiter als Freier und geht entweder mit mir zusammen nach Moskau, als mein Mann und »begleitender Gatte«, oder er bleibt mit dem Kind zu Hause in Kopenhagen und wird der hauptverantwortliche Elternteil. Wobei Paul der Meinung ist, daß letzterer Vorschlag, der meiner Meinung nach durchaus reizvolle Momente hat, ausgesprochen unnatürlich ist. »Man kann doch Mutter und Kind nicht trennen!« Andererseits gefällt es ihm durchaus, sich selbst in Szenen von »Kramer gegen Kramer« vorzustellen.

»Das Kind wird mich vergöttern, und die Frauen werden mich umschwärmen«, malt er sich aus. »Aber keine Angst, sugar, ich liebe nur dich!«

Und das tut er dafür um so intensiver. Noch nie wurde ich so begehrt wie jetzt.

»Du solltest immer schwanger sein«, grunzt er und knetet und massiert meinen Körper, als könne er dadurch mit ihm verschmelzen. »Wann wirst du denn mal dicker?« beklagt er sich dann.

»Rede bloß nicht davon!« Ich verziehe das Gesicht. Ich habe nicht die geringste Lust, in Umstandskleidern herumzuwatscheln. Allein der Gedanke an Birgitte genügt, mich Bauchgymnastik machen zu lassen und einen großen Bogen um Ras' Kopenhagener zu machen und überhaupt diesen entsetzlichen Hunger zu bekämpfen, der mich inzwischen immer wieder überfällt. Wenn ich meinen Gefühlen nachgeben würde, könnte ich problemlos den Tag mit Frikadellen, brauner Soße und zwölf, vierzehn Kartoffeln beginnen, abgerundet mit irgendeinem üppigen Dessert.

Paul lacht, wenn ich ihm von dem puritanischen Magerjoghurt mit Müsli erzähle, den ich statt dessen zu mir nehme, und freut sich darauf, daß ich wirklich bizarre kulinarische Gelüste entwickle.

»Du brauchst es mir nur zu sagen – ich serviere dir auch gebratenen Hering in Schokoladensoße! Was du willst – wenn du nur dicker wirst!«

Erst in der vierzehnten, fünfzehnten Woche beginnt mein sonst ziemlich flacher Bauch sich plötzlich nach vorn zu wölben. Ich zwänge mich weiterhin in meine engen Jeans und die pepitagemusterte Stretchhose, aber sobald ich allein in meinem Zimmer bin, öffne ich den obersten

Knopf, und wenn ich abends nach Hause komme, schlüpfe ich als erstes befreit in ein Paar von Pauls alten Jogginghosen. Jedesmal unter Pauls mißbilligenden Blicken. »Tes, du weißt, ich finde es einfach bezaubernd. Aber das hier ...!« kommentiert er.

»Ich habe nichts anderes«, zucke ich mit den Schultern.

»Sollen wir nicht endlich mal was für dich zum Anziehen kaufen?«

»Umstandskleidung?« fauche ich und beiße laut in ein Stück Knäckebrot.

»Das wäre sicher das praktischste, wenn man alles in Erwägung zieht«, erwidert er spitz und folgt mir ins Bad, wo ich pinkeln muß. »Auch wenn du nicht glaubst, daß es dir passieren wird, irgendwann endet es doch damit, daß du einen Bauch kriegst!«

»Ja, das wird sicher ganz reizend!« verdrehe ich die Augen.

»Genau! Und wenn wir schon mal dabei sind, den Realitäten ins Auge zu blicken – bist du nicht auch der Meinung, wir sollten unser sogenanntes süßes Geheimnis so langsam öffentlich kundtun?« Paul steht in der Türöffnung, und ich suche auf dem altmodischen Terrazzoboden mit Karomuster Hilfe. Spüre, wie Panik in mir hochkommt. »Oder hast du dich immer noch nicht an den Gedanken gewöhnt?«

»Ne«, sage ich und pinkle fertig. »Habe ich wirklich noch nicht!«

Erst als wir – natürlich gemeinsam – bei der ersten Hebammenuntersuchung im Krankenhaus sind, habe ich das Gefühl, als würde ein ganz feiner Riß durch die Glaswand gehen, die sonst mich und den Fötus umgibt. Nicht, weil ich jetzt als schwanger definiert werde, Erstgebärende mit Stempel, und das ganze Ritual mit Urinprobe, Blutprobe und Gewichtsmessen durchlaufen muß. Und auch nicht das

Ausfragen der professionell freundlichen Hebamme über dies und das ist es, was mich aus dem Gefühl der Unwirklichkeit erlöst.

Aber als ich auf der Liege bin – wie oft werde ich wohl noch so daliegen und Flagge zeigen! – und sie den Herztonmesser auf meinen Bauch setzt, da ist plötzlich alles anders. Ich höre den schnellen Herzschlag, duck-duck-duck, wie ein Læsø-Kutter auf dem Weg aus dem Hafen, und er ist wie ein Gruß aus dem inneren Universum. Pauls Augen beginnen zu glänzen, und ich beiße mir ergriffen auf die Lippe.

»War das nicht das schönste Geräusch der Welt!« ruft Paul begeistert und macht einen Satz wie ein Basketballspieler, als wir wieder im Aprilwind stehen. »Sie hat nach Papa gerufen!«

»Oder nach Mama!« erkläre ich und halte meine Haare fest. Ich fühle mich anders. Reif, unüberwindlich, werdend.

Deshalb kann ich Paul nun auch recht geben. Eigentlich kann ich es ebensogut selbst verkünden, bevor es sowieso herauskommt. Und als die Producerassistentin am Tag nach dem Krankenhausbesuch eine möglicherweise subtile Bemerkung fallenläßt, daß ich wohl etwas in die Breite gegangen bin, gibt es kein Halten mehr. Ich muß mich dazu bekennen, wie ich es nenne, denn mir geht es dabei ungefähr so wie einem verdeckten Schwulen in einer Volksschule in den Sechzigern.

Okay, ich beschließe, langsam anzufangen, und aus irgendeiner verschütteten Verehrung bestehe ich darauf, daß Mutter es als erste erfahren soll. Als allererste. Von mir und nur von mir, auch wenn Paul nur zu gern Zeuge dieses historischen Augenblicks wäre.

Aber als ich mein Fahrrad die Købmagergade auf dem Weg zur Havnegade hochschiebe, laufe ich Birgitte mit ihrem Kinderwagen in die Arme. Wir haben uns seit einem Nachweihnachtsfest bei uns – bei mir! – nicht mehr gesehen. Und auch wenn ich ein schlechtes Gewissen habe, so ist es nicht allein meine Schuld, daß wir uns aus den Augen verloren haben. Sie wird vollkommen von ihrem Familienleben aufgesogen und hat mich mehrere Male versetzt, weil Maxi krank geworden ist oder der Rechtwinklige »zum Großen Belt« mußte. Aber ich muß zugeben, daß ich auch kein Treffen mehr verabredet habe, seit meine Schwangerschaft feststeht. Eine Abtreibung mit Birgitte zu diskutieren wäre undenkbar gewesen, und hinterher hatte ich Angst, sie könnte mich durchschauen.

Und das tut sie auch.

»Tes! Long time no see!« ruft sie und umarmt mich, tritt dann jedoch einen Schritt zurück und mustert mich forschend von oben bis unten, während sie automatisch in die Knie geht und den Schnuller aufhebt, den Maxi aus dem Kinderwagen schmeißt.

»Was ist mit dir los?« fragt sie, was mich kichern läßt.

»Ach, gar nichts ...«

»Hast du zugenommen?« fragt sie und kneift die Augen zusammen.

»Kann sein, etwas«, winde ich mich.

Dann strahlt sie.

»O Scheiße, Therese«, ruft sie so laut, daß Maxis kleines Gesicht sich verzieht. »Du bist doch wohl nicht schwanger!«

»Doch, bin ich!« lache ich und werde noch einmal kräftig gedrückt und bekomme anschließend zartgelbe Narzissen, die sie vor Berings aus der Auslage holt.

»Ja, ja, ich bezahle sie schon!« erklärt sie beschwichtigend, als ich protestiere. »Das ist die schönste Neuigkeit des Tages! Aber warum habe ich davon noch nichts gewußt?«

»Abgesehen von Paul bist du jetzt die einzige, die es weiß!« erkläre ich und schnuppere an den Blumen. »Ich wollte selbst erst mal damit klarkommen, bevor ich damit nach außen gehe.«

»Typisch!« sagt sie. »War das gewollt? Oder hat Paul dir ein Kind verpaßt?«

»Wohl eher letzteres!« Ich verziehe das Gesicht, und Birgitte erinnert mich lachend, daß sie mich gewarnt hat. Und dann fragt sie nach dem Termin, nach meinem Befinden, empfiehlt mir, so bald wie möglich Stützstrümpfe zu kaufen, zur Geburtsvorbereitung zu gehen und Leinsamen zu essen ...

»Immer mit der Ruhe!« unterbreche ich sie, »ich bin doch nur ...«

»Jaja! Aber trotzdem willkommen im Club!« strahlt sie, und mit schlechtem Gewissen denke ich, daß ich seit undenklichen Zeiten nicht mehr einen so direkten Kontakt zu ihr hatte. Eigentlich nicht mehr seit Jens.

Wir umarmen uns noch einmal zum Abschied und verabreden, uns so bald wie möglich zu treffen. Nur sie und ich, ohne die »Kärle«, wie sie es in ihrem rest-århusianischen Akzent sagt. Und ich flirte mit Maxi, der festgestopft in seinem Kinderwagen sitzt und zahnlos sabbert. Übrigens hat er den Namen Thomas gekriegt.

Gut gelaunt durch das Zusammentreffen mit Birgitte schaue ich bei van Hauen im Strøget rein und kaufe Kuchen. Warum das Ganze nicht ein wenig festlich gestalten – abgesehen davon, wie ungewöhnlich es für mich ist, geschieht es schließlich nur ein einziges Mal im Leben, daß man die Ankunft des Erstgeborenen bekanntgibt. Ihr erstes Enkelkind.

»Therese, bist du es?« ruft Mutter aus dem Wohnzimmer, als ich hineingehe.

»Nein. Hier ist der Gerichtsvollzieher!« antworte ich mit tiefer Stimme.

Mutter lacht und kommt mit einem Textheft in der Hand und der Lesebrille an einer Schnur um den Hals hängend heraus. »Ich bin gerade dabei, das fertigzumachen. Magst du mich abhören? Dann können wir ja hinterher Kaffee trinken.«

Das mag ich eigentlich nicht, aber ich weiß, daß es aussichtslos ist, ihre Aufmerksamkeit zu gewinnen, wenn sie arbeitsmäßig nicht zufriedengestellt ist. Dann sind ihre Gedanken die ganze Zeit nur beim Text, den sie bis zur nächsten Probe auswendig können muß.

»Das ist verflucht schwer, aber auch wahnsinnig spannend! Botho Strauss«, informiert sie mich und reicht mir das Heft. Ich lege mich mit dem aufgeschlagenen Heft aufs Sofa, und Mutter geht auf dem abgelaufenen Parkett hin und her. Das haben wir schon Hunderte von Malen durchexerziert, und ich weiß genau, was ich zu tun habe. Wann sie nur eine Kunstpause macht, wann sie ins Stocken gerät, so daß ich ihr soufflieren muß, und wann ich die Regieanweisungen oder die anderen Repliken lesen soll. Auf diese Art und Weise habe ich das ganze klassische Theaterrepertoire durchgenommen und darüber hinaus einen Teil des neuen – ohne jemals von der Faszination des Theaters gepackt zu werden. Für mich war die Wirklichkeit immer spannender als die Fiktion.

Ich lasse sie fast eine Stunde arbeiten, bis ich mir erlaube nachzufragen, ob wir nicht bald Kaffee trinken wollen? »Was?« fragt sie geistesabwesend, und ich muß sie in die Gegenwart zurückknipsen. Diese alles aufsaugende Konzentration, selbst bei einer trivialen Repetition wie dieser, muß ein wesentlicher Teil ihres *Giftes* sein. Und auch eine Erklärung – und teilweise wohl auch eine Entschuldigung – dafür, warum sie es so schwer mit uns hatte.

Sie braucht Zeit, um sich zu sammeln, und ich lasse sie eine Zigarette rauchen und herumlaufen, um sich zu entspannen, während ich Kaffee koche und den Tisch decke.

»Kuchen?« sagt sie munter, als sie sich schließlich zu mir

setzt. Ich schmeichle mich richtig bei ihr ein, habe sogar ihren Lieblingskuchen gekauft – natürlich Sarah-Bernhardt-Baisers. »Na ja, eigentlich bin ich auf Diät«, sagt sie. »In dieser Rolle soll ich zehn Jahre jünger sein, als ich bin, und es wird ja nicht einfacher mit der Zeit, diese Illusion zu vermitteln!« sagt sie und kann dennoch dem Kuchen nicht widerstehen.

»Na, nun erzähl mal, wie geht es denn unserem süßen Paul? Hat er was zu tun?«

Typisch, daß sie mehr daran interessiert ist, wie es *ihm* geht, als wie es *mir* geht. Aber ich kommentiere das nicht. Statt dessen lächle ich großzügig.

»Es geht ihm gut. Sehr gut sogar. Er liest gerade die zweite Korrektur für sein Buch. Es wird in einem Monat als Schnellschuß rauskommen.«

»Und danach?« fragt sie kauend.

»Ja, danach ...«, setze ich an, und dann ergibt es sich ganz von allein. Ohne Vorwarnung oder künstliche Einleitung. Einfach so.

»Danach wird er in erster Linie Vater sein ...«

»Er wird Vater sein?« fragt sie konsterniert.

Ich nicke und muß dabei die Mundwinkel verziehen.

»Du meinst doch nicht ...?« Mutter reißt ihre großen Augen auf, ich nicke und sehe, wie sich darin schäumend das Meer erhebt. »Meine Güte, Therese, wirst du Mutter? Ich meine, bist du schwanger?«

»In der vierzehnten Woche«, sage ich und kratze von meinem Teller die letzten Creme- und Schokoladenreste. Ich weiß nicht, was ich mir vorgestellt habe. Doch ... daß sie sich freut. Aber das tut sie ganz offensichtlich nicht, und das erzeugt bei mir ein merkwürdiges Prickeln, eine Mischung aus Wut und Enttäuschung.

»Ja, aber, was wird dann mit deinem Job? Bist du dir auch sicher ... Hast du dir das gründlich überlegt?«

»Ja!« schneide ich sie ab. »Die praktischen Probleme sind dazu da, daß man sie löst!«

»Na ja, du bist schließlich erwachsen. Es ist nur …!« Mutter legt dramatisch ihren Kopf nach hinten und schaut zur Decke. »Mein Gott, Therese, dann werde ich ja Großmutter. *Großmutter!*«

Tusch! Das war der beste Kommentar überhaupt. Die Parodie des Jahres. »Dann werde ich ja Großmutter!« Ich starre sie sprachlos an, meine Mutter. Starre sie in Grund und Boden, zu einer Fremden, einem Bild in einer Wochenzeitschrift, einer Figur auf der Bühne.

»Du kannst den Titel ja ablehnen, wenn du ihn so schrecklich findest. Und keine Sorge, ich rechne in keiner Weise mit deiner Hilfe«, sage ich mit belegter Stimme und stehe schroff auf. Ich will raus, weg. Sie nie wiedersehen!

Mutter sieht mich erschrocken an, sie ist es nicht gewohnt, derart direkte Reaktionen von mir zu bekommen. Faßt meinen Arm und hält mich fest.

»Entschuldige, Therese-Kind. Herzlichen Glückwunsch. Meinen aller-, allerherzlichsten Glückwunsch!«

Bullshit. Durch und durch wäßriger Dünnschiß.

Kiki und Spunk kommen noch am selben Abend unangemeldet vorbei – Mutter hat die Neuigkeit sofort in der Familie verbreitet –, und wenn ich über Mutters fehlende Jubelschreie enttäuscht war, so bin ich dafür um so gerührter über Kikis uneingeschränkte Freude.

»So was, dann werde ich ja Tante!« sagt sie und schenkt mir zwei Schnuller, die sie an einem Kiosk unterwegs gekauft hat. Einen rosaroten und einen hellblauen.

»Und morgen kaufe ich Wolle!« erklärt sie.

»Willst du etwa stricken?« frage ich und befreie mich aus Pauls besitzheischendem Arm, als das Telefon klingelt. Es ist Tante Mo aus der Provence.

»Herzlichen Glückwunsch, mein Mädchen! Deine Mutter hat gerade eben angerufen«, zwitschert fröhlich ihre satellitengetragene Stimme.

»Wirklich? Dabei war sie doch gar nicht so begeistert!« erkläre ich spitz.

»Ach«, besänftigt Tante Mo mich. »Irgendwann muß sie ja auch mal lernen, daß sie erwachsen ist. Mach dir nichts draus. Sie wird ihr Enkelkind schon ins Herz schließen.«

»Meinst du?« frage ich skeptisch und drehe der Gesellschaft den Rücken zu. Ich sehne mich plötzlich heftig danach, mit Tante Mo allein zu sein, mit ihr reden zu können. Sie ist der klügste Mensch, den ich kenne, und die Klügste in unserer sonderbar amputierten Familie mit meiner Großmutter mütterlicherseits, die wie eine Drohne im Pflegeheim hockt, meinem Großvater mütterlicher- und meiner Großmutter väterlicherseits im Grab und meinem Großvater väterlicherseits wie einem unwirklichen Monolithen.

»Natürlich«, versichert sie. »Und ich bin jetzt schon entzückt. Ich habe eine Flasche richtig guten Wein geöffnet und stoße jetzt mit mir selbst an!«

Ich lächle. Sehe sie vor mir, mit ihrem mundgeblasenen Rotweinglas in ihrem groben Steinhaus in dem südfranzösischen Dorf. Alles um sie herum erscheint gleichzeitig zierlich und voller Energie, wie die Gärten, die sie immer anlegt.

»Und dazu rauchst du vielleicht noch ein kleines Zigarillo?« necke ich sie.

»Vielleicht ein ganz, ganz kleines. Aber erst nach dem Wein, so viel habe ich von meinen Männern nun doch gelernt!«

Wir zwinkern uns durch die Leitung zu.

»Und was sagt der Arzt?« frage ich.

»Das Übliche. Daß ich es bleibenlassen soll, wenn ich

hundert werden will. Aber dazu habe ich gar keine Lust, obwohl jetzt die Zukunft natürlich eine neue Perspektive bekommen hat!«

»Na ja«, zögere ich, »Perspektive ...«

»Aber entschuldige, Therese, du bist es schließlich, über die wir reden sollten! Wie geht es dir, mein Mädchen?«

»Merkwürdig«, antworte ich und versuche herauszufinden, wo Paul ist. Anscheinend draußen in der Küche. Vielleicht hat Kiki ihn dort beschäftigt. »Schließlich war es nicht gerade geplant«, erzähle ich und senke die Stimme. »Fast hätte ich mich auch noch anders entschieden ...«

»Ach, Therese, Gott sei Dank, daß du das nicht hast!« ruft Tante Mo. »Das erste Mal war schon schlimm genug ... Nein, nein, es hätte mir für dich doch zu leid getan, wenn du das noch einmal hättest durchmachen müssen. Was bin ich froh, daß du die richtige Entscheidung getroffen hast!«

»Ja, aber wie soll ich das nur schaffen?« murmle ich in den Hörer und formuliere all die Zweifel, die ich Mutter gegenüber runterschlucken mußte und die zu diskutieren Paul sich hartnäckig weigert.

»Wie genau, das weiß ich natürlich nicht, aber ich weiß, daß du es schaffen kannst. Vielleicht wird dein Leben etwas anders werden, als du es dir vorgestellt hast, aber damit nicht unbedingt schlechter. Und auch wenn ich nicht mehr ganz jung bin, will ich dir natürlich helfen, wo ich kann!«

»Ich ziehe einfach zu dir runter! Mit Kind und Windeln!«

»Ja, bitte, du bist herzlich willkommen. Wann immer du willst!«

Pauls Familie nehmen wir uns am Sonntag vor. Paul ruft ein paar Tage davor an und lädt uns bei ihnen zum Essen ein – »aber privat, nicht im Hotel!«

»Ich habe euch nämlich etwas Wichtiges mitzuteilen«, verkündet er bereits am Telefon.

Und als seine Mutter vorsichtig fragt, ob es denn in Ordnung ist, wenn sie Phillip und Marianne auch einlädt, antwortet Paul sonderbarerweise, daß er das sehr gut findet!

Also sitzen wir bei einem kultivierten Sonntagslunch mit einer Dose fettem, gräulichem Belugakaviar, dem persönlichen Beitrag des Bankdirektors zu der Mahlzeit, und dem ungewöhnlich fröhlichen Schlagabtausch zwischen Paul und Phillip als eigentlicher Unterhaltung. Marianne kümmert sich automatisch um ihre verzogene dreijährige Tochter, die sicher bereits mit Lackschuhen an den Füßen geboren wurde und sich laut ihrer Mutter weigert, in etwas anderem als Spitzenstrümpfen und französischen Kleidern in den Kindergarten zu gehen.

Aber nachdem das Kind uns lange genug genervt hat, ein Glas Cola über sich gekippt, wie ein Säugling geheult und seiner Mutter in die Hand gebissen hat, wird es glücklicherweise mit einem Disney-Video und einer Tüte Gummibärchen auf dem Ledersofa ruhiggestellt.

»Mindestens fünfundvierzig Minuten Ruhe«, erklärt Phillip, nachdem er die Deportation durchgeführt hat.

Inzwischen sind wir beim Käse angekommen, und jetzt kann Pauls Mutter, die seit dem Augenblick unserer Ankunft bereits nervöse Spannung ausstrahlte, nicht länger an sich halten. »Nun, Paul, was ist es denn, was du uns sagen willst?« fragt sie.

»Ja, wir sind wirklich gespannt«, fügt sein Vater hinzu. »Hast du einen neuen Job?«

»Ja, sicher als Informationschef bei den Grünen«, wirft Phillip spitz ein mit einem Hinweis auf den neuen, lockeren Stil seines Bruders. Der Dreitagebart ist inzwischen zu einer Art Vollbart geworden, und auch wenn er zusammenpassende Jeans und Sweater angezogen hat, so ist er doch bei weitem nicht so schick wie sonst.

»Oder wollt ihr heiraten?« zwitschert Marianne.

Paul nimmt meine Hand und lacht.

»Ja, das könnte eine natürliche Konsequenz sein. Oder was meinst du, Tes?«

Ich meine gar nichts. Ich esse Ziegenkäse.

»Nun ja, darüber reden wir später«, sagt er bedeutungsvoll und drückt meine Hand. Dann richtet er sich feierlich auf und sagt stolz mit erhobenem Kopf: »Vorläufig werden wir jedenfalls erst mal Eltern!«

Auch hier brechen sie nicht in frenetischen Jubel aus. Ganz im Gegenteil. Es wird still am Tisch, so daß die kakophonische Lautspur des Zeichentrickfilms sich plötzlich wie eine vulgäre Verzerrung der peinlichen Stille aufdrängt.

»Na, so was!« ruft Pauls Vater schließlich als erster. »Ich muß schon sagen! Herzlichen Glückwunsch!«

»Ja, das ist ja wirklich eine Überraschung«, bringt Helene mit ihrem künstlichen Lächeln hervor, eine Hand auf den Perlen, was schon alles sagt.

»Also, nie ist man vor seinem kleinen Bruder sicher!« stöhnt Phillip, fügt aber ein lächelndes »Herzlichen Glückwunsch!« hinzu. Nur Marianne scheint sich wirklich über die Neuigkeit zu freuen – oder sie zumindest ohne Vorbehalt zu akzeptieren.

»Wann ist es soweit?« fragt sie in intimem Tonfall und mit einem direkten Blick auf mich, als wäre unsere Beziehung mit einem Mal ganz anders.

»Im September«, antworte ich kurz.

»Am sechzehnten September«, korrigiert Paul.

»Also ich finde, das ist eine phantastische Neuigkeit, aber ... ist es nicht ein bißchen früh?« Helene kann sich nicht zurückhalten.

»Früh in Beziehung worauf?« schlägt Paul sofort zu. »Da du schließlich auf die Sechzig zugehst, kannst du dir doch wohl ausrechnen, daß ich inzwischen auch ein gewisses Alter erreicht habe. Und was die Dauer der Beziehung zwischen Therese und mir betrifft, so kann ich dich damit beruhigen, daß ich nie eine Frau finden würde, mit der ich lieber ein Kind hätte, und wenn ich den Rest meines Lebens danach suchen würde!«

Helene blinzelt, und Phillip klatscht ein paarmal wohlwollend in die Hände.

»Hör mal, Kleiner! Vielleicht endest du doch noch als ein Löwe!«

»Sagt mal, wollen wir nicht darauf anstoßen?« schlägt Ernst vor, wie immer der perfekte Gastgeber und konstruktive Schlichter. Und dann stoßen wir auf das Kind an, das ich immer noch nur schemenhaft wie ein winziges Seepferdchen in einem Aquarium vor mir sehe. Unwichtig und ohne Verbindung zu mir.

In der folgenden Woche ist der General krank gemeldet. Grippe. Böse Zungen behaupten, er sei gar nicht krank, wolle nur dem neuen Fernsehdirektor, mit dem er sich bereits öffentlich überworfen hat, eins auswischen. Der Fernsehdirektor will unser Nachrichtenmagazin verschieben und Geld sparen, indem er unsere Direktübertragungen und die Erfindung und das Paradepferd des Generals, das Sonntagsmagazin, kürzt. Endlich ein Punkt, wo er die volle Unterstützung seiner Mitarbeiter hat – aber sich demonstrativ unsichtbar zu machen ist als Kampfmittel ziemlich ungeeignet. Denn es zeigt sich, daß wir in der Woche, in der er nicht da ist, ein paar verdammt gute Nachrichtenbeiträge bringen. Wir haben die richtigen Geschichten, die richtigen Schwerpunkte, und nach der abschließenden Kritik ist die Stimmung so gut, daß selbst die Mitarbeiter, die zeitweise wie geprügelte Hunde davonschleichen, froh und munter wieder an ihre Arbeit gehen. Mit frischem Mut und keimendem Kampfeswillen. Wir haben viele Zuschauer an die Konkurrenz verloren, und auch wenn wir nach außen auf diesbezügliche Bemerkungen mit einem Schulterzucken reagieren, ist es uns klar, daß das unangenehm ist. Vor allem, weil wir doch die Besten sind!

Die Ressortleiter sind begeistert, daß sie einmal beweisen können, wie gut sie selbst sind, und das steckt uns an: Jetzt wollen wir es verdammt noch mal ganz Dänemark zeigen, wie saugut wir sind!

Ich persönlich bin schon eine Weile auf maximaler Drehzahl gelaufen, für mich gibt es keinen großen Unterschied. Aber seine Krankmeldung bedeutet, daß ich noch ein paar Tage Frist habe, bevor ich hinein muß, um ihn über die Schwangerschaft seiner Korrespondentenkandidatin zu informieren. Es ist höchste Zeit – mir werden immer mehr neugierige Blicke zugeworfen –, und als eine der Kantinendamen mich eines Tages verständnisinnig fragt, wann es denn soweit sei, ist mir klar, daß es höchste Eisenbahn ist.

Also gibt es an dem Montag, als ich auf der Tagesliste sehe, daß der General wieder zurück ist, für mich nur eins: tief durchatmen und hochgehen, um es so schnell wie möglich hinter mich zu bringen.

»Er telefoniert gerade, aber du kannst reingehen«, sagt seine Sekretärin und nickt in Richtung seiner offenen Tür. Ich schließe sie hinter mir und kann gerade noch den Gesichtsausdruck der Sekretärin sehen, der von neutraler Freundlichkeit zu offener Neugier wechselt.

Der General redet englisch – mit zähem amerikanischem Akzent und dröhnendem Lachen –, und als er mir andeutet, daß ich mich ruhig setzen kann, wundere ich mich wieder einmal darüber, wie sehr er doch alles daransetzt, dem absoluten Klischee zu entsprechen. Der Mann müßte sich einmal selbst sehen oder hören!

»All right, Bob! We'll keep in touch! Bye-bye und all my

love to Lucy!« beendet er das Gespräch und legt mit einem schiefen Cowboylächeln auf.

»Das war Bob«, erklärt er und greift nach den Griechischen. »Verflucht guter amerikanischer Producer. Hab' ihn in Nam kennengelernt. Eine eiskalte Haut! Er sagt, er könnte mir einen Job in L. A. besorgen, any time!« Der General lacht hinter dem Tabakrauch.

»Das klingt spannend«, sage ich.

»Ja, dann wärt ihr mich los, nicht wahr? Nein, nein, ich bin zu alt dafür, alte Bäume soll man nicht verpflanzen. Also, Tes, was kann ich für dich tun? Du hast wirklich gute Beiträge in der letzten Zeit gebracht!«

»Danke!« sage ich und fixiere meinen Blick kurz über seiner Nasenwurzel, so daß es für ihn aussieht, als würde ich ihn direkt angucken. Optischer Betrug, aber jetzt sind alle Tricks erlaubt. Dann komme ich direkt zur Sache.

»Ich komme, um dich darüber zu informieren, daß ich ein Kind kriege.«

Der General sieht mich teilnahmslos an, als verstünde er meine Sprache nicht und warte auf die Simultanübersetzung in seinem Kopfhörer.

Dann nimmt er die Beine vom Tisch und den Stummel aus dem Mund und sieht mit einemmal wie ein häßlicher Wikinger aus mit seinen buschigen Augenbrauen, dem großen Bart und dem runden Bauch.

»Du bist schwanger?«

Ich nicke und lege unwillkürlich meine Hände schützend auf den Bauch, den sein Blick jetzt prüfend streift.

»Therese Skårup ist schwanger!« sagt er daraufhin finster nickend. »Wie schwanger?«

»Im vierten Monat. Mein Termin ist Mitte September.«

»Mitte September!« wiederholt er und steht auf. Geht ans Fenster und bleibt dort mit dem Rücken zu mir stehen. »Und wie hast du dir das gedacht?« fragt er mit einer jetzt leicht zitternden Stimme. Ich sitze immer noch unbeweglich auf meinem Platz, spüre jedoch, wie meine eigene Wut wie Maiskörner unter einem Topfdeckel zu poppen beginnt.

»Ich werde meine Pläne modifizieren, aber nicht ändern«, antworte ich ruhig.

»Sie nicht *ändern*?« Der General dreht sich um und zeigt mir ein so verzerrtes Gesicht, daß ich nicht länger Grund habe, an Pauls Geschichte zu zweifeln. Instinktiv würde er am liebsten zuschlagen. Es sind nur Formalitäten, die ihn davon zurückhalten.

»Meinst du, ich soll dich mit einem Kind unterm Arm nach Moskau schicken? Glaubst du, ich will mich auf meine eigenen Kosten auch noch lächerlich machen?«

»Soweit ich weiß, haben einige deiner Korrespondenten Kinder!« erwidere ich leise.

»Deren Frauen haben Kinder, Therese! Und jetzt kannst du mich einen Scheißchauvinisten nennen, aber das ist verdammt noch mal was anderes!«

»Und wieso?« frage ich.

»Weil die keinen Busen haben, süße Tes!« schreit er.

»Wenn es das Stillen ist, auf das du hinauswillst, dann sind inzwischen sowohl Nuckelflaschen als auch Muttermilchersatz erfunden worden!« gebe ich mich nicht zufrieden.

»Ach, und dann soll wohl der Herr Vater das Fläschchen geben?«

»Zum Beispiel!«

Der General lacht. Künstlich.

»Und ich gehe davon aus, daß es unser allseits geliebter Paul Weber ist, von dem wir hier reden?«

Ich nicke.

»Entweder kommt er mit mir und sorgt für das Kind, oder er bleibt mit dem Kind in Kopenhagen.«

»Pah!« ruft der General spöttisch. »Wenn du das glaubst, dann bist du ja noch naiver, als ich gedacht habe! Paul Weber ist doch ein Scharlatan! Verzogen, unreif und bereit, alles für seine eigenen Interessen zu tun. Sogar dich hat er verführen können!«

Ich spüre, wie meine Wut inzwischen zu einem frenetischen Trommeln angewachsen ist, und bevor der Deckel wegfliegt, beuge ich mich vor und sehe ihn wie eine Pythonschlange an, die ihren Schlangenzähmer hypnotisieren will.

»Verstehe ich es recht, daß Moskau jetzt für mich nicht mehr in Frage kommt?«

Der General setzt sich. Ausgepowert und mit einer Müdigkeit in den Bewegungen, die ihn alt erscheinen und mich hinter der Maske mehr als den wütenden Chef sehen läßt. Ich habe ihn verletzt. Den Mann in ihm. Aber es hilft nichts. Ich muß Stellung nehmen zu dem, was er tut. Nicht zu dem, was er fühlt.

Er greift nach seiner Kaffeetasse. Setzt sie an den Mund, legt die Beine auf den Schreibtisch.

»Eine logische Schlußfolgerung, ja.«

»Okay«, sage ich gefaßt, stehe auf und muß kurz an Ritt Bjerregaard denken und die Tränen, die sie am liebsten nicht gezeigt hätte, als sie sie das erste Mal feuerten. Dieses Vergnügen gönne ich ihm nicht. Der General wird mich nicht heulen sehen.

Ich komme sogar ohne offensichtliches Zittern aus seinem Büro. Als ich an der Tür bin, greift er zum Telefon, und damit ist das Bild von vorhin wiederhergestellt. Nur mit dem Unterschied, daß ich inzwischen hingerichtet wurde.

Ich mache mich unsichtbar und komme unversehrt in mein Zimmer, wo ich die Tür schließe und mich direkt dahinter setze, um sie für jeden unerwünschten Besucher zu versperren.

Da sitze ich also – leer und müde – und rauche eine verbotene Zigarette aus der verbotenen Packung, die ich für Notfälle in der Schublade habe. Ansonsten habe ich brav aufgehört, und wenn Paul jetzt hier wäre, würde er kleine, mitleiderweckende Hustengeräusche von sich geben, um mir ein schlechtes Gewissen zu machen. Er sieht sich als »Anwalt des Kindes«. Zwei Zigaretten kann ich rauchen, bevor es an die Tür klopft. Zuerst antworte ich nicht. Aber als laut und energisch weitergeklopft wird und ich Ras meinen Namen rufen höre, muß ich reagieren.

»Ja!«

»Darf ich reinkommen?« fragt er, ohne die Klinke hinunterzudrücken, und das verrät mir, daß er es schon weiß.

Ich seufze. Stehe auf, schon etwas beschwerlich. Wische mir über meine knochentrockenen Augen. Sonderbar, daß ich nicht geweint habe.

Ich setze mich auf meinen Schreibtischstuhl und rufe ihn herein. Er lächelt entschuldigend und schließt die Tür hinter sich. Schiebt meine Tasche von meinem Besucherstuhl und setzt sich.

»Ich war gerade beim General oben«, setzt er an.

»Ja«, sage ich tonlos.

»Herzlichen Glückwunsch«, sagt er dann und will sicher lächeln, zeigt jedoch eher einen Gesichtsausdruck, als wollte er mir zu einem Todesfall in der Familie sein Beileid aussprechen.

»Danke«, sage ich im gleichen Ton.

»Ich kann gut verstehen, wenn du traurig bist …«

»Ich bin verflucht noch mal nicht traurig!« protestiere ich und richte mich auf, um weiteren mitleidigen Gefühlsäußerungen entgegenzutreten. »Ich bin stinkwütend!«

»Okay!« lächelt er. Diesmal echt. Und erleichtert. Ras ist ein Typ, der keine Frauentränen erträgt. »Er ist wirklich ein Schwein!«

»Ein dickes Chauvinistenschwein!« füge ich hinzu. »Und verdammter Scheiß, ich bin doch wohl nicht die erste, die in diesem Sender schwanger wird!«

»O nein, im Augenblick erleben wir einen richtigen Babyboom. Aber du weißt doch selbst, daß du für ihn etwas Besonderes bist ...«

»Ach, scheiß drauf!«

Ras zuckt freundschaftlich mit den Schultern.

»Das bist du nun einmal. Und abgesehen davon, daß er einfach unverschämt ist – wäre es nicht ein ziemlich waghalsiges Projekt, mit einem neugeborenen Kind als Korrespondentin in Moskau anzufangen?«

»Da du ja anscheinend ausgezeichnet informiert bist über mein Gespräch mit unserem lieben Chef, kennst du vermutlich auch das andere Lösungsmodell?« fauche ich.

»Daß Paul daheim bleibt und sich ums Kind kümmert?« Ras zeigt ein skeptisches Grinsen.

»Warum grinst du?« frage ich.

»Tes!« Ras breitet die Arme aus. »Ich mag Paul wirklich, aber ich muß zugeben ... Ja, wenn ich du wäre, würde ich mich lieber auf ein gutes Au-pair-Mädchen verlassen.«

»Ihr kennt Paul alle nicht!« erwidere ich und bereue es sofort. Das geht ihn gar nichts an.

»Erstens kenne ich ihn gut genug, daß ich ihn mir als alleinerziehenden Vater in Kopenhagen nur schwer vorstellen kann. Und zweitens wirst du den General nie dazu bringen, Paul Weber als deinen mitreisenden Ehemann zu schlucken ...«

»Glaubst du, der General würde ein Au-pair-Mädchen eher schlucken?«

»Zumindest könnte er in diese Richtung bearbeitet werden. Und soweit ich dich verstanden habe, ist dir der Moskau-Posten verdammt wichtig.«

»Das Wichtigste überhaupt«, nicke ich.

»Und da ich dich nun einmal sehr mag, werde ich persönlich alles tun, was ich kann, um unseren Herrn und Meister zu besänftigen.«

»Danke, Ras!« lächle ich und nehme seine Hand. »Du bist wirklich ein Kumpel!«

»Ja! Und du bist, entschuldige bitte, eine Idiotin! Es gibt Verhütungsmittel!« Ras gibt mir einen Nasenstüber. »Und wenn du jetzt so nett wärst, ein paar Beiträge zurechtzustutzen! Denn auch heute abend haben wir ein Nachrichtenmagazin!«

»Aye, aye, Sir!« sage ich und stehe stramm zum Gruß. Inzwischen wieder zum Leben erwacht.

Ich weigere mich zu glauben, daß ich nicht nach Moskau soll, und Paul bekommt nur ein tendenziöses Resümee meines Treffens mit dem General zu hören. Ich sage ihm eigentlich nichts anderes, als daß ich den General informiert habe.

»Und – findet er nicht, daß das wunderbar ist?« fragt Paul ironisch.

»Vielleicht nicht direkt wunderbar. Er braucht etwas Zeit, um sich an den Gedanken zu gewöhnen«, erkläre ich und glaube fast selbst daran. Daß das Urteil revidiert werden kann.

Paul zieht mein Sweatshirt hoch und küßt mich auf den Bauch. »Papas kleiner Schatz!« murmelt er.

»Warum kannst du nicht statt meiner schwanger sein!« seufze ich und fahre ihm mit einer Hand durchs Haar.

»Das nächste Mal, mein Liebling!« erklärt er und schaut auf.

Wer getratscht hat, der General, Ras oder die Sekretärin, das weiß ich nicht, aber Tatsache ist, daß mein Zustand im Laufe von weniger als einem Tag allgemein bekannt ist.

»Warum hast du das nicht schon längst erzählt?« fragt Kirsten kopfschüttelnd. »Statt heimlich ins Klo zu verschwinden und dich zu übergeben.«

»Weil es mir peinlich ist«, antworte ich, und das ist die Wahrheit. Henriette, die Verschmähte, beglückwünscht mich, als wir uns zufällig in der Schwingtür treffen, und ich sage danke schön, im gleichen falschen Ton wie sie. Sie hatte in letzter Zeit großen Erfolg mit einigen guten politischen Beiträgen, die mehrfach sogar in den Printmedien auf die Tagesordnung gesetzt wurden, und ich bin nicht frei von Neid ihr gegenüber. Dafür kann ich ihr aber ansehen, daß sie mich auch beneidet. Sie hat Paul nicht vergessen.

Lea, die nach Weihnachten die Konsequenz aus ihrer offenbar anstrengenden Mutterschaft gezogen und ins Inland übergewechselt ist, »um nicht mehr reisen zu müssen und Matthias mehr Stabilität zu geben« – strömt vor Freude fast über, als sie meine Hände in ihre nimmt.

»Oh, herzlichen Glückwunsch, Therese! Wie freue ich mich für dich! Wie geht es dir denn?«

Und so weiter und so fort über ihre eigene Schwangerschaft und das kleine Matthiasmäuschen hinten und vorne. Es fehlt nicht viel, und die Übelkeit, die fast verschwunden ist, kehrt wieder zurück. Überhaupt verabscheue ich diese offensichtliche Aufmerksamkeit für meinen Körper. Sie ist aufdringlich und anmaßend und gibt mir das Gefühl, nackt und bloß dazustehen, als würde der Zeugungsakt selbst ausgestellt. Als Søren dagegen nur kurz fragt, ob es stimmt, was er gehört hat, begnüge ich mich mit einer Bestätigung, und dann reden wir nicht mehr darüber.

Bei Paul ist es vollkommen entgegengesetzt. Er verbringt Stunden damit, Freunde und Bekannte unter allen möglichen Vorwänden anzurufen, nur um dann ganz nebenbei zu erzählen, daß er Vater werden wird. Zum Glück hat er keine Zeit, den ganzen Tag an der Strippe zu hängen, denn sein

Buch ist kurz vorm Erscheinen, und als Anreißer schreibt er eine Artikelserie fürs »Ekstra Bladet«, in dessen Verlag das Buch veröffentlicht wird. Er findet es toll, daß es dort erscheint, weil das einen richtigen Donnerschlag geben wird. Ich finde es dumm, weil es die Seriosität unterminiert und früher oder später gegen ihn benutzt werden kann. Außerdem ist es ganz deutlich, daß die Zeitung eigentlich Paul und seine ausgezeichnete Story nur dazu benutzen will, der Regierung und in erster Linie dem Umweltminister einige Salven vor den Bug zu schießen, ist doch letzterer allgemein als arroganter Lackaffe verschrien. Und prinzipiell bin ich der Meinung, daß dennoch jeder einen fairen Kampf verdient, und den bekommt man nicht in der Boulevardpresse.

»Und dein Ziel ist es doch nicht nur, Ärger zu machen?« bemerke ich, und gegen meinen Willen fällt mir die Charakteristik des Generals vom Vater meines ungeborenen Kindes ein.

»Was nützt es, eine edle Perspektive und eine gute Geschichte zu haben, wenn sie nur in der Intellektuellenzeitung ›Information‹ steht und nur von den zwölf Aposteln gelesen wird?« fragt er rhetorisch. »Papier und PC können möglicherweise eine Revolution entflammen. Aber die Ausführung erfordert gezielte Aktion!«

»Was bedeutet …?« frage ich.

»Köpfe müssen rollen …«

»Heutzutage sind Revolutionen friedlich und unblutig!«

»Wieso? Ist Gorbatschows Kopf vielleicht nicht gerollt? Und außerdem – war das überhaupt eine Revolution? ›Schalten Sie um auf Kanal Eins, dann wird Therese Skårup, unsere Korrespondentin in Moskau, Ihnen alles über das russische Paradies berichten, in dem es mehr Schlangen als Äpfel gibt!‹«

»Tss!« schnalze ich. Ich hasse es, wenn er sich in dieser Art und Weise über mich lustig macht.

»Nun ja, du mußt schon entschuldigen, mein Liebling, aber wenn es um Rußland geht, dann steckst du mitten in deiner analytischen Skepsis, durchtränkt von einer fast unerträglichen Sentimentalität!«

Ich schaue weg. Paul weiß immer noch nicht, daß ich im kleinen Buch des Generals gestrichen worden bin, und deshalb ist es mir lieber, wenn das Thema Moskau nicht zu breit diskutiert wird. Aber wenn ich doch mit der Chance konfrontiert werde, die mir möglicherweise genommen worden ist, überfällt mich eine fast unerträgliche Sehnsucht. Ich will Moskau haben! Ich will den Gestank in der Nase haben, das Elend und die hoffnungslosen Gesichter selbst sehen, die mit jedem Tag verkniffener und verbissener werden ...

»Hallo, Tes? Du bist doch nicht sauer, oder?« Paul hebt mein Kinn und küßt mich. Neckend und sanft, so daß ich gar nicht anders kann, ich muß ihm nachgeben.

»Whatever happens«, flüstere ich zwischen den Küssen, »du mußt mir versprechen, einmal mit nach Moskau zu kommen!«

»Ja, aber selbstverständlich! Das ist doch unser Ziel!«

Eine von Pauls provokanten Qualitäten ist sein Faible fürs Unorthodoxe. Deshalb arrangiert er den Presseempfang in einem stinkenden westseeländischen Schweinestall, als »Güllegate« herauskommt. Der Umweltminister ist auch eingeladen, kommt jedoch wie erwartet nicht, was ihm selbst am meisten schadet. Denn Paul bekommt massive Presseunterstützung und kann ohne Gefahr, selbst attackiert zu werden, den Minister anschießen – und die Spitzen der Landwirtschaft, die sich auch nicht zeigen. TV2 und der lokale Fernsehsender haben ein Team geschickt, und abends sitzen wir in Pauls Wohnzimmer, trinken Champagner mit Kiki und Spunk, die beide ein gutgelauntes, solidarisches Publikum darstellen und Paul auf dem Bildschirm bewundern. Was er sagt, höre ich gar nicht – ich bin vollkommen fasziniert davon, wie er, nonchalant gegen einen Strohballen gelehnt, dort steht, in seinem frechsten Anzug und in grünen Gummistiefeln, die Abwesenden lächerlich macht und mit den Anwesenden in seiner bizarren Mischung aus Königsdänisch und Kopenhagener Vorstadt-Slang plaudert.

»Nun, was meinst du?« fragt er – wie Mutter –, sobald der Beitrag zu Ende ist und der Nachrichtensprecher zu eher unwichtigen Meldungen übergeht, der Verabschiedung dänischer UN-Soldaten, die ins jugoslawische Schlachtfeld ziehen, und ähnlichem.

»Gut!« nicke ich anerkennend.

»Gut?« wiederholt er mit dem gleichen beleidigten Ton wie Mutter, wenn nur stehende Ovationen als Bestätigung genügen.

»Souverän!« sage ich und meine das auch. Wirklich so souverän, daß die Botschaft hinter der Ausstrahlung verschwindet. Unheimlich. Ich war ja selbst dabei, und da ich wie eine First Lady nur zwei Schritte hinter ihm stand, war es gar nicht zu vermeiden, daß ich mit ins Bild kam. Und das ist mir unangenehm, denn trotz all meiner Vorsichtsmaßnahmen sehe ich inzwischen eindeutig schwanger aus. Rund.

Paul ist glücklich und in Feierlaune, und wir gehen zu viert essen. Er ist unwiderstehlich in seiner sicheren Überzeugung, daß sein Buch ein Erfolg wird. Daß er selbst bereits ein Erfolg ist. Im Restaurant drehen sich einige Leute nach ihm um, vielleicht haben sie ihn auch in den Nachrichten gesehen, und ich ertappe mich selbst dabei, wie ich mir extra über den Bauch streiche, damit sie sehen können, daß er *mein* Mann ist. Ich sage es ihm zwar nicht, aber mir ist absolut klar, daß Paul nicht zu Hause sitzen und selbständiger Hausmann sein wird. Das wäre eine unverzeihliche Vergeudung von Talent. Paul muß ins Scheinwerferlicht. Er muß sich ins Gefecht stürzen.

Am nächsten Tag ist er in allen Zeitungen. Und in einigen bin ich auch, weil er mich nach vorn gezogen und festgehalten hat. Ich sehe aus, als wollte ich fliehen. Er dagegen sieht aus wie jemand, der nie etwas anderes getan hat, als offen in die Kameras der Fotografen zu lächeln.

Wie erwartet, wird sein Buch im großen und ganzen positiv rezensiert, und bereits am folgenden Tag ist die Diskussion über »Güllegate« in vollem Gange. Die Angegriffenen verteidigen sich, während anonyme Beamte aus dem Umweltministerium Paul anrufen, ihn bestätigen oder ihm neue Geschichten erzählen. Paul kommt in Kontakt mit einem Reporterteam von Ekstra Bladet, und innerhalb einer Woche gerät einiges in Bewegung. Aber auch wenn der Stuhl des Umweltministers wackelt, kriegen sie ihn nicht zu fassen.

Das sagt der General auch, triumphierend, als ich ohne Vorwarnung zu ihm gerufen werde. Über die Sekretärin, eine Erinnerung daran, daß ich degradiert bin. Die Musterschüler werden immer vom lieben Gott selbst aufgerufen.

Ich bin gerade auf dem Weg zum Flughafen, wo ich einen der ersten russischen *kapitalistij* interviewen will, der im Laufe eines knappen Jahres Rubelmultimillionär geworden ist und jetzt plant, den Westen zu erobern. Die gesamte westliche Medienwelt von CNN bis »Le Nouvel Observateur« ist ihm auf den Fersen – vielleicht weil er die Lücke füllt, die Robert Maxwell hinterlassen hat, als sich die Wellen über ihm schlossen.

Aber mir ist klar, daß es nicht der rechte Zeitpunkt ist, eine Einladung von oben abzuschlagen; ich lasse mein Aufnahmeteam draußen im Wagen warten und hoffe, daß es eine kurze Unterredung sein wird. Was immer er auch von mir will. Mich feuern oder mich doch wieder in Gnade aufnehmen?

Nichts davon. Oder doch eher letzteres. Der General bittet mich kurz und knapp – nach einem ironischen Kommentar zu Pauls Buch –, »umgehend« nach Moskau zu fahren. Ferdinand hatte einen Verkehrsunfall, er hat eine leichte Gehirnerschütterung und braucht Entlastung. Zwar hat sich der Rundfunkkorrespondent bereit erklärt, einen Teil seiner Arbeit zu übernehmen, aber nur für eine begrenzte Zeit.

»Es heißt, Baker fährt in ein paar Wochen wieder nach Moskau, um weitere Abrüstungsgespräche zu führen ...«

»Und die Ukraine und Rußland auseinanderzubringen, bevor sie ernsthaft aufeinander losgehen«, werfe ich ein, schließlich habe ich auch die Morgenmeldungen gelesen.

»Ja«, nickt der General. »Das sollst du abdecken oder jedenfalls Ferdinand dabei helfen, das abzudecken ... und dann hätte ich gerne ein paar dieser Reportagen, von denen Ras mir erzählt hat, daß du sie schrecklich gern machen willst. Falls du eine solide Reportage über die Mafia hinkriegen würdest, wäre ich sehr froh!«

Ich sehe ihn unbewegt an. Höfliche Phrasen hat er noch nie gemacht.

»Dann reden wir also von einem zwei-, dreiwöchigen Aufenthalt?«

»Ja oder von vier oder fünf Wochen. Was weiß ich! Du bist schließlich die Reporterin, Tes!« Der General breitet ungeduldig die Arme aus. »Du weißt doch selbst am besten, wieviel Zeit du brauchst. Ich bin bereit, die Mittel zur Verfügung zu stellen, und Ras hat sein Okay dazu gegeben.«

»Und was ist mit Knud?« frage ich. Topkonferenzen und Minitoptreffen sind eigentlich sein Gebiet.

»Er wird langsam etwas träge, findest du nicht auch?« Der General wippt auf seinem Stuhl zurück und greift nach einem seiner griechischen Glimmstengel. »Falls du nicht wegkannst, habe ich mir überlegt, die kleine Miriam zu schicken. Magst du eine?« fragt er.

Ich schüttle den Kopf.

»Ich habe aufgehört.«

»Na ja«, sagt er ablenkend. »Also, was meinst du?«

Eigentlich bin ich begeistert. Oder sollte begeistert sein. Nach Moskau! Ohne Beschränkungen! Das ist ein Geschenk und eine Chance, aber in allererster Linie ist es eine Provokation, und das macht mich auf eine nagende, ohnmächtige Art wütend, genau wie beim letzten Mal, als ich hier saß. Er spielt mit mir ein unfaires Spiel, schreibt einen hinterhältigen Text, bei dem ich nur die Wahl habe, mich auf seine Regeln einzulassen oder das Spiel zu verlieren.

»Okay«, sage ich mit fester Stimme.

»Gutes Mädchen!« sagt er und verzieht sein Gesicht zu einem breiten Lächeln. »Du bist also doch noch zu was zu gebrauchen! Und übrigens ...«, fügt er hinzu, als ich schon auf dem Weg hinaus bin. »Hinterher kann ich dich gut für eine Tour ins zentralasiatische Pulverfaß gebrauchen!«

Ich schäume noch die ganze Fahrt zum Flughafen hinaus und schimpfe laut, als ein dienstbeflissener Flughafenbeamter unsere Pässe gründlichst studiert, bevor wir eingelassen werden. Die Kameraleute tauschen untereinander Blicke aus, aber das soll mir egal sein. Und außerdem ist Wut nicht die schlechteste Motivation, um zu arbeiten, und schon gar nicht, wenn man es mit einem russischen Gulaschbaron zu tun hat. Aus den englischen Pressemitteilungen, die er eleganterweise an die Redaktion geschickt hat, geht hervor, daß er unter anderem hinter zwei kleineren Banken und einer neugegründeten Wach- und Schließgesellschaft steht. In Dänemark hat er gute Kontakte zu ISS Securitas, die – der Pressemitteilung zufolge – an einer Zusammenarbeit hinsichtlich der Installation von elektronischen Anlagen und der Ausbildung von Wachmannschaften interessiert ist.

Ein kurzer Anruf beim Hauptsitz von Securitas genügte, um den Ballon platzen zu lassen – ja, man hat sich mit diesem Russen getroffen, aber die Gesellschaft hat keine aktuellen Pläne für eine derartige Zusammenarbeit. Und warum nicht? Im Vertrauen – »wir sind eine Wach- und Schließgesellschaft und keine Privatarmee«.

Deshalb bestand meine Strategie schon von vornherein darin, den Mann als ein typisches postkommunistisches Wesen darzustellen, geklont aus einem protzigen Geldmann und einem skrupellosen Gangster, und wie ich ihn in dem VIP-Raum sitzen sehe, mit übereinandergeschlagenen Beinen und der goldenen Rolex ums Handgelenk, bleibe ich bei meinem Plan. Glücklicherweise ist heute einer dieser Tage, an denen mein Russisch einfach so fließt, so daß ich mich sofort in ihn verbeißen kann. Zuerst versucht er, mit mir auf eine altmodische, sexistische Art zu flirten. Aber als er merkt, daß die Nummer bei mir nicht zieht, wird er arrogant und großsprecherisch. Das Interview erreicht seinen Höhepunkt, als ich ihm meine Informationen präsentiere und ihn frage, für wen er eigentlich arbeite, ob er Verbindungen zur Mafia habe und ob er nicht der Meinung sei, daß es unmoralisch ist, von der Angst und Polarisierung in dem hart geprüften russischen Volk zu profitieren.

Er wird wütend. Im Laufe von Sekunden hat er all sein westliches Geschäftsmann-Gebaren über den Haufen geworfen und brüllt los, belegt mich mit den schlimmsten Schimpfnamen, so daß ich schließlich den härtesten russischen Fluch benutzen muß, den ich kenne: »Geh nach Hause, und bums deine Mutter!«

Das bringt ihn zum Schweigen. Total, so daß ich dem Team ein Zeichen gebe, daß sie die Lampen löschen und die

Kabel einrollen können. Die Story ist im Kasten. Und ich habe das letzte Wort behalten, auch wenn ich es aus Rücksicht auf unsere russischkundigen Zuschauer leider herausschneiden muß.

Nach dem Kampf gebe ich ihm zum Abschied die Hand. Mein Zorn ist verraucht, weshalb ich ihn freundlich anlächeln kann, ihm höflich meine Visitenkarte überreiche und eine gute Reise wünsche. Er schaut auf die Karte, steckt sie in die Brusttasche und umschließt meine Hand mit beiden Händen, sieht mich taubenblau mit Hundeblick an und fragt, ob er mich zum Essen einladen dürfte. Hier in Kopenhagen – in Paris, Amsterdam, Rom? Ich lache verblüfft und schüttle den Kopf. Nein, danke.

Dann hebt er meine Hand, drückt sie gegen seinen Mund und sagt, daß ich die wunderbarste Frau sei, die ihm jemals begegnet ist.

Ich muß wieder lachen, aber diesmal vor allem über die beiden dänischen Männer, den Tonmann und den Kameramann, in Jeans und Pullovern, die mit offenem Mund dastehen und uns anstarren, als würden wir eine Szene aus »Anna Karenina« spielen.

»Da könntet ihr noch was lernen!« sage ich, nachdem ich ihnen seine Worte übersetzt habe.

»Haha!« räuspern sie sich unsicher und trotten zurück zum Wagen, mit dem gleichen Schlurfgang, mit dem sie gekommen sind.

Den ganzen Nachmittag amüsiere ich mich königlich damit, den Bericht zu redigieren – selten hatte ich einen so offenen Wutausbruch auf dem Schirm, und ich bringe es kaum übers Herz, die Schlußbemerkung herauszuschneiden. Nach Absprache mit der Technikerin, einer netten jungen Frau aus Schonen, rufe ich den Redaktionsleiter, der die ganze Geschichte plus Nachspiel präsentiert bekommt. Auch er amüsiert sich, spielt aber dann doch nicht mit.

»Schneide es raus! Auch seinen Wutausbruch!«

»Aber ...«, protestiere ich.

»Wir können doch derartige Schimpfwörter nicht übersetzen! Und es geht schon überhaupt nicht, daß unsere Reporterin ihrem Interviewopfer sagt: ›Bums doch deine Mutter!‹ Wir sind doch nicht bei TV3!«

Und so geschieht es. Das Interview wird auf anderthalb Minuten gewöhnliches Wortpingpong reduziert, bei dem ich zwar immer noch nach Punkten gewinne, doch es ist nichts Aufregendes mehr dabei.

Aber ich stecke das Band in die Tasche – das wird in meine Privatsammlung besonderer Kleinodien eingehen –, und außerdem würde ich die unzensierte Fassung gerne noch Paul zeigen. Als ich zum Feierabend beim Pförtner in seinem Glaskäfig vorbeigehe, ruft er mich zurück, kommt heraus und überreicht mir ein Riesenbukett.

»Das ist gerade eben per Boten gekommen!«

Ich nehme den Strauß in Empfang und suche nach der Karte. »Alexander Kusnetzow. Direktor«. Reiche Menschen können offenbar alles. Einschließlich Blumen um acht Uhr abends überbringen zu lassen.

»Ein Verehrer?« fragt der Pförtner neugierig. Es ist einer der alten Hasen, der schon viel gesehen hat. Von Bombendrohungen über Hausbesetzer bis zu Verehrern.

»In gewisser Weise ja!« lächle ich und stecke die Karte in die Brieftasche. Just in case. Wo ich doch sowieso bald weg soll.

Heute morgen hat es geregnet, weshalb ich nicht mit dem Fahrrad gekommen bin, was mich aber jetzt ärgert, als ich in den klaren, frischen Aprilabend hinaustrete. Es wäre schön, jetzt, nach einem langen, stickigen Tag in dem aufgeladenen, trockenen Büroklima, nach Hause zu radeln. Dann könnte ich auch in Ruhe über die Herausforderung nachdenken, vor die der General mich gestellt hat. Schwangere Reporterin auf der Reise in ein anarchistisches Reich, in dem überall Gefahren lauern.

Langsam überquere ich den Parkplatz, um zur Bushaltestelle zu gehen. Der Strauß ist unhandlich und meine Tasche wie immer überfüllt und unnötig schwer. Ich gucke auf die markierten Plätze, ob nicht vielleicht ein Kollege gerade auch in die Stadt fährt und mich mitnehmen könnte. Und wirklich kommt ein Auto langsam angerollt, als hätte es vor, mich aufzusammeln. Es ist klein, schwarz, und ich kann es nicht gleich zuordnen, weshalb ich die Augen zusammenkneife, um den Fahrer durch die Windschutzscheibe zu erkennen.

Aber in dem Moment hupt es, und als das Auto bei mir angekommen ist, erkenne ich den flotten Fahrer hinterm Lenkrad.

»Hallo!« rufe ich und reiße die Tür auf, als der Wagen neben mir hält. »Wem gehört der denn?«

»Mir. Uns!« sagt Paul und nimmt den Strauß entgegen, um ihn auf den Rücksitz zu werfen, als ich mich hinsetze.

»Wie bitte?«

»Ich habe ein Auto gekauft. Natürlich gebraucht«, klärt Paul mich kurz auf und blinkt links, nachdem ich den Sicherheitsgurt angelegt habe. »Von wem sind die Blumen?«

»Von einem Verehrer!« lächle ich. »Von einem Russen, den ich heute interviewt habe. Er war gewaltig ...«

»Das glaube ich!« schneidet Paul mir das Wort ab und fährt vom Parkplatz. »Guter *rapport*, was?« sagt er und spricht das Wort Rapport französisch aus.

»Was meinst du?« frage ich. »Ich war wahnsinnig wütend auf ihn! Er hat mich unglaublich genervt! Du kannst dir das Band angucken, wenn wir zu Hause sind! Wir hätten uns fast geprügelt!«

»Und hinterher hat er dich geküßt!«

Ich starre ihn verblüfft an. Woher weiß er das?

»Auf die Hand!«

»Ja, diese Typen kenne ich. Aber du hast ihm doch hoffentlich erzählt, daß du schwanger bist!«

»Das geht ihn doch überhaupt nichts an! Außerdem kann man das ja wohl sehen!« erwidere ich und weiß genau, daß er das nicht konnte. Ich trage heute Schwarz, und das tarnt. Außerdem zweifle ich daran, daß ich eine Einladung zum Essen und Blumen bekommen hätte, wenn er wüßte, daß ich bald eine heilige Mutter bin. »Aber nun erzähl mal, was soll das mit dem Auto!« wechsle ich das Thema.

»Wie ich gesagt habe – ich habe es gekauft«, Paul guckt in den Rückspiegel und wechselt die Spur, um auf die Autobahn Richtung Zentrum zu kommen.

»Es ist ein vier Jahre alter Alfa. Ein Frauenauto, das nur fünfzehntausend Kilometer gefahren wurde und ansonsten in der Garage stand.«

»Aber Paul, du kannst doch nicht einfach losgehen und ein Auto kaufen! Nur mal so!« schnipse ich mit den Fingern. »Kannst du dir das leisten?«

Paul sieht mich von der Seite an und wechselt auf die Überholspur.

»Süße Tes, erstens ist das ein wohlüberlegter, vernünftiger Kauf. Wenn man Kinder hat, ist es äußerst praktisch, ein Auto zu haben. Zweitens kann ich immer noch über mein Geld verfügen, wie ich will, da du auch in diesem Punkt auf deiner absoluten persönlichen Autonomie beharrst.«

Ich scharre unzufrieden mit den Füßen. Er spielt damit auf ein Thema an, das er schon ein paarmal gern diskutiert hätte und dem gegenüber ich mich bisher immer äußerst abweisend verhalten habe. Gemeinsame Kasse. Und noch schlimmer – gemeinsame Wohnung. Glücklicherweise hatte er nicht die Zeit, auf einer Diskussion zu bestehen, solange er mit seiner Buchherausgabe beschäftigt war. Aber jetzt, wo der Rauch verweht ist, hat er offensichtlich massenhaft Zeit und möglicherweise auch das Bedürfnis, sie irgendwie zu füllen. »O Scheiße, was seid ihr nervig!« murmle ich verbissen. Noch so eine Entscheidung unter Druck, das ist wirklich zuviel.

»Wer ist nervig?« fragt Paul.

»Ihr Männer! Wenn es nicht so läuft, wie ihr wollt, dann kommt ihr mit der Daumenschraube!«

Paul wirft mir einen fragenden Seitenblick zu.

»Ich war heute beim General«, erkläre ich und stelle das Autoradio an. »Er will mich nach Moskau schicken, damit ich Ferdinand unterstütze, und außerdem soll ich eine Sendung über die Mafia machen.«

Die Sonderaufgabe in Zentralasien verschweige ich lieber. Hier muß Stück für Stück serviert und verdaut werden.

»Und?« Pauls Augenbrauen heben sich. »Wann?«

»›Umgehend‹. Ich kann es wohl noch eine Woche hinausschieben.«

»Und was ist mit unserer Ultraschalluntersuchung?« fragt er. »Die ist doch erst am nächsten Freitag?«

»Scheiße, die habe ich vergessen!«

Paul schüttelt vielsagend den Kopf.

»Tessie ...«

»Die kann ja wohl verschoben werden! Sonst lassen wir sie ausfallen. Ist doch sowieso nur ein Angebot!« schlage ich vor.

»Das tun wir unter keinen Umständen. Das ist schließlich auch mein Kind! Und außerdem habe ich der Ärztin versprochen, auf dich aufzupassen!«

»Ich bin schwanger, nicht krank!« bemerke ich müde.

»Tessie!«

»Okay!« seufze ich. »Dann machen *wir* also die Ultraschalluntersuchung! Ich werde mir morgen einen neuen Termin geben lassen.«

Paul schaltet und tritt aufs Gas. Er überholt und legt mir eine Hand auf den Schenkel. Zwei Yuppies in einem Alfa Romeo.

Das Krankenhaus ist aus medizinischen Gründen abgeneigt, den Ultraschalltermin zu verlegen. So abgeneigt, daß ich nach diversen telefonischen Verhandlungen hin und her mich schließlich damit zufriedengeben muß, daß es bei dem abgemachten Termin bleibt. Deswegen beschließe ich, den Direktflug am Tag nach der Untersuchung zu nehmen, wodurch ich fast zehn Tage Zeit habe, die Reise vorzubereiten. Nicht zuviel, wenn ich auch noch einiges für den armen Ras vorbereiten will, der voll damit beschäftigt ist, den Dienstplan mit Urlaub, Abbummeln und weggeschickten Reportern zu erstellen. »Das ist nicht deine Schuld, Tes, aber ich bin wirklich ziemlich sauer, daß der General dich für unbestimmte Zeit wegschickt!« jammert er.

»Er hat gesagt, das wäre für dich okay!«

»Wirklich?« Ras nimmt die Pfeife aus dem Mund. »Dann aber mit vielen Wenns und Abers. Du kennst ja seine Befehle!«

»Ras! Du mußt es lernen, nein zu sagen!« ermuntere ich ihn und streichle ihm die Wange.

»Hm!« schnurrt er und wird rot. »Ich werde dich vermissen. Mit Bauch und allem!« Ras schielt zu meinem Nabel hinunter. »Es fällt mir noch schwer, mir vorzustellen, daß ...«

»Mir auch!« nicke ich nachdrücklich und wechsle das Thema. »Wollen wir über die Abrüstungskonferenz reden?«

Mehrere Telefonkonferenzen mit Ferdinand finden statt. Dieser wirkt nicht besonders begeistert darüber, daß er mich zur Unterstützung bekommen wird.

»Hat er denn nicht selbst um Hilfe gebeten?« frage ich spitz nach einem dieser lauwarmen Gespräche.

»Doch, schon, aber er hat wohl damit gerechnet, daß Knud kommt.«

Das hat Knud offenbar auch, denn er unternimmt nicht den geringsten Versuch, sein Mißfallen und seine Antipathie mir gegenüber zu verbergen. Weder in Andeutungen auf dem Redaktionsflur noch bei den Konferenzen. Natürlich gekleidet in formale Einwände. Aber der Kern ist doch, daß ich zu jung, zu unerfahren, zu schwanger bin – kurz gesagt, zu sehr Frau.

»Ist das zu fassen!« sage ich kopfschüttelnd zu Miriam, als es mir klar wird. »Als Frau muß man bitte schön ununterbrochen beweisen, daß man genauso gut ist!«

»Doppelt so gut!« nickt Miriam »Und was soll ich da sagen mit doppeltem Handicap. Eine jüdische Frau!«

»Dafür bist du nicht schwanger!« bemerke ich trocken. Miriam lacht.

»Leider! Denn eigentlich ist es mein großer Traum, acht Kinder zu haben!«

»Wirklich?« platze ich heraus.

»Ja! Wirklich!« nickt Miriam mit ihrem schwarzen, kurzgeschnittenen Pagenkopf. »Ich bin verflucht neidisch auf dich. Weißt du, irgendwo haben wir doch immer noch das Bild der alle umarmenden jüdischen Mama im Kopf.«

»Hast du das aus der Synagoge?« frage ich. Halb scherzhaft, halb aus reiner Unwissenheit über ihre Kultur.

»Nein! Das habe ich von Woody Allen!« grinst Miriam. »Aber, apropos Männer, da hast du dir ja auch einen flotten Hecht als Vater deiner Kinder angelacht!«

»Meinst du Paul?« frage ich verblüfft.

Miriam leckt sich die Lippen.

»Natürlich! Was meinst du, wie scharf der mit Babytragetuch aussieht!«

Ich bin so großzügig, das Kompliment an Paul weiterzugeben, der es lächelnd schluckt, aber gleichzeitig betont, daß so etwas für ihn von rein theoretischem Interesse ist.

»I only have eyes for you, und deshalb meine ich auch, du solltest hierbleiben!« sagt er und zieht mich zu sich heran. Wir sitzen auf einer Bank an den Seen – einen Steinwurf von seiner Wohnung entfernt, wie ein Wohnungsmakler sagen würde – und sehen den Enten, Joggern und Liebespaaren zu, saugen die friedliche Frühlingsabendstimmung ein, die einen ruhelos und nervös machen kann, wie läufige Katzen, die nachts im Hinterhof jammern.

Es ist der Abend vor dem Ultraschall-Termin und zwei Tage vor meiner Abreise. Ich freue mich wegzukommen, habe mich gründlich vorbereitet und weiß alles, was man über Verschrottung und die sichere Aufbewahrung von Atomwaffenarsenalen wissen sollte. Daß es Milliarden von Dollar kosten würde, die Waffen loszuwerden, für deren Herstellung man bereits Milliarden von Dollar aufgewandt hat – eine der absurden Paradoxien, die wir nur schwer unseren Kindern werden erklären können. Besonders da sie Gefahr laufen, diese Rechnung bezahlen zu müssen. Sowohl die ökonomische als auch die ökologische. Ich glaube keine Sekunde lang, daß man Tonnen von Plutonium ohne jedes Risiko in der Erde vergraben kann. Wie ich auch äußerst skeptisch im Hinblick auf die Sicherheit bin. Der Weltmarkt ist bereits überschwemmt mit billigem Uran, und früher oder später können radikale Gruppen des einen oder anderen politischen Flügels vermutlich Mini-A-Bomben daheim im Keller selbst fabrizieren.

»Das meine ich!« wiederholt er, um meine Aufmerksamkeit zurückzubekommen.

Ich nicke, immer noch etwas abwesend, bin gerade dabei, den Stoff so in den Griff zu kriegen, daß er auch von Lieschen Müller in Kleinkleckersdorf verstanden werden kann.

»Hallo! Woran denkst du?« Paul schnappt nach meinem Ohrläppchen.

»An Bomben!« antworte ich und kuschle mich an ihn. »Ist es richtig, in diesen unsicheren Zeiten Kinder in die Welt zu setzen?«

»Das waren sie immer!« kommt Pauls Einwand.

»Ja, schon, aber die Dinge waren noch nie so unvorhersehbar wie jetzt. Zumindest nicht in unserer Zeit!«

Ich habe Lust, über Politik und Strategie zu diskutieren. Neue Allianzen, mögliche Konflikte und die Europäische Union. Das Gespräch fortzusetzen, das ich mit meinem außenministeriellen Freund Christian geführt habe, als wir im Eigtveds Pakhus miteinander aßen. Um vertraulich über Dänemarks Haltung zur Baker-Reise informiert zu werden. Und zum Vergnügen. Denn es war vergnüglich und informativ zugleich, und es machte Spaß, eine Fachdiskussion mit einem Mann zu führen, der etwas weiß, statt wie üblich auf Kollegen zu hören, die nur so tun, als wüßten sie etwas. Aber über die Mafia wußte er nicht viel – das sind nicht die Kreise, in denen sich die Diplomaten bewegen. Sonderbarerweise kommentierte er meinen Zustand nicht, und ich selbst erwähnte ihn auch mit keinem Wort. Vergaß ihn sogar, wie so oft, was sich immer noch machen läßt, weil ich noch keinen so enormen Reklameballon mit mir herumtrage.

Normalerweise gefällt es Paul auch ganz gut, »ernste Themen« zu diskutieren. Und heute will auch er über die Zukunft reden. Aber über unsere Zukunft.

»Hast du dir schon mal überlegt, wo wir wohnen wollen?« fragt er. »Und wann kriegst du denn das endgültige Okay für den Moskauposten?«

»Ich nehme an, wenn ich zurück bin«, sage ich ausweichend und beuge mich vor. Unter der Bank liegt ein benutztes Kondom. Es erinnert mich an Simon und Frank. Bei denen ist es in letzter Zeit sehr still gewesen. Drei Wochen nacheinander haben sie unseren Eßclub abgesagt, und abgesehen davon, daß ich einmal nachts aufgewacht bin, weil es bei ihnen so laut polterte, daß ich den Eindruck hatte, die verbalen Argumente wären jetzt von körperlichen abgelöst worden, habe ich lange nichts mehr von ihnen gehört. Leider. Ich muß versuchen, noch einmal bei ihnen reinzuschauen, bevor ich abreise.

»Therese! Wenn du zurück bist, ist es Sommer! Wir haben Hunderte von Dingen, die wir besprechen müssen! Und außerdem mußt du noch umziehen!«

»*Ich* muß umziehen?« frage ich und richte mich so schnell auf, daß mir schwarz vor Augen wird.

»Ja, *du* mußt auf jeden Fall umziehen! Entweder nach Moskau, zu mir oder an einen dritten Ort!«

»Warum muß *ich* umziehen?«

»Weil deine Wohnung die schlechtere ist!«

»Aber mir gefällt sie ausgezeichnet!«

»Ja, dir! Aber wir können nicht zu dritt darin leben«, erklärt Paul ruhig. »Es paßt ja kaum eine Wiege in dein Schlafzimmer. Und es gibt keinen Fahrstuhl. Unpraktisch, wenn man einen Kinderwagen hat.«

»Der kann im Hausflur stehen!«

»Mit Kettenschloß dran? Und außerdem hast du keine Waschmaschine!«

»Um die Ecke ist ein Waschsalon!«

»Und keinen richtigen Hof, in dem der Kinderwagen stehen kann!«

Paul hat recht. Aber erst, als ich mich geschlagen gebe und das Funkeln in seinen Augen sehe, begreife ich, worauf dieses Spiel hinausläuft. Ich muß Entscheidungen treffen. Ganz praktische.

»Du bist stur!« sage ich und stehe auf.

»Nicht mehr als nötig. Das mußt du doch einsehen, Tes!«

sagt er und holt mich ein. Legt mir einen Arm um die Schulter. »Ich freue mich so schrecklich! O Scheiße, wie ich mich freue!«

Wie beim letzten Mal begleitet Paul mich ins Krankenhaus. Und wie letztes Mal ist er rechtzeitig da, während ich völlig abgekämpft mit einem Taxi ankomme und mir die Nägel vor lauter Ungeduld abkaue, als wir warten müssen. Er genießt die Wartezeit zwischen den »trächtigen Kühen«, wie er sagt. Das meint er als Kompliment und starrt ganz ungeniert auf die dicken Bäuche.

»Sieh mal die da!« flüstert er beeindruckt und nickt in Richtung einer gewaltigen Frau, die in einem hellen Mantel hereinkommt, zwei Kleinkinder an den Händen. Sie sieht aus, als stamme sie aus einer anderen Zeit – mit dicken Schenkeln, kräftigen Armen, eine erdgebundene Urkraft ausstrahlend, wie ich sie mit Landfrauen in der Waschküche verbinde. Vielleicht war meine Großmutter väterlicherseits so eine. Die Frau setzt sich auf einen Stuhl, nimmt beide Kinder auf den Schoß und zieht ein Pixi-Buch aus der Manteltasche. Während sie laut von Petzi, Pelle und Pingo vorliest, gelingt es ihr, gleichzeitig zwei Packungen Apfelsaft aus der Vinyltasche herauszuholen, die sie neben sich gestellt hat.

»Picasso!« murmelt Paul beeindruckt. »Ein echter Picasso!«

Paul erkennt sofort die Gliedmaßen und Organe, als ich endlich auf der Liege gelandet bin und von einer freundlichen Schwester gescannt werde.

»Hände und Füße, Gehirn und Herz«, konstatiert er, je nachdem, wie der gräuliche Schmutzfleck auf dem Monitor aufgeteilt und identifiziert wird. »Alles da, oder?« fragt er mit einer Besorgnis, wie ich sie noch nie zuvor bemerkt habe, und die Krankenschwester lächelt und sagt, daß alles normal aussieht.

»Guckt mal, wie schön das kleine Herz schlägt!« sagt sie und hält das Bild an, während Paul meine Hand drückt. Seine Handflächen sind schweißnaß. Ungewöhnlich.

»Phantastisch, nicht wahr?« sagt Paul, und das ist es wirklich. Birgitte hat erzählt, daß sie hemmungslos zu weinen anfing, als sie Maxi das erste Mal auf dem Bildschirm sah. Das tue ich nicht, aber genau wie bei der Untersuchung, als ich das Herzgeräusch zum ersten Mal hörte, fühle ich etwas. Eine Vertrautheit mit dem kleinen Fisch, der sich dreht, einen Fuß streckt und ein Herz hat, das im Takt eines Vogels schlägt. Also ist das kleine Wesen auf dem Schirm gleichzeitig Vogel und Fisch, aber immer noch weit davon entfernt, das Kind zu sein, das ich überhaupt noch nicht vor mir sehe.

»Wißt ihr was«, sagt die Krankenschwester, als sie mit dem Messen fertig ist und einen Schnappschuß von unserem Fisch hat ausdrucken lassen. »Ich denke, es wäre besser, wenn ihr mit dem Resultat noch einmal runter zum Arzt geht.«

»Warum das?« fragt Paul alarmiert und löst seinen Blick von dem Schnappschuß, den er gerade dechiffriert. »Es ist doch alles in Ordnung, oder?«

»Doch, doch«, versichert die Krankenschwester. »Nur daß die Größe nicht zum Termin paßt.«

Ich sehe fragend von einem zum anderen.

»Es ist zu klein?« fragt Paul mit starren Pupillen. Er hat Bücher gelesen, ich nicht.

»Das kann ja auch ein Berechnungsfehler sein. Redet doch mit dem Arzt darüber!« weicht sie aus. Immer noch lächelnd.

Im Fahrstuhl nach unten rechnen wir nach. Das ist ganz

einfach, denn da ich die Pille genommen habe, kam meine Menstruation immer pünktlich und regelmäßig, und außerdem habe ich sie im Kalender notiert. Schon im voraus für ein Jahr. Um besser planen zu können. Paul verdreht die Augen, als ihm das klar wird.

»Betonweib!«

Ich zucke mit den Schultern und schließe meinen Terminplaner. Jedenfalls bin ich sicher, daß *ich* nicht falsch gerechnet habe.

Das wiederhole ich auch dem Arzt gegenüber, der mit gerunzelter Stirn dasitzt, die Datenscheibe dreht und in meinen Mutterpaß guckt, in den das Ultraschallresultat eingetragen wurde.

»Haben Sie schon Kindsbewegungen gespürt?« fragt er.

»Nein. Das heißt, vielleicht doch«, sage ich und denke an das kitzelnde Seifenblasengefühl, das ich ein paarmal hatte. Fast zu vergleichen mit einem winzig kleinen Fisch, der mit seiner winzigen Schwanzflosse ausschlägt.

»Hm!« knurrt er. »Wenn das Datum richtig ist, dann ist er etwas klein, Ihr Fötus. Und Sie haben auch erst drei Kilo zugenommen, das ist nicht besonders viel für die zwanzigste Woche, nicht wahr!« Der Arzt sieht mich über seine Lesebrille hinweg an. »Essen Sie zuwenig und arbeiten Sie zuviel?«

»Nein …«, will ich ansetzen, werde aber von Paul überfahren.

»Doch, das macht sie! Wissen Sie, Herr Doktor, meiner Frau fällt es nicht ganz leicht, ihre Schwangerschaft zu akzeptieren …«

»Paul!« knurre ich warnend. Der Arzt nimmt seine Brille ab.

»… und außerdem sieht sie nicht ein, daß sie Rücksicht darauf nehmen muß!«

»Aha!« sagt der Arzt und gewinnt etwas Zeit, indem er

den Mund spitzt, während die bisher unsichtbare Sprechstundenhilfe plötzlich aufdringlich präsent ist. »Nun«, fährt der Arzt fort und sieht mich an. »Ich will mich ja nicht in Ihr Privatleben einmischen, aber als Arzt muß ich Ihrem Mann recht geben, daß es sowohl Ihnen als auch Ihrem Kind nur guttäte, wenn Sie etwas kürzertreten und gut und reichlich essen würden. Wie wäre es mit zwei Wochen Urlaub daheim auf dem Sofa mit hochgelegten Beinen? Natürlich mit Bedienung!« sagt er mit einem verständnisheischenden Mann-zu-Mann-Blick zu Paul, der zustimmend nickt.

Ich atme tief ein. Das ist unmöglich, und das weiß Paul nur zu gut.

»Das kann ich nicht«, sage ich kurz.

Der Arzt sieht mich für einen Augenblick an, als erwarte er eine längere Erklärung. Um nicht zu sagen, eine Entschuldigung. Als diese jedoch nicht kommt, breitet er nur die Arme aus. Denn eigentlich will er sich ja nicht einmischen.

»Das müssen Sie selbst entscheiden. Es gibt auch keinen Grund zur Panik. Aber versuchen Sie trotzdem, ein bißchen mehr Ruhe zu bekommen«, sagt er.

Die Sprechstundenhilfe sieht enttäuscht aus, als hätte sie erwartet, daß wir nicht so glimpflich davonkommen. Und Pauls Lippen sind schmal und zusammengekniffen, als wir uns verabschieden. Wir sind kaum durch die automatischen Krankenhaustüren hindurch auf dem Weg zum Parkplatz, als er schon wütend herausplatzt.

»Du willst wohl trotzdem reisen?« Es nieselt, die Tropfen sitzen wie Perlen in seinem Haar.

»Was denn sonst?«

»Du hast doch gehört, was er gesagt hat!«

»Daß es keinen Grund zur Panik gibt!«

»Hörst du immer nur, was du hören willst?« fragt Paul und wirbelt um mich herum, bis wir das Auto erreichen.

»Paul, was soll ich denn deiner Meinung nach tun?«

»Zu Hause bleiben!« kommt es gepreßt, bevor er den Schlüssel ins Schloß schiebt.

Das tue ich nicht. Ich fahre wie geplant am nächsten Tag zum Flughafen. Mit einem Taxi von meiner Wohnung aus. Paul war wütend und ist nach einem kühlen Abschied in seine eigene Wohnung gefahren. Es tut mir leid, daß wir uns im Streit trennen – andererseits habe ich einfach keine Zeit, lange darüber nachzudenken. Mein Kopf ist voll mit Packen und praktischen Problemen – und die Ecke, die ich noch für allgemein menschliche Dinge übrig habe, ist momentan von Simon und Frank besetzt, bei denen ich spätabends noch vorbeigucken konnte. Wie ich schon befürchtet hatte, war die Lage nicht besonders gut. Vor ein paar Monaten wurde festgestellt, daß Simon HIV-positiv ist, was die beiden verhältnismäßig undramatisch aufgenommen haben in der Hoffnung, mit Hilfe von Karottensaft und Retrovir den Ausbruch der Krankheit so lange hinauszuzögern, bis das Wundermittel, das Aids so harmlos wie die Grippe machen wird, erfunden ist. Rechtzeitig. Aber jetzt war Simon mit einer Lungenentzündung im Krankenhaus, was die Situation von bedrohlich in katastrophal veränderte.

»Vorher war ich nur betroffen. Jetzt bin ich zum Tode verurteilt«, sagte Simon finster und verkroch sich in einer Ecke des Sofas. Bereits gezeichnet und mager und mit Franks heruntergehaspelten Versicherungen, daß Simon locker noch viele Jahre zu leben habe und daß das amerikanische Gesundheitsministerium gewiß kurz vor der Genehmigung für *das* Mittel stehe.

Und ich lächelte beruhigend und gab Frank in allem recht, was er sagte. Doch, doch, ich hatte auch schon von dem Mittel gehört, und außerdem kannte ich selbst einige, die mit Aids-Vollbild noch jahrelang gelebt hatten. Was nur teilweise stimmt und außerdem als Aussage in Anbetracht all der tragischen Schicksale in meinem Bekanntenkreis, bei denen der Tod im Laufe von erschreckend kurzer Zeit eintrat, vollkommen lächerlich ist. Aber irgendwie fühlte ich mich schuldig, wie ich mit dickem Bauch dasaß und mich so verflucht gesund und fruchtbar zeigte. Durch und durch Hetero.

Aber die beiden waren süß und ohne Bitterkeit, als sie mir eine gute Reise wünschten und mich in den Arm nahmen, und ich wurde nur kurz steif, als Simon mich auf die Wange küßte. »Ich hätte so gern ein Kind gehabt!« sagte er, und es war so unerträglich, ihn über sich selbst in der Vergangenheit reden zu hören, daß ich schnell mit einer allzu fröhlichen Bemerkung reagierte, daß er natürlich auf meins aufpassen dürfe.

Er hielt mich ein Stück von sich weg und betrachtete mich mit seinem blassen Lächeln.

»Carpe diem, Therese!« sagte er mit Anspielung auf den stürmischen Oktoberabend, als ich mit ihnen Rumgrog trank und »Der Club der toten Dichter« auf Video sah. Sie waren ganz fasziniert von dem Film, den ich selbst zu kitschig fand, aber in dieser Abschiedsstunde, während Frank schniefend im Hintergrund sitzt, bin ich trotzdem von dieser banalen Aussage gerührt. Carpe diem. Freu dich am Leben, solange du es noch hast.

Am nächsten Morgen, als ich losmuß – im letzten Moment –, überlege ich, ob ich nicht hinaufgehe und Frank bitte, mir mit dem Gepäck zu helfen. Aber einerseits will ich ihren Morgenschlaf nicht stören, und andererseits ertrage ich nicht noch einen herzzerreißenden Abschied. Also trage ich allein meine beiden schweren Koffer und meine mit Büchern, Bändern und Material vollgestopfte Tasche hinunter. Jedes Stück für sich und mit angespannten

Bauchmuskeln, aber als ich das dritte Mal erschöpft unten ankomme, ist mir klar, daß es im Augenblick Grenzen für meine physische Belastbarkeit gibt. Oberhalb der Lenden fühle ich mich wacklig und spüre ein Ziehen im Leistenband, und während ich warte, daß mein Atem sich beruhigt und das Taxi kommt, falte ich mit einer Art Entschuldigung meine Hände über dem Bauch. Vielleicht haben sie ja doch recht, daß ich mehr auf mich achten soll. Aber andererseits habe ich auch recht: Ich bin nicht krank.

Das würde ich gern Paul sagen – dabei mit der weißen Flagge wedeln und ihn beruhigen –, wenn ich ihn irgendwie erreichen könnte. Ich habe versucht ihn anzurufen, bevor ich losfuhr, aber nur seine wohltemperierte Anrufbeantworterstimme und einen stumpfen Frühlings-Vivaldi erreicht.

Wenn ich paranoid wäre, würde ich sofort einige Eifersuchtsphantasien entwickeln, dahingehend, daß er sicher bei einer anderen Frau geschlafen hat, aber ich bin tausendprozentig sicher, daß er das nicht macht. Vielleicht joggt er gerade, ist beim Bäcker oder – wofür ich die Zehen kreuze, als ich im Taxi auf dem Weg nach Amager sitze und mich notdürftig schminke –, oder er ist zum Flughafen gefahren, um sich zu verabschieden. Trotz allem.

In der Abflughalle halte ich nach ihm Ausschau, da ich ihn jedoch nicht sehe und bereits fünf Minuten über die Zeit bin, muß ich mich in einer dichtgedrängten Schlange zum Einchecken anstellen und die Hoffnung begraben. Im Transit kann ich noch einmal versuchen, ihn anzurufen, und wenn er immer noch nicht rangeht, ihm etwas Besänftigendes oder Beleidigtes auf seinen Anrufbeantworter sprechen.

Als ich vor dem Schalter stehe, mit dem Ticket wedle und mein Gepäck vom Wagen auf das Band heben will, ist er endlich da. Als wäre er die ganze Zeit dagewesen, nimmt er mir die Koffer aus der Hand und stellt sie behutsam auf die Waage vorm Laufband.

»Das ist wohl ein bißchen Übergewicht«, erkläre ich mechanisch der sonnengebräunten Bodenhosteß, während ich versuche, Augenkontakt zu Paul zu bekommen, der gemeinsam mit ihr am Gepäck arbeitet.

Sie nickt, rechnet, notiert, sagt, daß ich mit vier Kilo davonkomme, und zeigt zum Schalter, wo ich bezahlen muß.

Ich trete zur Seite, um dem nächsten Platz zu machen – einem jungen Typ mit Rucksack, und erst jetzt kann ich Paul richtig ansehen.

»Mein Gott, wie siehst du denn aus!« stelle ich mit Blick auf sein fettiges Haar, den wilden Bart und die zerknitterte Kleidung fest. Dieselbe wie gestern. Er muß darin geschlafen haben. Paul zieht abwiegelnd die Schultern hoch.

»Aber ich bin froh, daß du gekommen bist«, sage ich und zupfe vorsichtig an einem Hemdzipfel.

»Warum?« fragt er. Ohne mich anzufassen, aber auch ohne meine Hand zu entfernen, die sich jetzt locker auf seine Hüfte gelegt hat.

»Weil man sich nie im Streit trennen soll«, sage ich.

»Nun ja, deshalb bin ich nicht gekommen«, sagt er, immer noch distanziert.

»Warum dann?« frage ich und entsichere.

»Weil ich gern das Bild hätte.«

»Welches Bild?« frage ich dumm.

»Das vom Kind. Vom Ultraschall. Du hast es.«

»Ach«, lächle ich, hole meine Brieftasche aus der Tasche, ziehe den Schwarzweißdruck heraus. »Hier!«

»Danke!« sagt er und faltet es auseinander. Er betrachtet es, vertieft sich so sehr darin, daß er anfängt zu lächeln und sein Erlebnis mit mir teilen muß.

»Guck mal! Man kann Kopf, Knie, Hände und alles mögliche sehen!«

»Aber kein Geschlecht!« sage ich und lehne mich an ihn, um besser sehen zu können.

»Aber wir wissen doch, daß es ein Mädchen wird!«

»Das wissen wir nicht!« protestiere ich.

»Aber ich weiß es! Der Vater des Mädchens!« Er faltet das Blatt zusammen und legt es sorgfältig in seine Brieftasche, während ich gehe, um mein Übergepäck zu bezahlen und den Boardingpaß zu bekommen. Als das geregelt ist, bleibt uns nur noch, uns zu verabschieden. An der Rolltreppe, wo bereits ein Liebespaar steht und sich küßt, als wäre es zum allerletzten Mal. Sie sind sehr, sehr jung, und sie weint wie geprügelt, als er sich endlich losreißt und den ersten Schritt von ihr fort macht.

Wir hätten noch so viel zu sagen, tun es aber nicht.

»Bis bald!« sage ich nur.

Paul nickt.

»Ja, bis bald.«

Dann geben wir uns einen ganz leichten Kuß auf den Mund, und im nächsten Augenblick bin ich es, die mit einem Fuß auf der rollenden Treppe steht. Doch kurz bevor sie mich fortträgt, drehe ich mich noch einmal um, und dann kann ich nicht anders. Ich muß zurück. Muß ihn küssen, bis die Decke einstürzt und die Lautsprecherstimme verstummt. Ihn küssen, daß er begreift, wie leid es mir tut, daß ich so ein elender Amateur bin. Ihn küssen, damit er auch glaubt, daß ich wirklich zurückkomme. Ihn küssen, um ihm zu erzählen, daß ich mich freue, daß, wenn ich schon ein Kind bekomme, es von ihm ist.

»Ich liebe dich!« flüstere ich ihm ins Ohr und schnuppere an ihm, bis mir fast schwindlig wird.

Als ich ganz oben auf der Rolltreppe stehe und ihm zuwinke, spüre ich es. Ein sanfter Stoß im Zwerchfell. Von innen. Von dort.

Unser Baby strampelt. Anerkennend.

Der Scheremetjewo-Flughafen sieht aus wie immer: deprimierend. Die gleichen pickligen Jungs in der Paßkontrolle mit dem gleichen wichtigen Gesichtsausdruck unter der Schirmmütze. Das gleiche endlose Warten am Gepäcklaufband. Der gleiche Kampf um zu wenige Gepäckwagen. Das gleiche aluminiumscharfe Neonlicht und der immer gleiche Geruch nach Rußland.

Und gleich rutscht über mein Gesicht die Moskau-Maske – senkrechte Stirnfalte und resignierte westliche Müdigkeit über diese Halbasiaten, die nicht einmal versuchen, etwas zu organisieren.

Aber schon als ich mich durch den Schwarm der Taxipiraten in der Ankunftshalle kämpfe, spüre ich eine Verzweiflung, die mir neu ist. Eine Stimmung loser Messer, die mich nervös macht und mich unbewußt meine Handtasche fester halten und noch unnahbarer als sonst aussehen läßt, bis ich von Sergej, dem Kameramann, gerettet werde.

»Strastwuij!« winke ich, und er strahlt und sagt »Hello!« und übernimmt sofort den Gepäckwagen.

Ich mochte Sergej schon immer, aber seit den Revolutionstagen, als wir eine wirklich durch und durch harmonische Zusammenarbeit hatten, besteht zwischen uns eine besondere, unausgesprochene Freundschaft. Vielleicht schwindelt und betrügt er wie alle anderen Russen, und wie die meisten anderen russischen Männer, die etwas auf sich halten, verschwindet auch Sergej in irgendwelchen finsteren Wodkalöchern, wenn die Gelegenheit sich bietet. Aber er ist in Ordnung. Ich vertraue ihm, bin mir seiner sicher und setze mich beruhigt auf den Beifahrersitz neben ihn in seinen Volvo-Combi.

Während wir vom Flughafen in die Stadt fahren, erkundige ich mich nach seiner Frau, seiner alten Mutter und seinem Sohn, der schwer sehbehindert ist und nur dank einer speziellen Brille sehen kann, die ihm der Sender in Dänemark besorgt hat. Ich war an diesem Projekt auch beteiligt, und deshalb ist Sergej mir ewig dankbar. Der Junge ist in der Schule jetzt eine Klasse aufgerückt, und selbst der strengste Lehrer muß zugeben, daß er nicht dumm ist.« Er konnte einfach nichts sehen, der Arme!« Als wir die Familie und die schlechten Zeiten durch haben, die Sergej große Sorgen machen, auch wenn er seine Schäfchen dank des guten Valuta-Lohns vom dänischen Sender im trockenen hat, sind wir auf dem Weg zum Leninskij Prospekt. Ich sitze stumm neben ihm und registriere, wie Moskau sich um mich erhebt. Und wie immer, wenn ich die Stadt wiedersehe, fühle ich meine Liebe für diesen Moloch von Hauptstadt. Man sagt, Moskau ist häßlich; es wurde immer verspottet und stand im Schatten von Leningrad, das St. Petersburg zu nennen ich immer noch nicht gewohnt bin. Aber während Leningrad für mich immer eine Art Kulisse war, eine Drei-Sterne-Touristenattraktion, habe ich Moskau stets dafür geachtet, daß es nicht mehr verspricht, als es hält. Es ist groß, brutal und zentralistisch und hat – bis jetzt – so gut wie keine individuelle Prägung. Und auch wenn diese erzwungene Einförmigkeit natürlich wenig inspirierend ist, ist es vielleicht auch diese Form von Anderssein, die die Stadt so faszinierend macht. Uns so nah, so scheinbar vertraut und dennoch so anders.

Ich hole so tief Luft, daß mein Brustkorb sich hebt. Mein Gott, wie schön wäre es, wenn Paul hier wäre. Wenn ich ihm alles zeigen könnte, ihm erklären könnte, wie sehr mein Herz an dieser Stadt hängt. Wieso man sich versenken kann in diese unendlichen Menschenmassen in ihren häßlichen Wintermänteln – auf der ewigen Jagd, das leere Einkaufsnetz an der Seite hängend wie die schlaffe Flagge eines Motels an einem windstillen Tag.

»Immer noch Winter?« frage ich, um etwas zu sagen, als Sergej zu mir herüberschielt.

Er nickt. »Ja, aber in einer Woche kommt der Frühling.«

Ich nicke. Hätte ich den jähen Wechsel des Festlandklimas nicht selbst erlebt, würde ich es nicht glauben. Denn trotz des hellen Abendlichts liegen immer noch schmutzige Eisschollen auf den Kantsteinen, und nur die jungen Wilden und die Ausländer haben nichts auf dem Kopf. Meine *Schapka* aus Kaninchenfell – einst billig im GUM gekauft – liegt zusammen mit einem alten, abgetragenen Daunenmantel und schiefgelaufenen Stiefeln in meinem Koffer. Ich habe geplant, diskret vorzugehen, mich als arme Russin zu verkleiden und nicht als Zielscheibe für herumstreunende Banden durch die Gegend zu laufen.

Natürlich, wenn man den Dollarkurs in Betracht zieht, ist die Kriminalität eskaliert. Immer mehr Ausländer werden überfallen und auf offener Straße beraubt – am hellichten Tag. Und Sergej unterhält mich lange damit, wem die Pistole an die Schläfe gesetzt wurde, und ganz besonders schwelgt er mit unpassender Schadenfreude in der Geschichte von dem Hausmeister der dänischen Botschaft, der buchstäblich bis auf die Unterhose ausgezogen wurde.

»Mitten auf dem Kutusowski!« kichert er, während wir nach Kalinin abbiegen, zum Fluß, wo das Weiße Haus liegt und mich an die Augusttage erinnert. Wir müssen auf die andere Seite, auf den Kutusowski-Prospekt, wo einige der Ghettos für die Ausländer sind und ich im Hotel Ukraine wohnen soll. Ein ausgezeichnetes, durchschnittliches Hotel aus den fünfziger Jahren und inzwischen bekannt aus der Verfilmung von John Le Carrés Roman »Das Rußland-Haus«. Also war Sean Connery auch schon einmal hier – aber ich war schon vor ihm da.

Sergej hilft mir mit dem Gepäck und ist so lieb, auch noch das umständliche Einchecken abzuwarten. Er will mich nicht den schmierigen Hotelkerlen überlassen, die schon die Hand fürs Trinkgeld ausstrecken, sobald sie das Gepäck abgestellt haben. Außerdem, erklärt Sergej, wird das Hotel

Ukraine wie andere Touristenhotels der Stadt zu einem zwielichtigen Etablissement.

»Huren und Taschendiebe?« frage ich, und Sergej nickt und geht mit mir zum Fahrstuhl.

»Und es wird immer schlimmer!« sagt er und fragt, warum ich nicht in einem der neuen, sicheren Dollarhotels absteige, zum Beispiel im Metropol.

»Die anderen sind alle der Reihe nach von der Mafia geschluckt worden!« erklärt er mit finsterer Miene.

»Genau deshalb!« antworte ich. »Wir sollen eine Sendung über die Mafia machen, Sergej! Dann ist es doch nur schlau, das aus erster Hand mitzubekommen. Statt in einer Festung zu wohnen!«

Er zuckt kopfschüttelnd mit den Schultern und schiebt sich in den Fahrstuhl, während er ein paar dunkelgekleidete Aserbaidschaner finster mustert, die sich gegen mich drücken, als der Fahrstuhl losfährt.

Mein Zimmer riecht scharf nach Putzmittel und Kakerlakenpulver. Vor den Fenstern hängt eine großblumige, hotelfarbene Gardine, und auf dem dunklen Parkett liegen fadenscheinige, synthetische Läufer. In der Badewanne fehlt der Stöpsel, das WC hat einen Sprung, und die Handtücher sind dünn wie Löschpapier. Aber Fernseher und Kühlschrank funktionieren. Ich bin noch keine fünf Minuten allein, nachdem ich Sergej mit einer Flasche Gin und einer Schachtel Legosteine für seinen Sohn weggeschickt habe, als das Telefon klingelt. Ich gehe davon aus, daß es Ferdinand ist, der mich begrüßen will oder vielleicht sogar zu einem Pflichtessen einlädt. Aber in der Leitung ist Swetlana, mit der ich in der letzten Woche täglich telefoniert habe.

»Tes!« ruft sie begeistert. »We're having a party for you! Take a taxi and come right away!«

Ich versuche mich rauszureden; ich bin todmüde und

hätte große Lust, mich auf die durchgelegene Matratze zu werfen, das neue russische Fernsehen zu gucken und Teebeuteltee zu trinken. Aber das Fest mir zu Ehren ist bereits im Gang, und auch wenn ich meine russischen Freunde und Bekannten sehr gern mag, weiß ich doch, daß sie mich nicht nur um meiner Person willen *jetzt* sehen wollen. Sondern auch wegen meiner flüssigen Geschenke. Warum ein Fest mit *sok*, Saft, machen, wenn man einen reichen Mäzen dazu bringen kann, Cognac oder Whisky auszugeben?

»Ich habe dir massenhaft Kondome mitgebracht«, sage ich, nachdem ich versprochen habe, Hauptsponsor zu sein und gleich rüberzukommen.

»Prima! Ich habe eh keine mehr!«

»Bist du so aktiv?« frage ich.

»Nein, nein«, kichert Swetlana. »Die Hälfte habe ich benutzt. Aber die andere Hälfte habe ich verkauft. Ich habe ein Paar Nike dafür gekriegt!«

Ich lege seufzend auf. Willkommen im Wilden Osten.

»Hast du kein Foto von ihm?« fragt Swetlana, nachdem ich der Gesellschaft wie ein Tannenbaum präsentiert worden bin. Alle finden es einfach phantastisch, daß ich ein Kind erwarte, auch wenn sie es bedauerlich finden, daß ich nicht verheiratet bin. Selbst die eindeutig westlich Orientierten haben Schwierigkeiten, unsere lockeren Lebensformen zu verstehen – und als ich gestehen muß, daß ich nicht einmal ein Foto vom Kindesvater dabeihabe, spüre ich eine gewisse Skepsis bei den Frauen.

»Kannst du dich denn auf ihn verlassen?« fragt Irina, eine Kinderärztin und alleinerziehende Mutter, die allen Grund hat, Männer als verantwortungslose Schweine zu betrachten.

»Ja!« versichere ich. »Er ist es, der sich um das Kind kümmern wird!«

Sie schlagen lachend die Hände zusammen, die Männer lächeln säuerlich und genehmigen sich einen ordentlichen Schluck von dem Johnny Walker, den ich mitgebracht habe. Das haben sie auch noch nicht hinter sich – die Frauenbewegung des zwanzigsten Jahrhunderts. Auch wenn die sowjetische Frau Kranführerin und Atomphysikern werden konnte und der achte März ein nationaler Feiertag war – gleichberechtigt ist sie nie gewesen. Hinter den lautstarken Huldigungen an die sowjetische Frau stand nie etwas anderes als die knallharte Tatsache, daß sie damit das Recht hat, sich den Arsch in ihrer wattierten Arbeitshose abzuarbeiten, und den Rest ihres Lebens in der Schlange stehen und einen Haushalt trotz Mangelwirtschaft und Rationierung versorgen darf. Und auch wenn es noch nie einfach war – es ist, als lebe man in einer chronischen Nachkriegszeit –, jetzt ist allein der Kampf ums Überleben zu einem fast hoffnungslosen Unterfangen geworden.

»Sogar Brot ist zu einer Delikatesse geworden!« erklärt Irina verbittert, als ich das Thema wechsle und mich nach ihrer Situation erkundige.

Ich nicke und wundere mich nur noch mehr darüber, wie es ihnen in diesen Zeiten gelungen ist, eine traditionelle russische Festtagsmahlzeit auf den wackligen Küchentisch zu zaubern. Alles ist vorhanden – der Hauptstadtsalat, aufgeschnittenes Fleisch, geräucherter Lachs, kaltes Hähnchen und sogar ein Klecks roter Kaviar. Und Ludmillas berühmte Piroggen mit einer Füllung, über die man nicht zu lange nachdenken sollte.

»Wie habt ihr das alles organisieren können?« frage ich beeindruckt und erhalte als Antwort nur ein konspiratives Schulterzucken. Auf die übliche Art und Weise. Mit Telefonketten, Käufen unter dem Ladentisch, auf dem freien und nicht zuletzt auf dem Schwarzen Markt, der dank der westlichen Nothilfepakete äußerst gut bestückt ist.

»Ja, es ist zwar peinlich zuzugeben«, sagt Irina und schlägt die Augen nieder, »aber selbst die Ärzte in meinem Krankenhaus bedienen sich aus den Paketen, die für die Kinder gedacht sind. Nur – was soll man machen, wenn man selbst hungrige Kinder hat?« Irina blickt kampfbereit, aber das ist kein Thema, das die Gesellschaft gern diskutieren würde. Und schon gar nicht vor einer Ausländerin aus einem der Länder, aus denen die Pakete stammen.

»Die Schuldigen werden bestraft«, erklärt Ludmilla mit einem dunklen Funkeln in Richtung Irina.

»Sind wir denn nicht alle schuldig?« fragt Irina rhetorisch, und wenn es nicht so fehl am Platze wäre, dann hätte ich gelächelt. Typisch russisches Pathos!

»So!« Swetlana, die schließlich die Gastgeberin ist, schiebt ihren Stuhl nach hinten. »Jetzt laßt uns hier nicht Trübsal blasen! Jetzt wird gefeiert! Kosha, hol deine Gitarre raus!«

Kosha ist Biochemiker und mit Ludmilla verheiratet, die – abgesehen davon, daß sie hervorragende Piroggen machen kann – auch noch Englischlehrerin ist. Die beiden haben eine bildschöne achtjährige Tochter, die unter dem Tisch auf dem Küchenboden liegt und schläft, und um ihr eine Zukunft zu geben, haben sie beschlossen zu emigrieren. Kosha hat bereits einen Job und eine Wohnung in Libyen angeboten bekommen – von »einer Fabrik« –, aber er möchte lieber in den Westen. Natürlich in die zivile Forschung. Am allerliebsten in die USA, das gelobte Land, in dem Big Macs und Coca-Cola-Flaschen durch die Luft fliegen und in dem die Tochter die Chance bekommen kann, die die Eltern selbst gern gehabt hätten. Doch auch wenn es ihnen gelingen sollte, durch das Nadelöhr in der amerikanischen Botschaft zu kommen und die Erlaubnis, ins Warme zu kommen, in Form einer Einreiseerlaubnis zu erhalten: Es wird trotzdem nicht einfach werden. Das ist an der Wehmut zu hören, mit der Kosha die Wysotzky-Klassiker singt. Er hat bereits angefangen, Abschied zu nehmen. Und das wird schwer werden.

Kurz bevor wir alle in Wehmut versinken, zieht Swetlana Kosha hoch, und dann präsentieren sie ihre Glanznummer: »Kalitjeks und Karolinkas Duett«, mit den Händen auf den Hüften, den Hacken fest am Boden und kokettem Augenzwinkern. Trotz ihrer Depressionsphasen hat sie wie so viele Russen eine Reserve an Frohsinn und ein unerschöpfliches Reservoir, um dennoch zu feiern, oder jetzt erst recht! Sich gemeinsam zu amüsieren, zu singen und zu lachen. Und zu trinken, natürlich. Kein Fest ist zu Ende, bevor nicht die letzte Flasche geleert ist. Diesmal ist das so gegen zwei Uhr, aber ich war schon vorher mehrfach versucht, mich abzusetzen, um auf der Straße ein Taxi zu erwischen.

Als ich das letzte Mal hier war, hätte ich kein Problem damit gehabt; aber auch wenn ich vollkommen nüchtern bin, da ich nur ein Glas Sekt getrunken habe, bin ich nicht besonders scharf drauf, mitten in der Nacht in einem Vorort auf der Straße zu stehen und nach einem Taxi zu winken. Vielleicht liegt es an dem Kind, das ein paarmal zu der Musik gestrampelt hat und mich damit geheimnisvoll lächeln ließ. Jedenfalls nehme ich dankbar an, als Kosha und Ludmilla mir anbieten, mich zum Hotel zu fahren, auch wenn Kosha offensichtlich nicht mehr nüchtern ist. Gemeinsam befördern wir ihre schlafende Tochter auf den Rücksitz, Ludmilla krabbelt hinterher, während ich mich vorn neben Kosha setze.

Die Tochter schmatzt im Schlaf, und es dauert nicht lange, bis auch Ludmilla die Augen schließt. Möglicherweise ist auch Kosha kurz vorm Einschlafen, jedenfalls fährt er bei der ersten – gewiß vollkommen unsinnigen – Ampel bei Rot rüber.

»Das war rot!« rufe ich.

»Ja, und? Das war es siebzig Jahre lang, und was hat es genützt?« antwortet Kosha, jetzt hellwach, und gibt Gas, um in rasender Fahrt die nächste rote Ampel zu überfahren.

»Kosha! Bist du besoffen?« schreie ich.

»Und wenn, das muß man doch!« erwidert er und entblößt seine Zähne zu einem häßlichen Grinsen, wobei er Kurs auf die nächste Ampel hält, die noch Grün zeigt, aber die Farbe wechselt, als wir rüberfahren. Der Tachometer steht kurz vor neunzig. Blitzschnell laufen einige Clips aus amerikanischen Actionfilmen vor meinem inneren Auge ab, aber es ist keiner dabei, der mir hilft, diese rasende Fahrt zu stoppen.

Das einzige, was ich tun kann, ist, die Hände schützend vor mich zu halten und ihn anzubrüllen. Ludmilla wacht mit einem Schrei und die Tochter mit einem Jaulen auf, das sofort in Weinen übergeht; das Ganze wäre in einer Katastrophe geendet, wenn nicht ein Polizeiwagen uns gesehen hätte.

Der fährt neben uns, und das genügt, den Wolf wieder zum Lamm werden zu lassen. Kosha gehorcht, hält den Wagen an und holt seine Papiere heraus, Führerschein und Ausweis. Er muß aussteigen, und Ludmilla folgt ihm, während ich sitzen bleibe, unschlüssig, ob ich mich als Ausländerin zu erkennen geben soll oder nicht.

Aber der Polizeibeamte riecht den Braten und gibt sich mit der Bezeichnung »eine Freundin«, mit der Ludmilla mich zu decken versucht, nicht zufrieden. Ich werde schroff gebeten, auszusteigen und meinen Ausweis zu zeigen, und sobald die Polizisten meinen Rote-Bete-farbenen Paß sehen, reiben sie sich zufrieden die Hände. Bingo!

Ja, das ist nun eine wirklich ernste Sache für uns alle, setzen sie an. Nicht nur, daß Kosha betrunken gefahren ist. Er hat mehrere rote Ampeln ignoriert und die Geschwindigkeitsbegrenzung um fast hundert Prozent überschritten. Damit hat er sich eine Geld-, wenn nicht gar Gefängnisstrafe eingehandelt sowie den Entzug des Führerscheins. Und daß eine Ausländerin neben ihm saß, ist auch nicht gerade ein mildernder Umstand, behaupten sie, ohne näher darauf einzugehen, welches Gesetz damit überschritten worden sei.

Kosha ist unter seinem Vollbart reichlich blaß geworden. Ludmilla ringt die Hände, und ihr hübsches Mädchen sitzt schluchzend im Auto, während die Beamten die Handschellen herausholen, um Kosha abzuführen. Ich bin mir ganz sicher, daß das nur ein Schreckschuß ist, aber andererseits ist klar, daß Kosha nicht unschuldig ist. Es steht zwar nicht zu befürchten, daß er nach Sibirien geschickt wird, dennoch stehen er und seine Familie mit dem Rücken zur Wand. Schlimmstenfalls muß er eine kurze Strafe in einem der berüchtigten überfüllten Gefängnisse absitzen, und daran kann die Familie zugrunde gehen und damit alles verlieren. Es wäre nicht das erste Mal, daß so etwas geschieht. Deshalb gibt es für mich nur eins. Ich zücke meine Brieftasche.

»Wieviel?« frage ich lakonisch, während ein eisiger Wind mir durch meine dünnen Strümpfe bläst.

»Fünfzig Dollar«, sagt der eine und wippt mit seinem Knüppel.

»Hundert!« korrigiert der andere sofort. »Dann vergessen wir alles.«

Kosha will protestieren, und Ludmilla fängt an zu schimpfen, aber ich hebe abwehrend eine Hand. Wenn sie sauer werden, riskieren wir nur, daß der Preis steigt.

»Okay«, sage ich und gebe jedem fünf Zehner. Sie stecken sie ein, heben eine schlaffe Hand zum Gruß und fahren davon.

»Schweine!« sage ich auf dänisch und spucke aus.

Ludmilla bedankt sich überschwenglich, und die Tochter krabbelt aufgelöst aus dem Auto und läuft zu ihrem Vater.

»Was soll nur aus diesem Land werden? Unsere Moral ist eine stinkende Kloake, und wir sind alle beschmutzt!« klagt Ludmilla.

Kosha nickt ernst und legt seiner Tochter eine Hand auf den Kopf.

»Und was sollen wir machen? Wir können weder gehen, noch können wir bleiben.«

Aufgewühlt komme ich ins Hotel zurück, wo die Lobby immer noch geöffnet und hell erleuchtet ist wie ein Bahnhof. In den Kunstledersesseln hängen Gruppen rauchender Männer aus ferneren Republiken und warten auf Beute oder vielleicht auch nur auf bessere Zeiten. Vielleicht sind es auch Zuhälter. Oder Schwarzmarkthaie. Oder kleine Mafiamikroben, die auf den Befehl zu einem Auftragsmord warten. Ich schaue durch sie hindurch und gehe mit festen Schritten zum Fahrstuhl, spüre aber noch im Rücken ihre Blicke. Endlich kommt der Fahrstuhl, öffnet seine Türen, und ich steige ein, um – wie in einem Alptraum – auf zwei des gleichen Schlags zu treffen, die gar nicht erst darüber diskutieren müssen, sondern sofort beschließen, mit mir wieder hochzufahren.

Ich drücke auf die Neun, während sie unbeweglich stehenbleiben, als der Fahrstuhl sich in Bewegung setzt. Mein Blut schäumt, und alle Muskeln sind in Verteidigungshaltung angespannt. Sekunden später ist es überstanden. Unangetastet stehe ich im neunten Stock, schüttle den Kopf und muß über mich selbst lachen, als ich den Flur entlanggehe, den Schlüssel von einer schlaftrunkenen *djezhurnaja* bekomme und aufschließe. Früher hätte ein Abend wie dieser perfekterweise damit geendet, daß man eine Visitenkarte vom KGB vorfand – ein durchwühltes Zimmer. Aber so ist es trotz allem nicht mehr.

Das Zimmer ist so, wie ich es verlassen habe. Hier war niemand außer einigen Kakerlaken, die in wilder Flucht davonrennen, als ich das Licht einschalte. Ich fluche und zerquetsche ein paar, um etwas von der Spannung loszuwerden, die immer noch auf irgendein spektakuläres Finale wartet und jetzt als Pochen in den Schläfen zu spüren ist.

»Indiana Jones erlebt ein neues Abenteuer!« sage ich laut und schneide mir selbst im Badezimmerspiegel eine Fratze, als ich das Zahnputzglas hole. Eigentlich habe ich mir harte Sachen abgewöhnt und sehe auch schon Pauls mahnenden Zeigefinger vor mir, als ich den Chivas-Regal-Verschluß abschraube, der den Rest meines Bestechungslagers ausmacht. Ich muß morgen auffüllen.

Zwei Gläser sind nötig, um mich soweit zu dämpfen, daß ich auch nur an Schlaf denken kann. Und dennoch liege ich noch stundenlang wach und wundere mich darüber, daß ich mich über solche Kleinigkeiten so aufrege. Denn das war sonst immer meine Stärke. Tough sein. So tun, als würde alles an mir abprallen und als könnte ich mich furchtlos durch jeden Großstadtdschungel schlagen mit der sicheren Gewißheit, daß ich alles mit einem Stilettabsatz und einem Drachenfauchen erledigen kann. Und jetzt liege ich hier und wünsche mir, Paul wäre da, damit ich mich an ihn kuscheln kann. Damit er mich beschützt. Erst als ich einen leichten Stich unter den Rippen spüre, komme ich zur Ruhe. Mein Fisch macht Kunstsprünge. Ich bin nicht allein.

Bei Tageslicht hat Moskau nichts offensichtlich Bedrohliches an sich. Eigentlich sieht es aus wie eh und je – wie immer im anbrechenden Frühling fürchterlich dreckig, stinkend und heruntergekommen nach einem weiteren Winter. Der zu Jelzins Glück mild war – und auch wenn die Mägen geknurrt und die Wärmeversorgung unzureichend war, so ist doch niemand an der Kälte gestorben.

Aber trotzdem hat das Straßenbild sich verändert, wie ich feststelle, als ich am Sonntagmorgen aus dem Hotel trete. Es stehen mehr westliche Autos auf dem Parkplatz, und hinten auf dem sechsspurigen Kutusowski Prospekt fällt ein Mercedes oder BMW mit russischem Kennzeichen zwischen den Ladas, Wolgas, Vivas und stinkenden Lastwagen nicht mehr besonders auf.

Ich hole tief Luft, schaue über den Fluß auf das Weiße Haus, das früher kaum Beachtung fand. Jetzt halten davor Touristenbusse, und eine dänische Filmgesellschaft war hier, um alles noch einmal mit Statisten und Panzern zu drehen. Sehr echt, erzählte Swetlana gestern abend. »Wenn man beim ersten Mal nicht dabei war, dann hatte man noch mal Gelegenheit, den Helden zu spielen!« erklärte sie verbittert. Sie hat nicht vergessen, wie wenige es waren, die den Putschisten wirklich aktiven Widerstand geleistet haben. »Vielleicht haben wir die Demokratie gar nicht verdient!« sagte sie bitter, als wir das Risiko eines neuen Putschs diskutierten.

»Taxi! Taxi!« werde ich von einem großen Mann mit Bart angerufen. Ich schüttle den Kopf, knöpfe meinen Daunenmantel zu und gehe zum Bäcker. Der Mann hat mich an meinen Vater erinnert – und das könnte doch sein? Er könnte hier sein, wenn er wirklich einmal KGB-Spion war! Der Alkohol, Mallorca und der Bruch mit meiner Mutter, das war alles nur Tarnung! In Wirklichkeit ist er abgehauen, zu den Sowjets übergelaufen, weil ihm der Boden unter den Füßen brannte! Und die letzten zwanzig Jahre hat er als hochdekorierter Held in Moskau gelebt und fährt jetzt zum Vergnügen ein Piratentaxi. Um mal wieder Dänisch zu hören und vielleicht eines Tages zu erleben, wie seine leibliche Tochter einsteigt und sich auf den Rücksitz setzt ...

Gute Geschichte. Aber leider unmöglich, sie zu glauben, selbst für Phantasten. Trotzdem könnte es witzig sein, ihn hier zu treffen, mit ihm über den osteuropäischen Zusammenbruch zu reden. Vielleicht ist das ein Problem für ihn, vielleicht ist es ihm vollkommen gleich. Vielleicht hat er auch sein politisches Engagement hinter sich gelassen.

Vor dem Bäcker ist eine Schlange. Das ist neu. Während früher das subventionierte Brot etwas war, das die Leute in großen Mengen kauften – sogar Gorbatschow erklärte einmal verärgert, daß die Schweine damit gefüttert werden –, sind die Preise inzwischen so gestiegen, daß die Alten und Armen ihre Kopeken zählen müssen, um sich ein halbes Roggenbrot leisten zu können.

Brötchen gibt es nicht, also kaufe ich ein Weizenbrot und ein Roggenbrot mit Fenchel, was jemanden dazu veranlaßt, mich unnötig zu schubsen, als ich endlich die Kasse erreicht habe. Vor dem Geschäft haben sich zwei Bettler auf Pappen und Zeitungen niedergelassen, ein verkrüppelter Mann mit Beinstümpfen, die in graue Fetzen gewickelt sind, und ein Zigeunermädchen mit einem Säugling in Tüchern. Ich ignoriere sie und gehe weiter, aber mein Blick huscht dennoch über das Mädchen mit dem Kind, das sie mir entgegenhält, als ich vorbeigehe. Sie kann höchstens siebzehn, achtzehn Jahre alt sein, vielleicht ist sie sogar noch jünger, und trotz ihrer abstoßenden Hundeaugen tun sie und ihr Kind mir doch leid. Ganz gleich, was kommen wird, die Zukunft wird nicht die ihre sein. Sie sind ausgestoßen.

Nach einem knappen Frühstück mit Pulverkaffee, den ich immer dabeihabe, mache ich mich auf den Weg zum Hotel Mezhdunarodnaja, um dort ein Auto zu mieten. Vor *molokoen*, dem Milchgeschäft, ist um zehn Uhr bereits eine hitzige Diskussion im Gange. Ich frage, wonach sie anstehen, weil sie so aufgeregt sind.

»Eier!« sagt eine mittelalterliche, korpulente, aber ansonsten hübsche Frau. »Nach Eiern!«

Ich verstehe ihre Verbitterung. Schlange stehen zu müssen, um Eier kaufen zu können, das muß entwürdigend sein für Leute, die in ihrer Jugend Junge Pioniere waren und ehrlich glaubten, eine neue, bessere Gesellschaft aufzubauen. Angeführt vom Genossen Stalin, der zwar hart, aber gerecht war. Wenn sie also trotz der neuen Geschichtsschreibung, die von den Missetaten des Despoten erzählt, sich nach einem starken Mann sehnt, so ist das verständlich. Sie hat alles verloren, an was sie geglaubt hat, und falls sie keinen Trost in der Taufe und den wiedergeöffneten Kirchen finden kann, dann gibt es als Zukunftsperspektive nur Chaos und Auflösung für sie.

Wie gestern abend bei Swetlana wünsche ich auch jetzt, ich hätte mein Kamerateam dabei. Ich würde alles filmen – der Welt zeigen, wie diese Helden auf den Knien liegen! Daß Ferdinand nicht den ganzen Tag durch die Straßen rennt, begreife ich nicht. Das muß man doch einfach!

Aber nicht er. Er brummelt etwas darüber, daß es Sonntag ist, als ich gut gelaunt und ungeduldig vor seiner Tür stehe, um mir den Schlüssel für das verschlossene Korrespondentenbüro im Nachbaraufgang zu holen. Eigentlich hatte ich erwartet, ihn dort anzutreffen, aber offensichtlich verbringt er den Sonntag im Schoße seiner Familie, zu der mich hereinzubitten er nicht im Sinn hat. Ich darf draußen auf der Fußmatte warten, während er die Schlüssel holt. Vielleicht gucke ich etwas pikiert, denn zumindest versucht er es mit einer lauwarmen Entschuldigung. »Ich würde dich gern hereinbitten, aber meine Frau ist nicht präsentabel.«

»Ihr habt wohl lange geschlafen?« frage ich mit einem Blick auf seinen Morgenmantel und wundere mich einen Augenblick über die absolute Ruhe in der Wohnung hinter ihm. Schließlich hat der Mann Zwillinge.

»Geh schon mal vor, ich komme gleich nach!« fertigt er mich ab und macht mir die Tür vor der Nase zu. Ich könnte jetzt beleidigt sein, aber irgendwas an ihm macht mich eher neugierig als wütend. Erweckt fast mein Mitleid. Ferdinand geht es nicht gut. Ganz offensichtlich nicht. Und das sind nicht nur die Nachwirkungen der Gehirnerschütterung, unter denen er leidet.

Aber was es auch ist, er hat nicht vor, mir sein Herz auszuschütten. Er sitzt steif und zugeknöpft mit mir im Büro, das sehr viel ordentlicher ist als während der Putschtage, an denen es meine Basis war. I don't care, ich habe weder Lust noch das Talent, mich als Seelsorger zu betätigen, weshalb es mir ausgezeichnet paßt, daß wir gleich an die Arbeit gehen. Es wundert mich nur, daß er so gar nicht engagiert ist, so ohne jede Eigeninitiative, als wir einen Zeitplan aufstellen. Er sagt zu allem, was ich vorschlage, ja und amen – selbst die Stimme des Volkes, die er sonst immer verachtet, läßt er mich machen. Und als ich bei der Redaktionssekretärin in Kopenhagen anrufe und uns für die abendliche Nachrichtensendung anmelde, sitzt Ferdinand passiv über seinem Becher Kaffee, den ich vor ihn hingestellt habe.

Und ich bin es auch, die das Team herbeirufen muß, damit wir anfangen können zu arbeiten. Als er schließlich auch das Klingeln des Telefons ignoriert und ich abnehmen muß, mache ich mir doch langsam Sorgen.

Es ist Anna, die schwedische Korrespondentin, die gehört hat, daß ich in der Stadt bin. Sie lädt mich zum Essen nach Redaktionsschluß ein, und ich sage zu. Ich beeile mich, das Gespräch zu beenden, bevor sie richtig in Fahrt kommt. Wenn ihr danach ist, kann sie anderthalb Stunden ununterbrochen reden.

»Ist was nicht in Ordnung?« frage ich, nachdem ich aufgelegt habe.

»Nur ein bißchen Kopfschmerzen«, murmelt er und kippt den Rest kalten Kaffee hinunter.

»Wäre es dann nicht besser, wenn du rübergehst und dich etwas hinlegst?« schlage ich vor. Mit einer gewissen Schärfe, aber die überhört er. Nickt nur schwach wie ein Schuljunge, dem erlaubt wird, die Klasse zu verlassen.

»Ja, doch. Das ist wohl besser. Du kommst ja gut allein zurecht«, sagt er ohne jeden Anflug von Sarkasmus. »Wenn was ist, kannst du mich anrufen.«

Wenn was ist! Ich brauche nicht lange, bis ich die Erklärung für den aufgeräumten Zustand des Büros finde. Stapelweise offensichtlich unberührte Papiere liegen da, ungelesene Zeitungen in ihren Luftposthüllen und ungeöffnete Umschläge mit Material und Bulletins. Tickermeldungen seit Freitagnachmittag, als die Sekretärin gegangen ist, hängen immer noch am Telex, und auf seinem Tisch liegt ein ganzer Stapel Post und Telefonnotizen von ein paar Wochen, auf die er sicher auch nicht reagiert hat.

Er antwortet nicht, als ich bei ihm anrufe. Er muß den Stecker rausgezogen haben, oder er ist abgehauen und macht mit seiner Familie einen Sonntagsausflug in den Silberwald. Auf jeden Fall muß ich mir die Freiheit nehmen, aufzuräumen und das Büro durchzuforsten, um sicher zu sein, daß hier keine übersehenen Schätze herumliegen.

Und die sind da. Zwischen unzähligen, mäßig interessanten Telefonmitteilungen gibt es eine, die mir sofort ins Auge sticht. Vom Moskauer Büro von CNN. Sie bitten Ferdinand, so bald wie möglich zurückzurufen. Das ist fünf Tage her, und ich zögere nur zwei Sekunden, bevor ich es tue.

Das Büro ist natürlich voll besetzt, auch am Sonntag. Und sofort werde ich mit dem Zuständigen – dem Chef selbst – verbunden, der sich wundert, mich und nicht Ferdinand zu hören. Ich erkläre, daß Ferdinand »is not well« und daß ich die angeforderte Verstärkung bin.

»Geht es ihm immer noch nicht besser?« fragt der CNN-Typ und bohrt wie ein echter amerikanischer Reporter nach, was ihm denn fehle, da er in letzter Zeit nirgends mehr zu sehen sei. Ich murmle etwas von einem »car-accident« und überlege, was Gehirnerschütterung auf englisch heißt. Leider gehöre ich nicht zu diesen Sprachtalenten, die mühelos zwischen mehreren Sprachen gleichzeitig jonglieren können. Darum fällt mir nur der russische Ausdruck ein, und leider kann ich auch nicht sagen, wann Ferdinand wieder ganz gesund sein wird.

Aber ich kann einen Bescheid weitergeben, und der CNN-Mensch erzählt mir, worum es geht. Er würde Ferdinand gern während des Gipfeltreffens als »ausländischen Beobachter« einsetzen. Bildschirmfüllend im World Report. Direkt. »Skandinavien ist ja fast ein Nachbar. Und ihr seid es, bei denen die ukrainischen Missiles im Hinterhof landen, right? Deshalb interessiert uns eure Beurteilung der Situation.«

Ich gebe ihm vollkommen recht und stimme zu, daß es eine ausgezeichnete Idee ist, Ferdinand als Mr. Scandinavia dorthin zu schicken.

»Weißt du, ich kenne Ferdinand schon seit vielen Jahren und schätze seinen Intellekt sehr. He's a very smart guy!«

Das verspreche ich weiterzugeben und außerdem Ferdinand zu bitten zurückzurufen. Später am Tag.

»Sonst rufen wir die Schweden an!« neckt mich der CNN-Boß, den ich nur zu gut vom Bildschirm kenne. Er war es, der, assistiert von einer jungen Kollegin, die Neujahrsinterviews mit Jelzin und Gorbatschow gemacht hat. Und wenn Ferdinand nur einen Funken Verstand hat, dann reißt er sich jetzt zusammen.

Ferdinand ist »nicht interessiert«. Das ist die kurze Mitteilung, die er mir zukommen läßt, als ich ihn endlich nach stundenlangem Klingeln per Fernhypnose dazu gebracht habe, sein fucking Telefon hochzunehmen.

Zuerst bin ich verblüfft, dann werde ich wütend. Es ist eine Sache, wenn ihm sein eigenes Prestige scheißegal ist, aber er hat nicht das Recht, auch mit dem Prestige des Senders so umzugehen. Als eine klitzekleine Insel im internationalen Medienzusammenhang haben wir ohnehin schwierige Arbeitsbedingungen – wir werden vom Präsidenten nicht zum vertraulichen Gespräch vor laufenden Kameras eingeladen, und wir drängeln nicht bei den Pressekonferenzen im Pressezentrum, damit unsere brillanten Fragen auf der ganzen Welt zitiert werden –, wenn wir also endlich einmal die Gelegenheit geboten bekommen, uns darzustellen, dann können wir es uns einfach nicht leisten, dankend abzulehnen. Schon gar nicht, wenn wir damit riskieren, den Schweden das Feld zu überlassen.

Das alles halte ich meinem verehrten Kollegen vor, der aber überhaupt nicht daran denkt, seinen Entschluß zu ändern. Ich seufze demonstrativ in den Hörer.

»Okay, bist du dann jedenfalls so freundlich und rufst deinen alten Freund selbst an. Ich habe ihm versprochen, daß du das noch heute tust!«

»Morgen. Ich habe Kopfschmerzen!«

Ich gebe auf. Wünsche ihm säuerlich gute Besserung und lege auf. Damit muß er selbst klarkommen.

In der Zwischenzeit ist das Team eingetrudelt. Es ist auch höchste Eisenbahn. Hier ist es zwar erst Mittag, aber durch den Zeitunterschied haben wir zwei Stunden Vorsprung, wir müssen also die Ärmel hochkrempeln, wenn wir den versprochenen Stoff noch zu den Abendnachrichten abliefern wollen.

Ich habe frischen Kaffee gekocht, und sie dürfen es sich am Küchentisch gemütlich machen, bevor ich sie mit Forderungen und Wünschen überfalle. Sie haben viel zu lange gefaulenzt, das ist ihnen anzumerken. Aber auch wenn der Tonmann wie immer abwehrt, spüre ich doch, daß sie Lust haben loszulegen.

»Was ist mit Ferdinand?« fragt Sergej, der wie ein vierschrötiger Granitblock dasitzt und mir zugehört hat.

»Ihm geht es nicht gut!« sage ich kurz. »Deshalb bin ich es, die hier bis auf weiteres entscheidet. Klar?«

»*Ladno!*« nickt Sergej freundlich. »Verstanden.«

»Und was ist damit?« fragt er mit einem Nicken auf meine Körpermitte. »Meine Frau ist Krankenschwester, sie hat gesagt …«

»Gar nichts. Mir geht es gut!«

»Ladno!« nickt er erneut.

Seit damals auf dem Dzierżyński-Platz, wo er meine Hand drückte, hat Sergej eine Art beschützender Haltung mir gegenüber. Obwohl er in seiner Rücksichtnahme sehr diskret ist, merke ich, daß er die ganze Zeit während der Aufnahmen versucht, mich zu schonen. Ich darf nichts aufheben, keine Geräte tragen, und immer wieder sagt er mir, ich könnte im Auto sitzen bleiben, während sie aufbauen.

Wir drehen eine Straßenszene über den »Sonntag in Moskau«, filmen am Bahnhof Kiew, der wie der Rest der Stadt in einen privaten Markt für alles mögliche umfunktioniert wurde. Alles bekommt man hier – Kugelschreiber, Kaffee, Kanonen, Kurzwaren.

»Privatwirtschaft!« sage ich zu Sergej, als wir vor einer zahnlosen Babuschka stehen, die uns ein Videogerät hinhält: »Dollars! Cheap!«

Sergej schnaubt verächtlich.

»Vor ein paar Monaten war hier einer, der versucht hat, ein Baby zu verkaufen. Wenigstens *das* wurde verboten!«

Um die Handelstreibenden, die entweder hinter dem Tresen erlaubter Buden stehen oder wie die alte Frau einfach einen Pappkarton neben sich haben, wimmelt es von jungen Männern, die Geld wechseln, geschmuggelten Kaviar verkaufen oder einfach klauen wollen. Wieder ist es Sergej, der mich warnt, und ich drücke meine Handtasche fester an meinen Körper, während ich versuche, mich an diese neuen Gefahren zu gewöhnen. Früher hätte ich mich ohne jede Angst mitten in der Nacht auf eine Bank im Gorkipark schlafen gelegt, jetzt muß ich mich mit der gleichen Aufmerksamkeit zwischen den Moskowitern bewegen wie ein Richter in Palermo.

»Wo ist die Polizei?« frage ich in Erinnerung an früher, als allein das Gerücht einer Fußstreife alle Straßenhändler in der Arbat-Fußgängerzone vom Erdboden verschwinden ließ.

»Macht Geschäfte«, lächelt Sergej schwach. »Die machen sich doch nur lächerlich, wenn sie hier auftauchen. Die Jungen zeigen ihnen den Finger. Oder sie schmeißen mit Flaschen nach ihnen.«

»Moderne Zeiten!« bemerke ich, wappne mich mit Selbstbewußtsein, das immer die beste Verteidigung ist, und beginne meine Arbeit unter Haien. Filme Skinheads, die mit dreckigem Lachen ihre Springmesser direkt in die Linse halten, interviewe desillusionierte Soldaten auf Urlaub und Grimassen schneidende Schicksen mit toupierten Haaren und Kaugummilippenstift. Bakers Besuch, von dem hier niemand etwas weiß, interessiert auch keinen. Das einzige, woran sie interessiert sind, ist, reich zu werden und ins Ausland gehen zu können.

»Wohin?« frage ich.

»*V Ameriku*. Nach Amerika!«

Und dann:

»Hast du Zigaretten?«

Ich habe Übertragungszeit nach Kopenhagen um acht Uhr, weshalb wir gegen sechs zurückfahren, um zu redigieren und alles fertigzumachen. Ich rufe beim Sender an, um zu hören, was sie an Tickermeldungen und Bildern haben, und wir verabreden, daß der Moderator die Meldungen als Kurznachrichten verliest. Außerdem ist ein Militärexperte im Studio als Livegast, der Hintergrundinformationen zum Abrüstungsgipfel liefern soll.

»Und wie läuft es sonst?« fragt die Redaktionssekretärin, als wir alles besprochen haben.

»Sonst?« frage ich.

»Ja, wie geht es deinem Kollegen? Liefert er auch was ab?«

»Ferdinand?« frage ich rhetorisch und hole tief Luft. »Jedenfalls nicht heute. Er hat immer noch Kopfschmerzen«, sage ich und gebe mir Mühe, keinen Unterton mitklingen zu lassen.

»Nun ja, dann grüße ihn mal!« antwortet die Redaktionssekretärin genauso neutral. Was sind wir doch alle flink und geschickt!

Ich bin auch immer noch die gute Kollegin, als der CNN-Boß kurz darauf anruft und fragt, ob Ferdinand sich entschieden habe.

»Hat er nicht angerufen?« frage ich peinlich berührt im Namen meines Kollegen, meines Senders und meines Landes.

»No!«

»Er hat es versucht«, lüge ich und wünsche Ferdinand ganz, ganz weit weg, weil er mich zwingt, der Überbringer der schlechten Neuigkeiten zu sein. So bedauere ich, daß Ferdinand sich leider nicht in der Lage sieht und so weiter. Aber, füge ich in einem Anfall von Übermut hinzu, wenn ich helfen kann, mache ich das gern.

Der CNN-Boß lacht überrascht.

»I'll think about it! What was your name again?«

Und dann muß ich meinen unmöglichen Nachnamen mit dem unmöglichen å buchstabieren, das zu einem Doppel-a wird. Schon mein Name steht mir im Weg zu einer internationalen Karriere!

Es wird spät, bis ich das Büro hinter mir schließen und zu Anna fahren kann, wo das Essen bereits angefangen hat. Es ist wie immer – sie glaubt, sie hätte vier eingeladen, und dann kommen zwölf, so daß das Menü etwas improvisiert ist. Ein Eintopf, ein paar aufgetaute Pizzen und ein paar Spiegeleier. Aber es ist charmant und herrlich unschwedisch, und außerdem kommt niemand um des Essens willen. Wir kommen wegen Anna, die uns alle an ihren wogenden Busen drückt und uns wie behütete Kinder fühlen läßt.

»Therese, du siehst wirklich gut aus!« sagt sie, streicht mir über den Bauch, zieht damit die Aufmerksamkeit der gesamten Gesellschaft auf das Magnetfeld um meinen Bauchnabel, und ein Chor überraschter Glückwünsche ertönt. Ich beiße die Zähne zusammen und antworte lächelnd auf alle Fragen, schlage ein paar angeschnittene Aufschlagbälle derjenigen männlichen Kollegen zurück, mit denen ich früher geflirtet habe, wenn auch nur zum Spaß. Darunter auch der Rundfunkmensch vom Norwegischen Staatssender, Thorbjørn, der sicher die schärfste Stimme der Welt hat und mit dem ich gern einmal ins Gebirge fahren würde, wenn es sich ergäbe. Aber als mir der Sinn nach Langlauf und Schneeballschlacht stand, hatte er nur Augen für sein Frauchen, und jetzt ist es zu spät, und es ist nicht mehr übrig geblieben als ein bißchen verbal-erotisches Pingpong.

Anna findet schnell einen Platz für mich und drückt mir einen Teller mit irgend etwas Undefinierbarem drauf in die Hand. Da ich einen Mordshunger habe, schaufle ich das Essen nur so in mich hinein und spüle es beherrscht mit dem schwefelhaltigen georgischen Rotwein hinunter, den sie literweise irgendwo günstig bekommen hat, übrigens eine ganz ausgezeichnete Quelle. Überhaupt gehören Annas Quellen immer zu den besten – zumindest was die Geschichten aus dem »Volk« betrifft. Anna weiß alles – und immer mehr, als sie schreibt.

Die Verbindung heißt Garij, und als die Gesellschaft – glücklicherweise ziemlich schnell – mit meinem Bauch fertig ist, geht man dazu über, die Tagesgerüchte auszutauschen. Garij, erzählt Anna, hat nämlich gesagt, daß ein Putsch der Altkommunisten bevorstehe. Ein Gerücht, das seit dem Augustputsch zweimal in der Woche in Umlauf gebracht wird, das aber diesmal durch immer größere Demonstrationen gegen Jelzin unterstützt wird.

»Vielleicht kommt der Wolf ja diesmal«, sagt Anna.

»Wäre es nicht dumm, einen Putsch vor der Nase des amerikanischen Außenministers und der ganzen Weltpresse zu machen?« fragt mein norwegischer Freund.

Damit hat er vollkommen recht, aber mir fällt auf, daß unser Kollege von »The Independent« nicht da ist.

»Ist John nicht eingeladen?« frage ich Anna.

»Doch!« nickt sie. »Er kommt vielleicht später. Er hatte so viel zu tun.«

»Was denn?« frage ich, und die ganze Gruppe wird ganz aufgeregt, da uns allen klar wird, daß wir uns möglicherweise zur falschen Zeit am falschen Ort befinden. Anna nimmt den Hinweis sofort auf und ruft ein paar ihrer achttausend Bekannten an, die alle versichern, daß alles still und friedlich ist. Nichts kräuselt die Wasseroberfläche.

Als sie mit einem spekulativen »Hm!« auflegt, klingelt es an der Tür, und John kommt herein. Die ganze Gesellschaft wendet sich mit fragendem Gesichtsausdruck ihm zu, und die Spannung wächst, weil auch er ziemlich aufgeregt erscheint. Wie ein Internatsschüler, der gerade die Frau seines Rektors beim Strippoker gesehen hat.

»Was ist los?« fragt Anna.

»Ich habe ein Bild gekauft!« erklärt er mit glänzenden Augen.

»Ja, und?« fragt Anna und gibt ihm ein Glas. »Was für ein Bild?«

John nimmt das Glas und läßt sich auf einen Stuhl fallen.

»Einen Chagall!«

»What!« rufen wir im Chor. »Einen Chagall?«

»I certainly hope so!« sagt er und schüttet den Wein hinunter. »Denn wir haben gleich gegen gleich getauscht…«

»???«

»Er hat meinen BMW gekriegt und ich seinen Chagall.«

Wir kriegen den Mund nicht zu. Anne ist stehengeblieben, die Hand vor dem Mund, dann fängt sie an zu lachen.

»Aber John!« ruft sie voller Anerkennung. »You are a man of passion!« Dann gibt sie ihm auf beide Wangen einen Kuß, und John zwinkert geniert und sieht mit einemmal aus, als bereue er schon, daß er uns in sein Geheimnis eingeweiht hat. Denn Anna hat ganz recht – diese kleine bleiche Milbe ist *a man of passion*! Wer hätte das gedacht!

»Eine phantastische Geschichte!« murmelt Thorbjørn, als John den ganzen abenteuerlichen Ablauf schildert – und zwischendrin ins Schwärmen gerät, als er das Bild beschreiben soll –, ein Hochzeitsbild mit Marc und Bella, in Grün und Violett schwebend, Witebsk 1918.

»Ein phantastisches Bild!« sagt er. »Voller Liebe und russischer Poesie!«

Anna lächelt entzückt. Den Blick kenne ich – noch bevor die Nacht vorbei ist, wird sie ihn verführt haben. Und ich hoffe für ihn, daß es gelingt, denn es würde mich nicht wundern, wenn es bei ihm das erste Mal wäre. Abgesehen von der Schönheit des ganzen Projekts ist es natürlich ein ganz offensichtlicher Akt der Sublimation, wenn ein durch und durch vernünftiger Brite in diesem Grad von einem Gemälde verführt wird. Ich kenne die Symptome – von mir selbst. Ich bin nicht mehr eine so engagierte Reporterin, wie ich es einmal gewesen bin.

»Und was ist, wenn es gefälscht ist?« fragt einer.

John zuckt mit den Achseln.

»Manchmal muß man es einfach wagen. Ein Chagall wird einem nur einmal im Leben angeboten!«

»Du solltest eine Geschichte darüber schreiben!« erklärt Anna mit schräg geneigtem Kopf.

»Absolutely! In zehn Jahren!« lächelt John, exklusiv für Anna.

Später, als ich mit ihr in die Küche gehe, um Kaffee zu kochen, frage ich sie, ob sie etwas über die Mafia weiß.

»Die georgische oder die aserbaidschanische?« fragt sie trocken. »Natürlich weiß ich was. Die hat ihre Finger jetzt überall drin ...«

»Hast du was drüber geschrieben?«

»Nur Oberflächliches. Mehr traue ich mich nicht. Ich habe eine Tochter, verstehst du.«

Das tue ich. Nicke jedenfalls.

»Könntest du mir ein paar Tips geben?« frage ich dann. »Mein Chef möchte gern eine größere Sache über die Moskau-Mafia haben ...«

Anna nimmt gerade die Milch aus dem Kühlschrank, finnische, fünfzehn Kronen der Liter. Sie guckt mich von der Seite an. »Dann bitte ihn doch, das selbst zu machen. Das ist nichts für eine schwangere Frau!«

»Warum nicht?« werfe ich locker ein.

»Warum nicht? Weil es zu gefährlich ist!« Anna sieht mich streng an. »Wenn du eine wirklich gute Geschichte haben willst, dann mußt du die Großen zu fassen kriegen. Und wenn du mit denen spielen willst, dann solltest du besser vorher eine Runde im Trainingslager in Beirut absolvieren! Die sind nicht besonders interessiert an der Einmischung Unbeteiligter!«

»Kennst du einen Namen?« frage ich.

»Du hast sie ja nicht mehr alle!« schüttelt sie den Kopf. Aber dann kritzelt sie doch etwas auf einen Kaffeefilter. »Sascha, 243 43 43.«

»Neureicher Bankdirektor, scharf auf skandinavische Frauen und rammelt wie ein Karnickel. Und vergiß gleich, von wem du die Nummer hast!« ermahnt sie mich. Sie wendet sich John zu, der herausgekommen ist, um zu schmusen. Mit ihr.

»Wann darf ich dich besuchen und mir deinen Chagall angucken?« fragt sie einschmeichelnd.

»Any time!« lacht er und klaut sich einen Danish Buttercookie aus der offenen Dose auf dem Küchentisch.

Als ich aufbreche und zurück ins Zentrum fahre, schließe ich alle vier Autotüren von innen. Ich bin immer noch etwas paranoid; als ich bei Rot halten muß und im Rückspiegel auf der ansonsten leeren Straße ein Auto herankommen sehe, drücke ich auf die Tube. Ich habe keine Lust, von Autopiraten gekapert zu werden, und gucke steif geradeaus, als der Wagen neben mich fährt. Auch auf sein Hupen reagiere ich nicht. Als ich hundert Meter weiter zur nächsten Ampel komme, überlege ich, ob ich es wie Kosha machen soll. Auf Rot scheißen und einfach durchrasen. Aber ein Lastwagen kreuzt, so daß ich auf die Bremse treten und brav an der Linie anhalten muß. Kurz darauf höre ich, wie jemand ans Seitenfenster klopft und meinen Namen ruft.

»Bist du sauer auf mich?« fragt Thorbjørn mit seinem lebendigen Baß, als ich das Fenster herunterdrehe. Ich lächle peinlich berührt extra lieb.

»Entschuldige, aber ich habe geglaubt, ich werde verfolgt.«

»Da tust du auch ganz recht dran. Letzte Woche ist einem deutschen Kollegen ein Reifen zerschossen worden. Deshalb habe ich gedacht, ich lotse dich lieber nach Hause.«

Ich lächle wieder.

»Okay, ich wohne im Hotel Ukraine.«

Thorbjørn nickt und setzt sich hinters Steuer seines Volvo 740 metallic-blau – mit zwei Kindersitzen auf der Rückbank. Dann fahren wir fast Hand in Hand in die Stadt hinein.

»Danke schön!« sage ich, als er bis auf den Parkplatz vor dem Hotel gefahren ist, wo ich mich zwischen ein paar schwarze Limousinen klemme, die immer stärker das Straßenbild bestimmen. »Jetzt finde ich sicher heim!«

»Nein, ich bringe dich bis an die Tür!«

Und das tut er – galant und höflich bis in den neunten Stock und im wahrsten Sinne des Wortes bis an meine Tür.

Aber er will nicht mit reinkommen. Sein Motiv war durch und durch edel, er wollte nur mein Beschützer sein. Ich bin kurz davor, gerührt zu sein, jedenfalls spüre ich einen unwiderstehlichen Drang, ihn zu küssen. Also tue ich es, stelle mich auf die Zehenspitzen und küsse ihn auf seinen breiten Mund.

»Danke, Thorbjørn. Du bist ein phantastischer Mann!«

Er wird rot, schiebt seine Hornbrille mit dem Zeigefinger hoch und zieht sich rückwärts zurück. Verschwindet hinter dem ersten Knick des Flurs.

Ohne den Mantel auszuziehen, stürze ich zum Nachttisch, auf dem mein Adreßbuch liegt. Die Visitenkarte habe ich lose hineingelegt – und es ist genau, wie ich es mir gedacht habe. »Alexander Kusnetzow, Direktor. 243 43 43.«

»Sascha, scharf auf skandinavische Frauen, rammelt wie ein Karnickel«, sage ich laut in den Raum.

Ich bleibe noch eine Weile im Mantel auf dem Bett sitzen. Ich bin müde und sollte vernünftigerweise ins Bett gehen. Aber dann entscheide ich mich anders. Lasse das Licht brennen, als wäre das eine Sicherheitsmaßnahme, und verlasse das Zimmer. Nehme den Fahrstuhl wieder nach unten und fahre ins Moskau by night, um zu sehen, ob ich die Geschichte machen kann. Jedenfalls einen Anfang ...

Es ist schon nach Mitternacht, und Moskaus Puls schlägt zu dieser Tageszeit schwach. Die imposanten Fassaden sind dunkel, in den Seitenstraßen liegt das hartgebeutelte Volk und schläft hinter undichten Fenstern. Ich gönne ihm diesen Schlaf, spüre ihn wie einen kollektiven Atemzug und sehe die Menschen vor mir, wie sie zusammengedrängt in kleinen, stickigen Wohnungen liegen, Mutter, Vater, Kinder und Großmutter, mit offenen Mündern und schlaffen Zügen. Ohne wirklich hoffen oder glauben zu können, daß der kommende Tag besser wird, aber mit dem Urinstinkt, überleben zu wollen.

In dem schwachen Verkehr komme ich schnell über den Puschkinplatz, wo Alexander Kusnetzow sein Hauptbüro haben soll. Trotz der Straßenbeleuchtung ist es nicht einfach, die Hausnummern zu erkennen, und wie ein alter dänischer Stalinist einmal, als er sich verirrt hatte, sagte: »Das Katasteramt hat jedenfalls noch keine Perestroika eingeführt!« Also fahre ich straßauf, straßab, bevor ich ein Gebäude mit Licht in drei Fenstern im dritten Stock entdecke. Ich gehe vom Gas und rolle langsam vorbei; jetzt springt mir das frischgeputzte Messingschild geradezu in die Augen: »Moskowski Bank«, »Interbank« und »Safe«.

Vor dem Gebäude parkt ein riesiger Mercedes. Ich fahre vorbei und parke zwanzig Meter weiter, vor einem schwarzen Wolga. Es ist fast halb eins. Sascha, der Rammler, arbeitet noch spät.

Ich stelle den Motor ab und warte. Worauf, das weiß ich

eigentlich selbst nicht. Denn schließlich ist es nicht verboten, nachts zu arbeiten, bei uns im Westen ist es ja fast verboten, es nicht zu tun, wenn man ein Image als Arbeitstier in seinem Job haben will.

Nachdem ich zwanzig Minuten gewartet habe, nur abgelenkt von einem Liebespaar, das sich auf einer Bank vor dem Puschkindenkmal gegenseitig ableckt – für einen Augenblick vermisse ich Paul ganz intensiv –, habe ich in jeder Hinsicht kalte Füße bekommen. Ich beschließe, noch fünf Minuten zu warten und dann zurück ins Hotel zu fahren, wo mein zumindest warmes Bett wartet.

Aber genau in dem Moment, als ich den Schlüssel in der Zündung umdrehen will, wird das Licht gelöscht, und fünfzehn Sekunden später geht die Haustür auf. Heraus kommen drei Männer – zuerst ein junger, adretter Typ in Lederjacke und Turnschuhen. Er schaut die Straße auf und ab, als wolle er sehen, ob die Luft rein ist, bevor er der folgenden Person die Tür offenhält: einem ungefähr zwei Meter hohen und gut hundert Kilo schweren Mann mit stahlgrauem, gelocktem Haar über dunklen Gesichtszügen. Er trägt einen eleganten Leder-Trenchcoat, maßgeschneidert, und einen teuren Wollschal um den Hals. Er ist barhäuptig, trägt Slipper mit Quaste und keine Handschuhe. Offensichtlich rechnet er nicht damit, viele Meter in der eiskalten Aprilnacht gehen zu müssen. Oder er ist es einfach nicht gewohnt, mehr anzuziehen. Das Klima in Georgien ist milder.

Hinter ihm erscheint Alexander, mein alter Freund. Sein Gesicht hat diesen servilen Ausdruck, den ich noch schwach vom ersten Teil meines Interviews erinnere. Die beiden Männer küssen einander auf beide Wangen und sehen äußerst zufrieden aus. Alexander bringt seinen Gast bis zum Wolga, aus dem überraschend ein Mann herausgesprungen ist, um die Tür zu öffnen. Da drin hat also einer gesessen und gewartet – hoffentlich hat er gelesen oder geschlafen und die Dame im roten Golf nicht bemerkt. Der junge, adrette Typ deckt seinen Boß den ganzen Weg bis zum Auto und setzt sich erst auf den Rücksitz, als er sicher ist, daß er seinen Job ordentlich gemacht hat. Das hat er aber nicht, denn die Dame im roten Golf bleibt offensichtlich weiterhin unbemerkt.

Alexander winkt dem Wolga nach, als dieser sich in Bewegung setzt. Dann schließt er seinen Mercedes auf, steigt ein und fährt los. Ich zähle bis zwanzig, dann starte ich auch.

Ich habe meinen Anfang und absolut nicht vor, mein kleines Spiel weiterzutreiben, indem ich eines der beiden Autos vor mir beschatten würde. Als ich sehe, wie sie zweihundert Meter vor mir an der ersten Ampel abbiegen, plane ich, geradeaus zu fahren und mich heimzuschleichen. Aber ich muß bei Rot halten, und während ich warte, sehe ich noch einen Wolga hinter mir herankommen, dessen Nase dicht an meiner Stoßstange hängt. Und auch wenn es nicht derselbe wie vorhin ist, so erkenne ich den Typen im Rückspiegel. Ein junger, adretter Georgier bei der Arbeit.

»Kein Verfolgungswahn!« beruhige ich mich selbst, aber mein Test, zuerst rechts und dann links abzubiegen, bestätigt meinen Verdacht. Ich werde verfolgt. Jemand hat mich gesehen und will jetzt herausfinden, wer das wohl ist, der da durch die Nacht schleicht.

Ich lache laut und hysterisch. Da ist doch lächerlich. Ich meine, so etwas passiert mir doch nicht. Aber dann werde ich von hinten geblendet, und auch meine Fröhlichkeit hat ihre Grenzen.

Mein Gehirn teilt mir kurz und bündig mit, daß ich gar keine andere Möglichkeit habe, als abzuhauen. Sofort! Und das tue ich. Im besten Gangsterstil biege ich scharf nach links ab, fahre im Zickzack durch kleine, unbekannte Straßen und Gassen, fahre von der falschen Seite in Einbahnstraßen und mache unerlaubte Wendemanöver. Aber die Typen – denn ich gehe davon aus, daß es noch einen auf dem Rücksitz gibt – sind mit quietschenden Reifen hinter mir her, und es macht mir angst, daß sie die Verfolgung einfach nicht beenden. Entweder sind sie von der Jagd selbst berauscht, oder sie wollen mich um jeden Preis haben. Vielleicht müssen sie das! Vielleicht haben sie den Befehl, nur mit mir zurückzukommen, tot oder lebendig. Ein paar Sekunden lang fühle ich mich fast gelähmt vor Angst, der Schweiß bricht mir aus, mein Fuß auf dem Gas ist bleischwer und läßt sich nicht mehr bewegen. Aber dann entdecke ich, daß ich die Straßen kenne, durch die ich rase. Kiril, ein russischer Liebhaber aus längst vergangener Zeit, wohnte in dieser Straße, und mir fällt ein, daß es von seinem Hof eine direkte Verbindung zur nächsten Ecke gab. Ich weiß nicht, ob ein Auto dort durch die Einfahrt paßt, aber ich muß es riskieren. Es gelingt mir tatsächlich, mich in den Hof zu zwängen und dort zu verstecken, als meine Verfolger die Straße entlangdonnern. Ich rolle so leise wie möglich in den nächsten Hof, um niemanden zu wecken. Und ich schalte den Motor aus und warte eine Viertelstunde, bevor ich mich traue, die Nase aus dem Tor zu stecken und durch die Seitenstraße zum Hafenring zu fahren. Ich weiß nicht, ob sie in der ganzen Stadt Alarm geschlagen haben, aber ich nehme an, daß die Verfolgung meiner Person eher eine diskrete Operation war. Auf jeden Fall gelingt es mir, unbemerkt im dritten Gang nach Sad Sam zu tuckern, dem Korrespondentenghetto, wo Ferdinand seine Wohnung hat und auch das Büro liegt.

»Bist du dir klar darüber, wie spät es ist?« faucht Ferdinand, als er mir aufmacht.

»Viertel vor drei!« sage ich, schiebe mich, ohne zu zögern, an ihm vorbei, in die Wohnung, und schließe die Tür hinter uns. »Gib mir erst mal einen Whisky und dann höre zu!«

Er will protestieren, aber ich laufe schnurstracks ins Wohnzimmer, und ohne Licht zu machen gehe ich zum Fenster und hebe die helle Gardine ein wenig an. Der Sadowaja ist ruhig – sie sind weg. Ich drehe mich zu Ferdinand um, der wie eine schlaffe Silhouette in der Tür zum Flur steht. Merkwürdigerweise angezogen, aber es sieht so aus, als hätte er in seinen Kleidern geschlafen. Er macht keinerlei Anstalten, uns Drinks zu mixen, deshalb gehe ich zum Barfach und hole eine Flasche heraus. »Hast du keinen Whisky?« frage ich und untersuche die Flaschen.

Ferdinand schüttelt den Kopf, also nehme ich die Cognacflasche und schenke in ein Kristallglas ein, das auf einem Tablett steht.

»Willst du auch einen?« frage ich.

»Nein danke. Aber ich wüßte gern, was das Ganze soll!«

»Entschuldige!« lächle ich versöhnlich. »Ich glaube, ich werde von der Mafia verfolgt!« setze ich an und schwenke den Cognac in dem Glas, bevor ich einen Schluck nehme und ihm dann die Ereignisse der Nacht berichte.

Sein abweisender Blick wird im Laufe meiner Schilderung etwas milder, und schließlich setzt er sich auf einen der Stühle am Eßtisch.

»Therese«, sagt er kopfschüttelnd, als ich fertig bin. »Deine Arbeitsmethoden erscheinen mir reichlich extrem, um nicht zu sagen, dummdreist. Vor allem, weil die Wahrscheinlichkeit, daß der Einsatz Erfolg bringt, äußerst gering ist!«

»Und was soll das heißen?« frage ich. »Auf dänisch?«

»Daß dein Abenteuer dir ein paar unangenehme Erfahrungen bescheren kann.«

»Du meinst, daß ich in Gefahr bin? In Lebensgefahr?«

Ferdinand zuckt mit den Achseln und schenkt sich nun auch einen Cognac ein.

»Wenn du meinst, es wäre interessant, in ›Lebensgefahr‹ zu sein, dann können wir es gern so ausdrücken. Jedenfalls ist klar, daß du heute nacht hier schlafen mußt.«

Ich nicke. Ich habe selbst auch keine große Lust, mich weiter in der Stadt herumzutreiben, und allein der Gedanke an einen Gang durch die Hotellobby genügt, daß ich mich freiwillig fürs Sofa entscheide.

»Das ist lieb von dir. Geht es auch für deine Frau in Ordnung?«

Ferdinand guckt in sein Glas, dann hebt er es hoch, hält jedoch in der Bewegung inne, bevor er es an den Mund setzt.

»Ich habe keine Frau. Sie ist vor drei Monaten abgereist und hat die Zwillinge mitgenommen.« Er lächelt unbeholfen mit Augen, schwarz wie frischer Asphalt. »So, jetzt weißt du's.«

»Danke«, murmle ich verlegen. »Deshalb also?«

»Ja«, nickt Ferdinand schwerfällig. »Deshalb.«

Ich werde gegen neun Uhr vom Kaffeeduft wach und richte mich verärgert auf. Ich hätte schon lange unterwegs sein sollen.

»Nach deinen Eskapaden brauchtest du etwas Schlaf!« erklärt Ferdinand, frisch rasiert und fast fröhlich. Wir trinken den Kaffee in der Küche, die sauber und ordentlich ist, offensichtlich hat er seiner russischen Haushaltshilfe nicht gekündigt.

»Kam was in der BBC?« frage ich und massiere meine steifen Schultern. Nachwirkungen von der gestrigen Anspannung.

»Über dich? Leider nicht!«

»Sehr witzig!« erwidere ich. »Über die neuesten Putschgerüchte? Ich habe gestern gehört, daß ...«

»Das glaube ich gern. Nein, es ist nichts los. Alles ist normal, Baker kommt heute nachmittag an. Jelzin, Krawtjuk und Nazarbajew holen ihn in Wnukowo ab.«

»Was meinst du, was das war, was ich heute nacht gesehen habe?« frage ich und nehme mir ein Stück Toastbrot.

»Gespenster!« antwortet Ferdinand trocken.

Ich lache. Seine Reaktion ist verständlich. Die Grenzen für das normal Erwartbare sind verblüffend eng – bis zu dem Moment, in dem man sie überschreitet und mit einemmal alles möglich ist. Als würde man in einem Märchenland durch einen Spiegel gehen. Wenn man erst einmal den Weg kennt, kommt man auch zurück.

»Ferdinand! Ich schätze dich sehr wegen deines Wissens, deiner Intelligenz und deiner Analysen. Aber ein richtiger Reporter bist du nie gewesen, oder?«

»Also!« sagt er gekränkt und weiß es doch selbst. Er ist Akademiker, und ganz gleich, wie sehr er es auch versucht, er wird nie das gleiche entspannte Verhältnis zu seinem Medium bekommen wie die frisch geschlüpften Jungs von der Journalistenhochschule.

»Dafür bin ich keine große Analytikerin, und über Schrott und Alteisen weiß ich nicht besonders viel. Deshalb habe ich überlegt, daß ...«

»Was hast du überlegt?« Ferdinand sieht mich ausdruckslos an.

»Ich habe überlegt, daß ich, wenn du das Abrüstungstreffen heute übernimmst, meine Spur weiterverfolge. Wenn ich die Sache in den Kasten kriege, machen wir fiftyfifty! Zwei Direktschaltungen und gemeinsamer Weltruhm!«

»Das ist absolut unverantwortlich! Entweder du vergeudest deine Zeit mit nichts oder Bagatellen, oder aber ... Nun ja, ich muß zugeben, daß ich nicht besonders viel von diesen Mafiamärchen halte, aber wenn was dran ist, dann ist das gefährlich. Noch dazu, wo du ...« läßt er mit einem Nicken auf meinen Bauch den Satz unvollendet.

»Ich werde vorsichtig sein. Haben wir eine Abmachung?« nerve ich ihn.

»Ja, die haben wir dann ja wohl«, seufzt er. »Aber sei so gut und halte mich da raus!«

Als erstes schicke ich Sergej und den Tonmann zum Mezhdunarodnaja, um den Golf abzuliefern. Sie sollen ihn nur hinstellen und die Schlüssel beim Pförtner einwerfen. Möglichst alle Fragen vermeiden und auf keinen Fall irgendwas antworten. Danach sollen sie ins Hotel Ukraine, meine Sachen packen und für mich auschecken. Ebenfalls so diskret wie möglich.

Sie sehen mich neugierig an, als ich ihnen sage, was sie tun sollen, aber ich gebe ihnen ein paar Schachteln Zigaretten, und die beiden lieben ohnehin eine gewisse Spannung.

Sie kommen mit meinem Gepäck zurück, ohne etwas Außergewöhnliches erlebt zu haben, aber davon soll man sich nicht täuschen lassen. Ich sitze eine Weile nur da und starre konzentriert ins Blaue, bevor ich beschließe, den direkten Weg weiterzugehen.

Ich schließe die Tür, schalte das Radio ein und drehe die Nummer auf dem verblichenen russischen Telefon. Zuerst habe ich die falsche Nummer, aber das ist immer so, und beim zweiten Mal wird der Hörer von einer Sekretärin abgenommen, die mitteilt, daß ihr Chef »in einer Besprechung ist«.

Die kriegen es ja doch schnell raus, denke ich, als ich mich mit meinem richtigen Namen und dem Sender vorstelle. »Es ist äußerst wichtig, bitten Sie deshalb Ihren Chef, so schnell wie möglich zurückzurufen!« sage ich in einem Ton, den man bei uns zu Hause als beleidigend empfinden würde, der hier jedoch notwendig ist, um überhaupt durchzukommen.

Es vergehen keine fünf Minuten, da ruft er schon zurück, der Rammler.

»Alexander? Erinnern Sie sich? Therese Skårup«, frage ich mit honigsüßer Stimme und hoffe, daß mich niemand hört. »Ich habe Sie in Kopenhagen interviewt.«

Und ob er sich erinnert! Diese faszinierende Frau wird er nie in seinem Leben vergessen! Ob ich wirklich in Moskau bin? Wann können wir uns treffen?

Wir könnten ja einen späten Nachmittagsdrink nehmen, schlage ich vor. Gut. Im Hotel Metropolis um siebzehn Uhr.

Mein Fisch zappelt mit der Schwanzflosse, wie ich feststelle, als ich zu Ferdinand hinübergehe und ihm mitteile, daß ich kurz weg muß. Er selbst will mit dem Team gerade los, um Bilder für seinen Kommentar zu drehen, den er am Vormittag geschrieben hat.

»Ja?« Ferdinand schaut von der Schreibmaschine auf. Er verabscheut Computer. »Wohin gehst du?«

»Nur etwas raus. Ich will ein bißchen Luft schnappen«, lächle ich beruhigend.

»Und was soll ich denen in Kopenhagen sagen?«

»Daß ich in heimlicher Mission unterwegs bin!« Ich zwinkere ihm zu und gehe auf den Sadowaja hinaus.

Ohne länger nachzudenken, biege ich um die Ecke zum Zentralmarkt. Zuerst genieße ich es einfach – lasse mich von den würzigen Gerüchen und Cézanne-Farben einfangen, spiele Hausfrau mit einem kritischen Blick auf frisch geschlachtete Hühner und eingelegten Knoblauch. Falle in ein Loch und werde in einen Tagtraum hineingezogen, in dem Paul und ich an einem dunklen Nachmittag in der Küche sitzen, Gemüse putzen und Pilze dünsten ... Paul würde der Zentralmarkt gefallen, Paul würde Moskau gefallen, Paul würde meine Hand in seine nehmen ...

Ich kaufe ein wenig ein – ein paar Äpfel hier, Gurken und Tomaten dort. Den alten Georgier, der mir Rosinen in einer aus Zeitungspapier gedrehten Tüte verkauft, kenne ich noch vom Sommer, und wir plaudern ein wenig. Über Politik und die Wirtschaft – auf Straßenniveau. Ich stimme ihm in allem zu, und nachdem er seine erste Wut so ziemlich losgeworden ist, beuge ich mich über den Tresen und frage, ob er jemanden kennt, der mir ein Auto leihen würde.

»Dollars?« fragt er höflich und ist nicht mehr der bedauernswerte Alte, für den der Zug schon lange abgefahren ist.

»Fünfzig Dollar auf die Hand und zehn Dollar pro Tag plus zwanzig Dollar für Sie«, sage ich schnell. »Möglichst einen Lada.«

»Kein ausländisches?« fragt er.

Ich schüttle den Kopf und tue, als begutachte ich seine Granatäpfel.

»Kommen Sie in einer Stunde wieder!« nickt er und spuckt die Schalen von Sonnenblumenkernen aus.

In der Stunde gehe ich zurück ins Korrespondentenbüro, lade die Einkäufe in der Küche ab und frage mich selbst, was ich da eigentlich tue.

Das gleiche fragt Ras, als er mich anruft. Ich versuche mich rauszureden, indem ich ausführlich erzähle, daß Ferdinand mit dem Team unterwegs ist und anscheinend aus dem kryptischen Dunkel wiederauftaucht, was ich Ras aber nicht näher erkläre.

»Ich habe bereits mit Ferdinand gesprochen. Er konnte mir nicht sagen, was du heute ablieferst. Könntest du das vielleicht?«

»Ich recherchiere«, versuche ich es, »Sologeschichte ...«

»Das kann jeder sagen. Soweit ich weiß, kommt der amerikanische Außenminister heute in Moskau an, oder? Das ist wohl nicht gerade eine Sologeschichte?«

»Ras! Nun hör mal!« seufze ich. »Zufällig habe ich etwas entdeckt, das ich weiterverfolgen will. Was mit der Mafia.«

»Was ist mit der Mafia? Also, Tes, jetzt aber ehrlich!«

»Eine große Sache. Vielleicht verdammt groß sogar«, sage ich bedeutungsvoll und gucke auf die Uhr. »Ich muß jetzt los! Ich muß dafür ein paar Dollar extra investieren und vielleicht sogar *under cover* arbeiten …«

»*Under cover!*« ruft Ras. »Denkst du, wir spielen Miami Vice! Du bist schwanger, mein Schatz! Dafür kann ich auf keinen Fall die Verantwortung übernehmen!«

»Dann laß mich mit dem General reden!« bitte ich sauer.

»Bitte schön!« erwidert er ebenso sauer und stellt mich durch. Wir trennen uns eigentlich nie in diesem Ton, Ras und ich. Aber er ist ein Jammerlappen, und das kann ich im Augenblick wirklich nicht gebrauchen.

Der General gibt zu allem sein Okay.

»Go ahead! Aber vermeide jeden Skandal, für den ich dann einstehen muß! Und laß dich nicht umbringen! Das gibt immer so schlechte Schlagzeilen!« poltert er.

»Ich werde mir Mühe geben!« sage ich und weiß, daß er mit einem Grinsen im Gesicht dasitzt. Dieser Zyniker.

Der alte Georgier blinzelt mir konspirativ zu, als ich mich seinem Stand nähere.

»Fräulein! Sie haben das hier vergessen!« ruft er mir zu und winkt mit einer Tüte Walnußkernen.

»*Spasibo!*« bedanke ich mich und nehme die Tüte. »Noch einen schönen Tag!« Ich gebe ihm die Hand, und man müßte es wirklich in Zeitlupe sehen, um mitzubekommen, daß ich ihm dabei achtzig Dollar überreiche. Absolut professionell.

Erst auf der Straße, in einer Toreinfahrt, kippe ich die Walnüsse aus der Tüte. Er hätte mich anschmieren können, aber ich bin mir ziemlich sicher, daß er das nicht macht. Nein, da sind die Autoschlüssel und eine hastig hingekritzelte Beschreibung des Autos und seines Standorts.

Es ist in einer Seitenstraße nicht weit entfernt geparkt. Ein pipigelber Lada mit georgischem Kennzeichen. Als ich mit einigen Schwierigkeiten die Tür aufbekomme, schlägt mir ein scharfer Gestank entgegen, so daß ich nach Luft schnappen muß. Blumenkohl. Der Rücksitz ist herausgenommen, der ganze kleine Wagen vollgestopft mit Blumenkohl zum Markt gefahren worden. Und der Vermieter hatte offenbar keine Lust, die bräunlichen Blätter und kleinen Kohlteile zu entfernen, die beim Entladen aus den Kisten gefallen sind. Ich mache oberflächlich sauber und öffne alle Fenster, die zu öffnen sind. Das kann man wirklich eine originelle Tarnung nennen!

Zu meiner großen Freude fährt er. Er hustet ein wenig beim Start, aber nachdem er erst einmal seine Heiserkeit überwunden hat, arbeitet der Motor gut und solide. Vielleicht haben sie ihn frisiert, die Georgier. Dafür ist der Benzinanzeiger in bedrohlicher Nähe der Nullmarke, was natürlich auch heißen kann, daß er nicht funktioniert. Aber sicherheitshalber fahre ich zur nächsten Tankstelle, die nicht weit entfernt an der Krasinastraße ist.

Erst als ich in der Schlange stehe, fällt mir ein, daß ich keine Benzingutscheine habe. Die, die ich hatte, liegen im Handschuhfach des Golfs. Aber weiter vorn habe ich bereits ein 010-Diplomatenauto erspäht, das muß jemand von der Botschaft sein. Wahrscheinlich eine der Ehefrauen, die im Valuta-Supermarkt einkaufen war. Ich will gerade aussteigen und fragen, ob ich ihr ein paar Gutscheine abkaufen kann, als der dicke Tankwart in seinen schwarzen Gummistiefeln herauskommt und die Benzinschläuche um die Tanks wickelt, das Zeichen dafür, daß er nichts mehr hat.

»Schluß!« winkt er mit den Armen. Kein Benzin mehr. Vielleicht am Nachmittag. Vielleicht morgen. Typisch, aber andererseits auch gut, daß ich keine Chance habe, mich zu erkennen zu geben. Es gibt keinen Grund, mich zum Tagesgesprächsthema in der dänischen Botschaft werden zu lassen. »Dänische Fernsehreporterin in blumenkohlstinkendem Lada mit georgischem Kennzeichen gesehen.«

Ich parke in einer Seitenstraße und gehe zurück zum Büro. Ich darf nicht vergessen, später noch zu tanken. Es ist jetzt eins, Ferdinand und das Team müssen eigentlich zurück sein.

»Dein Mann hat angerufen!« sagt die Sekretärin, als ich hereinkomme.

»Paul?« frage ich. »Er ist doch nicht mein Mann!«

»Das hat er aber gesagt«, entschuldigt sich die Sekretärin.

»Hat er was ausrichten lassen?« frage ich und hänge meinen Daunenmantel an die Garderobe.

Die Sekretärin errötet leicht.

»Daß er dich liebt. Und du möchtest doch zurückrufen.«

Das mache ich sofort, während die anderen in der Küche Mittag essen.

Ich habe Herzklopfen, als ich die Nummer auf dem Telefon mit direkter Verbindung zum Ausland wähle, ein enormes Privileg, das nur hier lebende Korrespondenten nach langen, zähen Verhandlungen mit der unausrottbaren Staatsbürokratie erhalten, und warte auf seine Stimme.

»Ja, ich bin's!« sagt er, und es klingt, als hätte er den Hörer an sich gerissen.

»Und ich bin's auch!« lächle ich. Meine Freude ist wie ein Orgelbrausen.

»Oh, Tes! Ich vermisse dich so schrecklich!« jammert er.

»Geht es euch gut?«

»Euch?«

»Ja, dir und dem Baby! Ich habe das Gefühl, als hätte ich euch einfach im Stich gelassen. Ich hätte dich nicht fahren lassen dürfen, oder zumindest hätte ich mitfahren sollen!«

»Ich kann ganz gut auf mich selbst aufpassen!« sage ich.

»Soll ich nicht nachkommen?« fragt er. »Ich habe die Flüge rausgesucht, und ...«

»Nein!« unterbreche ich ihn kategorisch, um auch nicht einen Moment lang der unpassenden Versuchung zu unterliegen, beschützt zu werden. »Alles geht ruhig und wie üblich seinen Gang, und, wie gesagt, ich kann ganz gut auf mich selbst aufpassen.« Ich beiße mir auf einen Finger, um der pochenden Sehnsucht etwas entgegenzusetzen, die seine Stimme in mir geweckt hat.

»Und paßt du auch gut aufs Kind auf?«

»Natürlich!« antworte ich und streiche mit einer Hand über den Bauch. »Es strampelt!«

»Das tut es, weil es Papas Stimme hört!« sagt Paul, ruft dann »Hallo, Baby!«, und ich lache und nicke Ferdinand zu, der seinen Kopf hereinsteckt, ihn aber sofort wieder zurückzieht, als er sieht, daß ich beschäftigt bin.

»Und wie geht es dir?« frage ich, um auf ein anderes Thema zu kommen. »Abgesehen davon, daß du dich vor Sehnsucht verzehrst?«

»Ganz okay. Ich habe mich bei TV2 beworben.«

»Willst du Fernsehdirektor werden?« frage ich ironisch mit Anspielung auf eine heiß diskutierte vakante Stelle beim Sender. »Ich dachte, du wolltest als Freier arbeiten? Als Schriftsteller?«

»Ja, ja, das will ich ja auch. Das Ganze ist nicht so ernst gemeint. Nur das Ergebnis einer sonntagnachmittäglichen Unruhe, wenn die eigene Frau sich in der Weltgeschichte herumtreibt.«

»Für welche Stelle hast du dich denn beworben?« frage ich.

»Sie suchen einen Umweltmitarbeiter und einen Moderator für die Nachrichten«, sagt er locker. »Sicher kriegen sie drei-, vierhundert Bewerbungen.«

»Und was ist, wenn sie dich haben wollen?« frage ich scharf.

»Das wollen sie bestimmt nicht. Bei meinem zweifelhaften Ruf!«

Ferdinand steckt erneut den Kopf rein. Er muß etwas Wichtiges auf dem Herzen haben.

»Du Paul, ich muß aufhören. Ferdinand ...«

»Wie geht es mit ihm?«

»Gut. Erstaunlich gut.«

»Ich hoffe, nicht zu gut, oder?« fragt er unruhig.

Ich lache laut auf.

»Paul! Bei dem Bauch!«

»Du bist so schön! Mein Gott, ich wünschte, ich könnte sofort auf dich springen!«

»Paul!« weise ich ihn zurecht. »Ich muß jetzt wirklich Schluß machen.«

»Okay! Wenn du nicht mit mir reden willst! Aber paß gut auf unser Kleines auf. Und komm verdammt noch mal bald nach Hause!«

»Küßchen, Küßchen, Paul. I love you!« sage ich und lege auf.

Ich gehe zu Ferdinand, der am Ticker steht.

»Ja?«

»Glaube nur nicht, daß ich deine Netze weiterspinne«, leitet er ein, und dann erzählt er mit gesenkter Stimme, daß er ein Gerücht im Pressezentrum gehört hat. Anscheinend hat »The Post« einen Mann gekauft, der erzählt hat, daß in der Heeresspitze ein organisierter Uranverkauf im Gang sei, an alle, »die entsprechend bieten«.

»Aber«, Ferdinand zuckt mit den Schultern, »heutzutage erzählt dir jeder, was du hören willst, wenn du ihm ordentlich zahlst.«

Ich sehe durch ihn hindurch, und wie früher bei der Lösung von Gleichungen zweiten Grades, von denen man glaubte, man würde sie nie begreifen, entsteht in meinem Kopf plötzlich eine wahnwitzige Theorie.

»Interessant«, sage ich. »Darf ich dein Badezimmer für ein paar Stunden ausleihen?«

»Möchtest du den Rücken geschrubbt bekommen?« Ferdinand lächelt breit, so daß mir zum ersten Mal auffällt, daß er zwischen den Vorderzähnen eine Lücke hat. Das Lächeln steht ihm.

»Danke, nein, aber ich schätze das Angebot«, lache ich. Schließlich sind wir doch wieder Freunde.

Das Wasser schwappt über meinen Bauch, der wie eine kleine Insel herausragt, als ich entspannt in Ferdinands Badewanne liege. Ich habe mir erlaubt, den von seiner weggelaufenen Ehefrau hinterlassenen Badeschaum großzügig zu benutzen, und bleibe so lange liegen, bis die Haut an meinen Fingern und Zehen gerieffelt und aufgeweicht ist. Wenn ich angezogen bin, sieht man es kaum. Aber in der Badewanne ist es ganz offensichtlich, daß mein Körper sich verändert hat. Daß er sich auf etwas vorbereitet, das für mich noch in weiter Zukunft liegt. Ich, die ich Fett und Wülste verabscheue, ende trotz meines strikten Reglements wohlbeleibt, wie Tante Mo es anerkennend ausdrücken würde. Ich schiebe Schaum auf die vollen Brüste, auf denen das Adernetz wie ein bläuliches Astwerk unter der Haut zu sehen ist, und lege eine Hand auf meinen Venusberg. Schließe die Augen und lasse die Hand dort liegen, während ich versuche, mir Paul ins Gedächtnis zu rufen, wenn er mir am allernächsten ist, seinen Kopf in meinem Schoß vergraben.

Aber ich bin zu angespannt, um mich meiner Lust hinzugeben. Ich lasse das Wasser ablaufen und steige aus der Wanne, um meine Rendezvous-Vorbereitungen fortzusetzen.

Mit steigendem Kribbeln lackiere ich meine Nägel, schminke mich und ziehe ein zweigeteiltes Kleid an, das, zumindest wenn ich sitze, meinen Bauch tarnt. Ich wünschte, ich könnte das Filmteam zusammenklappen und in die Tasche stecken oder ich hätte einen von diesen kleinen flinken Sonys, wie meine schreibenden Kollegen sie immer bei sich haben. Aber ich habe nichts außer geschärfter Wahrnehmung und der Ahnung, daß Alexander mich ans Ende des Regenbogens führen wird.

Ich hülle die femme fatale in den Daunenmantel, lege die Hochhackigen in ein dunkelblaues Einkaufsnetz, schlüpfe in meine ausgelatschten Stiefel und gehe zu meinem Blumenkohltransporter, den ich nach einigen Umleitungen wegen Bakers Besuch in sicherem Abstand vom Hotel Metropol parke.

Der Pförtner mustert mich abweisend, aber da ich ihn englisch anspreche und Alexanders Namen erwähne, tritt er mit arroganter Resignation zur Seite. Ich gebe Mantel und Stiefel an der Garderobe ab, ziehe meine Schuhe an und kann aus den Augenwinkeln den verblüfften Blick des Portiers sehen, der meine Verwandlung mitbekommt.

Ich bin absichtlich zu früh gekommen – ich will ihn sitzend empfangen. Die Illusion, daß mit mir was zu machen wäre, soll so lange wie möglich erhalten bleiben – denn ansonsten habe ich nicht viel zu bieten. Und ich bin mir ziemlich sicher, daß der Rammler nicht mit ein paar Zehndollarscheinen zu kaufen ist.

Ich setze mich an einen Tisch in der halbleeren Bar, von dem aus ich den aufgehängten Fernseher sehen kann. Auf CNN wird gerade von Bakers Empfang durch die Troika auf dem Wnukowo-Flughafen berichtet. Der Reporter spricht von der wachsenden Spannung zwischen Rußland und der Ukraine und erklärt den kasachstanischen Präsidenten, der bereits in Washington war, um das Nichtverbreitungsabkommen zu unterschreiben, zum Vermittler zwischen den beiden streitenden Parteien. »Und es muß vermittelt werden«, erklärt der Reporter. »Das letzte, was die SNG brauchen könnte, wären Machtdemonstrationen und die Gefahr eines Bürgerkriegs zwischen den Großen. Und«, fügt er hinzu, »die ganze Welt wird in eine ernsthafte Krise gestürzt, wenn die Falschen die Kontrolle der gewaltigen Atomwaffenlager an sich reißen, die sich noch auf dem Boden der Sowjetunion befinden.«

Der Kellner kommt freundlich lächelnd, das Personal vom Metropol war in einer Hotelschule im Westen, und ich bestelle Coca Cola mit Zitrone, wirklich. Mein Blutzucker ist am Boden, und auch wenn ich aufgedreht bin wie Monika Seles vor dem Match, bin ich nach einer kurzen, hektischen Nacht doch ein wenig müde.

Fünf Minuten nach fünf kommt er herein, Alexander, genauso aalglatt und von sich selbst überzeugt wie das letzte Mal, als ich ihn sah. Ich schicke ein Stoßgebet zu den Genen, die ich doch von meiner Mutter geerbt haben muß, um wenigstens ein winziges bißchen Theater spielen zu können.

»Therese!« ruft er und greift wie beim letztenmal nach meiner Hand, die ich ihm sitzend reiche, während ich versuche, das »strahlende Lächeln« zu imitieren, das eine der Erfolgsnummern meiner Mutter ist.

Er bestellt französischen Champagner und setzt sich mit einem sehr komischen Tête-à-tête-Ausdruck mir gegenüber. »Ich habe oft an Sie gedacht«, sagt er und will wieder meine Hand greifen, die es gerade noch schafft, den Stiel des Glases zu umfassen und damit zu entkommen, bevor er zuschlägt. Ich lächle wieder verführerisch und lache schelmisch, als er mir erzählt, wie schrecklich ich doch während des Interviews war.

»Such a cruel woman! I couldn't believe it!« sagt er, ins

Baryschnikow-Englisch wechselnd. »Was machen Sie hier, Therese? Wie lange bleiben Sie? Wie gefällt Ihnen Moskau?«

Ich winde mich heraus, indem ich Baker die Schuld an meiner Anwesenheit gebe, was teilweise ja sogar stimmt. Erkläre, daß ich bereits den heutigen Kommentar abgeliefert habe und mein Kollege jetzt »auf dem Schlachtfeld« ist. Ich werde noch »eine Weile« hierbleiben, und Moskau ist »wunderbar, aber anders«.

»Bereits viel westlicher«, vertiefe ich meine Meinung. »Lacôme, Estée Lauder, Benetton. Dieses phantastische Hotel hier!«

»Ja, so langsam kriegen wir alles!« sagt er stolz und entzückt über meine Schmeicheleien. »Auch reiche Menschen, und das ist gut so! You see, die haben Geld, das sie auf die Bank bringen können, und Werte, auf die sie achten müssen. Und wer tut das – das mache ich!« lacht er und stößt seinen Champagnerkelch gegen meinen.

»Dann laufen die Geschäfte also?« schmunzle ich, nachdem ich meine Lippen mit Champagner benetzt habe.

»Oh yes, very good!« nickt er vielsagend und zieht ein flaches, silbernes Zigarettenetui aus der Innentasche. Öffnet es, bietet mir eine an und klopft selbst seine Dunhill kurz auf den Deckel, bevor er uns beiden Feuer gibt und dann das Etui wieder einsteckt. »Das hier ist ja Pionierland. Good business, if you're smart!«

Und das ist er sicher?

»Very smart!« nickt er, und der Kellner, der langsam alle Hände voll zu tun hat, um die Cocktailkunden zu bedienen, schenkt nach und stellt die Flasche in den Kühler. Wir stoßen an.

»Wollen wir uns nicht duzen?« schlägt er auf russisch vor, was nach einer so kurzen Bekanntschaft ziemlich dreist ist.

»Doch, ja«, nicke ich. »Das können wir!«

Das ist hoch gepokert, denn damit sind wir schon halb im Bett, aber ich muß aufs Ganze gehen.

»Therese, auf deine Schönheit!« sagt er, und dann trinken wir Brüderschaft.

»Sascha«, sage ich. »Ich habe eine Geschichte gehört, die ich einfach nicht glauben kann. Und jetzt habe ich um hundert Dollar mit einem amerikanischen Kollegen gewettet ... Vielleicht kannst du mir helfen?«

»Ja?« Alexander lächelt entgegenkommend, aber dann steht er plötzlich mit weit ausgebreiteten Armen und einem Lächeln wie ein Fettfleck auf. Ich drehe mich um, und da kommt er. Don Corleone mit seiner grauen Mähne, einem Ledermantel und einer schwarzhaarigen Frau an jedem Arm – beide grell geschminkt und über und über mit vulgärem Goldschmuck behängt. Alexander begrüßt beide mit einem Handkuß und küßt den großen Mann auf die Wangen. Anschließend werde ich auf englisch als »my Danish girlfriend, Therese!« vorgestellt. Don Corleone nimmt meine Hand und schüttelt sie ohne größeres Interesse. Die Frauen, eine junge und eine etwas ältere, wie ich sehe, als wir uns gegenüberstehen, begrüßen mich leicht herablassend und opfern mir nur widerwillig ihre kostbare Aufmerksamkeit, als die Gesellschaft sich auf Alexanders Aufforderung hin an unserem Tisch niederläßt.

Alexander bestellt eine weitere Flasche Reims, die trotz aller Geschäftigkeit umgehend serviert wird. Und danach folgt eine unendlich lange halbe Stunde, in der ich all meine Sinne benutze. Alexander redet mich nämlich konsequent auf englisch an, und ich begreife, was er damit signalisieren will – ich soll mein fließendes Russisch nicht zur Schau stellen. Und als Don Corleone mich – über Alexander, der als Dolmetscher fungiert – fragt, ob ich das erste Mal in Moskau bin, nicke ich lächelnd. Alexander fügt schnell hinzu, daß ich mit einer dänischen Reisegesellschaft unterwegs bin.

»Sie ist Lehrerin. Ich habe sie auf dem Roten Platz kennengelernt«, blinzelt er verständnisinnig Don Corleone zu, der lacht und ihm anerkennend auf die Schulter klopft.

Es läuft gut, auch wenn die Frauen, die offensichtlich Ehefrau und Tochter sind, mich die ganze Zeit mit säuerlicher Kälte betrachten. Sie akzeptieren es, für andere Männer in den Hintergrund zu treten, aber von einer anderen Frau wollen sie nicht an die Seite geschoben werden. Doch ich tue, als ob ich nichts merke, spiele die Rolle der naiven Skandinavierin, lächle und schlage kokett die Augen nieder, daß meine Mutter stolz auf mich wäre. Alexander meistert die Situation in überlegener Manier, nur das Kettenrauchen und die schnell geleerten Gläser verraten seine Nervosität. Er hat Angst, und die bekomme ich auch, als eine weitere wohlbekannte Gestalt hereinkommt und sich mit einem kurzen Nicken zu seinem Chef an die Bar setzt. Der adrette junge Mann mit dem modischen Haarschnitt bestellt eine Pepsi, nachdem er seinen Blick lange auf mir hat ruhen lassen. Komisch, daß er hier Zutritt bekommen hat – in Jeans und Lederjacke.

Die Damen gehen auf die Toilette, und Don Corleone bespricht mit Alexander in seinem schlechten Russisch Geschäfte, was diesen in ein schreckliches Dilemma bringt. Soll er den Mann reden und mich das Gespräch mithören lassen? Oder soll er ein anderes Thema anschneiden und damit riskieren, seine eigene Lüge aufzudecken?

Er läßt Don Corleone reden, antwortet selbst aber fast flüsternd, so daß auch der Don leiser spricht und ich bei der Muzakberieselung, dem CNN-Kommentar und dem ansteigenden Stimmengewirr der anderen Gäste kaum etwas verstehen kann. Aber ich schnappe die Worte »Ware«, »kommt morgen an« und »gute Freunde« auf. Außerdem ist sowieso klar, daß es Don Corleone ist, der fragt, und Alexander derjenige, der antwortet und beruhigend nickt. Alles unter Kontrolle.

Als die Damen frisch gepudert in einer Wolke schweren Parfums zurückkommen, steht der Don auf und hat gleich wieder an jedem Arm eine Frau. Sie wollen in einem Chambre séparée etwas feiern – wozu wir natürlich herzlich eingeladen sind.

Alexander dankt, aber wir haben andere Pläne, höhöhö ... Und das versteht Don Corleone, höhö, nur zu gut, und so verabschieden wir uns. Diesmal küßt Don Corleone meine Hand, und die Damen lächeln vor Erleichterung, mich endlich los zu sein. Die Gesellschaft verschwindet im Restaurant – und kurz danach rutscht der Adrette von seinem Barhocker und schließt sich ihnen an. Ich wende ihm den Rücken zu und starre auf den Tisch, während Alexander ihm unmerklich zunickt.

Auch wenn ich nur zu gut Bescheid weiß, wäre es unnatürlich, um nicht zu sagen Mißtrauen erweckend, wenn ich nicht fragen würde, wer dieser große Mann war.

»Ein guter georgischer Freund«, wehrt er ab.

»Reich und mächtig?« erdreiste ich mich zu fragen.

Alexander nickt.

»Reich und mächtig, ja. Wir machen Geschäfte miteinander.«

Aha. Mehr sage ich nicht, obwohl es noch genug Fragen zu stellen gäbe. Er sieht mich forschend an, dann winkt er dem Kellner mit seiner »never leave home without it«-American Express Card.

»Laß uns etwas herumfahren!« sagt er dann, nachdem die Rechnung beglichen ist.

Da ich pinkeln muß, entschuldige ich mich und gehe zur luxuriösen, antiseptischen Toilette. Ansonsten gilt die ungeschriebene Regel, daß man öffentliche Toiletten in Moskau meiden sollte. Aber jetzt, nachdem der Klassenunterschied so deutlich geworden ist und die Privilegien der Nomenklatura öffentlich anerkannt sind, gibt es auch Unterschiede, was die Klos betrifft. Und dieses hier besteht – wie der Rest des Hotels – fast nur aus Messing und Marmor. Vor dem Spiegel spritze ich mir Wasser ins Gesicht, ziehe die Lippen nach und reibe mir über die Lenden, wo es ein wenig zieht wie kurz vor der Menstruation. Ich sage zu mir selbst, daß es jetzt an der Zeit ist, ein Hintertürchen zu suchen. Aber ich tue es nicht, sondern gehe zurück zu Alexander, der in der Lobby telefoniert.

Ich hole meinen Mantel und meine Stiefel aus der Garderobe und beeile mich, beides anzuziehen, bevor er mir eine helfende Hand reichen und damit verdächtig nahe kommen kann. Als er entschuldigend zu mir kommt, habe ich bereits den Mantel zugeknöpft, und nichts an seinem Verhalten deutet darauf hin, daß ihm etwas aufgefallen ist. Falls er meinen Mantel und meine Stiefel sonderbar findet, läßt er sich zumindest nichts anmerken. Paul hätte sofort die Stirn gerunzelt. Aber nicht alle Männer haben einen Blick für weibliche Eitelkeit.

Ich schicke Paul einen telepathischen Kuß und erflehe seinen und Gottes Segen, als ich mich in Alexanders Mercedes-Flaggschiff setze.

Er hat einen CD-Player im Wagen und fragt, was ich hören will. Als ich mich nicht entscheiden kann, legt er Madonna auf, »Like a Virgin«. Ein wenig zu deutlich mit seinen Assoziationen; ich hätte Mozart oder The Beatles vorgezogen. Er redet nicht besonders viel, während wir in dem, was ganz offensichtlich sein Schwanzverlängerer ist, durch die Stadt rasen. Aber er raucht weiter eine Dunhill nach der anderen, und ich öffne das automatische Fenster, weil mir langsam übel wird. Übrigens ist es lange her, daß mir schlecht war. Vielleicht habe ich nur Hunger.

Er schaut ungewöhnlich oft in den Rückspiegel, und sein abrupter Kurswechsel vom Ring in ein paar kleine Seitenstraßen erscheint mir auffallend paranoid.

»Wohin fahren wir?« frage ich kokett.

»An einen Ort, wo wir allein sind!« sagt er und entblößt seine schlechten Zähne. Die hat er noch nicht gegen ein westliches Modell eingetauscht.

Wir müssen einige der großen Ausfallstraßen kreuzen, und auch wenn ich so tue, als interessiere es mich nicht besonders, wo wir uns befinden, merke ich mir, daß wir die Stadt in südöstlicher Richtung verlassen. Nachdem wir durch einige Trabantenstädte, in denen Hunderttausende wie in übereinandergestapelten Schuhkartons leben, gekommen sind, bittet Alexander mich, den Kopf zwischen die Beine zu beugen.

»Warum?« frage ich und verdecke meine Unruhe mit einem Lächeln. Die müssen bald aufgebraucht sein, die Lächeleinheiten.

»Damit du nicht gesehen wirst, und damit du selbst nicht zuviel siehst«, sagt er. Ich gehorche mit einem resignierten Schulterzucken, auch wenn es mir schwerfällt, mich über meinem Bauch zusammenzukrümmen, und gleich darauf wird mir ein Mantel übergeworfen.

»Okay!« sagt er und biegt nach links ab. Und nach rechts und wieder nach links. Ich höre, daß der Verkehr schlagartig abnimmt, und ich kann mir ausrechnen, daß wir in eines der Industrieviertel gefahren sind, die die Trabantenstädte ablösen. Wenn ich aufmerksam lausche, kann ich vielleicht den Weg an den Geräuschen erkennen. Aber Alexander ist nicht dumm – er dreht Madonna auf.

Ich nehme an, daß wir gut zehn Minuten lang eine holprige Asphaltstraße mit vielen Löchern entlangfahren, bevor der Straßenbelag sich ändert und zu Kies oder Erde wird. Nein, Kies. Ein Stein springt hoch und schlägt hart gegen den Wagenboden, was Alexander fluchen und den Fuß vom Gas nehmen läßt.

»Not good for the car!«

Kurz darauf höre ich ein Auto hupen, im Zweiklang, das muß ein Gruß sein, denn Alexander erwidert das Signal, fährt an die Seite und hält an. Er springt aus dem Wagen, vielleicht um zu verhindern, daß jemand zu ihm kommt und das Bündel auf dem Vordersitz bemerkt. Was gesprochen wird, bekomme ich nicht mit, aber als er nach ein paar Minuten wieder ins Auto steigt, höre ich, daß er »*Zavtra!*« sagt. Morgen.

Er fährt ohne jede Erklärung weiter, und nach ein paar Minuten Fahrt biegt er erneut rechts ab. Dieser Weg muß noch schmaler sein, denn er geht deutlich mit der Geschwindigkeit herunter, und es fühlt sich an, als führen wir in einer rutschigen Spur. Ein Landweg, gespurt von schweren Fahrzeugen. Lastwagen.

»Jetzt sind wir gleich da!« sagt er und hält wieder an. Springt aus dem Wagen, läßt aber den Motor laufen, und ich höre ein leises Quietschen von Scharnieren, als er ein Tor öffnet, durch das wir im nächsten Augenblick fahren und das er sorgfältig hinter uns wieder verschließt.

Madonna hat ihr letztes Lied gesungen, aber jetzt ist ihm die Beschallung offenbar vollkommen gleichgültig. Was an und für sich etwas beunruhigend ist, denn solange er sich die Mühe machte, mir nicht zuviel zu zeigen, hatte er wohl die Absicht, mich wieder zurückzufahren.

»Okay«, sagt er schließlich und stellt den Motor aus. »Jetzt darfst du gucken!«

»What a joke!« sage ich, als ich mich aufgerichtet habe und die Augen öffne. Es ist rabenschwarz.

»Komm, wir machen Licht!« Er steigt aus, geht um den Wagen und öffnet mir die Tür. Reicht mir seine Hand, die ich nehme, um nicht aus dem Wagen zu kippen. Ich war schon immer leicht nachtblind, aber er führt mich sicher durch die Dunkelheit.

Plötzlich beginnt ein Hund zu bellen, und ich zucke zusammen.

»Keine Angst, das ist nur mein Wachhund! Er ist drinnen!«

Wo drinnen? hätte ich am liebsten gefragt, halte aber lieber mein kleines Frauenmündchen.

Das aufgeregte Kläffen des Hundes kommt immer näher, und plötzlich stoßen wir gegen eine Mauer, an der Alexander entlangtastet, um das Licht einzuschalten. Einen grellen Scheinwerfer, der über der Tür eines langen, niedrigen Gebäudes sitzt.

Ich blinzle. Alexander ruft dem Hund etwas Beruhigendes zu, worauf dieser umgehend aufhört zu bellen. Aber seine Pfoten kratzen an der Tür, und er fiepst jetzt wie ein nicht beachtetes Kind.

»Hast du gar keine Angst?« fragt er.

Ich schüttle verneinend den Kopf, während meine Knie zittern.

»Wovor sollte ich denn Angst haben?«

»Vor mir!« lacht er.

»Okay, ich gebe zu, daß ich ein klein bißchen Angst habe!« räume ich ein. Es gibt keinen Grund, unnötig provokant zu sein.

»Was ist das hier?«

»Meins.«

»Dein was?« frage ich und sehe mich um. Parallel zu diesem Gebäude gibt es noch ein zweites, gleiches.

»Mein Papierlager!« antwortet er.

»Dein Papierlager? Du meinst, hier hast du dein Geld?«

»Haha, Therese! Very funny! Nein, ich habe das Lager einer unrentablen Fabrik gekauft«, sagt Alexander. »Komm! Ich will dir was zeigen!«

Er nimmt mich bei der Hand und zieht mich an dem Gebäude entlang. Ganz am Ende gibt es noch eine Tür; er löst einen Schlüsselbund von seinem Gürtel und schließt auf. Mir kommt der Gedanke, daß er möglicherweise eine Pistole an der Hüfte hängen hat.

Der Hund fängt wieder an, hysterisch zu bellen, weshalb ich unwillkürlich zögere einzutreten.

»Nur ruhig! Der kann hier nicht rein! Außerdem gehorcht er mir aufs Wort«, sagt Alexander und knipst das Licht an. Durch einen kleinen, rauhen Betonflur werde ich in ein geheiztes, verblüffend elegant eingerichtetes Büro geführt. Englischer Country-Club-Stil mit hohen Holzpaneelen, schweren Ledermöbeln und einem Couch- und Schreibtisch in glänzendem Mahagoni und dunkler Auslegeware. Die Bar hat einen eingebauten Minikühlschrank, und an der Wand hängt ein vergoldetes Telefon.

»Ist das nicht ziemlich pompös für ein Papierwarenlager?« bemerke ich. Es gibt keinen Grund, sich dumm zu stellen.

Alexander lehnt sich mit geöffnetem Mantel an den Schreibtisch.

»Meine Kunden erwarten einen gewissen Stil«, sagt er. »Vor allem meine arabischen Kunden. Und man kann zwar sagen, daß wir Russen etwas plump sind, aber meine russischen Kunden sind – oder soll ich lieber sagen waren – eine gewisse Form von Pomp gewohnt. Die mögen es, beeindruckt zu werden. Das gilt übrigens auch für die Georgier. Wie du gesehen hast, lieben sie die Dekadenz.«

Was soll ich darauf sagen? Selbst die Steinchen zu dem Mosaik zusammenfügen, das sich langsam zeigt? Wie klug darf ich sein, bevor es gefährlich wird? Und wie dumm, bevor es unglaubwürdig wird?

Ich lächle unsicher, und das ist nicht einmal gespielt.

»Ich verstehe nicht ...«

»Wirklich nicht?« fragt er mit einem intensiven Blick.

Ich schüttle stumm den Kopf, und Alexander bewegt sich langsam auf mich zu. Mein Hals wird trocken, mein Herz flippt aus, und ich muß mich zusammenreißen, um nicht loszuschreien. Entweder er schießt mich jetzt über den Haufen, oder – und das fürchte ich fast noch mehr – er will mich küssen.

Ich werde steif, als er mich umarmt.

»Sch! Take it easy!« murmelt er mir ins Ohr, und dann führen wir fast eine Art Tanz ohne Musik auf, wobei er mir ins Ohr spricht und ich die Antworten stammle.

»Du wolltest mich doch in der Bar etwas fragen – bevor wir unterbrochen wurden. Was war das, was du wissen wolltest, Therese?«

»Öh, ach nichts«, weiche ich aus.

»Doch, doch, nun komm schon. Du hast mit einem amerikanischen Kollegen um hundert Dollar gewettet. Worum habt ihr gewettet?« Alexander schiebt mich an die Wand und öffnet meinen Mantel, Druckknopf für Druckknopf.

Okay. Ich wage es. Begebe mich aufs Glatteis.

»Daß die Spitzen der russischen Armee einen schwunghaften Uranhandel organisiert haben.«

Alexander gluckst unterdrückt. Legt seine Hände auf meine Brust. Widerlich.

»Und du glaubst, daß ich etwas davon weiß?« fragt er.

»Ja, das glaube ich, Sascha«, sage ich mit fester Stimme und bekämpfe meinen Drang, ihm in die Hand zu beißen.

»Weißt du was, honey, du hast hundert Dollar verloren.«

»An wen verkaufen sie?« frage ich atemlos. »An dich?«

Alexander schüttelt den Kopf. Er amüsiert sich, wie ein Junge, der eine Fliege aufgespießt hat und ihr jetzt die Flügel ausreißen will. Ich habe ihn unterschätzt, habe geglaubt, er wäre ein idiotischer Narr. Aber Sascha, der Rammler, ist gefährlich.

»Ich bin nur das praktische Schwein.«

»Für deinen georgischen Freund?« hake ich nach.

»Du bist gar nicht so dumm, was? Vielleicht bist du sogar etwas zu klug!«

Er drückt seinen Oberschenkel gegen meinen, so daß ich seine Erektion an meinem Schambein fühle.

»Und ist es noch mehr, was du wissen willst?« Er beginnt mit dem Unterleib zu kreisen.

»Was wollen sie mit dem Geld machen, die Offiziere? Ein professionelles konterrevolutionäres Heer aufstellen?« schieße ich los. Die Zeit ist knapp, wenn ich etwas erfahren will, dann jetzt.

»No idea. Nerz und Mercedes. Ein angenehmes Leben in Südamerika. Da mische ich mich nicht ein, ich sorge nur dafür, daß das Geld auf ihre Schweizer Konten gelangt!« sagt er und sucht mit seinem Mund meinen.

Ich kann ihn nicht küssen. Ganz gleich, wie vernünftig es wäre, es ist mir einfach unmöglich. Ich presse die Lippen zusammen, und als er das merkt, versucht er sie erregt mit den Fingern aufzudrücken.

»Warum willst du mich nicht küssen, Therese?« stöhnt er und geht über in eine unverhohlene Körpersprache, die eindeutig in einer Vergewaltigung enden wird.

»Darum!« rufe ich und drehe den Kopf zur Seite, um seinen Angriff abzuwehren.

»Magst du mich nicht? Ich jedenfalls bin so scharf auf dich, wie ich es noch nie auf eine Frau war! Seit damals träume ich davon, dich zu besitzen ...« Alexander stöhnt mit glasigem Blick, und ich weiß, daß ich mich übergeben werde, wenn er seine Zunge in meinen Mund steckt. Andererseits muß ich so diplomatisch wie möglich sein, um hier lebend wieder rauszukommen. Die Taktik, ihn mit einem Tritt in den Unterleib außer Gefecht zu setzen, ist nicht angesagt.

»Sascha!« jammere ich flehend. »Hör mir zu! Ich finde, du bist ein toller Typ, aber ich kann nicht mit dir schlafen. Das geht nicht!«

»Und warum nicht?« stöhnt er, die Hände auf dem Weg unter meinen Rock. »Bist du verheiratet?«

»Ich bin schwanger!« sage ich, packe resolut seine Hände und lege sie auf meine Rundung.

Eiskaltes Wasser oder ein elektrischer Schlag hätten nicht effektiver sein können. Er läßt mich sofort los, tritt zurück und schaut mich an, schnaubend vor Wut, die breiten Lippen in häßlicher Verachtung geschürzt.

»Du hast mich reingelegt!«

»Entschuldige«, sage ich und denke, daß es durchaus denkbar ist, daß er mich jetzt erschießt.

»Ich könnte dich einfach umlegen!« sagt er kurz.

Ich nicke. Sonderbarerweise vollkommen ruhig.

Dann lacht er. Schüttelt den Kopf und lacht. Reißt das Papier einer neuen Schachtel Dunhill ab und schiebt sich eine Zigarette zwischen die Lippen. Ich würde jetzt auch gern eine rauchen, aber mir wird keine angeboten.

»You're crazy! Wenn du meine Frau wärst, würde ich dich übers Knie legen! Weiß dein Mann, daß du hier Räuber und Gendarm spielst, mit seinem Kind im Bauch?«

»Das geht ihn nichts an!« erwidere ich. »Außerdem ist er selbst Journalist. Er weiß, daß es notwendig sein kann, für eine gute Geschichte was zu riskieren.«

»Und? Hast du jetzt eine gute Geschichte? Woher weißt du denn, daß ich nicht gelogen habe? Und wie willst du deine Story beweisen?«

»Früher oder später beweist sie sich von selbst, oder?« antworte ich. »Wenn du mir nicht selbst die Beweise liefern willst.«

Alexander lehnt seinen Kopf lachend zurück. Diesmal mit mehr Wärme.

»Du bist wirklich eine! Meinst du, ich gehe freiwillig aufs Schafott und riskiere mein Leben und meine Geschäfte, nur für deine Geschichte? Damit *du* berühmt wirst?«

»Hast du denn gar keine Ideale, Sascha?« frage ich. »Glaubst du nicht, daß es etwas gibt, für das es sich zu kämpfen lohnt? Oder dagegen zu kämpfen?«

»Für die Demokratie, gegen die Diktatur? Therese, ich bin sechsunddreißig, und ich glaube an nichts anderes als an mich selbst. Was mich betrifft, so ist alles vorbei, wenn es mit mir vorbei ist. Glücklicherweise bin ich schlau genug, um in diesem *ballgame* zu überleben – abgesehen davon, daß ich eine gefährliche Schwäche für kluge Frauen habe.« Alexander seufzt. »Ich sollte dich wirklich umbringen. Aber ich kann doch keine schwangere Frau erschießen.«

»Was für ein Glück!« Ich verziehe das Gesicht.

»Ja! Aber ich habe eine ganze Menge Freunde, für die das überhaupt kein Problem wäre.«

»Tell me about it!« sage ich trocken und sehe den Adretten mit dem feschen Haarschnitt und das ganze Kontingent seiner Kollegen vor mir.

»Deshalb denke ich, es ist für deine Gesundheit das beste, wenn du die ganze Geschichte vergißt.«

»Vielleicht auch für deine Gesundheit? Du warst ja auch nicht gerade scharf darauf, daß dein georgischer Freund meine wahre Identität herausfindet.«

Alexander ballt die Hände und kneift seine Augen zusammen, seine Nasenflügel vibrieren; noch nie war er so kurz davor, mir eine zu verpassen. Aber merkwürdigerweise tut er es nicht. Er knurrt nur.

»Nein, mein georgischer Freund mag keine Journalisten. Er möchte bei seiner Arbeit nicht gestört werden. Und er soll ja sein Vertrauen in seinen Vermittler nicht verlieren, nicht wahr«, erklärt Alexander. »Deshalb die kleine Lüge. Willst du einen Whisky?«

Dummerweise zittern meine Hände ziemlich, als ich das Glas mit drei, vier Zentiliter Scotch nehme. Er kippt seinen in ein paar Schlucken, und ich folge seinem Beispiel. Das ist Medizin gegen zerfranste Nerven und kein gemütliches Besäufnis in einer Kneipe.

Dann verlassen wir das Büro und gehen wieder auf den Parkplatz hinaus. Ich merke mir, daß es keine Alarmanlage gibt. Nur ein gewöhnliches, solides Schloß. Primitiv für einen Mann, der eine Wachgesellschaft besitzt.

Als wir auf den Parkplatz kommen, setzt der Hund sofort wieder mit seinem Gebell ein. Alexander sagt, daß er ihn kurz streicheln will und nachsehen, ob »sie ihm auch Futter gegeben haben, wie ich gesagt habe«. Vielleicht war es ja der Hundeaufpasser, den wir auf dem Weg hierher getroffen haben.

Ich kann mit der Situation nichts anfangen. Er hat die Autoschlüssel, also kann ich nicht abhauen, und warum sollte ich. Die Situation hat sich wieder normalisiert, der Blutdruck ist gefallen, und ich bin mir ziemlich sicher, daß ich brav in die Stadt zurückgebracht werde.

Aber während ich warte, stolperte ich buchstäblich über etwas. Eine Dose, die ich schnell aufhebe und in die Manteltasche stecke, bevor Alexander zurückkommt.

»Mein einziger Freund!« sagt Alexander, als der Hund wieder jaulend im »Papierlager« zurückgelassen wird. »Hörst du, wie er weint?«

Er öffnet mir die Wagentür, und ich beuge von allein meinen Kopf nach unten.

»Ich mache dir eine Augenbinde. Das muß doch furchtbar unbequem mit deinem Bauch sein. Wie weit bist du denn schon?« fragt er fast besorgt.

»Im fünften Monat«, antworte ich und finde mich brav damit ab, seinen Schal fest um die Augen gebunden zu bekommen.

»Na, das tarnst du aber gut!« sagt er, und dann fahren wir die gleichen holprigen Wege wieder zurück.

»Wo wohnst du?« fragt er, als wir uns dem Zentrum nähern.

»Im Hotel Ukraine«, lüge ich, auch wenn ich nicht weiß, ob das überhaupt noch etwas bringt. Wenn sie mich finden wollen, finden sie mich sowieso.

Er bringt mich bis in die Lobby. Glücklicherweise habe ich immer noch meinen Hotelausweis in der Tasche, so daß ich an den Türwächtern vorbeigehen und Alexander zum Abschied winken kann.

Er legt mahnend einen Finger auf den Mund, und ich nicke eifrig. Natürlich habe ich verstanden. Kein Wort zu jemandem. Ich fahre ein paarmal mit dem Fahrstuhl rauf und runter, dann steige ich im fünften Stock aus und sinke erschöpft auf einen Sessel. Erst nach einer halben Stunde, in der ich versuche, mich ganz normal zu verhalten, fahre ich nach unten. Gehe auf den Parkplatz und atme erleichtert auf, als ich keinen Mercedes entdecke.

Ich ertrage keine weitere Fahrt mit einem ekligen Mann; deswegen gehe ich den ganzen Weg zu Fuß zu der Seitenstraße in der Nähe vom Metropol, wo ich den Blumenkohltransporter geparkt habe. Der ist jedenfalls unbeschädigt – wenn auch immer noch kräftig stinkend. Aber beinahe erscheint mir das schon vertraut.

Diesmal wartet Ferdinand, als ich endlich auf wackligen Beinen in seine Wohnung komme. Er ist dabei, Aufzeichnungen zu machen, legt aber Notizblock und Marker weg und überläßt mir das Sofa, sobald ich hereinkomme.

»Wo bist du gewesen?« fragt er und hebt meinen Mantel und meine Stiefel auf, die ich noch ausgezogen habe, bevor ich mich völlig fertig aufs Sofa fallen lasse. Ich fühle mich wie ein Marathonläufer, der es gerade noch geschafft hat, über die Ziellinie zu krabbeln.

»Unterwegs«, antworte ich, während mir die Augen zufallen.

»Du siehst mitgenommen aus«, stellt er besorgt fest.

»Ich bin etwas müde. Du kriegst gleich den Bericht«, murmle ich.

»Tee? Und Käsebrote?« fragt er, und ohne eine Antwort abzuwarten, geht er in die Küche.

Er muß mich wach rütteln, als er mit einem Tablett mit lecker dekorierten Käsebroten und mit einem Steingutbecher zurückkommt.

»Entschuldige, aber ich muß wissen, was passiert ist, bevor ich dich schlafen lasse. Ist das in Ordnung?«

Ich setze mich auf, ziehe die Beine unter mich und stopfe mir ein paar Sofakissen in den Rücken. Still und friedlich esse ich alle Brote – ich habe Hunger, und auf einem Ikeasofa zu sitzen, Käsebrote zu essen und Tee zu trinken, hat etwas ungemein Wohltuendes und Heilendes an sich. Das krasse Gegenteil zu dem set up, von dem ich gerade komme.

»Soll ich noch mehr machen?« fragt Ferdinand lächelnd und schüttelt den Kopf.

»Nein, danke. Aber wenn du eine Zigarette hättest?«

Ich bekomme eine Mentholzigarette aus einer offenen Schachtel, eine Hinterlassenschaft seiner Frau, und mit schlechtem Gewissen inhaliere ich und berichte von den Ereignissen des Abends. Schließe damit, daß ich die Dose, die ich gefunden habe, auf den Couchtisch stelle. Gekochter Schinken vom Dänischen Roten Kreuz.

»Und was schließt du aus dem Ganzen?« fragt Ferdinand.

Dankenswerterweise hat er mir bisher noch keinen einzigen Vorwurf gemacht.

Vielleicht bin ich altmodisch. Aber lieber altmodisch als naiv. Ich stehe auf und lege die heißeste Platte auf, die ich in

Ferdinands Diskothek finde. Strawinskys »Feuervogel«. Drehe laut auf und hocke mich neben seinen Stuhl, damit das, was ich zu sagen habe, wirklich unter uns bleibt.

»Punkt eins: Alexander hat zwei Lagerhäuser voll mit Hehlerware, darunter westliche Hilfsgüter, die für den Weiterverkauf bestimmt sind.

Punkt zwei: Die Mafia kauft Waffen vom russischen Heer, die an arabische Waffenhändler weiterverkauft werden. Alexander ist Dealer und Mädchen für alles. Er kümmert sich um den Transport, die Lagerung und stellt die Räume für Verhandlungen und Übergabe zur Verfügung.

Punkt drei: Alexander ist dabei, für seinen Kunden einen größeren Uranhandel vorzubereiten.«

Ferdinand nickt.

»Punkt vier: Alexander ist gefährlich! Und recht hat er auch noch: Du hast überhaupt keine Geschichte! Du hast kein Tonband, keine Fotos, nicht einmal eine Adresse!«

Ich stehe auf und gehe in dem hübschen, hellen Wohnzimmer auf und ab. Skandinavischer Stil. Wie ein Blumenstrauß auf einer Müllhalde.

Dann drehe ich mich abrupt um.

»Was man nicht hat, muß man sich besorgen! Und jetzt möchte ich gern ins Bett! Ich habe Kopfschmerzen!« sage ich, um jedem Protest zuvorzukommen. »Sei so lieb und wecke mich gegen acht!« bitte ich, und Ferdinand zieht sich kopfschüttelnd mit dem Tablett zurück, wobei er etwas davon murmelt, daß ich total verrückt bin.

Beim Frühstück, bei dem ich mich wirklich zusammenreißen muß, um einigermaßen munter zu erscheinen, nimmt er das Thema wieder auf. Versucht mich von dem nicht Ausgesprochenen abzubringen.

»Du weißt doch selbst, wie gefährlich er ist!« warnt er mich. »Du hast jetzt schon zweimal Glück gehabt!«

»Warum dann nicht ein drittes Mal?« schneide ich seine

Argumentation ab und lege eine lindernde Hand auf den Bauch. Die menstruationsartigen Schmerzen haben zugenommen, und wenn Paul mich nicht dahingehend belehrt hätte, daß man während der Schwangerschaft kein Kodymagnyl nehmen darf, hätte ich ein paar eingeworfen.

»Weil du deine Nase immer weiter hineinsteckst. Außerdem darfst du nicht nur an dich denken, oder?« sagt er mit einem Blick auf meinen Bauch.

»Uns geht es gut«, sage ich bewußt munter.

»Wenn es gestattet ist: So seht ihr aber nicht aus.«

»Das ist nur Morgenmuffeligkeit!« lächle ich abwehrend und kippe die letzte halbe Tasse Kaffee hinunter. »Wollen wir rübergehen?«

Wir haben eine kurze Morgenbesprechung mit dem Team, legen den Tagesplan fest und fahren zum Pressezentrum. Die Vermittler waren den ganzen Abend und den größten Teil der Nacht am Werk, und bis jetzt sind die Verlautbarungen positiv. Krawtschuk und Jelzin wollen offensichtlich vor der Weltpresse als verantwortungsbewußt und versöhnungsbereit erscheinen, zumindest so lange, wie Baker und sein Hof vor Ort sind. Und der Kasachstane, den das »Time Magazine« zu einem der Toppolitiker der neunziger Jahre ernennt, nickt während der Pressekonferenz altväterlich und erklärt, daß sich ganz gewiß eine vernünftige Erklärung dafür finden wird, warum nach Angaben des amerikanischen Verteidigungsministeriums vier Sprengköpfe im kasachstanischen Atomwaffenlager fehlen. »An die Mafia verkauft!« murmle ich Ferdinand zu, der trotz seiner Distanz zu meiner verwegenen Expedition in die Unterwelt leicht erschüttert ist.

Aber dieser scheinbare Konsens zwischen den Supermännern bedeutet, daß dieses Treffen, wenn wir ehrlich sind, reichlich langweilig abläuft. Die guten Storys gibt's in der Stadt, wo eine bezaubernde Mischung aus Kommunisten, Nationalisten und Militaristen einander untergehakt hat und zu Zehntausenden gegen die »Demilitarisierung des Vaterlands« demonstriert, angeführt von dem heißesten Anwärter auf den Posten eines Diktators, dem Führer der Liberal-Demokratischen Partei Rußlands, Wladimir Schirinowski. »Mutter Rußland wird zahnlos gemacht!« lautet sein demagogischer Slogan.

Ferdinand fährt mit dem Team los und filmt die Demonstration, während ich im Pressezentrum bleibe. Auf Neuigkeiten warte, mit Kollegen von daheim und aus anderen Ländern plaudere. Ich lese die »Newsweek«, die einen Artikel über neunzig fehlende Missiles bringt, von denen man annimmt, daß sie aus einer Waffenfabrik in Wotkinsk, nordwestlich von Moskau, geschmuggelt wurden ... auf Lastwagen ... Wo die Missiles, vermutlich vom Modell SS-25 ICBM, jetzt sind, das weiß niemand.

Am Buffett, wo ich mich für Kaffee und einen trockenen Kuchen anstelle, entdecke ich den weißhaarigen CNN-Korrespondentenbürochef. Ich gehe zu ihm, um mich vorzustellen.

»Oh yeah! I remember!« sagt er und schenkt mir ein Lächeln, als erinnerte ich ihn an etwas besonders Komisches. »How do you find it?!« fragt er. Und ich antworte, ich hätte gerade überlegt, daß es ja eigentlich nicht hier ist, wo etwas passiert. Diese mächtigen Männer können zwar mit ihren weitreichenden Abmachungen über jede einzelne Handgranate östlich von Malmö in die Geschichte eingehen – solange die innenpolitischen Spannungen jedoch so groß sind, kann nichts garantiert werden. Man denke nur an die vier verschwundenen Sprengköpfe in Kasachstan und die neunzig fehlenden Missiles.

»I know!« nickt er. »It's frightening, isn't it? And how's Ferdie?« fragt er, worauf ich lächeln muß. Das klingt eher nach einer Comicfigur als nach meinem ganz und gar seriösen Kollegen.

Ich sage, daß es ihm viel bessergeht und er wieder voll dabei ist.

»Sag ihm doch, er soll mich anrufen!« Eine Hand auf meinem Arm, nickt er mir entschuldigend zu, als er von einem seiner Leute weggezogen wird. »Nice to meet you!«

Ich rufe Ras an, der immer noch etwas kühl wirkt, aber erleichtert darüber ist, daß ich im Stall bin und die heutigen stand ups mache, während Ferdinand sich im Getümmel befindet. Wir besprechen, wie viele Minuten er von mir bekommt, und ich mache mich an die Arbeit. Gegen sechs bin ich fertig mit der letzten Version, und kurz vor sieben kommt Ferdinand mit dem Team zurück. Meinen Kommentar drehen wir direkt vor dem Pressezentrum, weil wir uns beeilen müssen, wenn wir den Unilateralen, den Satelliten, noch um acht Uhr Ortszeit erreichen wollen.

Ich drehe zuerst und warte nicht auf Ferdinand, obwohl wir locker verabredet haben, zusammen essen zu gehen. Wenn ich in Ruhe etwas machen will, dann jetzt. Jetzt oder nie. Ferdinand hat recht. Es ist gefährlich, und das Risiko wird nicht kleiner. Und auch wenn es mir im Lauf des Tages besserging und ich glücklicherweise ein paar Tritte gespürt habe, so weiß ich nur zu gut, daß ich schon lange die empfohlene Streßgrenze überschritten habe. Andererseits … Ich bin stark, und warum sollte mein Abkömmling es nicht auch sein? Und habe ich überhaupt eine Wahl? A woman must do, what a woman must do … Es geht nicht nur um mich und die Geburt meines Kindes, sondern um die Geburt einer ganzen Demokratie. Ist es da nicht meine Pflicht, das aufzudecken, was ich gesehen habe? Das Ungeheuer zu töten, um die Prinzessin zu retten?

Vom Pressezentrum aus rufe ich Kosha an. Ansonsten habe ich mich entschlossen, meine russischen Freunde nicht in diese Geschichte mit hineinzuziehen, um sie nicht in Schwierigkeiten zu bringen. Deshalb habe ich auch Swetlana nicht zurückgerufen, die den ganzen Tag versucht hat, mich zu erreichen. Aber wie ein Zombie lasse ich mich auf der Jagd nach der Story treiben, die mich nicht mehr losläßt.

»Kosha«, sage ich, nachdem ich Ludmillas überwältigende Dankbarkeit für meine Rettungsaktion überstanden habe, »wie transportiert man Uran?«

»Stark angereichertes oder schwach angereichertes?« fragt er.

»Stark angereichertes. Für die Herstellung von Atomwaffen«, frage ich mit einer Hand über dem Hörer.

Kosha zögert.

»Warum fragst du?« möchte er wissen, offensichtlich unangenehm berührt.

»Kosha, du schuldest mit noch einen Gefallen!« sage ich unverfroren.

»Ja, das stimmt.« Kosha holt tief Luft. »Du meinst einen unerlaubten Transport?«

»Zum Beispiel«, sage ich und nicke einem Kollegen vom Büro Ritzau zu, der sich in die Telefonbox neben mir stellt.

»Das läßt sich in einer Plastiktüte machen«, erklärt Kosha. »Oder in einem Koffer. Das wiegt ja nicht viel.«

»Danke, Kosha! Sag mal, hast du vielleicht gehört, ob einige deiner Verehrer aus dem Nahen Osten interessierte Käufer sein könnten?«

»Ja«, druckst Kosha herum. »Es heißt, sie wären in der Stadt, um alles zu kaufen, was sie kriegen können. Auch Techniker, wie du weißt«, fügt er leidgeplagt hinzu.

»Kosha, tausend Dank für deine Hilfe«, sage ich und schicke Küßchen durch die Leitung.

»Sind wir jetzt quitt?« fragt er.

»Mehr als quitt!« erkläre ich und lege auf. Kosha ist ein aufrechter Mensch. Völlig ungeeignet für diese Zeiten.

Ich nehme die Metro zu meinem eigenen Auto, von dem nicht einmal Ferdinand etwas weiß. Steige ein, stecke den Schlüssel ins Zündschloß und sehe plötzlich in einer Vision den Wagen explodieren. Aber es ist keine Autobombe, sondern nur das übliche Husten, bevor er losfährt. Ich habe aufgehört nachzudenken, ich fahre einfach Richtung Südost. Komme, was da wolle.

Erst als ich halb aus der Stadt bin, kommt mir der Gedanke, daß, ganz gleich, was ich finden werde, ich so nicht weiterkomme. Ich habe keine Kamera, kein Tonband, nicht einmal einen Fotoapparat. Okay, ich muß in den sauren Apfel beißen und einen Unschuldigen mit hineinziehen. Sergej. Wir kommen ohne Ton klar, aber ohne Bilder hat die ganze Mission keinen Sinn.

Ich halte an einem Münztelefon, wähle seine Nummer und bekomme ihn nach kurzem Warten an den Apparat. Ich frage ihn, ob er mich an der Straßenecke, an der ich stehe, treffen kann.

»Sage niemandem etwas. Nimm nur deine Kamera mit und komm her!«

Nach gut einer halben Stunde, in der ich alles mehrere Male bereut habe, taucht er endlich auf. Entschuldigt sich, daß es so lange gedauert hat, aber er mußte ins Büro, um die Kamera zu holen.

»Hast du Ferdinand getroffen?«

Sergej schüttelt den Kopf.

»Nein, ich habe niemanden getroffen.«

Ich bitte ihn, in den Lada umzusteigen, und das tut er mit stoischem Gesichtsausdruck.

»Ein neues Auto?« fragt er nur kurz und setzt sich hinters Steuer. Ich lächle. Erzähle von unserer Mission in kurzen knappen Sätzen. Er reagiert weniger erstarrt, als ich erwartet hatte.

»Die Stadt ist ein Sumpf von Verbrechen geworden.«

»Es kann sein, daß es gefährlich wird, Sergej. Wenn du nicht mitmachen willst, dann kannst du einfach nein sagen oder wieder zu deiner Familie fahren.«

»Und? Kehrst du dann auch um?« fragt er. »Gibst du dann auf?«

Ich schüttle den Kopf.

»Ich denke nicht.«

»Gut, dann bin ich auch dabei.«

Sergej fährt, und nachdem wir die Trabantenstadt hinter uns gelassen haben, gehe ich in die gleiche zusammengekauerte Haltung wie gestern. Schließe die Augen, um wie eine Blinde zu lauschen, während wir uns immer weiter in das öde Industrieviertel vortasten.

»Kies?« frage ich, nachdem ich ihn gebeten habe, noch einmal nach links abzubiegen.

»Ein paar kleine Steine, aber wir kommen gleich auf Kies. Hast du ein gutes Gehör?«

»Ich bin es ja gewohnt, die O-Töne im Bandarchiv herauszusuchen«, erkläre ich und konzentriere mich wieder. »Kannst du was sehen?« frage ich, als wir den Kiesweg erreicht haben.

»Nichts Besonderes. Aber es wird auch schon dunkel ...«

»Keine Lagerhäuser hinter einem Zaun?«

»Nein.«

»Auch kein Feldweg?«

»Auch nicht. Nur dieser Kiesweg hier.«

Nach ein paar Minuten mündet der Kiesweg wieder in eine Asphaltstraße. Ich richte mich auf und öffne die Augen. Shit, wir sind in einem anderen Trabantenviertel mit Bushaltestelle und einem *Produkti*, der örtlichen Supermarktkette.

Aber eine von Sergejs vielen guten Eigenschaften ist, daß er nicht aufgibt. Er findet von allein eine Straße zurück in das Industriegebiet, und für eine Weile überlasse ich ihm die Führung, während ich vor mich hin döse und zerstreut in die Dunkelheit gucke. Ich verliere langsam die Inspiration, wie bei einem Vorspiel, das zu lange dauert. Komme zur Vernunft. Und als es auch noch anfängt zu nieseln, beschließe ich, uns noch fünf Minuten zu geben. Danach können wir guten Gewissens die ganze Operation abblasen und nach Hause fahren. Dann nehme ich ein heißes Bad, das vielleicht die Schmerzen im Unterleib lindert, die immer offensichtlicher werden.

»Ich muß mal die Scheibenwischer holen!« erklärt Sergej, blinkt nach rechts, als das Wasser die Scheiben herunterzulaufen beginnt. Er steigt aus und öffnet den Kofferraum, wo die meisten russischen Autofahrer ihre Scheibenwischer verstaut haben. Damit sie nicht geklaut werden.

Während er die Scheibenwischer montiert, braust plötzlich ein Auto mit einem wütenden Hupen vorbei und bespritzt Sergej mit Wasser und Dreck.

»Schwein!« flucht er, als er wieder einsteigt.

»Sergej!« rufe ich. »Der Hundesitter! Die Hupe mit Zweiklang!«

»*Ladno!*« Sergej startet durch, und der Blumenkohltransporter zeigt wirklich verborgene Kräfte, denn er geht ab wie ein Formel-1-Wagen.

Erst als wir die roten Rücklichter in dem zunehmenden Regen erahnen können, geht Sergej mit dem Gas runter. Und als sollten wir direkt vor die Tür geführt werden, blinkt der Wagen vor uns kurz darauf rechts.

»Fahr einfach vorbei!« sage ich. »Er hat uns ja gesehen.« Als wir ankommen, sehen wir, daß der Wagen ein paar hundert Meter weiter in der Stichstraße – dem Feldweg – angehalten hat und der Hundeaufpasser ein Tor aufschließt. Und hinter dem Zaun erspähen wir zwei Lagerhäuser.

»Okay, hier ist es«, flüstere ich heiser.

Sergej sagt nichts, aber seine Wangenmuskeln werden fest, als er langsam weiterrollt.

»Was machen wir jetzt?« frage ich unsicher. Trotz allem war ich noch nie Polizeireporter. »Es gibt hier keine Möglichkeit, sich irgendwo zu verstecken, oder?«

Sergej fährt im zweiten Gang weiter, während er überlegt. »Willst du unbedingt da rein?« fragt er schließlich.

»Nun ja, unbedingt ...«, zögere ich. Plötzlich habe ich nicht die geringste Lust, dieses Sperrfeuer von Angst und Schrecken noch einmal zu durchlaufen, das mich auf der anderen Seite des Zauns erwartet.

»Aber wenn du Bilder haben willst, dann von da drinnen, nicht wahr?«

Ich nicke. Wenn er mitmacht, kann ich jetzt nicht einen Rückzieher machen.

»Gut«, nickt Sergej. »Dann gibt es nur eins: Du wartest hier, während ich den Wagen irgendwo abstelle. Wenn ich zurückkomme, suchen wir ein Loch im Zaun. Oder wir machen eins.«

»Aber es regnet!« protestiere ich.

»Ja!« bestätigt Sergej. »Aber ich habe einen Regenmantel für die Kamera dabei.«

Ich steige aus und laufe zum Zaun, wo ich mich hinter einem spärlich belaubten Baum verstecke. Wenn es nur einen Monat später wäre, wäre es schon viel grüner. Aber andererseits wäre es dann auch heller ...

Ich knöpfe den Daunenmantel zu und klappe die Ohrenklappen meiner *Schapka* runter. Dennoch fröstele ich und weiß, daß es nicht lange dauern wird, bis mir das Wasser in die Stiefel läuft. Normalerweise stört mich das nicht, doch jetzt fühle ich mich empfindlich und verletzbar und eigentlich in keiner Weise fit for fight. Aber eigentlich ist es wohl so, daß man nie Ort und Zeit selbst wählt, und vielleicht fühle ich mich nur schlecht, weil ich einfach Angst habe.

Als jedoch der Hundesitter mit seinem Niva mit Vierradantrieb nach zehn endlosen Minuten wieder ans Tor kommt, vergesse ich Regen und Kälte. Er steigt aus, schließt auf, fährt hindurch, schließt hinter sich wieder zu und verschwindet in derselben Richtung, aus der er gekommen ist. Ungefähr gleichzeitig kommt Sergej angeschnauft, die Kamera in einem Regenmantel über der Schulter.

»Er ist weggefahren!« informiere ich ihn, und Sergej nickt. Dann tasten wir uns am Zaun entlang. Der ist alt und rostig, Alexander muß sich wirklich sicher hier fühlen. Aber wer wollte auch Papier stehlen?

Wir finden bald ein kleineres Loch, das Sergej mit ein paar gezielten Tritten groß genug macht, daß wir hindurchkriechen können. Dann stehen wir auf dem Grundstück, nur ein paar Meter von dem vorderen Gebäude entfernt.

»Laß uns hintenrum gehen!« flüstere ich, und Sergej geht voran, vorsichtig wie durch ein Minenfeld. Wir bewegen uns fast lautlos, aber offenbar nicht lautlos genug, denn plötzlich fängt der Hund wie ein Wahnsinniger an zu bellen.

»Keine Sorge! Wir erschießen ihn, wenn er rauskommt!« sagt Sergej nach hinten, worauf ich hysterisch kichere.

Aus irgendeinem Grund habe ich den Verdacht, daß hinter den Gebäuden etwas Spannendes zu finden ist. Doch als wir dort ankommen, sehen wir zunächst nichts anderes als einen Haufen Mauersteine und altes Eisen.

Sergej hockt sich in den Matsch und leuchtet mit seiner kleinen Taschenlampe, die er immer bei sich hat.

»Fußspuren«, berichtet er. »Hier muß irgendwas vor sich gegangen sein ... Genau! Guck mal!«

Er hat einen Griff entdeckt, der an einem Deckel befestigt

ist. »Was ist das?« frage ich atemlos und hocke mich auch hin.

»Auf alle Fälle kein Gulli!« erklärt er und kratzt die Erde weg. »Das ist ein Betondeckel! Und guck mal hier! Beton unter dem Schlamm!«

»Ein Bunker? Alexanders privater Schutzraum?«

»Eher ein Lager!« preßt Sergej zwischen den Zähnen hervor, während er den Griff packt, um den Deckel hochzuziehen. Das geht so einfach, daß er fast das Gleichgewicht verliert, als er den Deckel in die Hand nimmt.

»Ach so, darum!« sagt er, als er sich wieder mit der Lampe hinunterbeugt. »Hier ist erst der eigentliche Deckel. Blei mit Nummernschloß!«

Wieder einmal muß ich feststellen, daß ich Alexander unterschätzt habe. Natürlich hat er das wirklich Wertvolle gründlich gesichert. Der problemlose Zugang zu dem Rest dient nur dazu, den Feind in die Irre zu führen. Mich und die Mafia. »Wie kriegen wir den auf?« frage ich, während ich mich weiter hinunterbeuge, um Sergejs Fund näher im Lichtkegel zu begutachten.

»Man könnte ihn sicher aufsprengen, aber das ist wohl nicht zu empfehlen ... Ich meine, falls da unten Bomben liegen.«

Er sagt das ganz ernst, und ich muß erneut hysterisch kichern. »Aber wir könnten auch ... Ich habe einen Kumpel, der kennt sich gut aus mit Nummernschlössern. Wenn wir mit ihm und etwas Werkzeug zurückkommen, dann könnten wir ...«

Sergej richtet sich auf, ich bin klatschnaß, es geht mir nicht gut, und deshalb bin ich sofort bereit, alles auf unbestimmte Zeit zu verschieben oder zumindest bis morgen. Da höre ich Motorengeräusche. Sergej und ich sehen uns an, auch er hat die Ohren gespitzt. Das kann ein Auto sein, das den Weg entlangfährt, aber als wir hören, wie der Motor heruntergeschaltet wird, um gleich darauf anzuhalten, wissen wir, was das bedeutet. Jemand ist auf dem Weg durchs Tor – was kurz darauf von dem leisen Quietschen der Scharniere bestätigt wird. Das Hundegebell wird ausgelassen und ungeduldig, demnach ist es niemand anders als Alexander selbst.

Ich will etwas sagen, aber Sergej heißt mich still sein und macht die Taschenlampe aus.

»Pst! Da kommen noch mehr!« flüstert er, und jetzt höre ich es. Mindestens ein, vielleicht sogar zwei Autos kommen näher. Offenbar wickelt Alexander heute ein Geschäft ab.

Sergej schiebt schnell den Deckel wieder an seinen Platz, während ich in den Schatten der Wand springe, um nicht gesehen zu werden, wenn die Scheinwerfer über den Hof streifen. Auch Sergej schafft es. Wir drücken uns an die Wand und stecken nach einer Weile unsere Nasen einen Millimeter weit vor, um zu sehen, wer Alexanders Geschäftspartner sind. Richtig: Zwei schwarze Wolgas, die keine unnötige Aufmerksamkeit auf sich ziehen, plus ein geliehener BMW und Alexanders Mercedes. Alexander steigt als erster aus und schaltet den Scheinwerfer ein, so daß wir ohne Probleme sehen können, wie zwei adrette Georgier mit feschem Haarschnitt in fast gleicher Kleidung jeweils aus einem Wolga springen. Der eine überwacht den Hof, der andere hilft Don Corleone beim Aussteigen. Aus dem BMW steigen zwei arabisch aussehende Männer in maßgeschneiderten dunklen Mänteln. Auch sie haben einen Fahrer, der ebenfalls Lederjacke und Jeans trägt; der hellwache Blick über seinem Schnurrbart verrät, daß er mindestens genauso durchtrainiert ist wie seine georgischen Kollegen.

Ich will mich umdrehen und Sergej etwas sagen, als ich höre, wie die Kamera anfängt zu surren. Sergej ist etwas vorgetreten und filmt! Die vier Männer begrüßen einander und lächeln jovial. Was gesagt wird, ist in dem frenetischen Hundegekläff nicht zu hören, aber Alexander breitet entschuldigend seine Arme aus und verläßt seine Partner, um zu »my best friend« zu gehen.

Alexander bleibt so lange im Haus, daß die Untergebenen Regenschirme herausholen müssen, die sie über ihre Chefs halten. Aber auch wenn zu Don Corleones offensichtlicher Irritation noch weitere Minuten vergehen, kann Alexander den Hund offenbar nicht beruhigen. Don Corleone ruft so laut, daß wir es hören können, Alexander soll »den Scheißköter endlich zum Schweigen« bringen und zusehen, »daß er zurückkommt!« und erst in dem Moment wird mir klar, warum der Hund nicht aufhört zu bellen.

»Sergej!« rufe ich gedämpft. »Wir hauen ab! Sofort!«

In dem Moment kommt Alexander mit dem Hund an der Leine heraus, und ich brauche nicht lange, um meine Hypothese bestätigt zu bekommen. Aber ich höre vier Autotüren knallen, als die Männer in Deckung gehen.

»Der Hund!« rufe ich Sergej zu, der mich fest bei der Hand packt und mit mir am Gebäude entlang zurückläuft, denselben Weg, den wir gekommen sind. Wir müssen nur zum Loch, dann sind wir in Sicherheit. Doch Alexander muß den Hund losgelassen haben, und ich höre ihn wütend seinen Befehl schnarren: »Faß, faß sie!«

Einmal blicke ich mich um und sehe den Hund mit hängender Zunge und entblößten Zähnen um die Ecke kommen. »Komm schnell! Wir haben es fast geschafft!« ruft Sergej, und ich kann das Loch wenige Meter vor uns erahnen. Aber dann rutsche ich im Schlamm aus, schlage mit dem Kopf gegen einen Stein, und die Sekunden, die ich brauche, um wieder auf die Beine zu kommen, genügen, den Hund so weit herankommen zu lassen, daß ich spüre, wie er nach meinem Stiefel schnappt.

Sergej ist bereits durchs Loch gekrochen und will mich

mit sich ziehen, aber der Hund hat jetzt meinen Knöchel gepackt, und ich schreie, als sich seine spitzen Eckzähne durch das Leder bohren.

Hinter mir höre ich Alexander rufen, und über die Schulter sehe ich, daß er auf dem Weg hierher ist.

Sergej versucht, den Hund wegzutreten, aber das macht ihn noch wilder, und wie in Zeitlupe sehe ich, wie Sergej die Pistole zieht.

»Entschuldige!« murmelt er beschwörend, zielt und drückt ab. Der Hund läßt los, bevor der Schuß zu hören ist und Alexanders Schreien zu mir durchdringt.

Ich bin wie gelähmt und kaum imstande, mich zu bewegen, Sergej zieht mich durch das Loch, und mit meinen letzten Adrenalinreserven jage ich hinter ihm her zum Auto, das er hinter ein paar Öltonnen auf einem nahe gelegenen Feld abgestellt hat.

Ich habe kaum die Autotür zugezogen, da rasen wir ohne Licht schon den Weg entlang. Ich gehe davon aus, daß wir verfolgt werden, aber merkwürdigerweise sind wir weit und breit allein.

»Er kommt nicht hinter uns her!« stöhne ich außer Atem.

»Er ist bestimmt damit beschäftigt, sich um den Hund zu kümmern. Ich nehme an, er ist verletzt«, erklärt Sergej überlegen. »Aber wir sollten trotzdem zusehen, daß wir wegkommen. Hältst du dich fest?«

Ich nicke und klammere mich an den Sitz, während Sergej den Lada auf hundertdreißig Stundenkilometer hochzieht, was eigentlich unmöglich sein sollte. In einigen Kurven kommen wir ins Schleudern, und ich schreie auf. Ich kann nicht mehr. Meine Zähne beginnen zu klappern, kalter Schweiß bricht mir aus, und ich habe ein Gefühl, als müßte ich mich augenblicklich übergeben.

»Wie geht es dir?« fragt er plötzlich alarmiert und wendet seinen Blick von der Fahrbahn ab.

»Ich fürchte, nicht so gut«, antworte ich schwach und halte mir den Bauch. »Ich habe Schmerzen ...«

»Bist du krank? Soll ich dich ins Krankenhaus fahren? Nach Bodkin?«

Ich will den Kopf schütteln, kann es aber nicht. Kann gar nichts. Spüre nur, wie sich meine Poren weiten und ich plötzlich das Gefühl habe, als würde die Welt verschwinden und zu einer einzigen Finsternis werden ...

»Hilfe!« schreie ich wie eine Ertrinkende und greife nach ihm. Dann gehe ich unter.

Was danach und im Lauf des folgenden Tages geschieht, erlebe ich nur wie von fern und im Nebel; alles entzieht sich wohltuend meiner Kontrolle. Sergej nimmt mich mit zu sich nach Hause, wo ich in dem Doppelbett aufwache, auf dessen Bettkante seine Frau sitzt, ihre Hand in meiner. Ich trage außerdem ihr Flanellnachthemd und ihre Unterwäsche, was mir natürlich in einer Ecke meines Bewußtseins peinlich ist.

Deshalb will ich aufstehen, lachen und erklären, daß ich nur etwas müde war, jetzt aber alles wieder in Ordnung ist. Aber sie drückt mich zurück ins Bett und erklärt, daß ich liegen bleiben soll, und zwar ganz, ganz ruhig. Und dann werden ihre Augen ernst, fast streng.

»Du blutest. Gleich kommt der Arzt. Zusammen mit Ferdinand.«

»Ich blute?« frage ich stumm und sehe, wie der Hund seine Zähne in mein Bein schlägt.

»Das Kind«, sagt sie ernst, als würde das alles erklären. Und das tut es ja auch, denn ich sinke in die Kissen zurück und spüre das klebrige Gefühl getrockneten Bluts zwischen meinen Schenkeln, was mich anscheinend wieder ohnmächtig werden läßt. Denn als ich das nächste Mal die Augen aufschlage, sitzt Ferdinand auf der einen Seite des Betts und ein ernst dreinblickender Mann mit Brille und über die Halbglatze drapierten Haaren auf der anderen. Er hält mein Handgelenk in seiner Hand und mißt meinen Puls.

»Das ist der Arzt der finnischen Botschaft, Dr. Antonen«, erklärt Ferdinand. Ich begrüße den Arzt schwach, der mir kurz zunickt und fragt, wie weit ich sei.

»Einundzwanzigste Woche«, antworte ich und bin plötzlich unsicher, ob das auch stimmt. Aber ich habe hämmernde Kopfschmerzen und bin viel zu müde, um nachzurechnen.

Dr. Antonen nimmt das Gerät zum Blutdruckmessen aus seiner Tasche, wickelt mir die Manschette um den Oberarm, pumpt sie auf und läßt die Luft wieder raus, bis er mit dem Resultat zufrieden ist.

»Ich möchte Sie gern einmal abhören!« sagt er in schleppendem Finnland-Schwedisch und zieht sein Holzstethoskop aus einer Arzttasche. Er schiebt das Nachthemd mit einer genierten Handbewegung hoch und setzt das Stethoskop auf meinen Bauch, beugt sich darüber und horcht.

»Ziehen Sie bitte Ihren Slip aus!« fordert er mich auf und wirft Ferdinand einen Blick zu, der ihn sich sofort mit einer gemurmelten Entschuldigung ins angrenzende Wohnzimmer zurückziehen läßt. Ich bin allein mit dem Arzt, als ich den Po hebe und die gräuliche Unterhose auf die Unterschenkel hinunterschiebe. Am liebsten würde ich ihm erklären, daß das nicht meine ist. Aber eigentlich ist das völlig egal.

»Sie bluten etwas, aber der Muttermund ist nicht geöffnet, und es sind keine richtigen Wehen. Wir müssen eine Ultraschall-Untersuchung machen, um festzustellen, ob dem Kind etwas fehlt. Jedenfalls sind die Herztöne zu hören, auch wenn sie nicht besonders gut sind.«

Ich nicke schwach. Höre, was er sagt, erfasse jedoch nicht die Bedeutung.

»Haben Sie in den letzten Tagen Bewegungen gespürt?« fragt er, und ich nicke wieder.

»War Ihnen übel? Unterleibsschmerzen? Kopfschmerzen? Ist das Ihr erstes Kind?«

Ich bestätige alles.

»Im Augenblick habe ich fürchterliche Kopfschmerzen, aber ich bin mit dem Kopf auch auf einen Stein gefallen ...«

Dr. Antonen sieht mich ernst an.

»Bevor der Eiweißgehalt im Urin untersucht worden ist, kann ich noch keine sichere Diagnose stellen. Aber ich nehme an, Sie haben Präeklampsie. Schwangerschaftsvergiftung.«

»Was bedeutet das?« frage ich, idiotisch unwissend.

»Daß Sie nach Hause und eingewiesen werden müssen. Morgen. Bis dahin müssen Sie so ruhig wie möglich liegen. Ihr Kollege und ich werden dafür sorgen, daß Sie morgen auf einer Bahre nach Hause fliegen und am Flughafen von einem Krankenwagen abgeholt werden. Wenn Ihr Zustand sich verschlechtert, besteht große Gefahr für Sie und den Fötus. Dann muß sofort die Geburt eingeleitet werden.«

Er verabschiedet sich und verläßt das Zimmer, und kurz darauf kommt Ferdinand mit einer Flasche Wodka und einem Glas herein.

»Befehl des Doktors«, erklärt er und schenkt mir einen ordentlichen Drink ein. »Wirkt wehenhemmend und beruhigend!« zitiert er und drückt mir das Glas in die Hand.

Ich trinke alles auf einmal aus, so daß ich es fast wieder hochhuste, und lasse mich in einem Zustand zwischen Schlaf und Bewußtsein dahintreiben. Vielleicht könnte ich ganz wach werden, aber das will ich gar nicht. Ich will nicht das Wort sehen, das mit dicken Lettern fettgedruckt auf der Titelseite steht und das ich mich nicht traue auszusprechen: Tod.

Sergejs Frau kommt herein und stopft mir krankenschwestersicher Kissen in den Rücken. »Es ist für die Sauerstoffversorgung wichtig zu sitzen.« Die alte Babuschka kommt mit frischer, heißer Gemüsesuppe und Brot.

»Iß!« fordert sie mich auf, und als sie sieht, daß ich Probleme habe, den großen Löffel zu halten, macht sie sich ohne Umschweife daran, mich wie ein Kind zu füttern. Erst als die Schale leer ist, darf ich wieder schlafen.

Ferdinand bleibt den ganzen Abend wie eine Krankenwächterin auf einem Stuhl neben der Bettkante sitzen, und wenn ich zwischendurch aufwache, sehe ich jedesmal, daß er mich betrachtet. Oder etwas ganz anderes, denn sein Blick ist weit weg.

»Woran denkst du?« frage ich einmal.

»Was?« fragt er zurück und reibt sich die Augen, als wäre er geweckt worden. »An meine Frau. Und meine Kinder. Ich vermisse sie sehr ...«

Ferdinand starrt vor sich hin. Bleich und durchsichtig in dem orangefarbenen Schein der Nachttischlampe mit dem plissierten Plastiklampenschirm. Ich würde ja gern, doch ich bin einfach zu müde, um ihm zu helfen. Aber vielleicht ist das gar nicht notwendig.

»Wie spät ist es?« frage ich statt dessen.

»Fast Mitternacht.«

»Willst du nicht nach Hause gehen?«

»Ich habe Paul versprochen, auf dich aufzupassen. Ich soll dich übrigens grüßen.«

»Hat er angerufen?« frage ich und hebe leicht meinen Kopf.

»Nein, ich habe angerufen. Ich dachte, er sollte Bescheid wissen.«

»Worüber? Du hast ihm doch nicht erzählt ...!« setze ich an und höre den Schuß wie in einer Grotte widerhallen.

»Nein, nein! Ich habe ihm nur erzählt, daß es dir nach ein paar stressigen Tagen nicht gutgeht und ...«, Ferdinand unterbricht sich selbst. »Er hätte am liebsten ein Flugzeug gekidnappt, um herzukommen!«

»Das glaube ich gern«, lächle ich.

»Aber das habe ich ihm ausgeredet. Er holt dich morgen am Flughafen ab.«

»Muß ich wirklich nach Hause?« frage ich.

Ferdinand nickt.

»Keine Diskussion, Tes! Erstens im Hinblick auf dein Kind und deinen Zustand. Und zweitens bist du, um es vorsichtig auszudrücken, in der Stadt etwas gefährdet.«

»Wo ist Sergej?«

»Unterwegs«, sagt er vage. »Wir haben das Band angeschaut. Es hat zwar keine Cinemascope-Qualität, aber man kann den Deckel und die Personen erkennen ...«

»Aber das ist noch kein Beweis.«

»Höchstens ein Indiz. Dafür aber ein ziemlich spektakuläres Indiz«, tröstet Ferdinand mich.

Sergejs Frau kommt mit einem großen Becher »beruhigendem und heilendem« Kräutertee herein und wünscht mir eine gute Nacht. Sie und die Großmutter schlafen im Wohnzimmer, und dafür brauche ich in keiner Weise dankbar zu sein. Basta. Der Junge ist bei seiner Tante, und Sergej kommt erst später zurück. Und jetzt ist sie der Meinung, daß Ferdinand lieber nach Hause fahren und mich schlafen lassen soll. Sie werden schon auf mich aufpassen.

»All right«, sagt er und streicht mir tröstend mit unsicherer Hand übers Haar. »Gute Besserung!«

»Du, Ferdinand«, sage ich schnell, als er schon auf dem Weg aus dem Zimmer ist. »Dein Freund von CNN möchte, daß du ihn anrufst!«

Der Spalt zwischen den Vorderzähnen kommt zum Vorschein, als sich die Lippen zu einem jungenhaften Grinsen öffnen. »Ich habe mit ihm gesprochen. Ich soll morgen auf den Schirm.«

»Stark!« sage ich und strecke einen Daumen nach oben.

Kurz darauf, als Ruhe eingekehrt ist und ich den Tee in kleinen Schlucken getrunken habe, schlafe ich wieder ein. Tief und traumlos schlafe ich, bis Sergej mich frühmorgens wachrüttelt. Er ist vollständig angezogen und unrasiert, riecht scharf nach Schweiß und hat blutunterlaufene Augen. Entweder ist er betrunken, oder er hat die Nacht nicht geschlafen.

»Entschuldige, aber ich mußte dich wecken. Du mußt woanders hin. Der Hund ist leider gestorben, und Kusnetzow hat eine Belohnung von fünftausend Dollar auf unsere Köpfe ausgesetzt. Es ist also nur eine Frage der Zeit, wann wir die Mafia auf dem Hals haben. Entschuldige«, sagt er noch einmal, erschreckend höflich.

Ich schüttle den Kopf und setze mich im Bett auf, und als Sergejs Frau hereinkommt und mich mit meinen Sachen anzieht, die inzwischen gewaschen und gebügelt worden sind, lasse ich es geschehen. Sie geht auch mit mir zusammen auf die schmutzige Gemeinschaftstoilette im Hausflur und bleibt vor der Tür stehen, während ich pinkle. Es sieht so aus, als würde ich nicht mehr bluten. Auf dem gestrickten Baumwollappen, den ich als Binde benutzen mußte, ist nur noch wenig dunkles, eingetrocknetes Blut.

»Wie geht es?« fragt sie besorgt, als ich mit der Rolle Klopapier in der Hand wieder herauskomme, das Sergej sicher im Büro organisiert hat. Ich kenne das Muster.

»Ich blute fast nicht mehr«, sage ich und gebe ihr die Rolle zurück.

»Gut«, nickt sie zufrieden. »Das kommt vom Tee. Du kriegst gleich noch eine Tasse, aber sei trotzdem vorsichtig. Dein Kind ist immer noch in Gefahr.«

Die Betäubung, in der ich mich befunden habe, muß langsam abnehmen, denn als ich sie sagen höre, »dein Kind ist in Gefahr«, durchfährt es mich wie ein Messerstich.

Babuschka reicht mir einen dampfenden Becher, und Sergej kippt sich einen halben Liter Kefir direkt aus der Packung in den Mund, bevor er am Küchenwaschbecken eine Blitzrasur vornimmt.

»Wohin gehen wir?« frage ich und betrachte sein eingeschäumtes Gesicht im Spiegel. Einen Augenblick lang erinnert er mich an meinen Vater. An eins der ersten Bilder, die ich von ihm habe. Vor einem Küchenwaschbecken mit Rasierschaum im Gesicht. Vielleicht auf dem Land oder auf Læsø.

»Hast du vielleicht eine Idee?« fragt er. »Heutzutage traue ich niemandem ...«

Das tue ich schon, aber die russischen Freunde, denen ich vertraue, will ich möglichst nicht gefährden. Also gehe ich blitzartig in Gedanken mein alternatives Adreßbuch durch, und der Pfeil bleibt blinkend bei Anna stehen.

Ich rufe sie an und brauche gar nicht erst in Details zu gehen. »Ich komme und hole euch!« sagt sie knapp. Was alles sagt in Anbetracht der Tatsache, daß es erst kurz vor sieben und Anna absolut kein Morgenmensch ist.

Eine Dreiviertelstunde später liege ich auf dem Rücksitz ihres Saab, während Sergej auf dem Beifahrersitz Platz genommen hat und sie in die Vorgeschichte einweiht. Sie antwortet mit einer Reihe erschrockener Ausrufe auf schwedisch und russisch und rammt fast eine Straßenbahn, als sie sich vorwurfsvoll zu mir umdreht.

»Wie kannst du nur so was machen, Therese!«

»Man bekommt nur einmal in seinem Leben einen Chagall angeboten!« antworte ich.

»Mein Gott!« stöhnt Anna. »Ich bin schuld. Ich hätte dir niemals diesen Tip geben sollen.«

»Ich hätte ihn auch allein gefunden«, murmle ich und beobachte den flimmernden Streifen blauen Himmels durch das Autofenster. Heute kommt der Frühling.

Wir erreichen mit heiler Haut Annas Wohnblock, werden anscheinend nicht verfolgt, und Anna behauptet, daß nicht mehr suspekte Personen im Viertel zu sehen sind als sonst. Sergej trägt zuerst mein Gepäck hoch, das er bereits aus der Korrespondentenwohnung geholt hat, aus der Ferdinand vorsichtshalber auch evakuiert ist. Danach trägt er mich im Feuerwehrgriff nach oben – und auch wenn ich zaghaft protestiere, werde ich direkt ins Bett gelegt.

»Jetzt will ich kein Gemecker mehr hören!« sagt Anna. »Und keine Sorge – ich habe das Bettzeug nach dem letzten Besuch gewechselt.«

»John?« frage ich, und Anna wirft mir einen langen Blick zu, bevor sie das Gästezimmer für Sergej zurechtmacht.

»Da ist das Badezimmer!« sagt sie freundlich, aber sehr bestimmt und wirft ihm ein Handtuch zu. »Und außerdem haben wir im Augenblick heißes Wasser!«

Er gehorcht und trottet ins Badezimmer, nicht ohne ihr vorher seine Pistole zu geben. Ich zucke zusammen, aber Anne nimmt sie eiskalt entgegen und hört aufmerksam zu, als Sergej ihr das Modell erklärt. Ein Souvenir aus Afghanistan.

»Ich habe gelernt, mit Waffen umzugehen, als ich in Afrika gearbeitet habe«, erklärt sie, nachdem Sergej im Badezimmer verschwunden ist. »Einmal habe ich sogar auf einen Einbrecher geschossen. O Mann!«

Wieder höre ich den Schuß und das Jaulen des Hundes, wieder spüre ich die Zähne im Fleisch und das Brennen, als er losließ. Und plötzlich schüttelt mich ein Weinen. Ich kann nicht anders, werfe mich schluchzend Anna in die Arme, die mich an sich drückt und ausheulen läßt, bis die Tränen versiegen und zu einer destillierten Angst werden.

»Es darf nicht sterben! Es darf nicht sterben!« rufe ich panisch in den bodenlosen Abgrund des Verlusts, der sich plötzlich vor mir auftut. Ich laufe Gefahr, es zu verlieren.

Mein Kind stirbt. Mein Kind. Meins. Unseres. Ich habe es von mir gestoßen. Ich schreie hysterisch, trommle mit den Fäusten auf Annas Brust und komme erst wieder zu mir, als sie mich mit der flachen Hand schlägt.

»Beruhige dich!« sagt sie hart, und ich schluchze verblüfft auf und reibe mir die Wange.

»Entschuldige!« sagt sie und gibt mir dort einen Kuß, wo sie mich geschlagen hat. »Aber du mußt zur Ruhe kommen! Du brauchst Ruhe. Ihr beide braucht Ruhe.«

Ich kann nicht mehr schlafen. Liege nur da und starre ins Nichts, während Anna kyrillische Kirchenmusik auflegt, die eigentlich sehr schön ist, mich aber heute nur an Beerdigungen mit kleinen weißen Särgen in schwerer Erde denken läßt, wie die Erde, auf der ich ausgerutscht bin, als der Hund hinter mir her war. Gegen Mittag macht sie etwas zu essen, das sie in mich hineinzwingt.

»Kann schon sein, daß du keinen Hunger hast, aber dein Kind braucht die Nahrung. Eier, Käse, Fleisch! Außerdem bist du zu dünn, Tes! Wie soll denn ein Kind in so einem mageren Spaghetti wachsen!« sagt sie und bleibt bei mir sitzen, bis ich alles aufgegessen habe.

Ich bekomme keinen Kaffee hinterher und auch keine Zigarette. Nur Milch und einen kleinen Wodka zur Entspannung.

Nach dem Essen fährt sie ins Pressezentrum, um Ferdinand zu treffen und die letzten Neuigkeiten zu erfahren. In ein paar Stunden fahren der Außenminister und sein Gefolge wieder heim, und kurz darauf reisen alle Journalisten ab, die genau die Storys geschrieben haben, die sie schon vorbereitet hatten. Das Treffen ist vollkommen nach Plan verlaufen. Absolut vorhersehbar, und laut Anna gibt es keinerlei Anzeichen dafür, daß es noch unvorhersehbar enden könnte.

Sie hat mich taktvollerweise nicht gedrängt, ihr zu erzählen, was ich erlebt habe, und auch wenn Ferdinand das Band in meine Tasche gesteckt hat, habe ich es ihr noch nicht gezeigt. Vielleicht weil ich mich selbst nicht traue, es anzusehen. Weil ich dann möglicherweise einsehen muß, für wie wenig ich das Leben aufs Spiel gesetzt habe, das jetzt Gefahr läuft, mich zu verlassen. Ferdinand ist zu barmherzig, es direkt zu sagen, aber das Band ist sicher zu nichts nutze, es kann höchstens als ein Kuriosum in meiner Sammlung enden, gut fürs Heimvideo oder als Erinnerung, bei seinen Leisten zu bleiben, wie es Hemingway immer gepredigt hat.

Das ist schmerzhaft, aber ich benutze die Nachmittagsstunden, in denen Sergej mit der Pistole unterm Kopfkissen im Gästezimmer schläft, um übers Kind nachzudenken. Jetzt, wo ich Gefahr laufe, es zu verlieren, greife ich nach ihm. Sehe es vor mir, spreche mit ihm, entschuldige mich. Gebe ihm Namen und Geschlecht, und mit einemmal bin ich mir vollkommen sicher, daß es ein Mädchen wird. Ich sehe sie vor mir auf Pauls Arm, sehe ihre zarte Haut vor seinem Pelz, sehe mich selbst, die beiden fotografierend, Vater und Tochter, fühle mich fast ausgeschlossen, was ich jedoch akzeptieren kann. Und ich flehe sie an, doch zu bleiben, am Leben zu bleiben, meine Tochter zu werden ... Gebe Versprechen und garantiere, mich zu bessern, wenn sie nur nicht stirbt.

»Ich will deine Mutter sein!« flüstere ich und beiße in das Federbett, als ich fast wieder anfange zu weinen. »Gib mir ein Zeichen, Kind! Nur einen ganz, ganz schwachen Tritt!« bettle ich.

Und ich muß so lange warten, daß ich bereits ihren Tod fühle und selbst zu Asche werde, bis sie mir ein Zeichen gibt. Einen kleinen, zögernden Tritt unter der Rippe, und kurz darauf noch einen.

»Danke!« flüstere ich, und im gleichen Moment hält der

Fahrstuhl in unserem Stockwerk, und ein Schlüssel wird ins Schloß geschoben. Zuerst erstarre ich, dann höre ich jedoch Annas und Ferdinands Stimmen. Sie kommen, um mich abzuholen, mich zum Flughafen zu bringen.

»Jetzt geht's nach Hause«, sage ich und lege meine Hände auf den gewölbten Bauch. »Nach Hause zu Papa.«

Meerjungfrau sucht Mann fürs Leben

Für die Frauen in meinem Leben

Meine Mutter bekam ihre Wehen im ersten Akt von »Nora oder Ein Puppenheim«, sie spielte unbeeindruckt weiter und hätte fast einen Monat zu früh auf offener Bühne ein Kind geboren.

Birgitte, meine Busenfreundin, wachte eines Morgens in einem Meer auf und fuhr in erhabener Ruhe mit Jens, dem Zeichendreieck, der sich an sein Mobiltelefon klammerte, ins Krankenhaus und ich – ich gebäre überhaupt nicht.

Wenn man die ganze Geschichte betrachtet, schon reichlich ironisch, daß ich jetzt die 41. Woche hinter mir habe, ohne, wie es so schön nüchtern auf Englisch heißt, *delivered* zu haben. Rein klinisch gesehen bin ich ansonsten als *reif* beurteilt worden. Der Gebärmutterhals ist auf dem Weg, sich zu verwischen, der Schleimpfropfen ist abgegangen und das Fleisch weich und gefügig. Das Kind hat sich schon seit langem gedreht, sein Kopf steht wie ein eingeschraubter Baseball fest zwischen meinen Schenkeln, und sein Gewicht scheint um die 3400 g zu liegen. »Das fühlt sich da einfach nur wohl!« erklärte Birgitte fröhlich, und Paul erinnert mich daran, daß ich ein Wunder in mir trage. »Wir hätten es ebensogut verlieren können!«

Ja, und ich bin die erste, die dieses Wunder preist. Auf einer Bahre nach Hause geflogen, auf der Landebahn mit einem Krankenwagen abgeholt und im Krankenhaus von einem instruierten Team mit finsteren Mienen empfangen zu werden und danach mit der Diagnose »vorzeitige Wehen« zwischen weißen Wänden und ergreifenden Schicksalen auf einer gynäkologischen Abteilung für Wochen eingesperrt zu werden verändert dich. Du wirst demütig. Das Leben ist nichts Selbstverständliches mehr. Weder das eigene noch das, welches du hervorbringst. Deshalb ist es nicht Undankbarkeit oder kindische Ungeduld, die mich den Gynäkologen immer wieder fragen läßt, *wann* zu erwarten ist, daß die Geburt beginnt, und *warum* ich nicht schon längst geboren habe. Im Gegenteil, es ist die Angst, daß sich das Drama wiederholen könnte. Daß ich doch noch für mein unbedachtes Moskau-Abenteuer bestraft werde, daß ich nur nicht glauben soll, ich könnte so einfach davonkommen. Ich bin ja mit dem Schrecken davongekommen, habe die Krise überstanden und bin mit einem Urin, klar wie Wasser, gesund geschrieben worden, mit einem Blutdruck wie eine keusche Jungfrau und einem Fötus, der nach allen Untersuchungen, Ultraschallbildern und den Zeichen von Sonne und Mond, von denen sich kein moderner Mediziner gänzlich loszusagen traut, vollkommen unbeschadet und normal sein soll.

Aber wie damals, als ich als junges Mädchen von einem Lastwagen auf dem Rad angefahren wurde und mir einen Fuß gebrochen hatte und danach viel mehr damit beschäftigt war, den schockierten Fahrer zu trösten, als mich um mein eigenes Unglück zu kümmern, kam die Reaktion auch jetzt erst später. Damals traute ich mich ein halbes Jahr lang nicht, mich auf mein neues Rennrad mit zehn Gängen zu setzen, das ich als Ersatz für mein lädiertes bekommen hatte. Und als die Phobie endlich überstanden war, hatte meine Schwester Kiki das Rad geklaut und nach Christiania geschleppt, wo es spurlos verschwand.

Während ich auf der Station lag, war ich auch diejenige, die die ganze Situation am entspanntesten ertrug. Ich, die Paul lautstark versicherte, daß alles gutgehen würde. Ich, die unter keinen Umständen zulassen wollte, daß Mutter ihren und Freddys Toskana-Urlaub abbrach und ich, die Seelsorgerfunktionen für die urlaubsreifen Krankenschwestern übernahm, welche kollektiv vom schlechten Gewissen geplagt waren, weil sie mit tiefem, menschlichem Leid gezwungenermaßen oberflächlich und zeitweise sogar brutal umgehen mußten. Sie schimpften, als sie im Bett meiner Zimmernachbarin Agnes Kaffeesatz fanden, da diese in einem verzweifelten Versuch, zum vierten Mal ein Kind zu behalten, den Anweisungen einer westjütländischen Quacksalberin gefolgt war und ihren Bauch mit Gevalia Kaffeepulver eingerieben hatte. Aber sie heulten, wie der ganze Rest der Station, als sie recht behielten. Auch dieses Mittel war wirkungslos.

Mit Agnes mußte man einfach Mitleid haben. Wie auch mit den Drogenmüttern, einige von ihnen mit Aids im akuten Stadium. Mit den Diabetikerinnen und den Herztransplantierten, die, koste es, was es wolle, darauf bestanden, ihre Schwangerschaft auszutragen. Aber als sogar der General *himself*, mein schroffer Chef, im Krankenhaus auftauchte, zur Hälfte hinter einem riesigen Korb mit Rotwein, Schokolade und exotischen Früchten verborgen, und mich teilnahmsvoll nach meinem Zustand fragte, hatte ich wirklich das Gefühl, daß die Gerüchte über meinen kurz bevorstehenden Tod reichlich übertrieben waren. Das antwortete ich ihm, dekoriert mit einem schiefen John-Wayne-Lächeln, das ihm beweisen sollte, daß *good old* Tes ihre Power nicht verloren hatte, und bald wieder im Sattel sitzen würde. Er lächelte anerkennend über den Versuch, Tränenhasser, der er war, tätschelte mir aber dennoch den Handrücken und forderte mich auf, es ruhig angehen zu lassen.

»Es kann ja sein, daß du nur noch eine Kugel im Lauf hast, Missie!«

Ungefähr das war auch der Inhalt der Entlassungspredigt, die ich vom Professor mit auf den Weg bekam.

»Ich erlaube Ihnen nur, hier wegzugehen, wenn Sie mir versprechen, sich zu pflegen! Und damit meine ich absolute Ruhe! Unsere gemeinsamen Anstrengungen sollen doch nicht vergebens gewesen sein, oder?« sagte er und überreichte mir eine Krankschreibung mit einem Blick, der von mir zu Paul und zurück zu mir wanderte. Und mir war in der Zwischenzeit klargeworden, daß dieser ziemlich einzigartig gewesen war. Paul meine ich. Nicht jeder Typ steht drei

Wochen lang jeden Tag, ohne zu mucken, in der gynäkologischen Abteilung habacht in dem heißesten Sommer der letzten fünfzig Jahre, um aufzumuntern und die schwüle Langeweile zu vertreiben, in der wir ansonsten dahindösten. Aber Paul bedeutete, wie meine Mitpatientinnen mir anvertrauten, für »uns alle zusammen« ein erfrischendes Ereignis. »Und außerdem ist er ja ein scharfer Typ. Mit ihm könnte ich es mir sogar noch mal vorstellen, einfach zum Vergnügen«, bemerkte Agnes, während sie ständig brütete. Selbst die Ärzteschaft lebte auf, wenn Paul kam und vor den Europameisterschaften, bei denen Dänemark wegen Jugoslawiens Unglück plötzlich ohne jede Erwartung mitspielen durfte, Wetten organisierte.

Deshalb war ich in der Hitze ziemlich scharf darauf, genau mit diesem Paul und einem immer noch relativ großen Happen an Sommer voller Farben, Duft und Freiheit, aus der Isolation entlassen zu werden, mit Geburtstermin Mitte September. Mir zuliebe hatte er sogar seinen Stolz gegenüber seinem großen Bruder beiseite geschoben und dessen Angebot angenommen, sein hübsches, neu erworbenes Ferienhaus in Hornbæk zu bewohnen, während er mit Marianne und ihrem widerlichen Sproß auf Kreuzfahrt im Mittelmeer war. Zum Glück war das Haus – Phillips »Osterei« für Marianne – immer noch in dem Zustand, in dem der frühere Besitzer es verlassen hatte, das heißt nüchtern und einfach mit Rauhfasertapete, zwei Gasflammen in der Küche, durchgelegenen Matratzen und einem unberührten, wild zugewachsenen Gelände. Paul machte sich sofort daran, das mannshohe Gras mit einer scharfen Sense zu mähen, und in einem Liegestuhl ruhend seinen nackten Oberkörper in der Sonne in kraftvollen, regelmäßigen Schwüngen arbeiten zu sehen machte mich so trocken im Mund und naß im Schritt, daß ich den Liegestuhl verlassen und ihn bitten mußte, mich gleich hier zwischen Geißblatt, Brennesseln und hartem, geschnittenem Gras zu nehmen.

Es war eine neue, sozusagen eher *natürliche* Art, ihn zu erleben, eine tiefere, innerliche Form des Zusammenschmelzens, wie er zuerst zurückwich aus Angst, dem Kind zu schaden, ich ihn dann aber davon überzeugen konnte, daß das nur gesund wäre... Worauf er grinste und sich mit einem erdigen Handrücken den Schweiß von der Stirn wischte – »Wie du willst, Geliebte!« –, und dann waren wir Kuh und Stier mit dem Himmel, der wie ein blaues Viereck auf und ab wippte. So verliefen die Wochen auf dem Land – einfach, unverstellt, wie die Kartoffeln, die wir aus einem überwucherten Beet in einer Ecke des Gartens ausgruben und mit Butter, Dill und geräuchertem Hering aus dem Hafen von Gilleleje aßen. Wir wuschen einander die Haare mit kaltem Wasser, tauchten Erdbeeren in Schokolade und vermieden sorgfältig die Kopenhagener Herde in Hornbæk-Stadt, indem wir uns einfach fernhielten. Mit anderen Worten: Wir waren zum ersten Mal laut Pauls präziser Formulierung Mann & Frau, die Tag und Nacht in intimer Zweisamkeit verbrachten, was wir zuvor stets vermieden hatten, bewußt oder unbewußt. Wir furzten und rülpsten, schnarchten und sabberten, waren morgenmuffelig und mittagsschläfrig, abends geil und konnten nachts nicht schlafen, und in allererster Linie der Gesellschaft des anderen überlassen. Angenehme Gesellschaft, sollte ich hinzufügen, denn das stellten wir auch fest. Daß es uns gut zusammen ging, daß wir auf einer Wellenlänge waren, uns schieflachen konnten, uns nie die Worte fehlten, wir aber andererseits auch keine Angst vor der Stille hatten, wenn wir abends an der Küste entlanggingen und dem Geräusch der Wellen lauschten und sahen, wie die Lichter an der schwedischen Küste angezündet wurden, wenn die Nacht einen Ton dunkler wurde. Und dann eine elementare Sache, die für mich normalerweise der peinliche, kritische Punkt ist: der Körper. Mein heimlicher Ekel vor dem Körper des Geliebten. Schlaffe Pobacken, eine hängende Schulter, zu plumpe Figur oder ein unschöner Schwanz.

Aber Pauls Körper liebte ich. Ihn anzusehen, an ihm zu schnüffeln, ihn zu berühren. Er ist auf eine fast feminine Art und Weise schmackhaft, perfekt proportioniert und federnd wie bei einem Jüngling. Und ihn so um mich zu haben, moschusduftend, mit nackten Zehen in den Espadrilles, war genau eines dieser sensuellen Sommervergnügen, denen mich zu öffnen er mich lehrte. Er versuchte auch, mir ein zusammenhängendes Grundwissen über die französischen Philosophen beizubringen, während ich tastend die Tiefen der russischen Volksseele beschrieb. Und während Paul mir Victor Hugos »Die Elenden« auslieh – starkes Buch! –, lieh ich ihm Tschechows Briefe und machte ihn ein wenig eifersüchtig mit meiner Äußerung, daß ich für ihn, Tschechow, immer schon eine Schwäche gehabt hätte. Anton war sanft und fern zugleich, und außerdem fühlte er die Rastlosigkeit und das Zögern, sich an seine geliebte Olga zu binden, das auch ich in diesen Tagen gesättigter Leibesfülle als Unruhe im Blut wiedererkannte, ein plötzliches Kitzeln unter den Fußsohlen, ein Ausspähen nach etwas *anderem*. Aber Tschechow war nie schwanger, er hatte nie dieses Kind gehabt, das ihn wie ein Sandsack zur Erde ziehen konnte. Und auch nicht diese Erwartung von etwas Großem, das seinem Leben endlich eine Richtung geben konnte.

Denn das Kind war natürlich der Himmelskörper, um den wir uns die ganze Zeit drehten. Unser Lieblingsthema, auf das wir immer wieder zurückkamen. Dort in diesem übersichtlichen Idyll, das Paul als medienfreie Zone bestimmte, erschien es so einfach und selbstverständlich, sich zu reproduzieren. No problem! Wir hatten Ferien, der Preis für Windeln und der Mangel an Krippenplätzen segelten wie Schäfchenwolken an dem ewig blauen Himmel an uns vorbei. Und meine Angst, mich selbst zu verlieren, meine Verteidigung der heiligen Integrität und mein professionelles Über-Ich kamen mir ehrlich gesagt ein wenig übertrieben vor. Warum alles so komplizieren? Paul war ja auch da, ich würde nie im Stich gelassen werden. Ganz im Gegenteil, versicherte er mir. Jeden Tag. Mehrmals am Tag. Zum Schluß fühlte ich mich so apathisch oder wie nach einer Gehirnwäsche, daß ich mein Mißtrauen gegenüber seinem wirklichen *commitment* zusammen mit den Wolkenformationen wegwehen ließ. Auf den Sand hinaus, wo sich der Zweifel auflöste und zu Luft wurde.

»Es ist ja nun ganz klar, daß das hier nicht das *wirkliche Leben* ist«, sinnierte ich eines Mittags, während die Hummeln in den Heckenrosen summten und Paul eine Wassermelone zerteilte.

»Wer sagt das?« bemerkte er und legte vier Stücke rotgrüne Melone auf einen angeschlagenen Tonteller. »Du bist jedenfalls nie zuvor so wirklich für mich gewesen, Tes! So nahe, so fruchtbar, liebenswert ohne Abstand...«

»Oh, wie lyrisch!« richtete ich mich auf, immer empfänglich für jeden Anflug manierierter Gefühlsduselei.

Er reichte mir den Teller.

»Tes, hast du jemals überlegt, wieviel Lärm um uns herum ist? In der Stadt, jeden Tag? Bevor wir hierhergekommen sind, waren wir nie zusammen einfach nur still! In all dem Lärm habe ich dich faktisch gar nicht *hören* können! Wenn wir nicht hierhergekommen wären, hätten wir nie die Ruhe gehabt, uns kennenzulernen! Ich habe dich gespürt, aber es könnte doch sein, daß ich mich geirrt habe...«

»*You win some, you lose some!*« lächelte ich.

Paul biß in die Melone, daß der Saft ihm das Kinn herunterrann. Dann bestand er ernsthaft darauf, sich vor mir in die Hocke zu setzen.

»Du warst ganz genau so schön, wie ich es mir erträumt hatte: Ich liebe dich. Laß uns hierbleiben!«

»Hierbleiben?« fragte ich und gab ihm seine kleinen, bekräftigenden Küsse zurück.

»Hier in diesem Leben. Laß uns aussteigen, bevor es richtig angefangen hat, laß uns einfach und gut leben, das Kind aufziehen, ordentliche Kartoffeln anpflanzen, hier und da ein bißchen schreiben...«

»Nullwachstumsromantiker!« spottete ich, die selbst einmal davon geträumt hatte, spartanisch in einem südamerikanischen Landwirtschaftskollektiv zu leben. »Wir werden unruhig werden, im Winter einschneien und einander auf die Nerven gehen! Das Kleine wird Bronchitis kriegen und wir in Thermoklamotten herumrennen und meckern, warum kein Geld für Heizöl da ist.«

»Ich bin kein Romantiker, ich bin Realist. Das läßt sich problemlos machen. Wir verkaufen die Wohnung. Du wirst Freelancer, und ich werde Schriftsteller. Wenn du willst...«

»Das will ich *vielleicht* in dreißig Jahren! Ich habe keine Lust, mich pensionieren zu lassen, Paul!« sagte ich ärgerlich über das Idyll, das von dieser trivialen Unterhaltung zerstört wurde, die doch im Endeffekt von dem ewig zwischen uns gärenden Konflikt handelte: meinem Verhältnis zu meiner Arbeit.

»Ich finde es schön auf dem Land, aber ich freue mich auch, wieder zurück in die Stadt zu kommen! Denn ganz gleich, was du hoffst oder glaubst, werde ich nie diejenige werden, der es reicht, Rhabarber einzukochen!«

»Okay, du hast recht. Wir gehen zurück und leben unser Surrogatleben in der Metropole. Meine geliebte, geliebte Tes! Aber sage nie, daß es meine Schuld ist!«

Das versprach ich.

»Ich werde schon die Verantwortung für meine Handlungen übernehmen. Und zwar zu jeder Zeit!«

Kurz darauf gingen wir zu einer Telefonzelle und riefen daheim an, um Pauls Anrufbeantworter abzuhören. Auf ihm war ein Anruf von einer Sekretärin von TV 2. Betreffend die Bewerbung, die er vor ein paar Monaten eingesandt hatte. Am nächsten Tag rief er zurück und wurde gebeten, am gleichen Nachmittag zu einem Gespräch nach Kopenhagen zu kommen. Am Abend hatte er das Angebot bekommen, zu Weihnachten als Allroundreporter bei der Kopenhagen-Redaktion eingestellt zu werden.

»Erster Dezember wahrscheinlich. Also haben wir nur ein paar Monate zusammen mit dem Baby«, überlegte Paul, als er aus der Stadt zurückgekommen war und wir mit Weißwein an unserem Lieblingsplatz im Garten anstießen. Es war schwül, der süße Duft von Kamille und herbstreifem Getreide hing schwer in meinen angeschwollenen Nasenlöchern.

»Wir können das Geld gut gebrauchen«, sagte ich vernünftig. »Und wenn du als Freier einen anständigen Monatslohn nach Hause bringen willst, wird es sowieso verdammt hart!«

Paul wippte mit seinem Glas in meine Richtung.

»Sag es nur, Tes. Wenn's soweit ist, willst du mich sowieso am liebsten aus dem Haus haben.«

»Aber das wäre doch nur schön!« wich ich aus, und mir fiel ein, daß der Sommer im nächsten Moment vorbei sein würde. Dann fielen die ersten Regentropfen seit drei Monaten. Paul runzelte die Stirn, und mehr war nicht notwendig, damit auch mein Launebarometer drastisch sank. So leicht gebaut war mein innerer Deich gegen die seit Monaten aufgestaute Angst, daß er in der gleichen Nacht brach, in der ich mit weit aufgerissenen Augen schlaflos dalag und die Unruhe in mir aufsteigen fühlte, Meter um Meter, um mich schließlich mit eiskaltem Grauen zu überspülen.

»Aber, mein Schatz, wovor hast du denn Angst?« fragte Paul, als ich ihn weckte, um in seiner Armbeuge Trost zu suchen.

»Vor allem«, jammerte ich und schmiegte mich an ihn.

»So, so«, tröstete er, stand auf und kochte mir warme Milch mit Honig. Die trank ich und kam zur Ruhe, und am nächsten Morgen war das Gespenst in die Erde verbannt. Aber in der nächsten Nacht kam sie zurück, die Angst, die vielleicht eine neue Angst vorm Sterben war, eine Verletzlichkeit, die ich nie zuvor gekannt hatte. Und seitdem sind die Nächte voller Furcht, voller Alpträume mit deformierten Geschöpfen, siamesischen Zwillingen, mit Katzenkörpern geboren, einbalsamierten Föten in Schuhkartons. Ich werde von Krämpfen in den Beinen geweckt, muß aufstehen, Wasser trinken, pinkeln und zu mir selbst kommen. Mich zur Vernunft bringen, spüren, wie das Kind den Rücken bewegt und den Fuß streckt, ein lebendes Dementi, das mich im Morgengrauen aus dem Totenreich zurückholt.

Paul meint, es sei Moskau, das mich einholt. Daß ich gezwungen sei, mich der Angst zu stellen, die ich fühlte, als ich kurz davor gewesen war, von meinem ganz besonderen Mafiafreund, Alexander Kuznetsow, umgebracht zu werden. Sascha, unter Freunden.

»Du mußt deine Angst zulassen!« forderte er mich auf, als wäre er in einem Seelenklempnerkurs gewesen. »Du warst kurz vorm Sterben, Lady! Und dann gib doch endlich zu, daß der Krankenhausaufenthalt kein Picknickausflug war! Du *mußt* nicht immer die starke Frau sein!«

Ich gebe zu, daß ich neben den hormonal bedingten Gemütsschwankungen an den Nachwirkungen eines Schocks leide, wie damals, als ich vom Fahrrad geholt wurde. Ich gebe auch zu, daß die Wochen im Krankenhaus retrospektiv mit einer Reise durch den Vorhof der Hölle zu vergleichen sind. Aber ich bin, was die Strategie angeht, ganz anderer Meinung. Meiner Meinung nach gehört der Urschrei auf den Therapiemarkt, wo die Leute sich herzlich gerne auf dem Boden wälzen und brüllen sollen, wenn sie meinen, das gäbe ihnen einen Kick. Ich persönlich kenne eine sehr viel effektivere und wirksamere Kur: Arbeit.

»Müßiggang ist die Wurzel allen Übels«, antwortete ich auf seine Diagnose, als wir Ende August das Ferienhaus verschlossen, um in die Stadt zurückzukehren. »Ich habe einfach zuviel Zeit. Ich muß was zu tun haben. Ich kann nicht so herumlaufen und warten und von morgens bis abends in meinen Eingeweiden herumwühlen.

»Du *hast* was zu tun!« beharrte er. »Du mußt ein Nest bauen!«

»*I prefer intellectual work!*« Ich verdrehte die Augen wie meine russische Freundin Swetlana, die dieses Argument als Entschuldigung für ihre praktische Faulheit zu verwenden pflegt. Übrigens hat sie gerade überglücklich aus Moskau angerufen. Sie hat einen Job als Übersetzerin und Sekretärin in einer amerikanischen Beratungsfirma bekommen, »*so soon I'll be living in New York!*«.

Aber ich weiß nur zu gut, daß ich mich nicht weigern kann. Ich muß ein Nest bauen. Während ich im Krankenhaus war, bekam Paul endlich die Carte blanche, um meine Wohnung zu räumen und zu vermieten. Ich war matt und geschwächt und unterschrieb den Mietvertrag mit dem fatalistischen Gefühl, entmündigt zu werden. Und jetzt, hinterher, wo ich eigentlich damit einverstanden bin, daß Paul und ich mit unserem Kind zusammen in seiner Wohnung leben werden, weil sie größer und schöner ist als meine, bin ich dennoch nicht ganz frei davon, mich hintergangen zu fühlen. Wenn es also schon schwierig war, mich zu überwinden, auszuziehen, so ist es noch schwieriger, einzuziehen. Paul hingegen hat den Weg dazu bereitet, indem er rigoros seine eigenen Sachen aussortiert hat, damit Platz für mich ist. Regalplatz, Schrankplatz, Schubladenplatz. Sogar Wandplatz für meine Pinnwand, als ob das einen Unterschied machen würde. Mein Leben als Single ist vorbei, ganz gleich, wie wir die Tatsache auch beschönigen. Als wir auf dem Land waren, war es nur ein undramatischer Entwicklungsschritt, aber hier in der Stadt, wo ich die ganze Zeit mit den Kulissen meines alten Lebens konfrontiert bin, scheue ich vor dem Neuen wie vor einem Hindernis. Ich kann mich nicht zu dem endgültigen Sprung, der Kapitulation, überwinden, wie sinnlos es auch in diesem Stadium erscheint. Also ist mein Leben immer noch in Umzugskartons verpackt, unästhetisch in Pauls hübschen Zimmern aufgestapelt. Irgendwie tue ich, als wäre ich nur zu Besuch und könnte, wann immer ich wollte, mich aus dem Terrain zurückziehen. Zu mir.

Dem Kind gegenüber kann ich mich jedoch merkwürdigerweise einfacher verhalten. Ich kann akzeptieren, daß es vernünftig ist, rechtzeitig einen Kinderwagen zu kaufen, und aufgrund meiner Initiative fahren wir zu einem Babyausstattungsgeschäft am Roskildevej. Ich bin es auch, die Paul unter Druck setzt, den »Gründungskredit« anzunehmen, den Ernst, sein reicher Vater, uns großzügig anbietet. »Zins- und gebührenfrei«, so daß hier von einem regulären Sponsoring die Rede ist, auch wenn Paul sich etwas anderes einbildet. Ich persönlich habe keine Skrupel, im Gegenteil: Ich wüßte nicht, wie wir sonst eine Investition in die Zukunft hätten bewerkstelligen können.

»Weißt du, daß wir uns dieses Projekt eigentlich gar nicht leisten können?« warf ich ein, als wir im Geschäft standen und auf einen Kurier warteten, der Kinderwagen, Wiege, Wickeltisch, Badewanne, Wipper und Babyphone in die Nørre Søgade bringen sollte.

»Natürlich können wir das«, sagte er. »Wenn nicht wir, wer dann?«

»Eine Packung Pampers kostet fast hundert Kronen! Wir werden kaum noch Geld fürs Kino haben!«

Paul lächelte satanisch.

»Wir werden keine *Zeit* fürs Kino haben!«

Das machen wir dafür im voraus. Und gehen ins Café und in die Galerien, in Geschäfte und in den Wald – und zur Beerdigung eines lieben, pensionierten Kollegen. Er war einer der *Grand Old Men* der Auslandskorrespondenten, gerecht, humorvoll und so großzügig, daß er gern sein Wissen mit den Jungen teilte, wenn er beim Sender »mal reinschaute«. Ich war eine derjenigen, die er aufgrund ihres Mutes respektierte, aber aufgrund meines Übermutes ermahnte, wie er selbst sagte. Als ich also in der vollen Kirche saß, fiel mir auf, daß ich den feinen, älteren Herrn gern gemocht hatte, und an dem gebeugten Kopf des Generals ein paar Reihen vor mir sah ich, daß auch er gerührt war. Die Witwe dankte hinterher gerührt, daß ich gekommen war und sie an den »Lebenskreis« erinnert hatte, und ihre warme Rede über die Freude nach der Trauer war so unerwartet bewegend, daß ich Paul am Arm packte und ihm sagte, wir müßten sofort gehen.

»Und was ist mit dem Leichenschmaus?« fragte er flüsternd.

»Ich halte es nicht aus. Es ist zu traurig«, brachte ich heraus und entschuldigte meine Unpäßlichkeit. »Das sage ich dir – die Wartezeit geht mir auf die Nerven. Ich muß was zu tun haben! Warum geht es nicht endlich los? Ich bin schon sechs Tage überfällig!«

»Weil du dich nicht traust!« sagte Paul und lotste mich zum Alfa auf dem Parkplatz. Von meinem Platz auf dem Beifahrersitz aus erwiderte ich ein Winken des Generals, der aus seinem heruntergekurbelten Fenster fragte, ob es denn ein Mammut wäre, mit dem ich niederkommen sollte.

»Zwei!« rief ich zurück, während Paul schäumte. »Mußt du mit ihm auf diese Art und Weise flirten?«

»Flirten? Nun mal ehrlich, Paul, du hast doch gehört, was ich gesagt habe. Das war nicht *just sexchikane*!«

»Er soll mein Kind nicht ein Mammut nennen!« schnaubte Paul daraufhin, während ich lachte.

»Warum schlägst du ihn dann nicht nieder? Ein für allemal?«

»Irgendwann werde ich das auch tun!« sagte er unheilschwanger und trat aufs Gas, daß der Kies unter den Reifen wegspritzte. Paul, sonst die Geduld in Person, gleich, ob ich fettige Haare oder geschwollene Knöchel hatte, unleidlich und empfindlich war, beginnt, mich jetzt auch erwartungsvoll anzusehen, wenn ich eine der langen Vorwehen bekomme, die wir inzwischen »Narrenwehen« nennen. Aber es passierte nichts, so die niederschmetternde Mitteilung, wenn Kiki, meine Schwester, mindestens zweimal am Tag anruft und Mutter überraschend aus den Proben vorbeischaut, um zu hören, ob es etwas Neues gibt. Birgitte hat vorgeschlagen, wir sollten »es losbumsen«, die Prostaglandine im Samen des Mannes wirkten wehenfördernd, was die Ärztin zögernd bestätigte. Aber das erste Mal, seit wir uns kennen, *kann* Paul nicht. Ganz gleich, welche Verführungskünste ich auftische, er bleibt schlaff wie ausgekochte Spaghetti.

»Nicht, daß du nicht wahnsinnig süß bist«, entschuldigt er sich. »Aber ich habe irgendwie das Gefühl, als wäre das Kleine dabei und würde zugucken.«

Birgitte schnalzt bedauernd mit der Zunge, als sie von seiner Impotenz hört.

»Ihr solltet es aber trotzdem genießen, denn hinterher ist es nie wieder das gleiche!«

Sie begleitet mich ins Kaufhaus, wo wir Strampelanzüge und Unterwäsche in Größe 50 kaufen. Was ich schon lange hätte tun sollen, aber weil ich mich irgendwie immer noch nicht richtig freuen kann, traute ich mich nicht, so vermessen zu sein, mich meinem Kind so stofflich zu nähern. Kinderwagen und die andere Ausstattung würde ich immer wieder verkaufen können, falls... Aber so ein winzig kleines Unterhemdchen mit Bindeband...

»Wie süß!« murmele ich mit einem wohligen Schaudern.

»Ja, es ist furchtbar«, sagt Birgitte. »Man vergißt ganz, wie hart es ist!«

Ich ermuntere sie nicht, ihre Behauptungen zu veranschaulichen. Ich weiß, was sie sagen will, und mag nichts mehr von »Vorher« und »Hinterher« hören und all die anderen zum Himmel gerichteten Prophezeiungen, mit denen unter anderem auch sie glänzt. Aber sie fährt unerschütterlich fort. Malerisch, so daß ich gegen meinen Willen grinsen muß.

»Goodbye, Nachtschlaf! Auf Wiedersehen, Sexualleben! Adios, Candlelight-Dinner! Au revoir, Karriere!«

Es nützt nichts, aber ich protestiere dennoch mit dem Hinweis auf die Unterschiede bei den Vätern. Jens befindet sich so oft beim Bau der Brücke über den Großen Belt, daß Birgitte eigentlich als alleinstehende Mutter zu betrachten ist.

»Liebste Birgitte, mein Kind hat auch einen Vater! Einen äußerst präsenten Vater!«

»Das kann schon sein. Aber ganz gleich, wie ihr es euch vorstellt, du bist und bleibst die Mutter!«

Ich schüttle den Kopf.

»Diese neue Mütterlichkeit kannst du dir gern...«

Im gleichen Moment stoße ich ein Stöhnen aus, klappe zusammen und greife nach ihr.

»Was ist? Geht es los?« fragt sie aufgeregt.

»Nein, das ist nur eine Vorwehe! Manchmal ist es, als schössen sie bis in die Schenkel!« keuche ich.

Birgitte nickt verständnisvoll.

»Glaubst du, Paul hat auch Vorwehen?«

»*Phantomwehen!*« entgegne ich und frage, ob wir jetzt nicht genug haben. Ich möchte lieber ins Café.

Sie schüttelt erfahren den Kopf und greift nach Unterhosen. »Nein, du brauchst mindestens jeweils fünf Stück. Du machst dir einfach keinen Begriff davon, wieviel diese Neugeborenen scheißen! Die reinste Remoulade, das läuft einfach so raus!«

»Bitte, Birgitte!« verdrehe ich die Augen.

»Aber das stimmt doch! Aber keine Sorge, das wird erst später eklig.«

Wir gehen ins Café Europa – dem einzigen Café in Kopenhagen mit einem Samowar auf dem Bartresen –, und auch wenn es nur ein paar hundert Meter vom Kaufhaus zum Højbro Plads sind, bekomme ich Seitenstiche und Atemnot bei meinem Versuch, mich in einem normalen Tempo zu bewegen. Birgitte senkt das Tempo und schiebt eine Hand unter meinen Arm, so daß wir das letzte Stück wie ein paar ehrwürdige ältere Schwestern meistern. Sie hilft mir auch, mich zwischen den Cafétischen durchzumanövrieren, so daß mein Bauch nicht gerade die Tassen zu Boden fegt, sondern nur den Lederjackenrücken eines jungen Typen streift.

»Toll!« bemerkt der spontan, als er sich umdreht. »Wann ist es soweit?«

»Schon vor hundert Jahren!« sage ich und sinke erschöpft auf einem Stuhl nieder. Ich muß eigentlich pinkeln, aber allein der Gedanke, das ganze Café zu durchqueren und mich eine steile Kellertreppe hinunterzuwinden, um ein Spiegelkabinett von einem Damen-WC zu erreichen, läßt mich lieber darauf verzichten.

Birgitte hat mich der kollektiven Besichtigung überlassen, während sie die Bestellung an der Bar übernimmt. Unglaublich, wie so ein Bauch die Aufmerksamkeit der Leute auf sich zieht. Von allen Seiten wird hemmungslos geglotzt – auch in der Redaktion, an meinem Arbeitsplatz, wo ich trotz Pauls Gemaule ein paarmal hingegangen bin, um Post zu holen und an Mitarbeiterkonferenzen teilzunehmen. Die Leitung hat Pläne, die Nachrichtensendung auf 21 Uhr zu verschieben, was der General ablehnt und die Vertrauensleute befürworten. Die Mitarbeitergruppe ist gespalten, und ich selbst habe mir keine definitive Meinung bilden können. War dazu irgendwie nicht in der Lage. Was mich selbst beunruhigt: Mein Arbeitsplatz kommt mir schon jetzt fern und nicht mehr mich betreffend vor, und prinzipiell zeugt es von schlechtem Stil, zu jeder passenden und unpassenden Gelegenheit hereinzurauschen und der Vertretung über die Schulter zu gucken. Ras, der Auslandsredakteur und mein direkter Vorgesetzter, sagte auch einmal direkt, daß er sich einer Tes mit dickem Bauch gegenüber »einfach nicht verhalten könnte«, und der General sah aus, als würde er in Gesellschaft einer so provozierenden Weiblichkeit nahezu unpäßlich. Dazu würde das Gerücht passen, es läge ein inoffizielles Dekret vor, wonach der General keine hochschwangeren Reporterinnen um sich haben will, wie die Produktionsassistentin Kirsten behauptet, die einzige, die sich offen gegenüber meinem Zustand verhalten konnte, indem sie mir auf den Bauch klopfte und »hallo, du da!« sagte.

Aber dem General blieb gar nichts anderes übrig, solange es notwendig war, die erforderlichen Fellow-up-Treffen hinsichtlich meines Moskau-Abenteuers zu veranstalten. Um mich zu schonen, bin ich rücksichtsvollerweise in Unwissenheit darüber gehalten worden, was weiter passierte. Aber wie der General es beschrieb, kann die Situation so zusammengefaßt werden, *daß* mein Mafiafreund Sascha geschworen hat, seinen belfernden, sich jetzt ziemlich im Ruhestand befindlichen Köter zu rächen, *daß* mein Kollege Ferdinand äußerst passend Moskau verließ, um nach Jütland heimzufahren und sich dort mit Frau und Kindern wiederzuvereinigen, *daß* der tapfere Kameramann Sergej in der Datscha seines Onkels in Sibirien untergetaucht ist, und *daß* der General witzigerweise reichlich paranoid wurde, sein Auto zweimal auf Bomben hat untersuchen lassen und sich weigert, nicht angekündigte Pakete anzunehmen. Schließlich hat der General dafür gesorgt, daß in Moskau Gerüchte verbreitet wurden, wir hätten nichts anderes in den Kasten gekriegt als die absolute Finsternis und einen bellenden Hund, und ich glaube einfach nicht, daß Sascha nur um des Exempels willen das nicht unbedeutende geschäftsmäßige Risiko auf sich nehmen wird, das darin liegt, westliche Fernsehleute zu liquidieren. Aber trotzdem mag mein Chef ja recht damit haben, wenn ich in nächster Zeit nicht wieder nach Moskau geschickt werden soll. Mein Baby soll trotzdem nicht mutterlos aufwachsen. Deshalb mußte ich zustimmend nicken, als er mir mitteilte, daß »die junge Miriam« ausersehen war, Ferdinands Nachfolgerin zu werden. Auf dem Korrespondentenposten, der eigentlich meiner sein sollte.

»Bin ich jetzt zum *Backbencher* degradiert?«, fragte ich während einer Audienz, bei der ich wie üblich auf dem Gästestuhl vor dem Schreibtisch saß, während er allmächtig dahinter thronte, unaufhörlich seine griechischen Glimmstengel paffend. Sie stinken nach Lungenkrebs, aber ich inhalierte den Rauch ganz nostalgisch und wurde an die Zeit erinnert, als ich eine toughe Reporterin voller Power war.

»Das liegt jetzt bei dir«, sagte er und öffnete die Lippen zu einem tabakgelben Lächeln. »Ich habe immer Bedarf an Angreifern.« Dann griff er hinter sich und holte aus dem überquellenden Regal eine Videokassette. Es war das Band mit den Aufnahmen aus Moskau.

»Hier. Ich habe es auf VHS überspielen lassen.«

»Hast du es angeguckt?« fragte ich atemlos. Denn wenn es etwas gibt, was ich in diesen Monaten zu verdrängen versucht habe, dann ist es dieses Band. Wenn Sergejs Mut und mein Wagemut wirklich nichts anderes als neblige Schatten zum Ereignis hätten, das wäre kaum zu ertragen. Andererseits – wen interessiert es eigentlich, wenn wir die Geschichte wirklich im Kasten haben und damit beweisen können, daß es einen Handel mit angereichertem Uran aus Moskaus Industrieviertel zwischen einem georgischen Mafiaboß und einem arabischen Kunden gab – mit Sascha als Mittelsmann? Selbst die surrealistischen Sensationen aus dem alten Mutterland werden über Nacht zu alten Nachrichten.

»Nein«, sagte er. »Und ebensowenig bin ich der Ansicht, daß du damit öffentliche Screenings veranstalten solltest. Aber du kannst dich ja bis zu deiner Geburt damit vergnügen. Wer weiß, vielleicht steckt da Gold drin!«

Ich nahm das Band und bedankte mich für seine Umsicht. Dann ging ich in den kleinen Kaninchenstall von Büro, in dem Miriam saß. Und obwohl es nicht ihre Schuld war, ich mich gut mit Miriam verstehe und ihr eine schnelle Karriere wünsche, hatte ich doch einen bitteren Nachgeschmack, als ich ihr viel Glück wünschte.

»Wenn sie die Beste nicht kriegen, müssen sie sich eben mit der Zweitbesten begnügen!« sagte sie ganz lieb und bat mich, »den Kindsvater« zu grüßen. Das versprach ich und war darüber hinaus noch so großzügig, sie zu einem Briefing zu mir nach Hause einzuladen.

»Spasiba!« bedankte sie sich und benutzte damit das einzige russische Idiom, das sie bisher gelernt hatte. Wohingegen ich halbherzig versuchte, meine eigenen Sprachkenntnisse damit frisch zu halten, daß ich mit mir selbst Russisch rede, aber ich fürchte, es wird Rost ansetzen, wenn ich weiterhin in dieser fachlichen Vorhölle bleibe. Schon seltsam, wie schnell man an Höhe verliert.

»Bitteschön!« sagt Birgitte und stellt Cappuccino und Rüblitorte vor mich hin.

»Das ist ganz lieb von dir«, sage ich, »aber ich esse keinen Kuchen!«

»Ach, scheiß auf die Kalorien!« sagt sie locker.

»Das sind nicht *nur* die Kalorien!« entgegne ich und mache meine Beine breit, um besser Platz für den Bauch zu haben. Ich habe zuviel zugenommen. Vierzehn Kilo. Zwölf wären auch genug gewesen. Das ist dieser ganze Müßiggang.

»Bekommst du Sodbrennen?« fragt sie, und ich nicke verwundert. »Weißt du eigentlich alles?«

»Alles! Deshalb hör gut zu und halte dich dran!«

Ich schütte Rohrzucker in den Kaffee, schlürfe den Milchschaum und sage nichts. Unsere Freundschaft ist ziemlich zerbrechlich, seit sie Jens getroffen hat, und ernsthaft gefährdet, nachdem sie Maxi bekommen hat, der jedenfalls inzwischen halbtags schwarz bei einer Tagesmutter untergebracht ist. Ich habe ziemliche Schwierigkeiten damit, daß sie sich so verändert hat. Daß sie sich zuerst von der Ehe und dann von der Mutterschaft so hat aussaugen lassen. Ich hatte eine größere Kapazität bei ihr erwartet, eine größere Fähigkeit, sie selbst zu bleiben. Ja, ihr spezielles kreatives Talent zu entfalten, das alle anderen außer ihr selbst so schätzen. Und dann ist es mir peinlich, daß sie sich rein physisch so hat gehenlassen. Nicht, daß sie gebaut ist, als könnte sie eine von Tom Wolfes krankhaften »X-rays« sein, aber warum sie üppig wie eine Revuesängerin erscheinen muß, begreife ich nicht.

Birgitte war jedoch seit der Pubertät die engste Beziehung, die ich hatte, meine Rettungsleine zu anderen Menschen. Und auch nach Pauls Erscheinen weiß ich sehr genau, daß ich es mir nicht leisten kann, sie zu verlieren. Deshalb passe ich auf sie und uns auf und schlucke meinen sarkastischen Kommentar runter, den ich bereits auf den Lippen habe, als sie erst ihr eigenes und dann mein Stück Rüblitorte in sich hineinschaufelt. Aber Birgitte mit ihrer visuellen Begabung und ihrer Fähigkeit, mich zu durchschauen, läßt plötzlich die Kuchengabel sinken.

»Weightwatcher!« stößt sie aus. »Hör auf, mich so anzusehen!«

»Warst du nicht auf Diät?« weiche ich aus.

»Doch! Und gerade deshalb bin ich ja so hungrig!« lacht sie. »Warte nur, bis du auch mit Schlankheits-Pulver und Fieberpillen anfängst. Das ist überhaupt nicht witzig!«

»Soweit ich weiß, ist es überhaupt nicht besonders witzig, ein Kind zu kriegen!« bemerke ich säuerlich.

»Nein, dann hast du mich eben mißverstanden!« ruft sie abwehrend aus. »Ein Kind in die Welt zu setzen, ist das Tollste, was man überhaupt tun kann. Aber danach wirst du *niemals* wieder dieselbe sein!«

Ich zucke mit den Achseln. Was soll ich dazu sagen? Nein! Doch! Ich weiß nicht?

Kurz danach huscht sie davon – sie muß Maxi bei der Tagesmutter abholen – und fragt mich, ob ich bis Nørreport mit will. Aber ich möchte lieber noch ein bißchen allein hier sitzen, noch eine Tasse Kaffee trinken und drücke fest ihre Hand zum Abschied.

»Heute nacht ist Vollmond, dann geht es bestimmt bald los!« sagt sie. »Ruf mich an, wenn das Fruchtwasser abgeht!«

Das verspreche ich, auch wenn es mir inzwischen unwahrscheinlich vorkommt, daß ich jemals so weit kommen werde. Das *Gefühl*, das ich heute habe, unterscheidet sich nicht von dem, das ich an den anderen Tagen hatte, an denen ich wirklich glaubte, daß es *jetzt* losgehen würde.

Mir gelingt es, eine Mulattenkellnerin im Minirock dazu zu bewegen, mir nachzuschenken, zünde mir die eine Zigarette an, die meine heimlich festgesetzte Tagesration ausmacht, und greife in meine Kaufhausplastiktüte nach dem »Spiegel«, den ich in deren gut sortiertem Kiosk auf dem Weg hierher gekauft habe. Die Titelstory der Zeitschrift handelt vom Rohstoff- und Waffenschmuggel aus der Ex-UdSSR und bestätigt meine eigene These über alle Maßen: Mittels aufgeputzter Kaufleute der Mafia, zu denen auch mein Freund Sascha gehört, verkaufen korrupte Offiziere alles aus den alten Lagern, so daß es nur eine Frage der Zeit ist, wann jeder Mullah, jede Terroristenzelle oder jede Partisaneneinheit daheim in der Garage die eigene Atomwaffe zusammenbasteln kann. Äußerst bedrohlich, und mit jeder Zeile werde ich von neuem Feuereifer erfaßt. Denen muß Einhalt geboten werden! Jemand muß etwas tun, und deshalb muß ich die Geschichte fertigkriegen! Als ich die Zeitschrift umblättere, entdecke ich, daß der Lederjackentyp mich anstarrt. Er lächelt ungeniert und prostet mir mit seiner Tasse zu. Er sieht mit dem zurückgekämmten Haar, seinem Zopf und dem kunterbunten Bandana um den Hals aus wie ein Pirat. Ich hebe meine Tasse und erwidere den Gruß, senke aber gleich wieder meinen Blick und versuche, meine zuvor so engagierte Lektüre auf deutsch fortzusetzen: *In Moskau wird eingeräumt, die Kontrolle über die Atomsprengköpfe sei während der Zeit des Machtwechsels in den GUS-Republiken für einige Monate verlorengegangen...* Aber die Worte flimmern im Bewußtsein dessen, daß der Pirat mich unverwandt anstarrt. Ich schiele über die Zeitschriftenkante zu ihm hinüber. Kenne ich ihn? Habe ich mit ihm in einer meiner wilden Phantasien gebumst? Bin ich mit ihm zur Schule gegangen? Habe ich ihn in einer Kneipe verärgert?

Er steht auf, wie ich feststelle, und ich spüre gleichzeitig, daß mein Herz bei dem Wissen, daß er auf dem Weg zu mir ist, heftig pocht. Aber ich schaue erst auf, als er an meinem Tisch steht und mich anspricht.

»Du«, sagt er. »Darf ich dich was fragen?«

»Ja« antworte ich entgegenkommend, aber kurz angebunden, und erfasse in einem kurzen Augenblick das, was ich wissen will. Breit gebaut, nicht besonders groß. Dunkle Augen und ein Schönheitsfleck ungefähr dort, wo Robert de Niro seinen hat. Ich habe den Typen noch nie gesehen.

»Du hast wohl einen Vater zu dem Kind, oder?«

Ich lächle spontan.

»Und wie!«

Er nickt und legt eine Hand auf den Cafétisch. Sie ist kräftig und sonnenverbrannt, mit Silberringen mit eingefaßten Türkisen auf mehreren der breiten Finger.

»Denn sonst«, hebt er an und stockt dann, als hätte er plötzlich den Mut verloren.

»Sonst?« ermuntere ich ihn mit schräg geneigtem Kopf.

»Sonst würde ich dich mit auf See nehmen! In die Südsee!«

»Was für ein Angebot!« stoße ich lachend aus. Er ist *wirklich* ein Pirat!

»Ich heuere in drei Tagen auf einem Schiff nach Tahiti an. Du kannst mich hier morgen zur gleichen Zeit finden, wenn du es dir anders überlegst.«

»Das werde ich sicher nicht«, sage ich.

»Man kann nie wissen«, sagt er, streift meine Hand mit einem Finger, wünscht mir »viel Glück« und dreht mir den Rücken zu, als er sich hinausbewegt. Er hat einen Hängearsch in der Hose, und an seinem rechten Stiefel fehlt der Absatz.

Ich muß mich einen Moment lang fassen. Die Südsee! Ich habe Seeleute und Segler noch nie verstanden. Noch nie den Drang verstanden, auf allen Seiten Wasser um sich haben zu wollen. Vielleicht hatte ich immer schon zu viel Angst vor der Tiefe. Obwohl wir ja gerade daher kommen. Aus dem Wasser. Wie mein kleiner Fisch, an den ich jetzt wie an einen nassen Delphin denke, in seinem eigenen Ozean tauchend. Einen Augenblick lang verliere ich mich in meiner Sehnsucht, das Wasser vom Rücken des Delphins abstreifen zu können. Ich gebe weitere Fachlektüre auf und leere meine Kaffeetasse. Lege die Zeitschrift zurück in die Plastiktüte, wo mir die Einkäufe aus der Babyabteilung ins Auge fallen. So handfest und dennoch so fern. Ich sollte lieber zusehen, daß ich nach Hause komme. Statistisch gesehen steigt das Risiko, daß die Geburt losgeht, schließlich mit jeder Sekunde. Und ich kann mir nichts Schlimmeres als eine Geburt im öffentlichen Bus vorstellen. Ich sammle meine Tüten zusammen, stehe auf und gebe mir alle Mühe, nicht zu watscheln, als ich an der Fotogalerie an der Schmalseite vorbeigehe und darauf Coco Chanel, die kinderlose Verführerin, entdecke. Dann gehe ich zum Taxistand und winke einen Wagen heran.

Paul ist nicht zu Hause, was mich etwas enttäuscht. Dafür wundert es mich, daß er nach dem Frühstück nicht abgewaschen hat. Er ist doch sonst immer so penibel. Auf dem Küchentisch finde ich die Erklärung – ein schnell hingekritzelter Bescheid: »Bin von TV 2 für ein Gespräch angerufen worden. Bis bald. P.« Es ist etwas Dringendes an diesem Satz, das mich beunruhigt. Warum hat das plötzlich so eine Eile, wenn er doch schon zum Gespräch da war? Und außerdem hat er den Vertrag für seine Einstellung bekommen, und auch wenn ich vom ersten Dezember an mit dem Kind allein zurechtkommen muß und mir gar keine Hoffnungen zu machen brauche, vor Ende der Erziehungszeit wieder zur Arbeit zu kommen, so sind wir immerhin in den ersten paar Monaten zwei Erwachsene. Jedenfalls, wenn ich mich endlich dazu bequemen könnte, zu gebären.

»Wenn du mich im Stich läßt, raste ich aus!« flüstere ich in einer bösen Vorahnung und gehe erst mal pinkeln. In meinem Slip ist Blut. Nicht viel, aber genug, daß sich auf der weißen Baumwolle ein roter Strich abzeichnet.

»O nein«, murmle ich und werde auf das Gemeinschaftsklo bei Sergej zurückgewirbelt, wo meine blutende Vagina eine schreiende Warnung von Tod und Unglück war. Aber dann fällt mir der Abschnitt über die bevorstehende Geburt in der mir ausgehändigten Broschüre ein, und ich kann sogar beim Namen nennen, was ich sehe: Eingangsblutungen. Also ist es nur noch eine Frage von Tagen oder Stunden, bis es passiert. Ich spüle und laufe planlos in Pauls Wohnung umher. Bei den Konsultationen im Krankenhaus war ich ungeduldig und insistierend, tief frustriert darüber, in diese Wartehaltung versetzt zu werden und äußerst unzufrieden mit der unerträglich religiösen Attitüde der Ärzte gegenüber meiner verspäteten Geburt.

»Wenn Gott will!« antworten die Ärzte immer nur, wenn ich sie um einen Termin bitte.

Während ich Patina angesetzt und vergeblich versucht habe, sie dazu zu bringen, die Geburt einzuleiten – »die Geburt wird komplizierter, wenn wir die Natur stören!« –, ist Paul ganz auf einer Linie mit dieser geburtshilflichen Methode.

»Dein Problem, Tes, ist«, dozierte er vor ein paar Tagen, während wir in scharfem Trab um die Seen herumliefen – ein weiterer Versuch, der heiligen Natur auf die Sprünge zu helfen –, »daß du wie die meisten modernen Menschen alles kontrollieren willst. Du kannst einfach nicht damit zurechtkommen, daß es Dinge gibt, die du nicht lenken kannst. Aber in der Ungewißheit findest du das Mysterium der Schöpfung, das Grauen und die Schönheit, und meiner Meinung nach zeugt es von absoluter Weisheit, daß die größte Geburtsstätte des Landes ihre Demut und Grenzen erkannt hat!«

»Schreib doch 'nen Feuilletonartikel darüber!« forderte ich

ihn trocken auf. Worauf er tatsächlich nach Hause ging und das tat! An dem Vormittag, als ich mich mit Birgitte traf, saß er übrigens an dem Text und überarbeitete ihn, und er muß es wirklich eilig gehabt haben, denn der leuchtet immer noch auf dem Farbbildschirm seines Macs, wie ich sehe, als ich in meinem rastlosen Herumstreunen unseren gemeinsamen Schreibtisch umkreise.

Etwas deutet darauf hin, daß er lieber zusehen sollte, zu Potte zu kommen, wenn der Artikel nicht veralten soll, denn auch wenn ich nicht gerade die große physische Veränderung spüre, bin ich doch mit einem Mal überzeugt davon, daß es heute sein wird. Oder zumindest kommende Nacht. Und vielleicht ist es ja auch eine Bestärkung, daß ich wie eine Schülerin, die während der unterrichtsfreien Zeit gefaulenzt hat, mit einem Mal von einer entschlossenen Betriebsamkeit ergriffen werde. Das ist jetzt die letzte Chance, wenn etwas aufgeholt werden soll.

Zunächst lege ich meine Einkäufe auf ihren Platz in die Schubladen in der Ecke des Schlafzimmers, die Paul mit Hilfe pastellfarbener Bemalung und Teddy-Schablonen zu einer richtigen Heititei-Babyecke gemacht hat. Dann mache ich den Kinderwageneinsatz mit dem Bettzeug mit der Lochstickerei fertig, das ich von Birgitte geliehen habe. Ich rede mit dem Baby, wobei mir auffällt, daß es seit einem halben Tag schon auffallend still war. Die Ruhe vor dem Sturm vielleicht?

Danach wasche ich in der Küche ab, fege den Boden und wische ihn auf allen vieren liegend, was anstrengend ist, aber laut Geburtsvorbereitungskurs sehr gut für das Kreuz sein soll, das angefangen hat, ab und zu zu mucksen. Schließlich trinke ich am Küchentisch eine Tasse Tee, kaue eine Alkaselzer gegen das Sodbrennen und esse in kleinen Löffelchen einen Joghurt, während ich auf den Fahrstuhl oder leise Schritte die Treppe herauf lausche, die davon künden, daß Paul auf dem Weg ist. Ich gehe auch ins Wohnzimmer, um nachzusehen, ob ich vielleicht den Telefonhörer falsch herum aufgelegt habe, und ich spule den Anrufbeantworter noch einmal zurück, um ganz sicher zu sein, daß es keinen Bandsalat gab. Aber merkwürdigerweise gibt es keine Nachricht.

Spät am Nachmittag ist mir kalt, ich bin verschwitzt und schon müde, aber nichtsdestotrotz beginne ich mit einem gigantischen Projekt: Ich fange an, meine Umzugskartons auszupacken. Irgendwie bekomme ich den obersten heruntergehievt – das ist derjenige, in dem Kleidung in Größe 38 ist, von der ich gar nicht begreife, wie ich mich jemals dort habe hineinschrauben können. Ich lege sie in Pauls Schrank, hänge meine Blusen und Jacken zwischen seine und mache meine Slips zu Nachbarn seiner Boxershorts. Das ist die definitive Kapitulation, aber es erscheint sinnlos, noch Widerstand leisten zu wollen, jetzt, wo die Konturen der ersten Wehe wie eine Staubwolke am Horizont zu erahnen sind. Ich muß mich beeilen, wenn ich es schaffen will, deshalb mache ich in hohem Tempo weiter, obwohl ich kurz vorm Aufgeben bin, als nach den Kartons mit Haushaltgeräten, undefinierbarem Nippes und den schweren mit Büchern und Bändern immer noch der mit den A4-Mappen, Papieren, vergilbten Zeitungsausschnitten, alten Briefen, Aufgaben aus der Journalistenschule, dem Fotoalbum und den Mappen mit Vaters zurückgelassenen Zeichnungen übrig ist. Mit äußerster Kraftanstrengung gelingt es mir, das meiste einigermaßen vernünftig unterzubringen, nur für Vaters Mappe kann ich keinen sicheren Platz finden. Das Format ist zu groß und unhandlich. Deshalb stelle ich sie vorläufig an die Wand – ohne sie zu öffnen und anzugucken –, während ich mich umschaue und mit einer gewissen Zufriedenheit feststellen kann, daß ich jetzt auch hier wohne.

Ich spüre wieder dieses Grummeln in der Ferne, gehe unter die Dusche, seife meinen Ballon ein und rede beruhigend auf ihn wie auch auf mich ein, während ich versuche, mich darauf einzustellen, daß ich, aus welchem unbekannten Grund auch immer, wohl allein werde losgehen müssen.

»Wieder mal im Stich gelassen«, singe ich an der Grenze zwischen Hysterie und Ausgelassenheit, werde aber jäh unterbrochen, als das, was wohl die erste richtige Wehe sein muß, wie der Vorbote des Orkans heranstürmt. Ich beginne zu spät mit kontrolliertem Atmen, und als ich endlich meinen Rhythmus gefunden habe, ist die Wehe schon vorbei. Nachdem ich mich schnell mit Bodylotion eingerieben und Leggins und Sweatshirt angezogen habe, rufe ich die Information an, die mir mit nasaler Stime die Nummer von TV 2 Kopenhagen gibt. Dort bitte ich, mit Paul Weber sprechen zu können, den niemand kennt, aber als ich mich nicht abwimmeln lasse, kann die Zentrale herausfinden, daß die Redakteure »zum Essen sind«. Nein, leider ist keine Nachricht hinterlassen worden, in *welchem* Restaurant das Essen eingenommen werden soll.

Ich beiße mir auf die Fingerknöchel und gebe die weitere Jagd auf, beeile mich statt dessen, Birgittes Nummer einzutippen. Vogelgezwitscher und Anrufbeantworter – »Wir sind leider im Augenblick nicht zu Hause...«. Nach dem Piepton hinterlasse ich die lakonische Nachricht, daß ich Wehen bekommen habe, und dann gehe ich in der Reihe weiter zu meiner Mutter, mit der zu reden ich jetzt einen unbändigen Drang verspüre. Sie ist auch nicht zu Hause, und im Theater wird mir gesagt, daß Frau Skårup im Probenraum ist und nicht vor sechs Uhr gestört werden darf. Es ist halb sechs, seit der ersten Wehe sind zehn Minuten vergangen, und jetzt kommt die zweite angebraust und zwingt mich in die Knie. Ich stütze mich auf die Tischplatte, finde schließlich die Atemstöße, die mir helfen, auf den Wehen zu reiten. Also ist doch noch was bei der Geburtsvorbereitung herausgekommen, die ich ansonsten als vergeudete Zeit angesehen habe. Kiki, die letzte auf meiner Liste, ist natürlich auch nicht zu Hause. Aber ihr ulkiger Geliebter Spunk fragt, ob er ihr etwas ausrichten soll.

»Sage ihr, daß ihre Schwester *goddammit* endlich ihr Kind kriegt! Sie kann gern zurückrufen!« entgegne ich obercool und wühle auf dem Tisch nach dem Mutterpaß, in dem die Nummer vom Kreißsaal abgedruckt ist.

Die wachhabende Hebamme fragte mich, ob ich Erstgebärende sei und wie lang der Zeitraum zwischen den Wehen ist, und als ich antworte, neun bis zehn Minuten, bittet sie mich, doch zu warten, bis es nur noch fünf Minuten sind.

»Aber ich bin allein«, piepse ich benommen, und so erbarmt sie sich und erlaubt mir zu kommen, wenn es »für mich am besten so ist«.

»Dann werden wir uns schon darum kümmern«, sagt sie beruhigend, und erst hinterher wird mir klar, daß sie glaubt, ich sei *vollkommen* allein. Daß es überhaupt keinen Mann gibt. Aber vielleicht gibt es ihn ja auch nicht...

Wir wohnen nur einen Zeitungswurf vom Krankenhaus entfernt, und da ich es verabscheue, als Jammerlappen dazustehen, entschließe ich mich, zu Fuß zu gehen. Paul hat offensichtlich den Alfa genommen, der sowieso ausschließlich für kleine italienische Männer *designed* ist. Ich nehme den Fahrstuhl nach unten und steuere dann mit der Tasche in der Hand verwegen den Zebrastreifen an, erreiche ihn aber nur mit Mühe und Not, bevor ich erneut nach Luft schnappen muß und krampfhaft den Mast mit dem Signalknopf umklammere. Der Verkehr rauscht vorbei, es ist mitten in der Rushhour, ein rasanter Fahrradbote fährt mir fast über die Zehen, und ein blindes Mädchen mit Blindenhund fragt mich, ob es jetzt grün sei. »Ja«, murmele ich und habe dabei keine Ahnung, wie ich selbst jemals über die Straße kommen soll, deshalb bleibe ich einsam und verlassen stehen, zusammengekrümmt am Randstein. Da hält ein Taxi neben mir, das Seitenfenster gleitet nach unten, und der Fahrer fragt, ob etwas nicht in Ordnung sei?

»Können Sie mich rüber ins Krankenhaus fahren? In die Geburtsabteilung?« frage ich und falle dem pakistanisch aussehenden Fahrer fast um den Hals, als er »'türlich« nickt und mir auf den Rücksitz hilft. Im Autoradio hat er irgendeine Art bengalischer Katzenjammermusik, die er rücksichtsvoll leiser dreht, als wir losfahren.

»Sie gleich Kind kriegen – auf mein Rücksitz?« lächelt er begeistert in den Rückspiegel, und während er überholt und fast einen Radfahrer in einer rechten Kurve mitnimmt, erzählt er stolz, daß er selbst fünf Kinder und eine Frau habe, die eine »richtige Gebärmaschine« sei.

Ich nicke höflich und erleichtert auf, als wir auf den Blegdamsvej abbiegen und das Rigshospital in Sicht kommt. Routiniert findet er den Eingang zur Geburtsstation, hilft mir aufmerksam aus dem Auto, aber nachdem ich bezahlt habe und meine Tasche greifen will, schaut er mich mit einem Mal nachdenklich an.

»Kein Mann?« fragt er.

»Scheint nicht so«, lächle ich schwach.

»Soll ich mitkommen?« bietet er mir daraufhin an, als wäre er bereits dabei, die praktischen Probleme, die eine derartige Hilfe mit sich bringen würde, zu lösen.

Ich lehne dankend ab und versichere ihm, daß ich schon zurechtkommen werde, dann reiße ich mich zusammen, um kompetent und ganz normal auszusehen, als ich mit der Tasche über der Schulter die Tür aufschiebe. Was für Angebote ich heute schon bekommen habe. Sie wiegen fast meine Wut auf das Männervolk auf, die ich im Fahrstuhl bedrohlich gären fühle. Paul, du Arschloch!

»Unbefugte haben keinen Zutritt« steht mahnend an der Glastür zur Geburtsstation, und ich zögere, bevor ich auf die Klingel drücke. Ich fühle mich unbehaglich, empfinde die ganze Situation als unwirklich und bin mir nicht mehr sicher, ob ich nicht einfach nur hysterisch bin. Hysterisch schwanger. Ich klingle trotzdem. Was sonst?

»Hallo«, sagt die diensthabende Hebamme und läßt mich in das Allerheiligste ein. »Sind Sie es, die allein ist?«

Ich nicke und korrigiere sie matt, während ich ihr meinen Mutterpaß gebe.

»Mein Freund kommt vielleicht später.«

Sie nickt kurz, bittet mich Platz zu nehmen und zu warten, bis ein Untersuchungszimmer frei ist.

»Heute abend ist es ein bißchen stürmisch hier«, fügt sie erklärend hinzu und will sich schon wieder entfernen.

»Aber, aber, ich glaube, es eilt!« kann ich ihr noch hinterherufen. »Jetzt sind sieben, acht Minuten dazwischen, oder?« fragt sie.

»Dann haben wir noch massenhaft Zeit! Sie sind ja Erstgebärende...«

»Anfängerin!« hätte sie mich ebensogut titulieren können. Ich betrachte wütend ihren gebügelten Kittelrücken, schon angespannt, weil ich mich in die Gewalt dieser besserwissenden Menschen begeben soll. Warum habe ich mich nicht dazu entschieden, mein Kind zu Hause zu bekommen, dann könnte ich mich jetzt wie eine der gebärenden Katzen zusammenrollen, die Kiki und ich im Heu auf Læsø fanden, als wir im Sommer Großvater auf seinem Hof besuchten. Ich bin so aufgebracht, als ich mich auf einen der Laminatstühle setze, daß ich ein sehr junges Mädchen, das mir gegenübersitzt, fast nicht bemerkt hätte. Aber kaum sitze ich, spricht sie mich an.

»Bist du auch allein?« fragt sie und beugt sich zu mir vor.

»Nicht ganz«, sage ich und stemme die Hacken in den Boden, als ich die Welle heranrollen spüre. »Aber du?« frage ich, als ich wieder zu Atem gekommen bin.

»Na ja, sozusagen. René ist in Nyborg, weißt du? Und eigentlich dürfen die dabeisein, aber jetzt ist das Fruchtwasser drei Wochen zu früh abgegangen, und ich habe angerufen, aber es ist nicht sicher, ob er es schafft.«

»Ach so«, erwidere ich, bevor mir klar wird, wovon das Mädchen eigentlich spricht.

»Sonst ist er immer schnell bei der Sache!« erklärt sie und

holt eine Rolle Schokoladenkekse aus einer Plastiktüte. »Willst du einen?«

Ich nehme einen, um ihr eine Freude zu machen, an ihr ist etwas äußerst Verletzliches, als wäre sie zeit ihres Lebens gezwungen gewesen, gelassen zu bleiben.

»Wie heißt du?« fragt sie, den Mund voller Keks.

»Therese«, antworte ich und beuge mich vor, um mit einer Hand mein Kreuz zu massieren.

»Ich heiße Heidi«, erklärt sie und schaut mich aufmerksam an. »Hast du Wehen?«

Ich nicke und spähe den Flur entlang nach der Hebamme. Im gleichen Moment zerreißt ein Schrei, gefolgt von einem laut klagenden Jammern den ansonsten so stillen Flur. Wir erstarren alle beide und tauschen in gleicher Beunruhigung Blicke.

»Ach was«, platzt Heidi heraus und streckt die Hand nach einem weiteren Keks aus. »Die stellt sich sicher reichlich an, oder? Also SO weh wird es doch wohl nicht tun, was?«

Ich schüttle tröstend den Kopf. Nein, so weh kann es unmöglich tun. Dann wird Heidi geholt, sie gibt mir mit dem Daumen ein Siegerzeichen und verschwindet mit der gelben Plastiktüte und einem Bauch, der wie ein grotesker Vorbau wirkt, der an den zarten Körper geheftet wurde. Das arme Mädchen. Schließlich erlischt eine weitere rote Lampe über einem der Untersuchungszimmer, und ein werdendes Elternpaar kommt heraus, während ich hineingerufen werde.

»Eine ziemlich verworrene Geschichte, was?« sagt die untersuchende Hebamme mit Blick in den Mutterpaß. »Nun ist es aber Zeit, das Kind herauszukriegen!«

Ich gebe ihr innerlich recht und habe bereits jetzt viel mehr Vertrauen zu der älteren Else Jakobsen, wie ich auf ihrem Schild lese, als ich es zu ihrer jüngeren Kollegin kurz zuvor hatte. Und dann befaßt sie sich erfahren und vor sich hinredend mit mir, die ich bereitwillig auf der Pritsche liege, die Beine in den Bügeln.

»Wollen wir ihm mal 'nen kleinen Schubs geben!« sagt sie und »räumt Hindernisse aus dem Weg«, daß mir der kalte Schweiß ausbricht.

»Sie bekommen gleich einen Einlauf, und dann werden Sie sehen, dann werden es richtig gute Wehen!«

»Aber ich habe ausgezeichnete Wehen!« protestiere ich gekränkt.

»Ja, ja, meine Liebe. Gut sind sie, aber nicht gut genug! Sie sind erst zwei Zentimeter offen, und wir müssen schließlich auf zehn kommen!«

»Soll das heißen, daß es schlimmer wird?« frage ich unruhig.

»Schlimmer, aber gleichzeitig besser! Kommt denn da niemand, um Ihnen die Hand zu halten?« fragt sie, während sie ein Klistier einführt. Es kitzelt, ist aber nicht unangenehm, wie ich befürchtet hatte.

»Doch«, antworte ich und klemme die Pobacken zusammen. »Mein Freund kommt bald...«

Und als ob es sich um eine Opera buffa handeln würde, tritt Paul genau in dem Moment zur Tür herein, als ich wehrlos daliege und meinen Schließmuskel bezwinge. Mindestens drei Minuten sollen vergehen, bis ich mich entleere. Ein heftiger Wutanfall ist bis auf weiteres nicht möglich, ich kann nichts weiter als heiser ein kurzes »hallo!« zischen, mit einem leisen »Wo zum Teufel bist du gewesen!« drangehängt.

»Entschuldige, Tes!« murmelt er schuldbewußt und kommt näher, um mich auf die Stirn zu küssen. Er stinkt nach Knoblauch, Wein und Rauch, und ich würde ihn am liebsten bitten, sich zum Teufel zu scheren. Die Hebamme läßt uns weise mit der Bemerkung allein, daß sie gleich zurückkomme.

»Es tut mir wahnsinnig leid!« wiederholt er und geht in die Hocke, so daß wir auf einer Augenhöhe sind. »Die Zeit ist mir einfach davongelaufen...«

Er *hat* wirklich ein schlechtes Gewissen. Sein Blick ist verschleiert, sein Mund ist angespannt, wie er nur ist, wenn Paul verletzt ist oder unter Druck steht. Es muß etwas passiert sein. Etwas außerordentlich Schreckliches.

»Bist du mir untreu gewesen?« frage ich spontan.

Paul bricht in ein überwältigendes Lachen aus.

»Nein! Aber ich bin tatsächlich mit einer fremden Dame essen gewesen.«

»Mit der Kopenhagener Redakteurin von TV 2?« frage ich mit einem steifen Blick auf die Zeiger der Wanduhr. Zwei und eine halbe Minute. Noch dreißig Sekunden. »Und was wollte sie?«

»Mich angucken!«

»Das hat sie ja wohl verdammt gründlich gemacht, was? Mit drei Gängen, Kaffee und avec! Tut sie das mit allen zukünftigen Mitarbeitern? Dann kann ich aber verflucht noch mal gut verstehen, warum die Sender ökonomische Probleme haben!« spucke ich hitzig aus und schlage die Decke zur Seite. »Geh mal zur Seite!« kommandiere ich dann und schwinge meine Beine herüber.

»Was willst du denn?« fragt Paul verwirrt.

»Raus zum Scheißen!« zische ich und schaffe es gerade noch, das Schloß zu drehen und die Hosen herunterzuziehen, bevor der Darminhalt herausschießt.

Der Einlauf hat offensichtlich wirklich etwas in Gang gesetzt, denn ich habe mich kaum von den furchtbaren peristaltischen Krämpfen erholt und brause mich gerade ab, als sie angejagt kommt. Die erste *gute* Wehe. Wie ein Gürtel aus glühendem Eisen umklammert sie meinen Unterleib mit dem Höhepunkt um den Nabel, der herausgepreßt ist und wie ein zitternder Knopf auf dem aufgeblähten Bauchbogen sitzt. Von Schmerzen, die jenseits jeder Vorstellungskraft liegen, aufgespießt, klammere ich mich an den Brausekopf, die kurze Minute, die es dauert, bis die Wehe vorbei ist, leise stöhnend.

»Tes? Bist du okay?«

Pauls Knöchel an der Tür.

»Ja!« sage ich und schüttele den Kopf. Ich hatte ihn fast vergessen.

»Ist irgendwas nicht in Ordnung?« fragt er dumm und kommt heran, um den Arm fürsorglich um mich zu legen, als ich ruhig mit bloßen Beinen und nackten Füßen aus der Toilette komme. Ich weiß, daß es sich nicht lohnt, die Leggins wieder anzuziehen.

»Paul, es geht los«, antworte ich matt, als befände er sich auf einem Planeten in einem anderen Sonnensystem. »Vielleicht ist es am besten, wenn du gehst!«

»Ich soll gehen?« ruft er fassungslos aus. »Tes, so hart darfst du mich nicht bestrafen!«

»Ich will dich nicht bestrafen«, sage ich und spüre, wie ein neuer Angriff auf den Weg geschickt wird. »Ich möchte nur am liebsten allein sein!«

Ich schließe die Augen, atme tief ein, damit die Lungenflügel mit Luft gefüllt sind und ich dieses Mal der Wehe schwebend begegnen kann, um dem freien Fall der Schmerzen zu entgehen. Als ich die Augen wieder öffne, steht Pauls Mund ungläubig offen. Meine Fingernägel haben auf seinem Handrücken Abdrücke hinterlassen.

»Ich bleibe!« entscheidet er heiser.

Ich zucke mit den Schultern. Wie er will. Eigentlich ist es ja gleich. Er kann bleiben oder gehen. Ich bin sowieso allein. Das weiß ich jetzt schon.

Mitten in der dritten Wehe kommt die Hebamme, um nach mir zu schauen. Sie bugsiert mich wieder auf die Liege, schaut, tastet und horcht mit ihrem altmodischen Holzstethoskop.

»Jetzt ist es losgegangen, was?« sagt sie anerkennend. »Schon fünf Zentimeter! Besser, wir bringen Sie in den Kreißsaal!«

»Können wir den grünen haben?« fragt Paul, als wäre es von allergrößter Bedeutung, daß Vorhänge vor den Instrumenten hängen.

»Ich werde mal schauen!« meint die Hebamme entgegenkommend und verschwindet, um bald wieder zurückzukommen und zu melden, daß der Raum frei ist.

Paul will mich über den Flur stützen, aber ich bestehe darauf, allein zu gehen. Ich ziehe mich auch selbst um, nehme mit Erleichterung das Krankenhaushemd und die lockeren Unterhosen und rolle mich auf dem Geburtsstuhl zusammen, dem einzigen Aktivposten im Kreißsaal. Es ist hart für ihn, daß ich so abweisend bin. So hat er sich das in seinen softigen Tagträumen nicht vorgestellt. Aber ich habe keine Kraft, um mich ihm gegenüber noch zu verhalten. Keine Kräfte zur Versöhnung. Wenn ich das hier schaffen soll, muß ich mich konzentrieren, abschotten und nach innen wenden. Den Körper übernehmen lassen.

Die Hebamme hingegen möchte ich möglichst die ganze Zeit bei mir haben. Sie bringt Ruhe und Sicherheit mit, hilft mir beim Atmen, zeigt mir, wie ich die Maske vor den Mund halten kann, damit ich den zunehmenden Wehen mit einer lindernden Mischung aus Lachgas und Sauerstoff begegnen kann. Sie instruiert Paul, zeigt ihm, wo er mich massieren kann, und dirigiert auch seinen Atemrhythmus, damit er mir damit helfen kann.

Als meine Wut ihm gegenüber mich aus dem Rhythmus bringt und würgen läßt, und Paul sie wie ein Kind, das kurz vorm Heulen ist, ansieht, werde ich sanft zurechtgewiesen.

»Jetzt hören Sie mal, meine Liebe! Sie verschwenden viel zuviel Energie darauf, sauer zu sein! Nun entspannen Sie sich und lassen sich von ihm helfen! Irgendwann einmal müssen Sie ihn ja jedenfalls gemocht haben!«

»Es tut so weh«, jammere ich und reiße die Maske an mich.

»Das *muß* weh tun!« sagt sie bestimmt, während ich verzweifelt Lachgas inhaliere. »Aber es tut noch mehr weh, wenn Sie sich verkrampfen! Nun komm schon!« sagt sie und führt Pauls Hand über mein Kreuz. »Entspann dich und spür, wie gut das tut!«

Zuerst wehre ich mich so sehr dagegen, daß ich fast weine. Aber als Paul nicht nachläßt, und seine warme Hand dort liegen läßt, gebe ich langsam nach, und bei der nächsten Wehe hole ich sie mir selbst.

Die Hebamme nickt zufrieden und verläßt uns. Sie muß in das andere Zimmer.

»Zu Heidi?« bringe ich heraus.

»Ja, kennen Sie sie?«

»Ein wenig. Ist René gekommen?«

»Nein, aber eine Schwesternhelferin ist bei ihr.«

Ich verdöse den Abend. Die Stunden verstreichen monoton wie auf einer Autobahn. Ich habe aufgehört, sie zu zählen, eingesperrt in den Dunst des alles beherrschenden Schmerzes. Das Lachgas macht mich high, so daß meine Gedanken wie zufällig angeschwemmtes Strandgut in einer trüben Flut hin- und herdümpeln. Diese vielen vergessenen Bilder und Erinnerungen, die plötzlich auftauchen: Vater und Mutter, die lachend Jitterbug auf dem Wohnzimmerparkett tanzen. Die Kuh mit dem sanften Blick, die ich an einem Sommertag auf Læsø zwischen den Hörnern kraulte, bis der Ortsschlachter in Kittel und schwarzen Gummistiefeln über den Zaun kletterte und ihr eine Kugel in die Stirn schoß. Kiki, meine Schwester, schrie was von »Mörder« und »Tierquälerei« und mußte mit Gewalt entfernt werden, während ich nur mit großen Augen dastand und nicht begriff, daß das Tier nicht mehr lebte. Und ich sehe eine Schlange im Heidekraut, Blaubeeren im Glas, mich selbst auf Tante Mos viel zu großem Fahrrad und begreife, daß ich zeitweise eine glückliche Kindheit hatte.

Und auf einem Floß segelnd taucht auch der Pirat auf – der um Polynesien herumfahren will –, er hat eine Klappe vor dem Auge und einen Papagei auf der Schulter, und ich muß kichern, als ich das Sausen in den Palmen höre und sehe, wie eine Kokosnuß herunterfällt.

Ich denke an ganz konkrete Dinge, wende mich Paul zu,

nehme die Maske vom Mund und erinnere ihn daran, daß ich morgens eine Maschine Wäsche angestellt habe und daß keine Kaffeefilter mehr im Haus sind. Er lächelt, froh, daß ich plötzlich so neutral und alltäglich bin, und sagt, daß er schon dran denken wird. Dann fällt mir die Arbeit ein, die trockene Luft im Schneiderraum. Ich denke an den Zuckerbäckerstil der Wasilij-Kathedrale, an Gorbis Muttermal, und ich schreie laut auf, als das Gefühl des Hundebisses durch meinen Stiefel mich wieder ereilt.

»Mein kleiner Schatz!« sagt Paul mitleidig.

»Es zerreißt mich!« klage ich.

»Du bist so tüchtig! Und jetzt haben wir bald unser kleines Kind! Denk doch nur daran, Therese!«

Ich schaue ihn über die Maske hinweg verwundert an. Ja, es stimmt. Das Kind! Deshalb liege ich hier. Weil ich ein Kind zur Welt bringe. Ich schließe die Augen wieder. Drücke Pauls Hand, um zu spüren, daß er da ist. Denke an ihn ganz in Weiß bei unserer ersten Begegnung. Begreife nicht, daß das erst ein Jahr her ist. Blende dann über zu dem goldenen Weihnachtsabend, an dem unser Kind gezeugt wurde.

»Ich sollte die Rubine umhaben«, sage ich träge und bitte um Wasser.

»Hier!« sagt er und führt den Becher an meine Lippen, aber ich schaffe es kaum, wieder zurückzusinken, bevor mir ohne jede Vorwarnung schlecht wird. Ich mache verzweifelte Zeichen, daß er mir die Spuckschale reichen soll, und er schafft es gerade noch, bevor ich mich übergebe.

Die Hebamme, nach der er sofort geklingelt hat, tupft mich mit einem angefeuchteten Tuch sauber und sagt, daß das prima ist. »Dann kommt bald die Preßphase!«

Ich friere und klappere mit den Zähnen, mir ist plötzlich auf eine ganz neue Art und Weise elend.

»Ich kann bald nicht mehr!« piepse ich und sinke auf den Gebärstuhl zurück.

»Das brauchst du auch nicht! Aber weißt du was, mein

Dienst endet leider um elf. Doch bevor ich gehe, schicke ich meine Ablösung zu dir herein. Keine Sorge!« sagt sie und streichelt mir die Wange. »Sie ist genau die Richtige für euch.«

Das glaube ich ja nun nicht, und so verlassen zu werden, raubt mir fast den letzten Mut. Aber Else Jakobsen hat recht, die neue Hebamme ist ganz anders. Es durchzuckt Paul, als sie durch die Tür tritt. Natürlich in weißem Kittel, wie die anderen, aber dennoch von ganz anderem Wesen. Groß und blond, mit scharfen Zügen, das lange Haar von einem bunten Kopftuch zurückgehalten. Schwere Goldringe in den Ohren, knallroter Lippenstift, ebensolcher Nagellack und irisblaue Augen.

»Hallo!« sagt sie und gibt mir einen festen Händedruck, den ich nur matt erwidere. »Ich heiße Randi, und mit mir sollst du dein Kind kriegen!«

Ich nicke, fast gehorsam, und sehe Pauls Verwirrung, als sie auch ihn begrüßt. Sie redet so energisch über die bevorstehende Geburt, daß ich das erste Mal in dem ganzen Verlauf anfange zu verstehen, daß es wirklich eine Tatsache ist, daß das Kind bald herauskommen wird. Aufmunternd. Aber gleichzeitig deutlich, daß diese Hebamme, die aussieht, als wäre sie auf dem Weg zu einer Zigeunerhochzeit, etwas von *mir* erwartet. Sie will, daß ich etwas leiste, aktiv an der Geburt teilnehme, als wenn es nicht ausreichen würde, daß ich mich hier langsam zerreißen lasse.

»Hör zu!« sagt sie, nachdem sie mich untersucht hat und alles normal gefunden hat. »Jetzt lassen wir das Fruchtwasser abgehen! Danach ist anzunehmen, daß es ziemlich hektisch wird. Bist du bereit?«

Ich schüttle den Kopf, ich verstehe die Frage nicht.

»Bist *du*?« fragt sie zu Paul gewandt, der bleich, aber gefaßt nickt. Ihre Verschworenheit bringt mich aus der Fassung, so daß mich die nächste Wehe wie eine falsch rollende Welle trifft, die mich aufschreien und zur Brücke anspannen läßt.

Mit dieser Wehe wird meine äußerste Grenze akzeptabler Schmerzen überschritten.

»Ich will nicht! Ich kann nicht!« heule ich wie eine Wahnsinnige in der Zwangsjacke, und als Paul mich tröstend umarmen will, schlage ich rasend nach ihm. »Hau ab!« schreie ich in einer neuen Stichflamme des Hasses auf diesen Mann, der mich in diesem Inferno extremen Leidens allein gelassen hat.

»Geh mal einen Augenblick hinaus!« nickt die Hebamme ihm zu.

»Du kannst auf dem Flur rauchen, und da ist auch ein Kaffeeautomat.«

Ich entblöße höhnisch mein Zahnfleisch. Kaffee!

»Wäre es nicht besser, wenn ich bleibe?« fragt Paul kleinlaut.

»Nein«, antwortet die Hebamme und umfaßt meinen Knöchel mit ihrer Hand. »Im Moment ist es am besten, wenn du gehst! Aber geh nicht zu weit weg, bald brauchen wir dich wieder!«

Wie ein Kind, das Theater gemacht hat, warte ich, daß die Hebamme mich ausschimpft, nachdem er die Tür hinter sich geschlossen hat. Das tut sie nicht. Sie stellt sich zwischen meine Beine, beugt sich über meinen Bauch und streicht mit weichen, beschwörenden Handbewegungen darüber, während sie leise und beruhigend auf mich einredet.

»Therese, jetzt versuche mal, dich gaaanz zu entspannen!« predigt sie in einem hypnotischen Tonfall. »Versuche die Augen zu schließen und spüre, wie die guten Energien in deinem Körper arbeiten! Versuche dein Kind zu sehen, ganz entschlossen auf dem Weg hinaus durch dein Becken! Das Kind ist voller Mut und Lebenslust, und obwohl es unruhig und unsicher wie ein Astronaut daliegt, der in den Weltraum geschickt wurde, hat es einen Code in sich, der ihm sagt, daß es seine erste dramatische Reise unternehmen soll. Und so einen Code hast du auch in dir, Therese, der sagt, daß du deinem Kind dabei helfen sollst. Niemand sonst kann das! Deshalb kannst du es, auch wenn du denkst, du kannst es nicht!«

»Es tut so weh!« jammere ich, schon weniger sicher in meinem Glauben, daß ich vollkommen im Recht bin, mich so aufzuregen und dagegen anzukämpfen. Gagarin auf der Kreisbahn um die Welt. Ein kleiner Astronaut in dem großen Weltall! Das Bild wirkt, stark und unmittelbar, mir wird warm ums Herz bei dem Gedanken an das ungeschützte Wesen, das ebenso hart darum kämpft, zu mir zu gelangen, wie ich es tue, um zu ihm zu kommen.

»Schöpfung aus Schmerzen!« sagt sie wie eine Priesterin, läßt ihre gespreizten Hände über meinem Bauch kreisen und legt sie schließlich direkt auf die Bauchdecke, als eine neue Wehe im Anmarsch ist.

»Hol tief Luuuft, damit das Kleine guten Sauerstoff kriegt! Ja, das ist super! Bis in den Bauch hinein! Prima, Therese!« lotst sie mich hindurch, so daß ich zum ersten Mal das Gefühl habe, daß ich es bin, die die Wehe dirigiert, und nicht die Wehe, die sich meiner bemächtigt.

Ich greife zur Maske, habe noch Kraft über, um zu lächeln, als sie mit dem Stethoskop am Ohr berichtet, daß die Herztöne gut sind.

»Okay«, sagt sie. »Dann lassen wir das Wasser ab! Soll ich deinen Mann reinrufen?« Ich bitte sie, noch einen Augenblick zu warten, aus Angst, daß die Magie, die sie mit in das Zimmer gebracht hat, zerstört wird, wenn er eintritt.

Das Wasser fließt warm in eine Schale, als sie die angespannte Fruchtblase anritzt, und ich sehe vor mir, wie mein Kind mit dem Strom mitgerissen wird. Dabei fallen mir die sibirischen Wassergeburten ein, die ich einmal in der BBC gesehen habe. »Habt ihr ein Wasserbassin?« frage ich.

»Möchtest du gern ein Bad?« fragt sie mit der Hand in meiner Vagina. »Ich fürchte, für das ist es zu spät. Du bist tatsächlich knapp zehn Zentimeter offen!«

»O nein!« entfährt es mir und ich werde rot, denn aus irgendeinem Grund ist es mir peinlich. »Ich muß aber auf die Toilette!«

»Mein Gott, jetzt schon!« sagt sie und kommt zwischen meinen Beinen in Fahrt. »Das sind Preßwehen!« teilt sie mit und drückt auf den Klingelknopf. »Du mußt noch ein wenig verhalten, wir müssen erst soweit sein!«

Paul wird hereingeholt und begegnet mir mit einem erwartungsvollen Lächeln, eine Schwester kommt mit klappernden Schuhen herein und hilft der Hebamme, das Geburtsbett fertig zu machen, auf das ich jetzt verfrachtet werden soll. Paul und die Hebamme bringen mich auf die Beine, und ich lege schwer meine Arme auf Pauls Schultern und folge seinen Anweisungen während des leichten, schmetterlingsartigen Atmens, das mir hechelnd helfen soll, *nicht* zu pressen.

»Halte das Kind!« kommandiert die Hebamme, die sich blitzschnell einen grünen Kittel, eine Haube und Handschuhe überstreift und somit von einer mystischen Priesterin in eine tatkräftige Geburtshelferin verwandelt.

Einer gebärenden Frau zu befehlen, ihrem Preßdrang nicht nachzugeben, widerspricht ebenso der Natur, wie die Lava zwingen zu wollen, im Schoße des Vulkans zu bleiben. Es ist unmöglich, ich kann es nicht zurückhalten!«

»Nein!« stöhne ich, wieder hilft mir Paul dabei, zu hecheln, hecheln, hecheln am Rande zum Hyperventilieren. Und als ich endlich auf der Liege drapiert bin mit den Beinen in den Bügeln, geschieht es mit unsagbarer Erleichterung, daß ich der enormen Kraft nachgeben darf, die den kleinen Astronauten auf die letzte Etappe schicken soll.

»Prima!« feuert die Hebamme mich von ihrer Position zwischen meinen Schenkeln an. »Ich kann die schwarzen Haare sehen!«

»Ja?« keuche ich ermattet und drehe mich zu Paul, aber der lächelt nicht. Ganz im Gegenteil ist er grau im Gesicht, als wäre er kurz vor der Ohnmacht. Die Hebamme bemerkt das offenbar auch, denn sie blinzelt ihm zu und schlägt ihm vor, sich umzudrehen, während sie die Pudendusblockade legt.

»Mir geht es ausgezeichnet«, behauptet er mit gezwungenem Lächeln, und also sticht die Hebamme die Nadel in den Damm, was unglücklicherweise mit der nächsten Preßwehe zusammenfällt. Das läßt mich wieder laut und tierisch aufbrüllen, der Schmerz von der Nadel ist wie eine brennende Hautabschürfung und die Wehe wie eine Flutwelle, die mir die Beine unter dem Körper wegreißt und mich gegen die Klippen schleudert.

Ich verdrehe die Augen, bis nur das Weiße zu sehen ist, und liege halb tot und naß vom Schweiß da und schnappe nach Luft, als die Welle sich zurückgezogen hat. Das muß jetzt reichen, ich träume sicher nur. Das kann nicht ich sein, die hier als jammernde Gebärende in ihrer Not liegt. Das ist einfach unmöglich. Und ganz gleich, was Randi mich glauben lassen will, ich weiß, daß das hier schiefgeht.

»Ich habe Angst!« murmle ich zu Paul, und das hat er auch, wie ich sehen kann, auch wenn er meine Hand preßt und mir versichert, daß alles in Ordnung sei. Aber die Schwester, die still ein Plexiglasbettchen zum Empfang bereitgemacht hat, nickt weiterhin aufmunternd, als wäre das alles Routine.

»Ihr braucht euch nicht zu beunruhigen«, Randis Radar hat unsere Unruhe geortet, auch wenn sie ihr Ohr am Holzstethoskop hat. »Eurem Kind geht es gut. Die Herztöne sind die ganze Zeit kräftig! Aber wir wollen lieber zusehen, daß wir es im Laufe der nächsten paar Wehen herauskriegen!«

Erpicht darauf, Randis Erwartungen zu erfüllen, presse ich, bis mir die Augen aus den Höhlen treten und mir das Haar am Gesicht klebt. Ich gebe auch nur einen kleinen Mucks von mir, als ich geschnitten werde, aber es ist eher das Geräusch der Schere im Damm als der eigentliche Schmerz, wogegen ich aufmucke. So nah am Ziel bin ich *fit for fight*, als würden erst jetzt die Kampfressourcen, die ich immer noch mobilisieren kann, freigegeben.

»Ja!« tönt es triumphierend vom Fußende. »Jetzt kommt der Kopf! Der Schädel ist fast draußen! Versuche, es so zu halten! Nicht zu schnell!«

Paul fängt mit Hundewelpengehechel an, und ich folge ihm, um dann aber trotzdem ein frustriertes »O nein!« zu hören.

Der Kopf ist wieder hineingerutscht, und so geht es die ganze nächste Stunde weiter. Raus und wieder rein. Ich kämpfe buchstäblich so verbissen, daß meine Kiefer festgeschraubt sind und mein Schädel kurz vorm Zerbersten ist. Ich lasse mich fügsam auf alle viere umdrehen, um mehr Hilfe von der Schwerkraft zu bekommen, ich versuche meine Energie vom Kopf in den Unterleib umzulenken, und als auch Randis Beschwörungen nicht helfen, nehme ich ohne Widerstand einen wehenstimulierenden Tropf. Meine eigenen Wehen sind dabei, auszuebben, ich bin völlig ausgepowert, und Pauls unbewußte Art, meine Hand zu pressen, als Randi mich wieder abhorcht und dann die Schwester bittet, die Ärztin zu holen, läßt mein Blut zu Eis erstarren.

Die Gynäkologin, ein Mannweib, das sich nicht damit aufhält, mich oder Paul zu begrüßen, wird kurz informiert, hört ein paar Sekunden zu und erklärt dann, daß das Kind SOFORT raus muß!

»Wann haben Sie das letzte Mal was gegessen?« werde ich schroff gefragt, und auch wenn es mir vorkommt, als wenn das in prähistorischen Zeiten gewesen sein muß, kann ich matt murmeln, daß das wohl gestern so gegen drei gewesen sein muß.

»Gut! Wir machen alles fertig zum Kaiserschnitt!«

Das Wort läßt alles vor mir im Nebel verschwinden, und Paul dreht sich weg wie jemand, der eine Backpfeife bekommen hat. Er ist kurz vorm Heulen.

»Können wir es nicht zunächst mit der Saugglocke versuchen?« schlägt Randi vor.

»Bei den Herztönen? Dazu haben wir keine Zeit!« erwidert

die Ärztin, schon mit dem Rücken zu ihr. »Warum sind keine Elektroden angelegt?«

»So schlecht sind die ja nun auch nicht!« protestiert Randi. Sie wollen sich gerade heftig streiten, als Paul plötzlich dazwischenfährt.

»Nun tut doch etwas!« ruft er mit einem Anflug von Panik, der die Leute aufhören läßt.

Randi bekommt ein CTG in die Hand, und trägt ein wenig kalte Creme auf meine Bauchdecke auf und fährt mit dem CTG herum. Alle stehen wie erstarrt da, während wir auf die Herztöne warten. Schließlich hören wir sie als schwaches, allzu schwaches Signal aus dem Weltraum. Randi leckt sich angestrengt die Lippen und gibt der Ärztin kleinlaut recht.

»Wir müssen uns beeilen!«

Paul reagiert hysterisch, indem er sich prompt ins Waschbecken übergibt, während ich gegenteilig reagiere: Meine Seele verläßt den Körper, der sich aufs Sterben vorbereitet, während das Zimmer sich mit mich nicht interessierenden Menschen füllt, die alle zu mir kommen und sich vorstellen. Guten Tag, ich heiße Soundso und Soundso, ich bin der Narkosearzt, Kinderarzt, die Krankenschwester ... Ich winke sie irritiert weg. Meinetwegen könnte die gesamte medizinische Fakultät mit dem Professor an der Spitze aufmarschieren und mein entblößtes, fruchtwasserklammes Geschlecht betrachten, während mir mit einem Katheder die Blase entleert wird, ich rasiert und mit einem sterilen Tuch gewaschen werde. Und ich lasse sie auch passiv meinen Körper anonymisieren, als sie mir meine Swatch und den Art-Nouveau-Ring abnehmen, den Paul mir einmal bei einem Trödler in der Ryesgade gekauft hat. Sie können mit mir machen, was sie wollen, wenn sie mich nur verflucht noch mal von den Schmerzen befreien und ich endlich meine Ruhe habe! Und wenn sie ewig währen sollte.

Paul sieht aus, als gäbe er mir den Todeskuß, als er mit Augen, schwarz wie japanische Tusche, seine Lippen auf meine preßt und ein belegtes tschüs flüstert, bevor ich im Laufschritt in den Operationsraum gefahren werde, wo man mich mit einem maskierten Team unter grellen Lampen allein läßt. Trotz der pädagogischen, beruhigenden Worte der Ärztin, erinnert mich die ganze Inszenierung an die Alptraumvision, die ich in der Nacht hatte, bevor mein Kind als geplante, eingeleitete Fehlgeburt enden sollte. Es war der Anblick der scharfen Messer und des glitzernden Metalls, der mich zurückhielt, und ich muß fast über die Ironie des Schicksals lächeln – jetzt haben sie mich doch gekriegt –, als mir ein Schlauch in den Hals geschoben wird.

»Wir leeren nur den Mageninhalt«, sagt die Krankenschwester und lobt mich aufmunternd, als ich ihr alles in der Schale darbiete.

Ihr Gerede ist wie Supermarktmusik, auf der ich dahinschwebe. »Prima! Und jetzt bekommen Sie noch so ein hübsches grünes Hemd an. Ja, und nun noch Riemen um Arme und Beine, damit Sie nicht herunterfallen! Dann sind wir soweit! Jetzt bekommen Sie die Maske, und dann drehen wir die Tropfen auf, und in zwei Minuten ist Ihr Kind draußen! Schlafen Sie gut, Therese!«

Erst läßt die Angst mich dagegen ankämpfen, und meine letzte Erinnerung, bevor ich in der Narkose untertauche, ist die Geschichte von meiner Urgroßmutter aus der Familienchronik, die im Wochenbett bei einer Zwillingsgeburt starb. Das eine Kind wurde gerettet, das andere, ein Junge, mußte Stück für Stück herausgeschnitten werden.

»Lebe!« rufe ich meinem Astronauten von der letzten Scholle des Bewußtseins zu. Dann bin ich weg.

Ich werde von einem scharfen Raubtiergeruch geweckt, der mich verwundert und unter Mühen die Augen öffnen läßt. Ich weiß, daß etwas Schreckliches geschehen ist, als ich das weiße Krankenhauszimmer sehe, in das durch den Spalt zwischen den vorgezogenen Gardinen Tageslicht eindringt, aber erst, als ich Paul erblicke, mit Bartstoppeln und roten Augen auf einem Stuhl neben dem Bett, dämmert es mir. Es ist etwas mit dem Kind, mit unserem Kind.

»Tes!« stößt er spröde hervor. »Bist du wach?«

»Wie spät ist es?« frage ich, um die Katastrophe hinauszuzögern.

»Viertel vor zehn«, sagt er, legt seine Hand auf meine Wange und schaut gleichzeitig schräg über die rechte Schulter, als sich eine weißgekleidete Gestalt nähert.

»Guten Morgen«, sagt die Weißgekleidete und beugt sich zu mir herab. »Sind Sie wach?« wiederholt sie.

»Ja«, nicke ich. »Kann ich ein wenig Wasser haben?« frage ich demütig.

»Wenn Sie mir sagen, wie Sie heißen, wann Sie geboren sind und wo Sie wohnen!« erwidert sie mit einem Blick in ihr Journal. Ich befeuchte meine Lippen und antworte.

»Die Adresse stimmt wohl nicht?«

»Das ist ihre alte Adresse. Sie ist gerade erst umgezogen«, kommt Paul mir zu Hilfe.

Die Krankenschwester nickt, gibt mir ein Schlückchen Wasser zu trinken und fragt noch einmal, ob ich wach sei.

Ich möchte sie gern abfertigen, aber meine Augen fallen wieder zu, und ich lasse mich feige wieder in den Schlaf sinken. Ich bin noch nicht fähig, irgendwelche Konfrontationen durchzustehen. Als ich zum zweiten Mal aufwache, ist der Stuhl neben dem Bett leer. Dafür entdecke ich, daß ich mich mit drei anderen Aufwachenden in einem Vierbettzimmer unter der Aufsicht der weißgekleideten Wache von vorhin befinde. Sie löst Kreuzworträtsel, bekommt aber sofort mit, daß ich aufgewacht bin.

»Hallo«, sagt sie, lächelt fröhlich und tätschelt mir die Hand. »Haben Sie noch ein Extranickerchen gemacht?«

Ich nicke und denke, daß es doch reichlich unpassend ist, so mit einer Frau zu reden, die gerade ihr Kind verloren hat. Aber vielleicht weiß sie es ja nicht.

»Wo ist ... mein Freund?« frage ich und will mich aufsetzen, werde aber von einem sternengelben Schmerzblitz mit Zentrum im untersten Bauchteil wieder ins Bett zurückgeworfen.

»Vorsicht!« sagt sie und schiebt das Kopfteil in senkrechte Position hoch. »Trinken Sie ein bißchen Wasser! Ihr Freund ist im Babyzimmer bei dem Baby ...«

»Bei dem Baby. Heißt das, daß ...?«

Die Sitzwache lacht.

»Hat er Ihnen das nicht erzählen können? Aber er scheint auch ein wenig aus dem Häuschen zu sein. Jedenfalls: Sie sind Mutter eines gesunden, wohlgeformten Kindes!«

»Junge oder Mädchen?« frage ich atemlos.

»Wissen Sie was, ich finde, das soll er Ihnen sagen dürfen! Soll ich nach ihm klingeln, oder möchten Sie lieber selbst ins Babyzimmer hinaufgefahren werden?«

Ich will hinauf. Fort aus dem Intensivstationsgeruch nach Drama und Risiko, fort von meiner eigenen Untergangsstimmung und hin zu den normalen, glücklichen Abschlüssen. Hinauf zu meinem Kind. Und nachdem ich eine schmerzstillende Spritze in den Schenkel bekommen habe, werde ich freigegeben. Wieder in die gleichen Fahrstühle, die gleichen Flure entlang werde ich von einem leise stotternden Krankenträger verfrachtet, der glücklicherweise auf Autopilot umgeschaltet hat und mich fast wortlos in ein Zweibettzimmer fährt.

Dort sitzt Paul auf einem freien Bett, im Schneidersitz, mit einem Bündel in den Armen.

»Tes!« ruft er aus, als er mich sieht. »Ich habe doch gesagt, sie sollen anrufen!«

Ich hebe eine schlaff abwehrende Hand, während mein Blick magisch von dem Bündel angezogen wird. Ein kleiner Schädel voller Flaum schaut hervor. Dunkel.

»Tes«, sagt er feierlich und schiebt die Decke zur Seite, damit ich das winzige Kind sehen kann. »Wir haben eine Tochter bekommen. Guck nur!«

Und ich gucke, daß es mir in den Ohren saust und schwarz vor Augen wird, aber ich kann es nicht fassen. Ich kann das Wunder nicht fassen, mich nicht aus dem watteartigen Gefühl der Unwirklichkeit befreien, in dem ich mich seit Beginn der Geburt befunden habe. Das ist einfach zu gewaltig.

»Ist sie nicht hübsch?« flüstert Paul und läßt sich vorsichtig mit dem Kind in den Armen aufs Bett sinken, kommt dann ganz dicht zu mir heran, damit ich es aus der Nähe betrachten kann. Ich blinzle erschrocken. Sie ist wach. Ihre dunkelblauen Augen sind weit aufgerissen, neugierig und observierend. Ihr Blick ist direkt auf Pauls Gesicht gerichtet, als hätte sie bereits einen festen Haltepunkt im Dasein gefunden. Außerdem kann ich feststellen, daß sie ihm ähnlich sieht. Die gleichen muschelförmigen Augen, der gleiche geschwungene Mund, die gleiche Kopfform. Die gleichen Farben.

»Doch, sie ist hübsch«, sage ich. »Sie ähnelt ihrem Vater!«
»Wirklich?« lächelt er stolz. »Na, vielleicht ein bißchen. Aber guck nur mal ihre Beine an! Lange, schöne Schenkel wie du!«

Ich betrachte sie weiter. Sie hat eine Stoffwindel um, sonst ist sie nackt. Immer noch voller Blutflecken und Käseschmiere, der abgeschnittene Bauchnabel wie eine abstehende, verschorfte Wunde über dem Windelrand.

Paul sieht mich abwartend an. Er erwartet eine Reaktion, einen Gefühlsausbruch, vielleicht sogar Weinen. Das ist es, soll ich weinen vor Freude.

»Ist das nicht phantastisch?« lockt er und bekommt selbst feuchte Augen.

»Doch«, sage ich müde. »Es ist nur so... ich weiß nicht... so überwältigend...«

Vielleicht ist es das Geräusch meiner Stimme, das sie erschreckt. Denn plötzlich huscht ein unruhiger Zug über ihr kleines, angeschwollenes Gesicht, die Mundwinkel ziehen sich nach unten und aus ihrem halb geöffneten Mund kommt eine Art piepsendes Knirschen.

»*E. T. phone home? E. T. phone home?*« fragt Paul und beugt sich zärtlich über das Wesen, an das ich mich jetzt als Astronauten aus dem Weltraum erinnere, Gagarin. »Fällt dir plötzlich deine Mutter ein? Ja, wo ist die denn nur gewesen? Aber jetzt sollst du zu ihr kommen!«

Ohne Vorwarnung schlägt er meine Decke zur Seite und legt das meckernde Kind zu mir, während ich voller Panik protestiere.

»Paul, ich bin so müde! Und ich habe Schmerzen! Ich will lieber noch warten!«

»Tes, sie braucht dich! Du bist die einzige, die sie kennt!« sagt er und legt sie zurecht, so daß ihr Kopf zwischen meinen Brüsten ruht.

Ich umfasse sie mit steifen Armen, habe das Gefühl, meine Steifheit stecke sie an, so daß ihr Meckern in lautes Weinen umschlägt, und das weckt etwas in mir Schlummerndes, so daß ich mich selbst ihr beruhigend etwas zuflüstern höre, während ich eine beschützende Hand auf ihre weiße Schädeldecke lege. Vielleicht erkennt sie auch den Rhythmus meines Herzschlags wieder, denn ihr Weinen wird leiser, während wir Haut an Haut liegen und versuchen, einander in eine andere Dimension zu übersetzen. Die Krümmung ihres Rückens, der Po, die Knie, die Ellbogen – so bekannt und dennoch anders. Konkret.

»Wie groß ist sie eigentlich?« frage ich und schnüffle wie betäubt an ihr. Das ist sie, die scharf nach Raubtier riecht. Sie, die diesen Urgeruch aus der Grotte mit sich bringt. Ich selbst rieche auch. Nach Schweiß, Blut, Scheiße, Urin, Erbrochenem und durchsickerndem Fruchtwasser. Den vergangenen halben Tag habe ich alle erdenklichen menschlichen Sekrete abgesondert.

»Groß!« sagt Paul. »3980 Gramm und 54 Zentimeter lang. Unter anderem deshalb konnte sie nicht rauskommen. Sie war zu groß, und du warst zu eng!«

Ich begnüge mich mit einem gemessenen Nicken. Absolut

nicht in der Lage, eine nähere Analyse des Geschehens vorzunehmen.

»Es war schrecklich, nicht wahr?« fragt er dann und nimmt meine Hand. Ich wende den Kopf von ihm ab, drücke meine Tochter näher an mich. Versuche, ihm zu vergeben. Er kann nichts dafür, daß er nichts versteht. Aber er hätte ebensogut die Überlebende einer Notlandung fragen können, ob sie eine gute Reise gehabt hat.

»Wir werden schon drüber hinwegkommen«, antworte ich freundlich.

»Du«, sagt er. »Ich habe noch nie in meinem Leben solche Angst gehabt. Als sie dich weggefahren haben, habe ich geglaubt, ich würde euch alle beide verlieren! Dich und sie! Noch nie habe ich mich so machtlos, so klein gefühlt!«

»Der Mensch vor Gott!« murmle ich sarkastisch und wünschte, er würde mir weitere Ergüsse dieser Art ersparen. Er irritiert mich, stört mich, verlangt zuviel.

Aber ich bin dennoch froh, daß er da ist, als das Kind plötzlich suchend von einer Seite zur anderen schaukelt.

»Was macht sie jetzt?« frage ich Paul, dessen Brutpflegeinstinkt – sowohl in der Theorie als auch in der Praxis – seit der Zeugung voll entfaltet ist. Er schürzt hingerissen die Lippen.

»Sie will saugen! Sie sucht nach der Brust!«

»Aber ich habe doch noch gar keine Milch!«

»Aber Vormilch, Honey! Kolostrum!« erklärt er mit rollenden Augen und hilft mir, mich halb hinzusetzen, so daß ich sie umständlich zurechtlegen kann, während mir der Abschnitt über »die ersten Stunden nach der Geburt« in dem Handbuch einfallen, das ich nur locker durchgeblättert habe. Immer noch mit dem Kopf hin und her drehend, schiebt sie sich an die Warze heran, und mit der Sicherheit eines Blinden umschließen ihre rosa Lippen die Areola.

»Treffer!« lacht Paul, als sie sich festsaugt und anfängt zu ziehen. Ich muß auch lachen, erinnere mich an das ziehende

Suchen im Bauch, als sie wohl nach ihrem Daumen gesucht hat.

Voller Verwunderung betrachte ich dieses neugeborene Mädchen, das daliegt und an meiner rechten Brust trinkt. Unbegreiflich. Daß ich eine Mutter bin. Ihre Mutter. Die einzige, die sie hat. Erschreckend. Aber während sie daliegt und begierig die fetten, lebensspendenden Tropfen einsaugt, fühle ich ihn wieder – den Instinkt. Nicht wie eine dramatische Lawine oder tausendstimmigen Hosiannajubel – eher wie leise Töne einer Klaviersonate oder rieselnden Sommerregen. Den Mutterinstinkt, der in den ersten nahen fünf Minuten mich mit Ruhe erfüllt. Ausgereifte, nach innen gewandte Ruhe.

Aber die Verbindung ist noch leicht zu erschüttern und bricht in dem Augenblick zusammen, als Paul einen Blitz auf uns abfeuert. Ich zucke zusammen und erschrecke das Kind, das erschrocken losläßt und seine Froschbeine unter sich anzieht.

Paul lächelt entschuldigend, während im gleichen Moment eine Krankenschwester, die mit einem Teewagen hereinkommt, ihm zu Hilfe eilt. Kaffee, Saft, Brot und die dänische Flagge.

»Herzlichen Glückwunsch!« lächelt sie und fährt den Wagen zu uns heran.

»Dankeschön!« antwortet Paul und fragt, ob sie nicht so lieb sein und ein Bild von uns drei machen könnte. Ich knurre, aber Paul besteht darauf.

»Denk doch an die Weihnachtskarten, mein Schatz! Und an mich«, fügt er hinzu, als er zu uns ins Bett krabbelt. »Schließlich ist es auch meine Tochter!«

Ich gebe nach. Lächle sogar noch, als die Krankenschwester auf den Knopf drückt und unser kleines Baby wieder den Mund verzieht. So werden wir vereinigt – Die heilige Familie, wie alle anderen, glücklich lächelnd in der ersten Stunde.

Und das ist auch nicht ganz falsch. Paul ist vollkommen überdreht vor Glück. Er macht sich plaudernd über Kaffee und Weißbrot her und schiebt drei Scheiben nacheinander hinein, während ich mit einer Übelkeit, die die Speiseröhre hoch- und runterschwappt, die nach der unsanften Magenentleerung unangenehm kratzt, nur zusehen kann. Ich nippe ein wenig an dem Saft, den ich bei mir behalten kann und wünsche mir, daß ich Paul doch einfach in die Arme nehmen und ohne Vorbehalte lieben könnte. Ihn als den Vater meines Kindes anzunehmen und nicht die ganze Zeit diese bohrende Irritation über seine Anwesenheit wie einen Schlagbaum zwischen uns zu spüren. Wenn also jemand auf dem Foto lügt, dann bin ich es. Ich, die es matt Paul überläßt, in der Welt herumzutelefonieren und die Neuigkeit vom Münztelefon aus zu verkünden, das uns auch gebracht wird. Sogar Mutters Nummer lasse ich ihn eintippen – aber dann bereue ich es und entreiße ihm den Hörer. Dafür stiehlt er mir das Kind, so daß ich mit leeren Händen dasitze, als Mutter atemlos an den Hörer kommt.

»Ja?« klingt es heiser und aufgeregt.

»Mutter?« frage ich.

»Ja! Therese, bist du das? Ich habe die ganze Nacht am Telefon gewartet! Kiki hat angerufen und erzählt, daß du im Krankenhaus bist. Ist was passiert?«

»Ja!« sage ich und möchte vor Lachen fast platzen. »Ich habe eine Tochter! *Wir* haben eine Tochter!«

»Ein kleines Mädchen!« bricht meine Mutter wie Vogelgezwitscher in C-Dur aus und entschuldigt sich, falls sie beschwipst klingt. »Ich habe die ganze Nacht wach dagesessen und mir vor lauter Schreck einen genehmigt! Und ist es gutgegangen?«

»Ja, doch!«, versichere ich. »Sie ist mit einem Kaiserschnitt geholt worden, aber sonst ...«

»Kaiserschnitt!« unterbricht meine Mutter mich. »Oh, mein armer kleiner Schatz!«

Ihr Mitgefühl überrascht und überwältigt mich, so daß ich kurz davor bin, ihr etwas vorzujammern, als ich den Ablauf schildere.

»O nein«, jammert sie für mich. »Wie LEID mir das für dich tut! Und wie STOLZ ich auf dich bin! Wie ich mich darauf freue, sie zu sehen! Ist sie HÜBSCH?«

»Sie ähnelt ihrem Vater«, sage ich mit einem Seitenblick auf Vater und Tochter, und Mutter schnalzt mit der Zunge und sagt, dann SEI sie also hübsch! Und dann verspricht sie, Tante Mo in der Provence anzurufen, meine Schwester Kiki und Freddy, Mutters langmütigen Zahnarztfreund, den fallenzulassen sie sich nicht überwinden kann.

»Wenn ich nur wüßte, an welcher Stelle der Erdkugel dein Vater sich herumtreibt, dann könnte ich ihn auch anrufen«, überlegt sie und ist offenbar ganz auf der sentimentalen Schiene. »Er würde sich bestimmt freuen!«

»Glaubst du?« frage ich und lasse meinen Blick erneut auf Vater und Tochter ruhen, und der Gedanke, daß mein Vater auch einmal so dagesessen und mich so hingerissen betrachtet hat, als ich ein paar Stunden alt war, versetzt mir einen Stich.

»Wir lieben dich!« murmelt Paul seiner Tochter zu, als ich aufgelegt habe und wir wieder allein im Zimmer sind. Das kann mein Vater unmöglich gemacht haben, beschließe ich. Dann hätte er mich nicht so einfach verlassen.

Leider erlebt Paul nicht die gleiche glühende Begeisterung, als er bei sich zu Hause anruft. Helene, seine Mutter, klingt fast leicht verärgert, daß es ein Mädchen geworden ist, »davon haben wir ja schon eine!« äußert sie gekünstelt mit Hinweis auf Pauls mißratene Nichte, aber dennoch bringt sie einen formalen Glückwunsch heraus. Ernst ist nach Riga verreist – *of all places* –, so kann er den Schaden nicht wiedergutmachen. Ich hasse diese eiskalte Kulturperle aus vollem Herzen, als Paul mit einem zerknitterten Lächeln auflegt.

»Kein Interesse. Aber weißt du was?« sagt er und beugt sich ganz dicht über das kleine Babygesicht. »Das ist mir jetzt scheißegal, denn jetzt habe ich meine eigene Familie!«

Die hat er, und während das Kind und ich erschöpft nach unserer jeweiligen Reise den Nachmittag über schlafen, geht er nach Hause in unsere Wohnung in der Nørre Søgade, um ein Bad zu nehmen und sich zu rasieren, so daß er wohlriechend und gutgelaunt die Horde von Wochenbettgästen in Empfang nehmen kann, die ihre Ankunft zur Abendbesuchszeit angekündigt hat. Ich bin noch ziemlich groggy und hätte es vorgezogen, den Tag eins für mich zu haben, aber ich begreife, daß die Tradition es anders will. Überhaupt kein Pardon – das Personal jagt mich rabiat aus dem Bett – ich bekomme Thrombosen, wenn ich mich nicht hinstelle! Also schwanke ich mit Paul als Stütze auf unsicheren Bambi-Beinen zur Toilette – und als ich schwindlig über der Schüssel im Stehen pinkle, um mich nicht über der Wunde zusammenkrümmen zu müssen, wird mir vollends klar, was diese bissigen Feministinnen damit meinten, als sie johlten, daß es die Frau ist, die ihren Körper hinhält. Ich brauche gar nicht erst auf meine wabernde, ausgeleierte Bauchdecke mit dem breiten Pflaster über der gezackten Wunde zu gucken, um zu wissen, wie verunstaltet ich bin. Das vermeide ich lieber. Die Schmerzen reichen.

Deshalb fühle ich mich auch vollkommen im Recht, als ich mich weigere, wieder aufzustehen – auch wenn mir ein Rollstuhl zur Verfügung gestellt wird –, als eine junge Lernschwester mich auffordert, mit ihr und Paul ins Wickelzimmer zu kommen, um gezeigt zu bekommen, wie unser Zuckerbaby gewickelt wird, das sich in dem durchsichtigen Plexiglasbettchen neben meinem Bett langsam räkelt.

»Das schafft ihr Vater ganz prima!« wehre ich sie ab, als sie voll guten Willens versucht, mich zu überreden. »Aber ich hätte gern etwas gegen die Schmerzen!«

»Ja, aber...«, versucht sie es noch einmal, doch Paul, der Supervater, legt ihr schnell eine verständnisvolle Hand auf ihren nackten Arm.

»Weißt du«, sagt er und zieht sie von mir fort. »Meine Frau ist heute ein wenig erregt. Wollen wir ihr nicht lieber ein bißchen Ruhe gönnen? Und ihr eine Schmerztablette geben?«

»Das müssen Sie natürlich selbst entscheiden«, sagt sie schmollend und schüttelt sich, als er sie losläßt. Sie hat eine Gänsehaut bekommen. So eine Wirkung hat er auf Frauen. Sobald sie das Bettchen hinausgerollt haben und ich allein im Zimmer bin, hole ich meine Handtasche unter dem Nachttisch hervor. Suche meine Kosmetiktasche, lege Minimal-Make-up auf – Eyeliner, Mascara und Lippenstift – und verfalle über dem Fragment von Gesicht, das ich im Spiegel sehe, ins Grübeln. Meine Augen sind blutunterlaufen, und meine Haut ist gefleckt wie bei einer Kinderkrankheit. Beides hat seine Ursache in der Überanstrengung, wie mich dieselbe Lernschwester vor einiger Zeit belehrt hat. Ich habe Ränder unter den Augen und gerissene Lippen, und trotz meiner sorgfältigen Bemalung sehe ich ungefähr so frisch und gesund aus wie eine russische Fabrikarbeiterin in einer überfüllten Morgenmetro. Mit einem leichten Kopfschütteln lege ich die Kosmetiktasche weg und lese statt dessen in einer der Zeitungen, die Paul mir am Kiosk gekauft hat. Meine Augen gleiten über die auffälligen Titelzeilen – eine erneut gebrochene Waffenruhe in Bosnien, amerikanischer Wahlkampf, EU-Debatte – ohne an den Worten einen Halt zu finden, sie lösen sich auf und werden zu Druckerschwärze, Buchstaben, Konsonanten und Vokalen, die eine Welt beschreiben, die mit einem Mal so unendlich fern ist. Ich beginne von vorn. Buchstabiere mich voran und zwinge mein Gehirn zur Konzentration. Das darf nicht wahr sein, daß ich im Laufe von weniger als einem Tag von diesem Universum weggezogen worden bin, das meines war, seit ich selbständig denken kann. Das darf nicht wahr sein, daß meine gesamte Konzentration darauf ausgerichtet ist, auf Schritte auf dem Flur zu lauschen, da ich hier mit einer abgekämpften Erleichterung darüber liege, allein zu sein, die mir überhaupt nichts nützt, weil ich mich gleichzeitig leer fühle wie eine verlassene Kathedrale. Diese Veränderung erschreckt mich – und als ich endlich vertraute Schritte und das Holpern über die Türschwelle höre, halte ich die Zeitung wie ein Schild vor mir aufgeschlagen. »Hallo!« sage ich über den Rand und muß mich dennoch gleichzeitig beherrschen, nicht aufzustehen und sie aus dem Bettchen zu ziehen. Ich muß sie sehen, sie riechen, sie fühlen. »Wie ist es gelaufen? Hat sie gepinkelt?«

»Et cetera! Schwarzes Mekonium! Wie im Lehrbuch!« sagt Paul stolz über ihr erstes Produkt und hebt sie aus dem Bett. Zu abrupt in seiner Begeisterung, so daß sie einen erschrockenen Schrei von sich gibt, der mir direkt in die Gebärmutter fährt. Jetzt kann ich ihr nicht länger widerstehen.

»Sie hat sicher Hunger«, sage ich beiläufig und knöpfe mich auf.

»Wird sie wohl«, sagt Paul und legt sie zu mir. »Die vollgeschissenen Windeln darf man wechseln! Aber wenn es wirklich darauf ankommt, ist man doch zu nichts nutze!«

Ich kichere verschämt, wie eine, deren heimliche Gefühle durchschaut werden. Vielleicht hat er es ja noch nicht entdeckt – ich habe es ja selbst kaum bemerkt –, aber von jetzt an ist er auf den zweiten Platz verwiesen.

»*C'est la vie!*« sage ich, während er uns wieder hilft. Und gerade in dem Moment, als ihr angstvolles Weinen von einem sanften Saugen abgelöst wird, wird Heidi hereingefahren.

Ohne Kind, wie ich sofort bemerke. Und bin beunruhigt, denn mit ihrem geschwollenen Gesicht und den angeschwollenen, halbgeschlossenen Augen sieht sie aus wie jemand, der im letzten Moment den Folterknechten der Militärjunta entrissen wurde.

»Heidi?« frage ich leise, als sie an ihrem Platz ist.

Sie öffnet langsam die Augen, versucht unter Schwierigkeiten, mich zu fokussieren, bis sie mit dem frischen Vollmilchlächeln, das ihr besonderer Vorzug ist, ein schwaches »Hallo!« ausstößt.

»Erkennst du mich wieder?« frage ich.

»Ja!« nickt sie. »Du bist... Therese! Die von gestern, oder? Was hast du gekriegt?«

»Ein Mädchen«, sage ich und kann nicht vermeiden, daß ich mein trinkendes Kind anlächle. Paul ist Gott sei Dank diskret. Trotz seiner offensichtlichen Neugier hält er sich so sehr im Hintergrund, daß er fast nicht mehr zugegen ist.

»Ich habe einen Jungen«, sagt sie. »Er liegt im Wärmebett unten auf der Neo-wie-heißt-das-noch...«

»Neo-natal!« werfe ich ein, erleichtert darüber, daß sie überhaupt ein Kind hat.

»Neo-natal, ja. Aber nicht, weil irgendwas nicht stimmt, weißt du. Er ist nur 'n bißchen klein. Und dann haben sie noch geglaubt, er hat Gelbsucht... Aber das hat er garantiert nicht«, sagt sie und bricht plötzlich in ein rauhes Krähengelächter aus.

»Nee?« Paul und ich wechseln Blicke. Das Baby läßt die Warze los. Lauscht dem krächzenden Lärm. Wir haben das Gefühl, als balancierten wir auf einem Seil über der Katastrophenschlucht.

»Das hab ich ihnen auch gesagt – ›Das Kind hat keine Gelbsucht‹, hab ich gesagt, ›es ist nur 'n Vietnamese!‹« Heidi lacht wieder, roh und häßlich, während sie sich an die Stirn faßt.

»Das war vielleicht verrückt! Ihr hättet die Gesichter sehen sollen!« sagt sie und bezieht Paul mit ein, dessen Mundwinkel zucken.

»Aber Heidi«, sage ich und beiße mir auf die Lippen, um nicht selbst loszulachen. »Dein Freund, der René, ist er denn Vietnamese?«

»Nein, zum Teufel, nein!« gluckst sie.

»War er dabei? Hat er es noch geschafft?« frage ich.

»Ja, und wie er dabei war. Er hat vor Rührung Rotz und Wasser geheult, als das Kind rausgekommen ist und er gesehen hat, daß es ein Junge war!«

»Ja, und dann?« frage ich weiter. »Ich meine, als du ...«

»Ja, und dann?« Ihr Lachen verstummt jäh. »Er ist Amok gelaufen. Hat mich verdroschen ...«

»Verdroschen?« murmelt Paul, der Gentleman.

»Ja, ich habe reichlich eins in die Fresse gekriegt! Das ist ja eigentlich auch ganz in Ordnung, oder? Also, ich kann das verdammt gut verstehen, daß der Mann sauer geworden ist. Aber als er auf den Kleinen losgehen wollte, das konnte ich nicht mehr ab. Da bin ich vom Bett runter. Ich glaube, ich hätte ihn totschlagen können! Aber ich habe ihm nur in die Eier treten können, dann sind die Bullen gekommen und haben ihn rausgeschafft ... Das ist die viel größere Scheiße«, fügt sie nachdenklich hinzu, während Paul und ich sie mit offenen Mündern anstarren. Der reinste Comic: *virtual reality*.

Paul ist nicht umsonst Reporter. Er hakt nach, während ich mich im Gesicht meines Kindes verliere.

»Du mußt doch mit der Möglichkeit gerechnet haben, oder?« fragt er. »Ich meine, du mußt doch gewußt haben, daß eine gewisse Möglichkeit bestand, daß René nicht der Vater war?«

»Wer nicht wagt, der nicht gewinnt!« wirft sie leicht hin und fragt, ob man hier wohl rauchen dürfe?

Das darf man auf keinen Fall, betont die Lernschwester, als sie das Abendessen, Eisentabletten und Codymagnyl verteilt. Heidi wirft den schlaffen Scheiben unter dem Metalldeckel einen wählerischen Blick zu und schlurft dann aus dem Zimmer, um im Aufenthaltsraum »ein bißchen Nikotin zu inhalieren«.

»Ein außergewöhnlicher Charakter!« bemerkt Paul mit

einer dieser aristokratischen Untertreibungen, die seine Klassenzugehörigkeit hervorheben. Ich gebe ihm leicht lächelnd recht – Heidi ist offensichtlich sehr einfach und lustig, aber andererseits ist sie eigentlich nicht theatralischer als die turbantragende Frauengestalt, die kurz darauf mit einem teilweise von einer riesigen Sonnenbrille verdeckten Gesicht hereinflattert: meine Mutter.

»Nein, was ist sie entzückend!« bricht sie bereits auf dem ersten Meter ins Zimmer aus, so daß die Scheiben zittern und ein erschrockener Zug über das zarte Gesicht des Babys huscht.

»Psst!« weise ich sie mit dem Finger auf dem Mund zurecht, und Mutter entschuldigt sich mit Commedia-dell'arte-Mimik und einer Kußhand für Paul, der wie immer in Mutters Gegenwart vor sich hingluckst. Er ist wild begeistert von seiner Schwiegermutter und teilt in keiner Weise meine Intoleranz gegenüber ihren Manieren.

»Viel Glück, mein Schätzchen!« flüstert sie nunmehr, die Brille auf die Haare geschoben, daß es in der letzten Reihe zu hören ist, küßt mich auf die Stirn und setzt sich auf die Bettkante, nachdem sie sich eines zellophanknisternden Blumenstraußes und einiger eingewickelter Schachteln entledigt hat.

»Ach!« seufzt sie hingerissen, den Blick auf dem Baby ruhend, das sich anscheinend in den Schlaf genuckelt hat.

»Ist es nicht ein Engelchen?« fragt Paul, ungeduldig auf die Bestätigung des Wunders wartend.

»O ja. Und so frisch geboren! Darf ich sie anfassen?«

Paul breitet großzügig die Arme aus, aber ich komme ihm zuvor.

»Wenn du dir vorher die Hände wäschst!« antworte ich schroff, und das tut sie sofort ohne Widerrede mit einem entschuldigenden »Ach ja, mein Gott, natürlich!«. Erst als sie ganz nah zu uns kommt und mit ihrem Zeigefinger über die Wange ihres Enkelkindes streichelt, bemerke ich es: Im

Mundwinkel ist ein Ansatz eines Herpesbläschens zu sehen, ein Beweis dafür, daß ihre Sorge um mich nicht nur eine ihrer üblichen Übertreibungen war.

Das rührt mich mehr als die Geschenke – das Bouquet von Bering, ein Nachthemd für mich und ein kleines Kleidchen für das Baby – und die Träne, die sie sich abwischt. Und als Paul wohlerzogen hinausgeht, um die Blumen ins Wasser zu stellen und Mutter meine Hände ergreift und mir für »das erste, allerliebste Enkelkind« dankt, fühle ich mich sogar wirklich mit ihr verbunden – wir gehören der gleichen Kette an, der ein neues, kräftiges Glied hinzugefügt wurde.

»Wie ähnlich sie dir sieht«, sagt Mutter und wischt sich die Augen mit einem Zipfel ihres Ponchos, den sie sich übergeworfen hat.

»Aber sie sieht ihrem Vater ähnlich!« protestiere ich entrüstet.

»Ja, sicher, aber dir sieht sie auch ähnlich! Du warst mindestens genauso süß! Ja, ich war ja der Meinung, du warst das absolut hinreißendste Baby!« lacht Mutter. »Nie in meinem Leben, weder vorher noch hinterher, bin ich so wahnsinnig glücklich gewesen! Und dein Vater! Dein Vater war der Meinung, daß seit Jesus von Nazareth kein größeres Wunder mehr geschehen sei! Nein, was war er um dich besorgt! Ganz genauso wie dein süßer Paul jetzt!«

»War er wirklich besorgt?« frage ich, erpicht darauf, mehr zu hören.

»Und wie!« Mutter lacht. »Die Oberschwester mußte ihm fast mit der Polizei drohen, um ihn aus der Klinik zu kriegen. Ja, damals durften die Väter nur zu den Besuchszeiten kommen, aber dein Vater, er hat sich auf der Toilette oder im Wäscheschrank versteckt, um sich wieder in mein Zimmer zu schleichen, sobald die Luft rein war! Dann kam er mit Rotwein und Gänseleberpastete, das war vielleicht ein Fest, bis der Drachen unser Lachen hörte ...«

Mutter muß wieder ihre Augen abwischen, aber diesmal

ist es das Lachen, das die Tränen fließen läßt. Oder vielleicht doch auch die Trauer. Merkwürdig jedenfalls, daß sie mir nie zuvor die Geschichte erzählt hat. Aus dem einfachen Grund schon, weil es eine *gute Geschichte* ist.

»*She was not amused!*« fährt sie fort. »Aber als dein Vater ihr die Zeichnungen zeigte, die er von dir gemacht hatte, war sie doch ein wenig gerührt. Die waren aber auch bezaubernd!«

»Die hast du mir nie gezeigt!« sage ich mit kindlicher Empörung.

»Nein, er hatte sie versteckt. Er fand, sie wären nicht *perfekt* genug. Ist schon komisch, aber manchmal habe ich dran gedacht, daß es wohl damals angefangen hat... Ich meine dieses Unvermögen, das er mitten in seinem großen Glücksrausch fühlte, durch das damals alles anfing...«

Mutter kommt ins Träumen, sie tanzt auf Eierschalen, läßt eine Zungenspitze über die kleine Wunde gleiten.

»Was fing an?« hake ich nach, obwohl ich es eigentlich besser sein lassen sollte.

»Na ja, die Krise. Die Depression, die Angst, etwas zu zeigen, die Blockade, *you name it*«, zählt Mutter in einem Ton auf, als wäre die Reihenfolge der Synonyme nicht so wichtig. »Die Dämonen begannen zu wüten, er versuchte, sie im Sprit zu ertränken und ja – den Rest kennst du ja.«

»Vandalismus?« kommentiere ich und sehe Großvater sich wie den strafenden Jahve, wie eine Schattenfigur an einer schimmeligen Rauhfasertapete in den engen Zimmern auf dem Læsø-Hof auftürmen.

»Vandalismus«, nickt sie und hat einen Zug um den Mund, der sie genauso alt macht, wie sie nicht sein möchte.

Wir sollten aufhören. Mutter hat keine Lust, die archäologischen Ausgrabungen fortzusetzen, und ich habe keine Kraft dazu. Aber während ich das Gewicht meines schlafenden Kindes auf meinem Unterarm spüre wie die Bestätigung für ein Leben nach meinem, entblöße ich dennoch den Hals. Ich schulde meiner Schaumgeborenen, Mut zu zeigen, ich bin es ihr schuldig, dem Dämon entgegenzutreten, den Kreis zu durchbrechen.

»Mit anderen Worten ist es meine Schuld...« beginne ich, werde aber energisch von Mutter unterbrochen.

»Nein! Das habe ich nie gesagt!« braust sie auf.

»Nein, das sage ich! Seine Erstgeborene wurde sein Untergang«, sage ich und entlocke mir ein schiefes Lächeln als Camouflage für den Pathos, der ansonsten auftritt. »*O God, give me strength to carry on...*« singt Clapton plötzlich irgendwo im Unterbewußten, während eine Gitarre klagend einsetzt. *Plugged.*

Mutter blickt mich mit einem so reinen, nackten Gesicht an, wie ich es nur in den intensivsten Augenblicken auf der Bühne erlebt habe. Dort, wo sie ironischerweise am echtesten ist. Ihr Gesichtsausdruck ist gleichzeitig geläutert und verzweifelt, als sie wieder meine Hände ergreift.

»Mein Gott, wie sehr du diesen Mann doch vermißt!«

Vorhang, Ende des ersten Akts, der damit aufhört, daß Mutter plötzlich aufbrechen muß, um noch rechtzeitig zu ihrer Vorstellung zu kommen. Vorhang auf zum zweiten Akt, in dem ich mich immer noch dekorativ im Bett befinde, umgeben von dem glückselig strahlenden Vater meines Kindes, der Heidi zurück ins Bett gebracht hat. Er hat auch unser Baby in sein Bett gelegt, die Decke um sie festgesteckt und weitere Fotos gemacht. Und dann hat er mein Abendbrot gegessen. Ich bin zu müde zum Essen und muß mich ernsthaft zusammenreißen, um gastfreundlich zu erscheinen, als Birgitte, Kiki und Spunk hereinplatzen. Jedenfalls ist Jens, das Zeichendreieck, nicht dabei.

»Herzlichen Glückwunsch!« sagt Birgitte und drückt meinen großen Zeh, während die anderen das Wunder von Paul präsentiert bekommen, der dazu eine minutiöse Beschreibung der Geburt liefert. »Willkommen im Club!«

Das ist eine solidarische Bemerkung von einer, die vor nicht allzulanger Zeit das gleiche durchgemacht hat.

»Bist du müde?«

»Jetlag«, sage ich und packe gehorsam die Geschenke aus. Die kleinste Lederjacke der Welt von Kiki und Spunk, die mich lachen läßt, daß es in der Wunde zieht.

»Die haben wir im Sommer in New York gekauft«, sagt Kiki. »Wir sind ja verdammt noch mal davon ausgegangen, daß es ein Junge wird!« grinst Spunk unter seiner Baseballmütze.

»Aber jetzt wird es jedenfalls ein saustarkes *chicken*!« fährt Kiki fort.

»Ganz wie die Mutter!« sagt Paul lieb, und das bringt Birgitte und mich dazu, einander anzugucken und in exklusivem Wissen loszuprusten.

»Saustarkes *chicken*! Gibt es jemanden, der mir auf die Toilette hilft?« lache ich, daß ich das Gefühl habe, die Nähte würden unter dem Pflaster aufreißen.

»Es gibt nichts, was ich lieber täte, meine Geliebte!« sagt Paul, und als Birgitte im gleichen Moment eine Flasche Portwein und ein Paket Plastikbecher hervorholt, ist *the party* Realität. Die Stimmung ist ausgelassen und albern, und Heidi, die keinen Besuch bekommen hat, nimmt an dem Spaß teil, indem sie ihre bizarre Geburtsgeschichte zum besten gibt. Kiki, die immer fürs Bunte ist und selbst reichlich schillernd als Croupier in einem Casino arbeitet, läßt ein paarmal den Unterkiefer fallen, und ich kann sehen, daß Heidi Birgitte hinter ihrem Lachen sehr leid tut. Aber Heidi, der zerzauste Vogel, fischt nicht nach Mitleid.

»Na, denn Prost!« sagt sie nur und leert ihr drittes Glas Portwein, bevor sie zu der »Neo-wie-heißt-das-denn-nur-noch« trottet, zu ihrem »kleinen Chinesen«, wie sie ihr Kind nennt.

Das Fest kommt erst zu seinem natürlichen Abschluß, als Pauls Familie kurz vor Ende der Besuchszeit eintrifft. Das Hoch wird zum Tief, als Pauls Mutter Helene in ihrem gutsitzenden Kostüm das Zimmer betritt. Und da wird mir mit einem Mal bewußt, daß diese Frau mit dem Cocktaillächeln für immer und ewig die Großmutter meiner Tochter sein wird! Als Ausgleich dafür löst der Anblick von Phillip, Pauls großem Bruder, bei diesem jedesmal einen Wettersturz aus, und es ist niemand unter uns, der von dessen knapp vierjähriger Tochter begeistert ist, die in keiner Weise die Schönheit und den Schliff ihrer Mutter Marianne besitzt. Ganz im Gegenteil.

»Ii, ist das häßlich!« verkündet die Kusine meiner Tochter, die verrotzte Nase tief im Kinderbettchen, das fast umkippt, während Paul offensichtlich kurz vor der Gewaltanwendung steht. Phillip lacht.

»Sie hat ganz recht. Babys sind häßlich. Aber dieses hier

ist ja nun ein ganz geglücktes Exemplar!« sagt er, während Marianne wie auch Helene versichern, daß es sich wirklich um ein besonders wohlgeratenes Exemplar handelt.

»Sie ähnelt ihrer Großmutter, nicht wahr?« zwitschert Marianne, und ich muß mir selbst eingestehen, daß sie, da sie ihrem Vater ähnlich sieht, natürlich auch dessen Mutter ähnlich sehen muß. »Ne, ne, Phillip ist derjenige, der mir ähnlich sieht!« protestiert Helene. »Paul sieht seiner Großmutter väterlicherseits ähnlich!«

Ich schiele zu Paul, um zu sehen, ob die Missile ein Volltreffer war. Nur schade, daß meine Mutter schon gegangen ist. Sie würde sicher eine Replik mit einem raffinierten Unterton zu schätzen wissen, wie etwa: Ich möchte dir nicht ähnlich sehen, da du deiner Mutter ähnlich siehst, an die ich nicht erinnert werden möchte.

Paul ist anscheinend unverletzt, auch wenn man innere Blutungen nicht ausschließen kann, denn er verkleidet sich als ein Erwachsener und rettet die leicht aus dem Ruder geratene Situation damit, daß er sich anbietet, seiner Nichte eine Limonade zu besorgen, als Birgitte hinzutritt und für die Neuangekommenen Portwein einschenkt. Wir stoßen an, und ich packe weitere Geschenke aus – Designer-Kinderkleidung in Mini-Größen –, bedanke mich matt und wünsche, sie würden bald gehen.

Paul kommt mit einer Cola und einer Orangeade zurück, was das Rotzkind maulen läßt.

»Ich WILL aber Sprite!«

»Also, wir hauen mal ab«, sagt Kiki, und ich bekomme einen knallenden Kuß von Spunk, der feststellt, daß er jetzt auch bald meine Schwester dick bumsen wird!

Helene verzieht den Mund, und ich kichere erleichtert – Spunk ist so ein Typ, den man einfach gern haben muß.

»Ja, ja!« sagt Kiki und dreht ihm seine Mütze in den Nacken. »Hast du schon jemals einen schwangeren Blackjack-Dealer gesehen?«

Phillip, der gar nicht *so* schlimm ist wie sein Ruf, lacht und meint, daß sie jederzeit zu ihm als Dealer kommen kann, die Finanzwelt unterscheide sich gar nicht so sehr von einem Roulettezirkus. Birgitte, die abgesehen vom Portwein mit leeren Händen kam, folgt den beiden und verspricht, am nächsten Tag wiederzukommen.

»Und versuche, heute nacht zu schlafen!« sagt sie, während sie mir in der Tür noch eine Kußhand zuwirft.

Dann sind wir mit der Schwiegerfamilie allein, die sich glücklicherweise bald zurückzieht. Bis dahin hat das Nervkind die eine Flasche leergetrunken und die andere überschäumen lassen, so daß der Fußboden klebt, ihr Spitzenkragen Flecken hat und Mariannes Lächeln reichlich angestrengt aussieht. Wir äußern keinen Widerspruch, als sie gehen wollen und zwingen ihnen auch kein Versprechen für weitere Besuche ab.

»Puuuh!« läßt Paul die Luft raus, als sie aus dem Zimmer sind. »Ich hoffe nicht, daß sie viele Gene aus diesem Zweig der Familie hat!«

»Als ob meine besser wäre!« murmle ich mit dem Kopf im Kissen. Ich glaube, ich könnte hundert Jahre lang schlafen.

»Na, die sind zumindest *unterhaltsam*!« bemerkt er und legt sich neben mich, das eine Bein aus dem Bett hängend. »Darf ich heute nacht hierbleiben?«

»Leider nicht«, heuchle ich und denke an meinen Vater im Wäscheschrank. »Sieh lieber zu, daß du nach Hause kommst!«

»Könnt ihr denn nicht mitkommen? Ich ertrage es nicht, von euch getrennt zu werden!« klagt er.

»Paul, jetzt geh nach Hause und schlaf!« sage ich und bin plötzlich ganz versessen darauf, selbst endlich zu schlafen. »Du kannst ja morgen ganz früh wiederkommen!«

»Schlafen? Ich kann doch nicht schlafen! Nach so einem Tag!« Paul findet meine Hand und drückt sie. Er hat feuchte

Handflächen, also ist er entweder müde, gestreßt oder aufgeregt. Vielleicht alles zusammen.

»Tes, *whatever happens*, du hast mich zu einem glücklichen Mann gemacht!«

Ich wundere mich über seine Unsicherheit. Wenn es etwas gibt, was Paul hartnäckig abstreitet, so ist es irgendeine Form von Unsicherheit in unserer »wilden Ehe«, wie er unser Zusammenleben nennt. Er will gern heiraten, aber dazu sehe ich trotz allem keinen Grund.

»Du«, sagt er dann, »wie wollen wir sie denn nennen?«

»Baby«, gähne ich und drehe den Kopf, damit ich sie im Bettchen sehen kann. Sie schläft immer noch, ruhig wie eine Puppe. »Oder *Gagarina*.«

»*Gagarina?*«

»Vergiß es!« winke ich ab, zu müde, um es zu erklären.

»Wie wäre es mit ›Kaiserin‹?«

»Vielleicht eine Spur zu pompös«, schürze ich die Lippen und finde es dennoch ganz gemütlich, ihn hier liegen zu haben, meinen Mann.

»Soll unsere Tochter etwa nicht in Pomp und Prunk und mit einem Goldlöffel im Mund aufwachsen? Ich sage dir, sie soll auf Händen getragen werden! Man kann ihr jetzt schon ansehen, daß sie zu etwas Großem geboren ist!« erklärt er und betrachtet sie über meine Schulter.

»Okay«, sage ich katzenschläfrig, »dann nennen wir sie *Zarina*.«

»Genial!« Paul nickt begeistert. »*Zarina!*«

Kurz darauf wird er von einer mütterlichen norwegischen Krankenschwester hinausgeworfen, die ihm durch die Haare fährt und sagt, daß er jetzt nach Hause gehen und seine arme Frau in Ruhe lassen soll! Also gibt er uns widerstrebend einen Gutenachtkuß und verläßt die matriarchalische Frauenwelt, von der er sowieso nie ein Teil werden kann.

Da war etwas, was ich ihn fragen wollte, fällt mir ein, als er gegangen ist. Ich kann nur nicht darauf kommen, was es war, bevor ich erschöpft aufgebe und in die Schwärze falle. Ich werde mitten in der Nacht von einem pochenden Schmerz in der Wunde und etwas Klebrigem zwischen den Pobacken wie auf dem Höhepunkt der Menstruation geweckt. »Always Ultra!« durchzuckt es mein umnebeltes Hirn, das mehr Zeit als üblich braucht, um sich auf die Situation einzustellen. Aber nach ein paar Sekunden bin ich soweit bei Bewußtsein, daß ich weiß, wo ich bin und weshalb. Daraufhin drehe ich mich zur Seite, um den Beweis dafür zu betrachten, daß es nicht nur einer dieser wüsten Träume der Hochschwangerschaft ist, sondern daß ich wirklich mein Kind geboren habe. Aber ich greife ins Nichts – das Bett ist verschwunden, mein Kind ist weg! Ich reiße die Augen auf, nur der Anblick von Heidi, die leise schnarchend mit offenem Mund im Nachbarbett liegt, überzeugt mich davon, daß ich wirklich wach bin. Spontan will ich mich hinsetzen und die Beine über die Bettkante schieben, aber der Schmerz, der mich wie eine Schweißflamme durchzuckt, zwingt mich zurück.

»Hallo«, rufe ich hilflos und idiotisch, bevor mir, unerfahren wie ich mit Krankenhäusern bin, die Klingel einfällt. Ich umfasse sie, als wäre es eine Notbremse, sehe, wie die Signallampe über der Tür aufleuchtet, und höre kurz darauf schnelle Schritte sich nähern.

»Haben Sie geklingelt?« fragt die Nachtschwester und stellt die Klingel ab.

»Mein Kind ist weg!«

Die Krankenschwester lächelt beruhigend.

»Wir haben sie zu uns rausgerollt, damit Sie richtig gut schlafen können. Das brauchen Sie jetzt!«

»Ich will sie aber zurückhaben!« sage ich und versuche, den Anflug von Affektiertheit, den ich selbst gut heraushören kann, zu kontrollieren.

»Nun hören Sie mal! Ihr Kind schläft! Sie hat ein bißchen

Zuckerwasser bekommen und ist frisch gewickelt worden, und wenn sie wieder aufwacht, werden wir sie Ihnen bringen. Auf jeden Fall wird sie gegen sieben zurückgebracht, deshalb sollten Sie jetzt lieber schnell wieder einschlafen!«

Ich gebe jede weitere Diskussion auf. Vielleicht hat sie ja recht. Ich sollte mich lieber auf die andere Seite drehen und weiterschlafen. Sie sind die Profis, sie passen auf sie auf und wissen, was das Beste ist.

»Könnten Sie mir dann auf die Toilette helfen?« frage ich demütig. »Und ob es möglich ist, daß ich ein Bier bekomme? Ich bin so durstig!«

Die Krankenschwester nickt zufrieden mit meiner Fügsamkeit und reicht mir einen Arm, so daß ich von dem hohen Bett und hinaus aufs WC kommen kann, wo ich mich wieder über meinen verkommenen Körper wundere, während ich gekrümmt wie eine alte Babuschka in einer Badeanstalt Blut und Ausfluß abbrause. Danach kommt sie zurück und stellt ein geöffnetes Leichtbier auf meinen Nachttisch, und ich, die sonst nicht besonders auf Bier abfährt, kippe es wie ein Lehrling, der es sich beweisen will, in mich hinein. Ich rülpse, wische mir den Mund mit dem Handrücken ab und beginne über die schlafende Heidi zu grübeln. Wie alt ist sie wohl? Achtzehn, zwanzig, zweiundzwanzig? Wovon träumt sie wohl im Augenblick, während ihr »Chinese«, nichts von dem Leben als Ausgestoßener ahnend, das ihn erwartet, in Fötushaltung zusammengekrümmt unter der Wärmelampe liegt? Plötzlich empfange ich lautes Babyweinen. Es muß nicht sie sein, aber je mehr ich mich anstrenge, richtig zu lauschen, um so sicherer bin ich, daß es mein Kind ist. Sonst würde ich es doch nicht spüren wie eine augenblickliche Nachwehe aus Sehnsucht und Panik darüber, daß ich hier bin, gefangen in einem zerschlagenen Körper, der mich kaum bis zur Tür trägt. Aber ich tue es trotzdem, komme ihr zu Hilfe, die Flurwände entlangrutschend, an denen ich mich Meter um Meter vorhangle, während der kalte Schweiß der Erschöpfung wieder ausbricht und ich von dem immer lauter werdenden Weinen vorangetrieben werden.

»Ja, ja, ich komme ja!« murmle ich und sehe jetzt den Glaskasten der Krankenschwestern, in den ein ganzer Park von Bettchen gefahren wurde. Der Glaskasten ist leer, wie ich zu meiner Erleichterung feststelle, denn ich fühle mich wie ein Spion in heimlicher Mission, als ich von Bettchen zu Bettchen gehe, um meine notleidende Tochter zu erretten. Plötzlich packt mich die Furcht, sie nicht wiedererkennen zu können – sie kann ja vertauscht, verschwunden, gestohlen worden sein –, sie sehen einander alle ähnlich, alle Neugeborenen mit großen, schweren Hinterköpfen, in die Krankenhauskleidung Größe 00 gekleidet. Das nicht, das auch nicht, das auch nicht – aber schließlich –, da ist sie! Ich weiß es, bevor ich das Schild mit dem Mädchensymbol, den Daten und dem Mutternamen – meinem – gesehen habe, und ich beuge mich über das Bettchen, will sie hochnehmen, werde aber in meiner Bewegung gestoppt, als ich feststelle, daß sie ganz still ist. Sie weint nicht, liegt marmorbleich und ruhig da, die zarten Augenlider geschlossen. Eine Säule behauenen Eises erhebt sich in mir – mein Gott –, sie ist doch nicht tot? Plötzlicher Kindstod, ohne daß sie es gemerkt haben! Aus Einsamkeit, Mangel an Körperkontakt, versäumter Sorgfaltspflicht!

»Das sind doch nicht Sie aus Zimmer 4, die hier steht?«

Ich drehe mich abrupt um, mit einem im Hals festsitzenden Schrei auf frischer Tat ertappt, und sehe die Nachtschwester mild den Kopf schütteln, ein Kind im Arm.

»Sie atmet nicht!« stoße ich hervor, und die Nachtschwester antwortet damit, daß sie meinen Zeigefinger nimmt und ihn auf die Fontanelle legt, wo der Puls zarte, regelmäßige Stöße gegen meine Fingerspitze schickt.

»Entschuldigung, aber ich dachte...«, stottere ich und lasse peinlich berührt die Arme sinken.

»Das glaubt ihr doch alle! Sie sind nur ein wenig durcheinander, nicht wahr? Wollen Sie Ihr kleines Mädchen gern bei sich haben?«

Ich nicke stumm.

»Ja, das ist jedenfalls besser, als wenn Sie hier die Flure entlangirren! Ich lege eben den hier hin, dann helfe ich euch sicher zurück!«

»Hat er geweint?« frage ich kleinlaut.

Sie tätschelt mir die Wange und sagt, daß er es war, und dann werden wir zurück ins Zimmer gelotst, das plötzlich zu einem Kokon an Sicherheit wird, als ich Zarina neben mir habe.

»Aber das nächste Mal klingeln Sie, ja?«

Das verspreche ich, ziehe mir die Decke über die Nase und schlafe wieder ein, eine Hand auf der Plexiglaskante.

Von dieser Nacht an, in der ich neben meinem Kind schlafe, verändert sich der Charakter meines Schlafes. Von schwer und tief wird er zu einer Baumwollgardine, einem Schleier, der bei der geringsten Unregelmäßigkeit in ihren federleichten Atemzügen zur Seite gezogen wird. Als sie also am nächsten Morgen ihre Augen aufschlägt, bin ich schon wach und bereit. Bereit, sie zu begrüßen, bereit für ein Wiedersehen, das mir von meiner Seite aus schon wie ein glückliches Wiedererkennen vorkommt. Wie eine bekräftigte Liebe am Tag nach der ersten Nacht. Wie damals mit Paul. Nein, anders. Ohne jeden Vorbehalt.

»Hallo!« flüstere ich. »Hast du gut geschlafen?«

Sie antwortet, indem sie schmatzt und wie gestern mit dem Kopf schaukelnd sucht. Sie bekommt einen Handknöchel in den Mund, saugt, verliert ihn wieder, und bevor ich es verhindern kann, beginnt sie mit einem herzzerreißenden Weinen.

»Na, hast du Hunger?« frage ich dumm, während das Weinen in einer immer größeren Spirale anschwillt, die das Zimmer ausfüllt und die schlafende Heidi einhüllt. Sie wird geweckt, setzt sich jäh im Bett auf und guckt mich irritiert an.

»Die will was zu essen haben!« teilt sie mir mit einer Bestimmtheit mit, die ich von ihr noch nicht kannte.

»Ja«, sage ich. »Aber ich kann sie nicht allein hochkriegen. Ich darf nichts heben!« erkläre ich ihr und schaue hilflos auf den kleinen, angespannten Körper.

Ohne weitere Diskussion schält Heidi sich aus dem Bett, beugt sich über das Bettchen und hebt meine schlaftrunkene Tochter zu mir herüber.

»Weißt du, wie es geht?« fragt sie dann und bleibt stehen, während ich mein Hemd aufknöpfe.

»Ja!« sage ich abweisend und lege mein jetzt völlig außer sich geratenes, hysterisch schreiendes Kind an die linke Brust.

»So, dann trink doch!« sage ich und will ihr die Warze in den Mund schieben. Aber sie ist zu aufgeregt, um sie zu finden, kann nicht den Mund um sie schließen, schreit nur noch verzweifelter als zuvor.

Heidi gibt mir noch einen Versuch, dann faßt sie resolut den Hinterkopf des Kindes mit der einen Hand und meine Brust mit der anderen, bevor ich richtig erkennen kann, was passiert, lenkt sie das Kind energisch in die richtige Richtung, und ich spüre mehr, als daß ich sehe, wie Zarina die Warze erfaßt und anfängt zu saugen.

»Wo hast du das gelernt?« frage ich sprachlos.

»Meine große Schwester hat Kinder«, erklärt sie beiläufig und geht hinaus zum Pinkeln. Sie nimmt ihre Zigaretten mit. Ich könnte natürlich protestieren, bringe es aber nicht übers Herz. So habe ich auch mehr Zeit allein mit Zarina. Zeit, sie Millimeter für Millimeter zu untersuchen, ihre Finger und Zehen aufs neue zu zählen, den sanften Schwung ihrer Augenbrauen zu bewundern, die Spitze ihrer Nase, die Rundungen ihrer Wangen und die Zartheit ihrer Ohrläppchen. Ich begreife immer noch nicht, daß sie zu mir gehört, in meine Obhut gegeben wurde. Andererseits begreife ich auch nicht, daß es jemals anders gewesen ist. Daß ich ohne sie existiert habe.

Wie um letzteres zu bestätigen – das Sinnlose eines Lebens ohne sie – läßt sie plötzlich die Brustwarze los und schaut auf. Schaut mich an. Ich bin mir nicht so sicher, ob die das eigentlich schon können, aber es gibt keinen Zweifel: Sie guckt mich an. Schaut mich fest und intensiv mit einem Ausdruck tiefster Erkenntnis und Weisheit an. Als wäre sie es, die mich etwas lehren soll und nicht umgekehrt. Als hätte sie eine Mitteilung für mich, einen Bescheid von dem fernen Stern, der sie zu mir gesandt hat.

»Ja?« frage ich und fühle mich klein und durchschaut von ihrem Blick. Es würde mich nicht überraschen, wenn sie anfinge zu sprechen.

Sie blinzelt nur ein einziges Mal, gibt mir sonst keinen weiteren Fingerzeig. Ich muß das Rätsel selber lösen. Sie sieht mich weiterhin abwartend an, und in einem heiligen Augenblick ist sie wieder da: die vollkommene Telepathie, bei der das wortlose Verständnis zwischen uns wie ein geschlossener Kreislauf funktioniert. Dann geht die Tür zum Badezimmer auf. Heidi kommt zurück, eingehüllt in eine Qualmwolke, und Zarina wird wieder zu einem hungrigen Neugeborenen, das mehr essen möchte. Wir wechseln die Seite, und diesmal gelingt es mir, sie allein anzulegen, bevor ihre Ungeduld sich in mehr als dem ersten Meckern äußert.

Hinterher erinnert Heidi mich daran, daß sie »hoch soll fürs Bäuerchen«, hilft mir, sie über meine Schulter zu legen, und schlägt anschließend vor, daß wir zusammen rausgehen und sie wickeln könnten. So schiebt sie also den Rollstuhl, in dem ich mit Zarina im Schoß sitze, in den Wickelraum. Zum Glück sind wir allein, denn ich, die nie zuvor ein Kleinkind im Arm hatte und nur halbherzig mit Puppen gespielt habe, weiche instinktiv zurück, als Heidi sagt, ich solle ihr die Windeln ausziehen. Aber ich nehme mich zusammen und tue es, und ich kann nicht sagen, warum, aber als ich ihr winzigkleines weibliches Geschlecht sehe, wird mir schwarz vor Augen, daß ich mich an der Tischkante festhalten muß. So entblößt, so wehrlos, so sehr ich selbst, damals, als alles anfing.

Sie hat wieder gepinkelt und geschissen, noch mehr von dem schwarzgrünen klebrigen Mekonium, das Paul so lebendig beschrieben hat. Nach Heidis Anweisungen wasche und betupfe ich sie vorsichtig mit temperiertem Wasser, ganz entzückt von ihren kräftigen Schenkeln und dem Venushügel. So offensichtlich weiblichen Geschlechts. Einsicht Nummer eins: Wir werden nicht gleich geboren. Das hatte ich bisher geglaubt. Nach ein paar plumpen, knittrigen Versuchen schaffe ich es auch, ihr die Windel umzuwickeln, und schon als ich ihr das Unterhemd anziehe, bekomme ich soviel Gefühl für die Proportionen ihres Körpers, daß das Ankleiden nicht mehr mit Kindesmißhandlung zu vergleichen ist.

»Das lernst du ja schnell!« nickt Heidi anerkennend und gibt ohne meine Zustimmung meiner Tochter einen dicken Kuß, als sie sie wieder für mich hochnimmt.

»Danke für die Hilfe!« sage ich, als wir zurück in unserem Zimmer sind, wo das Frühstück serviert wird.

»Ach, das ist doch klar«, sagt sie und fällt ohne Zögern über das Weißbrot und die Marmelade her. »Ich kann nun mal gut mit Kindern umgehen. Das haben schon immer alle gesagt.«

»Dann solltest du Erzieherin werden!« sage ich und entdecke eine Schale mit eingeweichten Backpflaumen auf meinem Tablett. Der Verdauung zuliebe sollte ich die essen.

»Dazu bin ich zu doof im Kopf!« lacht sie. »So, jetzt laufe ich aber zu dem Kleinen rüber. Ich bin bald zurück!« verspricht sie, als hätte sie für sich die Aufgabe übernommen, auf mich aufzupassen.

Ich werfe ihr ein Lächeln hinterher und sage, daß es schon gehen wird. Aber das Komische ist, daß es nicht geht. Jedenfalls nicht so gut. Selbst nicht, als Paul kurz darauf erscheint, gut gelaunt, mit neuen Zeitungen, Croissants und zwölf roten Rosen für mich und sechs rosafarbenen für Zarina.

»*Jesus*, was habe ich euch vermißt! Wie geht's?« fragt er und gibt mir einen Kuß auf die Wange.

»Besser«, sage ich, und damit gibt er sich zufrieden – warum sollte er auch nicht? Woher sollte er von der Komplexität der Gefühle, Instinkte und Erfahrungen wissen, die wie ein Orkan über dem Stillen Ozean in einem brausen, den ich in Ermangelung treffenderer Ausdrücke als *mein Inneres* bezeichne. Im Gegensatz zu meinem Äußeren, das an diesem Tag zwei in Anbetracht der Umstände verhältnismäßig normal erscheint. Er sieht eine müde, frischgebackene Mutter mit Augenrändern in einem Krankenhausbett auf der Wöchnerinnenstation, wo alle anderen beruhigenderweise ungefähr genauso aussehen, und muß sich ihr gegenüber verhalten. Und so soll es offenbar sein. Das ist sozusagen Routine, kein Grund zur Besorgnis.

»Du siehst etwas blaß aus«, meint er dennoch.

»Ich habe kein Make-up aufgelegt«, antworte ich und wühle nach den Croissants. Ich bin hungrig.

»Und Zarina? Wie geht es ihr?«

»Prima. Wir hatten schon ein Gespräch auf äußerst hohem Niveau. Sie hat fast die ganze Nacht hier drinnen geschlafen. Ich bin rausgegangen und habe sie aus dem Schlafsaal geholt.«

Paul runzelt die Stirn.

»Was hast du gemacht?«

»Ich habe sie weinen gehört, und da bin ich rausgegangen und habe sie hereingeholt«, sage ich und lüge, daß sich die Balken biegen, indem ich einfach auslasse, was wirklich vor sich gegangen ist. »Später ist sie aufgewacht und hat geweint, weil sie hungrig war, und da hat Heidi sie mir gegeben. Ich habe sie gestillt, und wir haben miteinander geredet, Zarina und ich. Sie ist sehr, sehr klug.«

»Muß sie nicht gewickelt werden?« fragt er in dem Versuch, wieder ins Spiel zu kommen.

»Das ist sie schon. Heidi hat uns rausgeholfen. Sie hat eine unglaublich gute Hand für Kinder, wie sie selbst sagt, und sie weiß, daß ich Schmerzen habe.« Ich kann es einfach nicht lassen. Ihn auszuschließen.

»Natürlich ist sie klug«, sagt er, beugt sich über sie und schnuppert an ihr. Als wolle er Trost suchen.

Als er wieder auftaucht, setzt er sich auf meine Bettkante und nimmt meine Hand. Ich brauche gar nicht zu fragen, auch wenn mir in der Sekunde einfällt, was es war, das ich wissen wollte.

»Tes«, sagt er. »Irgendwie hat das hier eine blöden Anfang genommen...«

»Irgendwie, ja«, murmle ich mit Kreidesteinen zwischen den Zähnen.

»Entschuldige, es war meine Schuld, und außerdem ist es auch einfach verflucht unglücklich gelaufen...«

»Paul«, fauche ich. »Nun sag's schon!«

»Okay«, er sieht mir direkt in die Augen, wie einer, der zwanzig Jahre Untreue beichten soll. »Sie haben mir einen anderen Job angeboten. Einen richtig guten Job, genaugenommen.«

»Reden wir beide von TV 2?«

Paul nickt.

»Sie haben mich gefragt, ob ich Nachrichtensprecher der Tagesschau werden will...«

»In Odense?« frage ich überflüssigerweise.

»In Odense«, wiederholt er. »Aber ich bleibe natürlich in Kopenhagen wohnen. Das machen die meisten. Man muß nur 12–13 Tage im Monat in Odense sein. Der Dienstplan läßt das zu, lange Dienste und viele freie Tage...«

»Und was hast du geantwortet?«

»Ja, das ist das Problem«, Paul zieht meine Hand zu sich heran. »Ich habe erklärt, daß wir ein Kind haben werden, daß wir eine Abmachung haben, und daß ich das erst mit dir besprechen muß. Das haben sie sofort verstanden, aber aufgrund des Drucks durch einige Versetzungen mußten sie die Antwort *sofort* haben.«

»Und du hast ja gesagt?«

»Unter Vorbehalt. Heute um drei Uhr findet das entscheidende Gespräch statt.«

Ich schaue weg. Die Steine sind zu Staub geworden. Ich habe den Mund voller Kreidestaub, so daß ich fast ersticke. Außerstande, etwas zu sagen. *Oh, Lord give me strength...*

»Tes, du hast das Vetorecht«, er faßt mich am Kinn und dreht meinen Kopf zu sich. »Wenn du nein sagst, lassen wir es einfach sausen. Dann habe ich ja immer noch meinen Job als Lokalreporter...«

Mein Unterbewußtsein muß eine solide Vorarbeit geleistet haben, denn ich bin nicht weiter überrascht. Nicht einmal wütend. Nicht wütender als ich die ganze Zeit gewesen bin. Eher empfinde ich eine Art von Trauer, eine Wehmut, als stünde ich auf einem Schiff, das vom Kai ablegt und ihn zurückläßt. Draußen wartet das offene Meer und ein immer größer werdender Abstand zwischen uns. Merkwürdig eigentlich, daß nicht ich es bin, die am Kai steht. Aber ganz offensichtlich bin ich es, die fortreist. Ich, die bereits eine lange, lange Reise begonnen hat, und jetzt erzählt er mir, daß er mir doch nicht folgen kann. Nicht weil er mich nicht liebt, sondern aufgrund »plötzlich auftretender Umstände«...

»Tes! Was meinst du?«

Er sieht mich eindringlich an, auf diese intensive Art und Weise, die sein Markenzeichen ist. Er läßt sich viel Zeit, intensiv zu sein. Genau wie Mutter. Sicher ist sie davon eingenommen worden, die Redakteurin. *Star quality.*

Ich lächle nachlässig, sibirisch kalt.

»Ich meine: Viel Glück.«

Paul windet sich.

»Tes, nun mal im Ernst! Was meinst du dazu?«

»Ich weigere mich, etwas zu meinen. Tu, was du willst. Ich werde dir nicht im Weg stehen.«

»Catch 22?« fragt er und kneift den Mund zusammen.

Ich zucke mit den Achseln.

»Wann sollst du anfangen?«

»Am fünfzehnten Oktober. Ich soll Mitte November auf Sendung, also erst wenn ich etwas fernsehgewöhnt bin, dann...«

Ich nicke.

»Du willst damit also sagen, daß du in zwölf Tagen in Odense anfängst? Nicht mal eine Woche, nachdem ich hier rauskomme?«

»Ach, zum Teufel, Tes!«

Er steht auf und beginnt herumzulaufen, dreht mir den Rücken zu und wirft einen hilfesuchenden Blick zur geweißten Gipsdecke. Aber er bekommt offensichtlich nicht viel Hilfe von dort, denn er bringt nichts anderes als ein leises französisches »*merde*« von dort mit.

Mehr ist dazu nicht zu sagen, und mehr wird auch nicht gesagt, weder an diesem Tag noch an einem der nächsten, an denen ich in die isolierende Routine des Krankenhauses eintauche und soweit wie möglich vermeide, Stellung dazu zu nehmen, wie ich eigentlich zurechtkommen soll. Ich begnüge mich damit, mich immer einer Frage zur Zeit zu stellen – wie der einfachen, grundlegenden, die mir am dritten Tag gestellt wird:

»Ist Luft abgegangen?«

O ja, und wie Luft abgegangen ist! Mein Bauch ist aufgepumpt wie ein gefüllter Gasballon, und ich kann nichts dafür: Obwohl ich sonst so diskret bin, muß ich unter meiner Bettdecke immer wieder laut pupsen.

»Meine Herren, was du dir zurechtfurzt«, kreischt Heidi vor Lachen und läßt die Tür zur Toilette offenstehen, nachdem sie draußen geraucht hat, »damit wir hier 'n bißchen frische Luft kriegen.«

Sie hat dafür harten Stuhl und Hämorrhoiden, und wir diskutieren gemeinsam die Wirkungen und Nebenwirkungen der verschiedenen probaten Mittel, diskutieren Geruch und Menge des Wochenflusses und lachen voneinander imponiert, als die Milch am vierten Tag ernsthaft zu fließen beginnt. An dem Tag bekommt sie auch den Chinesen zu sich und platzt fast vor Stolz über das kleine Würmchen, das meine Zarina daneben wie ein Sumobaby wirken läßt.

»Hat der viele Haare!« sage ich bewundernd und streiche mit der Hand über die schwarze, dicke Kappe.

»Ja, er sieht seinem Vater ähnlich. Ich meine, seinem richtigen Vater«, fügt sie hinzu, als hätte sie sich noch nicht richtig daran gewöhnt, daß sie und René nun doch nicht Vater, Mutter, Kind spielen würden.

»Weiß er das? Der Vietnamese?«

»Nein, und er wird es auch nie erfahren.«

»Warum nicht?« frage ich neugierig.

»Seine Familie hat ihn nach Schweden geschafft. Die war wohl der Meinung, daß ich zu aufdringlich geworden bin. Aber wir waren uns schließlich einig. Er war verdammt süß. Aber leider erst siebzehn. Die bringen mich um, wenn sie jemals herausfinden sollten, daß ich ein Kind von ihm habe!«

»Und du? Wie alt bist du eigentlich, Heidi?«

»Sollst du mich das fragen?« zischt sie hervor, als wäre genau diese Frage ihr einfach zu oft gestellt worden. Aber dann wird sie wieder locker. Hat sich trotz allem dafür entschieden, daß ich eher Freund als Feind bin.

»Neunzehn. Ich werde bald zwanzig. Das war die reine Sandkastenentführung! Ich werde ihn bestimmt nie wiedersehen.«

Sie sagt das lakonisch, als wäre sie es gewohnt, daß Leute in ihrem Leben immer wieder kommen und dann auch wieder verschwinden. Was dazu geführt hat, daß sie diesbezüglich vollkommen resigniert hat, jedenfalls spüre ich bei ihr keinerlei Neid oder Verdruß darüber, daß ich von Blumensträußen umgeben bin und meine Wochenbettgäste sich die Klinke in die Hand geben, während sie nur den Strauß hat, den Paul ihr gekauft hat und nur ein einziges Mal Besuch bekommt. Zuerst glaube ich, die mittelalte Frau, die eintritt und mit breitem Lächeln winkt, als sie Heidi erblickt, wäre ihre Mutter, aber schnell zeigt sich, daß es sich um eine Sozialarbeiterin bei der Ausübung ihres Jobs handelt. Heidi verstummt, wird mürrisch und einsilbig, so daß der gute Wille der Sozialarbeiterin mit der Zeit wie die Asche einer Prince Light zerbröselt. Heidi raucht demonstrativ während des Besuchs eine nach der anderen. Ich nehme das Bettchen mit Zarina und verlasse das Zimmer, um zur Wochenbettgymnastik zu gehen, wo ich lernen soll, den Beckenboden anzuspannen und meinen Körper zurückzuerobern. Die Physiotherapeutin droht mit Schreckensbildern vorgefallener Gebärmutter und drohender Inkontinenz, wenn wir unsere Übungen nicht *jeden* Tag machen! Kein Wort von Sex kommt über ihre ungeschminkten Lippen, auch wenn es das ist, was uns alle hier auf den Matratzen interessiert: flache Bäuche und elastische Scheiden, so daß wir zumindest den Männern einreden können, daß bald alles wie vorher ist. Es ist nur eine Frage von schwarzen Spitzen, Wonderbras und zusammenziehenden Cremes.

Ich war nie eine große Turnerin, aber zur Wochenbettgymnastik zu gehen, gefällt mir. Mir gefällt diese ruppige Stimmung voller Galgenhumor, und ich bin eitel genug, mich darüber zu freuen, daß es andere gibt, bei denen es schlimmer aussieht. Zwar habe ich meine Narbe, aber Schwangerschaftsstreifen sind mir erspart geblieben, meine Kissen an den Schenkeln sind nicht die dicksten, und auch wenn mein Bauch die Konsistenz eines Cremeschnittchens hat, ist er noch lange nicht der schlabbrigste.

»Treiben Sie viel Leichtathletik?« fragt die Ärztin auch noch, als ich zur Nachuntersuchung gehe. »Sie haben so feste Bauchmuskeln!«

Eine dieser aufmunternden Bemerkungen, denen ich mehr Gewicht beimesse als Pauls Komplimenten. Er teilt sie mit leichter Hand aus – »du warst nie hübscher« usw. – aber in ihrem Betteln um Vergebung sind sie so leicht zu durchschauen, daß ich ihn bitte, damit aufzuhören.

»Ich weiß selbst, wie ich aussehe!« fauche ich ihn leise an, ungeschminkt, wie ich es seit dem Tag eins bin. Er hat den Job angenommen, natürlich, und bereits hier auf dem Flur der Wochenstation, wo er kommt und geht, kann er nicht verbergen, daß das Versprechen umfassender Fürsorge und Aufmerksamkeit, das eine Voraussetzung dafür gewesen war, das Kind auszutragen, ebenso schnell seinen Wert verliert wie der Rubel in Rußland. Aber ich habe einfach nicht die Energie, mit ihm Streit anzufangen. Alle meine Kräfte brauche ich für die Metamorphose, die ich hier durchlebe: vom egoistischen Single in der spätkapitalistischen Urbanität des zwanzigsten Jahrhunderts zur Känguruhmutter mit dem Kind im Beutel auf dem Weg über die Urebene. Und während es verblüffend einfach ist, Zarina zu lieben, die für mich jeden Tag an Charakter gewinnt, ist es schwierig, nicht den Boden unter den Füßen zu verlieren, während die Hormone wüten. Ich mag nicht einmal den Versuch unternehmen, Paul in meine inneren kontinentalen Verwerfungen einzuweihen, ich begnüge mich damit, ihn zu dulden und ihn Zarina halten zu lassen, als sie zur Vorsorgeuntersuchung soll. Ich bin kurz davor, in Ohnmacht zu fallen, als sie ihr die Hacke einritzen wollen, werde hinausgeführt und fühle mich wie eine Verräterin, als ich Paul mit ihr zurücklasse.

»Da hast du wohl deine Achillesferse bekommen«, bemerkt Paul, als er mit dem verheulten Kind herauskommt, das mit seinem ersten Schnuller genarrt wurde.

»Ja, habe ich wohl«, antworte ich ebenso locker, aber ansonsten sind unsere Dialoge sorgfältig nur aufs Konkrete redigiert. Wir tun also, als liefe bei uns alles so makellos wie bei den anderen Elternpaaren, die wir harmonisch um ihr

Neugeborenes herumwuseln sehen. Ungeschickte Väter mit großen Händen und breiten Schultern, geduldige Mütter mit rundem Lächeln und einer Videokamera vor dem Auge, während Vater Junior badet. Ich mache auch ein paar Fotos, und in den besten Augenblicken ist es wie in »Eltern & Geburt«, aber niemand kann Birgitte etwas vormachen. Und ich schon gar nicht.

»Was ist denn los?« fragt sie nur, als sie mit Maxi wieder zu Besuch kommt, der ein Jahr alt geworden ist und ums Bett herum wankt. Sie konnte gerade noch Paul begrüßen, bevor er mit einem schnellen »Bis bald!« aus der Tür huschte.

»Gar nichts«, weiche ich aus, treffe aber auf einen stahlharten Blick.

»Abgesehen davon, daß er Nachrichtensprecher bei TV 2 werden soll.«

»Whow!« ruft sie aus und fängt Maxi auf, als er fällt. Stellt ihn wieder hin und tröstet ihn, ohne auch nur für eine Sekunde den Blick von mir abzuwenden. »Das ist ja prima gelaufen!«

»Ja«, sage ich tonlos. »Verflucht prima gelaufen.«

»Aber ihr seid euch nicht einig darüber?«

»Man kann ja niemandem verbieten, nach der Apfelsine zu greifen, wenn sie herunterfällt, oder?« sage ich wütend.

»Aber es ist ein absolut *bad timing*, was?«

»Absolut *bad timing*!« bestätigte ich und ziehe eine Grimasse, die ironisch gemeint war, aber tragisch wird, und wie ein Autofahrer, der auf glatter Fahrbahn ins Rutschen kommt, kann ich ebensogut gleich aufgeben zu bremsen und die Fahrt genießen, wie der Fahrlehrer mir auf dem Roskilde-Ring erklärte, als ich den Führerschein machte. Die große Heulorgie ist Realität, ob ich nun will oder nicht.

So banal und wie es im Buche steht, daß es selbst schon zum Heulen ist. Aber darum geht es nicht, es ist DAS GANZE, wie ich schluchzend Birgitte zu erklären versuche, die Kleenextücher aus ihrer gigantischen Schultertasche zieht und verständnisvoll nickt. Sie hat mich seit Jahren nicht mehr weinen gesehen, aber das irritiert sie nicht, ganz im Gegenteil.

»Du sollst übermorgen nach Hause, du liebst dein Kind, aber du kannst dir nicht vorstellen, wie es laufen soll, und jetzt hat Paul, dieses Arschloch, dich im Stich gelassen, wird anerkannt und berühmt, während du alles verloren hast, was du hattest, ohne zu ahnen, was du dafür bekommen wirst!« faßt sie zusammen, während sie mit der einen Hand Maxi mit einem Zwieback aus ihrer Tasche besticht und mit der anderen meine Augen abtupft. Zarina, die in meinem Arm schläft, wird auch trocken getupft, meine Tränen sind auf ihre Wangen gefallen.

»Ganz genau!« nicke ich.

»Und gleichzeitig bist du vor Müdigkeit so erschossen, daß allein der Gedanke, dich anziehen zu müssen, wenn du nach Hause willst, dir vollkommen utopisch vorkommt...«

»Ist es dir auch so ergangen?« frage ich leise und putze mir die Nase.

»Und wie! Der Unterschied ist nur, daß du mich hast. Ich hatte niemanden. Niemanden außer Jens, und der hat noch weniger begriffen als Paul.«

»Entschuldige«, sage ich schuldbewußt und erinnere mich peinlich berührt daran, wie Paul und ich damals zum Wochenbettbesuch bei Birgitte waren, und ich nicht viel mehr als Mitleid für ihr Schicksal übrig hatte. Damals war ich zu zweitausend Prozent sicher, daß ich niemals dort landen würde. Worauf ich Paul laut und deutlich aufmerksam machte. Das ist ungefähr ein Jahr her.

»Du konntest es nicht besser wissen. Aber jetzt verstehst du vielleicht, daß ich mich ab und zu ein bißchen einsam gefühlt habe.«

»Du hast doch so viele andere...«, setze ich an und bin kurz davor, sie zu verletzen.

»Nein, Therese, in Wirklichkeit habe ich nur dich, wie du

nur mich hast. Und in dem Jahr, als ich ein Kind hatte, und du nicht, befanden wir uns in zwei vollkommen verschiedenen Sonnensystemen. So groß ist der Unterschied, ganz einfach. Hast du einen Jogginganzug?«

»Ich leihe mir immer Pauls...«

»So einen alten, verwaschenen mit ausgebeulten Knien und Hängearsch? *No way*. Und was ist mit der Wohnung! Wie sieht die aus? Ist genug Essen im Kühlschrank? Saubere Wäsche? Windeln? Alles für die Kleine eingekauft? Blumen?«

Ich zucke abwiegelnd die Schultern. Keine Ahnung. Ich habe mich aus der Gesellschaft abgemeldet, hätte die größte Lust, für alle Zeit und Ewigkeit in diesem Schutzraum zu bleiben. Unter all den Frauen, unter denen Heidi den einen Pol und meine Hexe von einer Hebamme den anderen ausmachen. Diese schaute übrigens zu einem Zeitpunkt, als Paul draußen war, um nach einem Pensionszimmer in Odense zu telefonieren, bei mir rein, so daß ich sie ganz für mich hatte. Ich freute mich, sie zu sehen, irgendwie hatte ich sie vermißt. Und sie enttäuschte mich nicht, sie war klug genug, gleich zur Sache zu kommen, entschuldigte sich, daß sie mich so lange hatte liegen lassen und versicherte mir, daß es nicht an meinem zu geringen Einsatz gelegen hatte.

»Ich *bin* auf diese Geburt nicht stolz. Aber *du* kannst es sein. Und wenn du bis Weihnachten gepreßt hättest, hättest du sie nicht allein rauskriegen können.«

Viel mehr sagte sie nicht, aber das war genug. Ich bin kein Fiasko, ich bin Natur. Wäre es im letzten Jahrhundert passiert, wären wir beide im Wochenbett gestorben. Wie meine Urgroßmutter.

»Hallo!« ruft Birgitte mich zurück. »Kommt Paul morgen, um dich abzuholen?«

»Das behauptet er jedenfalls«, sage ich schroff. »Obwohl man ja nie wissen kann. Er muß noch Klamotten kaufen und zum Friseur.«

Birgitte kichert.

»Sei doch nicht so bissig. Du hättest doch genauso gehandelt!«

»Ja, das hätte ich. Aber ich konnte nicht!« erwidere ich dann mit einem deutlichen Hinweis auf meine Moskau-Mission, die genaugenommen von meinem Geschlecht gestoppt worden war. Einsicht Nummer 2: Wir sind nicht nur unterschiedlich geboren, wir sind auch ungleich geboren. Welchen Mann ereilt jemals eine Schwangerschaftsvergiftung?

In dem Moment kehrt Paul mit einem Körbchen Pflaumen und einer neuen Ladung Zeitungen zurück, die ich wieder nur sporadisch werde durchblättern können. Sie verbluten in Sarajevo, UN-Truppen sind nach Somalia gesandt worden, und es ist furchtbar, aber um ganz ehrlich zu sein, bin ich mehr damit beschäftigt, ob die Pflaumen gegen meine Verstopfung helfen. Heidi bekam schließlich heute morgen »einen Negerarm« hin, der mir, was die Größe, den Geruch und die Konsistenz betrifft, detailliert beschrieben wurde. Ich lachte und war neidisch. Oh, schlafen und scheißen zu können...

»Herzlichen Glückwunsch!« begrüßt Birgitte ihn.

»Wozu?« fragt Paul und signalisiert ein bestürztes »Hast-du-es-ihr-erzählt?«. Ich morse ein »Ja-zum-Teufel!«, und Paul sagt, daß das aber noch geheim bleiben muß.

«Aber das steht doch sowieso in der Bildzeitung«, sage ich. »Dänemarks neuer Mr. News«, neckt Birgitte ihn, und Paul guckt leicht säuerlich und sagt, daß eine eventuelle Berühmtheit nur eine Nebenerscheinung sei, die er ganz cool zu nehmen beschlossen habe.

»Ach, hör doch auf!« lacht Birgitte. »Du willst doch schrecklich gern berühmt werden! Warum gibt das eigentlich nie jemand zu?«

»Na ja«, erwidert Paul und würdigt sie nur mit einer seiner kühleren Lächeleinheiten. »Du hast recht. Warum räumen wir nicht ein, daß wir doch nur alle davon träumen, den Sunset Boulevard in einem weißen Cadillac rauf und runter zu brausen?«

»Mit einem Kindersitz hinten drin?« kommentiere ich und überlasse ihm Zarina, die gerade aufwacht.

»Holst du die beiden morgen ab? Sonst kann ich das machen«, fragt Birgitte und tritt damit ernsthaft dem, was er am intensivsten pflegt, seinem südländischen Ehrgefühl, auf den Schlips.

»Kümmere du dich um deine Familie, und ich nehme mir Zeit für meine!«

Heidi sollte eigentlich bereits am fünften Tag entlassen werden, erhält aber die Erlaubnis, noch einen Tag länger zu bleiben. Also machen wir uns am sechsten Tag gemeinsam darauf gefaßt, in die Kälte hinaus zu müssen. Wörtlich genommen, denn nach dem heißesten Sommer der letzten fünfzig Jahre ist es kalt und regnerisch geworden, grau und windig. Wir reden nicht viel. Sie ist viel stiller als üblich, eher vogelartig verletzlich unter ihrer Robustheit. Ich betrachte sie heimlich, als sie mit nassen Haaren aus dem Badezimmer kommt und sich anziehen will. Birgitte war mit einem neuen schwarzen Jogginganzug für mich da, den sie letzte Nacht genäht hat, in dem viel Platz für meinen Hängebauch und die Narbe ist. Dagegen hatte Heidi offensichtlich nicht so realistische Vorstellungen von ihrer Nachgeburtsfigur, denn sie versucht vergebens, sich in ein paar elastische Jeans hineinzuzwängen. Die Hose steht mindestens fünf Zentimeter weit offen, aber sie tut, als wenn nichts wäre und hält sie mit einem Nietengürtel zusammen, den sie auf dem äußersten Loch schließt. Und dann ein Sweatshirt darüber. Das Kind hingegen ist vorschriftsmäßig in zarte Pastelltöne gekleidet, gekrönt von einer hellblauen Mütze über den schwarzen Haaren.

»Hier«, sagt sie und wirft mir eine entsprechende rosafarbene durch die Luft zu. »Ich habe eine in jeder Farbe gekauft!«

Ich bedanke mich. Genaugenommen habe ich gar keine Mütze mit – wieder einer der Anfangsfehler, von denen ich so viele mache.

»Holt dich denn niemand ab?« frage ich.

»Nee«, sagt sie, ihr Baby über der Schulter, während sie ihre Tasche packt. »Wer sollte das denn?«

»Deine Mutter oder deine große Schwester, die mit den Kindern...«

Heidi wirft mir einen kurzen Blick zu. Wieder mit dieser Warnung, ihr nicht zu nahezukommen.

»Meine Mutter säuft sich auf dem Enghave Plads zu Tode. Meine Schwester will nichts mit mir zu tun haben, weil ich ihren Ex-Kerl wegen Vergewaltung angezeigt habe. Oma liegt im Gemeindekrankenhaus, und mein Vater ist in Nyhavn ertrunken, als ich klein war. Also...«

»Also gibt es niemanden?«

»Höchstens meine Sozialarbeiterin, die dumme Pute. Du mußt entschuldigen, aber ich kann sie einfach nicht riechen!«

»Ja, aber was machst du jetzt? Wohin willst du?«

»Na, nach Hause natürlich. Ich habe 'ne Zweizimmerwohnung in Ishøj. Das ist schon okay... Wir werden schon klarkommen, Chinese, was?« sagt sie und küßt ihr Kind auf die Nase.

»Und wie kommst du nach Hause?« frage ich.

»Mit der S-Bahn. Ich wohne nicht weit von der Haltestelle entfernt«, erklärt sie locker.

»Aber du hast keinen Kinderwagen, oder?«

»Ich trage ihn. Er wiegt ja fast nichts.«

Ich bin nicht gerade eine feine Dame mit dem Drang nach Wohltätigkeit, aber das kann ich nun doch nicht zulassen. Als Paul also mit dem Babytragesitz kommt, um uns abzuholen, teile ich ihm in einem Ton, der jeden Widerspruch ausschließt, mit, daß wir in Ishøj vorbeifahren müssen. Heidi versichert noch einmal, daß sie genausogut den Zug nehmen kann, aber Paul, der zuerst mißmutig reagierte, besteht jetzt selbst darauf. Und als wir sie vor dem Aufgang zu einem trostlosen, verkommenen Betonhochhaus abgesetzt haben, ist er es, der sich die größten Sorgen macht.

»Soll ich dich nicht lieber hochbringen?« fragt er, aber sie schenkt ihm ein Vollmilchlächeln und versichert, daß sie alles im Griff habe, während sie einigen türkischen Kindern zuwinkt, die herbeilaufen und sie umringen, um das Baby anzugucken.

»Aber es kann gut sein, daß ich mal anrufe!« sagt sie und wedelt mit der Visitenkarte, die ich ihr in die Hand gedrückt habe.

»Wenn Kinder Kinder kriegen«, murmelt Paul und wendet den Alfa. »Man kann Bauchschmerzen davon kriegen!«

Es ist lieb von ihm, so großzügig zu reagieren, wenn er sich seinen Triumphzug vom Krankenhaus auch ganz anders vorgestellt hat. Also lächle ich ihm bestätigend vom Rücksitz aus zu, wo ich auf Zarina aufpasse, während wir auf der Autobahn zurück nach Kopenhagen fahren.

»Ist sie angeschnallt?« fragt er unruhig in den Spiegel.

Ich nicke.

»Du auch?«

Ich nicke wieder.

Dann seufzt er tief und voller Wohlbehagen.

»Gut.«

Birgitte hätte sich keine Sorgen zu machen brauchen. Die Wohnung ist antiseptisch wie in einem Reklamespot für Putzmittel. Windeln in der richtigen Größe sind in Großpackungen eingekauft, der Kühlschrank ist voll, und es sind Lilien in den Vasen.

»Hast du auch Leichtbier eingekauft? Und Damenbinden?« frage ich, um ihn irgendwie doch zu erwischen.

»*Yes, love*. Und als ob das nicht genug wäre, habe ich noch ein Geschenk für dich. Oder besser gesagt für euch!« sagt er und führt mich in eine Ecke des Wohnzimmers. Vor dem Fernseher steht ein neuer Sessel.

»Ein Sessel?« frage ich.

»Ein Stillsessel!« betont er. »Italienisch, nach gründlicher Marktanalyse heute morgen bei Paustian gekauft. Setz dich rein!«

»Zarina ist aufgewacht!« sage ich mit einem Blick auf den Kinderwageneinsatz auf dem Sofa. Die Autofahrt hat sie eingeschläfert, aber die Fahrt mit dem Fahrstuhl hat sie gestört. Nicht daß sie aufwacht, ich kann ihr nur ansehen, daß sie den tiefen Schlaf verlassen hat. »Sie hat jetzt auch eineinhalb Stunden geschlafen«, sage ich und wundere mich darüber, wie sehr ich bereits ihren Rhythmus übernommen habe.

»Ja, aber dann können wir den Sessel ja gleich ausprobieren!« sagt er und geht zum Kinderwageneinsatz, bevor ich es schaffe. Ich bin immer noch durch die Narbe behindert, langsam in meinen Bewegungen mit einer schützenden Hand über dem Bündchen.

»Hoppla«, sagt er und hebt sie heraus. Die Mütze sitzt schief, sie schmatzt schlaftrunken und beginnt zu schielen bei ihrem Versuch, über seine Schulter die Umgebung zu betrachten. Paul lacht und befreit sie von der Mütze und dem wattierten Anzug, während mein Gruß an sie aus einem »O nein« besteht, als die Milch umgehend durch den Panzer aus Stilleinlage und BH zu strömen beginnt.

»Gib mir 'ne Windel!« sage ich hektisch, und Paul greift zur Wickeltasche und zieht eine der altmodischen Stoffwindeln hevor, ohne die frau nicht leben kann. Ich drücke sie fest gegen die eine Brust, während ich Zarina an die andere anlege, wobei die erste weiterhin wie ein Wasserhahn tropft.

»Beeindruckend!« murmelt Paul, der das Phänomen noch nie zuvor gesehen hat, und läuft in die Küche, um eine Tasse zu holen, die er drunterstellt.

»Was willst du denn damit?« frage ich unruhig.

»Probieren!« sagt er unbeirrt und setzt die Tasse an den

Mund, als der Boden mit frisch gezapfter Muttermilch bedeckt ist.

»Äh«, verziehe ich den Mund, während Paul wie ein erfahrener Weinprüfer die Flüssigkeit in der Mundhöhle kreisen läßt.

»Guter Jahrgang. Vielleicht ein bißchen süß«, stellt er fest und stellt die Tasse hin. »Aber ganz gewiß gut und nahrhaft!«

»Du bist geisteskrank!« konstatiere ich.

»Das ist nur eine Qualitätskontrolle. Mein Kind soll nur das Beste kriegen!« sagt er und hockt sich zu uns. »Sitzt du gut?« fragt er dann.

»Ausgezeichnet!« nicke ich und muß ihm plötzlich mit einer Hand durchs Haar fahren. Er schließt die Augen, schnurrt.

»Ich dachte schon, du magst mich nicht mehr.«

»Doch, das tue ich. Ab und zu«, sage ich und fühle seine Wange an meinem Handrücken. So grob und rauh im Verhältnis zu Zarinas Babysamt.

»Ab und zu?« wiederholt er für sich. »Wenn ich nicht wüßte, daß Wöchnerinnen so sind, würde ich es ja persönlich nehmen!«

»Was heißt ›so‹?«

»So unbeständig. Regen und Hagel in einem Augenblick, Sonne und sanfte Brise im nächsten... Es ist nicht leicht, ein Mann zu sein!«

»Du Armer!« sage ich und entblöße meine Brust, als ich die Seite wechseln will. Paul guckt hungrig zu. Ich kenne diesen Blick, und vielleicht ist das ein Ausdruck der Unbeständigkeit, daß er wie eine kalte Dusche auf meine ansonsten so sanften Gefühle wirkt. »Wann darf ich zu dir?« fragt er mit einer Hand zwischen meinen Schenkeln.

»In sechs Wochen!« zische ich wie ein Drachen. »Du kannst also gern deinen Schlafzimmerblick für dich behalten!«

»Sorry! Ich habe ja nur gefragt!« sagt er und kommt auf die Beine. »Möchtest du irgendwas?«

»Ja, Kaffee und Bier, bitte!«
Da schleicht er wie ein geprügelter Hund in die Küche. »Sechs Wochen«, höre ich ihn auf dem Flur murmeln. »Sechs Wochen!«

Er schluckt seine Frustration herunter und gibt seine Annäherungsversuche auf, während ich dafür verhältnismäßig lieb und nett bin und es deutlich so verstehe, als hätten wir eine Art stillschweigender Übereinkunft über Null Sex. Aber die ist offenbar einseitig, denn er bricht sie bereits nach ein paar Tagen, indem er von hinten kommt und mich am Busen packt, als ich Zarina im Badezimmer wickle.
»Wirst du wohl!« erstarre ich, und er läßt mich mit einer halblauten Bemerkung los, daß es nun mal verdammt noch mal nicht leicht ist, um Brigitte Nielsen herumzulaufen, ohne auch nur gucken zu dürfen.
»Ich bin doch kein Eunuch!«
»Dann geh doch und hol dir einen runter!« zische ich, mich weigernd, seine unbefriedigte Begier als ein Problem anzusehen, auf das wir unsere Kräfte verschwenden sollten. Außerdem verstehe ich einfach nicht, woher er überhaupt die Energie oder Phantasie nimmt. Wir haben genug zu tun, uns zu dritt zusammenzuraufen, uns ratlos vorzutasten bei dem Versuch, herauszufinden, was bei einem neugeborenen Kind oben und unten ist. Und ich habe genug damit zu tun, mit dessen konstanter Forderung nach Essen, mehr Essen und noch mehr Essen Schritt zu halten. Sie ist eine Verlängerung von mir oder ich bin eine Verlängerung von ihr, und deshalb ist es mir ganz einfach nicht möglich, meinen gemarterten Körper anders als mütterlich anzusehen. Als etwas, das für ihr Überleben da ist. Deshalb ist der Gedanke an Sex nicht nur unerträglich, er ist einfach obszön.
»Kannst du das nicht verstehen?« frage ich müde. »Im Augenblick bin ich dafür nicht zu haben, und auch nicht für dich, nur für sie!«

Das kann er offensichtlich nicht, denn er geht. Ohne ein Wort und mit Türenschlagen und kommt erst sieben Stunden später wieder – sturzbesoffen.

»Wie spät ist es?« frage ich. Er hat mich geweckt, ich war auf dem Sofa eingeschlafen, mit Zarina im Kinderwageneinsatz neben mir blubbernd.

»Zwei!« sagt er trotzig mit brennendem Blick und heruntergezogenen Mundwinkeln.

»Ach!« sage ich neutral und setze mich gähnend hoch, denn auch wenn ich einen schwachen Parfumakzent in dem klassischen Kneipen-Odeur, den er von sich gibt, erahne, habe ich keine Lust, mich aufzuregen. Das wiederum regt ihn auf.

»Du glaubst wohl, du kannst es dir leisten, dich so scheißgleichgültig mir gegenüber zu verhalten!« sagt er mit drohendem Zeigefinger. »Aber ich bin dein Mann, zum Teufel! Der Vater deines Kindes! Du wirst mich nie, nie, niemals los, also gewöhne dich lieber gleich an mich! *This is for good, babe!*«

Ich gähne wieder, schaue auf Zarina hinunter. Es ist Zeit für den *nightcup*.

»Paul, du bist besoffen!« sage ich tonlos.

»Ja und, was glaubst du denn, wie ich mich fühle? Was? Wo ich so ein Scheißklischee sein darf, so eine bescheuerte Parodie von einem frischgebackenen Vater? ›Meine Liebste versteht mich nicht!‹ Das ist doch peinlich! Ins Glas zu flennen und sich bei der Kellnerin auszuheulen!«

Vielleicht hofft er ja, daß ich eifersüchtig werde. Aber das werde ich nicht. Ich stehe auf, um rauszugehen, mir ein Bier zu holen und nach der neu installierten Waschmaschine zu sehen. Als die Fernsehnachrichten liefen, hatte ich eine Maschine mit Kochwäsche gefüllt, was heißt, daß ich die Nachrichten wieder nicht gesehen habe. Ich bin die ganze Zeit immer nur sporadisch über die Weltsituation informiert, und das nervt mich langsam. Obwohl es so aussieht, als käme die Welt ausgezeichnet ohne mich zurecht. Wie auch die Fernsehnachrichten in der Lage sind, ohne mich auszukommen. Genaugenommen gibt es außer mir kaum jemanden, der einen Unterschied feststellen würde. Vielleicht schaffe ich es deshalb nie, sie mir anzusehen. Ein unbewußtes Ausweichen vor der Erkenntnis, daß ich ersetzbar bin. Sie können mich ersetzen, auch wenn meine Kollegen vom Ausland so lieb waren, eine Abordnung zu mir zu entsenden, bestehend aus meinem glatzköpfigen Redakteur Ras und der rotzfrechen Producerassistentin Kirsten. Die hatte die Geschenke ausgesucht: »Die schönsten Kinderlieder«, »Abc, die Katze lief im Schnee« und »Backe, backe Kuchen«. Kirsten schafft es immer wieder, mich mit ihrem Scharfsinn zu überrumpeln – woher konnte sie wissen, daß ich, wie sie sagte, überhaupt keine Ahnung hätte, wie ich dem Kind die ganz normale Kleinkinderziehung zukommen lassen sollte.

»Kannst du zum Beispiel ›Alle meine Entchen‹ auswendig singen?« unterstrich sie ihre Behauptung.

Ras, der sich für eine kurze Periode einbildete, scharf auf mich zu sein, hat sich offensichtlich beruhigt und begnügt sich mittlerweile wieder damit, so nett wie in alten Zeiten – das heißt vor Paul – zu sein. Er hat die Karte geschrieben. Und das will ich damit sagen: Es war lieb gemeint, zu schreiben, daß sie sich drauf freuten, mich bald wieder bei sich zu haben, weil »die Redaktion ein bißchen langweiliger, ein bißchen zahmer ohne TES geworden ist.« Vielleicht meint er das in einem schwärmerischen Augenblick sogar, aber jede Redaktion reproduziert sich selbst, schließt die Lücken und arbeitet treulos weiter. Und den Zuschauern, »der Frau Jensen in Valby«, ist es verdammt egal. Wenn man es genau betrachtet, denke ich, als ich den Kühlschrank öffne und ein Faxe Light heraushole, kann ich ganz und gar ersetzt werden. So ist es immer gewesen, und das erschreckt mich nicht. Die Schlußfolgerung aus dieser Erkenntnis war immer die Grundregel meines Daseins – wenn die anderen mich entbehren können, dann muß ich sie auch entbehren können. Wie Heidi in Ishøj bin ich in diesem Punkt abgehärtet, finde fast eine Art Sicherheit darin, die Dinge so für mich geregelt zu haben. Sich nur mit so starken Fäden zu binden, daß sie schnell aufgebissen werden können. Keine Wohnung kaufen, sich nicht verloben, keine Katze halten oder Topfpflanzen besitzen. Dich nicht verletzlich oder abhängig machen, schließlich dich nicht mehr verlieben als unbedingt notwendig und zumindest nie die Kontrolle verlieren.

Ich schütte das Bier in mich hinein und starre auf das schwarze Viereck des Küchenfensters. Paul ist lautlos ins Bild geglitten und spiegelt sich, unsicher im Türrahmen hängend, darin. Er hat sich eine Zigarette angezündet. Offenbar hat er das von ihm selbst eingeführte Rauchverbot in der Wohnung vergessen. Ich weiß, was er denkt. Das gleiche wie ich. Daß ich sogar Paul, den Mann, der mir am nächsten von allen gekommen ist, entbehren kann. Trotz Zarina. Oder vielleicht wegen ihr. Denn sie ist das einzige Wesen auf der Welt, für das ich nicht ersetzbar bin. Und sie ist, denke ich weiter, während ich die Flasche leere und sie abstelle, wobei ich Pauls Blick in der Fensterscheibe treffe, das einzige Wesen, das zu entbehren ich nicht überleben würde.

Ich drehe mich um und lächle ihn versöhnlich an. »Geh nur zu Bett. Ich kümmere mich schon um Zarina.«

Er liest meine Gedanken, will etwas sagen, gibt sich aber mit einer unsicheren Armbewegung geschlagen. »Na, dann gute Nacht!« murmelt er nur und trollt sich schwerfällig ins Bett.

Ich schaffe es gerade noch, die Wäsche auf der Leine über der Badewanne aufzuhängen und CNN ohne Ton anzustellen, bevor sie sich mit ihrer jedesmal so verzweifelten Forderung nach Essen meldet.

»Ja, mein kleiner Schatz«, sage ich und lege sie an mit Blick auf Frank Sesno, der als stummer Sprecher gehörig an Charme verliert. Wer weiß, ob er Kinder hat? Unersetzliche kleine Kinder? Verheiratet ist er, das signalisiert der glänzende Ehering an seiner linken Hand. Wie Mrs. Sesno es wohl mit Frankieboy so geht? Ist sie *crazy* nach ihm? Oder sitzt sie vielleicht auch gerade mit einem Kind an der Brust da und weiß, daß diese ruhige Stunde der Zeitpunkt ist, an dem eine Frau der Seligkeit am nächsten kommt?

Wir schlafen, ohne den kleinen Vorfall am Abend noch einmal zu erwähnen – Paul im Doppelbett, ich im Wohnzimmer –, und am nächsten Morgen, als ich nach fünf Stunden ununterbrochenem Schlaf wie neu geboren aufwache, ist er Vergangenheit. Jedenfalls hat Paul beschlossen, die Debatte bis auf weiteres auszusetzen, und als die Sonne durch die Jalousien im Erker hereinsickert, und den Frühstückstisch »in himmlischem Strahlenglanz« badet – Pauls Ausdruck –, gibt es keinen Grund, Kaffee und die frischen Brötchen, die Paul auf seiner Joggingtour geholt hat, nicht zu genießen. Er hat zweifellos einen Kater, aber den bezwingt er mit eisernem Willen, Kaffee und Alka-Seltzer und besteht darauf, die erste vollgeschissene Windel des Tages zu übernehmen, während ich Zeitung lese. Nicht besonders förderlich für die gute Laune – strenggenommen gibt es keine einzige gute Nachricht, abgesehen von einem Angebot für Billigreisen in den Fernen Osten – und wer zum Teufel kann das jetzt gebrauchen! – und den Wetteraussichten, die in den kommenden Tagen ein wenig Sonne versprechen. Aber zum ersten Mal seit Ankunft meines Astronauten packt mich die Neugier wieder, so daß ich in einen Artikel über Jelzins Probleme mit seinen reaktionären Gegnern vertieft bin, als Paul mich aufgeregt aus dem Badezimmer ruft.

»Tes! Komm mal gucken! Beeil dich!«

Ich werfe die Zeitung weg, komme elefantös angaloppiert und stoße auf Pauls glücklich-dummes Grinsen.

»Was ist denn?«

»Sie hat gelächelt!«

»Das geht doch gar nicht!« protestiere ich und stelle mich neben Paul, und das muß offenbar wahnsinnig lächerlich aussehen, so ein Elternpaar, das auf einen runterguckt, denn sie schaut uns mit ihren bergzinnenblauen Augen an und macht es wieder: Lächelt zuerst, indem sie einen Mundwinkel verzieht, und vollbringt kurz darauf schnell ein richtig symmetrisches Lächeln.

»Sie lächelt nicht, sie grinst!«

»Über uns!« jubelt Paul aufgebracht und fährt mit ihren Beinchen Fahrrad. »Lachst du deine Eltern aus, du kleines Äffchen?« Die folgenden zehn Minuten können wir nur hoffen, daß wir nicht Opfer einer versteckten Kamera sind, denn wir machen Eididei um die Wette; kitzeln sie unter dem Kinn, lächeln, daß uns die Kiefer weh tun und zwitschern den größten Blödsinn, um eine Zugabe zu bekommen. Und sie ist großzügig genug, ihre Kunst immer wieder zu demonstrieren, immer unzweifelhafter, bis sie nicht mehr mag und uns buchstäblich anpinkelt. Oder genauer gesagt ihren Vater – denn es ist seine Hand, über die plötzlich ein zierlicher Strahl reinen Mädchenurins rieselt.

»Sei froh, daß es kein Junge ist!« lache ich rauh und herzlich und lobe sie besonders für diese Sondernummer.

»O ja!« sagt er und wäscht sich die Hände. »Dann wäre es ja der reine Ödipus! So habe ich trotz allem noch eine gewisse Chance zu landen. Es gibt ja«, sagt er und wendet sich wieder entzückt seinem kleinen Mädchen zu, »eine ganz besondere Bindung zwischen Vater und Tochter!«

Das stimmt nun mal, und warum dann nicht ihm den Service überlassen in den Tagen, die uns noch verbleiben, bis er uns verläßt, um in den Krieg zu ziehen. Der Vergleich ist nicht nur ein guter Spruch, er trifft auch zu, denn er führt sich wie ein Soldat auf dem Weg an die Front auf. Will nicht davon reden, tut, als wenn nichts wäre, und führt Gewohnheiten ein, als hätte er alle Zeit der Welt. Aber ich kann sehen, daß sein Gehirn von einer sechsspurigen Autobahn durchpflügt wird, auf der der Verkehr jeweils in eine Richtung geht und der Norden nie auf den Süden trifft. Er glaubt immer noch, er könne alles unter einen Hut bringen, und wenn ich weiß, daß er das nicht kann, dann nur, weil meine Biologie mich gezwungen hat, die Weisheit zu akzeptieren, die in so simplen Wahrheiten wie alten Sprichwörtern liegt: Man *kann* nicht auf zwei Hochzeiten gleichzeitig tanzen.

Das ist auch der Kommentar, als wir am Nachmittag zum ersten Mal einen Einkaufsbummel mit Zarina im Kinderwagen machen. Einen Ausflug, den Paul geplant hat, seit wir aus dem Krankenhaus gekommen sind, den er jedoch aufgrund des naßkalten Wetters aufschieben mußte. Aber heute meint Birgitte, meine Ratgeberin, die ich in meiner Unsicherheit bei großen und kleinen Fragen anrufe, daß eine Stunde an der frischen Luft für das Kind und für mich gut sein würde. Also schlug ich einen friedlichen Spaziergang um die Seen vor, aber das war nicht, was Paul sich gedacht hatte. Er wollte promenieren, jemanden treffen, *tout le monde* zeigen, daß hier ein richtiger Mann der modernen Sorte kommt, mit Karriere, Frau und Kind. Um des lieben Friedens willen gebe ich nach, bereue es aber, als ich am Storkespringvand von einer Klaustrophie gepackt werde, weil hier Bauarbeiten vor sich gehen und die Absperrungen Tausende von Fußgängern, darunter übrigens ein auffallend großer Anteil an Kinderwagen, in einen schubsenden, nörgelnden Darm pressen, in dem nicht die geringste Rücksicht auf die besondere Verwundbarkeit Frischoperierter oder Neugeborener genommen wird.

Well, wir hätten ja wegbleiben können, und der Meinung bin ich auch. »Ist es nicht schade, daß sie durch diese lärmende, stinkende, schmutzige Großstadt gezogen wird, nur um der Show willen?« meckere ich.

Paul, der Kinderwagenkapitän, der uns durch den Suez navigieren soll, antwortet mir über die Schulter.

»Trotz allem ist das hier weder Mexico City noch Bangkok!

Sie wird es überleben, du wirst es überleben, und ich bin ein glücklicher Mann! Mal ganz ehrlich, Tes, übermorgen renne ich auf dem Kvægtorv in Odense rum und verschmachte!«

Als er im letzten Moment einen Frontalzusammenstoß mit einem prahlerischen Gutsherrenmodell vermeidet, das von einer klassisch schönen Donna gelenkt wird, in der ich eine von Mutters jüngeren Kolleginnen vom Nationaltheater erkenne, fällt mir das Sprichwort ein. Ich weiß nicht, wieso, bin selbst drüber verblüfft, als ob ich jemanden zitiere, den ich nie gekannt hatte. Eine alte Frau aus einer anderen, entschwundenen Zeit. »Man kann nicht auf zwei Hochzeiten gleichzeitig tanzen.«

»Was sagst du?« ruft Paul nach hinten, während die Donna mich gehört hat und mit einem kaum hörbaren »Wirklich nicht?« an mir vorbeigeht.

»Was hast du vorhin gesagt?« fragt Paul kurz darauf, als wir eine Ecke in der Kaufhaus-Cafeteria gefunden haben, nachdem wir es aufgegeben haben, das Café Europa zu entern, das jeder andere außer Paul schon im voraus aus der Kategorie »kinderfreundlich« gestrichen hätte. Hier in der Cafeteria gibt es weder eine *trendy* Einrichtung noch ein *fancy* Publikum, was für mich nur von Vorteil ist, da ich als Milchkuh zur öffentlichen Besichtigung debütiere. Zarina, die die ganze Zeit wach war und die holprige Reise durch die Stadt anscheinend unterhaltsam fand, mag nun nämlich nicht mehr einsam und verlassen in der Tiefe ihres Kinderwagens liegen und sich mit ihren Fingern oder ihrem Schnuller zufriedengeben, womit ich versucht hatte, die Frist zu verlängern. Der wird wütend ausgespuckt, und ihr empörtes Schreien ist ganz überflüssig. Ich habe begriffen. Sie will hoch, sie will etwas essen, sie will ihre Mutter!

Die bekommt sie, sich gierig festsaugend, die Milch läuft ihr das Kinn hinunter, während ich so gut wie möglich meinen voluminösen Busen zu bedecken und die empörten

Blicke zu ignorieren versuche, die uns von einem Rentnerehepaar am Nachbartisch zugeworfen werden. Der Mann, von der Sorte mit Mütze und khakifarbener Reißverschlußjacke, schiebt sogar seinen Teller von sich, als würde ihn der Anblick einer stillenden Frau derart mit Ekel erfüllen, daß er sein Käsebrot nicht mehr runterkriegen kann.

Paul, der mein Unwohlsein bemerkt, schwingt die Lanze, sobald er merkt, was vor sich geht.

»Milch in den Kaffee?« fragt er den Mann direkt, der fast seine Tasse fallen läßt, über die er hinwegschielt. »Ich kann Ihnen versichern, daß die Milch aus Mutters Meierei von bester ökologischer Qualität ist! Ich trinke sie selbst!«

Die Frau dreht sich um und glotzt, woraufhin das Paar sich einstimmig lautstark darauf einigt, daß die jungen Leute heutzutage unverschämt, ungezogen und so weiter seien. Nicht überraschend verlassen sie augenblicklich das Etablissement mit einem »Hm!«, das wie eine Comicsprechblase über ihnen hängt. Wir lachen verschworen – es ist unsere Zeit, nicht ihre –, obwohl ich sie in meiner eigenen Schamhaftigkeit gut verstehen kann. Ich mag auch keine aufdringliche Körperlichkeit.

»Also«, wiederholt er. »Was hast du vorhin gesagt?«

»Daß man nicht gleichzeitig auf zwei Hochzeiten tanzen kann!« sage ich und werde von einem Bumerang getroffen. Die Rentnerin von vorhin wirft garantiert mit solchen Bonmots um sich, und wer hat schon Lust, bei besserwisserischer Schadenfreude ertappt zu werden.

Paul überrascht mich mit einer Retourkutsche. »So was. Soll das heißen, du wirst jetzt *wirklich* weise?«

»Not lehrt das Weib spinnen!« sage ich und schaffe es, meine Kaffeetasse an den Mund zu bugsieren, ohne zu kleckern.

An seinem letzten Tag zu Hause gerät Pauls Schizophrenie an die Grenze zur Farce. Einerseits schaltet er jede Stunde

CNN ein, um auch ja keine sensationellen *breaking news* zu verpassen, wie er auch dänische und ausländische Zeitungen und die letzte Ausgabe des neuen Herrenblatts »Euroman« durchforstet, das die Herrenmode des Herbsts zeigt. Er ist ruhelos, leicht nervös, hektisch kaugummikauend, weil er in Zarinas Nähe nicht rauchen will, deren Großer Vater zu sein er gleichzeitig betont. Nicht zuletzt als die Säuglingsschwester zur Inspektion kommt, übertrifft er sich selbst in ebendieser Rolle. Überzeugend, denn sie ist offensichtlich begeistert, als Paul seine Show abzieht, wickelt und anzieht und berichtet, wie oft seine Tochter gestillt wird, wie lange sie schläft, daß sie regelmäßig Verdauung hat und Wasser läßt. Ich halte mich wie eine demütige Randfigur im Hintergrund, koche Kaffee und hole eine saubere Stoffwindel, in der Zarina gewogen werden kann.

»3977!« stellt die Säuglingsschwester zufrieden fest.

»Dann hat sie ja fast zweihundert Gramm zugenommen, seit sie nach Hause gekommen ist!« bemerke ich stolz von der Seitenlinie.

»Na, sie sieht ja auch wirklich wie ein Mädchen aus, das sich wohl fühlt!« sagt die Säuglingsschwester mit einem anerkennenden Seitenblick auf mich. Zarina verzieht den Mund, als sie auf den Wickeltisch gelegt wird, ist aber zufrieden, als die Säuglingsschwester anfängt, mit ihr herumzuschäkern.

»Du bist aber eine Süße«, sagt sie und beugt sich weit über Zarinas aufmerksames Gesicht.

»Sie kann schon lächeln!« informiert Paul.

Die Säuglingsschwester lacht.

»Ja, das sieht so aus, aber zu Anfang ist das vollkommen unbewußt. Wie eine Art Tick«, erklärt sie und bindet ihr eine Windel um, schnell und geübt.

»Eine Art Tick?« zweifelt Paul. »Sie hat uns vollkommen bewußt angelächelt.«

»Glauben Sie das nur! Ein richtiges Lächeln sieht man normalerweise erst zwischen der sechsten und achten Woche! Aber sie ist wirklich ein liebes, waches Kind! Kann ich mich irgendwo hinsetzen? Ich muß nur noch was aufschreiben.«

Ich führe sie ins Wohnzimmer, gieße ihr Kaffee ein und nehme mir selbst eine Tasse, während Paul Zarina anzieht.

»Das läuft ja alles prima«, sagt sie, während sie ihr Formular ausfüllt.

»Ja«, nicke ich, mit einem Ohr im Badezimmer, wo Paul immer noch herumwuselt.

»Und Ihnen geht es auch gut?« fragt sie und schaut mich über ihre Halbbrille an.

»Ja, mir geht es gut. Das Stillen klappt prima, und mit der Narbe läuft es auch gut, auch wenn sie immer noch ein bißchen weh tut.«

»Sie vermeiden es, Schweres zu heben, nicht wahr? Gut, und denken Sie daran – auch keine schweren Einkaufstaschen und Wäschekörbe in den ersten sieben, acht Wochen! Und den Babytragesitz überlassen Sie lieber ihrem außerordentlichen Mann!«

»Das werde ich schon«, sage ich mit einem säuerlichen Lächeln. »Wenn er hier ist. Er wird bei TV 2 in Odense arbeiten«, kann ich noch petzen, bevor Paul sich mit Zarina über der linken Schulter hängend zu uns gesellt.

»Was?« kommentiert die Säuglingsschwester besorgt und wirft Paul einen skeptischen Blick zu, unter dem er sich unbewußt duckt. »Das heißt, Sie sind dann ganz allein? Haben Sie keine Mutter, Schwester oder Freundin, die solange einziehen kann?«

Ich schüttle den Kopf.

»Das schaffe ich schon«, sage ich, meine Offenherzigkeit bereits bereuend. Warum mußte ich sie da mit hineinziehen?

»Nun ja, ich wandere ja nicht aus!« wirft Paul ein, wird aber überhört.

»Und Sie haben sich auch keiner Müttergruppe angeschlossen?«

»Nicht dezidiert«, sage ich kurz angebunden und denke mit Grausen an die Horde beschränkter Muttertiere, mit denen Birgitte sich ständig umgibt, und denen ich bei einem Treffen einmal vorgestellt wurde, als ich unglücklicherweise gerade dort hereinplatzte. »Aber ich glaube auch nicht, daß das was für mich ist«, füge ich schnell hinzu. Doch auch das wird überhört, denn sie kritzelt eifrig meinen Namen, meine Adresse und Telefonnummer auf so einen Post-it-Zettel, der auf Zarinas Mappe geklebt wird. Dann trinkt sie aus und guckt mit einer »Ich-muß-jetzt-leider-gehen«-Bewegung auf ihre Uhr, verabschiedet sich lieb von Zarina und von uns mit jeweils einem festen Händedruck.

»Unsere Mittel sind ja leider reichlich gekürzt worden, aber rufen Sie mich nur an, wenn Sie einen Besuch außer der Reihe brauchen!«

Ich denke mit ungeteilter Sympathie an Heidi, als ich die Tür hinter dieser Repräsentantin professioneller, umklammernder Bevormundung, Modell Skandinavien, schließe. Kann man sich einen anderen Ort der Welt vorstellen, an dem sich der Staat darum kümmert, ob man in einer Müttergruppe ist oder nicht? »*Jesus Christ*«, knurre ich und übernehme Zarina, damit Paul packen kann. Er will am Nachmittag mit dem Zug fahren, läßt großzügig das Auto hier, damit ich mobil bin. *Very funny*.

»Vielleicht ist das ja doch keine so schlechte Idee mit der Müttergruppe?« meint er während der Übergabe.

Ich begnüge mich damit, einen vergifteten Pfeil abzuschießen, aber er läßt nicht locker.

»Das kann doch schön für dich sein, ein paar Gleichgesinnte um dich zu haben! Du hast doch genaugenommen niemanden außer Birgitte, oder?«

»Und das reicht auch fürs erste. Und außerdem verzehre ich mich nicht gerade danach, Zucchiniauflauf in mich hineinzuschaufeln und sabbernde Babys zu vergleichen!«

Ich lege Zarina in die Babywippe.

»Willst du damit sagen, daß du dich auch nicht zum Babyschwimmen anmelden willst? Außerdem gibt es einen städtischen Kurs in Babymassage!«

»Na, da finde ich eher, du solltest dich dafür anmelden! Die haben sicher so eine Art gleitende Arbeitszeit für Karriereväter, die gern jede dritte Woche etwas für ihre Kinder tun wollen!«

Unfein, unfair und eine dieser Provokationen, von denen sich Personen mit Reserven indigniert abwenden. Aber Paul ist in Bedrängnis, und ich bin nicht länger imstande, die Wut zu unterdrücken, die schon lange in mir brodelt – vielleicht schon seit unserer allerersten Begegnung.

Der Streit, der auf dem Fuße folgt, ist heftig wie ein plötzlich auftretender Raffineriebrand, der alles mit seinen leckenden Flammen verzehrt. Wir waren schon vorher hart zueinander, aber nie, niemals, haben wir einander mit solcher Brutalität die Haut vom Leibe gerissen.

»Du bist einfach der egoistischste Mensch der ganzen Welt! Bist du überhaupt in der Lage zu lieben?« schreit er mich mit geballten Fäusten und vor Geifer schäumendem Mund an.

»Und das fragst du? Ha! Ein narzißtisches Jüngelchen, das vor allen Versprechungen und jeder Verantwortung bei der erstbesten Gelegenheit davonläuft!« johle ich.

Wir begießen uns gegenseitig mit Eimern voller Dreck und Schlamm und hören erst auf, als wir merken, daß Zarina weint, und als wenn sie Moses in dem brennenden Schilfkorb wäre, stürzen wir beide zu ihr, um sie zu trösten und zu retten.

»Entschuldige«, murmelt Paul und nimmt sie hoch, während ich dazukomme und den Kreis schließe, so daß sie sicher zwischen uns ruht.

»Was sind wir doch schwachsinnig«, sagt Paul beschämt zu ihr. »Wie kann man sich so undankbar aufführen, wenn man dich hat?«

Dann schaut er mich mit einem schiefen, traurigen Lächeln an.

»Entschuldige, Tes.«

»Du auch«, sage ich, wohlwissend, daß diese Entschuldigung mit einem Stück Heftpflaster auf einem rauchenden Granatloch zu vergleichen ist. Aber als ein Signal des Friedenswillens ist es brauchbar. Wir bleiben also in unserem vertrauten Kreis, während wir jeweils Dampf ablassen.

»Ich muß noch ein paar Hemden bügeln«, sagt er dann.

»Das kann ich doch tun«, biete ich großzügig an.

Paul küßt mich auf die Nase.

»Das *kannst* du eben nicht! Aber trotzdem danke schön! Kann ich etwas für dich tun?«

Abwaschen, saubermachen, einkaufen, könnte ich antworten. Seine Hilfe in diesen Tagen hat in erster Linie darin bestanden, sich um Zarina zu kümmern, als könne er sie speichern und auf diese Weise mitnehmen. Das ist, was er feierlich »Vertiefung« nennt.

»Wir müssen uns ineinander vertiefen«, hat er gesagt und sich über sie gebeugt, während er ganz entgegen seiner üblichen Ordnungsliebe den Abwasch stehenließ. Also habe ich ihn übernommen. Denn mit einem Mal kann ich keine schmutzigen Teller, überquellenden Mülleimer und Staubmäuse in den Ecken mehr ertragen. Aber warum die zerbrechliche Waffenruhe gefährden. »Trotzdem danke schön!« begnüge ich mich mit dem Echo.

Was mich betrifft, vergeht der Rest des Nachmittags damit, darauf zu warten, daß er aufbricht. Vielleicht hätten wir uns lieber zusammensetzen und unser Knäuel entwirren sollen, aber wir sind nur noch in der Lage, unsere Wunden zu lecken und über die Explosion des Vormittags hinwegzukommen. Er bügelt, packt, läuft herum. Ich habe mich mit Zarina, die in meiner Armbeuge schläft, ins Bett gelegt und döse selbst über der eleganten Frauenzeitschrift ein, die Paul für mich gekauft hat. Sicher ein weiterer Versuch, mir mehr *Stil* beizubringen. Ich mag die Artikel nicht lesen, und die Kleider interessieren mich auch nicht, aber die Rezepte und die stillebenartigen Darstellungen von selbstgebackenem Brot verschlinge ich. Im Augenblick habe ich keinerlei Erinnerung daran, wann ich das letzte Mal Brot gebacken habe. Als wir im Landschulheim in der 9. Klasse einen Zopf gebacken haben? Aber während ich daliege und die Rubrik »Sind Sie überhaupt fähig zu lieben?« durchgehe, bekomme ich ein starkes körperliches Verlangen danach, Mehl auf eine gescheuerte Tischplatte zu streuen und mit den Händen knetend im Teig zu versinken.

»Haben wir eigentlich Hefe?« frage ich Paul, als er hereinkommt, um seinen Wecker zu holen.

»Hefe?« Er sieht mich konsterniert an. »Nee. Wozu denn?«

»Ich habe Lust zu backen«, sage ich und lege die Zeitschrift weg. Zarina hat jetzt eine halbe Stunde geschlafen, wenn ich also selbst eine Runde die Augen schließen will, sollte ich lieber bald damit anfangen.

Er setzt sich bei mir auf die Bettkante, streicht mir übers Haar, liebevoll, mit einem Zwinkern im Augenwinkel, das er mit Richard Gere gemeinsam hat.

»Mein kleines Mädchen, ist es da ein Wunder, wenn ich verwirrt bin? Backen! Du!« sagt er dann. »Darf ich mich ein bißchen zu dir legen?«

Ich füge mich, unwillig und steif und entspanne mich erst, als ich von seiner guten Absicht überzeugt bin. Er hält sich wirklich zurück, wird nicht aufdringlich. Ich bin es schließlich, die ihre Beine zwischen seine schiebt und die Hände auf seinem Kreuzbein ruhen läßt.

»Dein Körper ist jetzt so anders«, murmelt er.

»Vielen Dank, das weiß ich«, entgegne ich.

»O nein, er ist wunderbar. Viel schöner! So fruchtbar und reif und ...«

»Nora, die Milchkuh!«

»Tes, ich habe gesagt *schöner*! Du machst mich scharf!« sagt er und bricht doch sein Versprechen, als er seinen Unterleib leicht gegen meinen Schoß preßt.

»Paß auf meine Narbe auf!« bitte ich ihn alarmiert, als er anfängt, an mir zu schaukeln.

Das verspricht er, heiser flüsternd, und meine sprießende Mütterlichkeit ist jetzt groß genug, auch ihn mit einzuschließen, denn ich lasse ihn gewähren. Streiche ihm sogar noch über den Rücken dabei und spüre selbst eine dumpfe Erinnerung an Lust, als er vorsichtig meine von der Milch gespannten Brüste streichelt.

In dem Moment kommt er mit einem hohlen Stöhnen. Hinterher liegt er mit geschlossenen Augen da und schwer atmend, während ich ihn mit sanftem Staunen betrachte. Vielleicht verstehe ich die Männer und vor allem diesen hier nicht, aber wenn ich überhaupt in der Lage bin, einen von ihnen zu lieben, dann diesen hier.

»Danke«, sagt er und öffnet die Augen.

»Das war ja nicht viel«, antworte ich mit klebrigem Samen auf meinem Bauch.

Er lächelt über die Doppeldeutigkeit.

»Ja, aber es war genug. Oder jedenfalls besser als gar nichts. *A man needs his woman*. Jetzt ist es nicht mehr *ganz* unmöglich für mich, wegzugehen.«

Wir bleiben liegen, dicht beieinander, wie eine unausgesprochene Bestätigung, daß wir einander haben wollen. Daß er zurückkommt und daß ich auch noch hier sein werde, wenn er heimkehrt. Als es also soweit ist, Zarina aufwacht und das Taxi auf dem Weg ist, habe ich tatsächlich das Gefühl, ich würde einen Soldaten verabschieden. Traurig, bereits den Verlust wie einen Windhauch um die Knöchel spürend.

»Ich werde dich vermissen«, sage ich und meine es auch.

Er antwortet mir melodramatisch, indem er uns beide an sich drückt. Da hupt das Taxi. Paul nimmt seine Taschen und verschwindet mit Gepolter die Treppe hinunter.

Wir eilen ans Fenster und winken ihm vom Erker aus zu, während er sich umdreht und uns Handküsse zuwirft. Dann setzt er sich ins Auto, das Taxi blinkt und verschwindet im Strom der Rush-hour.

»Jetzt sind wir allein, mein Schatz«, sage ich und drücke meine Lippen an den zarten Flaum auf ihrem Kopf.

Als ich irgendwann zwischen Vaters Verschwinden und Mutters erstem *nervous breakdown* bei Tante Mo auf dem Land wohnte, hatte ich ein Kätzchen. Es war struppig und schwächlich, ich hatte es beim Bauern gefunden, heimlich mit nach Hause genommen und in einem Schuhkarton unter dem Bett versteckt. Nachts lag es bei mir unter der Bettdecke in dem Dachzimmer, das ich zu diesem labilen Zeitpunkt meines Lebens als erschreckend unheimlich empfand, wenn das Licht auf dem Hofplatz gelöscht wurde und die rabenschwarze Winterdunkelheit sich dicht um das Forsthaus schloß. Der Wind zerrte an den Bäumen und heulte im Schornstein, aber nachdem ich die Katze hatte, machte mir das nichts mehr aus. Das Wissen um ein anderes Wesen im Zimmer, dieses kränkliche Kätzchen mit seinem fiebrigen Atem in meinem Bett, reichte aus, damit ich mich nicht länger verlassen fühlte.

Das gleiche Gefühl der Verbundenheit mit einem ruhig atmenden Wesen erlebe ich jetzt, wenn ich mit Zarina allein bin. Sie kann noch so tief schlafen, und ich kann mich in praktischen Handgriffen oder in meinem eigenen Schlaf von ihr entfernt haben, aber noch stärker als im Krankenhaus spüre ich, daß ich nicht mehr nur ich bin. Sie ist die ganze Zeit über intensiv gegenwärtig – im Zimmer, in der Zeit, in mir. Das stimmt mich euphorisch, aber gleichzeitig spüre ich erst jetzt, wie die Verantwortung sich wie ein bleigefütterter Umhang schwer um mich legt. Darauf folgt mal wieder eines dieser merkwürdigen Aha-Erlebnisse, bei denen herausgerissene Satzteile und Wortfetzen, die man im Vorbeigehen gehört und zu verstehen gemeint hat, einem plötzlich als klare Aussage vor Augen stehen, die schließlich einen Wert für mich bekommem haben. »Alleinstehende Mutter« zum Beispiel. Was ich vorher nicht verstanden habe, weiß ich jetzt: Keine Mutter ist allein. Sie ist nur allein, was die Verantwortung betrifft. Dafür ist sie dabei erschreckend einsam. Und hart arbeitend! Die ersten beiden Tage, nachdem Paul weggefahren ist, verlasse ich die Wohnung nur, wenn ich auf den Balkon gehe, um zu prüfen, ob der Kinderwagen dort stehen kann. Dann kann sie sich also daran gewöhnen, ihren Mittagsschlaf draußen zu halten, wie Birgitte es am Telefon vorgeschlagen hat. Und dabei herrlich frisches Kohlendioxid in ihre zarten rosaroten Lungenflügel einsaugen. Untragbar! Autos raus aus den Städten! Den Kinderwagen aufzutakeln ist dann das Projekt des ganzen zweiten Tages. Der erste Tag ging mit Ausmisten und Fußbodenwischen auf allen vieren vor sich – gut für das Kreuz! –, und als es mir auch noch gelingt ins Bad zu kommen, um mir die Haare zu waschen, kann ich kaum mehr verlangen. Der Rest der Zeit ist als unregelmäßiges Muster in das Band gestanzt, das den zyklischen Rhythmus zeigen soll, den wir versuchen herauszufinden. Die drei resoluten Rs – Ruhe, Reinlichkeit, Regelmäßigkeit – der Vergangenheit werden jetzt von den süßen Ss abgelöst, wie ich es Paul berichte, als er anruft, um zu hören, wie es läuft.

»Schlafen, Scheißen, Stillen! Ad libitum!«

»Ja, aber was habt ihr sonst noch gemacht?« fragt er.

»Sonst nichts«, sage ich lakonisch. »Falls also irgendwo eine Atombombe explodiert ist, wirst du hiermit gebeten, es mir mitzuteilen!«

Es ist nicht so schwierig, einen Säugling zu betreuen, und als ich die erste Ungeschicklichkeit überwunden habe, bekomme ich es besser in den Griff als erwartet. Ich hatte mir etwas wie Panik und hektische Betriebsamkeit vorgestellt, aber so ist es nicht. Ganz im Gegenteil verlaufen die Dinge in einer Art *slow motion*, einem Unterwassertempo, bei dem alles zusammenfließt. Ein Rationalisierungsexperte würde wahnsinnig werden – nachdem er festgestellt hätte, daß einmal Stillen zwischen zwanzig Minuten und einer halben Stunde dauert, das Bäuerchenmachen sich leicht auf eine Viertelstunde ausdehnen kann, das Windelwechseln auch noch mindestens eine Viertelstunde braucht, was pro Tag sechs- bis zehnmal der Fall ist, würde er als erstes fordern, daß das heruntergeschraubt und der Akkord heraufgesetzt wird, bis intensivere Beobachtungen beweisen würden, daß sich das nicht machen läßt. Man kann ein trinkendes Kind nicht zur Eile antreiben! Andererseits braucht es auch seine Zeit, einen Jetmotor abzukühlen, auch bei mir, und ich ertappe mich selbst dabei, beim siebten Stillen am Tag ungeduldig mit dem Fuß zu wippen oder zu schnelle Bewegungen zu machen, als ich sie nach dem Abendbad ins Handtuch einhülle und abtrockne. Sie reagiert prompt – indem sie unruhig wird oder sich beklagt, sobald sie meine Abwesenheit bemerkt oder den Versuch, sie unter Druck zu setzen oder sie nur mal von mir weg hinzulegen, um eine Zeitung zu lesen oder Kaffee zu kochen. Also gebe ich bis auf weiteres jede selbständige Tätigkeit auf, und sobald ich mich ihr hingebe und mit ihr auf meinen Schenkeln dasitze oder mit ihr auf der Schulter oder in einem Tragesack von Brigitte herumlaufe, ist sie lieb und sanft wie ein Engel. Sie weint fast gar nicht, ist nur ein wenig abendmeckerig, aber als ich auf Pauls Anlage Tschaikowsky auflege, kommt sie sofort zur Ruhe, ihr Kopf an meinem Herzen ruhend. Also sind es eigentlich ruhige Tage, an denen ich uns klugerweise keinen größeren Herausforderungen stelle, als wir bewältigen können – das heißt, ein Gang zum nächsten Supermarkt, als der Notvorrat aufgebraucht ist, und ein wenig Spazierengehen um die Seen. Mehr schaffe ich nicht, und die Liste der Aufgaben des Tages wird von mir mit *mañana* beiseite geschoben. Am größten ist mein schlechtes Gewissen darüber, daß ich es nicht geschafft habe, Heidi zurückzurufen, die einen lockeren Bescheid auf dem Anrufbeantworter hinterlassen hat: »Hallo, hier ist Heidi, hast du was am Laufen...?« Außerdem sollte ich im eigenen Interesse die Krippenplatzvergabe anrufen und nerven, um Aussicht auf einen Krippenplatz noch vor der Jahrtausendwende zu bekommen. Und dann ist da noch Tante Mo, die so gern ein Foto von ihrer Großnichte hätte, und ganz unten auf die Liste habe ich »Vater« geschrieben, ohne richtig zu wissen, was ich selbst damit gemeint habe. Ich habe auch nicht genug Energie, das herauszufinden, habe nur das Gefühl, daß er mich seit Mutters vertraulichen Mitteilungen wie ein waberndes Gespenst umschwebt. Auf jeden Fall wäre er mir wohlgesonnen, einer, mit dem man reden könnte, wenn die Erschöpfung mich nicht daran hindern würde.

Es ist nicht Zarina an sich, die mich aussaugt. Es ist der Schlaf, der die ganze Zeit in kleine Teile zerhackt wird, das zehrende Stillen, die Abheilung des Körpers und vielleicht in erster Linie das konstante Knistern im Bewußtsein, das ich als eine Art Aufhebung der Schwerkraft empfinde, um wie einen Trickfilm, bei dem alle Gegenstände und bekannten Zusammenhänge auseinandergenommen werden, um wie freischwebende Meteoriten im Universum wieder zueinander zu finden. Und obwohl ich müde bin, todmüde, und jetzt den Wert des Begriffs »durchschlafen« verstehe, kann ich nicht einschlafen. Es geht einfach nicht. Ich bin aufgedreht wie Mutter nach einer Premiere, wenn sie mit einem Cognacglas in der Hand im Wohnzimmer herumläuft oder irgendeinen Liebhaber mit nach Hause nimmt, der ihr darüber hinweghelfen kann.

Nach ein paar Tagen beginne ich zu begreifen, wieso Soldaten bekanntermaßen imstande sind, schlafend zu marschieren – ich bewege mich jetzt selbst glasig, mit Sand in den Augen, in einer Art Grenzlandschaft zwischen Schlaf und Wachheit und traue mich kaum, mich am Wickeltisch anzulehnen, um nicht – Boing! – umzufallen.

»Aber, warum schläfst du denn nicht?« fragt Paul verständnislos während eines weiteren dieser kurzen, leicht frustrierenden Telefongespräche, die wir führen.

»Könntest du mit einem Kopf wie ›Das Geisterhaus‹ schlafen?« frage ich und sehe wieder meinen Vater vorbeiflattern.

»Hast *du* das gelesen?« fragt er verblüfft.

»Die ersten hundert Seiten«, antworte ich und finde plötzlich, daß mein Leben voller halbgelesener Bücher und unvollendeter Anfänge ist. Was habe ich eigentlich vorher gemacht?

»Ich kann auch nicht schlafen!« sagt er in einem plötzlichen offensiven Anfall und macht sich daran, mir von der Seelenverwirrung zu berichten, die mitgeliefert wird, wenn man in einer Pension in Odense wohnt und der zukünftige Mr. Television ist. »Und ich vermisse euch so!« klagt er, aber in meinem hypersensiblen Zustand registriere ich unbarmherzig, daß er dennoch jeden Tag weniger von dem *Sog* nach Zarina spricht, als hätte er sie bereits fallengelassen. Das muß ein genetisch einprogrammierter Unterschied der Geschlechter sein. Trotz meiner Erschöpfung und den Augenblicken der Reue darüber, nie wieder frei und ungebunden zu sein, trotz meiner Tagträume von endlosen Vormittagen mit ungestörtem Schlaf, würde ich ohne sie dahinsiechen. Deshalb kann ich nicht schlafen. Ich habe Angst, sie in dem Augenblick, wenn ich nicht aufwache, zu verlieren. So ist es doch immer in den Märchen – der Wolf kommt erst, wenn du dir erlaubst, unaufmerksam zu sein. Du döst für eine Sekunde ein, und wenn du die Augen öffnest, ist die Katastrophe da und die Wiege leer.

Also stimmt es, was Paul im Krankenhaus von meiner entblößten Achillesferse sagte. Aber ich vermag ihm dennoch nichts davon zu erzählen. Von der Angst, die sich um die Freude wie die Schlange um den Baum der Erkenntnis schlängelt. Ich bin in den Garten Eden eingeschlossen und habe »Das göttliche Kind« in die Arme gelegt bekommen, aber ich muß mit marternden Visionen und einer quälenden Angst bezahlen, sie wieder zu verlieren und damit in die ewige Verdammnis gestürzt zu werden. »Kannst du nicht am Wochenende nach Hause kommen?« frage ich statt dessen.

»Oh, ich würde ja schrecklich gern, aber... es ist ja nun gerade Sinn der Sache, daß ich beim Wochenendablauf als Praktikant dabei bin. Es tut mir wirklich leid, Tes. Warum rufst du nicht deine Mutter an und bittest sie um ein wenig Entlastung?«

Der Vorschlag ist ungefähr so idiotisch wie der mit der Müttergruppe. Ein einziges Mal ist Mutter vorbeigekommen, seitdem ich wieder zu Hause bin. In Eile, auf dem Weg zu einer Fernsehaufnahme, begleitet von Zahnarzt-Freddy, der seine Arbeitsstunden reduziert hat, um sich seinen »künstlerischen Interessen« besser widmen zu können. Abgesehen vom Aquarellmalen auf griechischen Inseln bestehen diese in erster Linie in Mutter, die bei der Aussicht, intensiver von dem langweiligen Kavalier belästigt zu werden, äußerst verblüffend reagiert. Sie behandelt ihn schroff, springt nach Lust und Laune mit ihm um und macht ihm unmißverständlich klar, daß sie genießt, er aber die Zeche bezahlt. Er wedelt nur mit dem Schwanz und folgt ihrem kleinsten Wink. Gewisse Männer sind nun mal Masochisten. Übrigens brachte er ein überwältigendes Geschenk zu Zarinas Geburt und strahlte stolz, als er sie halten durfte, und als ich auch noch sagte, er dürfe der Ersatzopa sein, war er kurz davor, gerührt zu schniefen. Er hat jetzt also die Ehre, auf meiner neuen Positivliste zu stehen, auf der meine Mutter hingegen kurz davor ist, ganz gestrichen zu werden, und das nach dem so vielversprechenden Anfang im Krankenhaus. Nicht daß ich so naiv wäre, zu glauben, sie würde mit einem Wöchnerinnentopf heißer Suppe herbeigeeilt kommen – aber irgendeine Form ausgedehnterer mütterlicher Fürsorge hätte ich mir doch erhofft. Eine einfache Unterstützung der Mutter für die Tochter. Aber ich will nicht klagen –

sie hatte ein Walnußbrot und einen Becher Halbfettbutter dabei und legte auch noch ihren Kopf zur Seite und strich mir über die Wange, als sie sagte, daß ich aber verdammt durchsichtig aussähe.

»Du denkst doch daran, Eisen zu nehmen, oder?«

Und dann stellte sie eines ihrer ungedeckten Versprechen aus – »du mußt mir sagen, wenn ich etwas für dich tun kann!« –, die sie nie einhält. Das weiß ich, und normalerweise lasse ich sie damit durchkommen, indem ich so tue als ob, aber nachdem ich Paul gehässig ausgelacht habe, reitet mich doch der Teufel. Ich bin in Not, sie ist meine Mutter und die Großmutter meines Kindes, sie hat verflucht noch mal die PFLICHT, mir zu helfen. Also rufe ich sie an, ungefähr gegen Mitternacht, die Zeit, zu der sie normalerweise am entspanntesten ist. Zugleich ist das aber auch ihre heilige Stunde, wenn sie allein ist, barfuß herumläuft und Musik hört oder nur in einem Sessel sitzt und über ihrem Glas meditiert.

»Therese!« ruft sie freudig überrascht aus. »Das ist ja toll, ich wollte dich gerade anrufen, aber ich dachte, du schläfst...«

Im Hintergrund ist Musik zu hören – swingender Jazz – also ist sie gut gelaunt, aber höchstwahrscheinlich nicht allein.

»Ich kann nicht schlafen«, setze ich an, doch sie fällt mir sofort zwitschernd ins Wort, so daß es bei dem Ansatz bleibt.

»Weißt du, ich habe nämlich einen Preis bekommen! 100 000 Kronen!«

»Herzlichen Glückwunsch!« sage ich. »Was ist das für ein Preis?«

»Na ja, irgend so ein neugestifteter nordischer Kulturpreis! Das hat irgendwas mit den Vereinten Brauereien und Volvo und so zu tun. Sie haben gerade erst aus Stockholm hier angerufen! 100 000 Kronen! Ist das nicht TOLL! Damit kann ich meine Schulden bezahlen!«

»Ja«, antworte ich matt. »Und was ist die Begründung?«

»Begründung?« fragt Mutter, als ob jegliche Begründung vollkommen überflüssig wäre.

»Ja, wofür kriegst du den Preis?«

»Na, das weiß ich doch nicht! Wofür kriege ich eigentlich den Preis?« ruft sie nach hinten. Eine Männerstimme, die ich als die Viktors, des Schattenliebhabers, identifiziere, ruft soufflierend: »Weil du mit deinem großen Talent und deinem vielseitigen, generösen Schauspiel ein Band zwischen den nordischen Ländern knüpfst!«

»Hast du gehört?« fragt Mutter. »Das hat sicher was mit der Bergman-Inszenierung im Dramaten-Theater zu tun.«

Ich habe es gehört. Meine Mutter ist talentiert, vielseitig und generös. Und außerdem vermag sie etwas, was kein schwedischer oder dänischer Ministerpräsident bisher vermocht hat: eine Brücke über den Øresund zu bauen. Also gratuliere ich ihr noch einmal.

»Es wird eine große Preisverleihung geben. Paul und du, ihr kommt doch, nicht wahr? Ich meine, natürlich mit der Kleinen?«

Das muß ich mir überlegen. Aber ich verspreche nichts. Ich bin schließlich ein wenig müde, kann ich dazwischenschieben. Sie wiederholt automatisch, daß ich daran denken soll, meine Eisentabletten einzunehmen, und irgendwo aus ihrem Phrasenlager holt sie auch noch ein: »Du achtest doch darauf, daß du was Richtiges ißt, nicht wahr? Jeden Tag eine warme Mahlzeit!«

Bevor es mir gelingt, sie mit einer negativen Antwort aufhorchen zu lassen, fragt sie rituell nach Paul, und dann hat sie das Glück, daß es an der Tür klingelt.

»Das scheint sich hier zu einem großen Gelage zu entwickeln! Wir sprechen noch! Ich muß laufen! Ciao, ciao!«

In dieser Nacht mache ich nicht einmal den Versuch, einzuschlafen. Während Zarina schläft, auf der Seite und auch nicht zu warm – die Mütterberatung empfiehlt entsprechende Vorsichtsmaßnahmen gegen den plötzlichen Kindstod –, koche ich mir eine Kanne georgischen Tee und gehe dann zielbewußt daran, mich meinem Vater zu nähern. Diese Arbeit sollte mit Schweißermaske, Helm und Arbeitshandschuhen ausgeführt werden, aber ich entscheide mich dafür, mich selbst auszutricksen, indem ich unbewaffnet und demonstrativ alltagsmäßig ans Werk gehe. Als wenn es nichts Besonderes wäre, die Mappe mit Vaters zurückgelassenen Zeichnungen zu finden, den Umschlag zu öffnen, sich auf den Boden zu setzen und daran zu machen, den Stapel durchzublättern. Ich rettete sie einst vor dem Müllcontainer, als Mutter die Wohnung renovierte. Nahm sie wie ein Dieb an mich, und seitdem bin ich mit der ungeöffneten Mappe von Ort zu Ort gezogen, als hätte ich Angst, Spinnen und Skorpione würden herauskriechen, wenn ich das Siegel erbräche. Abergläubischer Quatsch, wie ich zu mir selbst sage, als ich resolut ans Werk gehe.

Zuerst ist es eigentlich auch gar nicht so schlimm, eher kurios, dieser naiven Agitprop-Kunst gegenüberzutreten, mit *den Massen* in grobem Linolschnitt, wie der Traum von einem Volk dargestellt, das enthusiastisch die rote Fahne voranträgt bis zum Sieg des Proletariats. Und der Diktatur! Ob er wirklich daran glaubte, der Bauernsohn von Læsø, mit seinem Minderwertigkeitskomplex von der Größe einer der Lenin-Statuen, die jetzt in der früher so rot besungenen Sowjetunion kleingehackt werden? Von dort stammt auch eine seiner Serien im »Arbeiter & Bauern«-Stil – weibliche Traktorfahrer, engelhaft lächelnde Werftarbeiter und andere Helden des sozialistischen Alltags. Das Ganze ist grundnaive Gebrauchskunst, aber mit einer echten Begeisterung gefertigt, die unmittelbar ansteckend wirkt. Brüder, laßt die Waffen sprechen! Er muß es so gemeint haben. Sie alle müssen es so gemeint haben, als sie damals das Künstlerkollektiv gründeten, alle einheitlich blaue Arbeitsoveralls trugen und alles außer den Parolen in sich unterdrückten. Aber während ich die Streifen mit ikonographischer sozialistischer Kunst durchsehe, kann ich es trotzdem nicht verstehen. Es ist erst 25 Jahre her, sie müssen es doch gewußt haben! Sie waren Intellektuelle, belesen, weitgereist – sie müssen doch gewußt haben, daß an den Händen der ganz oben plazierten Parteigenossen, die sie so herzlich drückten, wenn sie bei internationalen Festivals eingeladen waren, Blut klebte. Ich versuche, mir meinen Vater von damals ins Gedächtnis zu rufen. Versuche, mich daran zu erinnern, was er über den Sozialismus sagte. Wie er aussah, wenn er das tat. Wie sein Tonfall war, seine Mimik. Ob es etwas gab, das verriet, daß er Vorbehalte hatte. Es ist schwierig. Es ist schon so lange her, daß ich konzentriert an ihn gedacht habe, daß er fast verschwunden und zu einer Sagenfigur geworden ist. Odysseus, der fortreiste und nie wieder heimkehrte. Aber dennoch, während ich die Teetasse in den Händen halte und von dem georgischen Tee nippe, den er nach einer seiner Reisen in der Familie einführte, dämmert es mir trotzdem. »Wir sind Kommunisten!« sagte er und schlug mit der Faust auf den Tisch. »Und darauf sind wir *stolz*!«

»Sprich lieber nur für dich!« zischte meine Mutter einmal, und daran erinnere ich mich, weil mir einfällt, daß er ihr daraufhin ein schickes Wort hinwarf, das ich nicht kannte: bourgeoise Zicke. Sechs, sieben Jahre alt muß ich damals gewesen sein. Vielleicht ging ich schon in die Schule, da ich von Wörtern so fasziniert war. Er hatte viele davon, fremde Wörter, schwierige Wörter, und dann all die auf ismus, bei denen ich keinen Unterschied feststellen konnte. Kapitalismus, Sozialismus, Trotzkismus, Marxismus, Leninismus. Die mochte ich nicht. Die waren so schneidend, und seine Stimme wurde so lauernd und böse, und sein Mund so streng, wenn er sie aussprach. Also kann die Ideologie nicht seine Liebe, sondern vielmehr seine Pflicht gewesen sein. Dafür zeigte er um so mehr Glut, wenn er einfach davon erzählte, was er auf seinen Reisen gesehen hatte. Und es ist schade, daß er diese Eindrücke aus seinen graphischen

Reportagen von dort wegzensiert hat, denn wenn ich an die Worte denke, bei denen er am längsten verweilte, dann wird deutlich, daß er nicht nur die Union der Sozialistischen Sowjetrepubliken liebte. Er liebte ganz einfach Rußland und muß außerdem sehr fasziniert vom vorrevolutionären *Russija* des Zaren gewesen sein mit Sankt Petersburger Pomp und Pracht, Dramen und Duellen. Er muß Tolstoi, Dostojewski und auch Puschkin gelesen und heimlich genossen haben, denn sonst hätte ich nicht seine Worte wie das Familiensilber in einem mit Samt ausgeschlagenen Kistchen aufbewahrt: Samowar, Babuschka, Troika, Winterpalast, Kreml, Zagorsk. Und die allerersten Sätze, die ich auf russisch lernte, hörte ich von ihm: Minja zavut Therese. Ich heiße Therese. Papa pjot piva. Papa trinkt Bier. Grusinskij tjai. Georgischer Tee. Der Tee ist in der Tasse kalt geworden, also gehe ich ihn auskippen, komme aber sofort zurück, um nachzuschenken. Da höre ich Zarina, ich gehe zu ihr, um nachzusehen, stelle fest, daß sie schläft und immer noch atmet und hole selbst tief Luft. Unter dem Stapel mit der politischen Erweckungsgraphik habe ich bereits einen Umschlag entdeckt, mit Zwirn umwickelt. »Für Beatrice« steht mit kleinen, insektenartigen Bleistiftbuchstaben darauf geschrieben – so unsicher und vollkommen anders als die schreiende Typographie, die er für die Propaganda benutzt hat.

Offensichtlich hat Mutter den Umschlag nie geöffnet, der Knoten sieht aus, als wäre er nie gelöst worden – deshalb zögere ich, bevor ich ihn mit Mühe aufknüpfe. Es wäre sicher einfacher mit einer Schere, aber man schneidet keine Reliquie auf, und für mich ist es, als säße ich mit einem Zipfel vom Gewand des Erlösers da. Den ich nicht besudeln darf, denke ich, als ich die ersten Blätter sehe.

Wenn das andere Politik war, so ist das hier Leidenschaft, und die Frau, die ihre Beine spreizt, den Rücken beugt und die Brüste hervorstreckt, ist eindeutig meine Mutter. *In the nude, of course.* In Kohle und farbiger Kreide. Sie ist jung, kurvenreich und sinnlich, und er war zweifellos besessen von ihr. So besessen, daß er auch ihre Umarmungen verewigt hat. Aber das nicht in impressionistischer Kohle, das Genre könnte man eher als weichkörnigen Fotorealismus bezeichnen, erotische Kunst. Die Modelle sind wiederzuerkennen, die Dekoration ist ein verhurtes Eisenbett mit rotem Bettzeug, er liegt oben als der Bezwinger, sie dreht ihr Gesicht mit einem albernen Lächeln zur Kamera. Damit legt sie ihn wiederum herein – trotz seines technisch geglückten Versuchs, sie im doppelten Sinn in den Kasten zu bekommen und einzufangen, entwischt sie ihm genau dabei. Für sie ist es Spaß, für ihn ist es Ernst – l'amore passionata.

Kein Kind möchte gern das Liebesleben seiner Eltern mitansehen, und mir wird direkt übel als Voyeur von etwas, das mich nichts angeht. Das Geheimnis war versiegelt, und es war nicht geplant, daß ich es entdecken sollte. Das war ein Geschenk für meine Mutter. Eine Bombe, als Rosen getarnt. Und wenn ich das nicht gleich vorsichtig wieder weglege und meiner Wege gehe, werde ich in Fetzen gesprengt. Aber wie Lots Weib auf der Flucht von Gomorrha kann ich nicht an mich halten – ich will nur schnell das Bild umdrehen. »Empfängnis, Paris, 10. Juli 1962.« steht da mit Filzschreiber geschrieben.

»*Holy shit!*« rufe ich in einer unbewußten Assoziation mit dem Religiösen dieses Augenblicks aus. Das bin ich! Da machen sie mich! In einem Hotelzimmer in Paris!

Was hat diese Art von Dokumentation mit Karl Marx zu tun? Nicht besonders viel. Genausoviel wie die einfühlsame, poetische und liebevolle Schilderung von Mutters Schwangerschaft – eine Serie auf einem Dutzend Blättern von der Empfängnis, bis sie mit ihrem Kind, mir, neben sich in der Klinik liegt – überhaupt nichts mit Klassenkampf und roter Front zu tun hat. Hier ist ein Mann, der sich aufgrund eines inneren Drangs ausdrückt. Privat, dekadent und peinlichst verboten. Und die Portraits des Neugeborenen erscheinen in ihrem Lob des zarten Lebens fast lallend. Es ist kein Wunder, daß er sie nie gezeigt hat. Er würde als Klassenfeind tituliert und in der Zeitschrift »Land & Volk« öffentlich gebrandmarkt werden, wenn er so eine Reihe sentimentaler Salonkunst gezeigt hätte. Aber ich bin weder Funktionär noch Kritiker. Ich bin seine Tochter, die ihre eigene Tochter in seiner wiederfindet und sich selbst in ihm. Deshalb ist die Träne, die schwer wie ein Tropfen von einem Eiszapfen aus meinem Augenwinkel herunterfällt, nicht aus Glyzerin.

Wie lange die Türklingel bereits gesummt hat und wie lange Zarina geweint hat, weiß ich nicht, als ich am nächsten Morgen verwirrt zu mir komme. Ich habe eine nebulöse Erinnerung daran, sie gegen sechs gestillt und gewickelt zu haben, aber ansonsten war ich seit drei Uhr nachts in eine Betäubung versunken. Jetzt ist es halb zehn, wie ich auf meinem Radiowecker sehe.

»Ja!« rufe ich schlaftrunken ins Türmikrophon. »Wer ist da?«

»Die Säuglingsschwester! Darf ich reinkommen?«

Als mir klar wird, daß es keine Fluchtmöglichkeit gibt, stehe ich eine Sekunde lang paralysiert da. Weder ich noch mein Hirn sind in einer Verfassung, daß man Lust bekäme, von einer Abgesandten der Gemeinde kontrolliert zu werden. Ich selbst bin ungewaschen, in einem gräulichen Schlafhemd, Zarina vermutlich mindestens durchweicht und rasend hungrig, der Flur ist voll mit Vaters Zeichnungen, und die Wohnung zeigt allmählich Anzeichen mangelnder Sorgfaltspflicht.

Es summt wieder, und ich drücke auf den Türöffner, während ich in Windeseile versuche, alles gleichzeitig zu tun; nehme das weinende Kind hoch, und mit ihr auf meinem Arm heulend stürze ich ins Badezimmer, spritze mir Wasser ins Gesicht und gurgele. Mehr schaffe ich nicht, bevor der Fahrstuhl mit einem Ruck hält und sie im Eingang steht.

»Hallo!« sage ich und kann einen Unterton defensiver Skepsis nicht unterdrücken, während mir vollkommen bewußt ist, daß ich sie mit dem heidischen »Warum-zum-Teufel-kommst-du-schon-wieder?«-Blick mustere. Das erinnert mich außerdem auch noch daran, daß ich sie unbedingt zurückrufen muß.

»Ich will nicht nerven«, leitet die Säuglingsschwester ein, routiniert wie sie ist, »aber ich war gerade in der Nähe, und da... Aber das ist ja schlimm, wie die Kleine weint!« unterbricht sie sich selbst.

»Sie hat Hunger«, sage ich. »Ich muß sie stillen.«

Ich wandere ins Wohnzimmer, und die Säuglingsschwester, von der ich glaube, daß sie Annegrete heißt, folgt mir, als wenn sie hier zu Hause wäre. Hier stinkt es nach Nikotin, und zu spät fällt mir die halb geleerte Rotweinflasche ein, das benutzte Glas und der überquellende Aschenbecher von heute nacht. Ich habe mir nach meiner höchst persönlichen Vernissage erlaubt, über die Stränge zu schlagen. Danach hatte ich das Gefühl, als würde ich in einen Krater von Schlaf fallen.

»Ich habe leider keinen Kaffee gekocht«, sage ich, setze mich in den Stillsessel und spüre Zarinas Mund wie einen Saugnapf um die Brustwarze.

»Das macht doch nichts. Ich gehe auch gleich wieder. Ich wollte nur mal nachgucken, ob es euch auch gut geht!«

Ein kalkuliert beruhigendes Lächeln huscht über ihr Gesicht und wirkt genau gegenteilig.

»Dankeschön«, sage ich. »Uns geht es gut.«

Sie nickt und tut, als sammle sie nicht gerade Beweise, aber ich bin mir todsicher, daß sie sich schon längst die Flasche, das Glas, den Aschenbecher und das ziemliche Durcheinander notiert hat. Dazu kommt auch noch, daß Zarina Probleme hat, zur Ruhe zu kommen, sie läßt wütend die Brustwarze los, und das Weinen setzt wieder ein, noch verstärkt durch frustrierendes Rudern mit den Armen und aufkommender Wut.

Ich fange an zu schwitzen. Werde von Präsentationsangst befallen und verkrampfe mich vollkommen, während ich mir alle Mühe gebe, so zu tun, als wenn nichts wäre und versuche eine Deia-Figur mütterlicher Ruhe darzustellen. Sososo... Zarina schreit noch lauter, und natürlich mischt sich die Hergeschickte ein.

»Wollen Sie sie nicht lieber wickeln?« fragt sie mit einem Kopfnicken zum Hosenboden hin, wo sich eine remouladengelbe Wurst langsam durchzwängt.

»Ja, ja«, sage ich und teile mit, daß ich mal eben gehen werde, um das zu tun, in einem bestimmten Tonfall, der sie unerwünscht in der Stube stehend zurücklassen oder sie noch besser dazu auffordern soll, sich zurückzuziehen.

Sie folgt mir jedoch mit der Entschuldigung, daß sie in drei Minuten woanders sein muß und ja schnell ein paar Worte mit mir am Wickeltisch wechseln kann. Auch hier ist sie scheinbar blind für den überfüllten Windeleimer, die schmutzige Wäsche in der Wanne und das ziemlich unappetitliche Waschbecken. Aber Zarinas roten Po und ihren Schorf auf dem Kopf kann sie nicht durchgehen lassen. Wickele ich sie oft genug? Streiche ich sie mit Zinksalbe ein? Habe ich einen Schorfkamm? Als ich eher schroff als zustimmend antworte, gibt sie sich damit zufrieden und sagt, daß es ja auch nicht so einfach ist, ganz allein mit einem kleinen Säugling zu sein.

»Ist Ihr Mann die ganze Zeit in Odense?«

»Ja«, sage ich mürrisch und finde zu meinem Glück noch einen sauberen Strampelanzug im Regal. Ich muß heute unbedingt waschen.

»Haben Sie sich das mit der Müttergruppe überlegt? Es sind übrigens sogar einige Frauen direkt aus Ihrer Nachbarschaft dabei, wenn Sie...«

»Danke, das ist ganz lieb von Ihnen«, sage ich mit blitzenden Eckzähnen. »Aber ich schaffe es ausgezeichnet ohne...«

Sie nickt geduldig und schluckt jeden Ansatz eines spitzen Kommentars hinunter.

»Solange es dem Kind gutgeht, ist es natürlich nicht meine Aufgabe, mich einzumischen, aber das ist ja nichts Neues, daß Frauen wie Sie, die anscheinend alles im Griff haben, plötzlich nicht mehr können. Daß sie ganz einfach...«

»Ja? Was?« frage ich, bedrohlich nahe am Siedepunkt.

»Na ja, ganz einfach aus reiner Erschöpfung! Es gibt so viele von euch modernen Frauen, die ziemlich isoliert sind, und alles allein schaffen wollen.«

»Ja?«

»Ja, mißverstehen Sie mich bitte nicht, das ist nicht persönlich gemeint. Aber früher, da gab es noch ein ganz anderes Netzwerk für Wöchnerinnen. Jetzt gibt es normalerweise nur noch solche wie uns, und wir können ja nicht viel tun... Moderne Großmütter haben ja keine Zeit zum Helfen, nicht wahr? Die haben ja selbst soviel zu tun. Was ist mit Ihrer Mutter, arbeitet sie?«

Ich nicke, und mir fällt das Gespräch von gestern abend ein. Meine Mutter hat einen Preis bekommen, und ich eine lange Nase.

»Wann haben Sie das letzte Mal eine gute warme Mahlzeit gegessen?« fragt sie aufs Geratewohl.

»Ich habe gestern Dorschrogen gegessen«, sage ich und muß an die Fernsehkantine und meine Schwäche für das Tagesgericht denken. Ich könnte jetzt gut und gern eine Portion Steak mit Zwiebeln und Gewürzgurken verdrücken. Wenn ich es denn herunterbekäme.

»Das kommt auch noch dazu«, seufzt sie. »Ihr werdet zu schnell dünn. Ihr habt keine Reserven. Und wie steht's mit dem Schlaf? Schlafen Sie genug?«

Ich schüttle den Kopf, plötzlich vollkommen kooperationsbereit. Das muß der Mangel an mütterlicher Fürsorge sein, den ihre Behauptungen beweisen.

»Ich kann nicht schlafen.«

»Das müssen Sie aber, und Schlaftabletten taugen nichts. Die gehen nur in die Milch.«

»Ich habe mir letzte Nacht ein Glas Wein gegönnt«, räume ich ein.

Sie nickt weiter.

»Ein oder zwei Glas, das geht. Außerdem ist im Rotwein eine Unmenge von Eisen, und das ist ja gut fürs Blut. Aber es wäre außerdem gut, wenn Sie nicht so isoliert wären. Wenn man allein ist, türmen sich die Dinge gern zu unüberwindbaren Bergen auf...«

Ich erkenne ihren intuitiven Versuch wohlwollend an. Aber ich gebe ihr nicht recht.

»Eigentlich finde ich, daß es gar nicht so schlecht ist, wenn es um mich herum etwas drunter und drüber geht. Es ist nur etwas ungewohnt«, sage ich und nehme Zarina hoch, sauber und duftend.

Aber so leicht ist sie nicht abzuschütteln. Als sie gehen will, drückt sie mir einen zierlich beschriebenen Zettel in die Hand, auf dem ein unbekannter Name, eine Adresse, ein Datum und eine Uhrzeit stehen.

»Ich habe gesagt, daß Sie vielleicht beim nächsten Treffen auftauchen«, sagt sie, als sie mir den Zettel gibt. Und obwohl ich erneut betone, daß ich nichts für eine Müttergruppe übrig habe, zeigt ihr zufriedener Gesichtsausdruck, als sie mit einem Winken für Zarina in den Fahrstuhl steigt, daß sie ihre Mission als erfolgreich ausgeführt betrachtet. So daß man sich wirklich fragen muß, ob es reine Geschäftigkeit oder Nächstenliebe ist, was diese Art von Menschen antreibt. Warum lassen sie niemanden aus ihren Klauen?

Anyway, nachdem Zarina und ich den halben Vormittag verdöst haben – nach unserer neuen Zeitrechnung –, sind wir beide ungewöhnlich gut gelaunt. Wir beginnen mit einem soliden Frühstück: Sie ist gierig wie ein Wolfsjunges, und ich selbst finde noch einige tiefgefrorene Brötchen, die ich im Mikrowellenherd aufbacke. Ich mache Kaffee und will mir gerade ein Ei kochen, als das Telefon mich unterbricht. Ich will es schon dem Anrufbeantworter überlassen, aber sicher ist es Paul, und gerade heute habe ich wie wild Lust, mit ihm zu reden. So sehr, daß ich den Hörer mit einer gänsehauterzeugenden Erwartung abnehme.

»Ja? Tes!« sage ich mit einem Ei in der Hand, während Zarina wie ein Kängeruhjunges vor mir hängt.

»Therese! Hallo, ich bin es noch mal! Heidi...!«

»Oh, hallo!« rufe ich aus und beeile mich, meinen versäumten Rückruf zu entschuldigen. »Du weißt ja selbst, wie das ist...«

»Jaja«, sagt sie. »Das macht auch nichts. Ich wollte nur mal hören, weißt du. Wie geht's mit der Kleinen?«

Ich erzähle, daß es *ganz* prima geht, und auch mir geht es ausgezeichnet, ohne daß ich etwas Besonderes *am Laufen habe*, wie sie es nennt. Und wie geht es dem Chinesen?

»Superklasse! Er hat 375 Gramm zugenommen, und obwohl die Säuglingsschwester wie verrückt gesucht hat, ob ihm was fehlen könnte, hat sie nichts gefunden! Keinen Pups, nichts! Ich hatte ihm sogar die Nägel geschnitten!« Heidi plappert und fragt, ob ich nicht Lust hätte, mal vorbeizukommen? Nur auf eine Tasse Kaffee?

Ja, das könnte ich sicher mal, antworte ich hinhaltend. Eigentlich hatte ich mir nicht vorgestellt, daß Heidi und ich Kaffeeklatschtanten werden sollten, und Ishøj liegt ja nun ganz und gar nicht in der Gegend, wo ich »mal vorbeikomme«.

»Was machst du heute?« fragt sie mit der Fähigkeit der allzuoft Abgewiesenen, nachzuhaken.

»Oh, ich habe einiges zu tun. Ich muß zum Beispiel Rahmen für Zeichnungen kaufen, die ich gefunden habe. Und Hefe – für ein Brot, das ich backen will, und...«

»Ja, geil«, ruft sie aus. »Ich habe auch eine Riesenlust zu backen! Das können wir zusammen machen! Hier bei mir!«

Viel wird mir nachgesagt, aber noch nie hat jemand behauptet, daß ich Probleme hätte, meine Grenzen zu markieren. Einen Pfahl in den Boden zu rammen und ein Gelände mit »Privat. Zutritt verboten«-Schildern zu umgeben, war noch nie ein Problem für mich – fragt nur Paul. Warum ich also zu Heidi nicht nein sagen kann und zwei Stunden später in dem hochnäsigen Alfa Romeo Platz nehme, mit Zarina auf dem Rücksitz und einem Stadtplan neben mir, ist eines der Rätsel, die zeitweise das Dasein so labyrinthisch machen, wie das Netz der Ausfallstraßen, auf denen ich mich fast verfahre. Meine Routine als Autofahrerin in Kopenhagen ist begrenzt, und die Vorortgeographie in westlicher Richtung ist etwas, das ich nur als Namen mich nicht betreffender S-Bahn-Stationen kenne. Avedøre, Frihedem, Brøndby Strand.

Aber ich habe glücklicherweise ein Talent als Kartograph und finde die richtige Abfahrt – nach einem kleineren Umweg, der sich als großer Schweißfleck unter meinen Achseln verewigt hat, als ich vor dem Hochhaus parke. Die Sonne dringt durch die Wolkendecke, was den trostlosen Eindruck des Betonslums etwas mildert, aber während ich kämpfe, den Kinderwagen auseinandergeklappt zu bekommen und den Einsatz richtig hineinzubugsieren, habe ich dennoch das Gefühl, im Vorhof der Hölle zu stehen. Hierher werden die Kastenlosen, die Ausgestoßenen geschickt, die Menschen zweifelhafter ethnischer und sozialer Herkunft. Wir sind ja keine Rassisten, aber ... Ich selbst zähle mich zu den Toleranten und Vorurteilsfreien, zucke aber dennoch wie eine Weiße in Soweto zusammen, als ich plötzlich angefaßt werde. Dunkel, kurz geschoren, zusammengewachsene Augenbrauen – ein junger Türke in fehlerfreiem Dänisch.

»Ich mach das schon!«

Schwupp, ist mir der Wagen aus der Hand genommen, und bevor ich nur »Polizei« denken kann, mit sicherem Griff an Ort und Stelle plaziert worden.

»Und der Einsatz?« fragt er mit einem Kopfnicken zum Rücksitz, auf dem Zarina in ihrem festgeschnallten Korb liegt, und ich resigniere mit einem Schulterzucken und einem »Wenn du willst...«

»Er ist wohl noch ganz frisch, was?« bemerkt der junge Mann, als er den Einsatz mit einer blinzelnden Zarina hineinschiebt. Sie hat Sonne in die Augen bekommen, aber das findet sie offensichtlich interessant.

»Das ist doch ein Mädchen!« korrigiere ich.

»Stimmt, ganz in rosa!«

Er lächelt, und ich bedanke mich für seine Hilfe, er sagt: »Keine Ursache« und verschwindet in dem Beton, während ich mit erwachter Neugier und Lust, mehr über diesen höflichen Einwanderer der zweiten Generation zu erfahren, dastehe. Er ist garantiert arbeitslos, langzeitarbeitslos, in die Welt gesetzt, um vor die Hunde zu gehen.

Wie Heidi, die mit einem süßen Vollmilchlächeln öffnet, den Chinesen über der Schulter und dunkle Schatten unter den Augen. Sie hat Leggings und schiefsitzenden Acrylstrick an, und ich erwarte, daß der Rest der Wohnung das gleiche discountgeprägte Bild einer alleinstehenden, sozialhilfeabhängigen Mutter widerspiegelt. Wachsdecke und Pappkartons.

Was natürlich mehr über mich als über sie aussagt. Über mich, die nie den Drang der Besitzlosen kannte, etwas zu besitzen, zu haben, den Schein der Bürgerlichkeit zu erlangen, dem wir anderen problemlos den Rücken kehren können. Heidi hat alles: Auslegware, Drei-Zwei-Eins-Sofagruppe, Schmiedeeisennippes und ledergebundene Buchclubbücher in den glänzenden Glasvitrinen des Anbausystems. Krøyer-Reproduktionen an den Wänden und Topfpflanzen auf den Fensterbänken. Stereoanlage und Farbfernseher. Und alles sauber und ordentlich. Nein, hier kann die Gemeinde keinen Ansatz von Schlamperei finden.

»Du wohnst aber hübsch!« rufe ich überrascht aus, als ich im Wohnzimmer stehe.

»Findest du?« lächelt sie stolz. »Das ist auch alles ganz neu!«

Mein Taktgefühl verbietet es mir, sie darüber auszufragen,

wie eine junge Frau, die Sozialhilfe kriegt, sich das alles leisten kann. Denn trotz der immerwährenden Legenden darüber, wie »denen« Zucker in den Hintern geblasen wird, wenn sie nur im Sozi ausreichend jammern, weiß ich, daß der Etat für Neueinrichtung bereits mit dem Ledersofa überschritten wäre.

»Ja?« sage ich irgendwie neutral und gebe ihr hiermit eine Chance, weiteren ausführlichen Erklärungen aus dem Weg zu gehen, aber sie präsentiert sie von selbst, ungeschminkt, ordentlich und in solidarischer Vertrautheit.

»Das meiste gehört eigentlich René... Also, ich habe das Geld von ihm gekriegt, als der Kleine sich angemeldet hat... René wollte gern ein Zuhause haben, wenn er rauskommt... Ja, aber das läuft alles auf meinen Namen, weißt du? Damit die nicht kommen und es wegnehmen können... Na, außer den Sachen, die ich auf Raten gekauft habe. Die Glotze und das Video, die haben ja ein Vermögen gekostet!« sagt sie mit einem Kopfnicken zur Hi-Fi-Ecke.

Ich nicke verständnisvoll, und dann gehen wir über zur gegenseitigen Bewunderung unserer Babys, die beide satt und gut gelaunt sind. Zarina ist immer noch die größere von beiden, während der Chinese neben ihr noch exotischer und feingliedriger wirkt. Lotus gegen Löwenzahn, wie ich vielleicht gesagt hätte, wenn ich bei Paul und nicht bei Heidi gewesen wäre. Aber Heidi und ich haben keinen gemeinsamen sprachlichen Code, abgesehen von den Grundakkorden, weshalb ich den Vergleich hinunterschlucke, wie ich noch viele Bonmots an diesem Nachmittag nicht aussprechen werde. Wiederum eine ungewöhnliche Rücksichtnahme, die ich auf mich nehme bei etwas, das doch nur ein Höflichkeitsbesuch sein soll. Warum so tun, als wäre überhaupt eine Basis für eine zukünftige Bekanntschaft vorhanden, wenn das Gespräch aufgrund eines fehlenden Slang- oder Fremdwörterbuchs die ganze Zeit stockt? Antwort: »Ich weiß nicht.« Nachdem wir auf ihren Vorschlag hin ins Einkaufszentrum gegangen sind und danach in der blitzsauberen Küche stehen und in einem gemeinschaftlichen Versuch, Dreikornbrot zu backen, Mehl auf den Küchentisch streuen, da kann ich nur wie Humphrey Bogart in »Casablanca« sagen: »Das ist der Beginn einer wunderbaren Freundschaft.« Könnte ich zumindest. Oder vielleicht besser einer Verwandtschaft. Ja, ich fühle mich fast wie ihre große Schwester. Ganz klar beschützend auf eine Art, wie ich sie selbst Kiki gegenüber nie empfunden habe. Vielleicht, weil sie es nie zuließ. Sie könnte verflucht noch mal verdammt gut auf sich selbst aufpassen! Heidi hat überlebt, also kann sie das auch. Aber sie strahlt dennoch eine herzzerreißende Hilflosigkeit aus und ist ganz konkret so legasthenisch, daß sie nicht einmal ein Rezept lesen kann! Das ist *no big deal*, sie tut nicht einmal, als könne sie es, teilt mir nur mit, daß sie weder lesen noch schreiben könne, das müsse ich also übernehmen.

»Du bist ja so intell!« sagt sie und schiebt mir das Karolineheft rüber, worauf ich nicht weiß, ob ich darüber lachen darf, bis sie selbst anfängt, laut zu lachen. »Liest du auch diese Klugscheißerzeitung?«

»Information?«

»Genau! Die waren im letzten Sommer hier, als Fußball war, weißt du? Wir taten ihnen leid, weil wir Verlierer und der Bodensatz und ich weiß nicht, was noch, wären! Und *wir* haben ihnen dann die Ohren vollgejammert, und die kriegten das ganze Gelaber von den heißen Ländern und so ab, und dann standen wir unten auf dem Platz und sahen arm aus, und ich war ja schwanger, und René war abgehauen und hatte 'n Zeichen auf'm Rücken, und er hat sie rumgekriegt, uns 'nen Kasten Pils zu spendieren, damit sie uns fotografieren durften. Und so standen wir da und sahen total aus, als wären wir alle vollkommen pleite. Und weißt du was?«

Heidi bricht vor Lachen über dem Küchentisch zusammen. »Wir hatten es den ganzen Sommer über absolut saustark! Die Sonne schien die ganze Zeit, und wir haben Fußball geguckt und die Jungs angefeuert und von morgens bis abends gesoffen – nun ja, ich hab mich da 'n bißchen zurückgehalten, du weißt schon – also, da standen wir da, mit Tränen in den Augen, und sobald die abgehauen waren, war wieder große Fete! O Mann, was haben wir uns auf die Schenkel geschlagen, als wir uns in dieser Klugscheißerzeitung gesehen haben!«

Heidi hickst und wischt sich die Augen mit einem Tuch ab. »Sag mal, liest du die?«

»Manchmal«, weiche ich aus. »Hast du einen Mixer?«

Kopfschütteln.

»Eine Teigschüssel?«

Wieder verneinen. Was die meisten Teile an Küchengeräten betrifft.

»Ich habe keine Übung im Essenkochen«, erklärt sie.

»Ja, aber wovon lebst du denn?«

»Von belegten Broten und *Junk-food*. Außerdem kann ich gut 'ne Tüte Spaghetti kochen.«

»Das ist aber zu teuer und zu ungesund«, sage ich.

»Ich habe nie gelernt, wie man Essen kocht. Zu Hause haben wir auch nichts Richtiges gekriegt. Und wenn man nicht lesen kann, dann...« Heidi zuckt die Schultern, wird dann aber ganz eifrig. Fast entschlossen.

»Aber ich möchte es gern lernen! Mein Kind soll nicht mit Joghurt und Pommes frites groß werden! Kannst *du* mir das nicht beibringen?«

»Du solltest lieber erst mal lesen lernen.«

Das ist mir so rausgeschlüpft, aber sie schluckt es.

»Das ist zu spät. Ich bin bekloppt geboren, und so bleibe ich nun mal! Kannst du mir nicht beibringen, wie man Essen kocht? Nichts Besonderes, nur so was wie Frikadellen und Schweinebraten?«

»Aber ich kann doch auch nicht kochen!« protestiere ich.

»Na und, du kannst aber lesen! Du kannst die Rezepte

lesen, und dann machen wir es zusammen. Dein Kind soll doch auch was Ordentliches essen, oder? Okay?«

Ich sehe sie so lange an, daß sie es als Zusage auffaßt.

»Stark!« grinst sie.

»Also, ich habe nichts versprochen!«

»Nein, nein!« versichert sie mir, vermutlich mit hinter dem Rücken gekreuzten Fingern.

»Okay. Lektion Nummer eins. Dreikornbrot. Dreihundert Gramm Mehl...«

Wir müssen uns beide zurechtfummeln, aber sie hat mehr Geschick, während ich dafür als deklarierter Kader den verchromten Überblick habe. Aber auch ich darf kneten, und in den Teigklumpen zu boxen ist genauso entspannend, wie ich es mir erträumt hatte. Ich pinsle das Brot zum Schluß ein, während sie Sesam darauf streut.

»Du«, sage ich, als wir beide mit einer brennenden Zigarette auf dem Küchentisch sitzen und darauf warten, die Brote aus dem Ofen zu ziehen. Endlich eine, mit der man das Rauchen genießen kann – alle anderen sind so heilig geworden.

»Was passiert eigentlich, wenn René rauskommt?«

»Was?« fragt sie nach und schnippt ihre Asche ins Küchenwaschbecken.

»Ja, kommt er dann möglicherweise, um seine Sachen abzuholen?«

»Welche Sachen? Das sind doch meine! Das habe ich schriftlich!«

Sie inhaliert kräftig, ihre Augen werden schmal. »Und ich sage dir, wenn er auch nur versucht, eines seiner Spielchen mit mir zu spielen, dann bring ich ihn um! Und verdammt noch mal, das meine ich ernst!«

»Wann kommt er raus?«

»In sieben Monaten. Wenn er keinen weiteren Scheiß da drinnen macht. Aber er hat ja seine Freunde... Na ja!« sagt sie und saugt bis zum Filter. »Sind die Brote noch nicht fertig? Ich kann es gar nicht erwarten!«

Sie sind fertig. Und wir trinken Teebeuteltee und essen Käsebrote und sind beide äußerst zufrieden, aufgekratzt, über uns selbst, während wir in der duftenden, schmutzigen Einbauküche sitzen.

»Das ist Fatima!« erklärt sie, als plötzlich ein lautes Schreien und Schimpfen in einer fremden Sprache aus der Nachbarwohnung zu hören ist. »Sie ist erst einundzwanzig, und er hat sie schon mit Nummer drei dickgefickt! Die werfen wie die Kaninchen, die Türken!«

»Was ist da los?« frage ich lauschend. Es ist Poltern und Krach zu hören, Kindergeschrei und Frauenjammern, gemischt mit den Tönen voll aufgedrehter türkischer Musik.

»Das ist der Mann, der nach Hause gekommen ist. So läuft das jeden Tag. Er hängt den ganzen Tag draußen rum, und dann kommt er nach Hause, schimpft sie aus und guckt dann Videos mit Bauchtanz. Dann weint sie, dann heulen die Kinder, dann essen sie, dann haut er wieder ab, dann weint sie...«

»Das klingt ja lustig!« sage ich und gucke auf die Uhr. »Wir müssen sehen, daß wir nach Hause kommen.«

»Aber wenn der Mann nicht da ist, dann kriegt sie von all den anderen Frauen Besuch, und dann lachen sie und essen dieses eklige Konfekt und trinken süßen Tee! Ich bin ein paarmal dagewesen, und sie hat auch gesagt, daß sie gern auf den Chinesen aufpaßt, wenn Mama mal raus will und einen drauf machen!«

»Einen drauf machen?« frage ich und sammle meine Siebensachen.

»Ja, irgendwas...«, sagt sie unbestimmt. »Willst du schon gehen?«

Die Frage kommt mit großen Augen und hilflos, was kann ich also anderes tun, als zu versprechen, daß ich bald wiederkomme.

»Ich kann ja auch mal zu dir kommen!« bietet sie eifrig an. »Ich will doch nicht die ganze Zeit hier draußen herumsitzen und versauern. Und dann können wir *richtiges* Essen zusammen kochen. Weißt du, so gebratenes Fleisch und Petersiliensoße...«

Gebratenes Fleisch und Petersiliensoße. Ich muß an sie denken, als ich mich ein paar Tage danach über die Fleischtheke des Supermarkts beuge bei dem vergeblichen Versuch, irgendwas zu finden, das ich mir zwischen meinen Zähnen vorstellen könnte. Ich habe bereits eineinhalb Kilo verloren, seit ich aus dem Krankenhaus entlassen wurde, und auch wenn ich gern so schnell wie möglich wieder schlank werden möchte, spüre ich nur zu gut, daß ich einige Reserven verbrauche. Aber trotzdem – gebratenes Fleisch...

»Was wollen wir essen?« murmle ich Zarina zu, die in dem Tragesack hängt und so in die ewig gültigen Hausfrauenprobleme eingeführt wird. Ich schaue voller Ekel weg, meine Phantasie reicht nicht weiter, um es als das zu sehen, was es ist: totes Fleisch. Als ich aufblicke, ist mir, als sähe ich mein Spiegelbild. Auf der anderen Seite der Fleischtheke steht eine junge Frau mit einem Säugling im Tragesack unter einem Mantel ungefähr wie meinem und hat exakt den gleichen resignierten Zug um den Mund wie ich. Wir blinzeln beide synchron, und dann lächeln wir mit leichtem Schnauben über die Situationskomik.

»Herzlichen Glückwunsch!« sagt sie über den Tresen hinweg.

»Gleichfalls«, erwidere ich und erinnere mich daran, daß ich sie schon mal hier im Viertel gesehen habe, als wir beide einen dicken Bauch hatten. Wir müssen unsere Kinder ungefähr gleichzeitig bekommen haben.

Sie wird von einem Arbeiter zur Seite geschoben, der mit einer Palette Küchenpapier im Angebot angeschoben kommt, die nach den neuesten Discountnormen so hinderlich wie möglich im Geschäft plaziert werden soll. Paul haßt und verabscheut diese Sonderangebotswelle und hat bereits mehrere Diskussionsbeiträge über die »Aldifizierung« Dänemarks geschrieben, das er von »Butterland« in »Margarineloch« umgetauft hat. »Es ist ganz gleich, was es kostet, Hauptsache, es ist billig!« wie er spöttisch im Ekstra Bladet schrieb. Woraufhin die Zeitung mit Leserbriefen überschüttet wurde, die ihn wutschnaubend belehrten, daß er wohl nicht wüßte, wieviel eine Kassiererin ausbezahlt bekommt und wie schwierig es ist, von einem Tagessatz zu leben usw. Ich habe immer noch Probleme damit, mir vorzustellen, daß er jemals eine geliebte Nummer eins auf der TV-Hitliste der bunten Blätter wird. Dann muß er sich vorher zumindest seinen Mund mit Ariel auswischen und sich vor ALDI fotografieren lassen mit der Bildunterschrift: »Auch ich bin arm!«

Von mir aus, denke ich, als ich mal wieder mit einem Vakuumpaket »frischer« Pasta, Putenfleischstückchen und Tomaten im Korb in der Kassenschlange stehe. Neben Windeln, Rotwein und Apfelsinen. Bescheiden und zufällig, aber ich halte es hier nicht länger aus. Ich weiß nicht, was an den Supermärkten dran ist. Sie wirken auf mich äußerst deprimierend.

»Hei, bist du nicht Therese Skårup?«

Es ist mein Zwilling von vorhin, der sich hinter mich gestellt hat.

»Ja«, sage ich überrascht und ergreife die Hand, die sie mir entgegenstreckt.

»Juliane Brandt«, sagt sie. »Ich bin Rechtsanwältin! Ich wohne gleich dahinten in der Nansensgade.«

»Ach?«

»Ja, ich kenne dich einerseits aus dem Fernsehen, andererseits von der Säuglingsschwester. Wir wollen dich gern in unserer Müttergruppe dabeihaben.«

»Ist das ein Komplott?« frage ich, während ich die Waren

aufs Band lege. Aber Juliane Brandt ist nicht umsonst Rechtsanwältin, als wir durch die automatischen Türen hindurchgegangen sind, hat sie den Prozeß gewonnen.

»Na, einige von uns sind nicht so schrecklich mütterlich!«
»Eßt ihr Zucchiniauflauf?« frage ich inquisitorisch.
Juliane Brandt lächelt.
»Das letzte Mal gab's Rüblitorte. Aber ich habe versprochen, daß es beim nächsten Treffen Schokoladentorte gibt.«
»Okay, dann bis bald!« sage ich und schließe den Mantel um mein Kind.

Zu meinem Ärger und meiner Besorgnis hat Zarina den ganzen Kopf voller kleiner, pickelartiger Knospen, als ich etwas verspätet zum Logentreffen am Donnerstag nachmittag bei Juliane Brandt ankomme. Ansonsten habe ich sie gebadet und mit dem Kenzo-Babyzeug ausstaffiert, das wir als Geburtsgeschenk von Marianne und Philipp bekommen haben. Wenn also nicht dieser fleckige Ausschlag wäre, ihr Debüt im gesellschaftlichen Leben verliefe ziemlich perfekt. Merkwürdig, sich selbst als promovierende Mutter zu erleben. Aber die fünf anderen gleichaltrigen Babys – darunter ein Satz Zwillingsjungs – sind mit einer einzigen Ausnahme auch herausgeputzt, das ist also offenbar ein übliches Verhaltensmuster. Die Nachkommenschaft vorschieben, während man selbst gleichzeitig einen Schritt zurücktritt und sich wie die Großfürstin in einem russischen Roman an den Samowar und die Konfektschachteln hält, und die Jungen auf dem glatten Parkett Mazurka tanzen läßt. Oder anders gesagt: Die Zeit der Frühlingsphase ist definitiv vorbei für die Horde Mütter, die hier in der herrschaftlichen Wohnung der Juristin sitzen, vor hellblauen Wänden und mit einem schwedischen Porzellankachelofen in der Ecke. Übrigens ist Juliane diejenige von uns, die den ehrlichsten Versuch gemacht hat, sich über das Klischee »ausgekotzte Apfelgrütze« hinwegzusetzen – in einem Strickset exklusiver Marke, die Haare in einem aristokratischen lockeren Knoten hochgesteckt, kann man sich leicht vorstellen, wie sie in einem Gerichtssaal mit kühlem Überblick über Paragraphen und Akten waltet. Aber auch unter ihrem sorgfältig aufgetragenen Make-up tritt die Müdigkeit in Form zu erahnender Ringe unter den Augen und feiner Furchen in dem nicht mehr ganz jungen Gesicht hervor. Im Supermarkt dachte ich nicht darüber nach, aber jetzt ist es offensichtlich, daß sie mindetsens fünfunddreißig Jahre alt sein muß. Späterstgebärende also. Ihr Kind, ein Junge, mit einer riesenhaft gewölbten Stirn heißt Clement und sabbert reichlich, aber vielleicht ist er ja ein Genie. Dann ist da Hanne, Krankenschwester und Mutter der rothaarigen Mathilde. Lotte, arbeitslose cand. mag. in Englisch und Französisch, total ausgepowerte Mutter der schon jetzt reichlich lebhaften Zwillinge mit den provisorischen Kosenamen Knold und Tott. Die beide in Besitz einer verblüffenden erotischen Ausstrahlung sind, die Zarinas offensichtliches Interesse nur noch verstärkt. Der erste Flirt mit einem Monat! Vielleicht liegt es ja an mir, jedenfalls versteht die Mutter nicht, als ich vorschlage, sie solle die beiden doch Arnold und Sylvester nennen. Schwarzenegger und Stallone.

»Ne, ne!« lächelt sie dennoch entgegenkommend, wie auch Ea, die Mutter von Fanny, die trotz ihres femininen Namens ebenso schlampig gekleidet ist wie ihre Mutter. Ea stellt sich als »bildende Künstlerin« vor, was den fadenscheinigen grünen Arbeitsoverall erklärt, und aus ihrer ätherischen Ausstrahlung lese ich, daß diese zierliche, im Alter unbestimmbare Frau sich in Sphären bewegt, in denen Putzsucht als profan angesehen wird. Ea schenkt weder der Kleidung ihres Kindes noch ihrer eigenen viel Aufmerksamkeit. Ich habe auch in der Theaterwelt einige dieser Künstlertypen kennengelernt, obwohl man dort üblicherweise ein sehr bewußtes Empfinden dafür hat, wie man wirkt. Es sei denn, man ist schon so berühmt, daß man es sich leisten kann, affektiert zu sein, und sich in einer Art kindlichem Trotz weigert, schön auszusehen, indem man sich in Sack und Asche und lila Frotteesocken kleidet. Und dann gibt es noch das Promille, das wirklich und ohne Verstellung über die Materie erhaben ist. Das weder Sinn noch Interesse dafür hat, sich herauszuputzen. Wie ich selbst – in aller Bescheidenheit – es in intensivsten Arbeitsperioden erlebt habe, bis ich von Birgitte, meiner ästhetischen Wächterin, gerügt wurde. Und so erscheint mir Ea auch. Nur noch extremer. Ob sie auch »von Amts wegen« bearbeitet wurde, hierherzukommen, wo sie noch deutlicher ein Outsider ist als ich?

Juliane stellt mich vor, nachdem mir alle anderen um den Couchtisch vorgestellt wurden, auf dem wie versprochen die Schokoladentorte glänzt.

»Therese ist Journalistin beim Fernsehen. Sie war es, die im letzten Sommer die Berichterstattung über den Putsch in Moskau gemacht hat, wenn ihr euch noch daran erinnert...«

Lotte, cand. mag. meint, ihr dämmere da etwas, ansonsten ist es nur Juliane selbst, die noch eine Erinnerung an meinen erfolgreichen Reportereinsatz hat. Hanne war in Kanuferien, und Ea hat keinen Fernseher, was trotz allem heutzutage eine Besonderheit ist. *Anyway*, die Versammlung bestärkt mich in dem bösen Verdacht, den wir Medienleute ab und zu bekommen, wenn es richtig gut läuft und wir uns wie die Weltmeister fühlen: Die Konsumenten haben eine enttäuschend geringe Kenntnis unserer *bylines*. Ergo, ob ich nun hier sitze und Schokoladentorte esse und in einer Müttergruppe fett werde oder eine Livereportage vom Roten Platz mache, das kommt im Endeffekt auf das gleiche hinaus.

Und auch wenn ich mir wie ein nicht zuständiger Beobachter vorkomme, ein Ethnograph unter den Inuit, will ich nicht leugnen, daß es etwas überraschend Nettes an sich hat, hier zu sitzen und die Kalorien mit dem Tafelsilber in sich hineinzuschaufeln. Und etwas Nützliches! Hanne, die Krankenschwester, die ansonsten voll damit beschäftigt ist, ununterbrochen zu stillen, Bäuerchen hervorzulocken und zu wickeln, diagnostiziert routiniert Zarinas Ausschlag.

»Hormonbläschen«, sagt sie unaufgefordert. »Die verschwinden von allein.«

Das ist beruhigend, und so zeigt sich, daß eine Müttergruppe für unbelesene Dilletanten wie mich einen Fundus nützlichen Wissens bietet. Im Laufe der zwei Stunden, die wir zusammen sind, kommen wir trotz permanenter Unterbrechungen und ansteigender Auflösungserscheinungen zu den wesentlichen Themen wie Verstopfung und daraus resultierende Hämorrhoiden, Kamillentee als Linderung bei Abendkoliken, Melkfett gegen aufgerissene Brustwarzen, den speziellen Gestank des Wochenflusses und den Unterschieden zwischen Libero, Pampers und Bambini. Plötzlich wird mir klar, daß die Liste unendlich lang ist – bis jetzt befinden wir uns immer noch an der harmlosen Oberfläche, aber wenn aus dieser Müttergruppe hier etwas wird, dann erwarte ich, daß hier auch die schwereren Themen diskutiert werden wie Schlaflosigkeit, Schlankheitskuren und Beckenbodenübungen. Und hier wird nicht darüber gelacht, und das sollte ich selbst auch nicht tun, denn als ich von Julianes teurem Ende der Nansensgade nach Hause in die Turesensgade rolle, wo ich nachschaue, ob der Alfa noch da ist und nicht von Jugendlichen für eine Spritztour geklaut wurde, bin ich tatsächlich so gut gelaunt wie schon lange nicht mehr. Ich wußte nicht, daß ich etwas vermißte, aber jetzt ertappe ich mich dabei, zu grölen: »Du bist nicht allein!« als ich uns in der Nørre Søgade die Tür aufschließe. Zarina lächelt. Ihr hat es auch Spaß gemacht.

Als Paul am nächsten Tag endlich aus dem Krieg heimkehrt, bilden Zarina und ich ein kleines flaggengeschmücktes Empfangskomitee auf dem Kopenhagener Bahnhof.

»Das war aber nicht nötig!« ruft er überrascht aus und nimmt uns in die Arme. Zarina sitzt in ihrem Tragesack und sieht reizend aus, und so schnell, wie man eine Frau aus einem BH befreien kann, schält er sie aus dem Gurt und übernimmt sie.

»Oh, mein kleiner Schatz! Papas kleines Mädchen!« murmelt er und schnuppert gierig an ihr, so daß sein Brustkasten sich hebt, während seine Sauerstoffbehälter mit frischem Babyduft gefüllt werden. Ich kreuze die Finger, daß sie nicht anfängt zu schreien, aber er bringt sie sogar zu einem breiten Lächeln, während er selbst die Zähne reichlich entblößt. »Daß man jemanden so vermissen kann!« murmelt er selig, seine Wange an ihrer. Also habe ich ihm unrecht getan. Er hat sie nicht vergessen. Er hatte sie nur in einem anderen Verzeichnis gespeichert, aus dem er sie jetzt wieder aufgerufen hat. Das muß eine besondere Fähigkeit der Männer sein, ihre Gefühle für den späteren Gebrauch zu archivieren. Ich kenne das System gut, ich benutze es selbst oft. Zum Beispiel bei der Art und Weise, Arbeit und Privatleben zu trennen. Bis ich schwanger wurde, war ich souverän darin. Ich konnte was auch immer erlebt haben – einen ganzen Sonntag lang einem bescheuerten Valentino oder einem bewaffneten Überfall ausgesetzt zu sein – bei der Arbeit war ich uneingeschränkt betriebssicher. Das Phänomen wird auch Arbeitsdisziplin genannt und war oft das Lineal im Rücken, das meine Mutter vor dem endgültigen Zusammenbruch bewahrt hat. Und wenn ich etwas Sinnvolles von ihr gelernt habe, dann genau diese eiskalte Fähigkeit, die Schmerzen wegarbeiten zu können, sie sozusagen bis zu einem für Trauer, Sehnsucht oder Reue passenderen Zeitpunkt einzukapseln. Meine Mutter ist wahnsinnig stolz auf ihre Arbeitsdisziplin, sie betont sie immer, wenn sie Dankesreden hält oder interviewt wird. »Sicher gehört Talent und Glück dazu, ein guter Künstler zu werden. Aber ohne *Disziplin* schafft man gar nichts. Das sind doch die neunzig Prozent...«

Ich bin da immer ganz ihrer Meinung, auch wenn diese formidable Arbeitsdisizplin oft auf meine Kosten gegangen ist, ihr Kind, das niemals, und damit meine ich wirklich *niemals*, der Arbeit vorgezogen wurde. Kindergeburtstage, Masern, Konfirmation – alles prima, wenn Mutter Zeit hatte. Sonst gab es da ein Heer mehr oder weniger flinker junger Mädchen vom Lande, und natürlich immer wieder Tante Mo, die ihr feingeknüpftes Netz unter uns hielt und uns vor dem bewahrte, was heute als glasklare Verletzung der Fürsorgepflicht bezeichnet würde.

»Wie geht es dir?« fragt Paul und schaut auch mich zärtlich an, den Kopf leicht zur Seite geneigt, einen Arm um meine Schulter gelegt, und ich spüre eine heiße Quelle entspringen, als ich meinen Kopf an ihn schmiege.

»Gut!«

Ich hätte ihn mit Klagen darüber überschütten können, wie müde ich bin, wie schwierig alles war, wie verwirrt ich immer noch bin und so weiter. Aber in diesem Moment, während wir hier im Bahnhofsgewühle ein glückliches Wiedersehen feiern und in Erwartung fünf ganzer Tage vor uns, habe ich nur Lust, einfach meine Freude zu zeigen, ihn wiederzusehen. Ich will nicht den ersten Stein werfen. Ich will einfach nur froh sein, genießend, ein gleicher Schenkel in einem gleichschenkligen Dreieck, ihm geht es offenbar genauso, denn als ich ihn frage, erhalte ich die gleiche Antwort.

»Danke, mir geht es auch gut. Wollen wir zusehen, daß wir nach Hause kommen?«

Dem Ästheten Paul zuliebe habe ich notdürftig ausgemistet, das Badezimmer saubergemacht, das Klo geputzt, die Aschenbecher ausgeleert und die verwelkten Blumen durch frische ersetzt. Darüber hinaus habe ich sauberes Bettzeug aufgezogen und sein Lieblingsbrot eingekauft, und auch der Danone-Joghurt und die Früchte in der Alessi-Schale fehlen nicht. Alles zusammen nicht gerade wenig Arbeit, wenn ich das sagen darf. Und das muß ich offensichtlich, denn Pauls Kommentar ist im besten Fall als überwältigend zu bezeichnen, nachdem er einen skeptischen Blick in die Wohnung geworfen hat.

»Es ist wirklich nicht zu fassen, daß du in so einer Unordnung leben kannst!«

»*Drop dead!*« zetere ich und schlucke den ganzen Schwanz reizender Flüche und Schimpfwörter hinunter, der die Ouvertüre eines ansonsten vielversprechenden Abends zu zerstören droht.

»Was?« lacht er, während ich einen inneren Kampf mit mir selbst ausfechte, der damit endet, daß er noch eine Chance bekommt. Aber nur eine: »Hab ich was Falsches gesagt?«

»Überhaupt nicht, *sweatheart*! Es ist schön, daß du wieder zu Hause bist. Magst du eben Zarina wickeln? Und wenn du dann das Abendessen kochen könntest? Ich habe alles mögliche eingekauft. Und wenn du dann noch so lieb bist und uns ein Glas Wein einschenkst, dann vergebe ich dir! Bis auf weiteres! Und vergiß nicht, sie mit Zinksalbe einzucremen, wenn sie rot ist!«

Ich werfe mich der Länge nach aufs Sofa mit einer ukrainischen Lackschale voller Pistazien in Reichweite, während Paul mir einen abschätzenden Blick zuwirft und dann hinausgeht, um die Befehle auszuführen.

»Scharfes Weib, deine Mutter!« höre ich ihn dem Kind erzählen, das mit einem zufriedenen Knurren antwortet. Ich schließe die Augen. Eür eine Weile von der Last befreit, von der Paul sich keinen Begriff macht. Mit einem winzigkleinen Kind allein zu sein, 24 Stunden am Tag, einen Tag nach dem anderen. Auch wenn er das nicht versteht, bekommt er dennoch eine Vorstellung davon, daß es etwas gibt, wofür auch er zahlen muß. Denn mit Zarina im Gurt hängend macht er sich in der Küche effektiv an die Arbeit, während ich weiterhin auf dem Sofa liege und an einem Glas von Pauls gutem Rotwein nippe, den ich nach Anweisung von Tante Mo als eine unvergleichliche Eisenquelle ansehe. »Netter zu sich zu nehmen als krause Petersilie«, wie sie sagte, als ich das letzte Mal mit ihr telefonierte. Ich lächle, der Wein steigt mir schnell in den Kopf, läßt meinen Körper warm und dösig unter der Wolldecke schnurren, die Paul um mich gestopft hat. Die Tür zur Küche steht offen, die Dunstabzugshaube bläst, aber ich kann trotzdem Paul herumlaufen und leise mit Zarina reden hören, während er mit Töpfen und Pfannen jongliert. »Jetzt hacken wir ein bißchen Knoblauch, dann gießen wir ein paar Tropfen Öl in die Pfanne und dann hinein mit den Krabben, die sollen aber nur wenig schwitzen...«

Es wird schon lernen, wie man kocht, unser Zuckerbaby, denke ich, während der Duft heranschwebt, und ich das erste Mal seit zehn Tagen ein Gefühl von Zuhause verspüre. Wie ich es hatte, als ich am Küchenfenster stand und über die kleinen, billigen Wohnungen im Hinterhaus nachdachte, in denen junge Paare und frischgebackene Eltern wie wir selbst abends in einem heimeligen Duft von gebratenen Zwiebeln und Hackfleisch stehen. Normalerweise kaute ich dabei auf einem Käsebrot, das mal wieder die Hauptmahlzeit des Tages ausmachte. Ab und zu schob ich es in die Mikrowelle, damit es einen Hauch von warmem Essen bekam, aber auch wenn ich das bürgerliche »Wir essen um sechs« immer verabscheut habe, habe ich mich jetzt immer häufiger wie ein armer Zuschauer bei dem Fest anderer Leute gefühlt. Deshalb verstehe ich inzwischen Heidis Wunsch, zu lernen, wie man Essen kocht, viel besser. Eigentlich finde ich, daß sie verblüffend genau in ihrer Selbstanalyse ist. Wie kann man ein Kind großziehen, wenn man es nicht ernähren kann? Ich meine, ordentlich?

Pauls summendes Gemurmel wird jäh unterbrochen, als er lärmend einen Topfdeckel fallen läßt, woraufhin Zarina erschrocken anfängt zu weinen. Wie ein Feuerwehrmann, der vom Alarm geweckt wird, springe ich reflexartig auf und stehe Null Komma Nichts mit ausgestreckten Armen in der Küche, bereit zu trösten und zu übernehmen.

»Aber hallo!« bremst Paul mich, eifrig wiegend, während Zarina schreit. »Das werde ich schon allein schaffen! Ja, ja, Mäusezahn, so schlimm war es ja nun auch nicht!«

»War es ja offenbar doch«, sage ich trocken und zögere nicht länger, gehe hin und knüpfe den Känguruhgurt auf. Als sie meine Stimme hört und wiedererkennt, versucht sie sich in meine Richtung zu drehen, lila vor Hysterie darüber, daß sie mich nicht finden kann.

»Nun mal ehrlich«, murmelt er gekränkt, aber ich kann ihm ansehen, daß er auch einen Schreck bekommt, als ihr Geschrei verstummt, bevor sie endlich die Luft in einem gepreßten Schrei wieder ausstößt.

»Du Hitzkopf!« stellt er beeindruckend fest, nachdem ich sie übernommen habe und sie immer noch wütend an meiner Bluse zu nuckeln beginnt.

»Sie hat Hunger«, sage ich und will mich zum Stillsessel ins Wohnzimmer verziehen, aber Paul beeilt sich, ihn heranzuholen, damit wir bei ihm in der Küche bleiben können, während er das Essen fertig macht. Aus meinen wahllosen Einkäufen hat er ein Meeresfrüchterisotto kreiert, das fast aussieht wie eines, das er einmal in einem Restaurant in Palermo bekam.

»*What the fuck* hast du in Palermo gemacht?« frage ich und schlürfe von dem Wein, den er auch mit in die Küche gebracht hat. »Die Mafiosi studiert« frage ich mit hochgezogenen Augenbrauen und einem Hinweis auf die eher fundamentalistischen Machoseiten seines maskulinen Ichs.

»Das wüßtest du wohl gern«, antwortet er und hält mir das Geheimnis neckend wie ein rotes Tuch einem angestachelten Stier vors Gesicht. Aber ich springe nicht darauf an, will nicht, und außerdem schwärme ich für eine gewisse Mystik. Und ich kenne ihn gut genug, daß ich weiß, daß ich auch etwas preisgeben muß, wenn er etwas berichtet. Zahn um Zahn. Früher oder später. Außerdem wird die Vergangenheit herzlich unbedeutend, als Zarina plötzlich die Brustwarze losläßt und mit dem Ausdruck tiefster Konzentration, gefolgt von sanfter Zufriedenheit, eine Ladung von sich gibt, die die hochtechnologische Windel, die Frotteeunterhosen und noch die Strampelhose durchdringt, um schließlich auf meiner frisch gewaschenen Jogginghose einen dicken Fleck zu hinterlassen. Oder wie Birgitte, die Designerin, sie nennt. *Sweatpants.*

»Schon wieder?« stößt Paul ungläubig aus. »Ich habe sie doch gerade eben saubergemacht!«

»Mmh«, nicke ich nachsichtig und stehe auf, um ins Badezimmer zu gehen. »Das schafft sie bis zu sechsmal am Tag!«

»Und dann stillst du sie auch noch sechsmal am Tag?« stellt er mit einem Blick auf meinen Stillplan fest, der unbeachtet in einem Korb auf dem Küchentisch liegt. Pläne sind was für Anfänger. Das einzige, was ich einzuhalten versuche, ist, darauf zu achten, immer die Brustseite zu wechseln, damit sie nicht eine Brustwarze kaputt saugt. Und an die Wiege binde ich abwechselnd links oder rechts eine rote Schleife, um mich zu erinnern, auf welchem Ohr sie zuletzt geschlafen hat. Bei näherem Hinsehen ist diese Statistik eigentlich die größte intellektuelle Herausforderung, die mir gestellt wurde, seit ich Mutter bin. Und das sei ohne Klage angemerkt.

»Sie wird ›nach Bedarf‹ gestillt«, antworte ich, »und das bedeutet in der Regel zwischen sechs- und achtmal plus ein Trostschluck ab und zu.«

Paul fällt in ein nachdenkliches Loch, als würden ihm die Realitäten der Kinderaufzucht und meines Daseins erst jetzt klarwerden. Er darf in diesem Loch bleiben, während ich ins Badezimmer gehe, um mein im wahrsten Sinne des Wortes beschissenes Kind zu säubern.

»Beschissen, beschassen!« gröle ich und fahre mit ihren Beinen Fahrrad, als das Schlimmste beseitigt ist. Sie lächelt, als ich auf ihre Engelsfüßchen puste und sie Mamas kleines Scheißerchen nenne.

»Ist es schön, daß Papa nach Hause gekommen ist?« frage ich, und als sie nicht protestiert, nehme ich es als Bestätigung. »Das finde ich auch!« vertraue ich ihr an und gebe ihr im Handumdrehen eine neue Windel. Übung macht den Meister. »Teure Dame! Bist du dir eigentlich darüber im klaren, was heutzutage eine ordentliche Windel kostet?«

Offenbar nicht, oder es interessiert sie einen feuchten Kehricht, denn als das junge Paar endlich am gedeckten Tisch im Erker sitzt und einen ehrenvollen Versuch macht, einander tief in die Augen zu schauen – mit Zarina zuerst im Babysitz auf dem Tisch liegend und danach quer über Pauls Beine drapiert –, macht sie es noch einmal. Zieht die Beine an und entleert sich mit einem lauten, fast gurgelnden Geräusch.

»Das ist aber doch nicht zu fassen!«

Paul senkt die Gabel, die auf dem Weg zu seinem Mund war, wo sie zuvor kaum hingelangen konnte aufgrund seines überfließenden Redestroms, den er jetzt nicht länger zurückhalten kann.

»Jetzt bist du wohl dran«, stelle ich nur fest, während ich ein leichtes Gähnen unterdrücke. Nicht über seine Ausführungen zu den Machtverhältnissen beim mit meinem Arbeitsplatz konkurrierenden Kanal, und auch nicht über seine Beschreibung der Begeisterung, mit der sein Probeauftritt aufgenommen wurde, und nicht einmal die Schilderung von Odenses Nachtleben ist an und für sich einschläfernd. Ganz im Gegenteil, alles zusammen irritiert mich so sehr, daß es schon wieder stimulierend wirkt. Aber die Uhr zeigt ungefähr halb zehn, die Zeit, zu der ich mich normalerweise im Schlafzimmer vor den Fernseher lege, die Fernbedienung in der Hand. So pflege ich mich dösend von einer Grausamkeit zur anderen zu zappen, während Zarina einschläft. Diese drei, vier Stunden Abendschlaf sind das einzige, was man fast als festes Schlafmuster bezeichnen könnte, bis sie gegen ein Uhr lautstark aufwacht und wieder gestillt werden möchte.

Und sie ist offenbar auch müde, denn ich kann sie meckern und schimpfen hören in ihrer schläfrigen Art. Als Paul also fragend hereinkommt, sie zappelnd im Arm, stehe ich wortlos auf, um sie zu übernehmen.

»Was willst du?« fragt er, ohne sie loszulassen.

»Versuchen, sie hinzulegen. Sie ist müde«, antworte ich und fasse zu.

»Tes, das kann *ich* doch tun. Das WILL ich tun!«

»Paul, sie ist todmüde! Laß mich das eben machen!« entgegne ich und entführe sie. »Du kannst inzwischen Kaffee kochen!«

Sie schläft, bevor die Spieluhr mit dem mechanischen Ableiern von »Schlaf, Kindchen, schlaf« fertig ist. Ich selbst muß den Drang überwinden, ihrem Beispiel zu folgen und kehre brav zu den beiden Kerzen auf dem Tisch zurück. Paul ist aufgestanden. Er steht mit dem Rücken zu mir da und schaut aus dem Erkerfenster. Ein Zeichen für mürrische Stimmung.

»Hast du Kaffee gekocht?« frage ich mit einer Hand auf seinem Schulterblatt.

»Nein«, antwortet er, dreht sich um und pflanzt einen Kuß auf meine Stirn. »Aber das tue ich jetzt.«

Im Gegensatz zu vorher ist er ganz still, als wir beim Espresso sitzen. Er trinkt Grappa und denkt vielleicht an die italienische Jungfrau, die ihn garantiert in Palermos steilen Straßen herumgejagt hat. Vielleicht fuhr sie einen Scooter. Eine rote Vespa, das Kleid stramm über dem festen Po.

Ich muß lächeln, und er fragt, an was ich denke.

»An das gleiche wie du. An deine verlorene Jugend!« erkläre ich, und mein Blick fällt auf die erleuchtete Dachreklame vom Seepavillon: Lachs und hohe Rippe, 98,–.

Er hebt verwundert eine Augenbraue.

»Sollte ich der nachtrauern?«

»Tust du das nicht?« frage ich und fühle meinen eigenen Verlust wie einen Luftzug in einem weißgestrichenen Zimmer. »Lachs und hohe Rippe«, füge ich mit einem erklärenden Nicken zur Reklame hinzu. »Es war doch nicht so, wie es sein sollte, oder?«

Er dreht sich halb um und zoomt dann wieder auf mich. »Meiner Meinung nach ist die Jugend an sich schon eine Reklamescheiße. Und was die Erwartung der *ewigen* Jugend angeht, so ist die ungefähr genauso krankhaft wie die künstliche Befruchtung von Frauen, die schon im Klimakterium sind!«

Letzterem stimme ich mit einem leichten Nicken zu, während ich bei mir beschließe, daß ein winzigkleiner Schluck Grappa mir – und Zarina – nicht schadet.

»Du glaubst mir nicht«, fährt er fort und gießt in das Glas ein, das ich zu ihm rüberschiebe. »Aber ich bin dafür bereit, seit ich 18 bin.«

»Bereit wofür?« frage ich und werde wieder daran erinnert, daß ich eigentlich keinen Grappa mag, als ich den faden, kartoffelwasserartigen Geschmack im Mund verspüre. »Bereit, dich *aufzuopfern*?«

»Bereit zu verzichten! Bereit, erwachsen zu werden! Bereit zum *commitment* ! Prost!«

»Du klingst wie der amerikanische Präsidentschaftskandidat!« bemerke ich mit Hinweis auf Bill Clinton mit seinem jugendlichen Kennedy-Look und seiner potenten Frau. Rollenmodelle der Achtziger.

»Tes, du glaubst mir einfach nicht, was?« hakt er nach und kaut seinen Grappa.

»Doch», antworte ich zögernd, während ich auf den Boden der Schatzkiste der Sprache nach diplomatischen Phrasen suche. Dorthin gelange ich nicht oft, obwohl Paul mich trainiert hat, mich viel subtiler auszudrücken als früher. »Ich glaube an deine edlen Absichten. Aber ich zweifle ernsthaft an deinen Möglichkeiten, sie auch einzulösen!«

Er studiert mich einen Augenblick lang, während ich die Wangen einsauge, um meine Selbstzufriedenheit zu verbergen. »Könntest du etwas konkreter sein, Liebling?«

»Muß ich das?«

Er nickt, und also will er es nicht anders.

»VERDAMMT NOCH MAL, DU BIST NICHT HIER, MANN!« fauche ich in neu entfachter Wut. »ICH bin diejenige, die verzichtet, während DU dort draußen weitermachst, als wäre nichts geschehen!«

»Du hättest mich aufhalten können!« wirft er zurück. »Ein Wort von dir, daß du mich hierhaben wolltest, und ich wäre geblieben! Das Angebot hast du schon im Sommer gekriegt, aber du bist doch diejenige, die nicht will! Du traust dich nicht! In diesem Punkt bist du keinen Meter weiter gekommen als dein ehrenwerter Vater!« sagt er mit einer ausholenden Armbewegung in Richtung der eingerahmten Zeichnungen, die ich an einer Wohnzimmerwand aufgehängt habe.

Ich schnaube. Ich hätte ihm nie von Mutters Beichte im Krankenhaus erzählen sollen. Ihm nicht meine empfindlichsten Stellen zeigen sollen, indem ich die Portraits von Vaters Erstgeborener aufhänge, so daß ich gezwungen war, Paul nebenbei von der Offenbarung einer Nacht zu erzählen. Doch es war nicht so einfach, es zu lassen, und Paul hörte aufmerksam zu und unterließ es, meine Erlebnisse mit eigenen zu vergleichen, wie es sonst für egoistische Menschen üblich ist. Aber Paul ist nicht auf diese Art egoistisch. Er hört zu, beobachtet, forscht. Er zieht Schlüsse. Letzteres gefällt mir weniger. Und er soll verflucht noch mal nicht meinen Vater gegen mich benutzen, nicht meine Ehrlichkeit ihm gegenüber mißbrauchen und meine Vergangenheit verdrehen!

Das Telefon rettet mich aus einer sinnlosen Streiterei, die ich bereits bereue. Denn so kindisch bin ich nun auch nicht. Nicht mehr. Aber das Eis ist brüchig, es ist zu riskant, darauf herumzutrampeln.

Während Paul aufsteht, um abzuheben, stelle ich fest, daß die Uhr halb elf zeigt. Es kann Kiki sein, meine Schwester.

Oder einer von Pauls alten Skifreunden, der hören will, ob er...

Aber es ist Heidi, in einer leicht verschleierten Ausgabe.

»Wie geht's?« fragt sie wie üblich. »Bist du gut drauf?«

»Nicht besonders«, antworte ich säuerlich. »Und du?«

»Na ja, wir sitzen hier mit mehreren zusammen und trinken schwarzes Schwein...«

»*Hot shots?*« frage ich nach.

»Ja. Wodka und Lakritzebonbons, weißt du! Saustark! Hansi hatte 'ne Flasche dabei...«

Irgendwie stimmt etwas nicht in ihrem Ton, etwas beunruhigt mich. Also frage ich nach, auch wenn es mich nichts angeht.

»Wer ist Hansi?«

»Ach, das ist nur einer von Renés Freunden, weißt du! Er ist nur mal vorbeigekommen, um den Kleinen anzugucken, und dann...«

»Und dann?«

Eine Tür geht hinter ihr, und ein Typ fragt vorwurfsvoll, mit wem sie denn da quatscht.

»Mit gar keinem! Also, dann ciao, Therese, wir hören uns wieder, nicht?«

»Heidi!« rufe ich, aber die Verbindung ist unterbrochen.

In der Nacht, als ich auf bin, um Zarina zu stillen und zu wickeln, überlege ich, ob ich sie anrufen soll. Nur um zu überprüfen, ob auch alles in Ordnung ist. Andererseits – *it's none of my business,* wenn sie mit Renés Freunden rumbumst, auch wenn ich daran zweifle, daß es besonders gut für ihr Wohlbefinden ist. Und wie Paul mit saurer Miene bemerkte, als wir unversöhnt ins Bett gingen, habe ich nicht gerade einen Fürsorge-Überschuß, der notwendig wäre, um einen Sozialfall vor dem Untergang zu retten.

»Du willst dich doch nicht auch noch in der Rolle von Mutter Teresa sehen«, bemerkte er, als er seine Nachttischlampe ausknipste. Da hatte ich meine schon gelöscht und schwamm dank des Grappas am Rande des Schlafes. Merkte nur noch, daß seine Hand suchend über meine Hüfte glitt. Wußte nur zu gut, daß ich ihm keinen Gutenachtkuß gegeben hatte. Und kehrte ihm dann den Rücken zu.

Dafür streichle ich ihn, während er schläft, und ich mit einem Kissen im Rücken neben ihm sitze und Zarina ruhig stille. Es ist halb zwei, die Stadt draußen ist so ruhig, wie sie nur sein kann. Nur das Geräusch gasgebender Taxen und ein paar Sirenen dringen hier herauf, wo Zarinas schläfriges Saugen und Pauls regelmäßige Atemzüge das Zimmer mit einer friedvollen, gefahrlosen Stimmung erfüllen. Mir geht es wie einer Samifrau in einem Zelt aus Rentierfell, die einfach ihre Lieben beschützt, während draußen die Wölfe heulen.

Die Situation wäre also in allerbester Ordnung, das Bild ungestört, unkompliziert, wenn ich nicht dieses dumme Gefühl hätte, daß ich unbedingt bei Heidi nachhaken müßte. Aber dann schläft Zarina ein, ich schaffe es, sie in die Wiege zu bugsieren, und werde selbst von einem starken Schlafbedürfnis übermannt. Also rolle ich zurück in mein Bett, wobei ich ausrechne, daß ich vielleicht sogar bis fünf Uhr schlafen darf! Dreieinhalb Stunden am Stück! Also schicke ich Heidi nur einen Gruß in Gedanken – vielleicht ist sie auch gerade wach und stillt – *Goodnight, sleep tight!*

Aber mein Unterbewußtsein hat sie nicht losgelassen, denn ich wache schweißgebadet auf, zerschlagen, die Netzhaut noch voller Traumreste und Alptraumfetzen. Wie immer sind Teile von meinem Moskau-Abenteuer darunter – der kläffende Hund, Saschas verzerrter Mund, der sich gegen meinen pressen will und am schlimmsten – das, was hätte passieren können, aber nicht passiert ist: die Fehlgeburt, ich verliere mein Kind auf der Flucht, mitten auf einem schlammigen Feld. Ich schlage die Augen auf und drehe mich zur Wiege, um die Bestätigung zu bekommen, daß sie noch dort ist, und ich stoße einen Schrei aus, denn die Wiege ist leer!

»Zarina!« rufe ich und taumle mit angespannten Morgeneutern in der viel zu stillen Wohnung aus dem Bett. Sie sind nicht da, weder Paul noch Zarina sind hier, und obwohl es albern ist, sehe ich mich plötzlich in der Rolle einer dieser westlichen Mütter, deren Kinder von ihren arabischen Vätern in den Orient entführt werden. Er hat mich verlassen, mein Kind mitgenommen, und in diesem Augenblick sitzt er in einem Flieger in den Irak!

»Nicht ohne meine Tochter!« murmle ich, um mich selbst auf den Arm zu nehmen, während ich in dem vergeblichen Versuch, einen gutaussehenden Mann mit Kinderwagen zu erspähen, meine Nase am Erkerfenster flach drücke. Der Kinderwagen steht nicht im Eingang, und ihre kleingeblümte Ausfahrgarnitur fehlt auch, also ist sie jedenfalls warm angezogen. Aber sie muß doch Hunger haben! Und panische Angst, so jäh von ihrer Mutter getrennt!

Als das Telefon klingelt, reiße ich es an mich, bereits mit schlechten Nachrichten rechnend. Es ist Heidi, und auch wenn ich sie seit gestern in meinen Gedanken habe, könnte ich ihr gegenüber nicht gleichgültiger sein. Und als sie das Gespräch mit ihrem üblichen »Wie geht's?« einleitet, schneide ich ihr sofort das Wort ab und frage, ob ich später zurückrufen kann.

»Na ja«, sagt sie, klingt dabei nicht verschleiert wie gestern, eher schluchzend, und das bringt mich dann doch dazu, noch zu fragen, ob alles okay sei.

Das versichert sie mir, aber ihre Stimme ist merkwürdig monoton, und dem Hintergrundlärm nach zu schließen ruft sie aus einer Telefonzelle oder von einer anderen verkehrsreichen Stelle an. »Von wo aus rufst du an?« frage ich und nehme das Telefon mit, so daß ich die Uferpromenade im Blick behalten kann. Die Sonne glitzert im Wasser, ein paar Schwäne gleiten heran. Ein Mann mit Kinderwagen ist auch zu sehen, aber er sieht nicht so gut aus, und es ist nicht Zarina, die da im Wagen liegt.

»Aus einer Cafeteria«, antwortet sie tonlos.

»Aus einer Cafeteria?« wiederhole ich und frage, wie spät es denn ist.

»Keine Ahnung. Irgendwas mit zehn...«

»Zehn?« brause ich auf. Wenn es zehn ist, dann ist es fast acht Stunden her, seit Zarina das letzte Mal etwas zu essen bekommen hat!

»Du Heidi! Ich muß auflegen!« schließe ich etwas abrupt das Gespräch ab, als ich merke, daß die Milch anfängt zu laufen. Ich renne ins Bad und pumpe sie in kräftigem Strahl ab – *pzt, pzt, pzt* – über das Waschbecken gebeugt. Schöne, vergeudete Tropfen, und das mir, die anfangs nicht genug Milch hatte. Aber das erleichtert, und hinterher ist es irgendwie einfacher, klar zu denken, als wäre die Fähigkeit zu logischem, maskulinem Denken von einem Überdruck in den Milchkanälen blockiert gewesen. Also komme ich relativ ruhig zu dem Schluß, daß Paul a) sie gefüttert hat – frage mich niemand, wie, b) leise und ruhig mit ihr spazierengegangen ist und c) bald zurückkommt.

Statt also sinnlos aus dem Fenster zu starren, sollte ich mir lieber ein Bad gönnen und den unfaßbaren Luxus genießen, unter einer Dusche zu stehen, ohne ein Ohr am mobilen Babyphon zu haben.

Das tue ich auch. Nehme ein Bad und wasche mir die Haare, frottiere mich ab und creme mich mit Bodylotion ein, schneide mir die Fußnägel und föne meine Haare und begreife wieder einmal nicht, daß das mein Körper sein soll. Die Magendecke zieht sich langsam zurück, aber die Narbe ist immer noch feuerrot, und der Wochenfluß stinkt weiterhin. Und jetzt entdecke ich außerdem noch, daß am rechten Schienbein eine Ader geplatzt ist. Das war bei Birgitte während der Schwangerschaft auch so – ein großes Ärgernis für sie, die sich doch immer damit getröstet hat, daß sie zwar nicht Sharon Stone ist, aber jedenfalls sehr schöne Beine hat. Was mich betrifft, ist es mir ziemlich egal, ich habe kein spezielles Verhältnis zu einzelnen Körperteilen. Was mich irritiert, ist die Tatsache, daß mein *gesamter* Körper mir so fremd geworden ist. Die Veränderungen sind dramatisch. Vielleicht weiche ich deshalb auch Pauls Andeutungen einer Berührung aus. Ich muß mich erst an mich selbst gewöhnen. Den Ekel überwinden.

»Frau, kenne deinen Körper! Küß deine Muschi!« deklamiere ich spöttisch und lasse eine Hand die Klitoris streifen. Meine Brüste antworten, indem die Brustwarzen sich aufrichten, und in einem Zustand melancholischer, verwirrter Begierde höre ich endlich den Fahrstuhl auf der Etage anhalten und den Schlüssel in der Tür.

»Nun aber ganz ruhig!« ermahne ich mich selbst, während ich mir den Kimono überwerfe und hinausstürze.

Paul, mit blanken Augen wie ein Prinz, kann nicht einmal den Wagen hineinbugsieren und die Tür hinter sich schließen, als ich schon die Zähne an seiner Gurgel habe.

Ich reagiere völlig überzogen, ich bin peinlich, ich erschrecke Zarina, störe die Nachbarn und erzeuge auf Pauls schönem Gesicht einen Ausdruck unglaublicher Distanzierung. Während ich aufheule und versuche, Zarina aus dem Kinderwagen herauszuschälen, kann er sich beherrschen.

»Nun aber mal halblang, Therese!«

Eiskalt, wie ein psychiatrischer Oberarzt, packt er mich fest an beiden Handgelenken. Das tut weh, und ich zische wütend, daß er mich SOFORT loslassen soll, und als er das nicht tut, kann ich mich soweit befreien, daß ich ihm mit der rechten Hand eine Ohrfeige verpasse. So. Zischend, sausend, vollkommen schwachsinnig.

Und genau das sagt er.

»Bist du schwachsinnig geworden?«

Ich starre nur vor mich hin, auf seine Wange und auf meine Hand, auf der der Schlag noch wie ein Brennen in der Handfläche sitzt, und auf Zarina in ihrer Ausfahrgarnitur, die jetzt schluchzend auf Pauls Armen liegt. Ich falle zusammen wie ein punktierter Luftballon, habe kaum noch Luft genug, die Entschuldigung zu murmeln, die Paul nur resigniert den Kopf schütteln läßt.

Weinen hätte mir vielleicht geholfen, die Situation auf eine nachvollziehbare Weise zu klären, zu der man sich irgendwie hätte verhalten können. Aber ich bin nicht in der Lage zu weinen, bin in meinem Erschrecken darüber, mich selbst nicht mehr zu kennen, gefangen. Es ist nicht nur mein Körper, der anders geworden ist. »Entschuldige«, wiederhole ich und hebe die Hände, um Zarina zu nehmen. »Ich habe so einen Schreck gekriegt. Sie ist seit halb zwei nicht mehr gestillt worden!«

»Doch!« entgegnet Paul, und endlich ist ein schwaches Lächeln zu sehen. »Du hast sie um sieben gestillt. Erst rechts, dann links!« Ich will protestieren, aber Paul hält seine Hand abwehrend hoch. »Ich habe sie angelegt, während du geschlafen hast! Du hast nur einmal kurz geknurrt, aber ansonsten schnarchend weitergeschlafen. Schon ziemlich phantastisch!«

»Ich habe geträumt. Ich war reichlich müde«, sage ich matt.

Immer noch mit einem Gefühl von ungerechter Behandlung. Er hat *mein* Kind weggenommen!

Sie möchte schon gern trinken, als ich sie schließlich genommen habe und mich mit einem Kissen im Rücken ins Bett setze, aber sie saugt wirklich nicht mit dem energischen Hunger, der sie manchmal die weichen Brustwarzen kaputtsaugen läßt. Also lügt er nicht. Er hat sie angelegt, und ich bin nicht aufgewacht.

»Das nächste Mal gebe ich ihr nur eine Flasche«, erklärt er, als er sich auf die Bettkante setzt.

»Das machst du sicher nicht!« knurre ich.

Paul streicht mit einem alles verzeihenden Lachen die dunklen Haare aus der Stirn.

»Und warum nicht?«

»Sie darf nichts anderes als Muttermilch bekommen!« verteidige ich mich vernünftig.

»Du kannst ja abpumpen! Muttermilch kann eingefroren werden!«

»Beim Auftauen gehen zu viele Vitamine verloren«, versuche ich es. »Und außerdem kann sie die Flasche nicht leiden! Ich habe es mal mit Kamillentee versucht!«

Er streichelt mir übers Knie, das unter der Bettdecke hervorlugt. »Warum gibst du es nicht einfach zu?«

»Was soll ich zugeben?«

»Daß du sie für dich allein haben willst? Im Grunde genommen?«

Ich antworte nicht. Nicht aus Unwillen, aber ich weiß wirklich nicht, ob er recht hat. Oder doch. Ich ahne, daß er recht hat. Ich selbst habe einen Zipfel der großen Erkenntnis zu fassen bekommen, aber es ist noch zu früh, sie in essayistischen und fertig gestrickten Kommentaren auszubreiten, wie ich es von anderen in den Medien erlebt habe. *Mutterschaft* ist modern, und ich muß wohl den entgegengesetzten Weg gehen. Obwohl. *I can't help it*, mein Körper jammert, wenn sie nicht bei mir ist. Wie ein freudianischer Gehirnverdreher läßt Paul mich mit meiner Nachdenklichkeit allein, setzt eine Klammer um meinen hysterischen Anfall und behandelt mich sanft und rücksichtsvoll. Als wäre ich eine labile Patientin, gefährlich für mich und meine Umgebung. Das bringt mich dazu, ein paarmal zu fauchen, aber auch das frißt er in sich hinein. Nur ein einziges Mal, als wir auf dem Weg zu seinem italienischen Spezialgeschäft die Nansensgade entlanggehen, um dort den Wein zu probieren und Oreganobrot zu kaufen, greift er das Thema wieder auf.

»Tes, du mußt begreifen, daß sie auch meine Tochter ist. Meine Liebe ist nicht weniger tief als deine. Sie braucht auch mich, ihren Vater. Und außerdem bin ich der Meinung, wir sollten das mit der Vaterschaft in Ordnung bringen«, fügt er hinzu, als wir den Kinderwagen vor dem vollgestopften Laden um die Ecke abstellen.

»Ja, natürlich«, nicke ich und beiße mir auf die Zunge, um nicht zu protestieren, als er Zarina hochnimmt.

»Ist es nicht schade, sie aufzuwecken?« frage ich nur.

»Sie ist wach! Und was lernt sie von der Welt kennen, wenn sie sich nur in ihrem Kinderwagen langweilt!«

Paul ist Stammkunde, und ihm wird genau der königliche Empfang bereitet, den er erwartet hat. Der Besitzer, ein früherer Elektroingenieur aus Triest, schlägt vor Bewunderung über das Bambino begeistert die Hände zusammen und ruft Frau, Bruder, Schwägerin und wer sonst mit Sinn für Neugeborene sich noch im Geschäft befindet, zusammen. Ich stehe im Hintergrund, bereit, sofort einzugreifen und sie aus der Herde sabbernder bärtiger Männer und Damen zu befreien, die alle aussehen, als könnten sie sie mit zwei Bissen verspeisen. Aber sie lächelt und wedelt mit den Armen und fühlt sich offensichtlich ausgezeichnet im Zentrum der Aufmerksamkeit – auf dem Arm ihres Vaters. Vielleicht hat sie ja seine Anlagen fürs Showbusineß geerbt, Paul schlürft auch begeistert jede Aufmerksamkeit in sich hinein, während ich mich in den Hintergrund des Geschäfts zurückziehe. Da stoße ich fast mit Juliane zusammen, der Rechtsanwältin aus der Müttergruppe, die ich zuerst gar nicht wiedererkenne, weil sie kein Kind dabei hat. Statt dessen wird sie von einem viel älteren Mann begleitet, so um die Fünfzig – glatzköpfig, bebrillt, im Staubmantel.

»Therese!« grüßt sie, und eine Vorstellung ist unvermeidlich. Ich werde als »die Fernsehjournalistin« vorgestellt, »von der ich dir erzählt habe«, während er einfach als »mein Mann Niels« bezeichnet wird. Auf seine Veranlassung hin drücken wir einander höflich die Hände, und als Paul und Zarina sich sofort zu uns gesellen, werden auch sie in die formelle Präsentation einbezogen. Hier kommt Paul seine gute Erziehung zu Hilfe, denn während ich unbeholfen dastehe und

Pfötchen gebe, macht Paul gewandt ein bißchen nichtssagende Konversation. Erst nachdem die beiden sich mit Zeitmangel entschuldigt und das Geschäft verlassen haben, fragt Paul mit gerümpfter Nase, wer zum Teufel denn diese Fossile waren?

»Juliane Brandt und ihr Mann, Rechtsanwälte. Sie ist in der Müttergruppe...«

»In der Müttergruppe? Haben *die* ein Baby?«

»Sie ist noch nicht so alt!« entgegne ich, während ich die beiden die Straße überqueren sehe. Ohne Kinderwagen. Als hätten sie gar kein Kind.

»Aber das sind doch Zombies! Alle beide!«

»Das ist der Lauf der Zeit. Wir werden früher oder später alle von der großen häßlichen Bürgerlichkeit geschluckt!« prophezeie ich.

»Wir nicht, Tes. Wir nicht. Zumindest müssen wir uns das versprechen«, sagt er und steckt mir eine marinierte Olive in den Mund.

Nichtsdestotrotz verbringen wir das Wochenende absolut spießbürgerlich. Kaufen ein, faulenzen, puzzeln herum. Wechseln uns ab, Zarina zu tragen, wechseln uns ab, sie zu wickeln, wechseln uns ab, sie zu baden. Zwischendurch stille ich sie, dabei können wir uns ja nicht abwechseln, was immer Paul auch behauptet. Und auch als es uns mit letzter Kraftanstrengung gelingt, am Sonntag nachmittag in den Tierpark zu kommen, sind wir isoliert. Und als wir den Sonntag abend erreichen, ohne viel mehr getan zu haben, als den Betrieb am Laufen zu halten, rennt Paul frustriert im Zimmer auf und ab. Mit Zarina im Arm, die aus irgendeinem Grund auch unzufrieden ist.

Ich selbst habe mich langsam daran gewöhnt, daß die Zeitungen sich ungelesen stapeln, daß man gar keine Lust mehr hat, jemanden zu treffen, daß die Zimmerlinde die Blätter verliert und die Gespräche in Fetzen gerissen oder gar nicht mehr geführt werden. Aber während ich auf eine niedrigere

Umdrehungszahl gepolt bin, ist Pauls Motor dagegen hochfrisiert, so daß er mit frisch geschliffenem Schwert dasteht, ein junger Ritter, eingesperrt in den Burgmauern vor dem alles entscheidenden Schlag.

»Du«, sagt er und dreht sich zu mir um. »Wir gehen aus, essen.«

»*Verry funny, honey!*« erwidere ich und sammle ein paar verstreute Schnuller auf, um sie auszukochen.

»Ich meine das ernst! Nichts Großes, nur einmal Tortilla im ›Bankeråt‹.«

»Und was ist mit der hier?« frage ich mit einem Kopfnicken zu Zarina, die jetzt halb dösend über seine Schulter hängt.

»An Papas Brust in den Schlaf gewiegt! Nun komm schon, Tes! Du hast mir *versprochen*, nicht langweilig zu sein! Wir rufen jemanden an! Wie wär's mit Kiki und Spunk? Ob die vielleicht mit wollen?« fragt er und drückt die Memorytasten. Bei ihnen läuft der Anrufbeantworter, und mir fällt ein, daß Kiki sonntags immer ihren Casinojob hat.

»Paul, ich habe eigentlich auf gar nichts Lust!«

»Nein, *du* vielleicht nicht!« antwortet er spitz und ist schon dabei, eine neue Nummer zu tippen. Er weist damit förmlich auf die »Männlichkeitsprobe« hin, wie er euphemistisch meine fortwährende Abweisung bezeichnet. Das letzte Mal, als er morgens unter der Dusche stand und mich bat »ihm den Rücken einzuseifen«. Genau das tat ich auch. Nicht mehr und nicht weniger. Vielleicht ziemlich armselig. Aber ich konnte mich nicht überwinden, ihn in den Mund zu nehmen. Auch wenn er dadurch einige seiner aufgestauten Kampfhormone losgeworden wäre, die in seinem Körper herumsausen und ihn aggressiver als üblich machen. Lampenfieber, Kameraangst vor dem Debüt – wenn ich wirklich nett wäre, würde ich mich mehr um ihn kümmern.

»Wen rufst du an?« frage ich und erkenne im gleichen Augenblick die Nummer auf dem Display. Simon & Frank, meine früheren Obermieter. Außerdem sind sie HIV-positiv und meine lieben, ulkigen Freunde, die ich so lange nicht mehr gesehen habe, daß es wirklich peinlich ist. Die beiden haben angerufen und sich nach der Geburt erkundigt, und ich habe ihnen versprochen, mal vorbeizuschauen und ihnen »die Prinzessin« zu zeigen, wie sie sie getauft haben. Aber alles in mir wehrt sich dagegen, auch jetzt, als ich Paul nicht davon abhalten kann, sich mit ihnen zu verabreden. Mein Widerstand wird so hysterisch und voller Vorurteile, daß ich ihn nicht einmal Paul gestehen mag, als wir wie zu einer kleineren Expedition gerüstet gegen acht Uhr das Restaurant erreichen.

Sie sind schon dort. Plaziert an einem Tisch ganz hinten im Lokal, weil Simon, abgemagert bis zur Unkenntlichkeit, keinen Zug verträgt. Wir wußten, daß er einen schlechten Sommer hatte, aber Paul und auch ich haben Probleme, unsere Betroffenheit zu verbergen, als er aufsteht, um uns mit einem Wangenkuß zu begrüßen. Simon, der sonst immer ein olivfarbener Michelangelo war, besteht jetzt nur noch aus Knochen, über die eine graue, solariumsgebräunte Haut gezogen ist. Er hat sich auch geschminkt. Die Augen mit schwarzem Eyeliner nachgezogen und ein wenig Rouge auf die Wangenknochen gelegt. Ich beiße mir auf die Lippen. Simon hatte es nie nötig gehabt, sich als Frau darzustellen.

»Schön, euch zu sehen!« ruft er aus und drückt uns lange, viel zu lange. Frank folgt, stoisch, die Trauer hinter dem jungenhaften Lächeln. Auch er hat Gewicht verloren, sieht aber sonst aus wie immer. Er ist noch nicht an der Reihe.

»Jetzt wollen wir aber das Wunder SEHEN!« verlangt Simon und beugt sich über den Autositz. Sie hat auf dem Weg hierher geschlafen, aber ich habe schon das erste warnende Knistern gehört und fürchte, sie wird in der Sekunde die Augen aufschlagen, wenn Simon seinen Kopf über ihren gebeugt hat.

»Psst!« mahne ich. »Sonst wacht sie noch auf!«

»Du meinst, sie soll lieber nicht aufwachen und mich sehen?« fragt er freundlich, ohne vom Babysitz abzurücken. Ich krampfe zusammen, kann keine Antwort finden, die ich ihm geben könnte. Er hat ja recht. Ich habe Angst, daß er sie erschreckt. Und daß er sie ansteckt.

»Ist schon in Ordnung, Tes. Mir würde es genauso gehen. Nein, was ist sie bezaubernd. Frank, hast du sie gesehen! Ist sie nicht einfach das süßeste Wesen?«

Frank guckt auch, und während beide in ihre Bemerkung versunken sind, gibt Paul mir ein Zeichen, es cool zu nehmen.

Das versuche ich ja, aber als Simon es kurz darauf nicht lassen kann, ihre Wange zu streicheln und sie mit einem kleinen Japser aufwacht, bin ich bereit zum Gefecht. Doch dann geschieht etwas Wunderbares. Gerade als sie mit einem erschrockenen Schrei einsetzen will, wird sie von seinem bemalten Oval eingefangen. Und als Simon sie anlächelt, antwortet sie ihm ebenso, zuerst mit einem vorsichtigen Zucken im Mundwinkel, und dann, als er sie angurrt, mit einem breiten Lächeln.

»Bingo!« murmelt Paul leise, während ich ergriffen die Klappe halte und Frank ein unterdrücktes Seufzen nicht verhindern kann. Wir werden von einem Autodidaktkellner mit Pferdeschwanz unterbrochen und sind uns ohne größere Diskussion einig, Tortilla und Rotwein zu bestellen. Als der Wein gekommen ist und wir uns zugeprostet und erneut unsere Freude darüber ausgedrückt haben, einander zu sehen, gehen wir zu dem schwierigeren Teil über: so zu tun, als wenn nichts wäre. Ich fliehe feige in die Säuglingspflege, indem ich Zarina hochnehme, während Paul auf Simons Aufforderung hin von seinem neuen Job berichtet, über den sie in einer Notiz auf der Fernsehseite der Berlingske Tidende gelesen haben. Denn im Grunde genommen sind die beiden genauso bürgerlich wie viele andere Schwule, wählen bürgerlich und lesen eine bürgerliche Zeitung. Darüber hatten wir in alten Zeiten viele lautstarke Diskussionen, wenn wir uns einmal die Woche zu unserem Kochclub trafen. In der Regel bestand mein Beitrag aus Alkoholika und etwas Süßem zum Kaffee, während Simon & Frank es liebten, exotische Gerichte mit Chili und Cheyennepfeffer, Ingwer und Kreuzkümmel zu zaubern. Oder sie überraschten mich ab und zu mit einem richtigen Sonntagsessen – Suppe, Steak und Eis, woraufhin wir wieder mal beim Thema waren: ihre Jagd nach *Normalität*. Die beiden haben viel dazu beigetragen, daß mein Weltbild nicht mehr ganz so rechteckig ist wie in meiner ach so selbstsicheren Jugend. Während ich hier sitze und sehe, wie sie mir entschwinden, wird mir schlagartig klar, daß die beiden wohl meine beste Freunde sind. Abgesehen von Birgitte, natürlich, aber das ist etwas anderes. Ich habe sie nie so betrachtet, sie waren einfach da, aber wenn Freundschaft als Loyalität, Solidarität und offene Türen definiert wird, dann sind die beiden meine besten Freunde. Auf die ich mich immer verlassen kann. Wie kann ich es da Simon verweigern, der sein Essen nicht anrührt, sondern regungslos dasitzt und Zarina anstarrt, die schlummernd in meinem Arm liegt? Also nehme ich Anlauf und springe über die Schlucht der Angst, lande auf meinen Füßen und lege sie in seine Arme.

»Du«, sage ich leicht dahingeworfen, »kannst du sie nicht mal nehmen, damit ich etwas essen kann?«

»Danke«, sagt er nur, mit vor Überraschung großen Augen. »Du brauchst keine Angst zu haben. Ich stecke sie nicht an.«

Frank tupft seine Augen mit der Serviette ab, und Paul läßt einen Satz unvollendet in der Luft hängen, während Zarina sich an Simon schmiegt. Es kann nicht besonders weich bei ihm sein, aber das bedeutet offensichtlich nichts, wenn es sich nur um *true love* handelt.

»Ja«, sagt Frank schließlich, »das ist das Schlimmste. Daß man keinen Samen gepflanzt hat. Der Pfad endet mit uns.«

»Ja, das tut mir für unsere Eltern leid«, sagt Simon. »Meine Eltern haben ja nur mich, also ...«

Frank lacht leise und legt eine zärtliche Hand auf Simons Oberschenkel.

»Ja, glücklicherweise ist das wohl das einzige, was deine Mutter mir nicht verzeiht. Daß ich dir kein Kind gebären konnte! Ansonsten ... ansonsten ...« Frank nimmt sich eine Serviette und putzt sich die Nase. »Ansonsten hat sie es wirklich gut aufgenommen. Prost auf deine alte Mutter, Simon!«

»Prost auf uns alle!« Simon hebt sein Glas. »Und vor allem auf sie hier! Zarina, du sollst ein Prinzessinnenleben haben!«

Der Trinkspruch wirkt befreiend, wir reden frisch und fröhlich, tauschen Tratschgeschichten aus und bestellen opulente Desserts. Simon gelingt es, fast ein halbes Stück Schokoladenkuchen zu vertilgen, bis er aufgibt. Zu diesem Zeitpunkt liegt Zarina bei Paul. Simon selbst hat nichts gesagt, aber plötzlich wurde deutlich, daß er nicht mehr die Kraft hatte, sie zu halten. Und kurz nachdem er den Teller weggeschoben hat, sieht Frank noch vor uns, daß Simons Batterien fast vollkommen leer sind.

»Geht's dir schlecht?« fragt er und legt einen beschützenden Arm um seinen Liebsten.

»Nein, nein! Ich bin nur etwas müde.«

»Soll ich einen Arzt rufen?«

»Nein, aber wenn du ein Taxi rufen könntest. Ich bin für heute abend einfach ausgelutscht wie ein Popsänger!«

Sie werfen Geld auf die Rechnung, bestehen darauf, auch für uns zu bezahlen – »ihr könnt ja ein andermal bezahlen« – und verlassen verhältnismäßig undramatisch das Restaurant. Dennoch drehen die Leute sich nach uns um, als Paul und Frank Simon zwischen sich auf dem Weg zur Tür stützen und ich mit Zarina im Babysitz und der Wickeltasche über der Schulter hinterherkomme.

Der Wagen hält bereits am Bordstein, überschwemmt wie die Stadt nun mal von Taxen ist, und der Fahrer mißversteht die Situation und weigert sich zunächst, einen »Besoffenen« zu fahren.

Paul ist drauf und dran, mit Prügel und der Zeitung zu drohen, während Frank ruhig erklärt, daß sein Freund krank ist und nur nach Hause ins Bett muß.

»Wenn der sich übergibt, kostet das 500 Kronen!«

»Sie kriegen tausend! Aber das wird er nicht!« versichert Frank, und der Fahrer lenkt ein, widerstrebend und notgedrungen. Wir bleiben stehen und schauen ihnen nach, Simon hebt seine Hand am Rückfenster zu einem schwachen Gruß.

Paul ist einsilbig geworden. Er dreht sich mir zu.

»Er wäre ein phantastischer Vater geworden.«

»Oder eine phantastische Mutter!« bestätige ich.

»Oder eine Mutter!« lacht Paul befreit und entkrampft seine Schultern. Dann gehen wir still nach Hause. Paul schiebt den Kinderwagen mit der einen Hand, während er meine Hand in der anderen hält.

Vorfreude ist noch nie der große, rote Luftballon in meinem Leben gewesen. Ich kann mich nur schlecht auf etwas freuen. Die Erklärung dafür ist einfach, wenn auch nicht zwingend einleuchtend. Kiki, meine Schwester, bekam in ihrer Kindheit auch häufiger eins auf die Nase, aber sie hat den Enttäuschungen nie erlaubt, frei zirkulierende Erwartungen total auszusperren. Das macht einen Teil ihres Charmes aus, ihre Fähigkeit, wieder aufzustehen und weiterzukämpfen. Unerschütterlich nannte man das wohl früher. Dafür reagiert sie ganz spontan, wenn ihr jemand das Stück Sahnetorte vor der Nase wegschnappt, auf das sie sich gerade gefreut hat. Sie reißt die Rivalin an den Haaren, streckt Autoritäten die Zunge raus und antwortet mit einer geraden Rechten, wenn sie von einer geraden Linken getroffen wurde. An und für sich reichlich primitiv – Auge um Auge, Zahn um Zahn.

Als sie also am Dienstag nachmittag mit wippenden Füßen und rhythmisch gegen den Küchenfußboden klopfend in

Doc-Martens-Stiefeln am Küchentisch sitzt, gibt es keine Gnade.

»So, nun mal ehrlich, wo ist er jetzt im Augenblick?«

Er ist Paul, normalerweise »Lieblingsschwager« genannt.

»In der Kopenhagener Fernsehredaktion. Die ist gleich auf der anderen Seite von Dosseringen«, weiche ich aus, als würde das die Lage etwas entspannen. »Möchtest du Tee oder Nescafé?«

»Jetzt lenk nicht ab! Seit wann ist er da schon?«

»Seit heute morgen«, antworte ich und bekomme ein zustimmendes Kopfnicken, als ich den Deckel von der Kaffeedose abschraube und auch für sie Pulver abmesse.

»Okay, jetzt ist es halb zwei, und er ist seit heute morgen weg. War er gestern auch da? Das ist ja der reinste Skandal!«

»Nun ja, er muß in den ganzen Ablauf eingewiesen werden, die Situation und die Leute kennenlernen und so weiter, nicht wahr? Außerdem geht er noch zum Sprachlehrer! Milch?«

»Und einen gehörigen Schuß Zucker! Zum Sprachlehrer! Warum das denn? Er redet doch schon wie eine Königin!«

»Genau deshalb! *Err redet zzu korrekt!*« erkläre ich und gebe ihr Milch und Zucker.

»Hm. Hast du nicht noch irgendwas Leckeres?« fragt sie und öffnet selbst einen Küchenschrank. »Knäckebrot?« ruft sie angeekelt.

»Warte, ich habe auch Schokolade!« sage ich bereitwillig und laufe ins Wohnzimmer, wo ich eine Megaschachtel Flughafenschokolade hervorhole, die Ernst, Pauls Vater, vor kurzem anbrachte. Für Zarina hatte er eine hellblonde lettische Zierpuppe mit Zöpfen, Kopfbedeckung und Nationaltracht gekauft. Genau das Modell, das Bewunderung hervorrief, als ich ein kleines Mädchen war. Er selbst betonte, das sei nur eine ganz provisorische Aufmerksamkeit, bis er das richtige Geschenk gefunden hätte, wie er sagte. Er kam direkt aus Riga – hatte unten in der Straße ein Taxi mit laufender Uhr stehen, aber konnte unmöglich eine Minute länger warten, sein neues Enkelkind zu sehen. Paul bildet sich ein, er hasse seinen Vater, aber ich habe eine Schwäche für diesen Bankdirektor, der zu einem außerordentlichen Termin mit der Geschäftsleitung weitereilen mußte. Laut Paul gibt es intensive Gerüchte darüber, daß die Bank fusionieren müsse, aber ich war zu taktvoll, danach zu fragen. Dieses war eine äußerst private, fast heimliche Verabredung zwischen ihm, Zarina und mir.

»Whow«, ruft Kiki aus, als sie den Deckel hebt. »Marabou de luxe! Was soll ich zuerst nehmen? Nougat krokant oder reines Nougat?«

Ich zucke mit den Schultern und sehe auf die Küchenuhr. Zarina hat jetzt eine Stunde geschlafen. Sie wird bald aufwachen.

»Du hast vollkommen recht – die Ordnung der Faktoren ist untergeordnet! Sie machen alle gleich fett! Willst du nicht?« fragt sie und schiebt mir die Schachtel zu.

»Nein danke!« sage ich tapfer und nippe an meinem schwarzen Kaffee.

»Warum nicht?« fragt sie kauend.

»Ich mache mir nicht soviel aus Schokolade, und außerdem will ich abnehmen! Und zwar ernsthaft!«

»Ja, diese Cindy Crawford sagt, man könne sich ebensogut das Fett direkt auf die Schenkel schmieren wie Schokolade essen. Da esse ich doch lieber Schokolade!« lacht Kiki zufrieden und schnappt sich eine dritte Praline. »Nun aber zurück zu Paulemännchen, ist er nicht ein wenig...?«

»Ein wenig – was?«

»Tja, ein wenig ego-ego?«

»Egoist Egon?« ergänze ich. »Doch, das mag wohl sein. Aber ich glaube, nicht mit Absicht... Also, entweder ist man mit im Spiel oder nicht. Und er ist dabei, und das ist gut so, und ich würde das ja auch tun, wenn nicht...«

»Wenn du nicht gerade auf die Kinder aufpassen und Windeln waschen müßtest? Schwesterchen, warum um alles in der Welt gibst du nicht zu, daß du angeschissen bist?«

»Bin ich das?«

»Das mußt du ja wohl sein! Ich meine, du warst schließlich Lesbe und alles!«

»Wie bitte?« rufe ich verblüfft aus. »Lesbe? Das war ich ja nun nicht!«

»Ach hör doch auf, du und Birgitte...«

»Wir waren Freundinnen! Du hast doch nicht geglaubt, daß...?« Ich starre sie sprachlos an.

»Richtig dicke Freundinnen. Ist doch auch in Ordnung! Sogar Popsängerinnen wie Anne Linnet stehen auf Frauen!«

»Also, Kiki...«

»Schon gut, aber dann warst du jedenfalls reichlich frauenbewußt und Feministin und anti alles mögliche und stark und *tough* und alles, okay?«

»Okay.«

»Siehst du, darum begreife ich nicht, daß du dich nicht angeschissen fühlst! Ich würde mich damit nicht abfinden, weißt du! Das habe ich auch Spunk gesagt. Wenn wir mal Kinder haben sollten, dann teilen wir aber *fifty-fifty*.«

Sie pult rotes Silberpapier von dem vierten Stück. Herzförmig, Kirsche in Cognac. Endlich habe ich mal Oberwasser, hundert Jahre älter und klüger als sie.

»Kiki, wenn du groß bist, wirst du feststellen, daß die Welt nicht zusammenklappbar ist«, sage ich großschwesterlich. Aber in meiner Herablassung weiß ich nur zu gut, daß sie auch recht hat. Natürlich bin ich angeschissen. Trotz meiner Absicherungen, Vorsorgemaßnahmen und einer so zurückgeschraubten Erwartung, daß ich gar nicht mehr das Gefühl habe, ich hätte überhaupt eine, bin ich enttäuscht. Enttäuscht darüber, daß er nicht einmal in seiner freien Woche, die dazu dienen sollte, Wunden zu heilen und unser zerbrechliches Verhältnis zu konsolidieren, bei uns bleiben kann. Daß wir ihn mit *denen* teilen müssen.

Aber ich behalte die Erniedrigung für mich, vermeide es so gut wie möglich, in Hysterie zu verfallen, indem ich mich selbst daran erinnere, daß ich immer schon verbissene Frauen verachtet habe. Also zwinge ich mich dazu, ihm positiv entgegenzutreten, ihm zuzuhören, und versuche, ihm gute Ratschläge in Verbindung mit seinem kommenden Status zu gebe. Beispielsweise reden wir viel darüber, wie er mit der Berühmtheit fertig werden soll, mit der richtig umzugehen nicht so einfach ist. Wir beide haben tragische Beispiele vor Augen, wo schwache Seelen sich von der öffentlichen Umwerbung, der neues Bildschirmfutter ausgesetzt ist, haben korrumpieren lassen. Und außerdem hatte ich ja immer Mutter als mahnendes Beispiel, wie schief so etwas gehen kann. Mit der Zeit ist sie in diesem Punkt zwar klüger geworden, aber als sie jünger war, hat sie sich mehr als einmal zu später Nachtstunde einem Klatschweib, verkleidet als Mitmensch, anvertraut – um dann in der nächsten Woche sich selbst als Schlagzeile ausgehängt zu sehen, verdreht und verfälscht: »ICH BIN ABHÄNGIG VON BERUHIGUNGS-TABLETTEN.«

»Wenn du dir deine journalistische Integrität bewahren willst, mußt du ganz einfach nein sagen, nein, nein und nochmals nein, ganz gleich, ob dir Premierenkarten, geschmacklose Krawatten oder eine Wochenendreise nach Norwegen angeboten werden!« betone ich.

Paul beteuert ernsthaft nickend, daß er ganz meiner Meinung ist, aber als ich am folgenden Tag einen Zeitungsreporter telefonisch vor die Tür werfe, ist er dennoch bestürzt.

»Ich schätze ja deinen Beschützerdrang, aber vielleicht hättest du dich zuvor mit mir absprechen können!«

»Paul, nun mal ehrlich, die wollten ein Bild von dir und Zarina haben! Hier zu Hause!«

»Nun ja, das ist doch noch kein Grund, so grob zu sein!«

»Das war ich ja auch nicht. Ich habe sie höflich an die Redaktion verwiesen. Da können sie dich fotografieren, wenn du dort arbeitest! Das ist doch auch viel relevanter. Und waren wir uns nicht einig darüber, daß dein Privatleben niemanden etwas angeht?« frage ich mit in die Seiten gestemmten Händen.

»Ja, ja!« sagt er und legt die Arme um meine Taille. »Jedenfalls kann *dich* niemand beschuldigen, ruhmsüchtig zu sein!«

Nein, mich mit Glimmer und Glanz zu schmücken, daran habe ich kein Interesse. Dafür werden mein Ehrgeiz, der Wunsch, für mein professionelles Können respektiert zu werden, die Lust, ein gediegenes Stück Arbeit zu liefern, aus dem Winterschlaf geweckt, als ich eine Einladung zur Generalversammlung beim Sender in der Hand halte. Auf der Tagesordnung steht die Neugestaltung der gesamten Senderstruktur, und da sollte man prinzipiell Interesse zeigen, teilzunehmen, Mutterschutz hin oder her. Paul ist anderer Meinung. Das Treffen findet am letzten Nachmittag statt, bevor er abends wieder nach Odense zurückfahren muß, und den sollten wir seiner Ansicht nach gemeinsam verbringen.

»Was willst du denn da? Du vergeudest nur deine Zeit, diesem Gequatsche über Programmplätze und Ressourcenverteilung zuzuhören! Du genießt Mutterschutz, Gnädigste!«

»Paul, gerade du solltest ein besonderes Verständnis dafür haben, daß es notwendig sein kann, seinem Arbeitsplatz mal Priorität zu geben...«

»*Say no more!*« unterbricht er mich. »Du hast es ohne Mucken geschluckt, also werde ich das auch. Wenn ich das nächste Mal nach Hause komme, wirst du einen ernsthaften Kandidaten für die Weltmeisterschaft in Vaterschaft vorfinden. Noch nie war das Badewasser so wohltemperiert, noch nie die Salbe so gut geschmiert, noch nie ein Baby so stimuliert, wie beim nächsten Mal, wenn Väterchen nach nur kurzer Zeit zurückkehrt, um alles noch besser zu machen...«

Ich muß lachen. Er hat einfach die Fähigkeit, immer noch einen Scheuerlappen hervorzuzaubern, und im letzten Augenblick hinter sich sauberzumachen.

»Zum Ausgleich«, flüstert er und drängt sich an mich, »könnte es vielleicht möglich sein, daß gnädige Frau langsam wieder anfinge, sich sporadisch für einen winzigen näheren Kontakt der dritten Art zu interessieren? Ich meine, sogar in Sarajewo tun sie das!«

»Vielleicht gerade in Sarajewo«, erwidere ich und schüttle mich bei der Erinnerung an das Inferno, das die Menschen in der belagerten Stadt und dem übrigen Restjugoslawien durchleben, wo ein Massaker auf das andere folgt. Wo Frauen laut der jüngsten Gerüchte in KZs deponiert und reihenweise vergewaltigt werden. Teufelsbrut werden die Nachkommen genannt, die bereits bei ihrer Geburt fallengelassen werden und nur die Hoffnung haben können, von gutsituierten, kinderlosen Westeuropäern adoptiert zu werden, die zweifellos alles daran setzen werden, die Herkunft dieser Kinder zu verhehlen. Ihnen einen anderen Namen, andere Verwandte und eine andere Geschichte geben, in dem Versuch, sie zu normalen Kindern zu machen. Wie Zarina, unsere Zarina, die in Unschuld geboren ist und das Leben glänzend und unbenutzt vor sich liegen hat.

»Könnte man nicht etwas für die tun?« frage ich und versinke bei der Vorstellung dieses Unrechts ins Grübeln.

»Für wen?« fragt Paul und küßt meine Finger, einen nach dem anderen.

»Na, für die in Bosnien-Herzegowina. Die Kinder«, füge ich hinzu und denke daran, wie absurd es ist, daß meine Kollegen vom Ausland sich fast darum geprügelt hätten, wer als Kriegsreporter dorthin kommen sollte. Ich zweifle ein wenig an ihren hehren Motiven – ist es die Ehre, die Jagd oder der Drang des idealistischen Reporters nach der Wahrheit und den Machthabern und den Munitionsfeuern zu trotzen, um das einzige zu sein, was wirklich zählt: Augenzeuge. Vielleicht hätte ich mich selbst – in meinem früheren Leben – in die Schlacht geworfen, wenn nicht aus anderen Gründen, dann zumindest um zu beweisen, daß ich mich traue. Ich habe es früher ja selbst gemacht, mich über jedes vernünftige Argument hinweggesetzt, aber im Grunde genommen bin ich mir nicht sicher, daß ich es wieder tun würde. Nein, ich würde niemals Zarina verlassen, um einen Kick zu kriegen. Und im Augenblick habe ich Probleme, mir eine Sache vorzustellen, die groß genug sein könnte, daß ich mich von ihr trennen würde. Deshalb ist meine Frage an Paul rhetorisch, zugegeben. Als humanistisch eingestellte Westeuropäerin kann ich es nicht ertragen, daß beim Nachbarn ethnische Säuberungen stattfinden. Aber ich schwinge mich nicht über den Lattenzaun und kämpfe auf der Seite der Opfer. Das wäre in diesem unübersichtlichen Konflikt auch sinnlos, in dem Opfer zu Tätern und Täter zu Opfern werden. Was sollte ich tun? Wen sollte ich erschießen? Oder sollte ich mich nur ganz hinten in die Presseherde einreihen und mich damit begnügen, wie alle anderen Statements von mir zu geben?

Noch nie zuvor ist ein Krieg so komplett medienabgedeckt gewesen, noch nie gab es so viele schreckenerregende Berichte und so viele starke Bilder – und all das nützt überhaupt nichts. Im Gegenteil, die Gewalt steigert sich bis weit über die Übelkeitsgrenze hinaus, Friedensvermittler werden verschlissen und die Diplomatie der Lächerlichkeit preisgegeben, wenn wieder einmal ein Waffenstillstand gebrochen wird.

Paul leckt mein Handgelenk ab, sich hartnäckig weigernd, die Weltsituation ausgerechnet jetzt zu diskutieren.

»Dänemark schickt Sonntag UN-Soldaten los...«

»Nein, ich meine auf individueller Ebene! Kann *ich* etwas tun, kannst *du* etwas tun? Flüchtlinge aufnehmen oder ein Kind adoptieren beispielsweise.«

Paul läßt mich verblüfft los.

»Tes, manchmal ist es doch unheimlich, wie du dich verändert hast!«

»Aber ich war doch immer politisch engagiert...«, setze ich an. »Mein Vater war auch...«

»Ja gut, aber dieses *Mitgefühl* deinen Mitmenschen gegenüber ist doch ziemlich neu, oder? Nun gut, wenn du wirklich meinst, wir sollten unsere kostbaren letzten Minuten damit verbringen, uns idealistisch gegenüber *der Menschheit* zu verhalten, dann sage ich nein. Wir können als Individuen nichts tun. Wenn ich allein gewesen wäre, hätte ich vielleicht freiwillig in irgendeinem Erste-Hilfe-Konvoi mitfahren können, denn Journalisten gibt es da unten ja wirklich genug!«

»Ganz meiner Meinung!« nicke ich. »Die brauchen eher Ärzte und Krankenschwestern! Aber weiter? Wir können doch nicht einfach stillschweigend zugucken?«

Paul nimmt wieder meine Hand. Nachdenklich.

»Um ganz ehrlich zu sein, Tes, bin ich im Augenblick am meisten damit beschäftigt, wie ich dir an die Wäsche gehen kann. Und das ist gleichzeitig meine wohlüberlegte Antwort auf deine Frage.«

»Was?« koche ich.

»Daß wir die Erde bestellen müssen, auf der wir selbst stehen, wenn die Erde an einer Stelle brennt, wo wir das Feuer nicht löschen können.«

Er lächelt verschmitzt, und ich ziehe verständnislos meine Augenbrauen zusammen.

»Könntest du das ein wenig genauer erklären?«

»Hüte das Leben, das du hast! Tu etwas, wo du etwas tun kannst! Behüte dein Kind und liebe deinen Mann, zum Teufel!«

»Wobei letzteres wohl wortwörtlich zu verstehen ist?« frage ich, als er seine Annäherungen wieder aufnimmt. Ich weiß, daß ich ihm nicht länger ausweichen kann und schicke Stoßgebete zur Göttin. »Ich kann nicht. Noch nicht. *Please!*«
Sie erhört mich. Zarina erwacht aus ihrem Mittagsschlaf.

»Ach, wie ich dieses Kind doch liebe!« seufzt Paul und geht selbst hin, um sie hochzunehmen.

Die Generalversammlung ist ungefähr so, wie Paul vorhergesagt hat, nur noch schlimmer. Im Grunde genommen sind die Themen relevant genug, und der Ärger der Gewerkschafter über die verborgene Produktivitätssteigerung in der neuen Struktur auch verständlich. Ein einziges Mal bin ich Frau genug, das Wort zu ergreifen und warne auf das Entschiedenste davor, aufgrund des rasanten Erfolgs der Konkurrenz in Panik zu geraten.

»Wir unterminieren uns selbst, wenn wir uns nur von den Quoten steuern lassen«, sage ich. »Qualität kann man nicht nach Einschaltquoten kalkulieren!«

Um mich herum wird zustimmend genickt, aber dann gibt es den einen oder anderen, der partout witzig sein muß und eine Bemerkung über meine engere Beziehung zu TV 2s »Geheimwaffe« in den Saal wirft. Zuerst verstehe ich gar nicht, was er damit meint. Aber es handelt sich natürlich um Paul, dessen Debüt als »neuer Fernsehmagnet« – ein Ausdruck der Boulevardpresse – offenbar von Freunden wie von Feinden mit Spannung entgegengesehen wird. Daß es offensichtlich wirklich ein Ereignis in unserer eingegrenzten Welt ist, zeigt sich auch in der Rauchpause, in der sich alle auf die mitgebrachte Zarina stürzen, die süß im Kinderwagen schläft, und sich gleich danach nach Pauls neuer Rolle erkundigen. Ich antworte loyal und knapp, ohne auch nur einen Fetzen Privatleben preiszugeben, in dem die meisten am liebsten herumschnüffeln würden. Auch die verständnisvolle Lea, die ihre Stimme senkt und damit Vertraulichkeit signalisiert, wird nicht eingeweiht.

»Und wie *geht* es wirklich? Schaffst du das alles?« fragt sie mit einer Hand auf meinem Arm, nachdem sich ihre zuckersüße Begeisterung darüber, einen Säugling zu sehen, gelegt hat. »Ach, da hätte man ja am liebsten auch eins!«

Ich versichere ihr, daß ich ausgezeichnet zurechtkomme und überhaupt kein Problem darin sehe, daß Paul jetzt nach Odense pendelt.

»Die Scheidungsrate ist da oben aber ziemlich hoch!« sagt Henriette, Pauls Ex, nachdem sie festgestellt hat, daß das Kind dem Vater ähnelt.

»Na, das wird sich schon noch legen«, prahlt Kofoed, der sonntägliche Nachrichtensprecher und verbissene Paul-Hasser. Aber wie so oft zuvor ist es Kirsten, die Producerassistentin, die den qualmenden Bornholmer nachdrücklich abserviert.

»Nun hör aber auf, Kofoed. Paul Weber ist zweifellos ein scharfes Kaliber! Du wirst deinen Stil schon ändern müssen, ansonsten fürchte ich, daß Frau Meier auf dem Lande sich für ihn entscheiden wird!«

Kofoed begnügt sich mit einer leicht säuerlichen dahingeworfenen Bemerkung, und Kirsten und ich brechen in albernes Kichern aus.

»Leider fürchte ich, daß ich recht habe! Die Damen werden scharenweise zu ihm überlaufen! Bist du da nicht nervös?« fragt sie anschließend.

»Nervös? Nee, warum sollte ich nervös sein?« frage ich mit einem prüfenden Blick von Zarina hin zur großen Wanduhr. Wenn ich jetzt sofort losfahre, kann ich mit dem Stillen warten, bis wir zu Hause sind, und wenn ich sehr, sehr schnell fahre, ist Paul vielleicht noch nicht fort.

»Na ja, wegen Frau Meier natürlich! Oder eher noch wegen Fräulein Schulze, der Krankenschwester. Das ist momentan so ein Trend – alle Typen in unserer Branche haben eine Schwäche für süße, mütterliche Krankenschwestern! Ist dir das noch nicht aufgefallen?« fragt sie, und ich packe lachend zusammen. Nein, das ist mir wirklich nicht aufgefallen. Und nein, ich bin überhaupt nicht nervös.

»Er ist aber auch total wild nach dir!« sagt sie abschließend und bittet mich, ihm toi, toi, toi zu wünschen. »Und beeil dich, mit deiner Babypause fertig zu werden! Wir vermissen dich *wirklich*!«

Ich bleibe fluchend im Rush-hour-Verkehr stecken und muß in der Turensensgade auch noch einen Parkplatz suchen. Als ich endlich mit einer äußerst unzufriedenen Zarina heimkomme, ist Paul abgefahren. Er hat abgewaschen, die Betten gemacht und mir einen kleinen Brief neben einer langstieligen Rose hinterlassen.

»*Tes, wish me luck.* Ich liebe dich, vermisse und begehre dich. Dein P. Gib Zarina einen Kuß von Papa.«

»Gleichfalls«, murmle ich und schnuppere an der Rose, ein geruchsloses Treibhausprodukt. Ich hätte nicht vor ihm fahren, ich hätte mich ordentlich verabschieden sollen, ich hätte seine Nervosität begreifen sollen, ich hätte ihm die gleiche Zärtlichkeit erweisen sollen, mit der ich Zarina überschütte, als wir im Stillsessel sitzen. Draußen dämmert es, ich habe kein Licht angemacht, sitze nur da und erkenne Pauls Gesicht in ihrem wieder. Wenn er jetzt hier wäre, könnte ich ihn an die andere Brust legen. »Lieber Paul«, sage ich in die frühe Finsternis des Spätherbsts, die sich wie ein sanfter Schleier über das Zimmer legt, »entschuldige meine Schizophrenie.«

Das schreibe ich ihm auch. Als Zarina matt und zufrieden mit einer Rassel auf der bunten Krabbeldecke auf dem Boden liegt, hole ich das fliederfarbene Büttenpapier heraus, auf dem Paul – unter anderem – auch mir geschrieben hat. Liebesbriefe sind ansonsten nie eine meiner bevorzugten Ausdrucksformen gewesen. Nicht weil ich nicht schreiben mag, im Grunde genommen vermisse ich es ab und zu, keine Schreiberin zu sein, sondern weil ich es immer vermieden habe, Beweise zu hinterlassen, die später gegen mich verwendet werden könnten. Deshalb habe ich normalerweise anderen die Verführung überlassen. Aber jetzt habe ich einen unbändigen Drang, ihm nah zu sein, mit ihm zu sprechen, mich mit Worten, die ich sonst nur mit äußerster Vorsicht verwende, nach ihm zu strecken.

Geliebter, geliebter Paul...

In einer Stimmung feierlicher Ruhe klebe ich den Umschlag zu und schreibe seinen Namen sorgfältig mit schwarzem Ballpen darauf. Paul Weber. Ein schöner, klarer Name. Vielleicht sollte Zarina nur Weber heißen. Aus ästhetischen Gründen. Und rein theoretisch hätte ich auch nichts dagegen, seinen Namen zu tragen. Therese Weber. Aber wenn ich Skårup ablegen würde, würde ich den letzten dünnen Faden zu meiner Familie zerreißen. Zu Vater.

»Und warum eigentlich nicht?« murmle ich vor mich hin, während ich den Brief betrachte. Erst als ich mit Zarina im Tragesack unter meinem Mantel hängend hinunter auf die Straße gehe, um ihn einzuwerfen, fällt mir die Antwort ein, die gleichzeitig einleuchtend und pathetisch ist: weil er mich dann nicht finden kann.

Pauls Nervosität vor seinem Fernsehdebüt steckt mich an, auch wenn ich versuche, sie von mir abprallen zu lassen.

»*It's only television!*« sage ich bewußt entspannt, als er an dem Abend, als er vor die Kameras soll, zum dritten Mal anruft. »Du bist verdammt gut! Es gibt keinen Grund, Angst zu haben! Du wirst einen Riesenerfolg haben!« versichere ich ihm, während ich nach einer Zigarette suche.

»Liebst du mich auch noch, wenn ich versage?« bettelt er kindisch, und ich erkläre ihm lachend, daß er damit nicht zu rechnen brauche.

»Nein, du nimmst nur den Sieger! Also muß ich mich wohl lieber zusammenreißen?«

»Das mußt du wohl!«

»Könnt ihr nicht herkommen? Du und Zarina?« fragt er und weiß dabei, daß es unmöglich ist. »Aber ich habe deinen Brief in der Tasche. Tes. O Mann, was habe ich mich darüber gefreut. Bist du dir eigentlich klar darüber, daß es das erste Mal ist, daß du mir geschrieben hast?« säuselt er, bis er zur Redaktionskonferenz und letzten Probe gerufen wird.

Kiki, Spunk und Birgitte haben sich selbst zur Premiere eingeladen, während Mutter, die eine Vorstellung hat, uns gebeten hat, Paul auf Video aufzunehmen. Sie will sich später zu uns gesellen.

»Er muß einfach Erfolg haben!« behauptet sie, und auch wenn sie recht hat, irritiert es mich, daß sie wie üblich mehr Vertrauen in sein Talent hat als in meines. Mit meiner Form professionellen Könnens kann sie einfach nichts anfangen, weil es nicht als einfache Performance sichtbar wird. Es ist überhaupt ein unsympathischer Zug unserer Zeit, daß wir so wahnsinnig showfixiert sind. Die Stars gehen auf, erlöschen und fallen vom Fernsehhimmel wie nichts Gutes. Und das sage ich nicht, weil ich neidisch bin. Wie schon gesagt, hege ich keinen heimlichen Traum, mich hervorzutun und berühmt zu werden, und während ich kurz vor sieben im Wohnzimmer gemeinsam mit Kiki, Spunk und Birgitte vor dem Fernseher sitze, Rotwein trinke und mir auf die Knöchel beiße, ist meine Seele rein. Ich wünsche ihm, Paul, alles Gute.

Und dann kommt er endlich ins Bild und füllt es aus, als hätte er nie etwas anderes getan, als auf diesem Platz zu sitzen und der ganzen Familie Dänemark einen guten Abend zu wünschen. Ich stelle fest, daß irgend etwas an ihm anders ist, aber es ist an Kiki, sofort zu bemerken, was es ist.

»Er hat ja 'ne Brille auf!« ruft sie aus und kneift ihre Augen zusammen, um das Gestell genau zu untersuchen. Mysteriös.

»Die steht ihm aber gut«, meint Birgitte mit Kennermiene. »Und seine Kleidung ist souverän. Hat er sie selbst ausgesucht?«

»Davon bin ich überzeugt«, sage ich abwesend, wie beim ersten Mal, als ich ihn im Zentrum eines Fernsehschirms sah, fasziniert von seiner einzigartigen Durchschlagskraft.

»Hoppla!« bemerkt Spunk, der Zarina überlassen bekommen hat, als Paul sich fast verspricht, aber noch elegant korrigiert, und ansonsten sind die knapp dreißig Minuten fehlerfrei. Sogar das Live-Interview mit einem in Bedrängnis geratenen Finanzminister verläuft tadellos. Als er die Sendung mit einem vielversprechenden Wetterbericht und dem leichten Lächeln, das den endgültigen Sieg anzeigt, abgeschlossen hat, stoßen wir an.

»Na, denn!« jubelt Kiki, daß der Wein überschwappt.

»Er hat den Scheiß einfach drauf, was?« stellt Spunk fest, und Birgitte gibt mir einen Kuß auf die Wange und sagt, ich könne stolz auf ihn sein.

»Aber jetzt mußt du ihn ja mit uns anderen teilen!« meint sie. »Teile von ihm«, sage ich und nehme Zarina auf den Arm, weil das Telefon klingelt. Ich weiß, das ist er, und auch wenn es schwachsinnig ist, bin ich der Meinung, unsere Tochter muß dabei sein, als ich das Telefon mit ins Schlafzimmer nehme. Er ist außer Atem und aufgedreht wie ein Tour-de-France-Fahrer nach einem Etappensieg. So anders als die Festung aus Ruhe und Autorität, die gerade die Wohnzimmer besucht hat.

»Gut gelaufen!« versichere ich aus vollem Herzen im Namen aller.

»Hast du überhaupt nichts einzuwenden?« fragt er nervös.

»Nein. Nun ja, du warst vielleicht ein wenig steif, und dein *speak* könnte eventuell noch verfeinert werden, aber ansonsten...«

»Du findest also wirklich nicht...?«

»Doch, Paul, verflucht noch mal. Du bist ein Megahit! Aber was ist das für 'ne Brille, die du aufhattest?«

»Die Brille?« wiederholt er mit einem Lächeln in der Stimme. »Das war so ein spontaner Einfall. Der Produzent meinte, ich würde mit einer Brille reifer aussehen. Wie findest du sie?«

»Wie heißt der Produzent?« frage ich zurück.

»Maria. Sie findet mich zu schön fürs Fernsehen!«

»Nee, dann mag ich die Brille nicht.«

»Das ist übrigens eine Giorgio Armani...«

»Ich mag dich einfach lieber ohne!«

»Ich mag dich auch lieber ohne! Scheiße, warum bist du

nicht hier? So, jetzt rufen sie mich! Sie applaudieren mir sogar! Wir reden später, Küßchen!«

Küßchen, die Verbindung ist unterbrochen.

»Jetzt wird dein Vater berühmt!« sage ich und wirble Zarina vorsichtig in der Luft herum, daß sie gluckst. Und das ist nicht einmal gelogen, denn einen Augenblick später klingelt das Telefon wieder.

Heidi. Mein schlechtes Gewissen.

»Hallo Therese! Sag mal, das war doch Paul, oder? Gerade eben in der Glotze? Affengeil, echt!«

Eher aus Höflichkeitsgründen als aus Lust sehe ich mich gezwungen, ein Gespräch mit ihr einzuleiten. Ihr geht es gut. Dem Chinesen geht es auch *okeydoke*, und sie ist der Meinung, wir sollten jetzt bald mal wieder in den Töpfen rühren. Also, ob ich will oder nicht, das Gespräch endet mit der festen Verabredung, am nächsten Tag zu ihr hinauszukommen. Sie würde sonst auch gern zu mir kommen, aber mein Argument dagegen ist, daß ich ein Auto habe. Ich habe so eine Ahnung, daß ich sie nie wieder loswerde, wenn ich sie erst bei mir hereinlasse. Außerdem habe ich auch ein egoistisches Motiv – ich möchte gern raus. Seit Paul abgereist ist, habe ich mich wie ein alberner Teenager aufgeführt, das Telefon umschlichen. Ruft er nicht bald an? Ist was auf dem Anrufbeantworter? Steht was über ihn in der Zeitung? Ist ein Foto dabei? Nur Zarina ist in mein flatterndes Beben eingeweiht, das auch seit gestern nicht weniger geworden ist.

»Bin ich eifersüchtig? Kann ich es nicht ertragen, daß ich ihn mit zwei Millionen anderen teilen muß?« frage ich, als ich sie am nächsten Tag in Ausfahrgarnitur und Handschuhe verpacke. Sie lächelt, schelmisch, so daß ich dahinschmelze und sie an den Händen hochziehe. »Mein Faustpfand!«

Im Jagtvej halte ich an, gehe in einen Blumenladen und bestelle einen Gratulationsblumenstrauß, der Paul per Bote nach Odense gebracht werden soll. Rote Rosen. Phantasielos und banal, aber das einzige, das ausdrückt, was ich empfinde. Altmodische Verwirrung.

»Paul Weber, Nachrichten, TV 2, Odense«, wiederholt die Blumenverkäuferin, als sie die Bestellung aufnimmt. »Irgendeinen Gruß?«

Ich zucke mit den Schultern – über einer hängt Zarina.

»*Ja ljubju tebja!*« sage ich errötend. Näher komme ich meinen Gefühlen nicht.

Die Blumenverkäuferin lächelt.

»Heißt das nicht ›ich liebe dich‹ auf polnisch?«

»Auf russisch!« entgegne ich und weiß, daß ich jetzt roter bin als die Langstieligen, die er abends bekommen wird.

»Er ist aber einfach auch süß. Das ist doch der Neue von gestern abend, oder?«

Das ist er unzweifelhaft, und als Heidi die ersten fünf Minuten dazu braucht, mich über Pauls Auftritt auszuhorchen, ist auch das nur noch eine Bekräftigung seiner Durchschlagskraft.

»Meine Glotze ist ja kaputt«, sagt sie. »Aber ich war drüben bei Fatima, und da habe ich es mir angeguckt...«

»Dein Fernseher ist kaputt?« frage ich. Wir sitzen in der Küche, die aufgeräumt ist wie immer. Aber der Wasserhahn tropft – es ist kein Mann im Haus.

»Ja«, wehrt sie ab und springt vom Küchentisch. »Aber man wird ja sowieso nur blöd im Kopf, wenn man die ganze Zeit vor der Glotze hängt, nicht? Also? Was wollen wir kochen? Frikadellen?«

»Aber, was ist denn mit deinem Fernseher? Vielleicht kann ich es in Ordnung bringen?« hake ich nach. Wenn sie nicht geradeheraus lügt, umschreibt sie die Tatsachen jedenfalls phantasievoll.

Ein bitteres Lächeln und ein abgewandtes »Tss!« Ganz deutlich geht es mich nichts an. Und dennoch. Sie hat es sich vielleicht selbst nicht klargemacht, aber es muß doch einen

Grund geben, daß sie sich an eine wie mich hängt. Eine von diesen verhaßten Überlegenen. Will sie, daß ich mich um sie kümmere? Ich versuche es mit einem Schuß ins Blinde.

»Die Raten? Hast du die Raten nicht bezahlt, und haben sie ihn deshalb abgeholt?«

Sie steckt sich eine an. Inhaliert gierig, um das Gift zu verteilen.

»Was du doch für eine Klugscheißerin bist, Therese! Willst du ihn sehen?« fragt sie herausfordernd.

Sie geht vor. Öffnet die Tür zum Wohnzimmer und schiebt mich hinein. Ich stoße ein erschrockenes »Oh« aus, als mein Blick ihren Samsung trifft. Der steht wie eine offene Wunde da, obszön entblößt in der ansonsten so ordentlichen Stube. Sie haben ihn nicht abgeholt. Sie haben ihn zertrümmert. Nur der Rahmen ist noch heil, während die Glasscherben wie Eiszapfen vom Bildschirm herausragen, hinter dem die Bildröhre und die Kabel wie verdrehte, technologische Eingeweide aussehen.

»Wer hat das gemacht?« frage ich. Ich habe noch nie ein Attentat *live* gesehen, und dieses ähnelt in seinem Resultat einer präzis gelenkten Neutronenbombe.

»Ein paar von seinen ›Freunden‹«, erklärt sie spöttisch.

»Hansi und ...?« fällt mir das Telefongespräch ein, das mir damals schon Übelkeit verursachte.

»Hansi und einer, den sie Fox nennen. Er ist der schlimmste. Er hatte auch die Brechstange mit.«

»Aber, warum?« frage ich dumm.

»Warum? Es sind Renés Freunde, verdammt noch mal! Das ist seine Rache! Und sie haben gesagt, daß das hier nur der Anfang ist. Nächstes Mal zertrümmern sie die ganze Wohnung, dann mich, und zum Schluß kommt René raus und schlägt ›dem kleinen gelben Bastard‹ den Schädel ein. Aber dann schieße ich sie über den Haufen. Ich kenne einen, der mir ein Gewehr besorgen kann.«

Ihr Zigarettenrauch kommt hinter meiner Schulter angezogen. Ich wende mich dem schmächtigen Mädchen zu. Die können ihr innerhalb von fünf Minuten jeden Knochen einzeln brechen, und sie steht einfach da und raucht, unbeschützt und unbeirrt.

»Ich habe schon was auf 'n Kopf gekriegt. Aber zum Glück war ich besoffen von diesem Teufelszeug, daß es erst hinterher weh getan hat. Die Polizei hat mich zum Notarzt geschickt, um mich untersuchen zu lassen, aber da war nichts. Ich habe da eine ganze Nacht ›wegen Verdacht auf innere Blutungen‹ gelegen...«

»Warum hast du denn nicht angerufen?« frage ich.

»Das habe ich doch! Ich traute mich nur nicht, dir zu sagen, was passiert ist. Du bist doch so zimperlich, oder?«

»Und was ist mit dem Chinesen?« frage ich weiter, als mir klar wird, wovon sie redet. Das war damals, als sie »aus einer Cafeteria« anrief.

»Er war bei Fatima. Keine Sorge, keiner hat was rausgekriegt, und ich bin seitdem total clean gewesen. Ich verspreche dir, ich rühre nichts mehr an! Weder Bier, noch scharfe Sachen noch anderen Scheiß!«

»Du mußt hier wegziehen!« sage ich entschlossen.

Sie zieht den Rauch tief in ihre Lunge, um ihn dann in einer langen, bläulichen Wolke wieder auszustoßen.

»Verflucht, das muß ich nicht! Die sollen doch nicht über mich bestimmen? Und wo soll ich bitteschön hinziehen?«

Case closed. Auf Heidis Vorschlag hin gehen wir hinunter ins Einkaufszentrum, um im Supermarkt für Frikadellen einzukaufen. Wir schieben beide unsere Kinderwagen, jede mit ihrem Baby drin, und für einen Augenblick könnte man glauben, wir wären gleich. Wir würden beide dem Under-Dänemark angehören, das alle Zeit der Welt hat, um an einem Alltag kurz nach Mittag im Einkaufszentrum einkaufen zu gehen. Der Unterschied ist nur, daß ich eine Touristin bin, sie aber verdammt. Der Riß zwischen uns wird peinlich deutlich, als wir aus Spaß in Bilkas Schmuckabteilung Verlobungsringe anprobieren. Ihre Nägel sind bis auf das Nagelbett abgebissen, ihr Haar gespalten, und ihr Teint russischblaß, mit den tiefen Schatten der Proletarierin unter den Augen, die vor hundert Jahren die Reinheit ihrer Unschuld verloren hat. Sie ist zehn Jahre jünger als ich, aber die Müdigkeit hat sich bereits in ihren ansonsten hübschen Zügen eingenistet. Heidi ist bereits dabei, zu verblühen. Während ich zu der Schicht von Frauen gehöre, die sich die Mühe machen kann, ihren Verfall so lange zu kaschieren, daß man fast an die Illusion der ewigen Jugend glauben kann.

»Steht der mir?« fragt sie und streckt ihren Ringfinger aus.

»Nee«, antworte ich, da ich eine prinzipielle Abneigung gegen jede Form von Bündnissymbolen habe.

»Ich könnte mir schon vorstellen, mal zu heiraten. So richtig, weißt du ...«

»Weiße Braut und Kutsche?« rümpfe ich die Nase.

»Ja! Mit langem Schleier und einer Schleppe, über die man stolpern kann ...«

Dann schiebt sie ihren Traum beiseite.

»Aber das hält ja doch alles nicht ...«

Als wir mit zwei Plastiktüten voller Zutaten für Lektion zwei, Frikadellen mit Kartoffeln und Gewürzgurken, aus dem riesigen Billigpreismarkt herausgeschleust worden sind und den Zentrumsplatz überqueren wollen, zuckt sie plötzlich zusammen. Sie sieht aus wie eine junge Damhirschkuh mit gespitzten Ohren und vibrierenden Nasenflügeln, und als ich ihrem Blick bis zur Sitzbank auf dem Platz folge, ist eine weitere Erklärung überflüssig. Die beiden Typen in Lederjacken und fettigen Jeans, die da jeder mit einer Bierdose zwischen den Beinen herumhängen, müssen Hansi und Fox sein. Ersterer hat lange Haare und einen Schnurrbart und könnte eigentlich ganz hübsch aussehen. Aber der zweite läßt es mir eiskalt die Wirbelsäule hinunterlaufen. Sein Spitzname muß direkt von seinem Aussehen abgeleitet sein – roter Borstenhaarschnitt, schrägstehende Augen und ein dreieckiges Gesicht.

»Wollen wir nicht lieber umkehren? Und einen anderen Weg gehen? Die haben uns doch noch nicht gesehen!« schlage ich erschrocken vor.

»Bleib cool! Komm! Die tun uns jetzt nichts!«

Also setzen wir uns wieder in Bewegung, zwei Mütter mit zwei Kinderwagen, und defilieren schwatzend an ihnen vorbei. Die reißen ihre Augen groß auf, als sie uns erblicken.

»Da haben wir ja die Chop-Suey-Hure!« schreit Fox ihr zu. »Haste in letzter Zeit was in der Glotze gesehen? Oder sollen wir zu dir kommen und die Kiste reparieren, mein Schätzchen?« Hansi, der Mitläufer, grinst nur blöd.

»Was ist denn das für 'n Hühnchen, was du dabei hast? Ey, Heidi? Hat die auch so ein gelbes Bastardjunges, he? So 'nen schlitzäugigen Currybalg?« schreit er hinter mir her.

Mein Herz pumpt das Blut in kräftigen Schüben. Das ist eine Situation, die ich überhaupt nicht steuern kann. Aber während ich mich krampfhaft am Kinderwagen festhalte und den Blick auf Zarina geheftet habe, die nichtsahnend aus ihrer Kiste herausguckt, verstehe ich mit einem Mal, was Heidi vorhin meinte. Auch ich wäre in der Lage, ihn eiskalt zu erschießen, wenn er auch nur eine Andeutung machen würde, mein Kind anzurühren. Und als er seine langen Beine vor Heidi ausstreckt, so daß sie stolpert, stelle ich fest, daß mein Beschützerdrang auch sie umfaßt.

»Laß sie in Ruhe!« fauche ich.

»Die Dame kann reden! Und dazu auch noch dänisch!«

»Komm, Therese!« Heidis Mimik ist nicht mißzuverstehen. Das ist nicht der Zeitpunkt für Argumente oder Diskussionen.

»Probleme?«

Eine örtliche Fußstreife der Polizei kommt unmerklich näher, und das genügt, unseren Rückzug zu sichern. Aber Fox wirft Heidi noch eine Drohung hinterher.

»Bist du heute abend zu Hause? Dann kommen wir mit einem Gruß von René vorbei!«

Sobald sich die automatischen Türen hinter uns geschlossen haben und wir auf der Fußgängerbrücke sind, die das Einkaufszentrum mit den Wohnhäusern verbindet, bleibt Heidi stehen und fischt eine Packung Prince Light aus der Brusttasche ihrer dünnen Jacke. Sie sagt nichts. Holt nur eine Zigarette heraus und bietet erst mir eine an, bevor sie sich selbst eine nimmt. Meine Hände zittern so sehr, daß ich Probleme habe, sie anzuzünden, aber sie nimmt mir einfach das Feuerzeug aus der Hand und hält es für uns beide.

»Du brauchst keine Angst zu haben«, lächelt sie mit dem routinierten Schmunzeln über die Ungeübte. Sie ist die eingeborene Trägerin, die im Gegensatz zu den weißen Abenteurern den Unterschied zwischen Baumstämmen und Krokodilen kennt. »Die tun dir nichts!«

»Nein, mir nicht Aber was ist mit dir?« platze ich spontan heraus und verrate damit ein Interesse an ihrem Schicksal, das uns beide überrascht.

»Mit mir?« fragt sie verwundert. »Das ist doch scheißegal! Ich werde schon klarkommen! Glaub bloß nicht, daß die mich hier rausekeln können!«

Sie klemmt sich die Zigarette fest zwischen die Lippen und schiebt wieder mit dem Kinderwagen los.

»Also, Heidi!« sage ich nur und folge ihr. »Du mußt sie anzeigen! Dann kriegen sie Hausverbot!«

Heidi wirft ihren Kopf mit einem überlegenen Grinsen nach hinten.

»Du meinst, ich soll sie bei den Bullen verpfeifen? Denen ist doch scheißegal, wenn so eine wie ich *trouble* hat. Und wenn Fox mitkriegt, daß ich zu den Bullen gerannt bin, kann ich mich gleich begraben lassen!« erklärt sie und geht höflich mit dem Kinderwagen zur Seite, als einige kleine, asiatisch aussehende Frauen uns entgegenkommen. Sie werfen ihr einen schnellen Blick zu und gucken wieder zur anderen Seite, als sie an uns vorbeigehen. *My God*, Asiatin zu sein, von den grünen Reisfeldern zu kommen und dann im Betonslum von Ishøj zu enden! War das die gefahrvolle Flucht über das Meer wert? Als wir in der Küche stehen und den Frikadellenteig rühren, beharre ich darauf, daß sie umziehen müsse. Davon will sie überhaupt nichts hören. Aber als ich lange genug darauf bestanden habe, gibt sie mir zumindest die Erlaubnis, einen Schlosser anzurufen. »Ich werde die Extraschlösser bezahlen, und ich bleibe hier, bis er da war!« erkläre ich bestimmt, nachdem ich die Nummer in den Gelben Seiten gefunden habe. Heidi ist so sehr Analphabetin, daß sie nicht einmal im Telefonbuch nachgucken kann. Sie benutzt eben einfach die telefonische Auskunft. Es ist teuer, arm zu sein.

Beim Brøndby Strand Schlüsselservice fragen sie, ob es eilt, und als ich bestätige, daß der Fall dringend ist, versprechen sie, so bald wie möglich einen Mann zu schicken. Als er kommt, sitzen wir gerade am Küchentisch und essen Frikadellen – eigentlich ganz gut gelungen, während die Kartoffeln nicht ganz gar sind und die Sauce als ein klumpiger Schmutzfleck im Spülbecken endet. Der Chinese und Zarina sitzen jeweils in ihren Wippen und amüsieren sich, so daß oberflächlich alles nach Friede, Freude, Frikadellen aussieht. Aber der Schlosser, der sich frech einen Kloß vom Teller klaut, kennt offenbar seine Kunden, denn er fragt, ob es sich um eine »Verschanzung« handeln soll.

»Draußen laufen ja so viele Gorillas herum«, bemerkt er leichthin und zeigt seine Schlösserkollektion. Ich wähle die beiden kräftigsten aus, einbruchsicher mit Ketten, die er dann pfeifend montiert.

»Ist sie jetzt in Sicherheit?« frage ich vertraulich, als er fertig ist und Kaffee schlürft, während ich einen rabenschwarzen Scheck ausschreibe, den er mit einer lässigen Handbewegung entgegennimmt.

»Nun ja, ich weiß ja nicht, was das für Typen sind, die hinter ihr her sind. Natürlich können die sich ihren Weg noch freischießen, nicht wahr?«

Ich sehe einen Chicago-Gangster *set up* vor mir und muß unwillkürlich lächeln. Fox ist trotz allem kein Al-Capone-Typ, und selbst wenn er mit weichem Hut und zweifarbigen Schuhen daherkommen würde, um das Schloß mit einer Maschinenpistole zu bearbeiten, würde er schnell das ganze Haus wecken. Also kann ich wohl annehmen, daß mein Einsatz ihre Sicherheit zumindest verbessert hat.

»Bleib nach Einbruch der Dunkelheit aber drinnen!« rate ich ihr ernsthaft, als ich nachmittags aufbreche. »Und laß niemanden rein, bevor du nicht durch den Türspion geguckt hast! Und lege jedesmal die Kette vor!

»Jaja!« sagt sie und gibt Zarina zum Abschied einen Kuß. Sie liebt ihren Chinesen, würde aber so ein Puppenkind vergöttern. Es mit Rüschen und Bändern überschütten.

Ich warte draußen auf dem Hausflur, bis ich höre, daß sie beide neuen Schlösser verschließt und die Kette vorlegt.

»Gut! Und denke immer dran!« sage ich vor der verschlossenen Tür, bevor ich zum Fahrstuhl gehe. Sie behauptet, sie käme allein zurecht. Ich habe nicht die Verantwortung für sie. Es ist nicht meine Schuld, daß sie sich in ein unüberschaubares Labyrinth von Drohungen und Gefahren verwickelt hat. Dennoch habe ich das Gefühl, sie im Stich zu lassen, als ich auf den Aufzugknopf drücke.

»Tes, du kennst sie doch gar nicht!« murmle ich, als ich auf dem Plattenweg vor dem Häuserblock ankomme. Als ich mich umdrehe, steht sie mit dem Chinesen auf dem Arm auf dem Balkon und winkt mir zu. Mein Gott, der Balkon! Sie können über den Balkon reinkommen! Sie brauchen nur die Scheibe einzuschlagen. Ich winke und drehe mich abrupt um, um meinen Gedanken zu entkommen und den Parkplatz zu erreichen. Aber ich passe nicht auf und laufe eine der kleinen asiatischen Frauen von vorhin fast um. Sie sind jetzt jede mit einem gefüllten Netz auf dem Weg zurück vom Einkaufszentrum. Sie waren lange fort. Vielleicht haben sie ja in der Cafeteria Tee getrunken.

»Entschuldigung«, sage ich, als würde eine höfliche Dänin zehn von Hansis und Fox' Sorte wiedergutmachen. Die Frauen lächeln reserviert zurück und gehen mit kleinen, leichten Schritten weiter. Ich drehe mich noch einmal nach Heidi um, um ihr ein letztes Mal zu winken. Aber sie sieht mich nicht. Ihr Blick folgt den Frauen.

Meine Gedanken bleiben für den Rest des Tages bei ihr hängen. Sogar als ich eine Schale Bouillon in Gesellschaft von Paul Weber einnehme, der wie ein kompetenter Führer seine Zuschauer durch die Neuigkeiten des Tages und die Ereignisse der Welt begleitet, spukt sie mir im Hinterkopf herum. Daneben versuche ich, meine Aufmerksamkeit auf die Meldungen zu richten, die mich eigentlich interessieren – Dänemarks Versuch, dennoch via »rationaler Kompromiß« in die EU zu kommen, die Forderung nach Verschärfung der Flüchtlingspolitik in Deutschland, Krach in der Großbank von Pauls Vater. Aber die Berichte flimmern wie ein sich schnell drehendes Karussell an mir vorbei. Nur die Mitteilung, daß die norwegische Ministerpräsidentin Gro Harlem Brundtland sich nach dem Selbstmord ihres Sohns vom Parteivorsitz zurückzieht, erreicht mich. Die arme Frau! Ich drücke Zarina an mich und frage mich selbst, ob man sich etwas Schlimmeres vorstellen kann, als sein Kind zu verlieren und außerdem noch von ihm abgelehnt zu werden?

An diesem Abend ruft Paul erst an, nachdem er die Manöverkritik hinter sich hat. Sicher verständlich, wie es auch verständlich ist, daß er auf den Wogen seines Erfolgs schwimmt, als er sich schließlich meldet.

»Danke für die Rosen!« sagt er. »Wie überwältigend!«

Ich lasse das im Raum stehen und bereue bereits, sie ihm geschickt zu haben, als mir klar wird, daß er sicher fast in Blumensträußen, Flaschen und Geschenken erstickt ist.

»Sogar deine Mutter hat einen Strauß geschickt!«

»Ach, wirklich?«

»Ist das nicht lieb von ihr?«

»Na ja«, sage ich kühl und beiße mir auf die Lippe. An Paul zu denken, dafür hat sie Zeit. Aber an mich...

»Was habt ihr denn heute gemacht?« fragt er wohlwollend, und obwohl ich nur zu genau spüre, daß er nicht mehr richtig zuhört, gebe ich ihm dennoch einen Bericht von unserem Besuch bei Heidi. Er wird erst wieder richtig aufmerksam, als ich auf den Schlosser zu sprechen komme, den ich bezahlt habe.

»Was hast du? Tes, jetzt paß aber auf, daß du da nicht in etwas reinrutschst, das du nicht überschauen kannst!«

Ich hole tief Luft, um eine intelligente Erklärung vorzutragen über die mangelnde Fürsorge und Betreuung durch den Wohlfahrtsstaat, die zu geistiger Armut und sozialer Isolation führt. Aber gerade als ich zum Kern der Sache vordringe – warum ich mich um eine wildfremde Frau kümmere –, teilt er irgend jemandem mit, daß er gleich komme.

»Geht ihr ins St. Gertruds? Okay, ich finde euch schon!«

»Hallo!« murre ich.

»Ja, entschuldige. Wir wollen nur gleich noch weg und das Adrenalin aus dem Körper stampfen. Wo waren wir – beim Wohlfahrtsstaat oder was?«

»*Forget it!*« sage ich, und Paul entschuldigt sich wieder, »aber schreib das doch auf die Liste mit interessanten Diskussionsthemen.«

»Und was ist mit mir?« schnaube ich verärgert. »Soll ich auf die Liste zu späterem Gebrauch?«

Paul wiegelt ab.

»Du weißt doch, wie das ist, nicht wahr, Tes?« erklärt er und versichert mir daraufhin, daß er mich mehr liebt, als die Vestbro hoch ist. »Wird diese Brücke denn jemals fertig?« frage ich spitz zurück, und Paul sagt irgendwas Elegantes, was ich nicht mitbekomme, weil Zarina mir auf die Schulter spuckt. So kommt das Gespräch zu einem natürlichen Abschluß, und das ist nur gut so. Ich kann mich als keifendes Weib selbst nicht ausstehen.

Später am Abend rufe ich Heidi an, um zu fragen, ob sie okay sei. Das ist sie. Was sie mache? Radio hören, kichert sie.

»Wir hätten dir einen neuen Fernseher besorgen sollen!« sage ich, als hätte ich bereits vollkommen die Verantwortung für ihr Wohl und Weh übernommen.

»Warum das denn?« fragt sie und antwortet dann selbst. »Ja, stimmt, dann könnte ich deinen Typen sehen!«

Daß Fernsehen ein starkes Medium ist, sollte an und für sich nichts Neues sein. Dennoch bin überrascht, daß das erste, was die Leute erwähnen, wenn sie *mich* sehen, Pauls neuer Job ist. Sogar in der Müttergruppe, deren nächstes Treffen bei mir stattfindet. Juliane ist kaum in der Tür, als sie es anspricht.

»Er ist richtig gut!« sagt sie, und was kann ich anderes tun, als ihr recht zu geben. Er ist richtig gut. Ich hatte überhaupt nicht im Sinn, aus dem Nähkästchen zu plaudern, aber als wir bei Kaffee und gekauftem Kuchen sitzen, kommt Juliane auf das Thema »Die Frauen sind die Dummen, während die Männer ihrer Wege gehen«.

»Niels, mein Mann, ist dabei, Großbanken zu fusionieren, während ich davon einfach abgeschnitten bin, solange Clement noch so klein ist! Und das gilt doch auch für dich, Therese! Du könntest doch ebensogut auf dem Stuhl deines Mannes sitzen, oder?«

Das könnte ich nicht, aber ich verstehe vollkommen, was sie sagen will. Es ist schon merkwürdig, einfach dazusitzen und sich überholen zu lassen.

Lotte, die arbeitslose cand. mag. sagt, während sie Knold und Tott abwechselnd stillt, daß für sie das Merkwürdige war, daß sie überhaupt nie ins Geschäft gekommen ist.

»Wir sind einer Doppeldiskriminierung ausgesetzt!« sagt sie, kurz brütend. »Zuerst als Frauen, und dann als Mütter!«

Sie hat keine Kraft für akademische Gefechte, so daß sie Hanne, die Krankenschwester, nur finster anschaut, als diese verkündet, sie fände es ganz prima, wählen zu können, ob sie frei haben wollen oder arbeiten.

»Kann schon sein, daß du dich privilegiert fühlst. Aber ich saß im Fraueninfo und habe über Simone de Beauvoir geschrieben, und jetzt sitze ich hier!« sagt sie mit einem Kopfnicken zu jedem ihrer Zwillinge.

Ziemlich barock, und auch wenn sie in keiner Weise geplant hat, witzig zu sein, brechen wir doch alle in Gelächter aus. Sogar Ea, die Künstlerin, die die meiste Zeit wirkt, als befände sie sich auf einer anderen Bewußtseinsebene, lächelt diesmal breit. Sie hat große, eckige Zähne.

»Und ich wollte gar keine Kinder haben! Nie! Als ich merkte, daß ich schwanger war, war ich schon im vierten Monat, und da war es zu spät... Aber wißt ihr was, eigentlich war das ganz prima, denn da mußte ich wegen der Lösungsmittel aufhören zu malen, und jetzt bin ich statt dessen Installationskünstlerin geworden, und das war vielleicht genau das, was ich die ganze Zeit sein wollte.« Sie redet in einem fort, als ginge es darum, überhaupt etwas zu sagen, wenn sie schon einmal den Mund öffnet.

»Und was ist mit deinem Mann?« fragt Juliane, die ganz offensichtlich gern Ordnung in den Dingen hat.

»Also, Fannys Vater spielt beim Odin-Theater oben in Westjütland, er ist nicht so oft hier. Aber sobald ich fertig bin mit Stillen, kommt Antonio und holt sie. Ich soll eine große Laser-Sache für eine Ausstellung in Berlin machen...«

»Kannst du sie denn weggeben?« frage ich. Ea nickt, während Hanne den Mund nicht zukriegt.

»Das kannst du doch nicht über dich bringen?«

Eas Blick flattert herum, bevor er sich von uns zurückzieht und in ihrer inneren Landschaft zur Ruhe kommt.

»Doch, das kann ich wohl. Denn wenn ich auf diese Art und Weise arbeite, wechsle ich in eine andere Dimension.«

Hanne begreift natürlich überhaupt nichts. Aber Lotte sieht sie verträumt an.

»Das kann ich gut nachvollziehen. So ist es auch, wenn man forscht. Das ist das Tolle daran. Daß man einfach die Beine anzieht und zu Geist wird!«

Platsch! Knold, oder ist es Tott, gibt eine Ladung von sich. Eine von der Sorte, die umgehendes Eingreifen erfordert.

»C'est la vie – Scheiße und Schokoladentorte!« stelle ich fest und nehme den einen Zwilling auf den Arm, damit Hanne rausgehen und den anderen wickeln kann.

Juliane lacht. Sie ist der Typ, der sich über frivole Bemerkungen amüsiert, aber zu wohlerzogen ist, selbst welche von sich zu geben.

»Ich denke ehrlich gesagt darüber nach, ob ich vielleicht schon vor der Zeit wieder ins Büro könnte.«

Wir sehen sie verständnislos an.

»Na ja, ich meine, den Erziehungsurlaub abkürzen und in einem Monat den Job wiederaufnehmen. Ich habe da ein junges Mädchen...«

Es ist ein Versuchsballon, den Hanne umgehend abschießt. »Nein, das wäre doch zu schade! Für euch beide«, fügt sie hinzu und schaukelt Mathilde auf ihrem Schoß.

Auch ich habe Zarina auf meinem Schoß liegen. Auf dem Rücken, das Gesicht zu mir. Sie schaut mich lange an. Durchdringend. So daß ich gezwungen bin, ihr ein telepathisches Versprechen zu geben. Nein, du wirst nicht verlassen. Ich bleibe bei dir, meine Prinzessin.

Die Tage tropfen dahin, wie der kalte Herbstregen, der gegen die Scheiben schlägt, wenn ich mit Zarina auf dem Arm im Erker stehe und über die Peblingesø gucke. Oder unten auf die Straße, auf den unendlichen Strom energisch tretender Radfahrer, knatternder Mopedfahrer und gasgebender Autofahrer. Alle auf dem Weg von oder nach irgendwo, alle mit einem Ziel, alle von der Dynamik der Fahrt angetrieben – schneller, weiter, schneller! Zarina guckt gern auf meinem Arm hinaus. Ich weiß nicht, inwieweit sie auf so weite Entfernung einen Gegenstand vom anderen unterscheiden kann – aber sicher sieht sie die Lichter, die vorbeijagen, und die Lampen, die jetzt früh angezündet werden. Manchmal spüre ich eine leichte Wehmut darüber, nur Zuschauer hinter der Scheibe zu sein und bekomme Lust, mir meine Rollerblades anzuschnallen und die Heckklappe eines Lkws zu packen. Ich bin auch noch da! Ich will dabeisein! Aber meistens bin ich gesättigt und fast friedvoll gestimmt, wenn ich so eng mit ihr dastehe. Ich hätte sowieso zu nichts anderem die Kräfte als zu dem ruhigen Alltag, wie wir ihn führen. Für mich ist ein Arztbesuch, bei dem Zarina gegen Keuchhusten geimpft werden soll, dramatisch genug, um mehrere Tage vorzuhalten, und ein insistierender Anruf bei der Platzvergabe für Krippen eine der äußersten Herausforderungen. Sozial lebe ich zurückgezogen an der Grenze zur Isolation, suche nicht von mir aus die Gesellschaft anderer und halte mich im großen und ganzen in meinem eigenen Viertel auf. Einen Abend bin ich aus, um bei Birgitte zu essen, die jetzt soweit auf der Höhe ist, daß sie plant, Kinderkleidung zu entwerfen. Eine wohldurchdachte Idee, und ich nicke ihr aufmunternd zu, als sie Skizzen auf dem Eßtisch ausbreitet. Das Zeichendreieck kommt mit irgendeiner skeptischen Bemerkung, aber die macht er immer, und auch wenn sie ein paar Jahre gebraucht hat, das zu verstehen, scheint es, daß sie inzwischen begriffen hat, daß sie, wenn sie sich entwickeln will, das gegen seinen Willen tun muß. Ich habe mich auch aufgerafft und Simon & Frank eingeladen, aber die haben dankend abgelehnt. Simon ginge es zu schlecht, erklärte Frank und führte ein halbes Medizinlexikon auf, als er Simons aktuellen Krankenstand beschreiben wollte. Aber sie würden gern ein andermal kommen. Bald ...

Heidi hat sich selber eingeladen und ist eines Nachmittags mit dem Chinesen gekommen. Wir haben Apfelkuchen mit Schlagsahne gebacken, und sie hat mir versichert, daß Ishøj einer der sichersten Flecken auf der Erdkugel sei. Fox war eine Zeitlang weg, und Hansi macht nichts aus eigenen Stücken. Vielleicht bumst sie ja mit ihm, jedenfalls bin ich ziemlich überzeugt davon, daß er irgendwie scharf auf sie ist. Er will ihr möglichst nichts tun...

»Denkst du an die Schlösser? Und die Kette?« schärfte ich ihr ein, und sie nickte und sagte, das würde sie natürlich tun. Als sie ging, schlug sie vor, sich doch fest einmal die Woche zu verabreden, und trotz meines Zögerns haben wir jetzt montags unseren Kochclub. Ein ziemlich außergewöhnliches Arrangement, wie Paul richtig bemerkte. »Und was machst du, wenn eines Tages die Polizei vor deiner Tür steht, weil sie sich in irgendwas verwickelt hat?«

»Heidi ist okay«, antwortete ich und wußte nur zu gut, daß das eine extrem flaue Ausrede war.

»O Gott, Tes! Jetzt fängst du auch schon an, wie sie zu reden! Wär es nicht an der Zeit, den Dialog mit deinem intellektuellen Ich wiederaufzunehmen? Nur so ein bißchen?«

Er hat gut reden. Er, dem die ganze Welt per Satellit präsentiert wird, der die Nacht durchschläft und den Tag bei einem Fernsehsender verbringt, wo alle von ihm erwarten, daß seine Identität auf die 28 Minuten destilliert wird, in denen er auf dem Stuhl sitzt und *dran* ist. Während meine Realität aus fünf- bis sechsmal Stillen am Tag besteht, mindestens zweimal nachts geweckt werden und dem Versuch, angezogen durch einen weiteren Tag zu kommen. Die Säuglingsschwester, die mich nicht in Ruhe läßt, meint, es sei langsam soweit, die eine Nachtmahlzeit zu streichen.

»Sie ist jetzt sechs Wochen alt und gut entwickelt, da kann sie auf die siebte Mahlzeit verzichten. Denn *Sie* müssen langsam mal durchschlafen!«

Ich nicke, aber als Zarina in der nächsten Nacht zum zweiten Mal aufwacht und trinken will, bin ich zu zerschlagen, um sie zu erziehen. Also knöpfe ich die Pyjamajacke auf und nehme sie zu mir ins Bett – und so wachen wir auf, jeden Morgen. Nach Schlaf riechend, verschwitzt, öffnen wir die

Augen und begegnen einander. Sie lächelt schief und breit, wenn sie nicht so hungrig ist, daß sie sich sofort in meine Brust bohrt, und ich klopfe ihr auf den Po und weiß, auch an diesem Tag ist sie mir genug. Auch an diesem Tag wird das Band mit Sergejs Aufnahmen unberührt und unbesehen liegenbleiben, auch an diesem Tag werde ich es auf den nächsten verschieben, die neueste Fachliteratur und die Zeitschriftenartikel über die politische Entwicklung in Rußland zu lesen. Und ich werde keinen meiner russischen Informanten und Bekannten in der Stadt anrufen, einerseits um mein Russisch aufzufrischen, andererseits um sie daran zu erinnern, daß es mich noch gibt. Eine Informationsquelle muß gepflegt werden wie ein Kleinkind, denn sie muß stramm gehalten werden, damit sie wie ein Trampolin funktioniert, von dem die Story ihren Absprung kriegt. Man darf die Quellen nicht sich selbst überlassen und nach neun Monaten pfeifend zurückzukommen und sagen: »Hallo, habt ihr 'ne gute Story?«

Das weiß ich, und normalerweise achte ich genau darauf, daß ich die Leute regelmäßig anrufe, eine Tasse Kaffee oder etwas anderes mit ihnen im Kruts Karport trinke oder mich bei Diplomaten und dieser Art von *socializing* einladen lasse. Aber seitdem ich aus Moskau zurückgekommen bin, habe ich nichts von mir hören lassen. Nur mit meinem Kontakt im Außenministerium, mit Christian, habe ich gesprochen, doch das nur, weil wir uns vor dem Nørreport-Bahnhof zufällig getroffen haben. Ich mit Zarina im Kinderwagen, und er in Begleitung eines Kollegen auf dem Weg zum Zug. Er war so lieb, seine Brieftasche herauszuholen und am Blumenstand einen kunterbunten Blumenstrauß zu kaufen.

»Herzlichen Glückwunsch.« Er überreichte mir die Blumen mit einer Verbeugung, und ich bedankte mich und versicherte, daß ich ihn bald anrufen und zum Essen einladen würde. Bei dieser Erklärung ließ ich Zarina vollkommen außer acht, und das tat er offensichtlich auch, denn er winkte und erklärte, er freue sich auf eine fruchtbare Begegnung. Dann eilte er die Treppen hinunter, um seinen Zug nach Espergærde zu erreichen. Er hat auch eine Familie, was ich bisher eher als Kuriosum betrachtete.

Genau wie meine Freundinnen Billie und Eva die Tatsache, daß ich Mutter geworden bin, als einen Scherz ansehen. Sie waren gemeinsam zwei Monate lang auf einer Rundreise in Vietnam und Kambodscha und plappern und kichern auf eine unterhaltsame, aber leicht anstrengende Art. Sie haben einen dreieckigen Reispapierhut in Kindergröße für Zarina mitgebracht und wechseln vielsagende Blicke, als ich ihn fauchend aus Evas Händen reiße, die ihn Zarina aufsetzen will. Meine Tochter soll nicht lächerlich gemacht werden!

»Entschuldige!« sagt Billie, und Eva beeilt sich hinzuzufügen, daß die aber wirklich total süß waren, die kleinen vietnamesischen Kinder.

»Das weiß ich«, entgegne ich und denke an den kleinen Kopf des Chinesen unter seinem schwarzen Haar.

»Warst du auch in Vietnam?« fragt Eva überrascht.

»Nein, aber ich kenne einen kleinen Jungen in Ishøj«, entgegne ich und schenke versöhnlich Wein nach.

»Ishøj?« rufen sie aus, als wäre das exotischer als Saigon. Ich gebe eine vage Erklärung, bei der sie nicht weiter nachhaken, weil sie sich gleich wieder ihrer Reise zuwenden, die sie durch freie Reportagen finanziert haben.

»Das ist wirklich eine saugute Stadt! Hast du ›den Liebhaber‹ gesehen? Die Duras-Verfilmung? So sieht es da aus. Exotisch und erotisch...« berichtet Billie.

»Nein, habe ich nicht«, entgegne ich und sehe den Begriff »Kino« wie eine erleuchtete Weltraumstation am Ende der Galaxis.

»Aber du solltest bald hinfahren! In fünf Jahren ist es überrannt und kaputt!« betont Eva, und ich nicke höflich, muß aber leider gähnen. Es ist halb neun Uhr abends, und Eva und Billie tauschen wieder Blicke, trinken aus und sagen im

Chor, daß sie jetzt auch lieber... Was sie lieber wollen, verliert sich im Ungewissen, aber es ist mir auch herzlich gleichgültig. Im Gegenteil, ich bin ziemlich erleichtert, als ich höre, wie der Fahrstuhl losfährt, und ich sie hinterher vom Erker aus auf der Straße heftig diskutieren sehe. Sicherlich reden sie über mich. Sind sich einig, daß ich in totale Apathie versunken und es nicht länger wert bin, daß man sich mit mir beschäftigt. Wie es mir auch ging, als Birgitte Maxi bekam. Ich ließ sie von mir forttreiben. Wie zur Strafe, weil sie mich verraten, geheiratet und ein Kind bekommen hatte. Zu den Abtrünnigen, den verlorenen Seelen gezählt zu werden, stört mich nicht besonders. Vielleicht wäre es anders, wenn ich nicht so viel allein wäre. Aber wie die Lage ist, habe ich einfach nicht die Kraft, dagegen zu opponieren. Keine Kraft, ehrgeizig zu sein oder auch nur einen der Pläne für meinen Erziehungsurlaub auszuführen, die ich mir in meinem Kalender notiert habe. Aber ich bin nicht besonders frustriert oder wütend, ganz im Gegenteil, mir geht es eigentlich ganz gut. Ruhig in einem Dasein ohne andere Anforderungen als die der Säuglingspflege. Ich lebe zusammen mit Zarina, die immer noch so neu geboren ist, daß sie sich keinem Schema anpaßt, die ich aber so gut kenne, daß ich das Gefühl habe, wir kommunizieren direkt und ohne Probleme.

Und Paul, ja, Paul ist wie ein Kapitän auf den sieben Meeren, weit entfernt und ohne Einfluß darauf, was in dem Heim passiert, über das die Seemannswitwe herrscht. Er möchte immer am liebsten, daß ich ihn abends sehe, und mit der Zeit lerne ich zu abstrahieren, daß es mein Liebster ist, der dort hinter der Brille und Fernsehausdrücken versteckt sitzt. Wenn er anruft, gebe ich ihm also eine faire Kritik, die jedoch immer inkompetenter wird, weil ich immer weniger zuhöre. Wie Frau Meyer auf dem Lande kann ich am besten die einfachen Nachrichten verstehen – wie Jelzins Machtkampf mit dem Parlament, der zunächst Mitte November kulminiert, als das Parlament eine Einschränkung der Befugnisse des

Präsidenten vornimmt. Den Bericht dazu sehe ich auf meinem eigenen Sender, wo Miriam die Stimme des Volkes am Arbat, in Moskaus Fußgängerzone, reden läßt. Nicht besonders phantasievoll und noch etwas stockend in ihrem Russisch. Aber das wird schon werden, stelle ich fest. Vorläufig ist jedenfalls kein baldiger Wechsel notwendig. Daß der Held von Prag, Alexander Ducek, bei einem Autounfall verletzt wird und anschließend stirbt, offensichtlich ein verdecktes Attentat, bekomme ich auch mit, genau wie Willy Brandts Tod und das Staatsbegräbnis, das mich ein paar Monate früher am Bildschirm hätte kleben und Zarina zur Ruhe ermahnen lassen. Übrigens wird Gorbatschow die Ausreise zur Teilnahme an der Beisetzung verweigert – und das tut mir auch weh. Ich kann es nicht ertragen, alte Kämpen fallen oder verschwinden zu sehen. Eigentlich ist das reichlich altmodisch, und ich darf das niemandem sagen, aber vielleicht habe ich ja so ein Allvatersyndrom. Mir gefällt es am besten, wenn es da ein paar starke Männer gibt, die die Geschichte der Welt bestimmen. Das gibt scheinbar Sicherheit. Jetzt ist außer Vaçlav Havel, der sich hartnäckig weigert, seine Rolle zu übernehmen, keiner mehr übrig, und der neu gewählte amerikanische Präsident Bill Clinton ist zu jung und baseball-hektisch, als daß man sich auf ihn verlassen möchte. So weit und nicht weiter reichen meine analytischen Kapazitäten in dieser Zeit, und auch wenn Paul sich über das Eingeständnis meiner Schwäche für Vaterfiguren amüsiert und selbst hinzufügt, daß das näher betrachtet eine ganz persönliche Sache sei, der Ausdruck meiner Sehnsucht nach meinem eigenen Vater, so spüre ich doch immer deutlicher, daß er den alten Widerspruchsgeist an mir vermißt.

»Tes, es muß doch noch was anderes passiert sein!« unterbricht er mich einmal am Telefon, als ich ihm begeistert berichte, daß Zarina jetzt ihr Köpfchen allein halten kann.

»Ja, wirklich? Und was zum Beispiel?« frage ich scharf. Es

war ja irgendwie zu erwarten, daß meine eigene Mutter nicht mehr über die Fortschritte ihres Enkelkindes hören mag und spitze Andeutungen macht, daß man sich doch nicht *derart* vereinnahmen lassen muß. Aber daß Paul, der mich zu dieser Mutterschaft überredet hat, daß ausgerechnet er, der Nähe und die wirklichen Werte des Lebens gepredigt hat, daß er jetzt fordert, ich solle eine qualifizierte Meinung zum Edinburgh-Abkommen haben, das geht verflucht noch mal zu weit.

»Ja, hast du denn niemanden getroffen, etwas Witziges gelesen oder etwas Originelles, einen neuen Gedanken gedacht? Warst beim Friseur oder hast Kleider gekauft? Oder irgendwas anderes!«

Ich verneine alles zufrieden, da ich davon ausgehe, daß weder Heidi noch die Müttergruppe in die Kategorie »jemand« gehört. Unterschwellig zu interpretieren als »jemand Interessantes«.

»Aber warum nicht? Du hast ein halbes Jahr frei, du könntest doch...!«

»Frei!« fauche ich. »Erlaube mir, dich daran zu erinnern, daß ich 24 Stunden am Tag an einen Säugling gebunden bin, und das sieben Tage die Woche! Nämlich an deine Tochter! Wie stellst du dir das vor, daß ich vielleicht drei Stunden lang beim Friseur sitze oder zu Veranstaltungen der außenpolitischen Gesellschaft gehe? Soll ich sie solange beim Zahnarzt im ersten Stock abgeben? Oder sie einfach allein lassen?«

»Therese«, seufzt er und senkt die Stimme. »Erlaube mir, *dich* daran zu erinnern, daß ich mich in regelmäßigen Abständen in deiner Nähe und der Nähe meiner Tochter befinde. Zum Beispiel war ich gerade fünf Tage lang zu Hause, falls du das vergessen hast!«

Leider wird er zum dritten Mal zu einer Besprechung gerufen, so daß wir es dabei belassen müssen, obwohl ich ansonsten eine sichere Torchance gehabt hätte. Nein, ich habe nicht vergessen, daß er sich regelmäßig zu Hause einfindet –

mit einer Tasche voll schmutziger Wäsche. Ich freue mich jedesmal. Bin voller Hoffnung und guter Vorsätze, sobald er uns einen dicken Begrüßungskuß gibt. Aber wie zwei Friedenstauben, die sich Schnabel an Schnabel treffen sollen, um den Ölzweig tragen zu können, fliegen wir statt dessen in unseren unterschiedlichen aufgestauten Erwartungen aneinander vorbei. Zuerst muß er sich entspannen. Lange Monologe von sich geben darüber, wie die Fernsehwoche verlaufen ist. Er ist nicht nur heiß auf seinen Job, er ist von ihm besessen. *Hooked.*

»Man wird high davon, Tes! Das ist besser als Ecstasy und Koks – ja, das ist *fast*, aber eben nur fast besser als Sex!« erklärt er und schiebt eine Hand unter mein Onesize-Shirt. Ich habe weitere drei Kilo verloren, habe aber eine schlabbrige Haut wie ein Huhn bekommen, und den Fettstreifen unterm Still-BH möchte ich noch gern vor ihm verbergen. Aber dieses Mal ist es kein Problem, ihn auf Abstand zu halten. Er zieht sich von allein zurück, wild gestikulierend damit beschäftigt, zu konkretisieren, was es eigentlich ist, das seinen Arbeitsplatz so einzigartig macht.

»Wir sind so wenige! In so einem Team ist man unglaublich abhängig voneinander. Wenn ich einen schlechten Tag habe, kann das fürchterlich auf die anderen abfärben, und du siehst das Produkt am Abend. Darum sind immer Hände bereit, dich zu halten und zu stützen... Sehr bewegend, wirklich. Ganz anders als draußen in der Fabrik!« erklärt er mir mit einem überheblichen Seitenhieb auf seinen früheren Arbeitsplatz. Den Sender. Wenn sein Triumph über seine früheren Vorgesetzten – darunter den General –, die ihn mehr niederhielten als förderten, Teil seines Brennstoffs ist, ist das nur zu verständlich. Sie haben ihn nicht fair behandelt. Aber auf Dauer wirkt diese Schadenfreude ermüdend, unter anderem auch, weil es sich ja immer noch um *meinen* Arbeitsplatz handelt.

Als er fertig damit ist, in der Begeisterung über seinen

neuen Arbeitsplatz zu schwelgen, wird er müde. Sehr müde. Und dann muß er schlafen, und obwohl er versichert, er werde schon aufwachen und mir Zarina bringen, damit ich durchschlafen kann, schnarcht er bis zum nächsten Vormittag wie ein Nashorn. Wenn er dann aufwacht, muß er nur kurz aufwachen, Kaffee trinken, die Zeitung lesen, und dann habe ich ihn schon lange aufgegeben und mit meinem üblichen Rhythmus weitergemacht. Eigentlich ist es auch einfacher so. Einfacher, als wenn er wie ein paillettenbesetzter Stargast von rechts auftritt, der sowieso die Routine nicht kennt. Mit seinen Kenntnissen gerät er auch ins Hintertreffen. Sein Badewasser ist zu heiß, er zieht ihr die falsche Kleidung an oder versteht ihr Weinen falsch. Er vergißt ihre Vitamintropfen, trocknet ihren Gehörgang nicht sorgfältig genug ab und schneidet ihr nur die Nägel, wenn er daran erinnert wird. Und wenn er auch gut mit ihr spielen und schäkern kann, gut singen und sie zum Lachen bringen kann, so kann er sie doch nicht trösten. Und warum wir es trotzdem immer wieder versuchen sollen, begreife ich nicht. Für mich ist das falsch verstandene Rücksicht auf seine heiligen Vatergefühle und ein Experiment mit ihrer Todesangst. Natürlich muß sie damit rechnen können, daß ihre Mutter *jedesmal* kommt. Das habe ich ihr versprochen. Also nehme ich sie ihm schnell und resolut ab, wenn sie mich ruft. Er protestiert verletzt und wirft mir vor, eine undurchdringliche Membran aus »Mutterweihrauch und Geburtsschmiere« um Zarina und mich zu legen, die zu durchbrechen er nicht die geringste irdische Chance hatte.

»Manchmal«, erklärt er, »habe ich das Gefühl, du rächst dich!«

»Ich räche mich? Was meinst du damit?«

»Das weißt du nur zu gut, Alma mater!« entgegnet er und legt mir die Arme um den Hals. »Du hast sie als Geisel genommen, nicht wahr?«

Ich lüge, als ich behaupte, ich hätte keine Ahnung, wovon

er rede. Daß er alles machen könne, was er möchte, aber daß es dazu natürlich notwendig sei, hier zu sein.

»Daß du wirklich präsent bist, meine ich! Du bist immer gerade gekommen, auf dem Weg aus der Tür, mußt telefonieren oder Fernsehen gucken! Es ist keine Ruhe um dich! Du machst ihr Streß!«

Er sieht verletzt in eine andere Richtung. Blaß um die Nase, wendet er sich wieder mir zu.

»Ich warne dich, Therese! Ich habe keine Elefantenhaut!«

Nein, das stimmt, und das wird am gleichen Abend noch unterstrichen, als wir an einer der unterkühlten Dinnergesellschaften bei Pauls Eltern in Skovshoved teilnehmen. Das gastronomische Niveau ist wie immer tadellos – das gelieferte Essen aus dem Hotel enttäuscht nie –, aber ansonsten muß der Abend insgesamt als ein ziemliches Fiasko betrachtet werden. Paul ist anfangs in Gesellschaft seiner leiblichen Familie immer kurz angebunden und zugeknöpft, während sein großer Bruder Phillip normalerweise die Konversation in so schnellen Umdrehungen am Rotieren hält, daß es möglich ist, durch das ganze Menü zu kommen, ohne daß einer vor lauter Verzweiflung die Tischdecke herunterrreißt. Während seine Mutter, Helene, immer hektisch und nervös, entweder auf Entziehungskur ist oder unter Wodka steht und unter keinen Umständen eine warmherzige Unterhaltungsbombe darstellt, pflegt Ernst schnell bei der Hand zu sein, um Salz auf jeden neuen Fleck auf dem Familienglück zu streuen. Er redet souverän freundlich und überzeugend und ist der einzige in dieser Familie, der mich und meine Tochter aufrichtig mag. Seit seinem ersten impulsiven Besuch ist er mehrere Male vorbeigekommen, und auch wenn wir nie offen darüber geprochen haben, ist aus seinem vertraulichen Unterton zu verstehen, daß er heimlich kommt. Deshalb habe ich weder seine Besuche noch die Tausend-Kronen-Scheine erwähnt, die er mir üblicherweise diskret in die Hand steckt, wenn er geht.

»Kinder sind ziemlich teuer!« blinzelt er mir dann zu. »Aber das ist für dich selbst!«

Paul würde tot umfallen, wenn er davon wüßte: Ich verstecke die Scheine in der Kommodenschublade zwischen meiner feineren Unterwäsche. Nicht für irgendwas Spezielles, nur als heimliches Kapital.

Aber zurück: Wenn die Dinnergesellschaft besonders bedrohlich wirkte, dann lag das daran, daß Ernst stumm war. Vollkommen stumm. Nicht sauer, nicht wütend, sondern stumm. Abgesehen von den notwendigsten Höflichkeitsphrasen sprach er kein Wort. Rührte kaum das Essen an. Aber rauchte und trank – mehr als üblich. Phillip, der wie sein Vater in der Finanzbranche ist, war fast genauso wortkarg. Und weil der Elefant Paul verletzt war und deshalb auch kein Wort von sich gab, lag es an den Damen – meiner Schwiegermutter, meiner Schwägerin und mir –, alle Anwesenden durch etwas, was im entferntesten an ein Gespräch erinnern könnte, zu schleppen. Da sowohl Helene als auch Marianne Vollblutsnobs sind, schlossen sie das Thema »Babys« schnell ab und warfen sich statt dessen auf »Mr. News«. Und groteskerweise war ich es, die Pauls abweisende Antworten vertiefte. Ja, der Nachrichtensprecher muß sich selbst schminken. Nein, es ist nicht schwer, vom Teleprompter abzulesen. Doch, der Nachrichtensprecher schreibt seinen Text selbst. Nein, die werden von keinen Bekleidungsfirmen gesponsert. Das stimmt – man kann es gar nicht vermeiden, berühmt zu werden.

Während dieses reichlich konstruierten Gesprächs versuchte ich herauszubekommen, was es eigentlich war, das Ernst so bedrückte und Phillip wie einen Tresor schweigen ließ. Ich tippte darauf, wie ich Paul anvertraute, als wir gleich nach dem Kaffee heimfuhren, daß es etwas mit den Finanzen zu tun haben mußte.

»Das hängt garantiert mit dieser Fusion zusammen«, sagte ich. »Ist es denkbar, daß die Position deines Vaters bedroht ist? Vielleicht hat er ja die Partei der Mitarbeiter ergriffen?«

Paul lachte nur kurz.

»Ernst Weber ist ein Zyniker, liebe Tes. Ein eiskalt berechnender Zyniker. Der bleibt auf seinem Posten kleben. Der hat immer schon Kunstharz an seinem Hosenboden gehabt«, erklärte er und stellte die Rundfunknachrichten an. Ich schluckte eine bissige Bemerkung hinunter. Eiskalt kalkulierender Zyniker. Hatte nicht ungefähr so der General, mein Chef, einmal Paul selbst charakterisiert? Das hatte ich damals empört zurückgewiesen und das würde ich auch jetzt tun. Denn selbst wenn sich zeigen sollte, daß der General letztendlich auch nur ein kleines bißchen recht hatte, werde ich ihm nie erlauben zu triumphieren. Ich werde für alle Zeiten die Karten am Körper verdeckt halten. Und wenn nicht aus Loyalität, dann weil ich es hasse, zuzugeben, daß ich mich geirrt habe.

Deshalb bat ich Paul auch nicht, das Radio auszumachen, damit wir miteinander reden könnten. Denn ich wußte, daß er genau wie ich sich an ein andermal in einem Taxi erinnerte. Da war ich es, die die Nachrichten hören, und er, der meine Hand halten wollte. Damals pokerte ich hoch im Glauben, frei und unbesiegbar zu sein. Daß ich dabei einen gravierenden Fehler machte, lernte ich später in der selben Nacht, als ich meinen Stolz heruntergeschluckte, um Abbitte zu tun.

Das war, wie gesagt, damals. Seitdem habe ich die gleiche Erfahrung wie andere Frauen vor mir gemacht – daß *das Kind* den Unterschied ausmacht. *Das Kind* wird gleichzeitig zur Stärke und zur Schwäche der Frau. Also hörten wir die Nachrichten. Ein UN-Konvoi mit Hilfsgütern war schließlich in die belagerte muslimische Stadt Srebrenica in Bosnien gelangt, nachdem er drei Tage lang von serbischen Frauen und Kindern belagert worden war.

»Und dann sagt man, Frauen seien friedliebend«, murmelte Paul und schaute starr über das Lenkrad hinweg.

Meine Ärztin erklärte mir bei der Acht-Wochen-Untersuchung, daß alles gut verlaufe. Die Narbe ist geheilt und liegt jetzt wie ein grauer Saum unter der Bikinilinie. Meine Gebärmutter hat sich zur normalen Birnengröße zusammengezogen, mein Beckenboden kann mit fleißigen Übungen wieder elastisch trainiert werden, und meine Vagina ist schön und heil. Aber – mein Blutdruck liegt am unteren Limit, und die Anzahl der roten Blutkörperchen ist auch unter dem Durchschnitt, und außerdem meint sie, daß ich ziemlich dünn geworden sei. Also bekomme ich die alte Leier von Eisentabletten, Rotwein und Petersilie zu hören, deren Refrain dadurch nicht origineller wird.

»Und was ist mit Ihrem Mann?« fragt sie. »Ist er nicht übrigens derjenige, den ich vor kurzem auf TV 2 gesehen habe?«

Das war er wohl, und meine Ärztin bittet mich, ihn zu grüßen und ihm auszurichten, »daß er das phantastisch macht«. Und dann geht sie ohne Umschweife dazu über, nach der Verhütung zu fragen, die ja jetzt aktuell werde, da ein Beischlaf wieder anzuraten sei.

»Waren Sie schon mal wieder zusammen?« fragt sie und kann mir offensichtlich ansehen, daß ich diese Frage unnötig intim finde.

»Weil Sie mir dann sagen könnten, ob es sich gut anfühlt. Ich meine, vom medizinischen Standpunkt aus!« fügt sie hinzu und beugt sich gut gelaunt über ihren Schreibtisch, so daß der Lichtschein der Lampe sich in ihren Brillengläsern spiegelt. Leider habe ich kein Bulletin von meinem Unterleib, was sie dazu bringt, prüfend die Augenbrauen zu heben.

»Acht Wochen sind für einen normalen Mann ziemlich lang! Darum ist es ja auch nur eine Richtschnur! Manche machen es fast gleich wieder, obwohl das natürlich nicht ratsam ist.«

Aha. Ich bin in keiner Weise bereit, mein Sexualleben mit ihr zu diskutieren, und sitze ihr mit übereinandergeschlagenen Beinen gegenüber.

Sie räuspert sich.

»Nun gut, was die Verhütung betrifft, an was haben Sie da gedacht? Denn vergessen Sie nicht, der Eisprung findet vor der Menstruation statt, und Sie wollen doch sicher nicht gleich zwei Kinder so schnell hintereinander! Obwohl Sie sicher zugeben müssen, daß Sie Ihr Baby nicht mehr missen möchten, oder?« fragt sie mit dem Hinweis auf das eine Mal, als ich zu ihr kam und eine Überweisung in eine Abtreibungsklinik haben wollte. Sie war damals äußerst abgeneigt, sie mir zu geben, so daß Paul und sie eine geschlossene Front mir gegenüber bildeten. Sie haben gewonnen – und natürlich hat sie recht. Man bereut niemals die Kinder, die man kriegt. Nur die, die man nicht kriegt. Aber ich mag ihr angedeutetes, selbstgefälliges Lächeln nicht, das da um ihren vollen Mund spielt, darum antworte ich nur auf die konkreten Fragen. Ich möchte gern eine Spirale.

»Das klingt vernünftig«, sagt sie und gibt mir gleich einen Termin fürs Einsetzen. Dann werde ich mit einem festen Händedruck, dem Namen nichtstopfender Eisentabletten und dem Ratschlag, mich auszuruhen und mehr zu essen, an die Tür gebracht. »Und grüßen Sie schön!«

Woraufhin sie die nächste Nummer mit dem sicheren Gefühl hereinrufen kann, daß das hier eine moderne Frau war, die die Sache im Griff hat. Vielleicht eine Spur angestrengt, aber im Grunde gesund und stark. Jedenfalls keine von denen, die besondere Aufmerksamkeit brauchen.

Nicht, daß sie sich damit irrt. Ich *habe* die Sache im Griff. Aber als ich mit Zarina, die draußen in der Anmeldung geschlafen hat, aus der Praxis gehe, fühle ich mich mit einem Mal so müde, daß ich mir kaum vorstellen kann, wie ich den Kinderwagen ins Auto und uns anschließend durch Østerbros dichten Verkehr in die Nørre Søgade manövrieren soll. Und wie ich danach den Kinderwagen wieder aus dem Auto, die Treppenstufen hinauf und in den Fahrstuhl bekommen soll, erscheint mir rätselhaft. Physisch unmöglich.

»*Come on!*« muntere ich mich selbst auf. Zarina hat die letzten Nächte schlecht geschlafen, ist jammernd aufgewacht, hat dann ein bißchen zum Trost getrunken und ist wieder eingeschlafen, um ein paar Stunden später schreiend aufzuwachen. Außerdem stimmt mit dem Schleuderprogramm der Waschmaschine etwas nicht, so daß die Wäsche, die ich über der Badewanne aufhänge, tropfnaß ist und hundert Jahre braucht, um zu trocknen. Und dann hat noch Pauls Bank angerufen – er wird freundlich gebeten, seinen Dispokredit umgehend zu begleichen. Ich habe versucht, der Bankangestellten klarzumachen, daß wir getrennte Konten haben, und daß ich es mir verbitte, in seine Bankangelegenheiten involviert zu werden. Aber das verstand Helle Sørensen offensichtlich nicht. Also muß ich mir darum auch noch Gedanken machen.

So oder so, mein System, das unter normalen Umständen ruhig wie eine Maschine brummt, kann keine weiteren Belastungen ertragen. Als ich also nach dem Arztbesuch mit Paul rede, erlaube ich mir ausnahmsweise einmal, Schwäche zu zeigen, indem ich mit dünner Stimme die Symptome von Überanstrengung – den niedrigen Blutdruck und die geringe Anzahl roter Blutkörperchen – aufzähle.

»Und was hat sie noch gesagt?« fragt er.

»Noch?«

»Ja, dürfen wir uns wieder lieben?«

»*Christ*«, seufze ich. »Ist das das einzige, an was du denkst?«

»Nein, nicht ganz!« grinst er, und als er merkt, daß ich das nicht so umwerfend komisch finde, beeilt er sich, fürsorglich und teilnahmsvoll zu klingen.

»Ich komme ja bald, um dich zu entlasten! Wenn du es zuläßt!«

Ich erkläre ihm, daß er in dem Augenblick, wenn er über die Türschwelle tritt, sein Kind in die Arme geworfen bekommen wird, und dann versuche ich ein Versprechen aus ihm herauszupressen, daß er dieses Mal fünf Tage bei uns bleibt, und zwar nur bei uns.

»*Sure thing!* Hier geht es so hektisch zu, daß ich es nötig habe, im Schoße der Familie zu mir selbst zu kommen. In deinem Schoß«, unterstreicht er und lacht wieder, als ich verärgert mit der Zunge schnalze.

»Freu dich doch, daß ich dich begehre!«

Ein richtiges Keifweib wäre jetzt ernsthaft sauer, aber da es sich trotz allem um eines unserer besseren Gespräche handelt, übe ich Nachsicht. Sage, daß ich ihn auch liebe und vermisse und bin kurz davor, die ganz große Erwartungshaltung einzunehmen, als er mich an die Preisverleihung erinnert.

»Was für eine Preisverleihung?« frage ich dumm und ahne Gewitterwolken am Horizont.

»Na, die deiner Mutter! Schließlich soll sie doch am Freitag den nordischen Preis kriegen!«

Shit. Noch eine Verdrängung, die an die Oberfläche springt. Ich weiß nicht warum, aber an dieser Zeremonie teilzunehmen, widerstrebt mir vollkommen. Ich gönne ihr all die Ehre, die sie kriegen kann, aber warum ich aufmarschieren und *Familie* darstellen soll, begreife ich nicht. Sie hat sich doch sowieso in dieser Hinsicht nie für uns interessiert, was bestätigt wird, als ich einen weiteren teuflisch vorurteilsbeladenen Anruf bei ihr tätige. Ach, wie schön, von mir zu hören, und wie geht es denn, und sie wollte ja schon lange mal vorbeischauen, und ob ich denn zurechtkomme, und ist es nicht schrecklich, daß man in der gleichen Stadt wohnt und sich dennoch nie sieht, und sie hat auch schon zu Freddy gesagt, daß sie jetzt wirklich langsam kürzer treten sollte, damit sie Zeit für ihre Enkelkinder habe, und wir sehen uns doch übermorgen, und oje, oje, wie sie sich darauf freue, uns alle zusammen zu sehen, und danach gehen wir essen, meinst du nicht, du findest jemanden, der den Abend auf die Kleine aufpaßt und Grüße an Paul, er sieht ja so gut aus, die müssen doch da in Odense total begeistert sein, daß sie sich so ein Naturtalent geangelt haben...

Ich lege leise den Hörer auf. Nur ein Experiment, um zu sehen, ob das überhaupt einen Unterschied macht. Sie ruft umgehend zurück.

»Wir sind unterbrochen worden«, sagt sie verwundert. »Ist mit eurem Telefon was nicht in Ordnung?«

Paul verspätet sich um einen Tag aus Gründen, die ich nicht im einzelnen darlegen mag. Es endet damit, daß er direkt vom Hauptbahnhof ein Taxi zum Moltke-Palast nimmt, wo die Preisverleihung stattfinden soll. Die Nacht zuvor haben Zarina und ich extrem schlecht geschlafen, weshalb ich am Vormittag Mutter anrufe, um abzusagen. Aber das wird nicht akzeptiert.

»Ihr müßt alle da sein! Du und Kiki und Spunk und Paul – und die kleine Zarina! Mein Gott, Therese, es dauert doch höchstens eine Stunde! Das wirst du doch wohl verkraften können!«

Ich sollte mich ihr nicht fügen, denn ich fühle mich in keiner Weise in Empfangslaune. Zwar gönnen Zarina und ich uns ein Vormittagsnickerchen, und Mascara und Eyeliner haben immer schon Wunder vollbracht. Aber ich bin die ganze Zeit todmüde, schlecht gelaunt und mir vollkommen bewußt, daß ich die Ausstrahlung eines Pittbullterriers habe. Feindlich, abweisend, leicht reizbar.

Paul reagiert sofort darauf, als er mit der TV-2-Tasche in der Hand ankommt.

»Aber Schatz! Wie siehst du denn aus?« platzt er heraus und zwingt damit meinen unmittelbaren Drang, mich heulend an seine Hugo-Boss-Brust zu werfen, in eine andere Richtung. Statt dessen werde ich wütend und erkläre eiskalt, daß es unter den gegebenen Umständen leider nicht besser sein kann. Er hingegen sieht blendend aus, so blendend, daß er geschickt die Familienehre rettet.

So richte ich mich auf, hebe Zarinas Einsatz aus dem Kinderwagen und trage sie mit Kräften, die ich gar nicht habe, in den Saal.

Im Saal warten Kiki und Spunk, wie immer unter seiner Baseballmütze, sowie natürlich der gutmütige Zahnarzt, der höflich Mutters bevorzugten Liebhaber Viktor begrüßt, der kraft seiner Position als Regisseur eingeladen ist. Das Presseaufgebot ist gewaltig, und Paul ist so sehr damit beschäftigt, sein Spiegelbild zu kontrollieren, seine Schultern abzubürsten und den neu gekauften Schlips zurechtzurücken, daß es nicht zufällig sein kann.

»Machst du dich bereit zum Fotografieren?« frage ich aus einem Mundwinkel heraus.

»Nein, aber ich kann Schuppen auf dem Sakko nicht ausstehen! Und wollen wir uns nicht lieber vertragen?« fügt er hinzu, während er auch von meinem Revers ein Haar abzupft und Mutter ein diskretes Viktory-Zeichen gibt, als die Zeremonie anfängt.

Sie wird in hübschem Schwedisch von einem aristokratisch aussehenden Volvo-Direktor gewürdigt – sie wird beschrieben als »nordische Hohepriesterin der Bühnenkunst« – und dankt selbst voller Rührung, die wie Juwelen in ihren Augenwinkeln funkelt für die Freude, die ihr das Publikum gemacht hat.

»Das pochende Herz des Publikums ist mein Generator. Ohne das, ohne euch, würde ich heute nicht hier stehen«, sagt sie mit einer tiefen, ehrerbietigen Verbeugung zu dem Volvo-Direktor hin. Sie trägt ein schwarzes, bodenlanges orientalisches Gewand mit breiten Goldborten und sieht, wie Paul flüsternd bemerkt, hinreißend aus. Dann liest sie, unmotiviert, und Gott weiß, warum, »Das kleine Mädchen mit den Schwefelhölzern«. Paul läßt sich wie alle anderen willig mitreißen, während ich vor allem damit beschäftigt bin, ob Zarina wohl aufwachen und einen ihrer »Wo bin ich?«-Schreie von sich geben wird. Das tut sie auch, aber erst, nachdem Mutter die letzte Seite gelesen und die nachtblaue Samtmappe geschlossen hat, die sie immer bei Lesungen benutzt. Es ist der donnernde Beifall, der das Enkelkind der Hohepriesterin weckt. Alle lachen, Mutter verbeugt sich, woraufhin sie, gefolgt von einem Schwanz von Presseleuten, auf mich zusteuert und, bevor ich es verhindern kann, ohne zu zögern Zarina aus ihrem Kasten hebt. Ich protestiere, während Kameras laufen und Blitze auf den Kopf des Kindes abgeschossen werden. Aber ich werde buchstäblich niedergetrampelt und kann nur noch zusehen, wie Mutter mit Zarina im Arm und Paul an ihrer Seite verewigt wird. Er ist es, der Zarina mit Hilfe eines Schnullers soweit beruhigt hat, daß sie fast so fotogen wie ihre Großmutter, die Schauspielerin, und ihr Vater, der Nachrichtensprecher, dreinschaut. Das macht mich so wütend, daß ich kaum noch Luft bekomme, zwischen meinem Drang, aus dem Saal zu stürmen und dem schier unbezähmbaren Wunsch, sie ihren Händen zu entwinden, hin- und hergerissen.

»Nun laß sie doch!« sagt Kiki, während sie beruhigend eine Hand auf meinen zitternden rechten Arm legt. »Sie liebt es nun mal, Komödie zu spielen!«

»Das geht verflucht noch mal zu weit!« knurre ich und nutze ein plötzlich entstehendes Loch in der sich schiebenden, drängenden Menschenmauer, um mich durchzuquetschen und mein Junges der Medusa zu entreißen.

»Jetzt reicht es wohl!« zische ich, als die Wasser sich trennen und mir Platz machen, mich mit meiner Beute zurückzuziehen, während Mutter und Paul exakt so lange in ihrer Überraschung erstarrt verharren, daß sie nicht eingreifen können.

»Therese-Kind!« höre ich Mutter in einer verspäteten Reaktion ausrufen, und auch wenn ich mit großen Schritten zum Ausgang eile, ohne mich umzusehen, spüre ich, wie sich die verlegene Verärgerung der Versammlung wie ein erschreckter Vogelschwarm verflüchtigt. Sie finden mich peinlich, und ich weiß, daß ich feuerrot bin, mit Schwitzflecken unter den Armen und vielleicht auch noch unter der Brust, auf jeden Fall bösartig und meiner schönen Mutter erschreckend unähnlich.

Zarina hat inzwischen angefangen zu weinen, und ich muß innehalten, während ich sie beruhige und verzweifelt versuche, sie in ihre Tasche zu bekommen, die ich mitgerissen habe. Es zieht bedrohlich in der frisch verheilten Narbe, als ich den Einsatz hochnehme, aber dann wird die Bürde leichter, weil Paul kommt und die rechte Seite übernimmt.

»Gehen wir!« sagt er gebieterisch, und während ich erwarte, an Ort und Stelle ausgeschimpft zu werden, ist er es diesmal, der weitere spektakuläre Dramatik vermeiden möchte.

Erst als wir unten in der Garderobe stehen und den Einsatz in den Kinderwagen hineingeschoben haben, hebt er den Kopf und sieht mich direkt an.

»Therese, das machst du *nie* wieder!«

»Gleichfalls!« schnaube ich und reiße meine Jacke vom Haken. Meine Finger zittern, als ich sie zuknöpfe.

»Du mußt dich bei ihr entschuldigen!«

»Wofür?« Die Erregung ist mir auf die Stimme geschlagen, die wie ein überspannter Stacheldraht zittert. »Weil sie meine Tochter als Staffage benutzt hat?«

»Weil du deine Mutter blamiert hast!«

Er sagt das in vollem Ernst ohne die geringste Ironie, und daß er so blind sein kann, so verführt, so illoyal, läßt mich den letzten Bodenkontakt verlieren. Wie ein abgeriebener Reifen beim Aquaplaning rutsche ich herum, groggy und schwindlig, die Verzweiflung wie ein Graben voller Tränen zu beiden Seiten.

»*Fuck you!*« stoße ich verkrampft hervor und werde in meiner Trauer nur noch bestärkt, als er mir nicht den Weg versperrt, sondern mich mit Zarina ein Taxi nach Hause nehmen läßt.

Zero. Mein einziges Bedürfnis ist, mit Zarina ins Bett zu gehen und die Bettdecke über unsere beiden Köpfe zu ziehen. Niemandem aufzumachen, am wenigsten Paul, dem Verräter. Deshalb drehe ich den Schlüssel zweimal im Schloß um und lege die Sicherheitskette vor, ziehe den Telefonstecker heraus und bereite mich darauf vor, ins innere Exil zu gehen. Meine Mutter wird mir niemals vergeben, wie auch ich ihr niemals vergeben werde. Meine Schwester ist zu pragmatisch, um genügend Geduld für hysterische Weiber aufzubringen, und Birgitte würde nur mit irgendeinem pseudopsychologischen Gelaber daherkommen. Außerdem habe ich überhaupt keine Lust, ihr oder jemand anderem in die Augen zu sehen. Nicht einmal mir selbst, als ich im Badezimmer vor dem Spiegel stehe und die Reste der Mascara entferne, die alles andere als *waterproof* ist, wenn es darauf ankommt. Ich brauche nicht die Bestätigung des Spiegels, um zu sehen, daß ich ziemlich am Ende bin. Das erzählt mir mein Körper mit seinem jagenden Puls, den mich durchzuckenden Magenkrämpfen und diesem klaustrophobischen Gefühl, daß sich die Wände zusammenziehen, daß sich meine Kehle zusammenschnürt und ich nach Luft schnappen muß, um überhaupt atmen zu können. Ich bin kurz vor einem hysterischen Anfall, und es gibt niemanden außer mir selbst, der mich aus dem Sog des Treibsands ziehen kann, in dem ich bald versinke. Doch, Zarina! Sie ist es, die mich mit ihren alltäglichen Forderungen, gestillt, gewickelt und umsorgt zu werden, rettet.

»Es wird schon gut werden, mein Schätzchen!« bete ich beschwörend und immer wieder vor mich hin, damit sie nicht merkt, daß ihre Mutter auf dem besten Weg ist, verrückt zu werden. Aber ich bade sie lieber nicht, und ich halte mich bewußt mitten im Zimmer auf, weit von der Balkontür entfernt. Ich bin so aufgelöst, daß ich mich nicht mehr auf mich selbst verlassen kann. Ich kann nicht sicher sein, daß ich nicht plötzlich ihren kleinen Kopf unter Wasser halte, ihren Körper durch die Luft wirble.

»Du tust ihr nichts an!« sage ich fest zu mir selbst, und während mir Schweißperlen auf der Oberlippe stehen, bringe ich sie behütet durch das Abendprogramm mit ihren Veilchenaugen als Laternen, nach denen ich navigiere. Als sie endlich schläft, ruhig auf der Seite mit regelmäßigen Atemzügen, falle ich ermattet und ausgepowert auf das Doppelbett. Ich bin mir im klaren darüber, daß ich jemanden um Hilfe bitten müßte, aber außerstande, irgendeine Handlung zu tätigen.

In der Nacht werde ich von einem gewaltigen Krach geweckt, und als ich mich im Bett aufrichte und Licht mache, sehe ich Paul in der Tür stehen.

»Was ist passiert?« frage ich umnebelt, aus irgendeinem Grund äußerst überrascht, ihn wiederzusehen. Ich dachte, er wäre aus meinem Leben verschwunden.

»Ich habe die Tür aufgebrochen. Du hattest die Kette vorgelegt«, sagt er und bleibt stehen. »Wie geht es Zarina?«

»Gut«, antworte ich, erleichtert, sie in ihrer Wiege zu sehen. Lebendig. Erst jetzt fällt mir auf, daß er durchnäßt ist.

»Du bist naß?« frage ich.

»Es regnet«, antwortet er und bleibt weiter unbeweglich stehen, nur leicht schwankend. »Ich bin drei Stunden lang in der Stadt rumgelaufen.«

»Bist du blau?«

»Gewesen«, antwortet er. »Es ist am Abklingen.«

»Willst du nicht schlafen gehen?« frage ich wie jemand, der um alles in der Welt die letzten Kontakte zur Realität nicht verlieren will. Wenn ich noch einen verliere, bin ich verloren. Er darf es nicht merken, daß ich unzurechnungsfähig geworden bin.

»Doch«, nickt er und bleibt tausend Kilometer von mir entfernt stehen.

»Du schläfst wohl besser im Wohnzimmer«, sage ich. Vielleicht bringe ihn sonst noch um. Das soll vorkommen. Daß

Frauen Amok laufen und ihren Geliebten im Schlaf erdolchen.

Er nickt, abwägend.

»Ja, das wäre vielleicht das Beste. Aber ich will lieber bei dir schlafen.«

Es ist etwas so Entschlossenes an ihm, daß ich keinen Widerspruch wage. Also sage ich gar nichts mehr. Beobachte nur stumm, wie er sein nasses Zeug auszieht und es in einem Haufen auf dem Boden liegen läßt. Das Halstuch, den Mantel, die Jacke, die Schuhe, die Socken, die Hose, den Schlips, das Hemd, die Unterwäsche. Ich starre wie gelähmt auf diese demonstrative Entkleidung, die mich dazu zwingt, das erste Mal seit Wochen seinen Körper anzusehen. Sein Glied, das hochspringt und wie der Phallus einer Marmorstatue absteht, dunkel und durchblutet im Vergleich zu dem Körper, der bereits die Farbe des Sommers verloren hat. Einen Augenblick lang bleibt er stehen, aufgebläht und nackt, bevor er sich in Bewegung setzt und langsam zu mir ins Bett kommt. Ich weiß, was folgt. Wie eine erschrockene Kindbraut, die das erste Mal in ihrem Leben einen nackten Mann sieht, umklammere ich einen Zipfel der Bettdecke, schließe die Augen und lasse es geschehen. Das Unvermeidliche.

Am nächsten Tag habe ich Fieber. Ich wache mit 38,5 auf, bleibe den ganzen Tag mit vor Kälte klappernden Zähnen unter der Bettdecke liegen, während das Fieber immer weiter steigt. Die meiste Zeit schlafe ich, wache nur halb auf, wenn Paul Zarina alle vier, fünf Stunden anlegt. Mein ganzer Körper schmerzt, es tut mir hinter den Augenlidern weh, und die Kopfschmerzen sind so schreiend, daß ich am liebsten das Gehirn abstellen würde. Ich bin nicht in der Lage, die Ereignisse des gestrigen Tages zu kommentieren, nicht einmal an sie zu denken oder eine Haltung zu ihnen einzunehmen. Und als Paul sich ein einziges Mal auf meine Bettkante setzt, meine Hand nimmt und es mit »Was gestern betrifft...« versucht, winke ich ab.

»Morgen, Paul, morgen...«

Wenn ich zwischendurch die Augen öffne, um Johannisbeersaft zu trinken, das einzige, worauf ich Lust habe, oder die Temperatur zu messen, kann ich ihm ansehen, daß er sich schuldig fühlt. Als wäre es seine Schuld, daß ich hier auf dem Weg zu vierzig Fieber liege.

»Das ist nur eine Grippe«, sage ich ihm abends tröstend, als er den Notarzt rufen will. »Die können doch nichts dabei tun. Aber es ist schön, daß du hier bist!«

Er lächelt, dankbar, meine ich zu erkennen, und legt mir ein ausgewrungenes Tuch auf die Stirn. Und ich bin auch froh darüber, daß ich ihn nicht hasse. Haß ist unter allen Umständen ein schlechter Ausgangspunkt.

Als meine Morgentemperatur am nächsten Tag bei 39,6 liegt, ruft er dennoch die Ärztin an. Er telefoniert vom Wohnzimmer aus, so daß ich nicht in der Lage bin, das Gespräch mitanzuhören, es sei denn, ich nähme den Hörer im Schlafzimmer auf. Deshalb weiß ich nicht, was er ihr erzählt hat, damit sie kommt, aber gegen Mittag läutet es an der Tür. Zu diesem Zeitpunkt versuche ich Zarina zu stillen, die unzufrieden und vor Wut schreiend die Brustwarze losläßt und sich wegdreht.

»Haben Sie keinen Milchersatz im Haus? Sie mag Ihre Milch nicht, das liegt am Fieber«, erklärt sie und nimmt mir das Kind aus den Armen. Dann öffnet sie mit der freien Hand ihre Tasche und holt eine kleine Packung fertig gemischten Muttermilchersatz heraus. »Hier!« sagt sie zu Paul. »Das muß nur in eine Flasche gekippt und warm gemacht werden!«

»Aber!« protestiere ich, doch Paul übernimmt die hysterisch schreiende Zarina und die Packung und trollt sich gehorsam, während die Ärztin sich daran macht, mich zu untersuchen.

Ich fröstele, als sie ihr Stethoskop auf meine heiße Haut legt und lasse sie ansonsten erschöpft tun, was sie will. Sie bestätigt schließlich meine Diagnose – eine klassische Influenza.

»Dieses Jahr ist es ganz schlimm, außerdem ist sie schon so früh aufgetreten!« sagt sie und schreibt den Namen schmerzstillender Tabletten auf, die ich bedenkenlos nehmen kann.

»Wie lange dauert das?« frage ich matt. Paul muß in drei Tagen wieder weg.

»Ungefähr eine Woche«, antwortet sie und schließt ihre Tasche.

Ich sinke zurück ins Nichts. Wie in der vorletzten Nacht habe ich ein Gefühl, als würden die Wände über mir zusammenfallen, die Konturen zerrinnen und die Proportionen sich verzerren. Auch die Ärztin bläht sich abwechselnd auf und schrumpft dann wieder wie im Dali-Surrealismus zusammen, als ich mich zwinge, die Augen zu öffnen und sie anzusehen.

»Ich glaube, ich werde ohnmächtig«, murmle ich entschuldigend und sinke in dieses Nichts zurück, auf die Standspur des Bewußtseins. Als ich wieder zu mir komme und sie auf der Bettkante sitzen sehe, denke ich, ich habe einen Alptraum. Das muß das Fieber sein, das meine Halluzinationen verursacht, aber als ich die Augen fest schließe, um sie gleich wieder zu öffnen, ist sie immer noch da. Sie lächelt. Spricht. Umfaßt mein Handgelenk. Es fühlt sich normal an. Physisch und real.

»Wo ist Zarina?« frage ich mit dem plötzlichem Empfinden, daß sie nicht da ist. Ich kann sie nicht spüren.

»Mit ihrem Vater raus. Ich habe die beiden fortgeschickt. Muttermilchersatz und Nuckelflasche zu kaufen. Sonst lassen Sie die Kleine ja verhungern«, sagt sie abwehrend, als ich mir die Lippen anfeuchte, um erneut zu protestieren. »Aber wenn Sie immer abpumpen, können Sie die Produktion am Laufen halten und das Stillen wiederaufnehmen, sobald Sie gesund sind.«

Ich greife nach dem Glas mit dem Saft. Sogar in meinem umnachteten Zustand bin ich mir im klaren darüber, daß sie hier nicht nur aufgrund ihres hippokratischen Eides sitzt, niemanden in Not sich selbst zu überlassen. Da steckt noch mehr dahinter.

»Therese«, setzt sie an, »ich war keine besonders gute Psychologin, als Sie letztes Mal bei mir waren. Aber leider geht es ja manchmal hoch her bei uns, so daß wir ab und zu sogar blinkende Alarmsignale übersehen…«

Ich trinke mehr Saft und versuche die Augen zu schließen. Allein das Wort *Psychologin* erzeugt Widerstand bei mir. Und mehr braucht sie gar nicht zu sagen. Ich weiß bereits, daß Paul getratscht hat.

»Ich bin nicht verrückt«, sage ich defensiv; »ich bin einfach müde! Und krank!«

Sie nickt eifrig.

»Genau das, Sie sind hundemüde! Überanstrengung! Und das hätte ich als Ärztin erkennen müssen! Aber Sie sind eine von denen, die uns was vorspielen. Sie wirken so stark und unüberwindlich, daß man es immer erst im letzten Moment merkt…«

»Was merkt?«

»Nun ja, daß Sie in aller Heimlichkeit eine Art verspäteter Wochenbettdepression entwickeln.«

»Wochenbettdepression?« fauche ich. »Wollen Sie sagen, *ich* hätte eine Wochenbettdepression?«

»Eine leichte ja, davon gehe ich aus. Primär ausgelöst durch hormonale und physische Veränderungen. Und Sie sagen ja selbst, daß Sie ausgepumpt sind. Erschöpft.«

»Entschuldigen Sie, aber das ist einfach zu weit hergeholt!« Aber ich bin zu geschwächt, um meinen Worten eine Sicherheit zu geben, die es mit ihrer aufnehmen könnte.

»Ganz und gar nicht! Im Gegenteil, das ist verhältnismäßig normal bei Frauen wie Ihnen. In Ihrem Fall kommt ja noch hinzu – zumindest bis zu einem gewissen Grad –, daß Ihre Umgebung sie im Stich gelassen hat. Sie müssen allein viel zuviel bewältigen. Und das ist leider auch schon normal geworden.«

»Nun hören Sie mal, ich habe zufälligerweise schon einmal eine Wochenbettdepression in schlimmster Ausführung gesehen«, erkläre ich und erinnere mich, wie ich mit Swetlana in einer Moskauer Klinik für Suizidale war. Wir wollten Swetlanas Freundin besuchen, eine frischgebackene Mutter, die versucht hatte, ihr Kind umzubringen und danach selbst ein halbes Glas Schlaftabletten geschluckt hatte. Sie irrte wie ein Zombie herum, und von diesem Stadium bin ich trotz allem weit entfernt. Sehr, sehr weit.

»Schon gut, wir können es auch anders bezeichnen, wenn Ihnen das lieber ist. Wir können sagen, Sie sind in einer *Lebenskrise*. Das geschieht oft in Verbindung mit großen Veränderungen im Leben – und das kann Trauer oder Freude sein, Arbeitslosigkeit, ein Todesfall, eine Scheidung, eine Abtreibung – oder ein neuer Job, eine Hochzeit oder Geburt«, doziert sie.

»Kurz gesagt, wir alle befinden uns in einer *Lebenskrise*«, schneide ich ihr das Wort ab.

Sie lächelt.

»Ja, zu irgendeinem Zeitpunkt stimmt das. Deshalb ist es ja auch nichts, wofür man sich schämen muß, man kann einfach die Möglichkeiten nutzen, die es gibt, um da mit heiler Haut wieder herauszukommen.«

»Zwangsjacke und Valium«, murmle ich mit halbgeschlossenen Augen. Ich habe die Situation wieder im Griff. Das Gespräch betrifft mich nicht mehr und ist deshalb ungefährlich. Aber dann hakt sie wieder bei mir nach.

»Das ist erst notwendig, wenn es wirklich schiefgelaufen ist. Und so weit sind Sie noch nicht. Aber wenn sich zuviel anstaut und Sie sich gleichzeitig in einer extrem anstrengenden physischen Situation befinden, dann kann das schlimmstenfalls zu einem richtigen Nervenzusammenbruch führen.«

»Wenn sich zuviel anstaut?« äffe ich sie nach.

»Ja, die Seele hat ja einen eingebauten Bumerang. Alles, was Sie früher nicht richtig verarbeitet haben, können Sie in späteren Krisen wieder aufgeladen bekommen...«

»Nähern wir uns jetzt dem Urschrei?« frage ich und wünsche nur, sie würde gehen und mich und meinen Zusammenbruch in Ruhe lassen. Aber da wirft sie einen Trumpf auf den Tisch.

»Was Sie betrifft, um jetzt ganz persönlich zu werden, so gibt es da wohl irgendwas Ungeklärtes, was Ihren Vater betrifft. Paul hat mir erzählt, daß Sie seinen Namen im Schlaf gesagt haben.«

Ich ziehe meine Augenbrauen zusammen. Sie will mich reinlegen. Hat die ganze Zeit nur dagesessen, um mich auf frischer Tat zu ertappen. Mich dazu zu bringen, mich selbst zu verraten. Ich ignoriere jede Höflichkeitskonvention und bitte sie zu gehen. Rutsche dann unter die Bettdecke und ziehe sie mir über den Kopf.

Sie ist offensichtlich nicht böse, redet unbeirrt weiter.

»Ich werde jetzt zwei Dinge tun. Mit Paul reden, daß er jemanden findet, der Sie entlastet, wenn er zurück nach Odense muß. Und eine Überweisung an eine gute Therapeutin ausschreiben. Dort gibt es zwei Monate Wartezeit, aber ich werde sie selbst anrufen und Sie dort unterbringen. Und wenn sonst noch etwas ist, rufen Sie mich gern an. Ich gebe Ihnen auch meine Privatnummer«, sagt sie, als wäre das ein besonderes Geschenk. Was es wohl auch ist.

»Irgendwie fühle ich mich für diese Situation mit verantwortlich«, sagt sie zur Erklärung. Dann wünscht sie mir gute Besserung und läßt mich mit einer Diagnose zurück, die ich wutentbrannt in Fetzen zerreiße. Wochenbettdepression! *My God!* Wenn es etwas gibt, was mich deprimiert, dann diese klammernden Sozialarbeitertypen.

Solange das Fieber wütet, bin ich nicht in der Lage, effektiven Widerstand zu leisten und das Gerücht zu dementieren, das sich dank meines geliebten Pauls bereits in der Familie im Umlauf befindet. Auch als meine Tante Mo ganz aufgeregt aus der Provence anruft und – ganz gleich, was ich sage – einfach nicht glauben will, daß es mir den Umständen entsprechend ausgezeichnet ginge. Sie schließt damit, zu drohen, sie werde herkommen, um die »Lage zu betrachten«, sobald ihr gebrochener Fuß wieder in Ordnung sei. Ich wußte gar nicht, daß sie sich den Fuß gebrochen hatte, deshalb kann ich passenderweise nicht drumherum reden und sie ausschimpfen, warum sie nicht besser aufpasse, wenn sie schon Bergziege auf den steilen Pfaden im provençalischen Hinterland spielen müsse. Sie suchte wilden Rosmarin, ist auf einen losen Stein getreten, abgerutscht und hat sich den Fuß verdreht. Ich schimpfe mit ihr und erinnere sie gleichzeitig daran, daß sie doch aufhören wollte zu rauchen. Sie mag ja eine alte Dame mit morschen Knochen sein, aber ihr darf nichts passieren. Hinterher gebe ich Paul einen Anschiß, dieses Krankgeredes überdrüssig.

»Warum setzt du nicht eine Anzeige in die Berlingske Tidende? Vierspaltig?« frage ich wütend, als er mich stützt, damit ich hochkommen und ins Waschbecken abpumpen kann. Die Milchproduktion ist bereits deutlich zurückgegangen, was mir wirklich Sorgen macht. Es ist noch zu früh, mit dem Stillen aufzuhören – sie ist nicht mal drei Monate alt.

»Tes, nun hör aber auf! Ich versuche nur, mich um dich zu kümmern!«

»Indem du mich zu einem psychiatrischen Fall machst? *Thousand thanks*!«

»Halt die Luft an!«

»Das tue ich nicht. Wenn ich eine Wochenbettdepression habe, dann bist du sexuell auffällig!« kontere ich, als er mich vor dem Waschbecken plaziert.

Das ist meine erste Andeutung auf die gewisse Nacht, und

ich weiß nur zu gut, daß sie den gleichen lähmenden Effekt hat wie ein Tritt in den Schritt. Ich gewinne mit *Knock-out*. Er holt tief Luft, als wolle er mit einer längeren Verteidigung anfangen. Aber offensichtlich überlegt er es sich anders, und macht es statt dessen sehr kurz.

»Liebe hat viele Ausdrucksformen. Das war eine.«

Eine andere besteht darin, daß er einen Tag länger bleibt. Ich höre sein Gespräch mit Odense mit, und es klingt schön. Er sagt einfach, wie es ist – seine Liebste hat die Grippe; er kann nicht fort, bevor er Hilfe besorgt hat.

»Wir haben ein Baby von zehn Wochen, und Therese kann sich nicht auf den Beinen halten! Ich muß noch hierbleiben!« sagt er mit angespannten Kiefermuskeln in die Muschel. Das ist die reine Wahrheit, und er bekommt Küsse und keine Schläge, nachdem er aufgelegt hat.

»Danke!« sage ich. »Ich hoffe nur, sie feuern dich nicht!«

»Hoffst du das wirklich?« sagt er und gibt Zarinas Wippe einen Schubs, so daß sie in ihr übliches gurrendes Lachen verfällt.

»Grinsekopf!« lacht er und setzt seinen Rundruf fort. Fest entschlossen, dafür zu sorgen, daß ich von vorn bis hinten umsorgt werde, wenn er aus der Tür ist. Birgitte würde sofort kommen, wenn Maxi nicht mit Windpocken von der Tagesmutter nach Hause geschickt worden wäre. Und Therese ist sicher nicht scharf darauf, die ins Haus zu kriegen? Nein, das ist sie nicht.

Kiki und Spunk gehen am nächsten Morgen auf Last-minute-Reise nach Gran Canaria. Mutter hat von acht Uhr morgens bis vier Uhr nachmittags Dreharbeiten, an den nächsten beiden Abenden Vorstellung und will sich lieber nicht dem Risiko aussetzen, sich anzustecken. »Das versteht ihr doch, oder?« Das tun wir, auch wenn Paul zum ersten Mal die Augenbrauen hochzieht.

»Wen gibt es denn noch?« fragt er. Niemanden, müssen wir feststellen, da wir beide der Meinung sind, daß Helene und Marianne auszuschließen seien, die sicher sowieso irgendeine plausible Ausrede gehabt hätten.

Schließlich ruft er trotz meiner Proteste die Ärztin an und fragt sie, ob sie uns nicht eine Haushaltshilfe beschaffen könnte. Sie hat es versucht, erklärt sie, aber die Mittel sind gekürzt worden, und es werde höchstens nächste Woche eine für ein paar Stunden geschickt werden. Gegen Bezahlung. Ob wir daran interessiert seien?

»Nein!« rufe ich. Mit wundgelegenen alten Menschen oder Präsenilen gleichgestellt zu werden, die in stickigen Zweibettzimmern im fünften Stock eingesperrt sind, fehlt mir gerade noch.

»Ist das nicht phantastisch? Wir leben in einer Gesellschaft mit 300 000 Arbeitslosen, und da gibt es nicht ein Paar freie Hände? Das ist doch krankhaft! Lohnt es sich, noch weiterzusuchen?« fragt er und befreit Zarina aus der Wippe. Sie strampelt grunzend – jeder Zweifel, daß sie uns wiedererkennt, ist ausgeschlossen. Und Paul hat während der Tagwachen der letzten Tage wirklich aufgeholt. Sie ist wild nach ihm. Und jetzt, wo sie sowieso meine Milch nicht mag, scheint es, als hätte sie mich quasi abgeschrieben. Vielleicht ist es ja auch nur eine Strafaktion – wenn es möglich ist, daß kleine Kinder so raffiniert reagieren. Die Wirkung ist jedenfalls effektiv genug – auch wenn ich ihr das Vergnügen gönne, auf Papas starken Armen zu fliegen, auch wenn ich es genieße, die beiden Wange an Wange zu sehen, vermisse ich sie. Sehne mich danach, wieder mit ihr zu verschmelzen, nach unserem symbiotischen Kontakt, dem wortlos strömenden Zusammengehörigkeitsgefühl. Deshalb habe ich nichts dagegen, wieder mit ihr allein zu sein, ich habe zwar immer noch Fieber, bin aber der Meinung, daß es schon gehen wird. Ich bin ja, wie ich betone, gewohnt, allein zu sein.

»Tes, ich kann es nicht leiden, dich als Märtyrerin zu sehen! Entweder wir finden jemanden, oder ich bleibe hier! Was ist mit deinen Kolleginnen aus der Müttergruppe?«

Ich schüttele den Kopf. Die leben selbst von ihren Reserven. »A-aber, da ist natürlich noch Heidi...« sage ich wie nebenbei. »Wir hätten sowieso morgen unseren Kochclub.«
Paul reibt seine Nase an Zarina.

»Heidi? Von all deinen Rätseln ist das das Undurchschaubarste! Wieso zieht dich dieses Stück Sozialrealismus derart an?«

»Ich mag sie einfach«, zucke ich mit den Schultern und strecke mich nach dem Telefon. Sie nimmt beim ersten Klingeln ab, als hätte sie auf einen Anruf gewartet. Natürlich will sie kommen. Wann? Und warum zum Teufel ich sie nicht früher angerufen hätte?

»Dafür haben wir einander doch!« sagt sie und erinnert mich plötzlich an Tove Maës aus »Ditte Menschenkind«. Aber sie hat ja ganz recht: *That's what friends are for.*

»Pendeln ist ein Charakteristikum der modernen Zivilisation. Leute pendeln zwischen Vorort und Stadt, zwischen Ländern, Metropolen, Landesteilen und Erdteilen, und schon jetzt gibt es Menschen, die zwischen den Planeten pendeln. Dadurch wird unser Leben zu einer Reihe hastiger Abschiede und flüchtiger Aderufe, weil wir es nicht ertragen können, dem Tod in die Augen zu sehen, jedesmal, wenn wir uns von denen trennen, die wir lieben. Vielleicht sehen wir sie ja nie wieder, vielleicht werden wir auf der Autobahn zerquetscht, stürzen mit einem Flugzeug ab, werden von einer tropischen Krankheit dahingerafft oder gehen in einem Sturm auf dem Ozean unter. Oder vielleicht ist das geliebte Wesen einfach fort, wenn wir zurückkehren. Unsere Schlüssel passen nicht mehr ins Schloß, ein anderer hat unsere Wohnung übernommen, andere lieben sich dort, wo unser Bett stand...«

»Was schreibt er?« fragt Heidi aus der Türöffnung. Sie hat eine Schürze um und einen Wischlappen in der Hand.

»Eine ganze Menge«, antworte ich abwesend und reibe

meine Schenkel aneinander, als ich zum nächsten Abschnitt komme.

»So einfach ist das, Tes, ein Mann reist fort, um zu der Frau im Bett zurückzukehren. Und ich reise fort, um zu dir zurückzukehren. Zu dir, in deinem hauchdünnen Nachthemd mit den Trägern, die über deine Schulter rutschen, bevor du es über den Kopf ziehst und mir alles gibst – die Brüste, den Bauch, den Schoß, die Schenkel...«

»Ist es was Freches?« fragt Heidi wieder.

»Waas? Nein, wie kommst du darauf?«

»Das kann ich dir ansehen!« Heidi lacht, wahrt aber weiterhin die Distanz.

»Okay, sagen wir also, es ist ein bißchen frech. Hast du Kaffee gemacht?« schnuppere ich.

»Ja, willst du auch eine Tasse? Dann wirst du bald gesund!«

»Ich habe jedenfalls von Tee die Nase voll!« erkläre ich und vertiefe mich wieder in den Brief.

»In dieser Nacht hast du mir alles gegeben, Tes, Leidenschaft und Liebe mit der Passion einer erwachsenen Frau. Das war etwas Neues, so anders und auch so beunruhigend, wie du dich in diesen unnahbaren Monaten verändert hast. Wenn wir also auf diese Reifung des Körpers haben warten müssen, den ich wie eine Frucht zwischen meinen Händen halten durfte, verbeuge ich mich in aller Ehrerbietung (und beschämt über meine brutale Primitivität neulich). Dich, die Mutter meiner Tochter, so zu lieben, während das Kind in der Wiege neben uns schläft, war eine Offenbarung und ein Geschenk. Danke, Geliebte. Der Abschied von dir war diesmal unerträglich, hatte ich doch das wiedergefunden, wonach ich mich schon so lange wie wild gesehnt hatte: die Frau im Bett. Die Fähre ist in zehn Minuten im Hafen. Je t'aime. P.«

Ich strecke mich, lächle vor mich hin und stopfe mir Kissen in den Rücken. Eine gute Nummer, wie ich in früheren Zeiten gesagt hätte, mit dieser schützenden Ironie, die laut Paul nicht nur typisch für mich ist, sondern für unsere Generation. Deshalb will ich lieber sagen, wie es war in dieser Nacht, und zwar ganz ohne Ironie: eine Wiedervereinigung, ein Gottesdienst, die Besiegelung eines Pakts, den wir eingingen, als der Samen und das Ei sich trafen und Zarina geschaffen wurde. Eng, sanft und neckisch, mit dem überraschenden Nebenergebnis, daß er meinen G-Punkt traf! Ich dachte, den gäbe es nur als sexologische Propaganda oder Brieftaschengelaber, aber plötzlich war er da – eine innere, sprudelnde Quelle, ein rieselnder vaginaler Orgasmus! Ich lachte, und Paul war hingerissen, stand auf und öffnete im euphorischen Siegestaumel eine Flasche Champagner. Er war der Mann, der mich auf Zinnen gehoben hatte, die zu besteigen ich mir niemals erträumt hatte. Meine anatomischen Erklärungen wollte er überhaupt nicht hören, und warum sollte er dann nicht die Flagge schwingen. Also stießen wir an und alberten und plauderten, bis Zarina aufwachte und forderte, an der Feier teilzunehmen. Ich hatte immer noch Fieber, aber ihr gefiel offenbar die Milch, gemischt mit Reims, denn sie schlürfte in sich hinein, während Paul selig zuschaute. Früh am nächsten Morgen fuhr er ab, übernächtigt und verhurt, und auch wenn es wirklich unerträglich schien, war es gleichzeitig ein leichterer Abschied. Unfrustriert, entspannt, gesegnet – das Wiedersehen wie ein Streifen Meer am Horizont glitzernd.

»Kaffee!« sagt Heidi und stellt einen Becher und einen Teller mit Haferkeksen auf meinen Nachttisch. Sie hat wirklich einen Sinn für Krankenpflege. Dank Heidi durfte ich den letzten Tag soviel schlafen, wie ich mochte.

»Wie geht's?« fragt sie und nimmt ein schmutziges Glas vom Nachttisch mit.

»Viel besser! Morgen bin ich wieder gesund!«

»Hast du noch Fieber?« fragt sie sofort.

»Ein paar Striche...« weiche ich aus.

»Du kommst erst hoch, wenn du total fieberfrei bist.«

»Aye, aye, Ma'm!« rufe ich ihr hinterher, als sie in die

Küche verschwindet. Dann lehne ich mich in die Kissen zurück, nippe am Kaffee, lese Pauls Brief noch einmal und habe nicht übel Lust, meine Ärztin anzurufen und ihr mitzuteilen, daß sie sich ihre Krise in den Arsch stecken kann. Ich brauche keine Therapie, ich brauche Schlaf! Vor mir liegt die Landstraße des Lebens offen wie eh und je, und ich schnurre wie ein Zweizylindermotor. Es geht mir so gut, daß ich nur ein wenig ironisch bin, als ich laut den Wahlslogan der Demokraten ausrufe: »*A New Beginning!*
I believe in America! I believe in A New Beginning!«
»Ist was?« ruft Heidi und steht wieder in der Tür.
»Mehr Kaffee?«
»Ja, bitte!« lache ich. »Laß uns mehr Kaffee trinken! Ist das Leben nicht wunderbar?«
Heidi schüttelt den Kopf. Sie hat den Chinesen auf der Hüfte sitzen.
»Jetzt bist du auch noch krank im Kopf!«

Heidi bleibt noch ein paar Tage länger mit dem Hinweis, ich müsse ja erst wieder richtig auf die Beine kommen. Mir ist schon klar, daß sie das nur als Vorwand benutzt, um bleiben zu können, aber wir haben es schön zusammen, deshalb tue ich, als wenn nichts wäre. Wir machen Essen. Oder genauer gesagt, kocht Heidi das Essen, während ich wie immer der belesene Supervisor bin, der Buchstaben in Worte übersetzen kann, die sie versteht. Ich habe ein russisches Kochbuch herausgeholt, das ich einmal von Simon & Frank bekommen habe, und auch wenn Heidis Ehrgeiz in erster Linie darin besteht, die Hits der dänischen Küche hervorbringen zu können, macht sie doch bereitwillig russische Rote-Bete-Suppe und fleischgefüllte Piroggen. Ich diktiere Wodka dazu – zwei Kleine –, und das ist gefährlich, denn damit schliddere ich auf die Rutschbahn der Nostalgie. Der erste Schnee ist in Moskau gefallen, ich habe es auf der Wetterkarte gesehen, und Miriam hatte eine Pelzmütze auf.

»In Rußland trinken sie Wodka aus Wassergläsern!« erkläre ich, als sie sich nach dem ersten Prost schüttelt und feststellt, daß sie Wodka doch am liebsten in Saft trinkt.

Und dann bin ich in meinem Element. Ich erzähle, daß man im Winter im Gorki-Park Schlittschuhe laufen kann oder auf kleinen Bühnen zu Musik aus dem Lautsprecher tanzen. Das fand ich immer so rührend – die mittelalten Paare in ihren wattierten Mänteln, die sich am Sonntagnachmittag ein Tänzchen im Freien gönnen. Ich erzähle von dem Duft in der großen Halle des Zentralmarkts, von eingelegtem Knoblauch und dem charakteristischen Moskauer Mief, zusammengesetzt aus schlechter Luft, Transpiration und Blähungen, die durch billigen Wodka, Kohl und Kartoffeln entsteht, den Grundzutaten der russischen Küche.

»Die furzen?« fragt sie direkt nach.

»Ja! Und dann leben die Leute sehr eng zusammen«, erkläre ich. »Drei, vier Generationen in einer winzigen Wohnung...«

»Man ist also nie allein?« fragt sie.

»Nein, es gibt nicht viel Privatleben«, antworte ich und begreife in dem Moment, daß sie das gar nicht negativ meinte. »Es gibt eine extrem hohe Scheidungsrate, die Männer saufen, und die Jugendlichen sind vollkommen desillusioniert. Also, ich meine, die haben jeden Glauben an die Zukunft verloren«, fahre ich fort, um dem heimeligen Bild des russischen Familienlebens, das sie offenbar vor Augen hat, ein paar Wolken hinzuzufügen.

»Na ja, genau wie hier?« erwidert sie uninteressiert. »Und was ist mit Vietnam? Warst du auch mal in Vietnam?«

»Was?« frage ich und habe plötzlich das Gefühl, meine Gehirnwindungen würden sich zu einem Bandsalat verwirren. Fängt *sie* jetzt auch an, von Vietnam zu faseln?

»Nein!« erkläre ich. »Ich habe keine Ahnung von Vietnam! Ich habe hier und dort was gelesen, bin selbst aber nie dagewesen. Warum?«

»Ach, nur so!« fertigt sie mich mit einem Seitenblick auf den Chinesen ab. »Das ist nur, weil ...«
Ich nicke. Natürlich.
»Wir werden ihm schon beibringen, mit Stäbchen zu essen!«
»Das will ich auch lernen!« sagt sie eifrig. »Könnten wir nicht auch versuchen, vietnamesisches Essen zu kochen? Ist das nicht irgendwie so was mit Reis?«
Ja, irgendwie so was mit Reis und frittierten Krabben und Frühlingsrollen.
»Ich habe ein paar Freundinnen, die waren gerade da. Vielleicht wissen die ja, wie man das macht«, erkläre ich.
»Ja? Super!« Heidi strahlt. »Nach Weihnachten! Wenn wir Plätzchen gebacken haben!«
Ächz. Stöhn. Der Dezember rückt bedrohlich näher, und wenn Heidi beschlossen hat, daß ich ihr beibringen soll, wie man Weihnachten feiert, dann komme ich ernsthaft in Schwierigkeiten. Eigentlich habe ich das Gefühl, ich sollte meine neue überschüssige Kraft nach der überwundenen »Krise« lieber in etwas Fachliches investieren. Ich habe Lust zu lesen, zu schreiben, zu denken – und nicht Weihnachtskekse zu backen und Tannenbaumschmuck zu basteln.
»Unsere Kinder sollen doch lernen, richtige dänische Weihnachten zu feiern, oder?« fragt sie mit bohrendem Blick.
»Na gut, zwei Sorten!« gebe ich nach. »Du suchst eine aus und ich die andere!«
»Und was ist mit Paul?«
»Okay, also backen wir drei Sorten Plätzchen!«

Paul, der sonst seit unserer orgelbrausenden Nacht eine Stimme wie weiches Nougat hatte, knurrt schwach, als ich ihm zur Unterhaltung von unserer Abmachung erzähle.
»*Take care!* Zum Schluß frißt sie dich noch mit Haut und Haar!«
Ich antworte mit einer spitzen Bemerkung. Er möchte sich

doch nicht in die Beziehung einmischen, die ich ausgezeichnet allein steuern kann. Und außerdem ist seine Tochter einfach genial, erzähle ich, bewußt das Thema wechselnd.

»*I know!* Wieso?«

»Sie kann rasseln! Ganz allein!«

Paul lacht.

»Ist das wahr? Paß auf, sie wird noch Nobelpreisträgerin, bevor sie sieben ist!«

Am nächsten Tag sollen Heidi und der Chinese wie geplant zurück nach Ishøj. Und dieses Mal ist es mein fester Entschluß – teilweise beeinflußt von Paul –, daß sie wirklich geht. Als sie also wieder nach Ausflüchten sucht, winke ich ab. Diplomatisch, aber mit Routine im Abgewiesenwerden, versteht sie sofort.

»Warum willst du nicht nach Hause?« frage ich direkt, nachdem ich gesehen habe, daß sie alle zehn Fingernägel abgebissen hat, bis auf die Wurzel. Eigentlich ist die Frage unpassend – würde es mir nicht auch schwerfallen, in dieses Reservat zurückzugehen? Aber ich weiß, daß Heidi nicht so denkt. Für sie ist es ihr Zuhause, wie es auch Vesterbro sein könnte. Also muß es einen besonderen Grund für ihre Unnachgiebigkeit geben.

»Ist es wegen Hansi und Fox?«

Heidi schüttelt den Kopf. Greift nach einer Zigarette. Zündet sie an, inhaliert, stößt den Rauch aus. Spricht dann endlich.

»Es ist wegen René. Er ruft mich in letzter Zeit dauernd an. Aus Nyborg…«

»Und was will er?« frage ich alarmiert.

»Wieder mit mir zusammensein«, antwortet sie tonlos.

»Und was sagst du dazu?«

»Nein!« schnaubt sie. »Klar und deutlich nein. Und dann fängt er an zu heulen und sagt, daß er mich liebt und mich auch mit dem Kleinen will, auch wenn es nicht sein Kind ist – und so weiter… Aber das ist alles *bullshit*!«

»Wieso?«

»Wenn er 'ne Weile Rotz und Wasser geheult hat und ich ihm die ganze Zeit wiederhole, daß er mich lieber vergessen soll, dann endet es jedesmal damit, daß er sagt, er würde kommen und den kleinen Gelben fertigmachen, sobald er draußen ist.«

»Aber seine Strafe dauert doch noch...!« will ich einwerfen.

»Irgendwann haut er dort ab. So ist das immer. Wenn sie wollen, kommen sie da immer raus. Wir leben hier doch nicht im *United Bluff*, oder?«

Ich lecke mir die Lippen. Verliere den inneren Kampf und nehme mir schließlich auch eine Zigarette. Sie hat einen schlechten Einfluß auf mich.

»Heidi, jetzt hör mal zu! Du mußt da wegziehen! Dieser Kerl ist ja total verrückt!«

»Ja! Ein Psychopath!« erklärt sie. Endlich ein Fremdwort, das sie kennt.

»Du mußt da wegziehen!« wiederhole ich hartnäckig und nehme den Chinesen hoch, der Zarinas Rassel an den Kopf bekommen hat. »Such dir eine andere Wohnung, und fang dort noch mal von vorn an!« fahre ich fort, und während ich versuche, den Jungen zu beruhigen, fällt mir selbst die Hohlheit dieses *A-New-Beginning*-Slogans auf.

»Aber ich kann doch nicht wegziehen!« widerspricht sie mir, drückt die Zigarette aus, übernimmt den Chinesen und kann ihn beruhigen. Ein neuer Anfang. Der Chinese hat immer noch die Chance, einen guten Start zu bekommen. Wenn nicht er und seine Mutter von einem aus dem Gefängnis geflohenen Psychopathen mißhandelt werden.

»Entschuldige, Heidi! Aber was ist denn da super dran, in Ishøj zu wohnen? Warum kannst du nicht woanders wohnen? In Brønshøj oder in der Stadt...«

»Darum!« entgegnet sie und packt ihre Sachen in die gleichen Plastiktüten, die sie hatte, als sie kam.

Ich fahre sie zum Zug, und ganz gleich, was ich tue, kann ich sie nicht dazu bringen, in der Beziehung etwas zu unternehmen. Es fehlt nicht viel, daß ich sie anflehe, dann doch lieber bei mir zu bleiben. Aber jetzt ist sie eisern.

»Und wie wäre es mit einer Geheimnummer?« frage ich schließlich, als wir den Ostbahnhof erreicht haben und ich herumfahre, um einen Parkplatz zu finden, damit ich ihr bei der Abfahrt helfen kann.

»Aber dann kann mich doch keiner anrufen!« entgegnet sie.

»Wieso nicht?« frage ich verständnislos. »Du gibst nur den Leuten die Nummer, die sie auch haben sollen, und vor dem Rest hast du deine Ruhe!«

»Nein, das meine ich nicht!« sagt sie kurz angebunden, und hebt allein den Kinderwagen aus dem Kofferraum.

»Was meinst du dann?« hake ich nach und lege den Chinesen in den Wagen.

»Ach, gar nichts! Ich muß rennen! Der Zug geht in zwei Minuten!« sagt sie und springt plötzlich den Kinderwagen vor sich her schiebend davon.

Als ich am Lille Triangel bei Rot halten muß, verstehe ich. Wenn sie umzieht, wenn sie eine Geheimnummer bekommt, kann sie nicht gefunden werden. Sie wartet darauf, daß jemand sie findet. Daß jemand kommt, sie zu holen.

Irgendwie genau wie ich.

Daß auch in mir diese infantile Hoffnung, gefunden zu werden, flackert, muß ich mir eingestehen, als diese anonymen Anrufe anfangen. Normalerweise sind es nur alberne Mädchen, die kichernd nach einem dahingeworfenen »Hallo! Paul!« den Hörer aufschmeißen, aber als die Nervensägen auch noch anfangen, sich über den Schlips des Nachrichtensprechers, seine Sprache oder seine negative Beurteilung der Weltsituation zu beschweren, beginnt es wirklich zu nerven. Besonders da seine Zuschauer die irritierende Fähigkeit haben, dann anzurufen, wenn sie am meisten stören.

»Na, dann brauchen wir eine Geheimnummer«, bemerkt Paul nur, als ich ihm das Problem schildere. »Die haben viele. Oder du benutzt den Anrufbeantworter als Schleuse.«

Ich entscheide mich mit dem Hinweis auf praktische Probleme für letztere Lösung – mit Hinweis auf schlechten Service und wie unbequem es ist, wenn man die Nummer zu häufig wechselt, und ich habe es ja gerade erst hinter mir –, und Paul schluckt die Argumente ohne Kommentar. Also gewöhnen wir uns daran, zuzuhören, wie die Leute sich am Anrufbeantworter melden, bevor wir den Hörer abnehmen. Umständlich, aber auf diese Art und Weise hat jeder die Möglichkeit durchzukommen. Er braucht nur im Telefonbuch nachzuschlagen oder die Auskunft anzurufen. Es gibt nur eine einzige Therese Skårup in Kopenhagen – ich habe nachgesehen.

Wenn ich kein Fieber habe und nicht phantasiere, kann ich problemlos den Mund über meine kindlichen Vorstellungen halten, mein Vater würde mich eines Tages anrufen. Oder mich besuchen, oder mir auf dem Gehsteig entgegenkommen oder um die nächste Ecke biegen. Daß er mich wiedererkennen würde, seine Arme für mich öffnen, in Freudentränen ausbrechen und alles bereuen würde. Er würde seiner Enkeltochter vorgestellt, und sich von da an voll und ganz seiner Großvaterrolle widmen und seinem Enkelkind das geben, was seine eigenen Kinder nicht von ihm bekommen haben. Mit einer Apfelsinenschale unter der Oberlippe herumtapsen wie Marlon Brando im Film »Der Pate«, bis Zarina in einer Mischung aus Angst und Freude losquietscht. Paul hat den Film auf Video gekauft und wird nicht müde, sich durch ihn hindurchzuzappen. Wenn ich wach und vergnügt bin, kann ich ohne weiteres meinen Tagtraum hinter heruntergelassenen Jalousien verbergen, über ihn spotten und ihn wegküssen.

Aber als Kiki und Spunk von Gran Canaria zurückkommen, fahren sie direkt vom Flughafen zu mir, um mir Fotos zu zeigen, die sie am Tag zuvor haben entwickeln lassen. Aufgenommen in einem Einkaufszentrum im Touristenghetto Puerto Rico. Motiv: eine dichte Gruppe von Zuschauern, die einem großen Mann mit graumelierten Haaren und Vollbart zuschauen, der eine Karikaturzeichnung mit farbiger Kreide herstellt. Das Opfer ist ein Junge mit Segelohren, die auf der Zeichnung nicht kleiner werden. Die Eltern sehen lächelnd zu. Eine reichlich merkwürdige Form der Kindererziehung. Der Künstler zeigt einen Gesichtsausdruck abwesender Konzentration, und dieser Ausdruck sowie die gebeugte Körperhaltung erinnern mich an Großvater auf Læsø, und sie lassen keinen Zweifel zu. Es ist Vater. Das letzte Mal an einem mallorquinischen Touristenstrand vor mehreren Jahren gesehen. Witzigerweise auch von Kiki.

»Hast du mit ihm gesprochen?« frage ich, nachdem ich mich geräuspert habe. Ich habe einen Kloß im Hals, den ich als Erkältung tarne, indem ich huste...

Sie schüttelt den Kopf.

»Weißt du, für mich ist er tot«, sagt sie hart. »Nachdem ich die Fotos gemacht habe, bin ich abgehauen...«

»Aber ich habe mit ihm geredet«, übernimmt Spunk. »Ja, entschuldige, daß ich mich einmische, aber meiner Meinung nach habt ihr ein ziemlich verzwicktes Verhältnis zueinander in eurer Familie!«

Ich könnte beleidigt sein, aber Spunk hat recht, und untertrieben gesagt bin ich neugierig.

»Ja? Und was hat er gesagt?«

»Na ja, ich habe natürlich nicht gesagt, wer ich bin, nicht wahr? Aber ich habe ihn gefragt, ob er Däne ist und so was. Nun ja, nicht, daß er besonders redselig war, aber er wäre Däne. Und ich habe auch noch aus ihm rausgekriegt, daß er eigentlich auf Mallorca wohnt, aber im Winter weiter in den Süden fährt, dorthin, wo die Touristen sind...«

»Ja?« frage ich ungeduldig, hier ist ein Referent, der noch nichts vom Aufbau einer Nachricht gehört hat. »Und weiter?«

»Er wollte mir nicht sagen, wie er heißt. ›Nenn mich Jack‹, hat er nur gesagt. Und dann war ich noch so unverschämt und habe gefragt, ob es sein könnte, daß er zwei Töchter in Kopenhagen hat – Therese und Kiki – weil ich das Gefühl hätte, er würde ihnen ähnlich sehen…«

»Und was hat er daraufhin gesagt?« frage ich und fühle, wie ich falle.

»Nichts. Er hat einfach nicht geantwortet. Er tat, als hätte er meine Frage gar nicht gehört.«

»Aber…«, Spunk lächelt, tauscht Blicke mit Kiki. »Aber dann habe ich noch gesagt, wenn dem so wäre, dann hätte er ein Enkelkind gekriegt…«

»Spunk!« murmle ich, hinter meinen Augen pocht es. »Und weißt du, was dann passiert ist?«

»Nein!«

»Dann hat er immer noch so getan, als wenn nichts wäre. Aber er hat falsch gezeichnet. Er hat einfach einen total falschen Strich quer übers Bild gezogen! Der reine Wahnsinn. Als würde man sehen, wie ein Trapezkünstler runterfällt oder so…«

»Er hat einen Schock gekriegt!« wirft Kiki ein, während ich wieder die Fotos in die Hand nehme und sie anstarre. Eins nach dem anderen. Kein Zweifel. Das ist er.

»Hat er noch was gesagt?« frage ich so neutral wie möglich.

»Nein. Er hat zugesehen, daß er seine Arbeit fertig kriegte, dann zusammengepackt und ist abgehauen. Kiki wollte nicht, daß ich ihm nachgehe…«

»Warum nicht?« frage ich.

»Warum? Was würde das bringen? Unser Vater ist als Strandpenner in Spanien geendet und möchte möglichst nicht an uns erinnert werden! Was willst du noch wissen, Therese?«

Ich zucke mit den Schultern. Daß wir für ihn existieren. Daß wir ihm etwas bedeuten. Daß wir nicht aus dem Nichts gekommen sind!

»Das ist nur gewöhnliche Neugier«, sage ich und stehe auf, um die Gardinen zuzuziehen, damit ich ihnen den Rücken zukehren kann, während ich mich fange. »Und, hattet ihr ansonsten einen schönen Urlaub?«

Kiki läßt die Bilder bei mir, damit ich sie wegschmeiße oder auch nicht. Sie möchte sie jedenfalls nicht haben. Nachdem die beiden gegangen sind und Zarina schläft, sitze ich lange Zeit auf dem Bett und schaue mir eins nach dem andern an. Merkwürdig, daß er so alt geworden ist. Daß er nicht mehr der junge Mann ist, an den ich mich erinnere. Ich rufe Paul in Odense an, um ihn an dem Erlebnis teilhaben zu lassen, aber in der Pension erklärt mir einer seiner Mitbewohner, daß Paul Weber ausgegangen sei.

»Das macht er regelmäßig nach seiner Sendung!« sagt der Mann in einem schmierig-freundlichen Ton, der mir Pauls Beschreibung eines »Staubsaugervertreters« vor Augen führt, einer dieser Herman-Bangschen-Typen, mit denen er sein Pensionsdasein teilt. Ich bin vollkommen einverstanden damit, daß Paul zu Neujahr in eine Wohnung ziehen will, denn ich verstehe absolut, daß er keine große Lust hat, seine Abende im »Fernsehzimmer« zu verbringen. Aber dennoch bin ich ein wenig pikiert. Jetzt wäre es mir wichtig, mit ihm zu reden, und er ist nicht da! Ich muß mich damit begnügen, den Staubsaugervertreter zu bitten, ihm auszurichten, daß ich angerufen habe.

»Was soll ich sagen, wer es war?« fragt er schleimig.

»Seine Freundin!«

»Einen Namen?«

»Er hat nur eine!« schneide ich ihm das Wort ab, und er lacht und sagt: »Natürlich!« und klingt, als hätte er Lust auf eine längere Unterhaltung. Aber mein Leben ist einfach zu kurz für *lonely loonies*, also lege ich mit einem knappen »auf Wiederhören« auf.

Am folgenden Tag sind wir im Dezember, und als Paul endlich aus Odense zurückkehrt, habe ich die Fotos in meiner Geheimschublade versteckt, und wir haben an einen anderen Vater zu denken – an seinen eigenen nämlich.

Ernst kommt wie üblich an einem Nachmittag vorbei – mit einem rosa Weihnachtsstern für mich und einer Weihnachtsmann-Stoffpuppe für Zarina, die er sofort auf den Arm nimmt. Sie lächelt und läßt sich ruhig von ihm herumtragen – zum Glück erkennt sie ihn wieder, auch wenn wir ihn seit dem Mittagessen in Skovshoved nicht mehr gesehen haben.

»Kaffee?« frage ich und ärgere mich darüber, daß Heidi und ich mit unserer Weihnachtsbäckerei noch nicht angefangen haben. Denn auch wenn er weniger bedrückt und angespannt aussieht als beim letzten Mal, scheint er doch ein wenig weibliche Fürsorge gut gebrauchen zu können. Es ist ganz offensichtlich, daß er etwas erzählen will, wartet damit aber, bis wir am Tisch sitzen und ich die erste Adventskerze meines Lebens anzünde.

»Und, was gibt's?« frage ich auffordernd mit einer klassischen Heidi-Eröffnung.

Er erzieht den Mund zu einem Lächeln über die direkte Ausdrucksweise der Jugend.

»Ja, was gibt's?« Sein Lächeln erstirbt, er trinkt von seinem Kaffee und stellt die Tasse leise wieder hin.

»Ja, um es direkt zu sagen – ich bin gefeuert worden.«

»*What!*« rufe ich aus. »Das ist nicht wahr!«

»Natürlich ist das wahr!« Ernst lächelt wieder mit leicht geneigtem Kopf, als würde er selbst nicht so recht daran glauben. »Ich habe einen dieser sogenannten *goldenen Handschläge* bekommen. Aber dafür mußte ich auch versprechen, mein Büro augenblicklich zu räumen.«

»Aber«, schnappe ich nach Luft, »warum? Du warst in der Bank seit zwanzig Jahren...«

»Siebenundzwanzig!« korrigiert er mich. Ich bin am 1. November 1965 eingestellt worden. A-aber das ist wohl zu lange. Man kennt sich zu gut aus. Das Gedächtnis reicht zu weit zurück. Man verliert die Fähigkeit, sich umzustellen und zu erneuern. Wird zu langsam am Abzug...«

Letzteres sagt er, während er Grimassen für Zarina schneidet, die jetzt sabbernd und lachend auf meinem Schoß sitzt. Selig sind die Einfältigen, die einen Sarkasmus überhören können, der haarsträubend ist wie eine aufgerauhte Bürste.

»Deshalb?« frage ich. »Haben sie dich gefeuert, weil du zu alt bist?«

»Indirekt ja.« Ernst lächelt. »Oder vielleicht ist es korrekter zu sagen, daß ich zu altmodisch bin. Richtige Banker wollen kein Gelaber von Tugenden und Moral hören, verstehst du.«

Ich schüttle den Kopf.

»Das verstehe ich nicht!«

»Also, dann hör zu: Ende der Achtziger fingen sogar so große, angesehene Banken wie meine damit an, sich in ein verrücktes Abenteuer nach dem anderen zu stürzen. Es wurde mit Milionen wie mit Monopolygeld jongliert – und bis zu einem gewissen Grad war es ja auch nur Papiergeld. Man sieht das Geld gar nicht mehr – es existiert nur noch als Ziffern auf dem Bildschirm, die man hin- und hermanövrieren kann, ohne das Geld je in der Hand gehabt zu haben. Das ist gefährlich, weil man den Respekt vor der Kraft des Geldes verliert, man vergißt, daß es einen reellen Wert repräsentieren soll, und wenn man das vergißt, dann geht es notwendigerweise schief. Das ist eine Gesetzmäßigkeit, die uns Alten bis ins Mark eingebleut wurde, worauf ich unter anderem auch meinen eigenen Sohn Phillip hinweisen mußte. Eine Null zuwenig oder ein Komma zuviel konnte seinerzeit einen Buchhalter in die Nervenklinik bringen – und heutzutage kümmert man sich gar nicht mehr um ein paar Millionen...«

Ernst vergißt Zarina und schaut einen Augenblick lang kopfschüttelnd zur Seite.

»Ich habe sie die ganze Zeit gewarnt. Einspruch bei den Leitungskonferenzen eingelegt, versucht, zu bremsen und zu retten, was noch zu retten war. Das mußte schiefgehen – und es ist schiefgegangen. In diesen Stunden werden 500 schuldlose Mitarbeiter verabschiedet, und das ist nach meiner tiefsten Überzeugung sowohl unnötig als auch unanständig.«

»Aber warum schmeißen sie dann dich raus? Wenn du doch recht hattest?«

Ernst lächelt nachsichtig.

»Liebe Therese – gerade deshalb! Hast du was zu trinken?«

Das habe ich. Einen doppelten Whisky *on the rocks*. Wer bräuchte in seiner Situation keine kleine Stärkung?

»Und Phillip?« frage ich intuitiv nach Pauls großem Bruder, dem Fondschef in einem der großen Börsenmaklerbüros. »Was ist mit ihm? Hat er seine Millionen im Griff?«

Ernst dreht sein Glas.

»Das behauptet er. Und er war ja immer ein äußerst geschickter Junge. Ein richtiger Surfer! Ganz anders als Paul!«

Ernst schaut erneut nachdenklich vor sich hin, während er sein Glas leert. Ich wüßte gern, inwiefern Paul nach Meinung seines Vaters anders ist, aber als er ausgetrunken hat und ich ihm nachschenken möchte, legt er die Hand auf sein Glas.

»Schönen Dank. Aber ich muß nüchtern sein, wenn ich heimkomme und das Helene erzählen muß.«

»Weiß sie es noch nicht?« frage ich überrascht.

»Du bist die erste. Ich mußte erst mal bei einem vernünftigen Menschen üben!« erklärt er und macht Anstalten, aufzustehen.

»Leider muß ich fürchten, daß sie es schwerer nehmen wird als ich.«

Ich nicke. Das würde ich auch fürchten, wenn ich er wäre. Allein der Prestigeverlust wird genügen, so daß sie wieder zu trinken anfängt. Aller Wahrscheinlichkeit nach wird sie ihren Mann als *Ehemaligen* auch nicht inniger lieben.

»Aber eigentlich – und das kannst du gern Paul sagen, wenn es ihn interessieren sollte – eigentlich bin ich erleichtert. Es ist viel schwerer, Mitverantwortung für etwas zu tragen, womit man von Grund auf nicht einverstanden ist. Und dann«, sagt Ernst und schnappt sich liebevoll Zarinas Fuß, »freue ich mich außerdem, daß ich jetzt genug Zeit haben werde, ein richtiger Großvater zu sein!«

Ich lache zustimmend.

»So jemanden können wir gut gebrauchen!«

Paul reagiert kühl, um nicht zu sagen, zynisch auf den Sturz seines Vaters.

»Hat er die Kasse geklaut?« fragt er aus Odense, als ich ihn in der Redaktion anrufe.

»Er hat sich nur altmodisch ritterlich verhalten«, erwidere ich und informiere ihn in aller Kürze über den Hintergrund.

»Die Unschuld in Person, was? Aber das ist eine gute Story!«

»Paul, wir sprechen von deinem Vater!«

»*And so what?* Ich habe gerade eine Dreiminutenreportage mit heulenden Bankleuten gemacht, die nach zehn, zwanzig oder dreißig Jahren treuer Dienste auf die Straße geschmissen worden sind! Und verdammt noch mal, von denen hat keiner einen goldenen Handschlag gekriegt!«

»Dein Vater war 27 Jahre bei der Bank angestellt!« führe ich an, aber Paul beendet die Diskussion.

»Du, Tes! Dann sagen wir einfach, daß es traurig ist! Können wir später drüber reden? Ich stehe etwas unter Druck, wenn ich das noch hinkriegen soll...!«

»Was hinkriegen?« rufe ich in den Hörer.

»Ciao, Tes!«

Ich weigere mich zu glauben, daß er seinen eigenen Vaer für eine gute Geschichte verkaufen wird, aber ich sitze erst zehn Minuten innerlich zitternd vorm Fernseher, als es passiert: Als Auftakt zu dem Bericht mit den gefeuerten Bankfunktionären wird die Nachricht vom Rausschmiß »eines der Topdirektoren der Bank, Ernst Weber« gebracht.

»Quellen aus Bankkreisen berichten TV 2, daß Direktor Ernst Weber persönlich einen großen Teil der Verantwortung für die fehlgeschlagenen Spekulationen der Bank auf sich genommen hat. Die Verabschiedung von Direktor Ernst Weber wird in den Hauptpunkten von der Bank bestätigt, wenn man auch nicht die Gerüchte kommentieren möchte, nach denen Ernst Weber einen sogenannten ›Goldenen Händedruck‹ in Höhe von 3,1 Millionen Kronen bekommen hat. Ernst Weber selbst wollte sich gegenüber TV 2 nicht äußern.«

Der Bericht ist illustriert mit Standfotos – einem Portrait, vermutlich einem Jahresbericht entnommen, und einem Pressefoto, Ernst im Frack mit Helene am Arm auf dem Weg zum Neujahrsempfang bei der Königin.

Nichts im glatten Gesicht und dem neutralen Blick hinter den Brillengläsern zeugt von irgendeiner Form von Gefühl oder familiärer Verknüpfung, als der Nachrichtensprecher den Text vom Teleprompter abliest. Die reinste Exekution!

Wenn ich den Mut dazu hätte, würde ich umgehend Ernst anrufen und mich für seinen Sohn entschuldigen. Aber die Scham läßt mich im Stillsessel kleben, während ich aufgelöst den Mann anstarre, von dem ich glaube, daß ich ihn liebe. Was sonst noch in der Welt geschieht, bekomme ich nicht mit – ich warte nur darauf, daß er fertig wird und den Schlußtext spricht, damit ich ihn ans Telefon bekommen und fragen kann, ob er wahnsinnig geworden sei.

Aber Paul versteht meine Frage nicht, wie er sagt, als ich ihn endlich zu fassen bekomme.

»Halt die Klappe, Mann! Du bist ja krank!« schnarre ich. »Die Geschichte wird erst in ein paar Tagen öffentlich! Laß doch den alten Mann erst mal zur Besinnung kommen! Vielleicht hat er noch nicht mal mit deiner Mutter geredet! Wie kannst du deinen Vater nur auf so eine unästhetische Art und Weise erdolchen!«

»Ich schulde diesem Mann keine besondere Rücksicht! Aber ich schulde meinem Arbeitsplatz journalistisches Geschick! Das ist ganz einfach meine Pflicht!«

»PFLICHT! Das war der Großvater deiner Tochter, den du da durch den Schmutz gezogen hast!«

»Wie es die Großmutter deiner Tochter war, die du vor kurzem in aller Öffentlichkeit blamiert hast! Wenn du also unbedingt darauf bestehst, dann sind wir beide gleich barbarisch!«

Treffer. Den Schachzug hatte ich nicht erwartet. Aber auch wenn ich einen *Punch* über die Augenbrauen bekommen habe, stürme ich unbeeindruckt weiter vor. Was bleibt mir anderes übrig.

»Du mußt dich bei ihm entschuldigen. Ruf ihn an. Schon deiner Mutter zuliebe!« appelliere ich, plötzlich voller Angst, daß Ernst etwas Übereiltes tun könnte. Sich mit seinem Jagdgewehr erschießen, das er benutzt, wenn er mit dem Prinzen Füchse jagt. »Rufst du dann deine arme Mutter an und entschuldigst dich für dein Verhalten?«

»Das ist nicht notwendig. Sie hat es schon vergessen«, weiche ich aus. »Außerdem ist sie es, die sich bei mir entschuldigen sollte.«

So werden Waffenruhen gebrochen, so entstehen Kriege, im Balkan wie im privatesten Bereich. Vielleicht ist es für uns Zivilisierte hier im Westen ganz gesund, ab und zu an den Barbar in uns erinnert zu werden, an unsere eigene Kriegslust und Unversöhnlichkeit. An historische Ursachen, die Konflikte entflammen lassen und Glut entfachen.

Ich selbst habe nie zu denjenigen gehört, die die andere Wange hingehalten haben, und Ghandis Gewaltlosigkeitsstrategie oder die *Make-love-not-war*-Rhetorik der Hippies habe ich immer als reichlich naiv angesehen. Anfangs als eine DKPlerin nach Gehirnwäsche, die pragmatisch lernte, daß die Diktatur des Proletariats nicht ohne bewaffneten Kampf eingeführt werden kann, und später aus philosophischen Gründen. Man kann das Böse, die Aggression, das Streben nach Macht nicht leugnen. Ohne dieses Element kriegerischen Eroberungsdrangs hätten wir das Rad nicht erfunden, das Wasserklossett und der Sex wären nie über ihr Urstadium hinausgekommen. Vielleicht wären wir ohne diesen Trieb, Neuland zu erobern, bereits ausgestorben. Wenn ich also auch weder Anhängerin des Atomkrieges noch des ethnischen Völkermordes bin, so huldige ich nicht immer den Kompromißlösungen – und schon gar nicht im persönlichen Bereich, wo ich nicht wenige äußerst aktive Frauen – wie z. B. Birgitte – im Namen des Hausfriedens zu verwässerten Duplikaten ihrer selbst habe werden sehen.

Nichtsdestotrotz sehe ich mich selbst wie eine wiederauferstandene Unterabteilung von »Frauen für den Frieden« reagieren. Das muß etwas mit dem Plappermäulchen – Zarina – zu tun haben, daß ich nicht nur auf mein offensichtliches Recht, wütend und empört über Pauls Verhalten zu sein, verzichte, sondern darüber hinaus sogar beschließe, ihn lächelnd fürsorglich und verständnisvoll zu empfangen. Mit dem Hintergedanken, alles zu tun, damit er sich mit seinem Vater versöhnt. Es geschieht nämlich das Sonderbare, daß Ernst mitten im Mediensturm der folgenden Tage, in dem er aufrecht wie ein Kapitän an Deck steht und zivilisiert »Kein Kommentar« antwortet, ganz gleich, was für widerlichen Unterstellungen er ausgesetzt ist, sich um die Sensibilität seines jüngsten Sohnes sorgt.

»Es tut mir furchtbar leid, daß meine Familie da mit hineingezogen wird. Vor allem Paul, er ist ja so um seine Ehre besorgt«, sagt Ernst am Telefon von irgendeinem südjütländischen Gasthaus aus, in dem er Zuflucht gesucht hat. Helene ist, wie vorauszusehen war, hinter zugezogenen Vorhängen in Deckung gegangen, wo sie sich in der *Schande* wälzen kann, eine Übung, die sie schon mit der Muttermilch von ihrer französischen Maitresse-Mutter, Pauls heißgeliebter Großmutter, aufgesogen hat. Sie ist verbittert geworden, unzufrieden mit ihrem Schicksal als uneheliches Kind der Oberklasse, deren Mitglied zu sein sie sich ihr Leben lang gewünscht hat. Und jetzt, wo es sich zeigt, daß Ernst doch keine sichere Investition war, bleibt ihr nichts anderes übrig, als verbittert zu sterben. Einige Menschen, darunter nicht wenige Russen, haben aus ähnlichen Grundbedingungen wie diesen große Kunst gemacht, aber für Helene ist *das Schicksal* nichts anderes als ein gallegrüner Klecks eingedickten Grams geworden. Aus humanitären Gründen muß man mit ihr und ihrem mißratenen Leben soviel Mitleid haben, daß man nur hoffen kann, sie sei Manns genug, den Inhalt ihrer Pillendose zu schlucken, die in den letzten dreißig Jahren ihre effektivste Waffe war. »Die Bombe unter unserer Ehe«, wie Ernst es ausdrückt, erfrischenderweise nicht ohne Bosheit. Oder besser gesagt – nicht ohne Trauer. Trauer darüber, daß sie nicht zu ihm steht, sich nicht wie eine gute Frau bei ihm einhakt und ihm und der ganzen Welt zeigt, daß ihr seine Position scheißegal ist, weil sie nun mal ihn, Ernst, ihren Mann, liebt...

Daß sie genau das Gegenteil tut – sich demonstrativ von ihm abwendet – und damit zu erkennen gibt, daß jede Vorstellung von Liebe oder zumindest Freundschaft zwischen ihnen eine Illusion ist, eine sorgfältig ausgeführte *trompe d'œil*, das läßt ihn aus seinem Heim fliehen.

»Natürlich wäre es mir auch lieber gewesen, die Bank als pensionierter Direktor zu verlassen, unter dem Applaus der Generalversammlung. Doch so ist es nun einmal nicht gekommen, und das habe ich schon ziemlich lange gewußt«, erzählt er in einem sich langsam entwickelnden Telefonmonolog, der nur von diskreten Whiskyschlucken unterbrochen wird.

»Aber dabei hatte ich immer irgend so einen unmöglichen Traum, ich könnte wenigstens zu meiner *Familie* zurückkehren«, betont er nachdrücklich. »Ja, ich hatte tatsächlich überlegt, vielleicht einen kleinen Besitz in der Toskana zu kaufen, wo wir alle zusammen sein könnten... Helene liebt die

Sonne ja so sehr, weißt du, und Paul hat das Südländische immer so gern gemocht, und dann hätten wir dort ein paar Sommerwochen zusammen verbringen können... Das hätte vielleicht auch Paul und Phillip einander nähergebracht... und die Enkelkinder, ja, man hätte sich ja so ein Kinderplanschbecken, einen Fußballplatz und eine Sandkiste anschaffen können, damit sie sich nicht langweilen... Aber... Nun ja, das war nur so eine verrückte Idee.«

Nein, nein, versichere ich ihm, das sei überhaupt keine verrückt Idee, ganz im Gegenteil, ich hätte noch nie in meinem Leben so eine hervorragende Idee gehört, und wenn er so ein Haus an der Hand habe, solle er es auf keinen Fall sausen lassen, und was seinen empfindsamen Sohn Paul anginge, so solle er sich keine Sorgen machen, der würde schon zurechtkommen, und natürlich würde er seinem Vater nicht den Rücken kehren, und ich würde versprechen, daß Paul ihn auf jeden Fall anrufe, wenn nicht heute, dann morgen...

Absolute Übertreibung, aber er beißt an und legt mit einer Entschuldigung auf, schon zu viel von meiner Zeit in Anspruch genommen zu haben.

»*That's what friends are for*«, erwidere ich Heidi-keck, aber das läßt seine Stimme unbeabsichtigt belegt klingen.

»Danke, Therese, das hast du nett gesagt! Es klingt vielleicht komisch, aber ich habe praktisch keine Freunde, deshalb...«

Deshalb ist er also so abhängig von seiner Familie, die er jetzt wie Potemkinsche Kulissen auseinanderfallen sieht. Wand für Wand, Säule für Säule. Und deshalb beschließe ich Hals über Kopf, *on the spot*, Paul die Pistole auf die Brust zu setzen. Hier sind keine weiteren Verluste mehr zu verkraften – die beiden müssen versöhnt werden. Und wenn es nur um Zarinas willen ist. Und wenn die Konsequenz ist, daß ich meine Sommerferien mit meiner Schwiegerfamilie verbringen muß, bin ich in diesem großartigen Augenblick bereit, selbst dieses notwendige Opfer auf mich zu nehmen.

Bereits am Telefon habe ich begonnen, Paul zu präparieren. Ich erzähle ihm, daß ich in Kontakt mit Ernst bin, daß er meiner Einschätzung nach etwas aus dem Gleichgewicht ist, usw. Und als Paul aus Odense heimkommt, lasse ich ihn nur für eine halbe Stunde das Wiedersehen mit Zarina feiern, bevor ich ihm vorschlage, er solle doch seinen Vater im Glumsø Kro anrufen, wo der sich immer noch aufhält.

»Und warum?« fragt er mit Zarina auf dem Arm, und ich erlaube mir feierlich nur kurz unserem kleinen Marzipanschweinchen mit den nackten Füßen zuzunicken.

»Darum!«

Das will er sich überlegen, sagt er kühl und bereitet sich statt dessen auf das Gegenteil vor: zu seiner Mutter hinauszufahren. Trotz aller guter Vorsätze läuft mir die Galle über, so daß ich mich schnell ins Badezimmer verziehe, wo ich hinter verschlossener Tür versuche, die ruhige Gefaßtheit wiederzuerlangen, die das Ehrenzeichen eines jeden Friedensvermittlers ist.

Nachdem ich bis ungefähr zehntausend gezählt habe, komme ich wieder heraus und sage, daß er natürlich von Herzen gern zu seiner Mutter fahren soll, aber was er dort meint erreichen zu können?

»Erreichen?« fragt er. »Es könnte schließlich sein, daß sie mich braucht!«

»*Jesus Christ!*« murmle ich und beeile mich, wieder zu zählen. Er will gar nicht wissen, was ich damit meine, und ich kann nur beten, daß ich mich irre. Aber ich bin todsicher, daß das einzige, was er erreichen wird, eine gründliche Abfuhr sein wird, die er in seine Sammlung aufnehmen kann. Wenn sie einen ihrer Söhne braucht, dann wird sie auf jeden Fall Phillip verzeihen. *Big brother* umschlingt sie mit seiner besitzergreifenden Form von Hingebung, die wahrscheinlich die einzige Form von Liebe ist, für die sie geschaffen ist. Aber Paul... Ja, das ist eine Tragödie Shakespeareschen Formats, daß Paul nicht einsehen will, daß er lieber eine Alliance mit seinem Vater eingehen sollte. Gerne eine unglückliche, wenn es nicht anders sein kann. Ernst hätte ihn schon lange bearbeiten sollen und hätte es vielleicht auch getan, wenn er Zeit dazu gehabt hätte. Also soll der Bankdirektor ruhig ein wenig in seinem schlechten Gewissen schmoren, weil er seinen kleinen Sohn enttäuscht hat, der nur einen aufmüpfigen und anstrengenden Störfaktor in Helenes Verhältnis zu ihrem Liebling bildete. Hauptsache, es endet mit einem Happy-End im Breitwandformat, damit Ernst nicht sein Ende mit herausgeblasenem Hirn im Grib Skov findet und Paul nicht dazu verurteilt ist, für ewige Zeiten elternlos herumzuirren.

Mit der Vorsicht eines Sanitäters, der mit einem Selbstmörder auf dem Sims im siebten Stock redet, bedecke ich meine sorgfältig gewählten Worte mit ausgewogener Neutralität, als ich Paul empfehle, daß wir zumindest *zusammen* nach Skovshoved hinausfahren.

Willst du das?« strahlt er jungenhaft.

»*Anything for you, love!*« sage ich und wische ihm einen unkleidsamen Breifleck von der Schulter. Gebe Zarina ein Küßchen, der es offensichtlich bei ihrem Vater ausgezeichnet gefällt. »Aber vielleicht wäre es am gescheitesten, vorher anzurufen?«

»Nix da«, sagt er. »Das macht sie nur nervös, weißt du. Und dann endet es nur damit, daß sie zuerst noch zum Friseur muß, ihr Haar aufstecken und diesen ganzen künstlichen Scheiß. Nein, wir fahren einfach vorbei – unangemeldet. Ganz alltäglich.«

»Dafür ist sie ja eigentlich nicht zu haben, oder?« deute ich skeptisch an. »Sie hat es ja nicht so gern, wenn sie mit fettigem Haar und abgeblätterten Fingernägeln überrascht wird, oder?«

»Nun hör aber auf!« zischt er. »Schließlich sind wir ihre Familie!«

Also fahren wir gen Norden. Halten an einem Blumengeschäft und kaufen einen weißen, hochstämmigen Weihnachtsstern für sie und fahren dann die Østerbrogade weiter unter den künstlichen Tannengirlanden der Geschäfte.

»Bald ist ja Weihnachten«, stellt Paul fest und piekst Zarina in den Bauch, als wir bei Rot an der Svanemøllen Station halten. Sie boxt erwartungsvoll sabbernd – da capo! Ihr Babysitz ist auf dem Vordersitz festgeschnallt, so daß ich auf den Rücksitz verbannt bin und mit Paul nur über den Rückspiegel Blickkontakt habe.

»Ja?« frage ich. »Und?«

»Sollten wir nicht so ein richtiges Familienfest abhalten? Bei uns? Heiligabend? Mit meiner Mutter und deiner Familie?«

»Na ja«, zögere ich. Er ist total versunken in eine unmögliche Phantasie, die vielleicht bereits nach wenigen Kilometern platzen wird. Ich bringe es nicht übers Herz, das jetzt schon zu tun, statt ihm zu widersprechen, zeige ich ihm deshalb lieber eine neue Seite meiner selbst, das Hausmütterchen, die besorgte Hausfrau.

»Du«, sage ich, »du mußt dein Minus auf dem Konto ausgleichen. Sie haben schon wieder von der Bank angerufen.«

»Diese Langweiler! Es ist doch gerade erst das Gehalt eingegangen!« entgegnet er und meidet meinen Blick im Spiegel. »Um so schlimmer«, beharre ich lakonisch. »Verbrauchst du so viel Geld?«

Jetzt bekomme ich seinen Blick.

»Solange du auf dieser vollkommen künstlichen Aufteilung unserer Ökonomie bestehst, denke ich nicht, daß ich verpflichtet bin, dir über meinen Verbrauch Rechenschaft abzulegen. Oder direkter gesagt: Das geht dich gar nichts an!«

»Nein, nicht solange du deinen Verpflichtungen nachkommst!« bemerke ich und bereue schon, dieses Thema gerade jetzt angeschnitten zu haben.

»Honey«, sagt er und überholt auf diese flegelhafte Art

von rechts, als wir auf dem Weg nach Hellerup hinein sind, »ich verspreche dir, daß es dir weder an einem Dach überm Kopf, Kleidern am Leib noch einem ordentlichen Auto fehlen wird! Übrigens – sollten wir nicht mal überlegen, ob wir den hier gegen einen Kombi tauschen?«

Ich verdrehe die Augen.

»Dann fehlt uns ja nur noch der Wauwau!«

»Und die Villa!« fügt er hinzu und bremst, um eine von Hellerups alten Damen passieren zu lassen. Da beginnt Zarina plötzlich zu singen – langgezogen und gurrend – und das ist so niedlich, daß ich vergesse, weiterzubohren. Der guten Reporterin hätte auffallen müssen, wie verdächtig schnell wir vom eigentlichen Thema – seinem Minus – abgekommen sind. Aber ich bin faul und bequem geworden, und außerdem nähern wir uns Skovshoved, und jetzt heißt es, sich auf das Unbekannte vorzubereiten.

Vielleicht wittert Zarina intuitiv die Gefahr, denn ihr glücklicher Engelsgesang schlägt mit einem Mal um in wachsende Unzufriedenheit, die fast zu hysterischem Geschrei geworden ist, als wir vom Strandvej abbiegen und in Skovshoved By hineinfahren.

»Na, na!« tröstet Paul sie und gibt ihr den Schnuller, den sie kategorisch wieder ausspuckt.

»Sie hat wohl Hunger«, sage ich und schaue auf die digitale Autouhr. In dem Moment erreichen wir das Haus, vor dem bereits ein großer, unbekannter BMW parkt. Das kann sehr gut Phillip sein, der sich selbst als Weihnachtsgeschenk ein neues Auto gekauft hat. Paul hat offenbar den gleichen Gedanken, denn er beißt sich auf die Lippen, als er den Motor abstellt.

»Du«, schlage ich vor. »Wie wär's, wenn du zuerst reingehst, während ich hier noch eben stille?«

»Immer noch schüchtern?« fragt er neckend, während er sie aus ihrem Gurt befreit.

Ich nicke.

»Außerdem wird Zarina so schnell abgelenkt, wenn wir bei Fremden sind.«

»*Allright*. Ich mag es auch nicht, wenn mein Bruder dasitzt und meine Frau mit den Augen auffrißt! Aber dann bleiben wir alle zusammen hier!« sagt er resolut.

Vielleicht möchte er sein Erscheinen auch noch etwas herauszögern. Vielleicht hofft er, daß Phillip bereits gehen will, daß er gleich aus dem alten Forsthaus herauskommt, das für Millionen renoviert wurde, sich in seinen potenten BMW setzt und seines Weges fährt, so daß der kleine Bruder an der Reihe ist. Zarina beruhigt sich, sobald ich mich aufknöpfe, sie die Milch riecht und mit einem grunzenden, behaglichen Seufzen an die Brust gelegt wird. Es ist später Nachmittag, die Dunkelheit setzt ein, eine Straßenlaterne wirft etwas von ihrem Licht auf ihr Gesicht – ansonsten sitzen wir im traulichen Halbdunkel. Paul wird einsilbig, er trommelt rhythmisch auf das Lenkrad, während ich mit der linken Hand meiner Tochter über ihr feines Haar streiche. Sie kann bald kleine Zopfspangen haben, so lang ist es schon.

»Ich liebe dich!« forme ich lautlos mit den Lippen, während meine Zuneigung zu ihr in mir aufsteigt und ich denke, daß die Reichen sich ihre Machtsymbole doch in den Arsch stecken können. Was bleibt von dem größten BMW der Welt neben diesem saugenden Wunder denn anderes übrig als ein lächerlicher Haufen Schrott.

»Ist es okay, wenn ich eine rauche?« fragt Paul leise und wendet sich uns halb zu. »Ich mach auch das Fenster auf…«

»Eine halbe!« sage ich und referiere eine neue Untersuchung über den Zusammenhang zwischen Rauchen in der Nähe des Kindes und plötzlichem Kindstod, Epilepsie und Asthma, als ich im Augenwinkel Bewegung im Haus registriere. Vielleicht ist es nur eine Gardine, die etwas aufgezogen wird, oder eine Lampe, die zur Seite geschoben wird, aber es scheint, als geschähe etwas in der Villa, die ansonsten unbeweglich daliegt.

»Jetzt kommt Phillip vielleicht raus!« sage ich, als Paul sich seine Zigarette mit dem Anzünder ansteckt, und da geschieht das Sonderbare, daß wir beide uns wie zwei Agenten in einem FBI-Wagen auf heimlicher Überwachungsmission aufführen. Paul drückt seine Zigarette aus und rutscht auf dem Sitz nach unten, und ich ziehe mich weiter in die dunkle Ecke zurück. Nur Zarina saugt unbeeindruckt weiter.

Wir brauchen nicht lange zu warten, bevor der nächste Schnitt folgt. Die Tür, die trotz der Katastrophe mit einer dieser übertriebenen Weihnachtsdekorationen geschmückt ist, offenbar ein *must* in dieser Gegend, geht auf. Heraus tritt ein Mann mit zwei großen Koffern, gefolgt von Helene im Nerz und mit einer Louis-Vuitton-Reisetasche in der Hand und einer schwarzgesteppten Chanel-Tasche über der Schulter. Der Mann, der mindestens dreißig Jahre zu alt ist, um Phillip zu sein, geht zielstrebig zu dem BMW, während Helene sich umdreht und irgend etwas sagt, vermutlich zur Haushälterin.

»Wer ist das?« flüstere ich, überzeugt, daß es irgendein unbekannter Onkel sein muß. Ernsts Bruder zum Beispiel, der sie zum Glomsø Kro bringt.

»Ja, das ist eine verdammt gute Frage!« Paul lehnt sich über das Lenkrad vor, um besser sehen zu können. »Denn das ist doch wohl nicht Hans Færch!«

»Wer ist Hans Færch?« frage ich, den Blick auf die vierschrötige plumpe Gestalt gerichtet, die jetzt den Kofferraum geöffnet hat und dabei ist, die großen und – wie ich an seiner Art zuzupacken sehe – offensichtlich schweren Koffer dort hineinzupacken.

»Dänemarks größter Küstenschiffreeder. Stinkreich. War immer schon scharf auf Mutter, und das beruht offensichtlich auf Gegenseitigkeit«, erklärt er in dem Augenblick, als der Mann sich umdreht und fürsorglich Helene bei der Hand nimmt und ihr die Beifahrertür öffnet.

»Was geht da vor?« frage ich, als sie den Pelz enger um sich zieht und der Kavalier ihre Tür schließt, um danach um das Auto herum zu gehen und sich hinters Steuer zu setzen.

Im gleichen Augenblick handelt Paul. Er springt aus dem Alfa und rennt zu dem BMW, der gerade mit einem Pantherfauchen startet.

»Entschuldige!« murmle ich Zarina zu, die lauthals protestiert, als ich ihr den Hahn zudrehe, mich notdürftig bedecke und mich mit ihr auf dem Arm herausschäle, um meinem Geliebten beizustehen und ihn aus eventuellen Schwierigkeiten zu retten.

»Einen schönen guten Abend, Hans Færch!« kann ich Paul die Konversation mit den beiden Menschen einleiten hören, die erschrocken zuerst ihn, dann mich und mein Kind ansehen. »Wie nett von Ihnen, sich meiner Mutter anzunehmen!«

Der Schiffsreeder schaut ratlos Helene an, die nervös mit ihren behandschuhten Händen hin- und herflattert.

»Paul, laß mich erklären!«

»Ja, bitte! Sehr gerne!« sagt Paul vor Erregung zitternd und beugt sich zu ihr hinein.

»Schließlich ist er ein alter Freund, und er ist so unglaublich süß und lädt mich zu einem kleinen Erholungsurlaub ein...«

Hans Færch lächelt versuchsweise. Davon wird er nicht hübscher. Er hat eine Visage wie eine gebrechliche Bulldogge.

Paul starrt sie mit blutunterlaufenen Augen an, sein Gesicht ihrem ganz nah.

»Nun ja, das Ganze ist mir sehr nahe gegangen... Meine Nerven... deshalb hat mein Arzt gemeint... ja, daß es mir ehrlich gesagt guttun würde, von hier fortzukommen...«

»Wir machen einen kleinen Trip nach Sri Lanka!« erklärt der Reeder – offenbar ein Mann, der es gewohnt ist, sich dem Leben gegenüber eindeutig zu verhalten. Er hat weder Sinn für psychologische Finessen noch für rhetorischen Schliff.

»Jetzt?« Paul lacht spöttisch. »Wirklich? Und darf man fragen, für wie lange?«

»Paul, ich wollte dich von dort unten anrufen, das ist alles so schnell gekommen...«

»Wie lange?« wiederholt Paul.

»Bis zum dritten Januar!« teilt der Reeder mit. »Und unser Flug geht in eineinhalb Stunden, deshalb...«

»Bis zum dritten Januar?« Paul fällt der Unterkiefer herunter.

»Aber Mutter! Es ist doch Weihnachten!«

Helene hat ihre Fassung wiedergefunden und lacht arktisch.

»Ach, Paul, als ob dir das jemals etwas bedeutet hätte!«

»Und was ist mit Ernst?« frage ich und breche damit mein bisheriges Neutralitätsprinzip Pauls Familie gegenüber. Aber nicht einmal meine Intervention erschüttert sie. Sie dreht sich sorgsam und elegant nur so weit zu mir, daß sie mir nicht direkt in die Augen sehen muß und Zarina ignorieren kann, die verdutzt aufgehört hat zu weinen. Und ich habe Helene immer als schwach hinter ihrem Betonsarkophag eingeschätzt. Ich habe mich gründlich geirrt. Sie ist ein massiver Erzberg. Von ihr hat Paul sein stählernes Wesen. Wenn sie nur anders zusammengeschraubt wäre, hätte sie es weit bringen können. Oder wenn sie ein anderes Geschlecht gehabt hätte, natürlich.

»Ernst?« wiederholt sie, als gehöre er bereits zu einer sie nicht mehr betreffenden Vergangenheit. »Nach all dem hier bin ich Ernst nichts mehr schuldig!«

Kurz darauf sind sie abgefahren, und Paul steht auf dem Fußweg und schaut ihnen mit hängenden Schultern und dem Gesichtsauseruck eines verlassenen Welpen nach. Ich habe den Mantel um Zarina gewickelt, um sie vor der Kälte zu schützen, gehe zu ihm und ergreife seine schlaffe Hand. Er dreht sich zu uns um, blinzelt und schaut mich mit leerem Blick an.

»Tes, kannst du so gut sein und mir sagen, ob das, was ich gerade erlebt habe, Traum oder Wirklichkeit ist?«

»Ich fürchte, es ist die Wirklichkeit. Komm«, sage ich und führe ihn zum Alfa. »Du kannst mit Zarina hinten sitzen, ich fahre.«

Dann fahren wir zurück in die Stadt. Ich habe das Autoradio angestellt. Sie spielen Weihnachtsmusik. Ich suche ihn nicht im Spiegel. Lasse ihn in Frieden. Ab und zu kann ich ihn schluchzen hören.

Wenn Paul voller Verachtung von seinen Eltern als Stützen der Gesellschaft sprach und stolz verkündete, er hätte sozusagen die Nabelschnur selbst durchgebissen, als er gesehen hätte, wer ihn da gezeugt hat, war es nicht schwer zu durchschauen, daß es so einfach nun auch nicht war. Aber daß er noch so sehr darin verstrickt war, hätte ich doch nicht gedacht. Und ich muß zugeben, daß dieses manisch-depressive Verhalten, das er an den Tagen nach der *Get-away-show* in Skovshoved an den Tag legt, an die Grenze dessen reicht, was ich begreife.

Entweder liegt er auf dem Bett und starrt wie eine Mumie an die Decke und läßt Zarina und mich allein unsere Sachen machen, oder er nimmt plötzlich die Dinge in die Hand – ruft beim Amt für soziale Dienste an und droht mit Feuersbrunst und Leserbriefen, wenn sie uns verflucht noch mal nicht bald einen Krippenplatz zuweisen – oder er zwingt mich in einem wilden Weihnachtsgeschenke-Einkaufsrausch mit in die Stadt zu kommen, wo wir seine schon arg belastete Kreditkarte plündern. Er hat nämlich außerdem, ohne sich vorher mit mir abzustimmen, eine Familienweihnachtsfeier in die Wege geleitet, die offenbar seinen eigenen Versuch kompensieren soll. Also versuche ich mit dem letzten Rest meiner fast verbrauchten Geduld zu verstehen, daß er sich in einer Art Schockzustand befindet. Wie die ausgebrannten Gestalten, die ich sah, als ich nach dem Erdbeben als Auslandskorrespondentin in Armenien war. Leute, die alles verloren hatten – von ihren Kindern bis zum Dach über dem Kopf – und die mit bloßen, blutenden Händen in den Ruinen wühlten, unter denen ihre Vergangenheit begraben lag. Oder die, nachdem sie die schreckliche Wahrheit erfahren und alles aufgegeben hatten, nur noch sich wiegend am Feuer saßen und sich an einen Stoffetzen oder ein Foto klammerten.

Aber ich weigere mich, Paul in die gleiche katastrophenbedingte Kategorie einzuordnen – er hat nicht alles verloren! –, und ich muß mir auf die Zunge beißen, um ihn nicht knurrend zu bitten, sich doch zusammenzureißen, als er schon den dritten Tag seine depressiven Signale aussendet. Es steht ihm nicht, Opfer zu sein, auch wenn es ihm vielleicht helfen würde, ist es mir unmöglich, mich von so einem Jammerlappen stimulieren zu lassen. Also mache ich keine Anstalten, unserer erotische Raketenfahrt zu wiederholen, und Paul macht seine Annäherungen auch nur halbherzig. Statt dessen bittet er mich, doch »an seiner Bettkante zu sitzen und ihm die Hand zu halten«, und das kann ich einfach nicht.

«Ich habe mit einem Baby genug!« pariere ich, woraufhin er sich auf die Seite dreht. Fötushaltung, *goddammit*!

»Du«, sage ich etwas sanfter zu seinem Rücken, »warum fährst du nicht zu deinem Vater! Er ist immer noch in diesem Gasthaus«, und gestehe damit, daß ich fast täglich mit Ernst in Verbindung stehe. Wenn jemand alles verloren hat, dann er – ob nun selbstverschuldet oder nicht –, aber er trägt es jedenfalls wie ein Mann! Und jeden Tag spüre ich, daß es mir schwerer fällt, ihm zu sagen, daß Paul immer noch »keine Zeit gehabt hat«, ihn anzurufen. Glücklicherweise blieb mir die Last erspart, ihm die Neuigkeit über Helenes Weihnachtsreise zu überbringen. Diese Bürde hatte Phillip auf sich genommen – mit ihm habe ich übrigens auch einige Male gesprochen. Einmal rief er direkt aus dem Café Viktor an und fragte, ob »Paul nicht mit ihm einen Leichenschmaus halten wollte«, und ein andermal rief er geschäftsmäßig aus seinem Büro an und bat Paul, sich zu einem »Gespräch« dort einzufinden. Als Paul mit Gesten und Kopfschütteln bedeutete, ich soll den Bescheid »nicht zu Hause« und »ruft zurück« weitergeben, erwiderte Phillip nur kurz, er würde seinem kleinen Bruder empfehlen, schnellstmöglich zurückzurufen.

»Worum geht es denn?« fragte ich kühl – ich hasse es, wenn Phillip den Boss spielt.

»*Money, money!*« lachte er. »Das einzig Interessante auf der Welt! Darf ich dich übrigens einmal zum Essen einladen? Ich werde auch den Babysitter bezahlen! Du hattest doch immer so viel um die Ohren, du mußt dich ja jetzt zu Tode langweilen!«

«Das Problem habe ich nicht gerade!« erwidere ich und höre erleichtert die WC-Spülung. Paul würde ohne zu zögern seinem großen Bruder die Eier zerquetschen, wenn er auch nur den geringsten Verdacht hätte, daß Phillip hinter mir her sein könnte. »Aber trotzdem vielen Dank!«

Ernst, der zumindest nach außen hin Helenes Verhalten mit Fassung trägt und sie fast zu bedauern scheint – »Mein Gott, hätte sie sich denn nicht jemand anders als ausgerechnet diesen Hans Færch aussuchen können!« –, benutzt schließlich auch das Thema »Ökonomie« als Begründung dafür, daß Paul ihn unbedingt anrufen muß.

Das klingt langsam ziemlich mysteriös, um nicht zu sagen verdächtig, deshalb habe ich guten Grund, trotz Pauls abweisender Körpersprache darauf zu beharren mitzufahren. »Bist du in irgendwas hineingeraten? Habt ihr eine Gesellschaft geplündert oder in Devisenoptionen spekuliert? Bist du pleite? Kommt morgen vielleicht der Gerichtsvollzieher und räumt die Wohnung aus? Dann wäre es nämlich besser, wir würden unsere Weihnachtsfeier absagen!« fauche ich und setze mich schließlich doch auf seine Bettkante und lege ihm eine Hand auf die Schulter. Keine Reaktion.

Also stehe ich wieder auf, nehme Zarina im Wohnzimmer hoch, wo sie auf ihrer Decke unter einem Rasselgestell liegt, vollkommen darauf konzentriert, eine Glocke zu fassen zu kriegen, um mit ihr zu klingen.

»Willst du mit raus?« frage ich sie. Es gelingt ihr, meine Nase mit ihrem Mund zu packen, und ich hätte große Lust, Paul zu rufen: »Guck mal!« Aber ich lasse es, ziehe sie still an mich und schleiche mich aus der Tür. Wir brauchen frische Luft!

Es ist ein schöner Vormittag mit hohem Himmel und goldenem Licht, statt also meinem ursprünglichen Plan zu folgen und in die Stadt zu gehen, mache ich das Gegenteil. Ich nehme den Alfa und fahre Richtung Norden – nicht so weit wie Skovshoved, dem mich zu nähern ich schon einen rein physischen Widerwillen verspüre, sondern hinaus zum Svanemøllehavn, wohin ich in meinem früheren Leben oft hinausgeradelt bin.

Zarina freut sich und ist gut gelaunt, als ich ihr noch ein Kissen in den Rücken stopfe, damit sie höher sitzen, die Aussicht genießen und die kreisenden Möwen über uns beobachten kann. Der Sund ist tiefblau, und der Himmel nur eine Nuance heller, und es ist beruhigend real, die soliden Planken der Mohle unter den Stiefelsohlen zu spüren und den Blick vom Wasser zum Himmel und weiter zum roten Leuchtturm am Mohlenende und zu den viereckigen Containern in Grün und Orange hinten am Kai des Kalbrænderihavn gleiten zu lassen. Eigentlich mache ich mir nichts aus diesem ganzen Gefühlskram und Seelengesülze – am liebsten sehe ich die Dinge, wie sie sind, wie klar abgegrenzte Blocks und Klötze, gerade Linien und rechte Winkel. Das Leben ist auf diese Art und Weise einfacher zu bewältigen – oder soll ich lieber sagen, zu kontrollieren. Vielleicht ist das der größte Unterschied zwischen Paul und mir – daß ihm das Dasein viel mehrdimensionaler erscheint als mir. Er kompliziert die Dinge, finde ich, während er der Meinung ist, daß ich sie vereinfache.

»Was meinst du?« frage ich Zarina rhetorisch, als ich stehenbleibe, um die Decke um sie besser festzustopfen. »Du frierst doch nicht, oder?«

Die Temperatur liegt um den Gefrierpunkt, und es weht ein leichter Gegenwind, aber auch die kühle Brise im Gesicht ist ein befreiend physisches Gefühl. Ich hole tief Luft. Ah! Kühler, frischer Sauerstoff für das vermiefte System. Wir sollten es wie Kierkegaard machen – gehen und gehen und gehen. Warum nicht mit dem Kinderwagen! Das ist einer der unerwarteten positiven Nebeneffekte – mit dem Kinderwagen spazierenzugehen. Die reine Nervenmedizin und gesund für den Kreislauf. Ich lasse den Kinderwagen los und entspanne meine Schultern – Pauls ganze Geschichte bereitet mir Spannungskopfschmerz und Verkrampfungen bis hinauf in die Kopfhaut. Ein Streßsymptom, das sich sonst aus harter Arbeit in hohem Tempo, schlechter Luft, Zigaretten und schwarzem Kaffee ergab. Kirsten, die Producerassistentin, kann man manchmal mit einem Stück Kuchen oder einem Glas Rotwein bestechen, daß sie einem den Nacken massiert, und vielleicht würde auch Paul es tun, wenn ich ihn drum bäte. Gewisse Naturheilkundler würden sicher empfehlen, daß wir uns gegenseitig massieren und damit *auf irgendeine Weise einander irgendwie wieder näherkommen würden, nicht wahr?* Aber ich zweifle auf irgendeine Weise irgendwie daran, daß die Probleme sich mit Mandelöl wegkneten lassen.

Hokuspokus und Tanz bei Vollmond haben mich noch nie angesprochen. Aber wie ich dann den offensichtlichen Diskurs, auf den wir zusteuern, angehen soll, weiß ich genausowenig wie er. Vielleicht liegt das an unserer Unerfahrenheit. Keiner von uns hat jemals mit jemandem über die einfache, erste Phase hinaus zusammengelebt. Wenn es nicht mehr nur das *piece of cake* war, haben wir die Beziehung beendet. Warum sollten wir unsere Jugend damit vergeuden, wenn es uns doch so einfach und reibungslos möglich war, die Tür hinter uns zuzuwerfen? Was das betrifft, können wir uns die

Hand reichen. Es stimmt vielleicht, daß Paul reifer für eine Paarbeziehung ist, eher bereit, sich selbst aufzugeben. Obwohl er sich ganz offensichtlich doch nicht so im Griff hat, wie er gerne nach außen zeigen möchte. Der Mann braucht eine helfende Hand, will in Liebe, Fürsorge und Verständnis schwimmen. Warum gebe ich es ihm dann nicht einfach? Warum bekomme ich jedesmal Panik, wenn ich mir selbst sage, daß es an der Zeit ist, Anker zu werfen. Daß die Bedenkzeit abgelaufen ist, das Muster in abgebundenem Zement eingezeichnet? Ist es mein Vater, der Strandpenner von der Charterdestination, der mich blockiert? Sind das seine Fluchtgene, die auch in mir wirken? Oder muß der Faden ganz bis zu meinem Großvater und seiner mangelnden Fähigkeit, Liebe zu zeigen, zurückverfolgt werden? Hatte Paul recht? Bin ich nicht fähig zu lieben?

»Doch, denn dich liebe ich ja!« erkläre ich Zarina und gebe dem Wagen einen Schubs, lasse ihn los, so daß er wegrollt und Zarina laut vor Freude gurrt und die Gestalt, die auf der Bank um den Leuchtturm sitzt, sich uns zuwendet. Ich werde ein wenig von der Sonne geblendet und ärgere mich darüber, daß wir den Aussichtsplatz nicht für uns allein haben. Ich könnte mir jetzt gut vorstellen, mit zurückgelehntem Nacken und einer Kippe zwischen den Lippen ganz in Ruhe auf der Bank zu sitzen. Das ist der eigentliche Fluch der Städte – all die Menschen!

Also gehe ich langsamer in der Hoffnung, daß der Betreffende sich verzieht, aber das tut er nicht, der Typ, der genau so dasitzt, wie ich es sonst getan hätte. Den Kopf zurückgelehnt, Sonne im Gesicht und eine Zigarette zwischen den Lippen. Das heißt, es ist wohl ein Joint, wie ich riechen kann, als ich den Rauch einsauge.

»Hey!« ruft der Typ und öffnet die Augen, als wir ankommen.

»Hallo!« erwidere ich zurückhaltend, um zu signalisieren, *leave me alone!*

»Ist es ein Mädchen geworden?« fragt er unbeirrt und familiär, als würden wir einander bereits kennen.

»Du kannst dich nicht mehr an mich erinnern, oder?« fragt er weiter, dreht sich um und schaut mich direkt an.

»O doch«, sage ich, und in dem Augenblick fällt es mir ein. Es ist der Pirat aus dem Café Europa. Der, mit dem ich in die Südsee fahren sollte.

»Wolltest du nicht rausfahren?« frage ich und kann leider nicht verhindern, daß ich genau wie damals erröte.

»Das bin ich auch. Drei Monate lang. Aber das Ruder ist schiefgelaufen und es gab noch ein paar andere Kleinigkeiten, deshalb liegt der Pott jetzt auf Samoa im Dock.«

Er ist sonnenverbrannt, wie ich nun sehe. Seine breiten Nägel glänzen, und seine Augen leuchten wie grüne Steine. Ich senke den Blick.

»Und warum bist du nicht dort geblieben?« frage ich ehrlich überrascht. Wer würde schon freiwillig einen endlosen dänischen Winter wählen, wenn er statt dessen nach Korallen tauchen und in der Sonne liegen könnte?

»Ich versuche immer, Weihnachten zu Hause zu sein. Und außerdem mußte ich doch herkommen und sehen, ob ich dich wiederfinde.«

Ich lache. Das kann man wirklich ein Kompliment nennen, das beeindruckt.

»Oh. Dankeschön! Eine Frau in jedem Hafen?«

Er seufzt wieder. Dann bietet er mir seinen Joint mit einem Nicken an, und als ich den Kopf schüttle, schnippt er die Kippe ins Meer.

»Das sage ich nicht aus Spaß. Willst du dich nicht hinsetzen?«

Ich zögere und folge seiner Aufforderung. Lasse es zu, daß er meine Hand zwischen seine schwieligen Seemannsfäuste mit den blauen Türkisringen auf den breiten Fingern nimmt und hoffe, daß Zarina mich bald aus dieser verrückten Situation befreit, indem sie anfängt zu weinen. Aber sie sitzt nur dahingegossen im Kinderwagen und schaut aufmerksam den fremden Mann an, gegen den sie zumindest erst mal offensichtlich nichts einzuwenden hat. Vielleicht ist er ja bei Kindern beliebt. Bei Frauen ist er es wohl auf geradezu unanständige Weise, bringt er doch eine wildfremde Frau dazu, fröstelnd auf einer Bank zu sitzen und seinen Erzählungen von Karma Katharsis und Nirwana zu lauschen, eingeflochten in einen Reisebericht über die Lapita-Kultur und die polynesische Navigation.

»Ich wußte, daß ich dich wiederfinden würde«, sagt er. Ruhig, gefaßt, undramatisch. »Vielleicht in einer anderen Inkarnation. Du kannst es nennen, wie du willst – Methaphysik, Schicksal, Magie ...«

Oder Sex, denke ich, die ich noch nie so physisch auf jemanden reagiert habe, seit ich Paul getroffen habe.

Ein Flugzeug fliegt dicht über uns – was Zarina erschrocken zusammenzucken und endlich ein brauchbares Weinen abliefern läßt.

»Sie friert. Wir müssen jetzt gehen«, sage ich und befreie mich von ihm. Seine Hände waren genau, wie ich sie mir vorgestellt habe – trocken, warm wie Holzstücke, und er gibt nur widerstrebend meine eigene kalte Hand frei.

»Wann kommst du?« fragt er abwartend und schlägt die Beine übereinander. Die Sonne funkelt in seinem Ohrring.

»Nie!« sage ich entschlossen und greife nach dem Kinderwagen. Er muß geistig verwirrt sein, was es noch empörender erscheinen läßt, daß er so eine Wirkung auf mich hat.

»Schön, dich gesehen zu haben!« lächelt er. »Und viel Glück mit deiner Tochter! Sie ist hübsch!«

»Wie ihr Vater!« antworte ich und schiebe den Wagen aufs Land zuürck.

Ich erreiche den Alfa mit seinen Augen im Nacken, aber ohne daß ich mich getraut hätte, mich umzudrehen. Das ist das phantastischste Erlebnis, das ich je in meinem Leben hatte. Und der Frau, die vor nicht mehr als einer Stunde das

Konkrete und Handfeste lobte, zittern jetzt so sehr die Hände, daß sie es kaum schafft, den Schlüssel ins Schloß zu schieben.

Der muß total verrückt sein, und ich selbst – ja welche Entschuldigung habe ich eigentlich? Bin ich etwa eine Frau am Rande des Nervenzusammenbruchs?

Danach frage ich auch Birgitte. Ich kann nicht mit dem Gestank mentaler Untreue in meiner Kleidung zu Paul nach Hause kommen, deshalb fahre ich direkt vom Svanemøllehavn hinüber zu Birgitte in ihre Hellerup-Hütte. Es ist schlimm genug, daß Zarina Zeugin war. Wenn sie jetzt plötzlich den Mund öffnen und reden würde: »Mama hat mit einem fremden Mann Händchen gehalten! Er hat gesagt, daß sie füreinander geschaffen wären!«

Ich bin über mich selbst so entrüstet, daß ich die üblichen Floskeln überspringe und gleich mit meinem Abenteuer herausplatze, bevor ich noch meinen Mantel abgelegt habe. Birgitte schlägt die Hand vor den Mund und lacht.

»Eine Kabarettnummer! Aber wo liegt eigentlich das Problem?« fragt sie dann.

Ich breite hilflos die Arme aus und kann plötzlich meine Empfindungen nicht formulieren.

»Es ist einfach zu *corny*, daß da so ein hergelaufener Typ einfach auf einer Bank sitzt und seine ganze Scheiße runterleiert, und man selbst sitzt da und schlürft alles wie ein Katzenjunges in sich rein!«

Sie schaut mich aufmerksam mit krauser Nase und gespitztem Mund an, was zeigt, daß sie dabei ist, mich zu sezieren. Ich hätte lieber meinen Mund halten sollen. Birgittes Intuition ist, was mich betrifft, unangenehm präzise.

»Hast du eine Tasse Tee?« frage ich mit einem Kopfnicken zur Küche hin, aber der Trick zieht nicht. Sie schaut mich durchdringend an und liefert dann ihre Analyse ab.

»Also, Therese!« beginnt sie, so daß ich hören kann, daß sie einen ihrer Århusischen Tage mit breitem A hat. Vielleicht kommt es auch daher, weil es lange her ist, daß ich mit ihr zusammen war – jedesmal verblüfft es mich wieder, daß ihr Tonfall auch nach fünfzehn Jahren in Kopenhagen immer noch nach Århus klingt. Das muß daher kommen, daß es in wahrstem Sinne des Wortes ihre Muttersprache ist. Wie das Zeichendreieck einmal zischte, »Man könnte glauben, daß du das extra übst!« Unbewußt, um ihn zu irritieren.

»Also, Therese, du warst gar nicht so schockiert von ihm, oder? Du warst vor allem darüber schockiert, daß du dir irgendwie doch vorstellen kannst, mit einem wildfremden Mann um die Welt zu segeln!«

»Ich habe Händchen mit ihm gehalten!« gebe ich zu und schlage die Augen nieder. Neben meinem Fuß liegt ein Legoklotz. Maxi wird langsam ein richtiger Junge. *Thank God* ist er bei der Tagesmutter, so daß ich seine Mutter ganz für mich habe. Und Zarina liegt schlafend im Auto. Es ist also fast so wie in den alten kinderlosen Zeiten. Fast.

»Wirklich?« fragt sie beeindruckt.

»*Yes!* Kannst du jetzt verstehen, warum ich zittere?« erkläre ich und verdrehe die Augen.

Sie nickt. Ernst.

»Willst du Rum in deinen Tee?«

»Ja, zum Teufel. Reichlich!«

Letztes Jahr im Dezember erschien mir Birgittes Hellerup-Haus wie eine Karikatur der Trendsetter-Innenarchitektur aus »Schöner Wohnen« – es war unmöglich, vor lauter goldbronzenem Krimskrams, changierenden Seidenbändern und mit Gewürznelken punktierten Apfelsinen einen Fuß auf den Boden zu bekommen. Dieses Jahr hängt ein Strumpf als Adventskalender über dem Kamin. Der Weihnachtskalender vom staatlichen Rundfunk ist in der Küche plaziert, und auf dem Couchtisch steht ein Adventskranz. *That's it*, und als Birgitte die Unordnung und die fehlende Weihnachtsstimmung entschuldigt, kann ich nur erwidern, daß ich es so, wie es jetzt ist, bei weitem vorziehe. Und es macht mich richtig fröhlich zu sehen, daß ihr Eßzimmer für zwölf Personen nun eine Schneiderwerkstatt mit herumfliegenden Stoffen, Mustern und Schneiderkreide geworden ist.

»Ich bin dabei, diese Kinderkollektion zu nähen«, erklärt sie, als wir durchs Eßzimmer in den Wintergarten gehen, den sie seit letztem Mal noch fertig bekommen hat.

»Hast du einen Abnehmer gefunden?« frage ich.

»Ich habe mit einigen Kontakt. Aber die sind einfach scheißängstlich. Wenn ich also keinen finde, der sich traut, dann mache ich es selbst. Vielleicht kriege ich ja einen Existenzgründungskredit, oder ich muß mir was leihen. Wie immer!« spitzt sie ihren Mund mit Hinweis auf ihre unsichere Vergangenheit, in der sie genau so gelebt hat. Von einem Projekt zum anderen, auf einem Bein hüpfend, von Stein zu Stein, von Dispokredit zu Dispokredit, bis sie es mit der Angst zu tun bekommen hat und trockenen Fußes mit beiden Beinen auf der Erde stehen wollte. Damals hat sie sich deshalb mit der Definition solider Langeweile verheiratet, dem absolut angepaßten, blassen und unscheinbaren Ingenieur. Das Beste, was man von ihm sagen kann, ist, daß er bei der Firma Storebæltsforbindelsen angestellt und nie zu Hause ist.

»Na also!« sage ich anerkennend. »Man kann eine gute Frau nicht niederhalten. Und was sagt Jens dazu?«

Birgitte verzieht das Gesicht und schiebt die Tür zum frisch renovierten Wintergarten auf. Licht strömt durch die Sprossenfenster herein und betupft die im Toskana-Stil marmorierten Wände. Hier gibt es mannshohe Palmen und Korbstühle mit hellen Polstern.

»Sommer das ganze Jahr über!« stelle ich fest.

»Ja, oder wie Jens sagt – der Wintergarten wäre ein gutes ›Verkaufsargument‹«, Birgitte stellt das Tablett auf den niedrigen Marmortisch. Ich trage die Rumflasche. »Es ist ja nicht so leicht, heutzutage ein Haus zu verkaufen!«

»Wollt ihr denn umziehen?« frage ich verständnislos.

»Wie Jens sagt«, Birgitte hebt ironisch die Augenbraue und gießt Tee ein. »Er meint, daß wir wohl umziehen müssen, wenn ich mich in das Produktionsabenteuer werfe, weil wir dann baden gehen werden. Wir stehen schon so sehr unter Druck, daß Jens mich zwingen will, ein Angebot, in einer Werbeagentur anzunehmen. Es ist lausig bezahlt, aber immerhin ›ein fester Job‹. Und so weiter.«

»Ja, und?« frage ich und greife nach den gekauften Keksen.

Sie zuckt mit den Schultern.

»Er hat wahrscheinlich recht. Also...«

»Du gibst doch nicht nach, oder?« beharre ich mit Nachdruck.

»Nicht ohne zu kämpfen«, lächelt sie. »Aber wenn es sein muß, kann man ja so manche Kröte schlucken, nicht wahr?«

»Nun mal ganz ehrlich, Birgitte! Hast du nicht schon genügend Kröten geschluckt?« frage ich empört. »Jetzt ist er wohl mal dran!«

Ich schraube den Deckel vom Jamaica-Rum und gieße einen ordentlichen Schluck in meinen Becher. Der Wintergarten ist nicht isoliert. Vielleicht friere ich deshalb, jedenfalls zittere ich.

»Ja, ja! Aber man kann sie ihm nicht in den Mund zwingen. Er muß überlistet werden!« sagt sie und nimmt mir die Flasche ab. Ich muß schnaubend kichern, als ich das Bild vor mir sehe: eine braune Kröte mit Warzen guckt zappelnd aus Jens' Mund. Das muß ich der graphischen Abteilung sagen, wenn ich nach dem Erziehungsurlaub wieder zurückkomme, das können sie gut für die Illustration des Begriffes *eine Kröte schlucken* benutzen. Genial! Jelzin schluckt zum Beispiel eine ganze Menge Kröten bei seinem Versuch, das widerborstige, russische Parlament und den aufmüpfigen Volkskongreß zu zähmen. Ich wußte, daß er sich nicht lange als Volksheld halten würde. Das Gedächtnis des Volkes ist deprimierend kurz – an einem Tag jubeln sie dir auf dem Streitwagen zu und stürzen dich am nächsten. Aber ich war ja schon immer überzeugt, daß Jelzin ein Scheißkerl ist. Schlechtes *Karma*!

»Jetzt aber Schluß mit uns! Was ist mit euch?«

»Mit uns?« wiederhole ich nörglerisch. Ich hasse es, in dieser geschlossenen Pluralform angeredet zu werden.

»Mit dir und Paul!« präzisiert sie. »Wie erträgt er das eigentlich mit seinem Vater? Die haben ihn in den Medien ja ziemlich hart rangenommen, oder?«

Ich zögere. Wäge für einen Augenblick Freundinnenvertraulichkeit gegen Paarvertraulichkeit ab. Er würde es verabscheuen, ausgeliefert zu werden. Andererseits – die jüngsten Untersuchungen haben bestätigt, daß letztendlich das Netzwerk der Freunde hält. Liebste kommen und gehen, Freundinnen bleiben bestehen. Und ist es nicht gerade die Isolation, die Generationen hindurch die Frauen unterdrückt hat? Daß wir gerade so verdammt loyal sind, nie zugeben wollen, daß es den anderen exakt genauso geht wie uns. Also bekommt sie eine ungeschminkte Antwort.

»Er erträgt es äußerst schlecht«, antworte ich und berichte ihr von Helenes Flucht über den Zaun, Ernsts Untertauchen in einem südjütländischen Hotelzimmer und Pauls infantilen Stimmungshochs und -tiefs.

»Oh, wie traurig«, schüttelt sie mitleidig den Kopf. »Und das auch noch so kurz vor Weihnachten!«

Ich muß laut lachen, aber Birgitte hält mir einen mahnenden Zeigefinger vors Gesicht.

»Aber es ist doch wirklich traurig, wenn eine Familie zerbricht! Besonders zu Weihnachten! Und immer sind es die Kinder, die es am härtesten trifft!«

»Die Kinder sind 28 und 34!« kichere ich.

»Das ist doch ganz egal! Ein Kind ist immer ein Kind! Natürlich ist Paul traurig darüber! Ich werde die Scheidung meiner Eltern nie verkraften können!«

»Na, das war ja nun auch was Besonderes!« sage ich und muß schon wieder lachen.

»Nur weil meine Mutter mit einer anderen Frau in eine Frauen-WG gezogen ist? Und ich mit meinem Vater in Thylejren herumgelaufen bin, wenn er das Besuchsrecht hatte?« Birgitte muß auch lachen. »Meine Güte, wie haben die's wild getrieben!«

»Warum schreibst du nicht einen Bekenntnisroman über die widerlichen 68er? *Den Sumpf*? Da hast du doch genug Stoff!« fahre ich fort, und Birgitte bricht vor Lachen zusammen.

Wir spinnen kichernd das Thema weiter, wie man mit Hilfe von Corsage und frecher Selbstinszenierung ein Mediensternchen wird, und es macht Spaß, die Cellulitis aus dem Körper zu lachen, der uns so schmerzhaft verraten hat.

»Nein, aber jetzt mal ehrlich!« sagt Birgitte endlich und wischt sich die Augen mit dem Zipfel einer roten Serviette ab.

»Eigentlich ist es doch scheißegal, was die machen und warum sie sich scheiden lassen. Die Sache ist die, daß uns unsere Kindheit einfach unter den Füßen weggerissen wurde. Fandst du es nicht schrecklich, als dein Vater weggefahren ist?«

»Daran kann ich mich nicht erinnern«, antworte ich widerwillig und schaue auf die Uhr. Ich habe fast Zarina vergessen.

»Ach, nun hör aber auf! Da ist doch was. Und was ist mit dem Seemann – ähnelt er deinem Vater?«

»Was? Wer?«

Der Pirat löst sich bereits auf wie ein Regenbogen über einem Weizenfeld.

»Ach, der! Nein, das tut er nicht. Nicht soweit ich mich an meinen Vater erinnere«, erkläre ich und beschließe, nichts von den Fotos aus Spanien zu erzählen. Nicht heute. Das würde die Konversation nur verkomplizieren. »Warum?«

»Es könnte doch sein, daß du deshalb so auf ihn geflogen bist. Vielleicht hat er dich an irgendwas erinnert, war irgendwie vertraut...«

»Ich bin überhaupt nicht auf ihn geflogen«, protestiere ich. »Und jetzt muß ich raus zu Zarina!«

»Bist du doch! Aber das ist doch ganz in Ordnung! Wir haben alle so eine Versuchung in unserem Leben! Einen mysteriösen Mann! Oder einfach nur die Sehnsucht nach Freiheit!«

»Ach, hör auf, was bist du heute aber schlau!«

»Auch ich habe schon mal ein Buch gelesen!« schnaubt sie.

»Nein, aber ich kenne das selbst. Je stärker man gebunden ist, um so größer ist die Sehnsucht danach, eines Tages allem den Rücken zu kehren und abzuhauen!«

»Oder in See zu stechen« füge ich ironisch hinzu. »Ich dachte übrigens, es würde dir gefallen, gebunden zu sein?«

Birgitte zwinkert, streicht ihr aschblondes Haar aus dem Gesicht. Sie wird wirklich älter. Das ist nicht nur Gerede. Sie hat einen anderen Gesichtsausdruck bekommen. Erwachsen und verletzlich auf eine andere, eher kampfbereite Art als früher. Aber wir werden ja schließlich auch beide in ein paar Monaten dreißig. Dann muß man wohl gelernt haben, sich zu verteidigen. So wie Heidi es mußte. Eigentlich, fällt mir ein, sind Birgitte und Heidi sich irgendwie ähnlich. Ich muß die beiden bald mal einander vorstellen. Ich muß langsam dazu stehen, zu meiner Freundschaft zu Heidi, und sie in mein übriges Leben einführen. Aber ich zögere wie der Aristokrat, der einem Tanzmädchen verfallen ist und fürchtet, daß sie durchfallen und ihn mit sich reißen wird. Daß alle über sie lachen, ihn nicht verstehen werden. Nicht begreifen, was man an so einem einfachen Mädchen finden kann.

»Wenn du glaubst, daß ich unbedingt scharf auf die Bindung an sich bin, dann hast du dich geirrt. Mir gefällt es, dazuzugehören! Mir gefällt es, daß, ganz gleich, was geschieht, meine Familie nicht zur Diskussion steht! Ich habe mich entschieden, und ganz gleich, was passiert, so muß ich zu dieser Entscheidung stehen!

»Bist du jetzt die Ortsvorsitzende der *Moral Majority* geworden oder was?« frage ich und stelle meinen Becher ab. Vernehmbar. Genau diese *neue Heiligkeit* finde ich an diesem Jahrzehnt am meisten zum Kotzen.

»Nein«, sagt sie, ohne beleidigt zu sein. »Ich bin nur erwachsen geworden. Für mich ist es eine enorme Herausforderung, mit einer Familie verknüpft zu sein. Das ist wie eine Art Pionierarbeit, oder? Wir haben doch nie gelernt, wie man das macht, nicht? Ich meine, wie man es schafft, daß eine Ehe fünfzig Jahre lang hält.«

»Ist das an sich denn schon ein Ziel?« frage ich und lehne mich zurück, nachdenklich Abstand schaffend.

»Ja, doch«, antwortet Birgitte ebenfalls nachdenklich. »Ich fände es eigentlich ganz toll, wenn Jens und ich goldene Hochzeit haben würden!«

Kupferne Hochzeit wäre meiner Einschätzung nach bereits eine olympische Leistung. Es kann ja gut sein, daß das Zeichendreieck eine hydraulische Tunnelbohrmaschine erfunden hat, aber für Birgitte hat er verdammt noch mal überhaupt kein Gespür.

»Warum?« frage ich. »Ich meine, was ist so toll daran, in das Guinness-Buch der Rekorde zu kommen, wenn man volle fünfzig Jahre lang danebengelegen hat? Wäre das nicht tragisch? Auch *um der Kinder willen*? Meine Tochter soll ein starkes Rollenmodell haben, zu dem sie aufschauen kann! Und das wird sie nie kriegen, wenn ich ausgebrannt und verbittert herumlaufe, weil ich damals vor langer, langer Zeit statt nach links nach rechts gegangen bin!«

Birgitte preßt die Lippen zusammen. Seit das Zeichendreieck sie gestohlen hat, sind wir Äquilibristen in der Disziplin, das Persönliche zu verallgemeinern, sobald unsere Gespräche uns zu nahekommen.

»Es ist ein Zeichen von Unreife, zu glauben, daß die Kirschen beim Nachbarn immer süßer sind. Du kannst doch nie wissen, ob du dich falsch entschieden hast! Vielleicht hast du ja doch richtig gewählt! Und das zu bereuen, führt auf jeden

Fall zu keinen fruchtbaren Ergebnissen. Also lieber mit dem Material arbeiten, das man hat! Ich kann doch hier auch nicht mit Seide und Spitzen nähen, oder? Ich muß sehen, daß ich aus billiger Baumwolle das Beste mache. Übrigens habe ich ganz unglaublichen Leinenstoff gefunden!«

»Ach!« sage ich und kann keinen direkten Zusammenhang sehen.

»Ja, das kann man natürlich nicht für Kinderkleidung nehmen, aber ich könnte mir gut vorstellen, Hochzeitskleider daraus zu nähen. Du würdest hinreißend darin aussehen!«

»Ich?« rufe ich aus.

»Ja, ihr wollt doch sicher bald heiraten, oder?«

»Und was hältst du vom nationalen Kompromiß?« frage ich und verdrehe die Augen.

»Ich bin dafür!« lacht sie. »Unionen, Kompromisse und Hochzeiten!«

»Eins zu null!« sage ich und stehe auf. Zarina soll nicht einsam und allein in einem kalten Auto aufwachen.

Welche erkenntnisreichen Erlebnisse Paul hatte, während ich mich herumgetrieben habe, kann ich nicht sagen. Aber es gibt äußere Anzeichen dafür, daß er auf dem aufsteigenden Ast ist, denn das Bett ist gemacht, der Abwasch erledigt und die schmutzigen Socken und andere Accessoires, die ihm hinterherzuräumen ich mich geweigert hatte, sind beseitigt, und die Waschmaschine läuft. Auf dem Küchentisch liegt ein Zettel. »Komme gegen Abend zurück. Ich kaufe was ein. T'embrasse, P.«, und auch das sieht ja ziemlich kontrolliert aus, obwohl ich mal wieder raten darf, wo er sich befindet. Vielleicht hat er eine Meerjungfrau getroffen...

»*Freedom!*« singe ich laut und drehe mich mit Zarina auf dem Arm im Kreis, als das Telefon sich einmischt. Ich will es gerade dem Anrufbeantworter überlassen – wie immer, wenn Paul zu Hause ist, habe ich Heidi, meine heimliche Freundin, vernachlässigt, deshalb bereite ich schon einmal eine Entschuldigungsrede vor, als ich doch abnehme. Aber überraschenderweise ist es Tante Mo, die aus der Provence anruft. Sie haben Mistralwind, ihr gebrochener Fuß tut weh, aber nichtsdestotrotz will sie mich fragen, ob es uns eventuell passen würde, wenn sie uns zu Weihnachten besuchte.

Ich platze mit einem kindischen *Jippie* heraus, worauf Zarina ein erschrockener Laut entfährt, der bis nach Südfrankreich zu hören ist.

»Ist das meine kleine Nichte, die schon ein richtiger Mensch geworden ist?« fragt Tante Mo beeindruckt. »Also, jetzt darf ich wirklich nicht mehr warten, sie zu sehen! Wenn es euch recht ist, mein liebes Kind?« fügt sie demütig hinzu.

»Wann kommst du und wie lange bleibst du?« entgegne ich und versichere ihr, daß wir uns einfach wahnsinnig freuen, sie zu sehen. »Aber du kannst dich darauf gefaßt machen, daß es was für dich zu tun gibt!« füge ich burschikos hinzu. »Hier wird geschrubbt und gescheuert, gebacken und gebraut!«

Tante Mo lacht und unterdrückt einen Anfall ihres Raucherhustens.

»Natürlich! Ich komme doch, um dich zu entlasten, süße Kleine! Aber willst du nicht lieber erst Paul fragen? Es ist ja nicht gesagt, daß er Wert darauf legt, deine alte Tante um sich zu haben.«

»O nein, wir freuen uns beide darauf!« versichere ich ihr.

»Ja, aber, er kennt mich doch nur vom Telefon!«

»Trotzdem, er wird dich gar nicht in Ruhe lassen. Er braucht dringend eine liebe Tante.«

Und das ist nicht einmal gelogen.

Daß ich Tante Mo so sehr vermißt habe, war mir gar nicht bewußt gewesen, aber jetzt, wo sie kommen wird und ich Zarina in den Tragesack setze und für sie im Hotel King Arthur, dreihundert Meter die Straße hinunter, ein Zimmer bestelle, merke ich, daß ich mich wirklich freue. Ehrlich und mit kribbelndem Gefühl wie damals, als ich ein Kind war und sie auf dem Land besuchen sollte. Und als ich zu einem pfeifenden Paul heimkomme, der wohlriechend und frisch rasiert in der Küche steht und eine nach Ingwer duftende Wok-Mahlzeit zubereitet, habe ich deutlich das Gefühl eines Wendepunkts. Als er also einfach »hallo« zu mir sagt, mich auf den Hals küßt und fragt, wo ich gewesen sei, weiß ich, daß auch er aus seinem Kokon gekrochen ist.

»Hast du mit deinem Vater gesprochen?« frage ich, nachdem ich eine stark redigierte Fassung der Fahrt zum Hafen und des Besuchs bei Birgitte abgeliefert habe.

»Am Telefon, ja. Ich war bei Phillip«, erklärt er und preßt zwei Apfelsinenhälften über dem köchelnden Putenfleisch aus.

»Ja, und?« frage ich auffordernd.

»Es gab da ein paar ökonomische Fragen, die wir klären mußten.«

»Und?«

»Und das haben wir!«

»Probleme? Schuldturm? Wirtschaftskriminalität?« frage ich und manövriere Zarina in ihre Wippe, damit sie zugucken kann. Die Küche ist ein äußerst stimulierendes *Aktivitätszentrum*, habe ich gelesen. Wer weiß, wie sie früher Kinder haben erziehen können. Ohne Anna Wahlgren, Penelope Leach und »Unser Kind«.

»Kleinigkeiten, aber die sollten jetzt gelöst sein. Unter anderem dank meinem lieben Herrn Vater. Wir reden wieder miteinander. Du kannst dich also entspannen. Aber meine ökonomischen Ratgeber meinen, es wäre klug, wenn wir heiraten würden.«

»Eine Vernunftehe?« frage ich und klaue mir ein Stück grünen Paprika vom Holzbrett. »Da mache ich nicht mit!«

»Und wenn ich dich durch die Kirche schleifen muß, eines Tages werde ich dich noch vor den Altar kriegen!« sagt er und beugt mich in einem Tangoschritt nach hinten. Ich johle kichernd. Sehe das Gesicht des Piraten wie eine Karnevalsmaske über seinem. Reiße sie weg und lasse mich küssen. Wenn Zarina nicht wäre, hätten wir es auf dem Küchentisch getrieben. Wild, mit Blutgeschmack im Mund, strafend und verzeihend.

Es ist nicht einfach, Begierde zu verschieben. Genauso schwer wie Gespräche zu verschieben, das Bedürfnis nach Nähe und Intimität, das ohne jede Vorwarnung in einer Dreiecksbeziehung wie unserer entstehen kann. Paul macht sich deshalb Sorgen – Sorgen über die »Langzeitwirkungen«, und fährt eines Morgens, als es noch dunkel ist, wehmütig von dannen. Aber ich freue mich, und das kann ich auch, in meinem warmen Bett, Zarina stillend, mit frischem Kaffee und den Morgenzeitungen, die ich heimlich überfliege.

Ich werfe ihm eine Kußhand zu und erinnere ihn daran, daß es das nächste Mal, wenn er zurückkommt, Weihnachten ist, und er mich mit Volantschürze und Holzlöffel wiedersehen wird und sicher seit »Weihnachten auf dem alten Gutshof« nichts Ähnliches gesehen hat.

Er lacht und fragt, ob ich ihm das verspreche. *Sure thing*, nicke ich, und Zarina läßt die Brustwarze los und lächelt verschwörerisch.

Ein ziemlich leichtsinniges Versprechen einer eingefleischten Weihnachtsverächterin, wenn ich nicht Tante Mo in der Hinterhand gehabt hätte. Aber sie kennt ja all das mit Weihnachtskrippe und Vanillekränzchen, und von dem Moment an, als sie ihre Ankunft ankündigte, habe ich in einer naiven Vorstellung geschwelgt, mit ihr das Weihnachten meiner Kindheit wiederzuerwecken. Zarina soll genauso wie ich an den Weihnachtsmann glauben, die gleiche Offenbarung von Schönheit und Zauber erleben, wenn der Baum angezündet dasteht und Kirchenlieder, deren Bedeutung man nicht versteht, ertönen und zum blauen Himmel, an dem die Sterne glänzen und funkeln, emporsteigen.

Erst als ich sie am Flughafen wiedersehe, zu dem wir alle zusammen gefahren sind, um sie mit Fähnchen und Blumen zu empfangen, wird mir klar, daß ich vielleicht meine Erwartungen etwas korrigieren muß. Sie ist nicht mehr eine herumwirbelnde Frau in den Fünfzigern, sondern eine ältere Dame um die Siebzig, mit einem Gipsfuß und auf einen unkleidsamen Krückstock gestützt.

Deshalb spüre ich mitten in der Wiedersehensfreude, den Umarmungen und den schmeichelnden Kommentaren, die Mutter über ihr ausschüttet, Enttäuschung darüber, daß Tante Mo offenbar ihre Kraft verloren hat. Sie ist mager, wie verwelkt, und als sie näher kommt, um Zarina zu begrüßen, bin ich sehr erleichtert, daß sie sie nicht auf den Arm nehmen will.

»Guten Tag, kleines Wesen!« sagte sie vorsichtig und streicht nur mit der Spitze ihres Zeigefingers über die Babywange. Zarina schaut sie mit runden Augen und gespitztem Mund fasziniert an.

»Das ist Tante Mo«, stelle ich vor.

»Ja«, lächelt Tante Mo und zwinkert mehrmals heftig mit den Augen. »Und sie ist genauso schrumplig wie ein alter Apfel! Aber vielleicht können wir beide ja trotzdem gute Freunde werden?«

Das können sie, und das werden sie, und das ist die größte Bedrohung für mein »Gebt-uns-Weihnachten-zurück!-Projekt«. Denn trotz all ihrer Versicherungen, mich entlasten zu wollen – schrubben & scheuern, backen & brauen –, kann sie sich nur schwer von ihrer Begeisterung für Zarina losreißen, die jetzt die meisten ihrer wachen Stunden auf Tante Mos Schoß verbringt. Sie kommt früh am Vormittag, nachdem sie im Hotel gefrühstückt hat. Darüber, daß sie sich dort hat einquartieren lassen, ist Mutter übrigens verärgert – »du hättest doch bei mir wohnen können!« –, geht mittags für ihren Mittagsschlaf dorthin zurück und kommt dann wieder, um uns erst zu verlassen, wenn Zarina im Bett liegt. Nur an den

Tagen, an denen sie woanders eingeladen ist, Mutter im Theater treffen, uralte Freundinnen besuchen oder mit Spunk ins Casino gehen soll, gelingt es mir, sie hinauszuwerfen, bevor Zarina ihre Äuglein geschlossen hat. Es ist schon rührend zu sehen, wie verliebt sie ist, denn das ist die einzig treffende Bezeichnung, und deshalb kann ich sie auch einfach nicht bitten, sich zurückzuhalten! Nicht einmal auf eine freundliche Art. Aber als wir fünf Tage vor Weihnachten noch nicht eine einzige Pfeffernuß ausgerollt haben, und sie hinhaltend antwortet, als ich sie um Rat für die detaillierte Planung hinsichtlich des Weihnachtsmenüs frage, muß ich ein ernstes Wort mit ihr reden.

»Ich weiß es ja selbst, Therese!« sagt sie schuldbewußt. »Es ist schrecklich egoistisch von mir, aber du mußt auch verstehen, wenn man so alt ist wie ich, dann ist das wie ein Geschenk, noch einmal ein Baby im Arm halten zu dürfen! Ich war ja nicht mehr in der Nähe eines Säuglings, seit ihr bei mir wart!«

»Und das ist schon reichlich lange her!« muß ich zugeben.

»Ja! Obwohl das nicht zu glauben ist!« seufzt sie. »Mein Gott! Daß du Mutter geworden bist, Therese! Was hast du für ein Glück!«

Ich lächle, und da fällt mir plötzlich ein, daß Tante Mo sicher traurig ist, selbst keine Kinder zu haben. In meiner stachligen Ichbezogenheit habe ich wohl immer geglaubt, daß es doch ausreichen müsse, daß sie Kiki und mich hatte. Aber ihre Begeisterung für Zarina kann gut als Ventil für aufgestaute Mütterlichkeit interpretiert werden. Merkwürdigerweise ist sie uns physisch gegenüber nie besonders nah gewesen – es war eher Onkel Erik, auf dessen Schoß wir saßen. Tante Mo pustete aufs kaputte Knie und pinselte es ganz praktisch mit Jod ein, aber ich erinnere mich an sie nicht als besonders körperlich. Vielleicht hatte sie Angst, sich zu stark an etwas zu binden, das, wenn es darauf ankommt, nicht ihres war. Wir waren nur geliehen.

»Warum hast du eigentlich nie Kinder bekommen?« frage ich, nachdem wir gemeinsam Zarina gebadet haben und sie im Badezimmer abtrocknen.

»Ach«, sagt sie leise, »als ich jung war, hatte ich eine Zyste an den Eierstöcken. Nehme ich an. Damals wurde man nicht so gründlich untersucht. Man nahm es zur Kenntnis und hoffte auf ein kleines Wunder. Vielleicht war es ja auch besser so, besser als all die schrecklichen Untersuchungen und Operationen, die dir heute aufgezwungen werden. Die armen Frauen lernen doch nie, sich damit *abzufinden*!«

Ich zucke zustimmend mit den Schultern und muß an meine deutsche Freundin Sabine denken. Sie hat vor kurzem vom WDR in Köln angerufen, wo sie jetzt ihre eigene Talk Show hat. Wir haben fast eine Stunde über Beruf und Privatleben geredet. Ich beneide sie um ihre Karriere und sie mich um mein Privatleben. Nachdem sie ein heimliches Verhältnis mit einem älteren Theaterdirektor hatte, haben sie das jetzt öffentlich gemacht, wollen heiraten, Kinder kriegen und alles. »Aber glaubst du, daß wir das schaffen? Sie sagen, die Anzahl seiner Samen sei verringert und mein Eisprung unregelmäßig. Jetzt soll ich also Temperaturkurven führen, auf dem Kopf stehen, und wenn das nichts hilft, müssen wir mit Hormonen und Transplantation loslegen!«

»War das nicht schwer?« frage ich schließlich und hole eine frische Windel, während Tante Mo eine Hand bei Zarina hat, damit sie nicht schnell mal vom Wickeltisch runterrollt. Das ist so ein Anblick, der bei mir ein Ziehen im Magen verursacht.

»Nun ja. Aber dann seid ihr ja gekommen, und damit war es nicht ganz so schlimm. Und was sie hier betrifft – ich glaube wirklich, ich hätte kein besseres Exemplar hervorbringen können!«

Das glaube ich auch nicht, da ich sowieso davon überzeugt bin, daß Zarina überhaupt nicht mehr zu übertreffen ist. Sie ist das ultimativste Kind, und ich kann mir nicht verkneifen, es der Welt zu verkünden, als ich am Weihnachtsessen des Senders teilnehme. Paul ist in Odense, und eigentlich hatte ich beschlossen zu schwänzen. Aber Tante Mo hat mich unermüdlich aufgefordert, doch hinzufahren. »Das wird dir guttun, mein Mädchen!« was immer sie auch damit meint.

Es ist ein unglaubliches Gefühl von Leichtigkeit, viel zu bürdelos, etwas ganz allein zu unternehmen. Während ich zur Autobahn fahre, muß ich mich mehrere Male zusammenreißen, nicht nachzugucken, ob sie es in ihrem Babysitz auch gut hat, und als ich einparke und durch die Glastür den Flur zum »Ausland« entlanggehe, tue ich das mit einem Amputationsgefühl im rechten Arm, es fehlt etwas. Deshalb erscheint es mir auch ganz verkehrt, daß meine Kollegen mich wie immer betrachten, mich ansprechen wie immer und meine Antworten und Meinungen einfordern wie immer. Sie haben offensichtlich vergessen, daß ich jetzt jemand anders bin und lieber über das letzte Bäuerchen dieses Wunders als über Putschgerüchte in Moskau rede. Redaktionstratsch und die ewigliche Zuschauerquote, die wie ein lähmendes Gift auf die Fähigkeit des Senders einzuwirken scheint. Nur die Verlautbarung, der General erwäge, eine Gastprofessur in TV-Journalistik an der Universität von Kalifornien anzunehmen, läßt mich aufhorchen.

»Warum das denn?« frage ich. »Er liebt doch seinen Job!«

»Ach, er hat einige Schlachten gegen den neuen Fernsehdirektor verloren«, führt Ras aus. »Die Nachrichten werden jetzt auf 21 Uhr 30 verschoben, das Korrespondentennetz wird nicht ausgeweitet, und überhaupt sind zu wenig Verbündete übriggeblieben, um im Haus Einfluß nehmen zu können. Wie er vor kurzem gesagt hat: ›Ich habe mein ganzes Leben dazu benutzt, mir Feinde zu schaffen, jetzt will ich den Rest dazu nützen, mir Freunde zu schaffen!‹«

Ich antworte mit einem leisen Kichern. Der General ist jederzeit eine souveräne Parodie seiner selbst gewesen.

»Und was ist mit dir?« fragt Ras dann vertraulich und

stößt mit seinem Schnapsglas an mein Wasserglas. »Was willst du?«

Wie üblich ist er bereits beim Hering leicht besäuselt, aber die Frage ist offensichtlich nüchtern gemeint.

»Was ich will? Was meinst du?« frage ich und halte Ausschau nach dem Currysalat.

»Nun ja, was willst du, wenn du zurückkommst? Was willst du tun?«

»Keine Ahnung«, sage ich ehrlich und bekomme von einem neu angestellten Slawisten, der unter anderem meinen Schreibtisch übernommen hat, solange ich in Erziehungsurlaub bin, den Currysalat gereicht. »Und eigentlich mag ich auch gar nicht daran denken. Aber hast du irgendwelche Pläne?«

»Sie sollte unser neuer General werden!« ruft Kirsten, die Produktionsassistentin.

Alle johlen zustimmend, und Ras stößt wieder gegen mein Glas, um dann den Schnaps zu kippen.

»Prost auf die Generälin!« ruft er aus. »Wir freuen uns darauf, daß du ins *wirkliche Leben* zurückkehrst!«

»Du, Ras«, sage ich und wische ihm mit meiner Serviette Schweißperlen von der sich nach hinten ausdehnenden Stirn, »da stehe ich im Augenblick mitten drin!«

Beim Käse stehle ich mich leise davon, aber auf dem Weg hinaus muß ich doch noch schnell einmal in mein altes Büro gehen, das jetzt der Slawist übernommen hat. Ich setze mich auf den Stuhl, schaue auf den Tisch, auf dem der letzte Research Report von Radio Free Europe/Radio Liberty liegt. Außerdem liegt da noch eine Weihnachtskarte von der russischen Botschaft. Und an der Pinnwand hängen immer noch ein paar meiner Souvenirs. Alte Einrubelscheine. Die Presseakkreditierungskarte von den Toptreffen in Moskau. Ein Pressefoto von mir, während ich ein Stand-up auf dem Roten Platz mache. Ein anderes, wo ich bei einem Pressetreffen mit Gorbatschow sitze. Ach ja.

»Sehnst du dich zurück?«

Wie ein ertappter Bolschewik drehe ich mich abrupt um. Der Slawist steht an der Tür.

»Entschuldigung«, sage ich und stehe auf. »Ich wollte nur mal...«

»Das ist schon okay, bleib nur sitzen«, sagt er freundlich. »Schließlich ist es *dein* Büro. Vermißt du es? Ich meine, vermißt du die Arbeit?« fragt er. Er ist groß, rotwangig auf eine etwas bäuerische Art und Weise. Könnte eigentlich gut als russischer Leibeigener durchgehen. Aber soweit ich weiß, heißt er Jensen, Jørn Jensen.

»Eigentlich nicht«, antworte ich. »Bis jetzt nicht.«

Er lächelt.

»Das kenne ich. Ich hatte auch Erziehungsurlaub. Neun Wochen, bevor ich hierhergekommen bin. Phantastisch! Die beeindruckendsten neun Wochen meines Lebens!«

»Ja?« frage ich ungläubig. Ich weiß, daß es auch Männer im Erziehungsurlaub gibt, es ist nur so selten, daß man einen live trifft.

»Ich bin Kolja so nahegekommen...«

»Kolja?« lächle ich. »Wir haben unsere Tochter Zarina genannt!«

Er lacht.

»Willkommen im Verein der unverbesserlichen Sowjet-Nostalgiker! Willst du einen Wodka?« fragt er und zieht einen Moskovskaya aus der untersten Schublade hervor. Er wirft nach guter russischer Sitte den Korken in den Papierkorb, und dann prosten wir uns mit original versilberten Wodkabechern aus der gleichen Schublade zu.

»*Nasdarovje!*« proste ich ihm zu.

»*Nasdarovje!*« wiederholt er und zieht die Tür zu, bevor wir uns ungehemmt erlauben, die *Memory lane* auf und ab zu schliddern, wobei wir uns so sehr in die Herrlichkeiten russischer Volkskultur vertiefen, daß ich die Zeit vollkommen vergesse. Einerseits bin ich halb beschwipst, andererseits vergesse ich zum ersten Mal seit drei Monaten, daß ich ein kleines Kind habe. Es fällt mir erst ein, als Jørn Jensen mich wieder in die Gegenwart zurückholt.

»Darf ich dich etwas fragen?«

»Ja, bitte?« nicke ich.

»Es gibt so viele Mythen um deine heimliche Mission damals in Moskau«, hebt er an.

»Wirklich?« werfe ich überrascht ein.

»Ja! Es heißt, ihr hättet etwas ganz Phantastisches in dieser Nacht in den Kasten gekriegt! Irgendwas mit einer supergeheimen Übergabe von Uran? Stimmt das? Und wenn es stimmt, darf ich dann den Streifen mal sehen? Denn du hast doch nie was draus gemacht, oder?«

»Also, das muß ich schon sagen!« platze ich heraus und spüre, daß meine Brüste schwer geworden sind und spannen. »Für so einen Scheißakademiker kannst du aber reichlich zudringliche Fragen stellen!«

»Ich bin nur gelehrig!« lächelt er und leert die Flasche in seinen bzw. meinen Becher.

»Na gut, aber wenn du schon fragst: Ich habe bis jetzt nichts draus gemacht. Ich habe die Bänder noch nicht mal angeguckt! Deshalb habe ich gar keine Ahnung, wie phantastisch es ist! Und außerdem hat die Zeit uns ja inzwischen überholt – du kannst kaum eine internationale Zeitung aufschlagen, in der diese Art Handel nicht beschrieben wird.«

»Stimmt, aber immer noch gibt es kaum Leute, die Fotos haben. Also, wenn du die Sache wirklich im Kasten hast, ist das *anyway* sensationell. Wenn du Lust hast, helfe ich dir gern…«

»*Spasiba bolsjoje!*« antworte ich zurückhaltend. Dieser Universitätsschnösel!

»Danke, gleichfalls!« lächelt er. »Es war ja nur ein Angebot. Weißt du, ich habe mich an der Uni auf Soziolekte im Moskauer Untergrund nach der Perestroika spezialisiert…«

»Na, dann viel Glück damit!« werfe ich ein und hebe meinen Becher. Jetzt muß ich aber zusehen, daß ich nach Hause komme.

»...und habe ziemlich gute Quellen, sowohl in der georgischen, der aserbaidschanischen wie auch in der baltischen Mafia. Wenn du also...«

»Na«, sage ich, eine Hand fest auf meine Brust gepreßt, »dann kannst du mir vielleicht sagen, ob Alexander Kusnetzow immer noch lebt? Denn so lange das der Fall ist, bin ich mir nicht so sicher, ob ich als Ernährerin Lust habe, dem Bericht meinen Namen zu geben!«

»Das kann ich so aus dem hohlen Bauch nicht sagen. Aber ich kann es rauskriegen. Alexander Kusnetzow? Sascha?«

Er zieht aus seiner karierten Brusttasche einen Kugelschreiber und notiert sich den Namen auf einem Manuskriptbogen. Ich weiß nicht, warum der da liegt. Aber plötzlich bin ich vollkommen wild darauf, einen Redetext auf so ein Stück leeres Papier zu schreiben, auch wenn das absolut altmodisch ist. Die Redaktion ist inzwischen zur Online-Textverarbeitung übergegangen.

»Okay, Tavaritj Jensen!« sage ich und stehe auf. Der Wodka ist mir in die Beine gegangen. Es ist mir schrecklich peinlich, aber ich muß ein Taxi nehmen. »Nett, dich kennengelernt zu haben!«

»Danke, gleichfalls, Genossin Skårup!« erwidert er und gibt mir die Hand, während er mir die Tür öffnet. Als ich mit erhitztem Gesicht und zerzaustem Haar auf den Flur hinausstolpere, stoße ich direkt mit Ras zusammen.

»Tes!« ruft er gekränkt aus, als wäre er der Meinung, wenn ich schon unzüchtig werden müsse, dann sollte es doch zumindest mit ihm sein.

»Rassebasse! Bist du so lieb und bestellst mir ein Taxi?« frage ich ihn und kraule ihn unterm Kinn, während ich beschließe, es gar nicht erst mit einer Erklärung zu versuchen. Außerdem sollen sie ja nicht glauben, sie wüßten, wie sie mich einzuordnen hätten.

Tante Mo übt diskret Nachsicht hinsichtlich meiner torkelnden Rückkehr. Zarina trinkt unbeeindruckt, aber Paul gerät außer sich vor Eifersucht, als er am nächsten Morgen anruft.

Unglücklicherweise hatte er in der Redaktion angerufen, als die dort beim Käse waren, und zu hören bekommen, daß ich schon lange gegangen war, deshalb gibt es für ihn eine verdächtige Lücke zwischen meinem angeblichen Weggang vom Sender und der doch sehr späten Ankunft in der Nørre Søgade.

»Was hast du gemacht?« bohrt er inquisitorisch nach.

»Geredet! Ich habe einen neuen Kollegen kennengelernt. Ein Sowjetfreak wie ich…

»Ein Mann?«

»Ja, verdammt noch mal, Paul, zufälligerweise ein Mann! Aber ich versichere dir, es war vollkommen platonisch!«

»Hat er dich angefaßt? Hat er dich geküßt? Wohin hat er dich geküßt?«

»Überallhin, Paul!« stöhne ich wütend. »Er hat mir die Kleider vom Körper gerissen und mich auf seinem Schreibtisch genommen.«

Er findet das gar nicht witzig. Und ganz gleich, was ich sage, er weigert sich, mir zu glauben. Was um so nerviger ist, weil es nicht den kleinsten Funken zwischen Jørn Jensen und mir gab.

»Und wie viele Liebesbriefe hattest du in deiner heutigen Fanpost?« frage ich, zu seinen Affären übergehend.

»Fünf! Inklusive einem Paar selbstgestrickter Strümpfe mit Herzchenmuster! Aber das ist vollkommen unbedeutend!«

Genauso unbedeutend ist es, daß er am gleichen Abend *seine* Weihnachtsfeier hat und das Telefon nicht abnimmt, als ich ihn, nur um mich zu rächen, um drei Uhr nachts anrufe. Alle in der Branche wissen, daß die TV2-Reporter in Odense ein unmäßig stürmisches Nachtleben führen. Alle wissen ebenfalls, daß nicht wenige der Herren ihre Fernsehbilder ausnutzen, ganze Schwärme von Heringen einzuholen, aber in dieser Beziehung betrachte ich mich als so unverwundbar, daß ich mich nie dazu herabgelassen habe, Paul ins Kreuzverhör zu nehmen. Paul ist nicht so dumm, er würde sich nicht so billig aufführen und in den Augen anderer erniedrigen. Außerdem glaube ich ihm wirklich, wenn er sagt, daß er nur von mir erregt wird. Und schließlich – würde er ein einziges Mal schwach werden, so ist mein Begriff von Untreue weniger islamisch als seiner. Ich würde nie auf die Idee kommen, ihm deshalb die Hände abzuhacken. Dazu sind sie einfach zu schön.

Aber ich muß zugeben, daß ich ungeduldig werde, als er auch den ganzen folgenden Vormittag nicht drangeht und erst selbst anruft, als er eigentlich schon im Schnellzug nach Kopenhagen sitzen sollte.

»*Sorry*«, sagt er mit rauher Stimme. »Ich war fürchterlich betrunken...«

Und das muß er wirklich gewesen sein, denn als er endlich spätabends auftaucht, ist er immer noch unrasiert, migränegrün und kaltschwitzend. Er beugt sich nur kurz über die Wiege, schmeißt seine Kleidung einfach auf den Boden und wirft sich mit einem kaum hörbaren »gute Nacht« ins Bett.

Es sind noch drei Tage bis Weihnachten, und ich setze mich mit einem winzigen Cognac und einer Zigarette aufs Sofa und frage mich selbst, ob ich Grund habe, stinksauer zu sein. Wenn es um irgend jemand anders als mich selbst gegangen wäre, hätte ich sie umgehend als weiblichen Hahnrei bezeichnet, aber wer gibt sich schon gern der Lächerlichkeit preis, und das noch dazu in einem weihnachtlich geschmückten Heim, in dem man im Schweiße seines Angesichts dafür gesorgt hat, den Mythos des guten alten (Haus-)Mütterchens wiederaufleben zu lassen. Kurz gesagt, Heidi ist heute hier gewesen, und sie und Tante Mo haben tatsächlich etwas zuwege gebracht. Tante Mo war die Chefin, Heidi die Gesellin und ich zu einem schüchternen Küchenmädchen degradiert, das nur beim Gröbsten helfen durfte. Mandeln hacken, Mehl abwiegen und Windeln wechseln, während Tante Mo und Heidi ein Blech mit Vanillekränzchen, Spekulatius und Schokoladenplätzchen nach dem anderen hervorzauberten. Letztere waren immer schon Tante Mos spezieller Weihnachtstrumpf. Schön, zu sehen, wie gut die beiden sich verstanden. Heidi wuchs um mehrere Meter, als Tante Mo immer wieder ihr Lob wiederholte, daß Heidi wirklich geschickte Hände hätte. Und als Heidi mit einer Dose voll mit den verschiedensten Weihnachtskeksen wegging, tat sie das mit einem Gesichtsausdruck selten empfundener Selbstzufriedenheit. Sie wollte Weihnachten bei ihrer Schwester verbringen, die aus irgendeinem Grund Heidi, den Chinesen und auch ihre Alkoholikermutter vom Enghave Plads eingeladen hatte.

»O Mann, wie ich mich freue!« erklärte Heidi mit herzzerreißender Vorfreude, als sie von uns direkt nach Nørrebro fuhr, das man ja gut von hier erreichen kann. Mit dem Kinderwagen, versteht sich. Sie hinterließ eine Plastiktüte mit hübsch eingepackten Geschenken für Zarina, Paul und mich. Unglaublich rührend, und mir war es furchtbar peinlich, daß ich nicht soweit vorausgedacht hatte, ihr auch etwas zu kaufen. Ich bin solche Aufmerksamkeiten nicht gewöhnt. Aber ich bekam die Adresse der Schwester und sagte, daß ich Weihnachten mit einem kleinen Geschenk bei ihr vorbeigucken würde.

»Und was ist mit René?« fragte ich, um mein Gewissen zu beruhigen, als ich sie zur Tür brachte. »Schikaniert er dich immer noch?«

»Ja«, nickte sie und ging in die Knie, um den Chinesen höher auf den Arm zu schieben. Je größer er wurde, um so kleiner wirkte sie. »Aber ich ziehe einfach den Stecker raus, wenn er dran ist. Ich wünsche dir ein saustarkes Weihnachten, ja?«

Das versprach ich. Und um dieses Versprechen einzuhalten, schiebe ich meine Eifersucht beiseite, als Paul nur in Unterhose schlurfend zu mir kommt und sich mit hochgezogenen Beinen in die andere Sofaecke setzt. Ich frage ihn nur der Ordnung halber. »Bist du mir untreu gewesen?«

»Bist du es?«

»Nein!«

»Dann bin ich es auch nicht.«

Eine äußerst kryptische Antwort, über die ein Masochist lange nachdenken könnte, aber ich ziehe es vor, das Thema fallenzulassen. Wir haben keine Zeit für weiteren Streit. Wir müssen einen Tannenbaum kaufen, Geschenke, Enten, Backpflaumen, Rotkohl und ungefähr eine Million anderer Dinge, die offenbar notwendig sind, damit auch alles seine Richtigkeit hat. Tante Mo deutet einmal vorsichtig an, daß wir uns doch ihretwegen nicht soviel Umstände machen sollten, aber als ich antworte, daß es wirklich für uns selbst sei, ist sie voll und ganz dabei.

Paul, der, sobald er seinen Kater ausgeschwitzt hat, das Kommando übernimmt und gleichzeitig darauf achtet, Tante Mo zu becircen, arbeitet so effektiv und zielbewußt, daß ich am Morgen vor Heiligabend sehen kann, wie das Projekt Form annimmt. Wir haben auch noch viel Spaß unterwegs, bummeln durch die Stadt, trinken im »A porta« Glühwein und stoßen unentwegt auf einige von Pauls alten Freunden.

Gemeinsam fahren wir auch in die Ravnsborggade, um Heidi die Geschenke zu bringen – ein Kochbuch für Kinder mit großen Buchstaben und instruktiven Zeichnungen plus Schürze, Grillhandschuhen und einem Paar Kochlöffeln –, und bei der Gelegenheit kommt Pauls ansonsten so anstrengende steigende Berühmtheit zu ihrem Recht. Endlich hat Heidi ihrem Trampel von großer Schwester etwas zu bieten und kann wirklich einmal Punkte sammeln.

»Bjarne! Komm mal her!« schreit die Schwester nach hinten, und zum Vorschein kommt ein ungepflegt aussehender Mann, der mißtrauisch glotzt, als er Paul und mich entdeckt.

»Guck mal, das ist doch der Neue vom Zweiten!«

»Hallo!« sagt Paul und setzt sein Fernsehlächeln auf, während Heidi alle Zähne zeigt.

»Das sind Paul und Therese, meine besten Freunde!« Sie breitet die Arme aus, und diese Aussage hätte eigentlich genügen müssen, sie umgehend mit zu uns nach Hause zu nehmen. Ich habe milde ausgedrückt Probleme, sie bei diesen unangenehmen Fagin-Typen zurückzulassen, die sie gar nicht zu schätzen wissen. Aber schließlich ist es ihre Familie. Was sollen wir tun? Vielleicht sind wir es eher, die die Vorurteile haben, wie Paul tröstend meint.

Aber ich habe ihretwegen doch ein schlechtes Gewissen und wegen Simon auch. Der Weihnachtsfrieden will sich nicht einstellen, solange ich nicht bei Simon & Frank vorbeigeschaut habe. Deshalb rufe ich am Abend vor Weihnachten an und frage, ob ich wohl vorbeikommen könnte?

Ja, wenn ich wollte? Und ob ich so lieb sein würde, die Prinzessin mitzubringen?

Eigentlich schläft sie schon, aber ausnahmsweise lasse ich jede Rücksicht ihr gegenüber außer acht, nehme sie schlafend hoch und wickle sie in ein Kissen. Paul und Tante Mo stehen in der Küche und kochen Milchreis à l'amande, und auch wenn Paul mißbilligend guckt, belasse ich es bei einer bloßen Mitteilung. Einwände werden nicht entgegengenommen.

Frank macht mir die Tür auf, umarmt mich und sagt, ich solle nicht erschrecken.

»Oder tu zumindest, als ob du es nicht tätest!« flüstert er mir zu und führt mich ins Wohnzimmer. Dort liegt Simon, wie eine gerupfte Vogelscheuche in einem viel zu großen Krankenhausbett mit einem Tropf auf dem Handrücken. Um das Bett stehen seine und Franks Eltern mit Rotweingläsern in der Hand. Eine mir unbekannte Frau in einem weißen Hosenanzug mit einem Pullover unter dem Oberteil wird mir als »häusliche Krankenpflegerin« vorgestellt, und schließlich erkenne ich auch einige der verbliebenen Freunde. Ich weiß, daß der Freundeskreis im letzten Jahr dramatisch ausdünnte. Das Licht ist gedämpft, aber der Weihnachtsbaum ist angezündet, und Maria Callas erklingt aus den Lautsprechern. Simon streckt Zarina und mir in einer Art anrufenden Geste die Arme entgegen, und ich stolpere fast auf ihn zu und greife seine Hand.

»*Christ*, Simon!« entfährt es mir, und er lächelt mit einem schiefen Zug um den Mund und entblößt seine viel zu großen Zähne.

»Ja, ich sehe aus wie Christus, was? Jesus Christus am Kreuz! Kann sie ein bißchen bei mir liegen?«

Zarina schläft immer noch und wacht auch nicht auf, als ich sie auf sein Bett herablasse. Simon kuschelt sich an sie, schnüffelt an ihr und streichelt sie mit seiner Totenklaue. Dann fallen ihm die Augen zu. Er muß sich bereits in dem Zustand befinden, den man *die terminale Phase* nennt.

»Hier!« sagt Frank und gibt mir ein Glas Wein, und ich stoße mit ihm und den anderen an, die rotäugig und still dastehen, jeder in seine Trauer eingehüllt. Ich hole tief Luft. Daß Simon Aids hatte, wußte ich natürlich schon lange. Und daß die Krankheit weit fortgeschritten war, konnten wir im Restaurant sehen. Aber daß es sein *fucking* Totenlager sein würde, was ich hier besuchte, darauf war ich nicht vorbereitet.

»Er schläft jetzt«, sagt Frank leise in den Raum, und Simons Mutter tritt aus der Gruppe und stopft die Decke um Simon fest, bevor sie sich wieder zurückzieht. Niemand sagt etwas, keiner bewegt sich. Wir stehen einfach lange Zeit so da und betrachten das Bild des sterbenden Mannes und des schlafenden Kindes. Es ist auf eine unwirkliche Art ergreifend, surrealistisch oder vielleicht eher neorealistisch. Dennoch fahre ich erschrocken zusammen, als plötzlich ein Blitz abgefeuert wird. Es ist Frank, der unbemerkt seinen Fotoapparat geholt und abgedrückt hat. Mit allem Respekt, natürlich, aber ich finde dennoch, daß das zu weit geht und will ihn am Hemd zupfen. Aber da sehe ich, daß Simons Mutter zustimmend nickt und niemand sonst in der Gruppe sich gekränkt zeigt. Und wenn sie ihn sowieso derart in Erinnerung haben werden, todkrank und entkräftet, dann könnte das Bild nicht friedvoller sein. Mit einem kleinen Kind in seinem Arm eingeschlafen.

Aber Zarina wird von dem Blitz geweckt, der magische Augenblick ist zerstört, und ich beeile mich, sie hochzuheben, bevor sie Simon weckt. Ich bleibe nicht mehr lange, nicke den anderen zu und flüstere Frank, daß ich lieber wieder gehe.

»Danke, daß du gekommen bist!« sagt er, als er meine Hand nimmt, nachdem er mich hinausgeleitet hat.

»Mein Gott, Frank! Warum hast du nicht angerufen?« frage ich ihn vorwurfsvoll. »Ich wußte ja gar nicht...«

»Nein, wir auch nicht. Es ist in den letzten Tagen rapide bergab gegangen. Ich hätte dich unter allen Umständen morgen angerufen! Aber er kann immer noch einen Schub aufwärts bekommen!« sagt er, mir fest in die Augen sehend. Er ist an dieser Aufgabe eindrucksvoll gewachsen, seit sie das erste Mal die Diagnose bekamen. Damals war er wehleidig und ängstlich, jetzt wirkt er gefaßt und stark.

»Ruf einfach an, *anytime*!« sage ich und gebe ihm einen Kuß auf die Wange. »Grüß Simon von mir und sag ihm, daß ich wiederkomme!«

Es ist eine sternenklare Nacht mit Mondschein, als ich dort abfahre, verwirrt und unaufmerksam, so daß ich fast von einem Taxi gerammt werde, als ich die Fahrbahn wechsle, ohne aufzupassen.

»Entschuldigung«, murmle ich vor mich hin, als ich wütend mit lautem Hupen überholt werde. Zarina ist wach, dreht sich zu mir und lächelt hinter ihrem Schnuller.

»Du kleines Leben!« sage ich und strecke die Hand aus, um sie zu spüren, während ich nach rechts zu den Seen abbiege, in deren lackschwarzer Oberfläche sich der Mond spiegelt.

Der Tod ist mir noch nie zuvor nahe gewesen. Ich habe zwar auf Reportagefahrten z. B. in Armenien Leichenberge gesehen, doch abgesehen vom Gestank, den Fliegen und der Angst, infiziert zu werden, war das einfach etwas, was man mit der professionellen Distanz erlebte, die es überhaupt möglich macht, dort zu arbeiten. Aber mit Simon ist es etwas ganz, ganz anderes. Ich bin aufgewühlt, verzagt und außerstande, auch nur eine Träne zu vergießen, als ich zu Paul heimkomme, der gerade summend den Tannenbaum schmückt. Tante Mo ist zum Glück schon ins Hotel gegangen.

»Ja?« fragt er und wendet sich mir zu, als ich mit Zarina auf dem Arm ins Wohnzimmer komme.

»Er liegt im Sterben«, berichte ich gezwungen nüchtern, schäle mich aus meinem Mantel und setze mich, um Zarina zu stillen.

»Was?« fragt Paul und klettert die Leiter herunter. »Meinst du *jetzt*?«

»Vielleicht nicht jetzt gleich«, nicke ich und möchte ihm eigentlich gern mein Erlebnis beschreiben. Aber ich kann nicht. Es ist, als wäre das Sprachzentrum in meinem Hirn gelähmt und mein Hals zugeschnürt, als ich es ihm erzählen will.

»Er...« bringe ich nur heraus und stocke dann mit gesandstrahlten Augen wie im Wüstensturm. Ich kann es nicht einmal heulend loswerden.

Woher Paul das weiß, kann ich nicht einmal ahnen. Aber wie man einen hysterischen Anfall abbricht, indem man eine Ohrfeige verabreicht, so läßt er mich nur Zarina fertig stillen, bevor er sie fortbringt und dann zurückkehrt, um mich zu verführen.

»Nein, Paul! Nicht jetzt!« jammere ich, aber er hat ganz recht. Genau das ist jetzt das Richtige. Auf dem Wohnzimmerboden liegen und mich an ihn klammern, mir die Haut vom Kokosteppich aufreißen lassen, den Orgasmus herausschreien und für eine Weile diese Welt in einem verzweifelten Jammern verlassen.

»Woher wußtest du das?« murmle ich hinterher, meine Zähne an seiner Schulter.

Er fährt mit seinen Händen durch mein Haar.

»Tod und Sex hängen zusammen. Das weiß doch jeder.«

Nur ich nicht, aber ich lerne, daß Tod und Freude auch zusammenhängen. Denn im Gegensatz zu dem, was ich für möglich hielt, wird der Weihnachtsabend zu der seligen Wiedervereinigung, die Paul – und ich bekenne mich auch dazu! – sich gewünscht hat. Am Nachmittag rufe ich Frank an und bekomme das neueste Bulletin – Simon ist klar, froh und fast schmerzfrei. Er bekommt Morphium ad libitum, deshalb leidet er nicht. Und, fügt Frank hinzu: »Er war glücklich, wirklich glücklich darüber, daß du mit der Prinzessin gekommen bist!«

Er wünscht allen frohe Weihnachten, ich sage »gleichfalls«, und damit habe ich den Segen, mich mit echter, unverfälschter Weihnachtsfreude dem allen hinzugeben. Und als Paul zu akzeptieren scheint, daß ich einfach beschlossen habe, auch Ernst einzuladen, kann fast der Sternenteppich ausgerollt werden, damit alle Vorbereitungen und Proben in dem üppigsten, verschwenderischsten Heiligabend kulminieren können, den ein Zeremonienmeister sich nur vorstellen kann.

Zarina, ausstaffiert in Samtkleid mit Kragen, hält sich wach und wandert von Arm zu Arm, und Mutter, die wie in alten Tagen das Weihnachtsevangelium liest, lacht und sagt, daß es schon lustig sei, daß wir ein Kind als Ausrede bräuchten, um Weihnachten wieder einmal so schön zu feiern. Tante

Mo tranchiert die Ente, Kiki findet die Mandel, Paul zündet den Tannenbaum an, Spunk singt falsch, Freddy raucht Zigarre, Ernst teilt mit einer Weihnachtsmannmütze auf dem Kopf brummend die Geschenke aus, Mutter holt mich nachdrücklich von meinem Stillsessel hoch, als wir »Stille Nacht« singen wollen.

Alles ist so gut gelungen, daß ich aufrichtig mit »JA!« antworten kann, als ich die Lichter herunterbrennen sehe und Paul mich fragt, ob ich glücklich sei.

Aber als Paul Verdis »Requiem« aufgelegt hat – auch eine alte Tradition in der Familie –, ziehe ich mich dennoch zurück, gehe auf den Balkon und schaue in die Nacht. Der Mond ist hinter schwefelgelben Wolken zu erahnen, die Lampen spiegeln sich in den Seen, und ich denke demütig an das Glück drinnen im Wohnzimmer, an Zarina, die in dieser Nacht vor genau einem Jahr gezeugt wurde, und an Simon, der dabei ist, uns zu verlassen. Und dann schicke ich einen Gedanken hinüber nach Nørrebro zu Heidi und dem Chinesen, und ganz zum Schluß denke ich an den, den ich die ganze Zeit wegschieben will: Vater. Er fehlt auf dem Bild, er sollte hier mit am Tisch sitzen. Nicht unbedingt als Mutters Mann, aber als unser Vater.

»Tes? Bist du hier?«

Paul ruft mich, kommt heraus und legt einen Arm um mich. »Frierst du nicht?« fragt er.

»Ein bißchen«, schüttle ich mich.

»Woran denkst du?«

»An gar nichts«, antworte ich.

»Und woran noch?«

»Vielleicht ein wenig an das Leben und den Tod«, erkläre ich und lehne meinen Kopf an seine Brust.

»Vielleicht ein wenig an das Leben und den Tod«, wiederholt er.

»Es ist ein Ros' entsprungen in einer Winternacht«, singt er mir gedämpft ins Ohr.

In der Nacht zwischen dem ersten und dem zweiten Weihnachtstag entschlief Simon. Still und friedlich mit Franks Hand in seiner. Ich spürte nichts, diese Art von Fähigkeiten habe ich nicht. Aber Zarina wachte auf, weinte herzzerreißend und untröstlich, bevor sie plötzlich ohne ersichtlichen Grund wieder zur Ruhe kam.

Pauls Preis für die freien Tage über Weihnachten besteht darin, daß er den Silvesterdienst übernehmen muß. Nachdem er mich also zu Simons Begräbnis begleitet hat, das genauso anrührend, traurig und unfaßbar ist, wie ich befürchtet habe, zieht er von dannen.

Es ist besonders schwer, seinen Wintermantel im Gewimmel des Hauptbahnhofs verschwinden zu sehen, nachdem wir einander so nah waren, von der Weihnachtsfreude daheim bis zu den Schichtdiensten, an denen wir teilgenommen haben, um Frank zu trösten. Wie die meisten Schwulen hatten die beiden ein weitverzweigtes Netzwerk von Freunden, Freundinnen, ehemaligen Geliebten und Rivalen, Kollegen und Familie, und Frank braucht uns alle zusammen, um sich aufrecht zu halten. Um über Simon sprechen zu können, ihre Geschichte erzählen zu können, Fotoalben zu zeigen und »ihre« Musik zu spielen.

»Es ist merkwürdig«, weint er über dem Foto von Simon und Zarina, dicht nebeneinander im Bett schlafend, das er hat entwickeln und vergrößern lassen. »Ich dachte, ich wäre vorbereitet und abgeklärt, und trotzdem fasse ich es nicht die Bohne! Ich begreife einfach nicht, daß er nicht mehr hier ist! Hier bei mir!«

Wir gingen heim und wälzten das alles auf Tante Mo ab, meine kluge Tante, die selbst zwei geliebte Ehemänner verloren hat.

»Nein«, sagt sie und kocht uns Tee. »Man lernt nie, wirklich zu akzeptieren, daß sie nicht mehr da sind. Man kann richtig wütend darüber werden, daß sie einen so einfach verlassen haben! Wie oft habe ich mit Onkel Erik und Onkel Georg geschimpft! Ihre Frau so im Stich zu lassen! Aber«, lächelt sie verschmitzt, während sie die Teekanne auf ihre charakteristische Art ausspült, »so einfach wird man sie doch nicht los. Man behält sie ja sein ganzes Leben lang. Redet jeden Tag mit ihnen...«

»*Phonecall to heaven?*« bemerke ich verschämt, befremdet über diese Vertraulichkeit, an der ich als Kind keinen Anteil hatte. Und für sie bin ich eigentlich ein Kind geblieben, bis ich selbst eins bekam. Vielleicht war ich aber auch vorher gar nicht an ihr als *Frau* interessiert. In meiner jugendlichen Egozentrik wollte ich sie in der vertrauten Rolle als *Tante* behalten.

Nach diesen intensiven Weihnachtstagen, in denen Sand aufgewirbelt wurde, ohne daß er sich legen konnte, bin ich ausgepumpt und gefühlsmäßig erschöpft, als wir Silvester erreichen. Tante Mo will bei Mutter Dorsch essen. Ich habe dankend abgelehnt und freue mich auf einen Abend unter der Wolldecke auf dem Sofa mit Zarina als einzige auserwählte Gesellschaft. Sie kann jetzt ihren Kopf heben, wenn sie auf dem Bauch liegt, und das läßt sie wie eine Schildkröte aussehen. Reichlich komisch. Paul hat sie mit der Kamera, die er von Ernst als Weihnachtsgeschenk bekommen hat, auf Video aufgenommen, und Tante Mo tat der Bauch vor Lachen weh. Und ich feuere sie wie ein Cheerleader an und lege bunte Stoffklötze vor sie hin, um sie zum Krabbeln zu bringen. Ich bin glücklich, daß sie ein Mädchen ist, und ich habe meine Aversion gegen Rosa überwunden, aber sie soll verdammt noch mal ein *toughes* Girl werden! Ein *fighter*, wie ihre Mutter.

Spät am Silvesternachmittag werde ich von Nina angerufen, einer russischen Emigrantenfreundin, der Inkarnation einer *selfmade woman*. In den zwanzig Jahren, die sie schon in Dänemark lebt, darunter fünfzehn geschieden von einem dänischen Geiger in der königlichen Kapelle, hat sie sich von einem Projekt ins nächste gestürzt und ist nun – nachdem sie ein russisches Restaurant hatte und Importeurin für osteuropäische Filme war – vorläufig als Filmproduzentin in ihrer eigenen Gesellschaft gelandet. Ihre Spezialität sind Dokumentarfilme aus der SU, ihre herausragende Qualität ist ihre Fähigkeit, ganz gewöhnlichen Leuten sehr nahe zu kommen, »bis aufs Klo!«, wie ihr Kameramann es ausdrückt.

Dieses Talent kann teilweise ihrer typisch russischen Mischung an Warmherzigkeit und Zynismus zugeschrieben werden, aber die Durchschlagskraft und die internationalen Festivalpreise kann ihr niemand streitig machen. Auch nicht, daß sie eine unübertroffene Gastgeberin ist – Feste bei ihr entstehen immer aus dem Nichts und enden damit, die Party des Jahres zu sein. Als sie mich also zu einem Silvesterfest in drei Stunden einlädt, finde ich das ganz normal.

»Ich muß unbedingt ein Fest machen, ich bin gerade aus Leningrad gekommen...«

»St. Petersburg«, korrigiere ich automatisch.

»Leningrad! Für mich ist und bleibt es Leningrad! Die meisten meiner Familie sind dort bei der Belagerung verhungert, darum ist der Name in meinem Herzen eingraviert!«

»Mhm«, sage ich und schnuppere an Zarinas Hosenboden. Bingo. »Und wie war's?«

»Traurig, deprimierend, deshalb muß ich ein Fest machen! Und ich habe eine Menge Kaviar mit rausgeschafft! Beluga! Darum soll jetzt gefeiert weden! Ihr kommt doch, oder? 20 Uhr, auf die Minute!«

Das ist eher ein Befehl als eine Anfrage, aber ich lehne trotzdem dankend ab. Mir ist nicht gerade nach albernen Hüten und Luftschlangen. Aber Nina ist gewohnt, ihren Willen durchzusetzen, weshalb ich schließlich doch aufstehe und an ihrer Gegensprechanlage klingele, die Haare schelmisch hochgesteckt, in voller Kriegsbemalung und in meinem hautengen schwarzen Kookai-Kleid, in das ich mich zu meiner großen Zufriedenheit wieder hineinzwängen kann. Zarina habe ich im tragbaren Autositz mit, sie ist wach und neugierig mit Schnuller im Mund und dem Goldherz von Tante Mo um den Hals. Sie ruht ausgeglichen in dem unerschütterlichen Glauben, das Zentrum der Welt zu sein, schlürft glücklich die Bewunderung aller in sich hinein und genießt es, fast den ganzen Abend hindurch von Arm zu Arm zu wandern. Erst als sie müde wird, ist es ihr zuviel, und wir finden eine abgelegene Kammer in dem megagroßen Siebenzimmerappartement, das Nina allein bewohnt. Soviel Platz für nur eine Person ist fast pervers, aber Nina verteidigt sich damit, daß es eine Kompensation für ihre enge russische Kindheit und Jugend sei. »Wenn man in einer Besenkammer geboren wurde, kann man nie genug Platz haben!« Außerdem ist sie äußerst großzügig und läßt eigentlich immer jemanden bei sich wohnen. Ukrainische Dichter im Kulturaustausch, polnische Filmleute, herausgeworfene Ehemänner und amerikanische Forscher auf der Durchreise. In der Regel Männer, aus einleuchtenden Gründen. Aber auch Birgitte durfte einmal in einer obdachlosen Periode bei ihr wohnen.

»Na, na, wo ist denn Mamas Schätzchen?« versuche ich die todmüde Zarina zu beruhigen. Ich stille sie, bis sie ruhig wird, investiere eine saubere Windel und ziehe ihr den Pyjama an. Singe ihr mit meiner falschen Stimme etwas vor, lulle sie in den Schlaf und hätte größte Lust, mich neben sie auf die Matratze zu legen. Aber ich reiße mich zusammen, stehe wieder auf, mache mein Haar zurecht und kehre zurück zum Fest, das jetzt eine Stunde vor dem neuen Jahr ernsthaft an Tempo zunimmt. Auf dem Flur entdecke ich mich selbst in einem fleckigen Spiegel, zwinkere mir zu, wie eine *femme fatale*. Narrenmöse in Goldrahmen. Aber man kann schließlich gut schauspielern, und ich würde lügen, wenn ich behauptete, daß es mir keinen Spaß machte, nach rechts und links zu flirten, Kaviar zu schlecken und anzustoßen, auf dem abgewetzten Parkett herumzuwirbeln wie Aschenputtel beim Ball im Schloß. Morgen ist es vorbei, dann bin ich wieder die ehrbare Mutter, aber heute abend, nur heute abend ist es einfach schön, so zu tun als ob. Den Kopf bis zur Trance im Rhythmus zu schaukeln, sich wie ein Trommler in einem rituellen Tanz heiß zu tanzen. Ich werde erst im Spiel unterbrochen, als ich einen Ohrring auf dem Tanzboden verliere, nach ihm suche und ihn von Jørn Jensen, dem Slawisten vom Sender, in die Hand gelegt bekomme. Er trägt einen Smoking und hat Gel im zurückgekämmten Haar, und als wir Blickkontakt bekommen, rufen wir beide gleichzeitig aus:

»Mein Gott, du bist das!«

»Ich wußte gar nicht, daß du so aussehen kannst!« sagt er, und das kann ich nur bestätigen.

»Das ist ja schön, daß wir uns hier sehen«, fährt er laut rufend fort, um die Musik zu übertönen. »Was deinen Gangsterfreund angeht, diesen Alexander Kusnetzow...«

»Ja, Sascha?«

»Er ist vor vierzehn Tagen auf offener Straße liquidiert worden. Bei der Kievskaja-Station...«

»Bist du dir sicher?« frage ich ihn atemlos direkt ins Ohr, während mir die Übelkeit im Hals hochsteigt und ich mir ans Dekolleté greife. Nicht noch mehr Tod. Nicht einmal den Tod meiner Feinde.

»O ja! Besitzer einer Bank und einer privaten Wachgesellschaft. Hundefanatiker, psychopathischer Frauenliebhaber, westliche Manieren«, spult Jørn ab.

Ich nicke, befeuchte mir die Lippen, greife zu Jørns Glas und schütte den Inhalt in mich hinein, ohne vorher nachzusehen, was es ist.

»Zweifellos Sascha«, sage ich und werde gleichzeitig von Schuldgefühl und Erleichterung überwältigt. Ich muß mehr Angst gehabt haben, als ich dachte. Mein Wunsch, ihn ausgelöscht zu sehen, war größer, als ich mir selbst eingestanden habe.

»Trifft dich das so sehr?« fragt Jørn und schaut mich eindringlich an, mit einer Hand meinen Unterarm stützend.

»Nein, ich muß nur mal...« sage ich und stürze auf das kleine Extra-WC, das man nur findet, wenn man mit den

Räumlichkeiten vertraut ist. Ich übergebe mich in die angeschlagene Porzellanschüssel.

Jørn Jensen wartet draußen auf mich.

»Da hilft nur eins«, sagt er.

»Und zwar?« frage ich und wische mir mit dem Handrücken über die Mundwinkel. Zuviel Bowle in der Magenzentrifuge.

»Das mußt du abarbeiten! Dieses Erlebnis bekommst du nie aus deinem Körper, wenn du nicht eine Geschichte draus machst! Und jetzt kann *er* dir nichts mehr tun!«

»Mit Gangstern ist es wie mit Kakerlaken«, sage ich. »Wo einer zu sehen ist, gibt es Hunderte. Außerdem bin ich immer noch im Erziehungsurlaub!«

Zwei Minuten später fängt das neue Jahr an. Ich gehe zu Zarina und küsse sie auf die Stirn, wünsche ihr alles Gute und danke der Göttin für das nun vergangene Jahr. Dann beuge ich mich aus dem Dachfenster und sehe die Feuerwerksraketen über Kopenhagens Himmel rauschen.

»Frohes neues Jahr, Paul!« murmle ich und kehre zur Gesellschaft zurück. Er ist auf einer Party von Kollegen in Odense. »Nichts Wildes«, wie er sagte. Aber er hat vergessen, seine Telefonnummer zu hinterlassen. Dafür weiß er auch nicht, wo ich bin. Eigentlich habe ich kein schlechtes Gewissen nach den intensiven Weihnachtstagen, die trotz der Trauer um Simons Tod sehr schön waren. Wir haben geredet, gelacht, bis zwei Uhr nachts Trivial Pursuit gespielt, gegessen und getrunken. Kinderwagentouren im H. C. Ørstedspark gemacht und einiges von der verlorenen Intimität wiedergefunden. Also hätte ich vielleicht nicht sofort auf das nächstbeste Fest rennen sollen, sobald er aus der Tür war. Andererseits – warum eigentlich nicht?

»Sei willkommen, du Jahr des Herrn, willkommen bei uns!« gröhlen die anderen lauthals im Chor. Also gröhle ich mit.

Während alle anderen sich darin überbieten, im Januar übereinander herzufallen und deprimiert über das dänische Klima zu seufzen, hat es mich immer unsäglich inspiriert, am Anfang eines neuen Jahres zu stehen, einen leeren Kalender in Angriff nehmen zu können. Während Paul also von Skiurlaub und Emigration nach Südfrankreich phantasiert, wohin Tante Mo stoisch gleich nach Heilige Drei Könige zurückgekehrt ist, sitze ich über einem Block und strukturiere.

»Was machst du eigentlich?« fragt Paul und kehrt dem Erker den Rücken zu. Es ist Wind aufgekommen, die Wettervorhersage meldet Orkan, und auf dem See kräuseln sich Wellen. Wir können Zarina nicht mehr auf den Balkon stellen und sind selbst in den letzten Tagen nicht weiter gekommen als bis zum Kaufmann. Paul hat staubgesaugt und die letzten Reste unseres erfolgreichen Weihnachtsfestes beseitigt, und jetzt haben auch wir einen »Weihnachtskarton« auf dem Dachboden mit Tannenbaumdecke, Kerzenhaltern und allem, was dazugehört. Er hat auf seinem Mac getippt – er ist gebeten worden, einen Beitrag zu einem Buch über »die neuen Väter« zu schreiben! –, mit Zarina gespielt und seine Koteletten geschnitten, die er sich erst vor kurzem zugelegt hat, aber jetzt kann er die innere Ruhelosigkeit nicht mehr zurückhalten.

»Was ich mache? Ich versuche, mein Leben in den Griff zu kriegen!« antworte ich, ohne aufzusehen. Im Grunde genommen habe ich nichts dagegen, in eine Wohnung eingesperrt zu sein, aber er geht mir mit seinen unangebrachten Forderungen nach Aufmerksamkeit langsam auf die Nerven.

»Ja?« sagt er und setzt sich zu mir, um mitzulesen. Aber ich drehe den Block um.

»Geheimnisse?« fragt er mit dieser leicht entflammbaren Eifersucht im Unterton. Das Weihnachtsessen beim Sender war schlimm genug, aber daß ich meine Tochter mit zu Ninas Silvesterparty geschleppt habe, setzte dem Ganzen die Krone auf. Und ganz gleich, wie oft ich darauf hinweise, daß er es ohne mich sicher auch äußerst fröhlich gehabt hat, pariert er jedesmal mit der gleichen trivialen Standardbemerkung: »Das ist was anderes.«

»Ich habe überhaupt keine Geheimnisse mehr«, antworte ich spitz; »aber ich hätte gern die Möglichkeit, in Ruhe nachzudenken!«

»Warum willst du nicht teilen?«

»Teilen?« brause ich auf. Offenbar selbst leicht entflammbar.

»Verflucht noch mal, ich teile doch alles mit dir! Tisch, Bett, Tag und Nacht! Das Kind! Dann erlaube mir verdammt noch mal, ein winziges Eckchen für mich zu haben!«

»Okay!« Er hebt die Hände abwehrend hoch. »Ich habe keine Lust zu streiten. Laß uns rausgehen!«

»Es stürmt und Zarina schläft!« entgegne ich, ihn scharf anschauend. Er hat mich unterbrochen. Und ich möchte gern weiter nachdenken.

»*Come on!* Du kannst weitermachen, wenn wir zurück sind! Dann passe ich auf Zarina auf! Und mache das Essen! Und laß dich ganz in Ruhe!«

Er gibt mir einen Kuß, und ich gebe nach, sogar so weit, daß ich mit zum Ausverkauf in die Stadt komme. Vielleicht resultieren daraus die Januardepressionen – sich in so einem geschäftigen Riesenkaufhaus aufzuhalten, ist direkt migräneerregend. Wenn es also sein unausgesprochenes Ziel war, seine schlechte Laune auf mich zu übertragen, so ist ihm das voll und ganz gelungen. Aber während ich selbst immer saurer werde und merke, wie meine Mundwinkel nach unten rutschen, lebt er von Mal zu Mal auf, wenn er etwas im Angebot oder mit Rabatt kaufen kann. Badehandtücher, Bettzeug, Calvin-Klein-Unterhosen und eine Eva-Trio-Saucierpfanne, die er *unbedingt* haben muß.

»Gibt es gar nichts, was du haben möchtest?« fragt er und legt mir einen Arm um die Schulter. Er trägt Zarina im Tragesack, was an sich schon die Blicke auf ihn zieht. Und wenn die Leute entdecken, daß das »der aus dem Fernsehen ist, nur ohne Brille«, glotzen sie vollkommen hemmungslos. Mir ist es unendlich peinlich, während Paul es provozierend entspannt hinnimmt. Darüber hinaus schreibt er auch noch Autogramme, als wir auf der Rolltreppe stehen.

»Es reicht!« zische ich und schaue weg.

»Hör auf!« entgegnet er ruhig. »Schließlich muß man ein bißchen freundlich sein. Sollen wir nichts zum Anziehen für dich kaufen!«

»Nein!« knurre ich. Ich hasse es, Kleider zu kaufen, und kann mich einfach nicht wie Paul durch Konsumieren abreagieren. Er ist der ideale Konsument des 20. Jahrhunderts – jedes Erlebnis von Trauer, Freude, Wut oder Langeweile reagiert er durch Einkaufen ab. Er bekommt einfach einen Kick dadurch, daß er konsumiert, was seine so oft geäußerte Zurück-zur-Natur-Utopie reichlich komisch erscheinen läßt. Vermutlich basiert diese Lust am Konsumrausch auf dem unerfüllten Wunsch nach Fürsorge in seiner Kindheit, als Ernst und Helene sich jedesmal aus ihrer Verantwortung gekauft haben.

»Bist du dir im klaren darüber, wieviel Geld du schon ausgegeben hast?« kommentiere ich mit dem Gedanken an diese aufdringliche Bankangestellte. Denn während Ernst Millionen verdient hat und Helene immer Geld auf der hohen Kante hatte, ist Paul trotz allem ein einfacher Lohnsklave.

»Keine Ahnung!« antwortet er lachend auf deutsch. »Komm! Wir finden ein paar Klamotten für dich, *honey*!«

Er findet ein paar Klamotten, während ich in die Kinderabteilung gehe und vernünftig für Zarina einkaufe. Ich habe auch Lust, etwas für den Chinesen zu kaufen – was Paul in der letzten Stunde an Geld ausgegeben hat, entspricht Heidis Monatsbudget. Pure Verschwendung. Ich schmuggle einen OshKosh-Overall für den Chinesen drunter und muß schmunzeln, wenn ich ihn mir darin vorstelle. Ein wenig ist er auch mein Kind... Zarina braucht langsam eine Nummer größer, und sie soll jedenfalls ordentlich aussehen, deshalb greife ich mir kleine Pullover und Strumpfhosen, Fix-Latzhosen und einen gelben Regenmantel fürs Frühjahr. Damit bestätige ich Birgittes Theorie, daß die Bekleidung der Mutter proportional entgegengesetzt zu der des Kindes ist. Je besser das Kind gekleidet ist, um so schlechter die Mutter. Und vice versa. Aber diese These wird in der Schlange an der Kasse widerlegt, in der Juliane aus der Müttergruppe ungeduldig vor mir von einem Bein aufs andere trippelt, nichtreduzierte französische Kinderkleidung fein säuberlich vor sich auf dem Tresen...

»Juliane!« rufe ich. Sie trägt bürogerecht einen Powersuit unter dem offenstehenden Pelz und hat das Haar mit einem passenden Nerzgummi zusammengefaßt. *Very stylish.*

»Therese!« strahlt sie und umarmt mich. »Ein schönes neues Jahr! Wie geht's dir?«

Gut, und selbst? Ja, sie arbeitet seit dem ersten Januar wieder, und Clement wird steuerfrei zu Hause von »einem süßen jungen Mädchen« betreut.

»Verdammt hart, aber es gab keine Alternative, wenn ich mithalten will!« erklärt sie kategorisch und bezahlt ihren Einkauf mit Kreditkarte, ohne dem Bon besondere Aufmerksamkeit zu schenken.

»Du, ich muß laufen! Unser Büro liegt genau gegenüber auf der anderen Straßenseite! Guck doch mal rein!« sagt sie und schiebt mir eine Visitenkarte in die Hand.

»Hallo, Juliane!« rufe ich hinter ihr her. »Und was ist mit der Müttergruppe?«

»Organisier was, dann versuche ich zu kommen! Tschüs!«

Als ich also endlich wieder zurück in meine Sofaecke zu meinem Block darf, wird *Müttergruppe* ein weiterer Punkt auf der Liste, neben *Namenseintragung* und *Krippenplatz*. Das bleibt auf einem Extrazettel stehen, während ich auf dem nächsten *Moskau-Film, Alexander Kusnetzow, Bibliothek &*

Buchhandlungen und *Zeitschriftenabonnement* notiere. Nachdem ich zögernd auf dem Stift herumgekaut habe, füge ich mit einem Fragezeichen *Jørn Jensen* hinzu.

Auf das dritte Blatt schreibe ich *Tulpen, Krafttraining, Heidi, Frank*. Und zum Schluß, eingekreist, *eigenes Zimmer!*

Weiter komme ich nicht, meine Hilfe wird verlangt, Zarina ist dabei, sich für ihre neue Nummer aufzuwärmen – zwischen sechs und acht Uhr zwei Stunden ununterbrochen zu weinen.

»Man könnte meinen, sie hätte von der Höllenstunde gelesen!« kommentiert Paul, als er sie mir in der Küche überreicht, wo sie bis jetzt friedlich in ihrer Wippe saß und vor sich hin quietschend in den Kochlöffel biß.

»Das wäre ja in Ordnung, wenn sie außerdem gelesen hätte, daß sie durchschlafen soll!« bestätige ich und beginne meine schaukelnde Wanderung mit ihr durch die Zimmer.

»Was ist denn, mein kleiner Schatz?« frage ich und stelle ganz klassisch den Plattenspieler an.

»Wauwau!« schreit sie, vollkommen indifferent gegenüber allen unseren Versuchen, es ihr recht zu machen. Die Mahlzeit wird durch ihr enervierendes Weinen in Fetzen gehackt, und obwohl Paul all seine Geduld und sein Verständnis an den Tag legt, fällt es ihm schwer, seine Verärgerung darüber zu verbergen, daß das Ergebnis seiner Kochkunst im Schichtdienst eingenommen werden soll. Vielleicht ist er auch am meisten darüber gekränkt, daß das Weinen aufhört, sobald sie bei mir ist, und umgehend zur maximalen Lautstärke anschwillt, wenn er mich ablöst, damit ich essen kann.

»Manchmal könnte man verdammt noch mal fast Verständnis dafür haben, daß solche Brians Amok laufen!« murmelt er finster, als ich sie endlich soweit durchs Stillen beruhigt habe, daß wir miteinander reden können.

»Oder solche Renés!« füge ich hinzu mit Gedanken an Heidis stiernackigen Ex. Der hoffentlich wohlverwahrt hinter Schloß und Riegel sitzt. Seit Weihnachten haben wir nur am

Telefon miteinander gesprochen, sie und ich. Ihr Weihnachtsfest war ganz okay, erklärt sie, was ich mir zu glauben gestatte. Es war das einfachste, aber eigentlich zu einfach, nicht nachzufragen. Billig. Deshalb steht sie auf meiner Liste. Ich möchte gern etwas für sie tun.

Ich stehe auf, um Zarina ins Bett zu bringen. Paul hat es klugerweise aufgegeben, gegen ihre deutliche Ablehnung anzuarbeiten. *She want's mummy.*

»Ich komme gleich«, erkläre ich bedauernd, während Paul zur Fernbedienung greift. Das ist eine neue Angewohnheit, die wir uns zugelegt haben: den Fernseher laufen zu lassen, während wir essen. Der Sturm ist stärker geworden, mehrere Fährlinien haben ihren Verkehr eingestellt, und ein fünfzehnjähriger Junge ist im Hafen von Løgstør ins Wasser gespült worden. Und Poul Nyrup Rasmussen ist nach Schlüters Tamilenskandal zum Verhandlungsführer ernannt worden. Ich schließe die Tür zur Welt hinter mir und lege mich mit meiner Tochter aufs Bett. An mein Schlüsselbein geschmiegt nimmt sie endlich den Schnuller und saugt sich schluchzend in den Schlaf. Ein Dachziegel reißt sich los und fällt mit einem hohen Klirren in den Hof. Ich müßte eigentlich aufstehen und mir den Schaden besehen. Ich möchte nur erst noch einen Augenblick mit geschlossenen Augen liegenbleiben.

Als ich mit einem Ruck eine Stunde später aufwache und schuldbewußt zu Paul ins Wohnzimmer zurückkehre, liegt er langestreckt auf dem Sofa und guckt »District Hill Street«.

»Ich bin eingeschlafen«, murmle ich entschuldigend, setze mich neben ihn und folge mit einem Finger seinen schicken Koteletten.

»Mhm«, sagt er und schaut unbeeindruckt weiter fern auf eine Art, die nichts Gutes verheißt.

»Was ist los?« frage ich und sehe im gleichen Moment den Block, den ich auf dem Couchtisch habe liegenlassen. Scheiße.

»Tes, darf ich dich etwas fragen? Wo bin *ich* in deinem Leben? Wo sind *wir* in deiner wunderbaren Struktur?«

»Paul, das ist ein deutlicher Vertrauensbruch!«

»Ich habe dich etwas gefragt!« sagt er, während Renko »*freeze!*« in engen Gassen schreit. »Wo bin *ich*? Wo sind *wir*? Und was bedeutet *Jørn Jensen*?«

Endlich eine Möglichkeit, zuzupacken.

»Nicht das geringste! Jørn Jensen ist, falls du es vergessen haben solltest, meine Vertretung für den Erziehungsurlaub! Und er ist verdammt kompetent!«

»Verdammt kompetent! Wofür?«

»Paul!« seufze ich resigniert. »Fachlich kompetent! Er hat Quellen in der Moskauer Mafiadynastie. Er hat herausgefunden, daß Alexander Kusnetzow eliminiert wurde! Er ist der Meinung, daß wir etwas mit meinen Bändern machen sollten. Er meint, daß sei die einzige Möglichkeit, über mein Trauma von damals hinwegzukommen!«

Nahaufnahme von Renko, als er den Revolver mit beiden Händen hebt. *Fire!* Zeitweise ist das Fernsehen ein abscheuerregendes Medium: Jeder Durchschnittszuschauer wird Zeuge von mindestens zwei, drei Morden am Tag. Krankhaft. Ich bin überempfindlich gegenüber dem Tod geworden und schaue jedesmal weg, wenn der Schurke lallend Blut ausspuckt.

»Er will dir nur an die Wäsche!« sagt Paul, weiterhin aufmerksam auf den Bildschirm schauend.

»Verflucht noch mal!« stöhne ich. »Hast du 'nen Sturmkoller?«

»O nein, aber ich weiß, wie Männer denken! Und außerdem hast du nicht auf meine Frage geantwortet: Wo bin *ich* in deinem Leben?«

»Überall!« entziehe ich mich ihm. »Gute Nacht!«

Als der Sturm sich gelegt hat, die neue Regierung vorgestellt und Paul zurück nach Odense gefahren ist, lade ich Birgitte und Maxi ins »Babuschka« ein, das lesbische Frauencafé in der Turensensgade. Obwohl ich den Verdacht habe, daß die hennafarbene Barfrau scharf auf mich ist, schaue ich regelmäßig dort vorbei. Die Stimmung ist warm und schwesterlich, und hier ist einer der wenigen öffentlichen Orte, wo ich mich im Notfall aufknöpfen und Zarina an die Brust legen mag. Unlogisch eigentlich, denn hier ist frau ja gerade auf ganz extreme Weise Objekt. Es ist nur nicht so offensichtlich.

»Was willst du?« fragt Birgitte, als wir uns durch warmen Apfelkuchen mit Crème fraîche geplaudert haben und Maxi bei seinem zweiten Glas Saft ist, nachdem er das erste umgekippt hat. Kinder lehren Frauen, daß die Zeit knapp ist. Deshalb lasse ich lieber die üblichen Umschreibungen und Generalisierungen beiseite.

»Ausziehen!« fauche ich, und Birgitte hält sich die Hand vor den Mund, um nicht laut loszulachen.

»Meine Güte! Das will ich auch! Wollen wir nicht zusammenziehen?«

»O ja!« lache ich und ernte ein Lächeln von der Barfrau. Vielleicht glaubt sie ja, ich stehe auf Frauen, wie Kiki auch gedacht hat. Aber das tue ich nicht, und Birgitte auch nicht. Und natürlich beeilt sie sich, mir umgehend zu versichern, daß sie nicht im Traum daran denke, mit einem anderen Menschen als dem Zeichendreieck zusammenzuleben. Eigentlich habe ich auch keine Lust, mit jemand anderem als Paul zusammenzuleben. Das Problem ist nur, daß ich vielleicht am besten mit niemandem zusammenleben sollte. Zarina natürlich ausgenommen.

»Ich weiß nicht«, fahre ich also fort. »Das ist das reinste Jojo! Erst bist du unten, dann bist du oben und dann wieder unten. Man braucht seine ganze Kraft, um so eine Beziehung überhaupt am Laufen zu halten! Und dann ist er *so ganz anders!*« seufze ich und halte die Tasse mit ausgestrecktem Arm fest, damit Zarina, die auf meinem Schoß sitzt, sie sich nicht angeln kann.

»Als vorher? Aber das bist du doch auch! Wenn du ihn fragst, wird er sich darüber beklagen, daß du nicht mehr die gleiche bist! Was ist aus seinem scharfen Weib geworden? Aus seiner intelligenten Gegenspielerin?«

»Sie ist hier!« sage ich und klopfe mir mit einer Fingerspitze gegen die Stirn. »Ich habe wieder angefangen zu arbeiten, und damit kommt er überhaupt nicht zurecht! Gestern riefen sie von der Zeitung Politiken an und haben mich gefragt, ob ich einer der Diskussionsleiter bei einem Rußlandseminar in Louisiana im Mai sein möchte!«

»Geil!« sagt Birgitte.

»Affengeil! Weißt du, was er dazu gesagt hat? ›Dafür hast du doch überhaupt nichts anzuziehen!‹«

Birgitte zuckt die Schultern, während ich spüre, wie sich meine Empörung aus der Verankerung losreißt. Ich bin jetzt bereits seit einem Tag wütend über diese Antwort.

»Er fühlt sich einfach bedroht! Du mußt Nachsicht mit ihm üben! Männer werden erst später reif als Frauen! Im Grunde genommen bleiben sie ja eigentlich immer die kleinen Jungs. Zum Glück!« sagt sie und gibt Maxi einen Kuß. Er hat im ganzen Gesicht Apfelkuchen und ist nicht besonders appetitlich.

»Kannst du sagen: ›Ich hab Mami lieb?‹ fordert Birgitte ihn auf.

»Mama ieb!« wiederholt er ernst.

Birgitte lacht stolz.

»Die reinste Gehirnwäsche!« grinse ich.

»Natürlich! Du mußt zusehen, daß du einen Jungen kriegst!«

Wie ein ironisches Apropos bekomme ich meine erste Menstruation nach der Geburt ausgerechnet, als wir ein paar Tage später herausgeputzt in der Galapremiere eines neuen dänischen Films sitzen. Paul bekommt zu allem möglichen Premieren Einladungen – und möchte meistens am liebsten hingehen, während ich es vorziehe, zu Hause zu bleiben. Aber diesen »großen Film internationalen Formats« möchte ich auch gern sehen. »Russisch Roulette« heißt er und handelt von der gefährlichen Einschleusung eines dänischen Diplomaten in den KGB als Versuch, im Dienste der Wahrheit den Helden zu spielen. Nicht ganz irrelevant für eine, die selbst mit dem Feuer gespielt hat, und die Moskau-Sequenzen sind voller Anmut. Ach, im Gestank des Niedrigoktanbenzins den Sadavaja hinaufzufahren! Und den Reif auf den Pflastersteinen des Roten Platzes zu betrachten! Die Morgensonne sich im Gold der Zwiebeltürme spiegeln zu sehen!

Nichtsdestotrotz verbringe ich einen großen Teil der Zeit mit wehenähnlichen Schmerzen auf der Damentoilette, wo ich versuche, dem Automaten durch Faustschläge eine Damenbinde zu entlocken. Aber ganz gleich, ob ich fluche oder bettle, er weigert sich, mein Geld entgegenzunehmen, und erst als eine Kartenverkäuferin hinzukommt, gelingt es mir, das halbe Personal zu mobilisieren, um meinen delikaten Wunsch zu befriedigen! Und das mir, die jegliche Öffentlichkeit haßt!

Paul hat mich dazu überredet, gemusterte Strümpfe und einen Minirock anzuziehen, eine äußerst unbequeme Kleidung, wenn man dazu eine Windel um hat! Deshalb möchte ich am liebsten nach Hause, nachdem die Filmmannschaft auf der Bühne ihre Blumen entgegengenommen hat, begleitet von dem verhaltenen Applaus aus dem Saal.

»Ach, komm, laß uns noch ein Glas trinken!« sagt Paul und schiebt mich in das Gewühle um die Bar, wo kostenlos Sekt über den Tresen gereicht wird.

»Aber, Zarina...« versuche ich, doch da ist er bereits von einigen dieser unglaublich zahlreichen Freunde und Bekannte überfallen worden, die ihn plötzlich bei jeder passenden und unpassenden Gelegenheit umringen.

Ich gehe zurück zu den Toiletten und finde ein Telefon, so daß ich Kiki anrufen kann, die mir versichert, daß es Zarina gutgeht. Sie ist nicht von einer plötzlich auftretenden Krankheit befallen worden, nicht vom Wickeltisch gestürzt, hat sich keine Zigarettenkippe in den Mund gestopft...

Kiki meldet überlegen, alles sei in Ordnung.

»Du kannst ganz beruhigt sein, Therese! Wenn *du* auf ein Kind aufpassen kannst, dann kann ich es auch!« werde ich in meine Schranken gewiesen. An Selbstbewußtsein hat es meiner Schwester noch nie gemangelt.

Ich kämpfe mich zurück zur Bar und kann ein Glas erwischen, das ich in zwei großen Zügen leere, um mir sofort noch eins zu organisieren. Sekt gegen Schmerzen.

»Therese?«

»Christian!« rufe ich aus, als ich voller Freude meinen Freund aus dem Außenministerium in der drängelnden Masse entdecke. Ich freue mich wirklich, ihn zu sehen und gebe ihm ganz unüblich einen Kuß auf die Wange. Er schaut mich irritiert an, dreht sich um und ergreift das Handgelenk einer Frau, um sie zu uns heranzuziehen. Seine Frau, stellt er vor. Ein kleiner dunkelhaariger Käfer mit großen braunen Augen. Schön auf eine leicht fade Art und Weise. Helle heißt sie und begrüßt mich wachsam. Weiter sagt sie nichts, während Christian und ich ihr zuliebe eine Konversation über den Film am Laufen halten. Die beiden waren zusammen in Moskau im Dienst, und zwar sogar zu dem Zeitpunkt, als der Filmregisseur in der Botschaft herumschnüffelte, um zu recherchieren.

»Obwohl ich schon der Meinung bin, zwischen unserem eintönigen Dasein und der filmischen Darstellung eines königlich dänischen Diplomaten ist ein himmelweiter Unterschied!« bemerkt Christian. »Leider haben wir ja nicht viel von James Bond an uns!«

»Na, das weiß ich ja nun nicht!« lache ich, den Kopf kokett zur Seite gelegt, und schäme mich sofort. Dabei flirte ich doch sonst nie mit Christian, und jetzt zum ersten Mal ausgerechnet vor den Augen seiner Frau!

»Also, ich muß weiter ...«, sage ich und stürze mich in die Menge, um bei Paul in Sicherheit zu kommen. Doch um ihn zu erreichen, muß ich zunächst durch ein Sperrfeuer von Pressefotografen, die ein paar der *Prominenten* umringt haben. Und darunter – was nicht überrascht – Paul Weber, der auch noch verdammt gut aussieht ganz in Schwarz, von den Jeans bis zur Lederjacke. Er wird mit der jungen moldawischen Schönheit fotografiert, die die ermordete Geliebte des Diplomaten gespielt hat. Aber für diesen Auftritt ist sie offensichtlich wiederauferstanden. Vielleicht hat er ihr auch eine Mund-zu-Mund-Beatmung zukommen lassen.

»Hallo Tes!« ruft mir Paul zu. »Kannst du nicht ein bißchen dolmetschen?«

Ich zeige ihm den Stinkefinger, greife nach dem dritten Glas auf einem Tablett und stoße dabei überraschenderweise mit dem General *himself* zusammen.

»Guten Abend!« sagt er und entblößt die Zähne zu einem seiner tabakgelben Wolfslächeln. »Hat eine Mutter noch Zeit, ins Kino zu gehen?«

»Das ist das erste Mal seit vier Monaten«, antworte ich und bin damit sofort wieder in die mir von ihm zugeschriebene Rolle gefallen. Katz und Maus.

»Macht der Vater den Babysitter daheim?« fragt er und bietet mir eine seiner griechischen Karelia-Zigaretten an. Ich nehme eine, nur des Effekts wegen.

»Der Vater des Kindes steht da hinten!« sage ich mit einem Kopfnicken zu den Blitzlichtern. »Das Baby wird von seiner Tante versorgt!«

Er nickt vielsagend und gibt mir Feuer.

»Aha. Und wie gefiel dir der Film?«

»Ein paar Klischees zuviel und thematisch veraltet, aber ansonsten okay«, antworte ich und unterdrücke einen Hustenanfall. »Und wie findest du ihn?« gebe ich die Frage herausfordernd zurück.

Er inhaliert bis tief in seine nikotinschwarze Lunge.

»Nun ja, es ist ja alles Fiktion! Die Wirklichkeit ist viel interessanter, oder?«

»*That's what journalism is all about!*« lächle ich und nippe an dem mittelmäßigen Blubberwasser.

Er nickt und wirft jemandem wütende Blicke hinterher, der ihm den Ellbogen in die Seite gestoßen hat, so daß sein Glas übergeschwappt ist.

»Genau. Hast du deine Filmaufnahmen durchgeschaut?«

»Noch nicht. Aber bald mache ich es«, sage ich defensiv und bin gleichzeitig irritiert darüber, daß ich mich immer noch von seinen Erwartungen an mich lenken lasse. Ich habe Erziehungsurlaub, *goddammit!*

»Wann kommst du zu uns zurück?«

»Mitte April. Planmäßig...«

Ich mache einen Schnitt, entdecke mehrere bekannte Gesichter: Medienleute, den russischen Botschafter, Nina. Kopenhagen ist ein Dorf. Schnitt zurück zum General. Er ist ein Meister in Kunstpausen. Das ist eine seiner effektivsten Waffen, wenn er Leute knacken will. Schweigen, bis sie zusammenklappen. Er nickt wieder, zieht an der Zigarette und läßt Asche auf den Boden rieseln. Schwein.

»Denn wenn du früher zurückkommst, könnten wir vielleicht was Spannendes in die Wege leiten. Bevor ich abhaue, meine ich.«

»Hast du gekündigt?« frage ich.

»Die Würfel sind heute gefallen.«

»Herzlichen Glückwunsch! Aber wieso eigentlich?«

Ich mag gar nicht hoffen, daß er es sagt. Aber doch. Er tut es.

»Weißt du, ich brauche ein wenig Luftveränderung! Und bis jetzt habe ich mein ganzes bisheriges Leben dazu genutzt, mir Feinde zu schaffen. Nun will ich den Rest meines Lebens dazu nutzen, mir Freunde zu schaffen!«

Das ist doch witzig – findet sogar Paul –, als wir später und was mich betrifft halb sprudelnd und langsam durchblutend durch die Stadt fahren, um Zarina bei Kiki abzuholen. Ich bin strahlender Laune, kann mein Gespräch mit dem General einfach nicht für mich behalten, auch wenn ich es mit rotem Zensurstift korrigieren und beispielsweise den Ausdruck »planmäßig« im Referat auslassen muß. Mein Erziehungsurlaub geht bis Mitte April. Basta.

Paul holt unsere Tochter ab, die wie ein Engel im Kinderwageneinsatz schläft, und ich lehne mich ausgelassen im Beifahrersitz zurück und lasse Paul mit einer Hand meinen bestrumpften Schenkel hinaufgleiten.

»Ich will ja, aber ich kann nicht!« murmle ich, bin aber in so großzügiger Laune, daß ich tue, was er am allerliebsten mag. Ich öffne seinen Hosenschlitz und beuge mich über ihn. In einer Seitenstraße mitten in der Stadt.

»Ich liebe dich, liebe dich, liebe dich!« seufzt er hinterher und schaut mich mit einem Ausdruck tiefer, gesättigter Freude an.

»Ich liebe dich auch!« sage ich und lasse die Zunge reinigend im Gaumen kreisen. Wenn wir nach Fisch schmecken, dann schmecken sie nach unreifen Bananen!

»Wenn du mich liebst, wirst du dann etwas für mich tun? Etwas ganz Großes?«

Ich schaue ihn zweifelnd an. Er kann auch auf alles mögliche kommen.

»Was?«

»Dir einen Keuschheitsgürtel machen lassen!«

Ich breche in hysterisches Gelächter aus und suche nach Lakritzpastillen im Handschuhfach.

»Paul, jetzt übertriffst du dich selbst!«

»Ich meine das ernst! Dann würde es mir viel besser gehen, wenn all diese geilen Böcke um dich herumwimmeln!«

»Wenn du damit Christian meinst, der...!«

»Es spielt keine Rolle, wen ich meine. Hauptsache ist, daß es *Männer* sind. Fremde Männer«, betont er und blinkt nach rechts zum Søtorv. »Es gibt in Nyhavn ein Mädchen, die macht sie mit Piercing. Du bekommst zwei Goldringe in die Schamlippen und dazwischen ein Minivorhängeschloß...«

»Und wer bekommt den Schlüssel?«

»Ich selbstverständlich!« schürzt er die Lippen.

»Du bist doch total verrückt!« stelle ich fest, als er vor unserer Haustür anhält, um Zarina und mich aussteigen zu lassen. Dort sitzt eine zusammengesunkene Gestalt auf den Treppenstufen. Es könnte ein Junkie oder eine Obdachlose sein. Aber es ist weder das eine noch das andere. Es ist Heidi. Sie hat den Chinesen im Arm. Ihr Gesicht ist angeschwollen und halb mit getrocknetem Blut überzogen.

»Heidi!« schreie ich auf und schüttele sie. Keine Reaktion. Aber der Chinese erwacht mit einem Brüllen. Ebenfalls blutverschmiert, aber das kann – *oh, let it be!* – ihrs sein.

»Paul!« kreische ich über die Schulter. »Ruf sofort einen Krankenwagen!«

»Das sieht schlimmer aus, als es ist!«

Das sagte der Sanitäter, als ich neben der Bahre saß, während wir mit voller Fahrt und Blaulicht ins Krankenhaus rasen. Und das sagten sie in der Notaufnahme, als wir angelaufen kamen, und das sagte die Krankenschweser, die mich fragte, ob ich eine Verwandte sei.

Und das sage ich mir schließlich selbst, während ich neben ihr sitzen darf und sie anschauen, wie sie nicht wiederzuerkennen im Bett liegt, genäht und verbunden, an die piepsende Krankenhaustechnologie angeschlossen. Sie haben versucht, mich mit der klassischen Phrase »Geh'n Sie lieber nach Hause und schlafen Sie ein wenig, hier können Sie doch nichts tun!« heimzuschicken. Aber ich habe mich geweigert, irgendwo hinzugehen, ehe ich nicht in Ruhe mit einem Arzt geredet habe. Mit dem Oberarzt. Der Chinese ist umgehend in die Kinderabteilung gebracht worden, und wie es ihm geht, ahne ich auch nicht. Aber zu meiner großen Erleichterung sah es so aus, als würde man meine Auffassung teilen, daß er unbeschadet war. Erschöpft, aber heil. Im Gegensatz zu seiner Mutter, der das halbe Gesicht zerschmettert wurde und die vielleicht im Koma liegt. Zwischen Leben und Tod, wie es heißt. Die Polizei war da, und auch wenn es niemand bezeugen kann, sind wir uns bei unserer Theorie über den Verlauf der Ereignisse vollkommen einig. Erst recht, nachdem ein Anruf im Polizeipräsidium bestätigt, daß ein René Jensen am gleichen Nachmittag aus dem Nyborger Staatsgefängnis entflohen ist. Ein Peterwagen, der zur Adresse in Ishøj geschickt wird, kann eine weitere Vermutung in Tatsachen verwandeln: Heidis Wohnung ist verwüstet, erschrockene Nachbarn haben berichtet, daß René und seine Freunde mit Keulen und Eisenstangen gekommen sind. Doch, sie hätten auch Hilfeschreie gehört, aber keiner hätte sich getraut, sich einzumischen. Wie sie von Ishøj zur Nørre Søgade gekommen ist, ist ein Mysterium, denn laut Aussage der Nachbarn ist sie von René und ein paar wendigen Kerlen – zweifellos Fox und Hansi – blutend, mit dem Chinesen im Arm, aus der Wohnung geschleppt worden. Und das waren sicher nicht so aufmerksame Gentlemen, daß sie sie bis vor die Tür gefahren hätten. Bis vor meine Tür.

Aber als der Assistenzarzt endlich kommt und mich aus meinem Dösen auf dem unbequemen Stuhl weckt, hat die Ungewißheit ein Ende.

»Es hätte schlimmer kommen können!« sagt er als Einleitung, doch als er fortfährt, habe ich Schwierigkeiten zu sehen, wie das hätte aussehen sollen, wenn wir sie immer noch zu den Lebenden zählen wollten.

Sie hat eine schlimme Kopfverletzung, als Folge eines Schlags mit einem harten Gegenstand. Eisenstange oder Baseballschläger oder beides. Die linke Augenbraue ist geplatzt, die Nase gebrochen, zwei Zähne sind locker, Fraktur im Kiefer, die Lippe zerschmettert. Beide Arme gebrochen, sieben Finger verstaucht.

»Sie hat ihr Kind beschützt, die Arme und Hände hochgehalten«, erklärt der Arzt, als ich ein »Wieso?« formulieren will. Dann hat sie einen Fuß verstaucht und blaue Flecken und Hautabschürfungen auf der linken Seite von der Hüfte abwärts. Ihre linke Handfläche ist aufgeschürft, was alles darauf hindeutet, daß sie aus einem fahrenden Auto gesprungen ist. Mit dem Kind im Arm, weshalb sie sich nur mit der linken Hand abstützen konnte. Also haben sie sie aus irgendeinem Grund offensichtlich nach Kopenhagen reingefahren, wo es ihr gelungen ist, zu entkommen, indem sie aus dem fahrenden Auto gesprungen ist. So etwas tut man nur, wenn man extrem verzweifelt ist. Und dann noch mit einem Kind im Arm.

»Entschuldigung«, sage ich, als ich endlich imstande bin, ein Wort hervorzubringen. »Wie hätte es überhaupt noch schlimmer kommen können?«

»Sie hätten Messer benutzen können, Motorradketten. Oder Schußwaffen. Das sage ich nicht, um Sie zu erschrecken«, sagt der Arzt und schiebt sich die Brille hoch. »Aber das hier kann möglicherweise nur als Warnung gemeint gewesen sein.«

»Und der Chinese? Ihr Kind?« frage ich schließlich mit flüsternder Stimme.

Der Arzt lächelt. Legt mir eine Hand aufs Knie.

»Sie hat gut auf ihn aufgepaßt! Er braucht nur ein warmes Bad und eine Nuckelflasche, dann geht es ihm wieder gut! Er schläft jetzt!«

»Haben Sie auch Kinder?« Ich kann es nicht lassen, ich muß die Frage einfach stellen. Ich muß wissen, ob er wirklich versteht, wo der Unterschied ist.

»Ja! Zwei kleine Jungs. Wir werden wirklich auf ihn aufpassen! Und auf seine Mutter. Und nun sehen Sie zu, daß Sie nach Hause kommen! Wir rufen Sie an, wenn sie aufwacht!«

Daß der Schriftsteller Primo Levi Selbstmord begeht, indem er aus einem Fenster springt, weil er nicht länger mit seinem Schuldgefühl leben kann, weil er und nicht andere Auschwitz überlebt hat, ist irrational. Wie es auch, ohne die Dinge, miteinander vergleichen zu wollen, irrational von mir ist, zu glauben, meine Schuld, Heidi im Stich gelassen zu haben, nur dadurch wiedergutmachen zu können, daß ich die Rolle ihrer Retterin übernehme. Warum habe ich sie nicht dazu gezwungen, wegzuziehen? Warum habe ich ihr nicht dabei geholfen? Warum habe ich ganz elegant den hilflosen Unterton überhört, als ich das letzte Mal mit ihr gesprochen habe? Dann wäre mir schnell klargeworden, daß sie kein »affengeiles Weihnachtsfest« gehabt hat.

»Tes, warum du?« fragt Paul, als ich ein paar Tage später auf Stippvisite zu Hause bin, um Zarina zu stillen und mich zu duschen. Ansonsten wohne ich mehr oder weniger in Heidis Zimmer – einem Einzelzimmer. Es geht ihr besser, sie ist jeden Tag länger wach und bei Bewußtsein, und als die Computertomographie ihres Gehirns zeigt, daß es weder ein Zeichen für *epidurale* noch für *subdurale* Blutungen gibt und alles darauf hindeutet, daß sie ohne Aber durchkommen wird, gebe auch ich dem Arzt langsam recht. Es hätte viel schlimmer kommen können.

»Warum nicht ich?« frage ich zurück und stopfe einen Joghurt und ein Käsebrot in mich hinein, bevor ich mich wieder auf den Weg mache. »Sie hat niemanden außer mir.«

»Schließlich hat sie auch Familie!« betont Paul.

»Die ist leider nicht zu gebrauchen!« antworte ich und nehme schon im Gehen begriffen meine Tasche.

»Ja, aber *du* hast Familie!« sagt er und hält mich zurück, indem er mich am Ärmel festhält, als ich mich auf dem schmalen Flur an ihm vorbeischlängeln will. Auf dem Wohnzimmerfußboden liegt Zarina und beißt auf einem Gummitier. »Und die vermißt dich!«

»Ich bin bald wieder zurück!« werfe ich ihm einen Handkuß zu und springe mit den Autoschlüsseln in der Hand die Treppen hinunter.

Nach ein paar weiteren Tagen geht es ihr soviel besser, daß die Polizei sie befragen darf. Sie bittet um eine Zigarette – ihre erste – und spricht immer noch nur mit Schwierigkeiten und großen Schmerzen aufgrund des Kiefernbruchs und der zerfetzten Lippen. Aber ansonsten arbeitet sie überraschenderweise mit. Das ist garantiert das erste Mal in ihrem Leben, daß sie aus voller Überzeugung auf der Seite der Bullen steht. Vielleicht weil sie das Vertrauen hat, daß sie dieses eine Mal zu ihr halten. Oder einfach nur, weil sie keine andere Wahl hat.

Sie bestätigt in groben Zügen den Ablauf der Ereignisse, die bereits vermutet wurden. Sie sprang am Rådhuspladsaus dem Auto und konnte sich von dort bis zu mir schleppen. Wie, daran kann sie sich nicht mehr erinnern. Warum sie mit ihr herumgefahren sind, weiß sie auch nicht mehr, ebensowenig, ob sie eigentlich ein Ziel hatten. Ob die Fahrt an einer bestimmten Stelle enden sollte. Aber sie unterschreibt alles, wenn sie nur dafür sorgen, daß René geschnappt wird. Bedauerlicherweise ist er immer noch auf freiem Fuß, aber die beiden Polizisten, eine blonde Frau und ein junger, unverdorbener Jütländer, versprechen ihn zu finden.

»So wird er nicht davonkommen!« verspricht der Jütländer, als wolle er persönlich dafür sorgen, daß René das büßen sollte.

Aber man müßte auch schon ein außergewöhnlich dickes Fell haben, wenn es einen nicht beeindrucken würde, ein hübsches junges Mädchen zu Frankensteins Monster zusammengeschlagen zu sehen. Selbst Paul wird sanfter gestimmt, als ich ihn zwinge, herzukommen und den Schaden zu besehen. Jetzt versteht er.

»Wie sehe ich aus!« fragt Heidi ihn und versucht mit den Lippen zu lächeln, die langsam soweit verheilt sind, daß sie Lippenstift auflegen kann. Für Paul.

Hoffentlich bemerkt sie sein Zögern nicht, aber ich sehe, wie er schwankt, die Wahrheit zu sagen oder zu lügen, daß sich die Balken biegen. Er entscheidet sich für Letzteres, und ich drücke ihm dafür fest die Hand.

»Du siehst *fast* schon wieder so hinreißend aus wie früher!«

»Findest du? Ganz ehrlich?« fragt sie begeistert hinter ihren Verbänden.

»Ganz ehrlich!« versichert Paul und schenkt ihr ein echtes Starlächeln. Und da bittet sie ihn, sein Autogramm auf die linke eingegipste Hand zu schreiben.

Aber zwischen der Tatsache, großes Mitleid mit einer Frau in einem Krankenhausbett zu haben und sie voll Freude in seinen Haushalt aufzunehmen, ist eine Kluft so groß wie der Grand Canyon. Deshalb rasseln wir mal wieder kräftig zusammen, als Heidis Entlassung vor der Tür steht. Paul weigert sich mit Händen und Füßen, aber ich sehe keine andere Möglichkeit, als sie zu mir zu nehmen.

»*No way!*« beharrt Paul.

»Sie kann doch nicht zurück nach Ishøj! Sie kann nicht bei ihrer gräßlichen Schwester wohnen. Ihre Mutter ist eine Säuferin! Ihr Vater ist in Nyhavn ertrunken. Wenn du also andere Vorschläge hast, bitte, sie sind willkommen!«

»Das Frauenhaus! Es liegt gleich um die Ecke, wenn du partout auf sie aufpassen willst!«

Eins zu Null. Das hätte ich vermeiden können. Da hilft nur eine Notlüge.

»Mit denen habe ich schon gesprochen. Die nehmen keine Rekonvaleszenten. Und außerdem ist kein Platz frei!«

Paul schaut mich mißtrauisch an. Er entscheidet offenbar, daß es doch zu unwahrscheinlich ist, daß ich ihm direkt ins Gesicht lüge.

»Hier ist auch kein Platz!«

»Nur für eine Weile! Sie kann im Arbeitszimmer wohnen. Bis wir was anderes finden.«

»Tes, darf ich dich daran erinnern, daß du vor gar nicht langer Zeit auf eine sicher sehr indirekte Art und Weise auf dein Bedürfnis nach einem eigenen Zimmer hingewiesen hast?«

»Das war im übertragenen Sinne gemeint!« weiche ich aus.
»Paul, *please!* Ich weiß, es ist für dich eine große Überwindung, aber ich kann sie nicht einfach ins Nichts schicken!«

»*Allright!*«, kneift er die Augen wie ein Panther zusammen. »Kriege ich dann den Keuschheitsgürtel?«

»Was für einen Keuschheitsgürtel?« frage ich, bis es mir einfällt, und mein Ärger wie ein kochendes Gewitter hochbraust. »Denkst du nur mit dem Schwanz?«

Er erstarrt, die Wut steigt ihm in die Augen. Dann nimmt er seine Jacke und geht.

Bin ich nicht in der Lage zu lieben? Ihn? Ich liebe Heidi nicht, aber meine Fürsorge für sie, als ich sie und den Chinesen abhole, um sie heim in die Nørre Søgade zu bringen, hat einen Zug von Liebe an sich. Ich habe das Arbeitszimmer, das immer noch vor allem von Paul benutzt wurde, aufgeräumt und phantasiereich flüssige Nahrungsmittel eingekauft, die Heidi am einfachsten zu sich nehmen kann. Ich habe auch Blumen für sie hingestellt und ein Reisebett von Birgitte geliehen, in dem der Chinese schlafen kann.

Dafür bekomme ich unverfälschte Dankbarkeit zurück, überströmende Freude, daß jemand sich um sie kümmert.

»Was seid ihr süß!« sagt Heidi, die normalerweise derartige Äußerungen lieber in Stahlwolle verkleidet.

Ich zucke beiläufig die Schultern. Das ist doch nicht der Rede wert.

»Paul wird deshalb doch nicht sauer werden, oder?« trifft sie zähneknirschend genau den Punkt. »Schließlich ist es ja seine Wohnung und so.«

»Nein, nein! Er ist sowieso die ganze Woche in Odense!« winke ich ab. »Möchtest du heute abend Tomatensuppe oder Spargelsuppe?«

»Tomaten«, antwortet sie. »Wir werden schon verschwunden sein, bevor er zurückkommt. Ich muß nur was anderes finden...«

»Ja, ja«, sage ich beruhigend. »Das wird sich schon finden.« Oder besser gesagt, *ich* werde es schon finden. Ich rede mit staatlichen Stellen – von ihrer Sozialarbeiterin in Ishøj, die bereit ist, einen Teil der Sonderausgaben u. a. für den Kieferchirurgen und die Zahnbrücken zu übernehmen, bis zur Polizei und Mütterhilfe. Die Polizei rufe ich in regelmäßigen Abständen an, um zu hören, ob es etwas Neues von René gibt, und nachdem man mir so oft nichts sagen konnte, daß schon aufgestöhnt wird, wenn ich mich melde, ruft man mich schließlich selbst an, um zu berichten, daß er aufgegriffen wurde. In einer Bodega in Bangede, *of all places*, wo er so bescheuert war, eine Prügelei mit abgeschlagenen Flaschen anzufangen. Wie zu erwarten war, bestreitet er jede Bekanntschaft mit Heidi, aber das ist eigentlich auch ganz egal, solange er hinter Schloß und Riegel bleibt. Ich selbst rufe triumphierend »SO!« und opfere einen von Pauls Grand Crus, um auf die dänische Polizei anzustoßen. Aber Heidi, deren Selbstbewußtsein einen Knacks erlitten hat und die so eingeschüchtert ist, daß sie sich nicht traut, die Wohnung zu verlassen, seit sie hergekommen ist, stiert finster vor sich hin.

»Der kommt wieder raus. Und wenn er uns findet, schlägt er uns tot. Ich glaube, das wollte er an dem Abend auch«, grübelt sie und schaut nüchtern vor sich hin, einen Suppenlöffel in der Hand. Spargel, diesmal. »Ja, langsam fange ich an, mich wieder zu erinnern. Die wollten mich in die Titangade fahren, um da mit mir und dem Chinesen spielen zu können. Genau das hat er gesagt, René. Wir sollten in die Titangade...«

»In die Titangade?« frage ich aufgebracht nach. »Hat René denn was mit den Hells Angels zu tun?«

»Er wollte gern Fan sein. Und er hat immer Hasch bei ihnen gekauft, weißt du. O Scheiße, was ich für eine Angst gehabt habe. Nicht direkt meinetwegen, sondern um ihn«, sagt sie und drückt den Chinesen, der in ihrer linken Armbeuge sitzt, fester an sich.

»Wie bist du aus dem Auto gekommen?« frage ich weiter. Nicht daß ich sie verdächtige, zu lügen, aber aus irgendeinem Grund glaube ich nicht so recht, daß sie selbst die Tür öffnen und abhauen konnte, ohne daß das Auto anhielt.

»Keine Ahnung«, erklärt sie, vorsichtig etwas Suppe schlürfend.

»Wer saß denn neben dir?« frage ich weiter. »Fox?«

»Nee, Fox sitzt immer auf dem Beifahrersitz. Das muß Hansi gemacht haben...«

Langsam bekommt das Bild Konturen. Es gibt also noch unter dem übelsten Abschaum Helden.

»Ist es möglich, daß Hansi dir rausgeholfen hat? Deine Tür geöffnet, dir einen Schubs gegeben und dann so getan hat, als wenn nichts wäre?«

Heidi legt die Stirn in Falten. Strengt sich an, sich zu erinnern und zu verstehen.

»Ja! Jetzt, wo du es sagst...! O Scheiße, Therese! Wenn René das jemals rauskriegt...!«

Sie streicht mit einem Finger über ihren Hals, und ich spüre eine Erbse mein Rückgrat hinunterrollen.

Als Paul aus Odense zurückkommt, ist sie immer noch da. Und als er fünf Tage später wieder abfährt, ist sie auch noch da. Ihr gegenüber verhält er sich höflich, aber mir gegenüber schäumt er.

»Wie lange soll das noch so gehen?« schnaubt er, als wir eine ganze Nacht lang von dem durchdringenden Weinen des Chinesen wachgehalten werden. Er hat Bauchschmerzen, übergibt sich und hat Durchfall, und da Heidi immer noch beide Hände eingegipst hat, muß ich aufstehen und im Badezimmer assistieren.

»Wie wäre es, selbst mal einen Finger zu rühren?« frage ich ihn eiskalt mit halbgeschlossenen Augenlidern, als Zarina aufwacht und in das Geschrei einstimmt.

Leider ist der Virus ansteckend, so daß wir innerhalb des folgenden Tages alle an den gleichen unappetitlichen Symptomen leiden. Paul inklusive, und als er die Wohnung nackt durchqueren muß, um eine bereits besetzte Toilette zu erreichen, beginne auch ich widerstrebend einzusehen, daß die Situation auf Dauer unträgbar ist.

Ich versuche, noch etwas Goodwill mit einer Runde Fellatio im Badezimmer unter der laufenden Dusche zu erzeugen, wo wir Zuflucht gesucht haben, um in Ruhe miteinander reden zu können. Aber er durchschaut mich.

»Tes! Benutze niemals Liebe als Handelsware mir gegenüber! Das ist für uns beide kompromittierend!«

Er fährt einen Tag früher als nötig zurück nach Odense, und er braucht mir nicht zu erklären, warum, ich verstehe es auch so. Er hat nicht die Absicht, zurückzukehren, solange Heidi noch da ist.

»Das heißt nicht, daß ich sie nicht mag. Und das mache ich auch nicht, weil ich ihre Situation nicht verstehen kann. Ich möchte ihr auch gern helfen. Aber, Tes, wir beide haben nicht die Reserven, um ein Krisenzentrum zu führen!«

Das ist das Problem. Unsere unterschiedliche Interpretation der Situation. Er meint, wir täten eine gute Tat. Wir böten den Notleidenden Schutz im Stall. Während ich mir, je mehr Zeit vergeht, immer klarer darüber werde, daß ich es auch richtig genieße, die beiden bei mir wohnen zu haben. Wir amüsieren uns, lachen, kochen, essen, spielen Karten, gehen mit den Kinderwagen im Viertel spazieren und nicken den anderen Müttern im Erziehungsurlaub zu, die auch ihre Kinder herummanövrieren. Unsere eigenen Kinder haben einander entdeckt, und zuzuschauen, mit welchem Interesse sie vorwärtsrobben und einander anfassen, aneinander nukkeln und sich an den Haaren ziehen, ist reichlich unterhaltsam. Deshalb verbringen wir Stunden jeweils in eine Sofaecke geschmiegt in begeisterter Betrachtung der beiden Wunder, die wir da in die Welt gesetzt haben.

»Du, wie soll er denn nun heißen? So langsam mußt du ihm doch einen Namen geben?« frage ich eines Tages. Sie ist dabei, sich mühsam durch die Überschriften des Ekstra Bladets zu buchstabieren, ich lese »The Economist«. Die Rubelinflation nähert sich der astronomischen Unermeßlichkeit. Aber Rolls Royce verkauft viele Autos nach Moskau.

Zunächst ignoriert sie die Frage, und als ich sie wiederhole, zuckt sie widerwillig mit den Achseln.

»Keine Ahnung. Könnte ich nicht 3000 Kronen verdienen, indem ich Seite-9-Girl werde?« fragt sie und dreht mir ihr fleckig schwarz-gelbes Gesicht zu.

»Klar, wenn du dir einen Sack über den Kopf ziehst!« entgegne ich und dann kichern wir mal wieder, albern wie die Teenager.

Ehrlich gesagt, habe ich nie soviel gekichert und war nie so ausgelassen albern wie mit Heidi. Sie ist auf eine schräge, aber unbestreitbar intelligente Art und Weise komisch. Zum Beispiel hat sie eine eminente Fähigkeit zur Parodie. Sie kann die Königin, Uffe Ellemann und Kim Larson parodieren, und wenn sie richtig frech ist, parodiert sie auch mich. Aber ihre Glanznummer zeigt sie, wenn wir Paul mit Brille und exakt rasierten Koteletten uns ernsthaft die Welt erklären sehen, von der ich mich im Augenblick verabschiedet habe, in die ich jedoch jederzeit zurückkehren kann. Aber für Heidi sind Ruslan Khasbulatovs empörte Bemerkungen über Jelzins Amtsführung böhmische Dörfer, und deshalb beginnt sie aus lauter Langeweile, den Nachrichtensprecher nachzuäffen. Sie hat ihn mt fast fotografischer Präzision beobachtet, kennt seine Mimik besser als ich und kann ihn wiedergeben, daß seine reife Autorität, die jeder Nachrichtensprecher ausstrahlen muß, bloßgestellt wird und als das zu erkennen ist, *what television is all about:* Bluff und Illusion. Es untergräbt sowohl meine Beziehung zu dem Vater meiner Tochter als auch mein Verhältnis zu meinem Beruf, aber es ist unmöglich, sich dabei nicht in hemmungslosem Gelächter zu kugeln.

»Mit deinem Talent solltest du auftreten!« keuche ich.

»Das bin ich auch, als ich klein war. Zu Hause im Hinterhof. Aber ich habe damit aufgehört, als es mehr dafür gab, den nackten Arsch zu zeigen!«

Hinter dieser Aussage liegt ein Teil ihrer Tragödie verborgen, aber wir überlachen sie, lösen den Schmerz in krampfhaften Lachanfällen, bis wir nicht mehr können und das Wohnzimmer einzeln verlassen müssen, um uns wieder fassen zu können. »O nein, ich mach mir gleich in die Hose...«

Deshalb ist meine Motivation, sie rauszuschmeißen, eine eher geringe. Doch je besser ich sie kennenlerne, um so mehr liegt mir daran, daß aus ihr etwas wird. Sie muß aus dem Sumpf heraus, das vorgefertigte Muster zerstören, das da schon für sie bereitliegt. Man muß ihr ganz einfach helfen, ihre Ressourcen zu nutzen. Deshalb setze ich mit Mühe eine ernsthafte Miene auf und rufe sie zur »Konferenz« an den Tisch.

»Heidi, es muß was passieren!«

»Ich werde schon bald ausziehen!« zwinkert sie. »Ich kann doch einfach zurückgehen. Er sitzt ja!«

»Nixibixi! Nie wieder Ishøj! Aber ich habe mit der Frauenhilfe gesprochen...«

»Frauenhilfe!« echot sie, alle Waffen bereit. »Da will ich auf keinen Fall hin!«

»Sollst du auch nicht, das kann man nämlich gar nicht!« entgegne ich und erkläre ihr, daß sie hingehen und mit einer Sachbearbeiterin reden und dann in eine Art Therapiegruppe für Frauen kommen kann, die Opfer von Gewalt geworden sind.

»Du kannst auch ein paar Stunden beim Psychiater kriegen, wenn du das lieber möchtest...«

Sie betrachtet mich mit dem harten Blick, der in den letzten Wochen verschwunden war. Also habe ich sie verletzt. Sie hält das für Verrat. Ich bin hinter ihrem Rücken zu den Ämtern gegangen, die sie am meisten haßt und verachtet, René eingeschlossen.

»Nun hör mal, Heidi! Das ist anonym! Du wirst nirgends registriert! Kein Personalausweis, keine Protokolle und Formulare, gar nichts! Die können dir helfen, eine Ausbildung anzufangen...«

»Ich kann doch nicht mal meinen eigenen Namen buchstabieren!« murmelt sie abweisend.

»Klar kannst du das! Und auf jeden Fall kriegen sie für dich einen Platz im Analphabeteninstitut!«

»Wo?«

»Na, da, wo funktionelle Analphabeten lesen und schreiben lernen!«

»Funktio-was?« fragt sie angriffslustig.

»Funktionelle Analphabeten«, wiederhole ich, mich für meinen überheblichen Ton entschuldigend. »Erwachsene, die kein Straßenschild lesen können. Die lernen da Bücher lesen, auf einem Computer schreiben, die Untertitel im Fernsehen zu lesen...«

»Dafür bin ich aber wirklich zu dumm!« betont sie und faßt sich an den Kiefer. Sie ist vier Stunden lang beim Zahnarzt gewesen.

»Nein, bist du nicht!« beharre ich. Sie hat die Tür angelehnt gelassen, und jetzt geht es darum, sie ganz aufzutreten, bevor sie sie wieder zuwirft. »Du bist klug, Heidi! Das hat nur bisher noch niemand bemerkt. Am allerwenigsten du selbst. Aber du kannst alles! Du kannst zum Mond fliegen, wenn du willst!«

»Zum Mond? Davon habe ich immer geträumt! Hast du eine Tablette? Ich hab solche Zahnschmerzen!«

»Kommst du also mit? Nur um mit ihnen zu reden? Wenn es dir nicht gefällt, gehen wir eben wieder, ja?« bettle ich.

Sie wirft mir einen wachsamen Blick zu.

»Aber die nehmen mir den Kleinen nicht weg? Das versprichst du mir?«

Ich lege meine Hand auf ihre, schäme mich für mein Unverständnis. Wie konnte ich nur vergessen, daß wir in einer

Klassengesellschaft leben. Am Boden, da, wo sie herkommt, geschieht das die ganze Zeit. Das ist eine reelle Gefahr. Wenn du dich nicht ordentlich aufführst, wenn du vom vorgeschriebenen Weg abweichst, wenn du eine unangemeldete Inspektion nicht bestehst, dann holen sie dein Kind.

»Heidi, die nehmen dir dein Kind nicht weg. Das verspreche ich dir.«

Ich drücke beide Daumen und großen Zehen, daß sie sich nicht reingelegt und betrogen fühlt, als wir zum ersten Mal den Kastelsvej ansteuern. Aber es geht wider aller Erwartungen gut, die Sozialpädagogin ist lieb und unkompliziert, mit einem bunten Band in den Locken. Ich habe sofort Vertrauen zu ihr, und das hat Heidi, Gott sei Dank, auch. Also brauche ich bereits nach den ersten Gesprächen nicht mehr mit hineingehen, sondern bleibe im Wartezimmer sitzen und kümmere mich um die Kinder, die wir schon langsam als Zwillingspaar ansehen. Zarina ist natürlich weiterhin meine Prinzessin und mein höchstes Glück, aber der Chinese ist auch nicht ohne, und ich würde mich in keiner Weise dagegen aussprechen, wenn in 15 bis 18 Jahren die Rede von einer Verlobung sein sollte.

Heidi wird ans Institut für Analphabeten verwiesen, sie trifft andere gleichgesinnte Frauen, und die Gespräche mit Psychologe und Sozialpädagogin helfen ihr, insoweit einen Überblick über ihre Situation zu bekommen, daß ich sehen kann, wie sie mit jeder Woche, die verstreicht, stärker wird. Ich versuche, sie vorsichtig in andere Teile der Gesellschaft einzuführen, und auch wenn sie schrecklich nervös ist und Nägel kaut, findet sie es zum Beispiel toll, mit der Müttergruppe ins Schwimmbad zu gehen. Im übrigen ist die Gruppe auseinandergefallen. Juliane arbeitet zehn Stunden täglich. Ea ist nach Berlin gereist, Hanne ist nach Allerød gezogen, und Lotte ist von ihren Zwillingen so in Anspruch genommen, daß sie daneben nichts zustande bringt. Meine

Kraftreserven habe ich in Heidi investiert, aber trotzdem bin ich es, die an einem Samstagnachmittag zu einem Treffen im Schwimmbad einlädt. Heidi kann aufgrund ihrer Gipsverbände nicht ins Wasser, also nehme ich den Chinesen mit ins Becken, während sie mit den Handtüchern und Schnullern und dem Fotoapparat in der Halle wartet. Hinterher gehen wir alle gemeinsam in die Cafeteria, vergleichen unsere Kinder und reden darüber, wie sehr sie doch gewachsen sind. Der Chinese ist mit Abstand der Kleinste, und ich bin ebenso stolz wie Heidi, als er lautstark bewundert wird.

»Was ist er hübsch!« sagt Lotte. »Woher kommt sein Vater?«

»Aus Vietnam«, antwortet Heidi und umschließt mit ihren Lippen einen Strohhalm.

»Sieht er seinem Vater ähnlich?«

»Ja, die Augen!« antwortet Heidi fröhlich und bringt damit alle zum Lachen. »Kim ist auch so ein kleines Schlitzauge!«

»Aber das Lächeln hat er von seiner Mutter!« werfe ich ein, und das stimmt. Der Chinese hat das Vollmilchlächeln seiner Mutter mit zwei kleinen spitzen Zähnen. Und seit er dem Amöbenstadium entwachsen ist, kann man auch feststellen, daß er einige ihrer Charakterzüge geerbt hat. Hinter aller Niedlichkeit ist er ein hartnäckiger Charmeur, ein charmanter kleiner Dickkopf.

Als wir den anderen zum Abschied gewunken haben und wieder im Alfa sitzen, der übrigens in letzter Zeit angefangen hat zu kränkeln, fragt Heidi mich, ob sie in Ordnung war.

»Ja!« versichere ich ihr.

»Es war nicht peinlich mit mir, oder?« fragt sie.

»Überhaupt nicht! Die fanden dich nett und waren ganz wild auf den Chinesen.«

Das stimmt, und für sie ist es eine große Offenbarung, festzustellen, daß sie unbeschwert mit anderen Menschen umgehen kann. Auch mit solchen Menschen, die sie seit ihrer Kindheit als herablassende Arschlöcher anzusehen gelernt hat. Das einzige Manko ist ihre Wohnsituation. Mit anderen Worten – sie wohnt immer noch bei mir. Wenn Paul zu Hause ist, macht sie sich unsichtbar, hält sich die meiste Zeit in ihrem Zimmer auf, mahnt den Chinesen, leise zu sein, macht ihre Hausaufgaben und geht zu ihren Terminen und ihrem Unterricht bei der Mütterhilfe oder im Institut. Was Paul betrifft, ist die Situation festgefahren – seine Besuche in der Wohnung sind kurz und offensichtlich vor allem Zarina zu verdanken. Er vermißt sie, und da sie bei mir lebt, kann er die unausgesprochene Drohung nicht wahr machen, erst zu uns zurückzukehren, wenn Heidi weg ist. Aber mir gegenüber ist er kalt, kurz angebunden und abweisend. Meinen Versuchen, einen konstruktiven Dialog einzuleiten, begegnet er mit Schweigen oder Ironie. Wir können gerade noch Bemerkungen zu praktischen Angelegenheiten austauschen – beispielsweise ist er es, der die Verhandlungen mit dem Kirchenministerium übernommen hat, damit *Zarina* als Vorname akzeptiert wird. Dafür ist die Kinderbetreuung mein Job – oder besser gesagt der Mangel an Kinderbetreuung, denn legale Möglichkeiten sind so gut wie nicht vorhanden. Da ich in sechs Wochen wieder anfangen möchte zu arbeiten, beginnt mich das langsam zu beunruhigen. Während Heidi also auf dem aufsteigenden Ast ist, bin ich eher auf dem absteigenden. Und was ich bisher für ausgeschlossen und unmöglich gehalten habe, geschieht an einem Abend, als Zarina sich unerträglich hysterisch aufführt und weder das eine noch das andere will. Die Milchsuppe, die bisher vom ersten Versuchslöffel an ein Riesenerfolg war, wird wieder ausgespuckt, die Brust weggeschoben und der Schnuller in ohnmächtiger Wut weggeworfen.

»Nun hör mal auf, du Nervensäge!« höre ich mich selbst rufen. Aufbrausend, lieblos, erschreckend.

Am gleichen Nachmittag habe ich Heidi angefaucht, weil sie im Wohnzimmer Biskuitrolle direkt aus dem Papier gegessen hat, und im Supermarkt war ich kurz davor, die Kassiererin anzukeifen, weil sie die Bonrolle wechseln mußte. Alles zusammen alarmierende Anzeichen eines aufziehenden Unwetters, die Heidi instinktiv reagieren lassen.

»Morgen gehe ich zurück!« sagt sie leise.

»Du gehst überhaupt nicht zurück, wenn du mit ›zurück‹ Ishøj meinst!« kontere ich und werde ernsthaft sauer. »Du hast selbst gesagt, wenn er wieder rauskommt, schlägt er dich tot!«

»Ich kann einen Überfallalarm kriegen! Das haben viele andere auch! Dann kommen die Bullen, bevor er an der Tür ist!«

»Heidi, verdammt noch mal«, mache ich hartnäckig weiter. «Was willst du in Ishøj?«

»Nichts Besonderes«, antwortet sie und beginnt den Tisch abzudecken. »Soll ich Zarina auch baden?«

»Wenn du magst«, antworte ich todmüde. Babyweinen könnte man sicher als Foltermittel benutzen. Einen halben Tag lang ununterbrochen *wäh-wäh,* und man ist bereit, alles zuzugeben. Ich muß hier raus, irgendwas anderes tun, andere Menschen sehen.

»Ich kann sie auch beide ins Bett bringen, wenn du willst. Dann kannst du ein bißchen rausgehen!«

Das ist eine zu große Versuchung. Also gebe ich die Verantwortung ab, nehme das Auto und fahre auf gut Glück in der Stadt herum. Überlege, ob ich ins Café gehen sollte. In die Brasserie, ins Dan Turèll oder ins Café Viktor. Was zum Teufel sollte ich da? Also fahre ich weiter, um Kgs. Nytorv durch Nyhavn, überlege, nach rechts abzubiegen und Mutter zu besuchen. Es ist lange her, seit ich sie gesehen habe. Sie hat soviel zu tun, und ich habe ein Geheimnis, das ich nicht mit ihr teilen möchte: die Fotos von Vater. Kiki hat anscheinend nichts verraten, denn Mutter hat von sich aus nichts gesagt. Also fahre ich lieber über den Amalienborg Slotsplads, auf dem eine einsame Wache vor ihrem Schilderhaus steht und über den Rest an Unschuld wacht, der noch auf der Welt zu finden ist. Kein Wunder, daß die Touristen es lieben – dieses kleine Königinnenreich, in dem ein einziger Mann mit Spielzeuggewehr genügt, das Schloß vor Drachen und feindlichen Heeren zu beschützen. Und in Moskau rasselt ein Wahnsinniger namens Zhirinowski mit seinem Säbel, daß die russischen Juden, die auf dem Weg in die Emigration nach Israel sind, vielleicht recht haben, wenn sie meinen, die Geschichte wiederhole sich... Die TV2-Nachrichten mit Paul Weber brachten vor ein paar Tagen ein schreckeneinflößendes Interview mit dem uniformierten Volksverhetzer, worüber ich gern hinterher mit Paul gesprochen hätte. Aber wir reden nicht mehr miteinander.

Als ich die Esplanade erreiche und das Kastell passiere, spüre ich, daß ich ihn vermisse. Daß es mir leid tut, wie er mir langsam entgleitet. Er glaubt, meine Fürsorge für Heidi sei gegen ihn gerichtet, ich benutze sie als Keil zwischen uns. Aber das stimmt nicht. Heidi ist eine Sache, Paul eine andere. Ich muß mich einfach um sie kümmern. So simpel ist das. Und eigentlich bin ich enttäuscht, daß er selbst nicht so generös ist, das zu verstehen. Er beschuldigt mich, nicht teilen zu wollen, aber wenn es an die Substanz geht, ist letztendlich er es, der den ganzen Kuchen behalten will!

Als ich das Triangle erreiche, ist mein Selbstbewußtsein zur Wut darüber geworden, daß er die Dinge verkompliziert! Wir würden es schon hinkriegen, wenn er nicht so scheißgekränkt wäre! So verflucht egoistisch!

»Männer!« zische ich und gebe Gas, damit ich noch bei Gelb rüberkomme. Ich fahre jetzt auf mein früheres Viertel zu, als könnte ich hier das auf ewig Verlorene wiederfinden. Fahre in meine alte Gegend. In »meiner« Wohnung brennt kein Licht. Zum Glück. Ich würde es kaum aushalten, zu sehen, daß da jemand wohnt. Jemand dort leben zu sehen, ohne jede Verpflichtung, so wie ich früher. Aber darüber, bei Simon & Frank ist Licht. Ich kurble die Scheibe herunter und schaue hinauf. Ich trommle unentschlossen auf den Lenker.

Aber warum eigentlich nicht. Ich habe Frank seit der Beerdigung nicht mehr gesehen. Konnte es nicht ertragen, seine Trauer zu sehen. Aber irgendwie vermisse ich ihn jetzt, als Zeugen meiner Vergangenheit. Also kurble ich das Fenster wieder hoch und steige aus.

Bad timing, wie's aussieht, denn Frank hat einen Gast. Einen außerordentlich jungen und gut gebauten Gast, in dem ich einen der Tänzer der Ballett-Truppe vom Nationaltheater wiedererkenne. Wir haben als Kinder ein paarmal gemeinsam um den Weihnachtsbaum getanzt.

»Soll ich nicht lieber wieder gehen?« flüstere ich, als ich Franks leicht verblüfften Gesichtsausdruck zu interpretieren versuche.

»Nein! Es ist schön, daß du gekommen bist! Du rettest mich! Verstehst du, das ist das erste Mal nach Simon, und ich kriege es überhaupt nicht auf die Reihe! *Don't leave me alone!*« Er schubst mich ins Wohnzimmer, wo er mit Kerzen, halben Hummern und so weiter alles, was dazugehört, aufgefahren hat.

Der Jüngling, der Nicholas heißt und bildschön ist, küßt mich mit einem »Hei!« auf die Wange und scheint genauso erleichtert wie Frank darüber, daß die Verführung hiermit ausgesetzt ist. Das ist reichlich komisch, und bei meiner neuen Fröhlichkeit ist es nicht einfach, das Kichern zu unterdrücken, als ich eingeladen werde, doch mitzuessen, die beiden halben Hummer plötzlich in drei geteilt werden und das ganze Arrangement radikal von romantisch zu realistisch verändert wird.

Ich rufe zu Hause an, um mich zuerst bei Heidi rückzuversichern, und da gibt es *no problems*, die Kinder schlafen bereits. Ich gebe ihr Franks Nummer, falls jemand anruft. Paul, meine ich. Wir haben, wie gesagt, unsere täglichen Gespräche eingestellt, wie so vieles andere auch. Alles andere, eigentlich.

Als Frank also nach Paul fragt, ist es fast befreiend, ihm zu beichten, sah er uns doch, als wir singend und überschäumend waren und die Welt um den Finger wickelten.

»Mein Gott, das tut mir aber leid!« sagt er, als ich ihm die Situation geschildert habe und zu dem Schluß gekommen bin, daß alles zum Teufel geht.

Nicholas, durch den ich hindurchsehe, teilweise, um mich nicht aus der Fassung bringen zu lassen, teilweise, weil ich Tänzern kein großes Verständnis für die Welt außerhalb des Trainingssaals zutraue, fragt mich plötzlich, ob ich auch sicher sei, daß er nicht auf Männer stehe? Paul, meint er. Denn wenn er dieser scharfe Typ aus den Nachrichten sei, dann würde er, Nicholas, auf jeden Fall versuchen, ihn aufzureißen.

»Ja, da bin ich mir verdammt sicher!« betone ich, und nachdem Frank ein paar Minuten ernsthaft darüber nachgedacht hat, ist seine Diagnose auch negativ.

»Also, wenn er das wollte, dann wären wir – also, ich meine, dann wäre ich – schon lange dabei! Er ist gegenüber irgendwelchen Attacken aus dieser Richtung vollkommen unempfänglich!«

Ich lache und sauge an den Hummerscheren.

»Also ist das schon mal klar! Außerdem gibt es Grenzen, wie weit er mich hintergehen kann!«

»Olà!« johlt Frank. »Du bist ja an und für sich schon ein gutes Argument umzufallen! Obwohl, wenn ich ehrlich sein soll – darf ich es sagen?«

»Ja?«

»Du siehst schrecklich aus!«

»Was!« rufe ich empört aus. »So etwas sagt man keiner Dame!«

»Doch, wenn man die Dame gern hat! Findest du nicht auch, daß sie wie ausgekotzt aussieht?« fragt er Nicholas, der seinen Kopf prüfend zur Seite neigt.

»Das stimmt. Soll ich dir die Haare schneiden? Hast du

eine gute Schere?« fragt er Frank, der begeistert nickt, und ehe ich mich besinnen kann, ist das Wohnzimmer in eine Schönheitsfarm umfunktioniert, und meine gespaltenen Nachgeburtshaare liegen wie ein Pelztier auf dem Boden. Die Frisur hing sowieso in letzter Zeit nur noch in müden Strähnen – noch eine weitere Erinnerung daran, daß mein dreißigster Geburtstag vor der Tür steht.

»Das ist aber reichlich dünn!« konstatiert Nicholas.

»Du darfst es nicht ganz abschneiden. Nicht alles!« flehe ich in plötzlicher Angst, mich selbst als geschorenes Deutschenliebchen im Spiegel wiederzusehen. Mit Pauls Haaren ist es schon traumatisch, denn er hat angefangen, heimlich seine Geheimratsecken zu begutachten. Sie ziehen sich Tag für Tag zurück, und es gibt nichts, absolut nichts, was den fortschreitenden Rückzug aufhalten kann. Aber ich tröste ihn damit, daß sowohl Ernst als auch Helene dicke, graue Mähnen haben. Tröstete ihn...

Nicholas hatte mal einen Lover, der Friseur war, und findet es affengeil, Stylist zu spielen, und auch wenn mein Make-up-Vorrat nicht gerade eine große Palette aufweist, gelingt es ihm dennoch, mich zu einer dunkelblonden Madonna-Ausgabe herauszuputzen.

»Souverän!« rufen die beiden aus und sind äußerst zufrieden, als sie mir den Spiegel hinhalten. Ich lache und strecke die Zunge aus, lecke mir über die nachgemalten Lippen und bleibe solange dabei, bis ich spüren kann, wie Paul mir in den Nacken pustet. Unmittelbar danach fahre ich in einer Stimmung verwirrter Sehnsucht heim, habe Lust, einfach weiterzufahren, die Fähre zu nehmen und bis nach Odense zu brausen. Ihn in der Wohnung, die ich nicht kenne, aufzusuchen. Unter die Decke zu ihm zu kriechen und zu sagen, hier bin ich, die Frau in deinem Bett. In der Turesensgade ist ein freier Platz, ich parke ein und gehe nachdenklich langsam zur Nørre Søgade zurück. Unter der Straßenlaterne gegenüber der Wohnung steht ein Mann. Parka hochgeschlagen, und die Mütze tief in die Stirn gezogen. Mittleren Alters, nehme ich an. Ich werde langsamer, um ihn zu taxieren, aufmerksam, wie es jede Frau des nachts zu sein hat. Aber auch wenn wir eine Sekunde lang über die Fahrbahn hinweg Blickkontakt haben, endet es damit, daß er zurückweicht und sein Gesicht wie ein friedlich gesonnener Hund zur Seite dreht. Also hat er offenbar keine anderen Absichten, als zu warten, auf Gott weiß was. Nachdem ich mich nochmals gewundert habe, schließe ich die Tür auf. Schnell, damit er mich nicht von hinten packen kann, falls...

Im Fahrstuhl habe ich das Gefühl, daß vielleicht doch irgendwas Bekanntes an ihm war. Es könnte...! Könnte er es wirklich sein...!

Als ich in die Wohnung komme, stürze ich sofort zum Erker. Aber wer immer es auch war, er ist verschwunden. Der Platz unter der Straßenlaterne ist leer, als hätte nie jemand dort gestanden. Also war er es nicht. Nein, natürlich war es nicht mein Vater.

»Therese?«

»Ja!«

Heidi steht in der Türöffnung. Zahnstocherbeine unter dem Nachthemd. Sie hat wieder vergessen, Hausschuhe anzuziehen!

»Was ist denn?«

»Meine Schwester hat gerade angerufen. René ist auf dem Weg hierher.«

Ich habe es in Moskau letztes Jahr erlebt, und auch in dieser Nacht wird es wieder bestätigt: Man kennt sich selbst und die anderen erst, wenn man unter extremem Druck steht. Wenn das Gehirn wie eine Turbine unter Hochdruck arbeitet, wenn Angst in kreative Kriegsführung umgesetzt wird. Wenn man keine Zeit mehr für Überlegungen hat, sondern einfach handeln muß. Und genauso ist die Situation, denn während ich mich am Telefon mit der Polizei streite, die keine Mitteilung über entwichene Strafgefangene aus dem Nyborg-Staatsgefängnis hat, kommt ein BMW auf zwei Rädern um die Ecke gebraust. Er rast vorbei, vielleicht kennt René die Hausnummer nicht und ist zu weit gefahren, aber ich bin mir absolut sicher, daß in dem höchstwahrscheinlich gestohlenen Wagen René Jensen, der Rächer, sitzt.

»Ihr könnt euch eure Mitteilungen in den Arsch stecken!« schreie ich den Wachhabenden auf dem Revier 1 an. »René Jensen ist gerade unter meinem Fenster vorbeigefahren, wenn ihr also endlich euren Hintern hochkriegen und umgehend einen Wagen vorbeischicken könntet. Der Mann ist gefährlich!«

Der Wachhabende läßt eine Standardphrase vom Stapel, für hysterische Weiber gedacht, daß er die Sache untersuchen und sich umgehend wieder melden wird, aber im gleichen Moment ist ein scharfes Klirren zu hören, gefolgt von einem singenden Zischen, als das Projektil durchs Wohnzimmer saust.

»Er schießt!« schreie ich in den Hörer und rufe Heidi zu, sie solle zurück ins Schlafzimmer laufen. Ich werfe den Hörer auf, gehe auf dem Fußboden in Deckung und krabble ins Arbeitszimmer, wo der Chinese nichtsahnend im Reisebettchen schläft. Ich ziehe den Stecker heraus, so daß das Zimmer im Dunkeln liegt, als ich mit erzwungener Ruhe und pochendem Herzen das Kind hochnehme und in eine Decke wickle. Während ein weiterer Schuß durchs Wohnzimmer saust, erreiche ich sicher das Schlafzimmer, das zum abgeschlossenen Hinterhof hinausgeht. Dort steht Heidi im Dunkeln und zittert, daß die Zähne im Mund klappern. Wortlos streckt sie ihre Arme nach dem Chinesen aus, den sie an sich drückt. Zarina schläft in ihrer Wiege, und auch wenn ich sie spontan hochnehmen möchte, lasse ich sie doch lieber liegen. Es gibt keinen Grund, sie mit meiner Angst anzustecken.

»Er schießt uns über den Haufen!« zittert Heidi und zuckt

zusammen, als ein weiterer Schuß pfeift und noch mehr Glas auf den Wohnzimmerboden klirrt.

»Ruhig«, sage ich mit aller Autorität, die ich aufbringen kann. »Die Polizei ist unterwegs!«

Die Nachbarn sind aufgewacht, ich kann hören, wie in den Schlafzimmern Licht angemacht wird, wie Leute einander erschrocken bei der Hand fassen, die Nummer der Polizei ins Telefon eintippen. »Das ist ja wie im Kino!« stellen sie ungläubig fest. Bleibt nur zu hoffen, daß sich keiner dazu berufen fühlt, Actionman zu spielen und sich einzumischen. Denn René ist äußerst lebensecht, und jetzt hat er angefangen, besoffen auf der Straße herumzugrölen. Was genau, ist nur schwer zu verstehen, aber die Botschaft ist deutlich. Die Hure und ihr gelbes Hurenkind sollen umgebracht werden!

Als der erste Schuß im Flur widerhallt, wacht Zarina auf. Sie erwacht, empört darüber, aufgeweckt worden zu sein, und während ich sie mit der einen Hand hochnehme und zu beruhigen versuche, halte ich Heidi mit der anderen. Sie ist bleich wie ein Leichentuch, und ich rede eindringlich mit ihr, damit sie nicht in einen Schock verfällt.

»Heidi! Nur ruhig jetzt! Du darfst keine Panik kriegen!« sage ich mit schrillem Unterton, als ein weiterer Schuß im Flur knallt. Er versucht sich durch die geschlossene Tür zu schießen, und über kurz oder lang wird es ihm gelingen. Im gleichen Moment ist die erste Sirene zu hören, gefolgt von weiteren. Die Leute müssen bei Polizei, Rettung und Feuerwehr zugleich Alarm geschlagen haben.

»*Fucking Rambo*«, murmle ich, um mir selbst einzureden, daß das hier nur etwas ist, was wir gemeinsam träumen, Heidi und ich. Aber als Renés Schreien uns durch den Flur erreicht, reiße ich mich selbst aus der Trance, in der Heidi sich bereits befindet.

»Heidi!« flüstere ich und schüttle sie, damit sie wieder zu Sinnen kommt. »Wir können hier nicht einfach warten! Komm, raus in die Küche!«

Zuerst reagiert sie nicht, aber dann gebe ich ihr eine Ohrfeige, die sie aufwachen und mich verblüfft und anklagend ansehen läßt.

»Die Hintertreppe, Heidi! Sofort!«

Da zeigt es sich, daß sie ihn in sich hat, den Willen zum Überleben, denn jetzt wacht sie auf und handelt. Während René schießend und schreiend die Treppe heraufkommt und die Armada der Rettungsfahrzeuge sich nähert, schleichen wir uns auf die Hintertreppe. Heidi immer noch im Nachthemd und barfuß, ich aufgedonnert in meinem neuen, falsch plazierten Look – beide mit heulenden Bündeln im Arm. Wir laufen über den Hof zum Hinterhaus, drücken blind auf alle Klingeln und werden schließlich eingelassen. Wir stolpern in eine Einzimmerwohnung, die eine ältere Dame mit grauem, offenem Hexenhaar erschrocken für uns öffnet, ein Küchenmesser in der Hand.

»Wer sind Sie? Was ist das für eine Schießerei?« fragt sie, kann aber glücklicherweise schnell davon überzeugt werden, daß nicht wir die Schurken sind.

Von ihrem Telefon aus rufen wir die Polizei an und berichten, wo wir sind, und jetzt bekommen wir endlich die Behandlung, die uns zusteht.

»Löschen Sie das Licht! Legen Sie sich unter das Bett und bleiben Sie, wo Sie sind!« befiehlt der Wachhabende und stellt uns zu dem Einsatzleiter in einem der Wagen, die gerade angekommen sind, durch.

»Sind Sie unverletzt? Alle?« fragt er und klingt aufrichtig erleichtert, als ich das bestätige. »Also gut, bleiben Sie, wo Sie sind! Wir kriegen ihn schon! Immer mit der Ruhe!«

Dann fragt er nach den Örtlichkeiten im Haus, die in diesem Fall ideal sind, weil es in unserem Aufgang nur eine Zahnarztpraxis und Büros gibt, die alle nachts menschenleer sind. Und unser Nachbar ist verreist. Der Einsatzleiter begründet sein Interesse für die Räumlichkeiten nicht, aber ich begreife es sofort, und erst jetzt geht mir auf, daß René schon andere niedergeschossen haben könnte, bevor er hierher kam. Zum Warmwerden oder als Ventil für die größte Wut. Hansi oder zufällig vorbeigehende Spaziergänger. So was passiert ja, wie man liest.

Nachdem ich mit dem Einsatzleiter gesprochen habe, können wir ihn mit dem Megaphon auf der Straße rufen hören. »René Jensen, wir wissen, daß Sie da drin sind! Kommen Sie mit über dem Kopf erhobenen Händen raus, und es passiert Ihnen nichts!«

René antwortet nur mit weiteren Schüssen, und ich denke mit einem Anflug schlechten Gewissens, daß er jetzt Pauls schöne Wohnung kurz und klein schießen wird. Entschuldige Paul, es ist meine Schuld! Alles ist meine Schuld.

Die alte Dame war vielleicht schon einmal in Gefahr, vielleicht ist es aber auch reine Intuition, jedenfalls bekommen wir beide plötzlich ein Glas in die Hand gedrückt. Im Dunkel erwarte ich vorurteilsvoll Kirschlikör oder Sherry, aber es ist brennender Cognac, den ich auf der Zunge schmecke.

»Wunderbar, danke!« flüstere ich, und mir fallen die Frauen in Sarajewo ein, während wir wie in einem Bunker oder einem Schutzraum in plötzlich entstandener Gemeinschaft dasitzen und darauf warten, daß die Schießerei aufhört und das Drama vorbei ist. Die Gefahr für unser Leben ist nicht länger akut, aber ich fürchte, daß Heidi recht hat, als sie nach langer Zeit der Stille sagt, es würde übel ausgehen.

»Er ergibt sich nie. Das heißt entweder er oder die.«

Kurz darauf endet es mit sowohl als auch. Aus irgendeinem Grund gab er es auf, zu unserer Wohnung hinaufzugehen, und blieb auf halber Höhe im Flur. Von dort aus kommunizierte er mit der Polizei, indem er abwechselnd auf die postierten Scharfschützen zielte. Während diese sich lange Zeit damit begnügten, bewußt an ihm vorbeizuschießen, um ihn zu ermüden und die Einheit zu decken, die ihn von hinten durch die Zahnarztpraxis überwältigen sollte, geschah es trotz ihrer Überlegenheit und dem taktischen Überraschungsmoment, daß René einen jungen Beamten anschoß. Danach gab es kein Pardon – und während der Polizist nur eine leichte Fleischwunde hatte, wurde René von einem Kopfschuß getroffen. Der war nicht sofort tödlich, aber das Bulletin aus dem Krankenhaus lautete auf klinischen Hirntod. Es ist nur eine Frage der Zeit, wann sie die künstliche Beatmung abschalten.

»Er war ja schon vorher hirntot!« erklärt Heidi hart, als wir im Morgengrauen beim Verhör auf Revier 1 sitzen, Pappbecher mit Automatenkaffee in den Händen. Sie zittert immer noch, obwohl sie eine Decke um die Schultern gelegt bekommen hat, und auch wenn sie noch keine einzige Träne vergossen hat, wissen sowohl ich als auch der herbeigerufene Psychologe, daß die Folgereaktion noch kommt.

Meine zeigt sich bereits, als Paul plötzlich ins Zimmer stürmt, schwer nach Luft schnappend, als wäre er den ganzen Weg von Odense hierher gelaufen. Ich hatte versucht, ihn von der alten Dame aus anzurufen, aber in seiner Wohnung müssen sie so fest geschlafen haben, daß keiner ans Telefon ging. Deshalb hinterließ ich nur einen lakonischen Bescheid auf dem Anrufbeantworter, daß er die Polizei anrufen solle, um alles zu erfahren. Und das hat er offensichtlich getan. Aber das ist erst ein paar Stunden her, wie kann er so schnell hier sein?

»Paul!« rufe ich aus und will aufstehen. Lächelnd, um zu zeigen, daß alles in Ordnung ist. *Don't worry, be happy*. Aber meine Beine tragen mich nicht, als ich den ersten Schritt mache, ihm entgegenzugehen.

»Tes!« ruft er, und ich falle in der Gewißheit um, daß er mich schon auffängt.

Im Märchen – und in Hollywood – leben alle glücklich bis ans Ende ihrer Tage, wenn der Drache besiegt ist. Als bleibe das Leben genau in dem Augenblick stehen, in dem man den rettenden Felsen erreicht, nachdem man über dem tosenden, geheimnisvollen Fluß an einem Seil gehangen hat. Als wäre die Erlösung aus der Gefahr eine alchimistische Formel für lebenslange Unbeschwertheit.

Unmittelbar hat sie auch auf unser Leben, Heidis und meins, diesen Effekt. Dinge klären sich plötzlich – Heidi erlebt sich selbst als Titelfoto in den Morgenzeitungen, und ich muß mir auf die Zunge beißen und respektieren, daß es für sie wirklich eine große Sache ist, etwas, worauf sie stolz ist und was sie zeigen kann: »Guck mal, ich war auf der Titelseite vom Ekstra Bladet! Das hättet ihr nicht gedacht, was?«

Ich gräme mich heimlich, aber das Positive für mich ist, daß Frank sich meldet und meint, Heidi und der Chinese könnten doch bei ihm wohnen! Ohne Simon sei es bei ihm sowieso so verdammt leer, und er habe ja schon immer Kinder haben wollen, deshalb ... Ich amüsiere mich über diese Konstellation, aber als Heidi beschließt, »diesen Schwulen« leiden zu können. Nachdem sie ihn sich angeschaut hat, endet es damit, daß sie bereits ein paar Tage später ihre Plastiktüten und ihr Kind packt und zu ihm zieht. Prinzipiell hat sie immer noch ihre Wohnung in Ishøj, aber zum einen ist die nach Renés Besuch total verwüstet und nicht bewohnbar – dort war er nämlich zuerst –, und zum anderen glaube ich, daß Heidi inzwischen erkannt hat, daß sie besser nicht dorthin zurückgehen sollte. Auch wenn ich weiß, daß sie noch nicht mit Ishøj abgeschlossen hat. Praktisch gesehen muß die Wohnung noch geräumt werden. Ich habe versucht, sie sanft dazu zu drängen, aber ohne Erfolg. Jetzt warte ich also einfach ab. Sie wartet auf irgend etwas, von dem sie selbst vielleicht gar nicht weiß, was es ist.

Wie ich nicht weiß, warum ich sie vermisse. Ja, während Paul nämlich himmelhochjauchzend glücklich ist, daß wir nun wieder allein sind, herumtänzelt, mich tätschelt und lieb, süß und verrückt ist, ertappe ich mich selbst dabei, wehmütig in Erinnerungen zu versinken, wenn ich ein Souvenir von Heidi in der Wohnung finde. Einen halben Schokoladenriegel im Kühlschrank, lila Nagellack im Badezimmer, die Fernsehzeitschrift im Zeitungsstapel. Ich höre ihr schepperndes Lachen, wenn sie in der Sofaecke saß und Paul nachmachte, ich sehe sie den Chinesen zum lauten Lachen bringen und ihre spezielle, verstohlene Art zu rauchen und zu essen, als wolle ihr jemand die Beute wegschnappen.

Ich mache große Anstrengungen, meine Wehmut zu verbergen, aber zwischendurch sitze ich doch träumend da und spiele mit einem der blauen Schnuller des Chinesen, den ich in einer Schürzentasche gefunden habe. Übrigens kann sie inzwischen ausgezeichnet Frikadellen braten – Tante Mo hatte recht, daß sie dafür eine gute Hand hat. So ist es nur gut, daß sie bei Frank eine Klasse aufrückt, schließlich ist er sowohl Gourmet als auch Gourmand.

»Was ist?« fragt Paul in einem Ton, vorsichtig inquisitorisch, als hätte ich ein Geheimnis, daß er am liebsten nicht erfahren würde.

»Gar nichts!« antworte ich, küsse seine Hand und erkläre ihm, wie schön es ist, ihn bei uns zu haben. Wir haben es nie ausgesprochen, aber die Trennung war eine Tatsache, und jetzt ist er wieder da.

»Liebst du mich?« fragt er daraufhin, und ich antworte, »natürlich tue ich das!«, denn näher kann ich der Wahrheit nicht kommen. Und da keiner von uns beiden Modifikationen oder Nuancen benutzt, bleibt die Aussage einfach so stehen. Klar und rein. Und wir arbeiten beide hart daran, sie mit Leben zu erfüllen, geben uns alle Mühe, unsere eigene Behauptung zu beweisen. Wir lieben einander, wir lieben es, zusammen zu leben, wir lieben unsere Tochter, und wir werden einander bis in alle Ewigkeit lieben, Amen.

Aber irgendwo im Untergrund gibt es ein Grummeln, ein Beben bahnt sich auf der anderen Seite der Erdkugel an. Vielleicht ist es einseitig. Vielleicht bin nur ich es, die plötzlich die Lampe leicht schaukeln sieht, einen Rahmen schief hängen, einen Nerv hinter Pauls Augenlid zittern. Vielleicht bin nur ich es, die von der Unwirklichkeit getroffen wird wie damals im Herbst. Nur ich, die diese Augenblicke von Nichtexistenz erfährt. Als würden Stühle unter mir verschwinden, Wände zu Luft werden und Gegenstände unerreichbar dahinschweben, während ich bei vollem Bewußtsein in Ohnmacht falle und Paul mir gegenübersitzt und einfach weiterspricht. Dieses Erlebnis dauert nur wenige Sekunden, hinterläßt in mir aber ein Gefühl seelischen Grauens. Was bringt mich jetzt wieder aus der Bahn? Was untergräbt mich und zieht mir den Boden unter den Füßen weg? Warum kann ich nicht einfach mein Kind genießen, das seinen ersten Zahn bekommt und ein sportliches Talent ist, sich herumdrehen und schon fast allein sitzen kann? Warum kann ich nicht einfach auf dem Balkon stehen, dem Gesang der Amsel lauschen, während sie die zarten Frühlingsabende einsingt? Warum kann ich nicht einfach am Tisch sitzen, Wein trinken und mich interessant und intensiv mit Paul über Politik und Fernsehen, Subsidiarität und neue Bücher unterhalten, über den Kaufmann von Venedig und Grunge als verwässerten Protest? Warum dieses Gefühl von Verschiebung, als würde alles die ganze Zeit mit verspäteter Nachsynchronisation gesendet?

Vielleicht kommt es, weil ich Heidi vermisse. Denn mit ihr zusammen bin ich wirklich. Unverstellt und unreflektiert, ein unbeschwerter Teil der Welt mit ihren Fahrrädern und Kinderwagen, Gemüsehändlerauslagen, Blumensträußen, Kaffeemaschinen, Streitereien, Graffiti und Kneipenschnäpsen. Vielleicht bin ich ja auch nur auf dem direkten Weg in die

Dreißigerkrise. Mein Geburtstag nähert sich mit Riesenschritten, und es kann gut sein, daß ich dem Gedanken, nicht länger blutjung zu sein, weniger abgeklärt gegenüberstehe, als ich mir eingebildet habe. Jedenfalls kommt mir der Gedanke – 30 Jahre! – absurd vor, weshalb ich mir auch freundlich, aber bestimmt jede Aufmerksamkeit verbeten habe. Ich will nicht gefeiert werden, und ganz gleich, wie sehr Paul auch bettelt, ich weigere mich, ein Fest zu geben.

»Wir haben weder Zeit noch Geld noch Kraft«, fertige ich ihn ab.

»Ich habe Zeit, Geld und Kraft!« beharrt Paul, der schon dafür gesorgt hat, daß er dann keinen Dienst hat.

»Das ist lieb von dir, Paul. Aber wenn es denn unbedingt sein muß, dann möchte ich lieber essen gehen. Nur wir beide«, schmeichle ich mich ein. Ich weiß nicht, wie ich es ihm sonst erklären soll, deshalb versuche ich es erst gar nicht. Und ich habe einfach nicht die Kraft, so ein Fest durchzustehen. Außerdem hasse ich es, im Mittelpunkt zu stehen, was er mittlerweile wissen sollte.

»Okay«, gibt er schließlich nach. »Prinzipiell bin ich zwar der Meinung, man solle sich selbst ruhig feiern. Aber wenn du nicht willst. Dann verschieben wir das Fest bis zur Hochzeit.«

In früheren Zeiten hätte ich den Ball sofort zurückgeworfen, und wir hätten uns im schönsten klackenden Pingpong befunden. Aber jetzt weiß ich nicht, was ich antworten soll. Also lasse ich den Ball über den Tisch rollen, hinunter auf den Boden. Dort bleibt er liegen, Paul hebt ihn auch nicht auf. Ein gefahrverheißender Mangel an Reaktion, der mich für einen Augenblick die Luft anhalten läßt. Aber es geschieht nichts. Wir fahren mit unserem Projekt Kleinfamilie fort, als wäre nichts geschehen. *Nuclear family*, wie es auf Englisch heißt. Was mich jedesmal an Atomkrieg und Durchschmelzen denken läßt.

Atomphysik und Nuklearwaffen sind sowieso ein Thema,

mit dem ich mich in letzter Zeit zielbewußt beschäftigt habe. So nähere ich mich hintenherum dem wunderbaren Moskaufilm, indem ich mit Zarina im Kinderwagen in die Bibliothek gehe und die Regale nach Fachliteratur über Bohr, Einstein und den Rüstungswettlauf nach dem kalten Krieg durchstöbere. Ich muß wissen, wie eine Atombombe gebaut wird. Ich muß die trockenen Facts kennen, die neutralen technischen Beschreibungen von Sprengköpfen und Missiles finden. Ich muß den Unterschied zwischen Uran und Plutonium kennen, wissen, wieviel gebraucht wird, um Bomben auf Bagdads Hinterhöfen zusammenzubasteln. Und zuallererst muß ich wissen, wo der Gedanke entstand. Waren sie krank, wahnsinnig oder nur von einer schrecklichen Fachidiotie befallen, daß sie auf so etwas kommen konnten? Die Bombe zu bauen, die alles Leben auslöschen kann. Und war ihnen klar, was sie taten, als sie die Bomben über Hiroshima und Nagasaki abgeworfen hatten? Sahen sie jemals Bilder von der Pilzrauchwolke, lasen sie jemals Berichte über Kinder, die zu Feuersäulen wurden und in einem Blitz wegschmolzen?

Hiroshima, mon amour. War es dieser Ekel, der meinen Vater Kommunist werden ließ? Dieser Ekel, den ich fühle, wenn ich zu Hause mit Zarina auf dem Schoß sitze und mich durch die Schrecken von damals blättere. Bild um Bild von der Apokalypse. Wiederholt als verfeinerte Perversion, als die Amerikaner Napalm über Vietnam abwarfen.

Ich drücke Zarina an mich und denke an den Chinesen. Das hätte er sein können. Ein schreiendes Kind, dem Napalm am Körper klebt. Oder sein Onkel oder seine Tante. Verwandte, die er nie kennenlernen wird, weil er als Heidis Kind aufwächst.

Geschichts- und vaterlos, wird er immer der schlitzäugige Bastard in einer Gesellschaft sein, die niemals seine Fragen beantworten kann. Ihm niemals erzählen wird, woher er kommt und wieso er hier gelandet ist. Vielleicht nagt das an ihr. Daß sie ihm nur ein halbes Leben geben kann.

»Dada!« sagt Zarina und packt mich bei den Haaren. Nun mag sie nicht länger stillsitzen, sie möchte unterhalten werden.

»Möchtest du Saft?« frage ich und nehme sie mit in die Küche, wo ich Apfelsaft in eine Schnabeltasse gieße. »Bitte!« Ich helfe ihr, die Tasse festzuhalten und beobachte fasziniert, wie sie konzentriert den Schnabel an den Mund führt.

»Du bist aber tüchtig!« lobe ich sie, als es ihr gelungen ist, zu trinken, während der Saft aus den Mundwinkeln läuft. Sie bekommt einen Kuß und mehr Saft, und in meiner Bewunderung darüber, wie groß sie bereits geworden ist, spüre ich einen Stich von Wehmut darüber, daß sie nicht mehr winzigklein ist. Das Stillen nimmt langsam ein Ende, die Milch läuft zu langsam, und es ist zu wenig für ihre begrenzte Geduld. Also sind wir zu Babynahrung in der Flasche übergegangen, Saft im Becher, und Muttermilch gibt es nur noch zum Trost. Eher meinet- als ihretwegen. Obwohl die Flasche Freiheit für mich bedeutet, kann ich sie nicht loslassen. Ich muß sie immer noch ganz dicht an meiner Haut spüren. Muß wissen, daß ich unersetzlich bin. Denn wie Paul – nicht ohne Triumph – so richtig bemerkt, kann sie eine Flasche ebensogut von ihm bekommen. Er hat sogar gewagt vorzuschlagen, sie mit nach Odense zu nehmen. Dort kann er problemlos schwarz eine billige Tagesmutter finden, die auf sie aufpaßt, wenn er seine langen Dienste hat. Dann nimmt er sie einfach mit zurück nach Kopenhagen, wenn er frei hat, und wenn mein Dienstplan mit seinem übereinstimmt, können wir jeweils tagelang zusammensein.

»So kannst du mit deiner Arbeit richtig loslegen, ordentlich auf die Tube drücken, wie du doch gern möchtest, während ich mich um sie kümmere.«

Er provoziert mich, indem er mich da erwischt, wo ich am empfindlichsten bin. Dort, wo die formalen Argumente aufgebraucht sind, und ich nur noch meine Gebärmutter als Waffe habe. Ich kann sie nicht entbehren. Schlimm genug, daß ich in ganz kurzer Zeit mein Kostbarstes anderen überlassen soll, während ich zur Arbeit zurückkehre, von der ich immer behauptet habe, sie fülle mich voll und ganz aus. Aber jetzt, wo die Trennung kein Name auf einer Landkarte, Tausende von Kilometern entfernt mehr ist, sondern eine reale Lokalität, bereits am Horizont zu sehen, weiß ich, daß die Trennung genauso schmerzhaft für mich sein wird wie für die Kolleginnen, die ich zuvor aus dem Erziehungsurlaub habe zurückkommen sehen mit schwermütigem Gesichtsausdruck und verstohlenem Blick auf die Uhr.

Wie sehr ich also auch früher verächtlich die Zunge über diese debattierenden Mütter geschnalzt habe, mit ihrer Behauptung, daß es ein unlösbares Dilemma gäbe zwischen dem Wunsch zu arbeiten und dem Wunsch, die eigene Brut zu erziehen, und daß das der eigentliche Konflikt der modernen Frau sei, so muß ich ihnen jetzt widerstrebend recht geben. Denn ich will ja auch arbeiten. Ich sehne mich danach. Sehne mich danach, wieder ich selbst zu sein, allein, mich in einen Schneideraum mit einem Techniker und Stapeln von Bändern einzuschließen. Als ich also beim Abschiedsempfang des Generals auftauche, wo er mich einem neuen, jungen Redaktionschef vorstellt, der mich sofort zu einem »Planungsgespräch« im Hinblick auf meine Rückkehr einlädt, fühle ich mich kampfbereit und *fit for fight*. Und ich trete das Gespräch mit einem Block voller guter Ideen an, die er eine nach der anderen frißt. Zunächst möchte ich gern mit einem »*special assignment*« zusammen mit Jørn Jensen beginnen. Wir wollen zusammen die Mafia-Story machen, aufgebaut auf meinen Moskaufilm.

»Hast du dir die Aufnahmen angeguckt?« fragt der Redaktionschef, der offenbar vom General einen Wink bekommen hat.

»Noch nicht«, zögere ich. »Aber auch wenn sie nicht ganz den Erwartungen entsprechen, können wir trotzdem einen guten, fundierten Bericht zustande kriegen.«

Ich bekomme ein »*go*« mit der Auflage, daß zunächst ich und später er die Bänder durchzappt.

»Meine Strategie ist es, den Sender frecher zu machen. Offensiver. Ich brauche kreative Mitarbeiter, die in Bildern erzählen können. Leute, die ein anpassungsfähiges Verhältnis zum Medium haben und sich nicht scheuen, Grenzen zu überschreiten. Du bist eine der Karten, auf die ich setzen möchte, Therese. Hast du irgendwelche Führungsambitionen?«

»Keine speziellen«, antworte ich und denke an den fortgegangenen General. Wird er es überhaupt ohne Macht aushalten! Ich werde ihn vermissen, Iwan den Schrecklichen. Und im Grunde glaube ich, daß auch er mich vermissen wird. »Danke für den guten Kampf«, wie er sagte, als er mich zum Abschied drückte und mir alles Gute wünschte. »Und enttäusche mich nicht wie all diese Schlappschwänze!« Will er mich als Chefin sehen? Seine Erbin in fünfzehn Jahren? Oder will er mich nur nicht im Sumpf der Gleichgültigkeit versinken sehen, der so viele engagierte Talente verschluckt hat.

»Denn wir könnten daran arbeiten, daß du gefördert wirst«, erklärt der neue Redaktionschef und skizziert mir einen Karriereverlauf, der eine Zeit bei TV-Aktuell enthält, eine Periode in der Recherchegruppe und, wenn ich daran interessiert bin, ein paar Jahre als Nachrichtensprecherin.

»Nein, danke!« sage ich nachdrücklich, als die letzte Möglichkeit erwähnt wird.

»Warum nicht?« fragt er überrascht. »Du bist hübsch, du hast eine gute Ausstrahlung, den Überblick, Autorität und das richtige Alter...«

»Wir haben schon einen in der Familie!« schneide ich ihm das Wort ab.

»Ach so«, lächelt er, als es ihm einfällt. »Du bist das also, die mit Paul Weber verheiratet ist?«

»Na ja, verheiratet nun nicht«, weiche ich aus. »Er ist der Vater meines Kindes.«

Er lächelt wieder, vertraulich wissend.

»Ich kenne ihn sehr gut. Ich komme selbst aus Odense. Ein wilder Stier!«

Wilder Stier! Was zum Teufel meint er damit? Mein Stolz verbietet es mir, das Mißverständnis zu korrigieren und ihn darauf aufmerksam zu machen, daß unsere Beziehung immer noch intakt ist. Also lächle ich nur, während sich die Eifersucht wie ein Schmutzfleck über mein Herz ausbreitet, und es mir schwer macht, mich zu konzentrieren, als der Redaktionschef mit seinem Bericht fortfährt, wie der Sender und ich »gegenseitig den größten Nutzen voneinander haben können«. Äußerst sympathisch und ein neuer Stil, daß man sich auch um das Karriereprofil der Mitarbeiter kümmert. Aber ich springe schnell auf, als er zur Konferenz gerufen wird, mir bedauernd die Hand gibt und mich bittet, an meinem ersten Arbeitstag bei ihm reinzuschauen...

»Und wenn du dein Band eingescannt hast, ruf mich an! Dann werde ich sehen, ob ich für euch einen Platz im Budget finde!«

Er führt sich auf, als wäre er der Nachfolger des Generals. Aber das ist er nicht, denn man hat ausnahmsweise einmal ernsthaft etwas unternommen, um dem Ziel des Hauses hinsichtlich der Gleichstellung näherzukommen, und eine Frau ernannt. Aus den eigenen Reihen hochgekämpft. Ich treffe sie in der Auslandsabteilung, wo Zarina im Kinderwagen von Kirsten bewacht geparkt war, während ich mein Gespräch hatte. Die Handwerker sind da, die Trennwände werden eingerissen, der synthetische Teppichboden herausgerissen und ein Maler ist bewilligt. So wird es in vielerlei Hinsicht ein anderer Arbeitsplatz sein, an den ich zurückkehre.

»Einen schönen guten Tag, Therese!« sagt Big Mama, wie die neue Programmchefin genannt wird. Sie ist Mitte Vierzig, freundlich und Mutter von vier Kindern. So fängt sie fast an zu sabbern, als ich Zarina hochnehme, noch warm vom Schlaf und mit roten Bäckchen.

»Ach nein, so ein kleines Würstchen!« ruft sie aus und streichelt sie mit der Seite ihres kleinen Fingers. »Wenn man noch so eins haben könnte!«

»Brauchst nur nach Italien gehen!« bemerkt Kirsten mit dem Telefonhörer am Ohr. »Da sind sie darauf spezialisiert, alten Damen Babys zu machen!«

»Alte Damen!« schnaubt Big Mama verächtlich, die außerdem Karen heißt. »Du redest mit deiner Chefin!«

»Ach du Scheiße, das habe ich ganz vergessen!« kichert Kirsten und kommt endlich durch zu Miriam in Moskau. Ich bitte sie zu grüßen und gratuliere Big Mama zu ihrer Ernennung.

»Ach ja, vielen Dank! Aber es gibt doch viel mehr Grund, dir zu gratulieren! So ein süßes Geschöpf! Und wie geht es dir?«

»Prima«, lächle ich bestätigend.

»Bist du nicht todmüde?«

»Das ist nicht so schlimm. Normalerweise schläft sie inzwischen durch.«

»Und wann kommst du zu uns zurück?«

»Sehr, sehr bald«, sage ich ausweichend. So bald, daß ich gar nicht daran denken mag.

Karen schüttelt den Kopf und läßt Zarina prüfend an ihrem kleinen Finger nuckeln.

»Das sollte verboten werden! Nicht wahr, mein kleiner Schatz! Weder Mutter noch Kind sind dazu bereit, sich vor einem Jahr voneinander zu trennen!«

»Aber das muß man ja«, sage ich.

Karen dreht sich um und schaut mich direkt an.

»Das ist eine Frage der Priorität. Heute würde ich es nie wieder machen. Aber«, sie lächelt, »als deine Chefin möchte ich natürlich meine Mitarbeiterin so schnell wie möglich wieder am Ball haben!«

»Danke für die Hilfe!« sage ich trocken und schnappe mir die Wickeltasche aus dem Kinderwagenkorb. Mein schnuckeliges Babylein stinkt unverkennbar nach Scheiße. Und Birgitte hatte ganz recht, es wird im Laufe der Zeit nicht angenehmer.

Einer plötzlichen Eingebung folgend fahre ich einen Umweg, bei Ernst in Skovshoved vorbei. Wir haben ihn lange nicht gesehen, und ich möchte ihn nach etwas fragen.

»Na, das ist aber eine Überraschung!« sagt er und bittet uns herein. »Auch wenn das Haus geräumt wird...«

Das sieht man. Das Sofa und der Flügel stehen noch, ansonsten wird das stilechte Lysberg, Hansen & Therp-Interieur gerade von blaugekleideten Möbelpackern auseinandergebaut.

»Habt ihr verkauft?« frage ich und schaue mich um.

»Noch nicht! Aber wir wollen beide gern hier raus und es hinter uns bringen. Zum Glück ist die Vermögensaufteilung verhältnismäßig undramatisch verlaufen«, erzählt er und holt Wasser aus dem Barkühlschrank, der noch in Betrieb ist.

»Sie hat alles gekriegt?« rate ich.

»Das meiste«, nickt er und gießt Perrier mit Zitronengeschmack für mich und sich selbst ein. Er ist auf Trockenkurs, wie ich sehe. Und entspannt in Sweatshirt und Designerjeans gekleidet. »Ich habe nur ein paar mir lieb gewordene Antiquitäten und ein paar der Gemälde behalten, ohne die ich nicht leben kann. Und den Flügel!«

»Du spielst?« frage ich überrascht. Ich hatte immer geglaubt, es sei Helene.

»Das war einmal! Ich habe in den letzten zwanzig Jahren die Tasten kaum noch angerührt. Aber er ist gestimmt! Deshalb suche ich nach einer Wohnung mit toleranten Nachbarn. Und du? Wie geht es dir?«

»Gut«, sage ich und erzähle, daß ich gerade von meinem Arbeitsplatz komme.

»Freust du dich, wieder loslegen zu können?« fragt er und kann sich endlich so weit bei Zarina einschmeicheln, daß sie sich von ihm auf den Schoß nehmen läßt.

»Im Grunde ja. Aber ich suche verzweifelt nach einer Betreuung! Unter euren Damen gibt es keine, der es an Beschäftigung mangelt?« frage ich hoffnungsvoll.

»Leider nein! Du weißt, an guten Leuten fehlt es ja immer!« sagt er mit einem Lächeln und läßt Zarina auf seinem Knie reiten.

»Ja, heutzutage ist es nicht so einfach, einen guten Butler zu bekommen!« sage ich, und Ernst lacht.

»Ja, vielleicht sollte man wie die anderen auch nach London ziehen!«

»O nein, das darfst du nicht!« entfährt es mir. Er schaut mich neugierig prüfend an.

»Nein, dann lasse ich es. Ich möchte ja auch lieber nicht so weit weg von ihr sein! Also, wenn ihr niemanden habt, der auf sie aufpaßt, dann kann ich jederzeit... jedenfalls eine Zeitlang!« strahlt er.

Ich lache.

»Paß lieber auf, was du sagst! Es könnte sein, daß ich dich beim Wort nehme!«

»Nein ernsthaft, Therese! Wenn es dir helfen würde und du sie mir überlassen magst, dann tu ich das gern! Ich muß nur die Windelwechseltechniken und derlei wieder auffrischen!«

»Hast du jemals eine Windel gewechselt?« frage ich.

»Um ehrlich zu sein, ziemlich oft. Wie du dir vorstellen kannst, kam es ja ab und zu vor, daß die Mutter der Kinder indisponiert war. Schon damals war sie etwas labil...«

Er schaut vor sich hin.

»Und Paul?« fragt er dann. »Wie geht es Paul?«

Ich schlage die Augen nieder, drehe das Glas, lasse die Eiswürfel klirren.

»Wenn ein Mann von einem anderen Mann als ein *wilder Stier* bezeichnet wird, was bedeutet das?«

»Ach, Therese, so eine Aussage kann ja vieles bedeuten«, weicht er aus.

»Ernst, bitte!«
»Therese, ich möchte so gern ...!«
»Er ist dein Sohn!«
»Und du bist meine Schwiegertochter!«
»Okay, dann widersprich mir bitte nur, wenn ich mich irre. Wenn ein Mann von einem anderen Mann sagt, er sei ein wilder Stier, dann hat das was mit Schnaps und Frauen zu tun, oder?«

Ernst befeuchtet seine Lippen und gibt mir Zarina zurück. Sie hat angefangen zu meckern.

»Tu nichts Unbedachtes, meine Liebe! Mein Sohn hat auf Druck immer mit Flucht reagiert.«

»Wie seine Mutter?« frage ich leise.

»Und sein Vater.«

Meine Wut ist so groß, daß ich die Tür hinter mir zuschmeißen könnte. Aber das ist sinnlos, da Paul sich in Odense befindet und ich nur vor dem Bildschirm sitzen und ihn anstarren und beschimpfen kann und mich bei jeder Journalistin, die ihr Profil auf dem Schirm zeigt, frage, ob das vielleicht *sie* ist. Aber ich bin klug genug, die Welle ausrollen zu lassen und abzuwarten, bis der Verstand wieder einsetzt, bevor ich ihn telefonisch mit Vorwürfen der Untreue überschütte. Also benutze ich die Tage, bevor er zu meinem Geburtstag heimkehrt, dazu, meine Wut im nächstgelegenen Fitneßzentrum herauszuschwitzen. Während Zarina dort ihren Vormittagsschlaf hält, fluche und drohe ich, stemme Gewichte, sitze in der Rudermaschine und feuere mich selbst wie die aufgepumpten, tranigen Bodybuilder um mich herum an. Ich bin unter mein früheres Gewicht gekommen, und jetzt will ich schmaler, stärker und knackiger als je zuvor sein, um jede hirnlose Blondine allein durch mein formidables Aussehen auszustechen.

»Bist du sicher?« fragt Birgitte, bei der ich Dampf ablasse. »Ich meine, bist du sicher, daß er herumbumst?«

»Ich habe starke Verdachtsmomente!« heule ich und weiß selbst genau, daß das nicht reicht. Er wird nur alles abstreiten und sagen, daß die Leute schon immer versucht haben, sein Leben durch Intrigen kaputt zu machen. Was auch stimmt. Und dann wird er mich mit vollem Recht fragen, ob ich etwa irgend so einem aufgeblasenen Redaktionsleiter mehr glaube als ihm, meinem Geliebten?

Nachdem ich die Wohnung hemmungslos fast schon wie ein Einbrecher durchsucht habe – inklusive seiner privaten Schubladen –, ohne auch nur das geringste zu finden, das für Untreue spräche, geht es mir besser. Als er heimkommt, bin ich zwar noch auf der Hut, halte mich aber zurück, in einen kopflosen Kamikaze-Angriff zu verfallen.

»Lügst du mich manchmal an?« frage ich nur, nachdem wir uns geliebt haben und ich mich endlich einmal wieder richtig wirklich fühle. Satt und zufrieden.

»Niemals!« sagt er und küßt meinen durchtrainierten Körper von den Zehen bis zu den Haarspitzen, und ich packe ihn am Nacken und führe seinen Mund zu meinem, so heftig, daß unsere Zähne zusammenstoßen.

»Denn das ertrage ich nicht, wenn du das tust!« murmle ich und sauge mich fest.

Wenn Heidi es nicht allein schafft, muß ich für sie handeln. Also rufe ich am letzten Tag meines neunundzwanzigsten Lebensjahrs bei ihr an und schlage vor, daß wir Ishøj hinter uns bringen.

»Du, kann das nicht bis morgen warten, Frank und ich haben abgemacht...«

Aber ich dulde keine Ausrede, und zwanzig Minuten später sind wir unterwegs. Sie ist blaß, nervös und kaut Kaugummi. Dabei ist sie auf die beleidigte Art mundfaul, die sie der Übermacht gegenüber benutzt.

»Heidi, zum Teufel! Das ist doch nicht so schlimm! Wovor hast du denn so eine Scheißangst?«

»Vor gar nichts!« murmelt sie und macht Blasen, die sie mit einem Schulmädchenplopp platzen läßt, um sofort neue zu machen.

Aber als wir mit unseren beiden Kinderwagen vor dem Hauseingang stehen, bittet sie mich, unten bleiben zu dürfen.

»Ich passe auf die Kinder auf!«

Doch ich bin unerbittlich. Sie muß mit. Der Gips ist ab, und sie ist überhaupt gesund genug, es selbst zu machen.

»Ich kann deinen Mist nicht allein sortieren!« erkläre ich hartnäckig.

»Schmeiß nur alles weg!« erwidert sie und zündet sich eine Zigarette an.

Aber schließlich fährt sie doch widerstrebend mit hoch, und als wir erst da sind, schafft sie es auch. Die Wohnungsbaugesellschaft hat das Grobe erledigt – professionell wie Leichenbestatter haben sie genausoviel wieder in Ordnung gebracht, daß man über die Verletzungen hinwegsehen kann. Und, mein Gott, es sind schließlich nur tote Gegenstände, Sperrholz, in Späne geschossen.

Offensichtlich waren alle ihre Kleider aus dem Schrank gerissen worden, lagen inzwischen aber in Stapeln auf dem Bett, dessen Decke zerfetzt war, so daß die Federn immer noch wie eine feine Schneeschicht daliegen. Sogar das Gitterbett und die Kuscheltiere sind zerschossen, und das sieht so schlimm aus, daß wir es beide ignorieren. Ich lasse sie passiv mit dem Chinesen auf dem Arm dastehen, während ich die mitgebrachten Taschen mit noch brauchbaren Kleidungsstücken, Schuhen und den wenigen persönlichen Sachen fülle, die sie überhaupt besitzt. Darunter ein Anhänger aus grüner Jade, der sie rot werden läßt, als ich frage, was das denn sei.

»Ein Geschenk!« sagt sie kurz, und das muß reichen. Sie hat auch einige Fotoalben und einen verschlissenen DIN-A4-Umschlag mit persönlichen Papieren. Taufurkunde, Impfpaß, Sportabzeichen in Gold.

»Ich war gut in Gymnastik«, bemerkt sie.

Aus dem Umschlag fällt ein Foto von René, und es gibt auch ein paar primitiv geschriebene Briefe von ihm. Voller Fehler, aber das war auch gleich. Sie hat sie sowieso nicht lesen können. Damals nicht.

»Soll ich sie dir vorlesen?« frage ich.

»Ich will es selbst versuchen«, erwidert sie und liest mit gebrochener Stimme, tonlos und ohne Pause: »Hallo Heidi, wie geht es dir ich vemisse dich sehr denke jeden Tag an dich und freue mich wenn wir zusammen sein werden und eine Familie werden wenn ich rauskomme ich hoffe es wird ein Junge aber auch wenn es ein Mädchen ist ist das schon in Ordnung ich liebe dich auch wenn ich dir manchmal ein Arschvoll gebe daß ist nicht böse gemeint ich kann mich nicht immer zusammenreißen schreibe bald ich habe gefragt ob ich bei der Geburt dabei sein darf Küsse und viele Grüße René.«

»Irgendwie war er ganz okay«, sagt sie, während ihr die Tränen aufsteigen. »Er ist nur nicht ganz dicht im Kopf!«

»Ja, das kann man wohl sagen!« bemerke ich, und Heidi muß gleichzeitig lachen und weinen, denn er liegt immer noch in aussichtslosem Koma. Seine Mutter will nicht die Erlaubnis geben, daß die Beatmung abgestellt wird, weshalb er für ewige Zeiten so liegenbleiben kann.

Aber schließlich übermannt sie doch ein Weinen. Das geschieht, als eine vergilbte Zeitungsnotiz aus dem Fotoalbum rutscht. Nur ein paar Zeilen, die lakonisch beschreiben, daß ein »Mann am Abend von Tauchern der Kopenhagener Feuerwehr in Nyhavn ertrunken aufgefunden wurde«.

»Dein Vater?« frage ich.

Heidi nickt.

»Er ist selbst reingesprungen. Er war stockbesoffen und hatte eine Scheißangst. Er hat einigen Gorillas in Vesterbro 'ne Menge Geld geschuldet. Spielschulden. Wenn er keine Münzen geworfen hat, hat er Poker gespielt. O Scheiße,

Mann!« seufzt sie und wischt sich die Augen mit dem Handrücken ab. Ihr Nagellack splittert ab. »So ein Mist!«

Ja, so ein Mist. Ich nehme sie in den Arm und lasse sie weinen – im Chor mit dem Chinesen. Zarina fällt auch ein, und da kann ich meine Rührung nicht mehr zurückhalten, und so stehen wir mit unseren Kindern da und teilen die Trauer und den Schmerz darüber, daß es gekommen ist, wie es kam.

Aber dann wischen wir uns die Augen und putzen unsere Nasen, beenden unsere Arbeit und stehen endlich im Flur und schließen ab.

Fatima kommt heraus und verabschiedet sich, als wir unten sind und mit den vollen Taschen zum Auto wollen, und im Nu sind wir von einer Horde Kinder umringt.

»Paßt auf euch auf, ihr Rotznasen!« lacht Heidi, umarmt sie alle und sagt, daß sie alle blöd und dumm seien. Und sie lachen begeistert und rennen davon, sich von den Münzen, die sie ihnen zugeworfen hat, Süßigkeiten zu kaufen.

Als wir die Kinderwagen mit den Taschen obendrauf zum Parkplatz bugsieren wollen, geschieht es wieder. Heidi erstarrt plötzlich mit aufgerissenen Pupillen und sieht aus, als könnte sie sich nicht entscheiden, stehenzubleiben oder davonzurennen. Ich folge ihrem Blick. Da sind wieder die beiden asiatischen Frauen, die wie beim letzten Mal mit vollen Einkaufstüten aus dem Zentrum kommen.

Daß ich so eine blinde Idiotin sein konnte, läßt sich nur meinem postnatalen Zustand zuschreiben.

»Heidi«, sage ich leise. »Ich finde, du solltest den Chinesen nehmen und mit ihm zu ihnen gehen!«

»Nein!« sagt sie und wirft mir einen flammenden Das-tust-du-nicht-Blick zu. Aber das ist das geringste, was ich für sie tun kann. Also hebe ich die Taschen vom Kinderwagen des Chinesen und lasse sie stehen, während ich den Wagen mit Kurs auf die Frauen in Bewegung setze. Sie hören auf, miteinander zu reden, und ich denke, daß genauso Leute aussehen, die wissen, daß das Spiel aus ist. Zweifelhafte Furcht.

»Entschuldigung«, sage ich und bleibe vor ihnen stehen. Sie wollen sich an mir vorbeiquetschen, aber ich blockiere den Weg mit dem Kinderwagen. »Es wird wohl langsam Zeit, daß Sie den Kleinen kennenlernen!«

»Nix verstehen!« schnarrt die eine, hart und abweisend, während die andere offensichtlich eine moralische Krise durchmacht.

»Doch, Sie verstehen! Und Sie wissen ganz genau, daß auch Sie Verantwortung für dieses Kind hier tragen! Denn Sie haben den Vater weggeschickt! Jetzt müssen Sie mir sagen, wo wir ihn finden können! Sehen Sie!« Ich hebe den Chinesen aus dem Kinderwagen. »Ist er nicht süß? Sie müssen ihn und seine Mutter zu sich nehmen!«

»Vater noch Kind!« jammert eine der Frauen, die vielleicht die Großmutter ist.

»Mutter auch noch Kind!« antworte ich und nicke in Richtung Heidi. Sie ist zögernd und ängstlich nähergekommen. »Ein liebes, gutes Mädchen! Und sie ist die Mutter des Kindes! Also: Wo finden wir ihn?«

»Heute nicht!« wehrt die Großmutter ab. »Vielleicht morgen!«

Und dann eilen sie davon, stolpernd, fast fallend mit ihren billigen kleinen Schuhen.

»Vergiß es, Therese«, sagt Heidi resigniert. »Sobald die herausgekriegt hatten, daß wir uns mochten, haben sie Kim weggeschickt. Die wollen keine dänischen Mädchen in der Familie.«

»Romeo und Julia!« spotte ich und sammle unsere Taschen wieder ein.

Als wir im Auto sitzen, beide Kinder auf dem Rücksitz festgeschnallt, kommt die eine Frau, vielleicht ist es eine Tante, mit einem Zettel winkend angelaufen.

»Alles falsch!« sagt sie in ihrem asiatischen Tonfall. »Ich finde, alles falsch gelaufen! Hier Adresse!«

Sie reicht Heidi durch das offene Fenster einen hastig hingekritzelten Zettel. Wirft danach einen Blick auf den Chinesen auf dem Rücksitz und strahlt, daß ihre Augen verschwinden.

»Schöner Sohn! Sehr, sehr schöner Sohn!«

Dann verschwindet sie hinter einem rostfleckigen Fiat 127.

»Ich kann nicht lesen, was da steht!« flüstert Heidi heiser vor Aufregung. Aber ich.

»Restaurant Viet Nam, Storegatan 9, Helsingborg, Tel: 00946-4186000.

Im Hafen von Helsingør ist es windig. Die Fähre nach Schweden schaukelt im Hafenbecken, und der Sund ist grau geriffelt wie ein Waschbrett.

Ich habe den Motor ausgestellt. Heidi schaut vor sich hin. Ich stecke eine Zigarette für sie an und schiebe sie ihr zwischen die Lippen. Ihre Hände zittern zu sehr, als daß sie es selbst machen könnte.

»Ich werde seekrank!« sagt sie und zieht gedankenverloren den Rauch ein.

»Dann spuckst du über die Reling«, entgegne ich und kurble das Fenster herunter, um den Rauch aus der engen Kabine herauszulassen.

Ich lasse sie in Ruhe ihre Zigarette rauchen. Zarina und der Chinese sitzen hinter uns und beißen auf bunte Plastikbücher, die ich ihnen gekauft habe. Der Chinese meckert, als er seins verliert.

Heidi reagiert nicht, also ist es an mir, mich umzudrehen und es für ihn aufzuheben.

»Bitteschön!« sage ich und streichle ihm verstohlen über die Wange. Heidi streift die Asche ab, immer noch auf die schwedische Küste starrend.

»So!« sage ich. »Da kommt das Schiff herein, jetzt mußt du zusehen, daß du loskommst.«

»Kannst du nicht mitkommen?« fragt sie und schaut mich bittend an.

Ich schüttle den Kopf. Ich habe für sie angerufen und ihr den Hörer in die Hand gedrückt, als Kim gerufen wurde. Und ich war es, die soufflierte, als sie es ihm erzählt hat. Danach wurde ihre Stimme so sanft, wie sie sonst nur ist, wenn sie den Chinesen ins Bett bringt oder tröstet. Aber als die praktischen Details mit dem Onkel, Cousin oder wem sonst besprochen werden sollten, war ich es wieder, die die Verhandlungen führte. Also habe ich das Abkommen getroffen, aber in ihrem Namen und mit ihrer Zustimmung. Den Rest des Wegs muß sie allein gehen.

»Okay«, sagt sie schließlich wie jemand, der lange am Ende des Sprungbretts gestanden ist und die zehn Meter ins Becken hinuntergeguckt hat, ohne sich zu trauen, zu springen. »Okay, wir wollen unsern Arsch mal hochkriegen, oder?«

»Einfach oder hin und zurück?« fragt die Dame an der Kasse. Heidi schaut mich fragend an, aber ich verschließe mein Gesicht.

»Einfach«, sagt sie schließlich. »Ich kann ja immer noch auf der anderen Seite eine Fahrkarte kaufen, wenn es nicht klappt...«

Ich nicke und drücke in der Tasche die Daumen.

»Natürlich klappt es!«

»Wir kennen uns ja kaum! Und er ist noch so jung!«

»Aber ihr liebt euch!« sage ich beschwörend und stecke ihr 500 schwedische Kronen in die Tasche. »Und ihr habt ein Kind zusammen.«

Sie kichert und zeigt ihr Vollmilchlächeln.

»Das haben ja viele!«

»Was meinst du damit?« frage ich.

Aber sie kann nicht mehr antworten, weil ihr ein Matrose zuruft, daß sie jetzt abfahren.

Also ist plötzlich nur noch Zeit für eine hastige Umarmung und einen kurzen Gruß, bevor sie als letzte den mit Taschen und Plastiktüten überladenen Kinderwagen die Gangway hinaufschiebt. Ich bleibe stehen und winke ihr zu, während Zarina lachend im Kinderwagen sitzt.

»Tschüs!« rufe ich und fasse Zarinas Hand, damit sie auch winken kann.

Als die beiden oben sind und die Gangway hinter ihnen hochgezogen wird, kommt Heidi an die Reling. Den Chine-

sen hat sie jetzt auf dem Arm, und die beiden winken eifrig zurück. Die Fähre stampft rückwärts aus dem Hafenbecken, sie ruft mir etwas zu, was ich zunächst nicht verstehe, weil die Worte vom Wind verweht werden. Aber dann formt sie mit ihren Händen einen unbeholfenen Trichter, ruft noch einmal, und jetzt verstehe ich es.
»*I love you!*«
»*I love you too!*« rufe ich zurück und winke und winke, bis sie nur noch ein kleiner Punkt und das Schiff schon lange an Kronborg vorbei ist.

Es ist mein Geburtstag, und irgendwie bin ich zu aufgekratzt oder zu deprimiert, um einfach nach Hause zu fahren. Außerdem war Paul von vornherein nicht damit einverstanden, daß ich ausgerechnet heute meine Aktivitäten auch noch auf die Tätigkeit als Kuppelmutter ausweiten mußte. Deshalb fahre ich zunächst ein wenig ziellos in Helsingør herum, zum Schloß hinaus, steuere dann aber doch Kopenhagen an, den Strandvej. Als könnte die Tatsache, daß ich dort dem Meer nahe bin und Kullen und Barsebäck sehen kann, meinen Abschied von Heidi noch hinausschieben. Für einen Monat soll es zunächst sein. Kims Familie war offenbar in wildem Aufruhr, aber schließlich siegten die Guten über die Bösen. Sie beschlossen, ihren Stolz herunterzuschlucken und es die jungen Liebenden versuchen zu lassen. Heidi hat – auf meine Empfehlung hin – einen Küchenjob und Logis bei der Familie bekommen. So ist nur zu hoffen, daß dieses Märchen nicht damit endet, daß Ophelia sich in die Fluten stürzt und Hamlet in peinvollem Wahnsinn seine Mutter meuchelt.

In Rungsted bekomme ich fast einen Lastwagen ins Genick, als ich einem spontanen Einfall folgend in die Bremsen trete, um scharf nach rechts zum Karen-Blixen-Museum abzubiegen. Birgitte und ich haben früher ihre Briefe gelesen und darüber diskutiert und gestritten, ob Denys sich ihr gegenüber wie ein Schwein verhalten hat oder nicht. Ich war auf Denys' Seite. Birgitte absolut auf Tannes.

Zarina wird in den Tragesack gesetzt, und so schaffen wir es in letzter Sekunde, mit einem hochkulturellen Pensionistenclub in die *Stuben* eingelassen zu werden, wo sie alle dem Vortrag des Führers zunicken. Ich bleibe lange in Ewalds Stube, dem Arbeitszimmer, wo sie ihre Erzählungen auf der winzigen Corono-Reiseschreibmaschine geschrieben hat, die im Museum ausgestellt ist. Wie wäre ihr Leben verlaufen, wenn sie das Kind von Denys bekommem hätte? Wenn sie statt Syphillis zu kriegen und weltberühmt zu werden, Mutter zweier Kinder geworden wäre? Wäre sie dann trotzdem eine einzigartige Künstlerin geworden? Wäre sie glücklicher geworden?

Ich kaufe im Foyer einige Ansichtskarten. Auf einer trägt sie ein Harlekinkostüm und hat eines ihrer Ziele erreicht – der dünnste Mensch der Welt zu werden. Bizarr, wie anorektisch Frauen sein können. Paul beklagt sich auch schon – »willst du mich damit strafen, daß du so dünn geworden bist?«

Als Dementi kaufe ich Kaffee und Sahnetorte in der Cafeteria. Ich habe Zarinas Schnabeltasse mit und spendiere ihr Apfelsaft. Und so feiern wir Geburtstag – Mutter und Tochter – in einem Museum für eine Frau, die unfruchtbar wurde. So hätte es auch mir gehen können. Unfruchtbar und allein. Ich hatte nie den Wunsch, ein Kind zu haben, ganz im Gegenteil, meine Heldinnen waren immer stark, kinderlos, unabhängig. Aber das ist natürlich alles nur ein Mythos. Eine Tugend, aus der Notwendigkeit entsprungen. Wie Tanne, die verlassen wurde, weil sie den Freien besitzen wollte.

»Herzlichen Glückwunsch«, sage ich und halte mir selbst eine kleine Rede. Dreißig Jahre, die sind ja wirklich gut gelaufen. Und auch wenn ich mir etwas anderes vorgenommen habe, als hier mit einem Kind auf dem Schoß zu sitzen, ist das nicht zwangsläufig ein schlechter Tausch im Vergleich zur Aussicht, sich als bewährte TV-Korrespondentin im postkommunistischen Moskau durchzuschlagen. Wirklich nicht.

»Oder was meinst du?« frage ich Zarina, schiebe den Löffel in den Kuchen und führe ihn zum Mund, gefolgt von ihren sabbernden »Ich-auch!«-Geräuschen. Der Löffel ist voll mit Sahne, Schokolade und Buttercreme, und in so einem Löffel steckt sicher ca. eine Million Kalorien. *But what the fuck.* Eine Frau von dreißig ist alt genug, selbst zu entscheiden. Und jetzt wollen sie und ihre Tochter beide verflucht noch mal Kuchen!

»Hurra!« sage ich und lasse sie den Löffel abschlecken.

Ich setze die Heimfahrt den Strandvej entlang fort, wo es nach Heidis beeindruckter Bemerkung auf dem Weg *upcoast* »nur so stinkt vor Geld«. Materielle Ambitionen haben nie mein Leben geprägt, aber allein um der Aussicht willen könnte ich mir gut vorstellen, eines Tages in so eine alte Villa mit Privatstrand zu ziehen. Ein Arbeitszimmer mit Blick aufs Meer haben und eine kleine Corona-Schreibmaschine auf dem Schreibtisch…

Vielleicht ist es eher Pauls Traum, den ich übernommen habe. Er hat den Schriftsteller im Kopf, Hemingway als Idol. Aber ich habe keine Phantasie, und in Wirklichkeit bin ich auf psychologischem Gebiet auch nicht neugierig genug. Ich interessiere mich für Tatsachen und konkrete Geschichten, politisches Geplänkel und Machthaber. Höchstens lasse ich mich so weit verleiten, in deren Leben nachzuforschen, um herauszufinden, woher dieser Drang zum Dominieren kommt, diese Gier nach Macht, die Lust am Führen. Warum wurde Hitler Hitler, warum wurde Stalin Stalin? Und was ist das für ein Bedürfnis nach Unterwerfung, das die Massen dem Diktator huldigen läßt, die Frauen bis zur Ekstase schreien? Sehnsucht? Während ich langsam durch Hellerup fahre, überlege ich, ob ich mich auch hätte verführen lassen. Hätte ich mich so weit einschüchtern lassen, meinen Nachbarn zu denunzieren, meiner Intuition untreu zu werden? Hätte ich Artikel geschrieben, die die Position des Machthabers festigen? Hätte ich meine Zweifel unterdrückt oder wäre ich zusammen mit unschuldigen Opfern und heldenmütigen Intellektuellen in einem Gefangenenlager in Sibirien geendet? Wäre ich eine Mutter gewesen, auf die ihre Tochter hätte stolz sein können? Hätte ich um ihretwillen das Richtige getan oder hätte ich in Lügen Zuflucht gesucht, um sie zu beschützen?

»Aber ich weiß genau, daß ich dich nie, niemals verlassen hätte, ohne mich umzusehen!« sage ich und biege bei Tuborg links zum Svanemøllehavn ab, um noch das letzte Zipfelchen Küste verfolgen zu können.

Gott allein weiß, ob er mir heute überhaupt nur einen Gedanken widmet. Heute ist es dreißig Jahre her, daß mein Vater in einem Kreißsaal saß und aus lauter Rührung über seine Erstgeborene Rotz und Wasser heulte.

Wenn ich eine Absicht damit verfolgte, daß ich diese Straße nahm, dann jedenfalls nur unbewußt. Andererseits bin ich in keiner Weise überrascht, als der Pirat auf einem Gepäckfahrrad die Promenade entlanggefahren kommt. Ich drücke zögernd auf die Hupe, er dreht sich zu uns um und kann offenbar nichts mit einer Frau in einem roten Alfa Romeo anfangen. Aber dann werde ich langsamer und kurble das Fenster herunter.

»Hei!« rufe ich. »Bist du immer noch hier?«

Er hält an und strahlt ein erkennendes Lächeln.

»Ich habe ein neues Schiff gechartert! Es liegt da hinten!« ruft er und nickt Richtung Mastenwald des Jachthafens. »Ich segle in einer Woche in die Ägäis. Du kannst gern mitkommen!«

Ich nicke mit breitem Lächeln und möchte gern mehr sagen, werde aber von der ungeduldigen Schlange, die sich hinter mir gebildet hat, gedrängt, Gas zu geben und weiterzufahren. Das ist auch gut so. Warum sollte ich mich intensiver mit einem taoistischen Segelhippie einlassen. Also schenke ich ihm noch ein Hupen und beobachte ihn im Seitenspiegel. Er ist stehengeblieben und schaut mir hinterher.

Als ich morgens losgefahren bin, war die Post noch nicht da, und mit einer kindlichen Spannung stecke ich den Schlüssel in den Briefkasten. Haben sie an mich gedacht? Aber der Stapel ist dünn – ein paar Lokalzeitungen, Reklame für ein Kaufhaus und nur wenige Briefumschläge. Ich habe Zarina auf dem Arm, deshalb muß ich die Post so mitnehmen und kann sie erst in der Wohnung genauer ansehen. Die übrigens leer ist, was ich nicht erwartet habe.

»Paul!« rufe ich, gehe von Zimmer zu Zimmer und finde schließlich auf dem Küchentisch einen nichtssagenden Zettel. »Hab' was zu erledigen. Bin später zurück. *Je t'aime.* Paul.«

»*Je t'aime aussi!*« sage ich trocken und lege Zarina in den neuerstandenen Laufstall. Wenn er weg ist, ein Geschenk für mich zu kaufen, sei ihm vergeben. Heute morgen bekam ich dreißig rote Rosen und das Versprechen einer späteren Fortsetzung, und nachdem ich mich rittlings auf ihn gesetzt hatte, die spitzen Knie in seinen Brustkasten gebohrt, versprach er mir hoch und heilig, daß er sich zurückhalten und keine unverantwortlichen Einkäufe tätigen würde. Aber ich traue ihm nicht für zwei Pfennige, wozu es auch keinen Grund gibt, wie mir ein bedrohlich aussehender Bankbrief gerade wieder bestätigt. Er ist an ihn adressiert, also lege ich ihn ungeöffnet zur Seite. Außerdem ist da eine Postkarte von Kirsten aus der Redaktion, und das ist wirklich eine liebe Überraschung, auch wenn sie genauso schroff schreibt wie sie redet. »Herzlichen Glückwunsch zur dreißig, dick und dämlich!«

Von Tante Mo kommt eine französische Geburtstagskarte und das Versprechen eines Geschenks, «wenn wir uns hoffentlich bald wiedersehen. Ich kann die kleine Zarina fast nicht entbehren!«.

Und dann ist da noch ein gelber A5-Umschlag mit einer

rot-weiß-gezeichneten Flagge auf der linken Kuvertseite und einer Handschrift, die ich sofort wiedererkenne. Mein Herz steht still, als ich den Brief umdrehe und den Absender lese. *Skårup, Gl. Klitvej 102, 9940 Bryum, Læsø.*

Ich reiße ihn mit einem Zeigefinger auf und lese den handgeschriebenen, fast kalligraphischen Brief, zuerst mit einem Tränenschleier vor den Augen von einer Zeile zur nächsten springend, und danach immer und immer wieder, jedesmal langsamer und ruhiger. Er ist von Vater. Er hat sich an meinen Geburtstag erinnert. Er möchte am liebsten hundert Seiten schreiben, schafft aber nur eine. Großvater ist gestorben, Vater hat den Hof von ihm geerbt und ist zurück nach Læsø gezogen. Geld ist kein Problem mehr – ganz gleich, welchen gelockerten Ziegelstein er auch hochhebt oder welche Matratze er aufschlitzt, überall hat er Geldscheine gefunden.

»Gestern habe ich 10 000 Kronen im Kohleofen gefunden, als ich Feuer machen wollte. Bis jetzt habe ich mehr als eine Viertelmillion zur Bank gebracht, und selbst nach Abzug der Erbschaftssteuer wird es für mich gut und gerne für einige Jahre reichen. Ich habe mich ja, wie Du vielleicht weißt, an einen niedrigen Verbrauch gewöhnt. Kiki hat mich auf Gran Canaria gefunden. Es tut mir leid, daß ich sie so unfreundlich behandelt habe, doch ihr müßt verstehen, daß es für mich ein Schock war. Und auch wenn es mich gefreut hat, so ist es nicht ganz einfach, damit konfrontiert zu werden, daß man Großvater geworden ist. Für mich seid ihr ja immer noch zwei kleine Mädchen. Aber wenn Du es warst, die ich vor kurzem mit einem Kind im Arm gesehen habe, dann konnte ich schon erkennen, daß Du eine erwachsene Frau geworden bist. Hübsch, übrigens. Du ähnelst Deiner Mutter.«

Er schließt den Brief mit weiteren Gratulationen und einem PS: »Wenn ihr Lust habt, würde ich Euch schrecklich gern hier auf Großvaters altem Hof sehen. Ich habe vor kurzem ein Badezimmer bauen lassen, so daß sogar bourgeoise Frauen aus der Hauptstadt wie ihr Eure tägliche Dusche nicht missen müßt!«

»Liebe Grüße und die besten Gedanken – auch für Kiki und Deine Mutter – von Eurem Vater.«

Ich sinke auf den Stillsessel, während Wut, Trauer, Enttäuschung und Freude in harten Wellen über mir zusammenschlagen. Ich weiß nicht, was ich davon halten soll. Ich weiß nicht, was ich fühlen soll. So muß es sein, wenn ein für tot Erklärter durch die Tür tritt und fordert, seinen rechtmäßigen Platz unter den Lebenden wieder einzunehmen. Mein Vater ist zurückgekommen. Aber bereut er? Bereut er irgend etwas? Denn wenn er denkt, er bekäme die Absolution, wenn er nur mal eben einen gefühlvollen Brief schreibt, dann hat er sich verflucht geirrt. So läuft der Hase nicht. *You ruined my life, buddy, and you're gonna pay for it!*

Als das Telefon klingelt, bin ich bereit, einen ganzen Eimer Schlamm über ihm auszuleeren, zu toben, zu heulen und ihn am Bart zu reißen. Aber natürlich ist er es nicht. Es ist dieser Plagegeist, Pauls Bankberaterin, die wie üblich darauf aufmerksam macht, daß Paul Weber mal wieder sein Konto beträchtlich überzogen hat.

»Um wieviel?« frage ich diesmal.

»Zwölftausend. Sollen wir wie immer das Geld vom üblichen Konto abbuchen?«

»Von wessen Konto?« frage ich mit wachsender Aufmerksamkeit.

»Ernst Webers. Das machen wir doch immer so. Wir haben ja eine Vollmacht von ihm…«

»Ach ja«, bluffe ich. »Tun Sie das!«

Den Brief von der Bank öffne ich über dem Kessel in der Küche mit Wasserdampf. Mein inneres Chaos ist zu eiskalter Ruhe transformiert, als ich wie ein erfahrener Hirnchirurg den Kontoauszug aus dem Umschlag ziehe. Alle Informationen stehen darauf – nüchtern und unwiderruflich. Hier sind genügend Beweise, um jeden Prozeß zu gewinnen. Aber ich möchte den Umfang seiner Verbrechen kennen, möchte sehen, ob er bereut. Also lege ich den Bogen zurück in den Umschlag, den ich sorgfältig wieder verschließe.

Vielleicht ist das die Eingebung, auf die ich gewartet habe. Der Schlag ins Gesicht, der mich aufweckt. Denn ich fühle in meiner inneren Mechanik ein Klicken, schaue auf die Uhr und sage zu Zarina im Laufstall, daß sie Mama jetzt arbeiten lassen muß. Dann gehe ich schnurstracks ins Arbeitszimmer, hole den Moskaufilm vom Regal, einen Block vom Tisch und ein Paket Camel ohne Filter.

Damit kehre ich ins Wohnzimmer zurück, schiebe das Band in den Videorecorder und setze mich mit der Fernbedienung aufs Sofa. Ich spüre mein Herz unter der Bluse pochen und taste nach den Zigaretten. Das ist mein gesamtes Kapital aus meinem früheren Leben, und in wenigen Augenblicken werde ich wissen, ob meine Aktien wertlos sind und die Spargroschen verloren sind. Ich zünde mir eine an und drücke auf »PLAY«.

Eine Stunde später ist Zarina im Laufstall eingeschlafen, und ich sitze da und starre aufgewühlt in die Luft. Nicht, weil nichts auf dem Band war, nicht, weil unsere ganze Mühe vergebens war. Sondern weil das alles ist. Der Deckel über dem Lager, die Übergabe auf dem Hofplatz, wie wir entdeckt werden, Sascha, der den Köter auf uns hetzt, unsere stolpernde Flucht, der Köter an meinem Knöchel. Totale und Halbtotale, *Close ups* vom ganzen Verbrechersyndikat, so daß man sie einfrieren und identifizieren kann. Unterbelichtet, verwackelt und mit der Handkamera von dem einen merkwürdigen Winkel zum anderen schaukelnd, aber pulsierend vor Dramatik, ein Dokudrama. Ich habe nie Ähnliches gesehen. Und Jørn Jensen hatte vollkommen recht. Kein Fernsehteam hat es bisher geschafft, derartiges Bildmaterial vom Plutoniumschmuggel in den Kasten zu bekommen. Ich bin einfach verpflichtet, die Geschichte zu machen. Meiner Tochter und mir selbst zuliebe muß ich das Nest verlassen und mich der Welt zuwenden.

Paul, den ich während meines Wiedersehens ausgesperrt hatte, liegt im Hinterhalt, wie sich zeigt. Denn plötzlich klingelt es an der Tür. Es ist ein Fahrradbote, der mit einem Paket kommt, an dem eine Karte hängt. Ich quittiere, bedanke mich und packe aus, sobald der grüne spindeldürre Typ sich verzogen hat. Zwei gleiche Kleider in knisterndem Seidenpapier – eines in Erwachsenengröße und eines in Babygröße. Auberginenfarbener Taft – oder sollte ich lieber sagen rubinfarben –, denn mit dem großen Ausschnitt ist das Modell wie geschaffen dafür, dazu die Rubine um den Hals zu legen. Die Rubine von Pauls Großmutter, die ich am vorigen Weihnachtsabend als »Verlobungsgeschenk« bekommen habe.

Auf der Karte steht ein kurzer Bescheid: »Ihr habt eine halbe Stunde Zeit, Euch hübsch zu machen. Bis bald. P.«

Oder ich habe eine halbe Stunde Zeit, die Kleider in Fetzen zu schneiden, die Säume auseinanderzureißen und abzuhauen, um nie wieder zurückzukehren. Aber wenn das *la grande finale* sein soll, dann eben als Kostümstück.

Als es exakt eine halbe Stunde später wieder klingelt, sind Zarina und ich bereit. Das Band und meine Notizen sind wieder weggeräumt, und wir stehen wie ein bestelltes Gemälde parat. Aber mir mißlingt es, ein stillstehendes Portrait zu bleiben, als Paul heraufkommt, mich aufs Schlüsselbein küßt und sagt, daß er eine Überraschung für mich hat.

»Ja?« frage ich kühl. Und dann folgt auf einen Wink von ihm die Überraschung. Dreißig herausgeputzte, lachende Frauen aus meinem Leben kommen plötzlich jede mit einer Sektflasche und einem Glas in der Hand hervor.

Mir fällt der Unterkiefer herunter, und ich muß mir die Augen vor sprachloser Überraschung reiben, während sie Zarina und mich umkreisen, die dieses Mal genauso guckt wie ich. »*Happy birthday to you!*« singt meine Mutter für mich, und ich nutze sowohl dieses Lied als auch das »richtige« Geburtstagslied, um mich zu besinnen und allen zuzunicken: Mutter, Tante Mo, Kiki, Birgitte, Lea, Miriam, Nina und Frauen, die ich als meine alten Schulfreudinnen, Kolleginnen und Freundinnen wiedererkenne, mit denen ich befreundet war, zu denen ich aber in letzter Zeit keine Verbindung mehr hatte. Paul muß Hilfe gehabt haben, sie zu finden.

»Nun bist du aber überrascht!« flüstert er mir ins Ohr, nachdem sie mich zum ersten Mal haben hochleben lassen und uns die Sektkorken um die Ohren geflogen sind. Ich wende mich ihm zu und nicke bestätigend. Es gibt tausend Gründe, weshalb er es wert ist, geliebt zu werden, und dieser Abend ist einer davon. Ich wundere mich nicht mehr, als plötzlich eine ganze Schar schwarzgekleideter Kellner mit Tischplatten und -böcken hereinströmt und ich kurz darauf am Kopfende einer langen gedeckten Tafel plaziert werde. Paul sitzt am anderen Ende, und wir prosten uns zu, ich werfe ihm Kußhände zu, trinke Sekt, lache und amüsiere mich wie die Leute auf der Titanic an dem Abend im April 1912. In wenigen Stunden werden wir mit einem Eisberg zusammenstoßen, und dann ist sowieso alles vorbei, warum also nicht jetzt noch sanft und vergeßlich sein?

»He's wonderful!« erklärt Sabine entzückt, und ich kann ihr nur recht geben. Er ist wunderbar. *Most probably* der wunderbarste Mann der Welt. *»And he loves you so much!«* fährt sie fort und darf Zarina auf den Schoß nehmen. Die hat bereits auf ihr schönes Kleid gekleckert, führt sich aber ansonsten auf, wie man es von einem vornehmen Fräulein erwartet.

Ja, er liebt mich. Sonst hätte er das nicht für mich machen können. Er versucht, mich hinter allen Schleiern zu finden, sie einen nach dem anderen zur Seite zu schieben, um zu mir vorzudringen. Aber ich mache mich über ihn lustig, indem ich mich immer wieder hinter einem neuen verberge – kann ich es ihm da verdenken, wenn er sich in eine andere Richtung orientiert? Birgitte hat – neben den Kleidern – ein Lied geschrieben, Kiki hält eine lustige Rede, die mich als ängstliche große Schwester präsentiert, und Mutter liest wieder »Das Mädchen mit den Schwefelhölzern« und wünscht mir, daß ich hereinkommen und mit den anderen feiern darf. Sehr subtil, und hätte Paul nicht an sein Glas geklopft, gleich nachdem das Hauptgericht abgetragen ist, wäre ich sofort zu ihr geeilt, um zu fragen, was sie eigentlich damit meinte. Denn soweit ich die Geschichte richtig interpretiere, stirbt das kleine Mädchen, weil ihre Eltern sie allein auf die Straße geschickt haben, allein hinaus in die Kälte. Aber Paul erhebt sich, räuspert sich und trifft wie immer auf gespannte, bebende Aufmerksamkeit.

Ich leere heimlich ein halbes Glas Wein, denn ich habe so eine Ahnung, daß er noch was in der Hinterhand hat.

»Liebe Frauen«, fängt er an. »Geliebte Tes.«

Ich lasse alle Komplimente wie Wasser durch einen Trichter laufen. Daß ich schön bin, intelligent, mutig, eine phantastische Mutter und so weiter. Erst als die Rede davon ist, was für eine große *Herausforderung* ich für ihn bin, höre ich aufmerksam zu. »Tes, mit dir zusammenzuleben ist, als müßte man jeden Tag von neuem den Mount Everest besteigen. Immer wenn man glaubt, endlich die Flagge auf dem Gipfel gehißt zu haben, rutscht man den ganzen Weg wieder hinunter und muß von vorne anfangen.«

Kichern, Beifall um den Tisch herum. Sehen sie mich so?

»Tes, ich weiß genau, daß du niemals zu besiegen bist. Gerade deshalb bist du ja so anziehend und faszinierend wie die höchsten Gipfel der Welt. Ich möchte dich auch gar nicht besiegen. Aber ich wäre der glücklichste Mann der Welt, wenn du versprechen würdest, nicht länger zu versuchen, mich abzuschütteln. Kurz gesagt...«

Alle halten die Luft an, und meine Haut siedet unter den Rubinen, als er in seiner Tasche kramt und eine kleine Schachtel hervorzieht.

»Kurz gesagt, Therese, willst du mich heiraten?«

Von Natur aus bin ich nicht besonders phantasievoll. Auch

nicht besonders gewandt und in keiner Weise daran interessiert, unnötig Aufmerksamkeit auf mich zu ziehen. Aber das hier ist eine Notsituation, in der Überrumpelung die einzige Rettung bedeutet. Also raffe ich das Kleid unter mir zusammen, steige auf den Stuhl und von dort auf den Tisch, wo ich über Kerzenständer und Blumengestecke steige, um zu Paul zu gelangen, in dessen Schoß ich mich schwer fallen lasse und schmollend seinen Nacken nach hinten biege.

Die Gesellschaft bricht in jubelnden Applaus aus, als sie juchzend und pfeifend mitbekommt, daß die Antwort »Ja!« lautet. Aber Paul ist nicht so leicht hinters Licht zu führen.

»Was bedeutet das?« fragt er und schnappt nach Luft.

Ich lecke ihm jedoch eine Gegenfrage in seinen Gehörgang.

»Wenn ich dich heirate, hörst du dann auf, in *fancy* Hotels in Odense und Kopenhagen herumzuvögeln? Hörst du dann auf, deine kleinen Nutten zu teuren Essen in exklusiven Restaurants einzuladen. Finanziert von deinem Vater?«

Er windet sich in die Enge getrieben unter meiner Zunge, kann aber endlich mein Kinn zu fassen kriegen, so daß er mein Gesicht zur Seite schieben und mich ansehen kann.

»Ja«, sagt er und lügt jedenfalls nicht. »Damit höre ich auf. Ab heute.«

Dann zieht er den Ring aus der Schachtel – oder die Ringe –, denn es sind zwei. Einer für ihn und einer für mich. Ergreift meinen Ringfinger und zwingt den Ring über mein Fingergelenk. Wieder bricht der Jubel aus, jemand fängt an, den Hochzeitsmarsch zu summen, wird aber zum Glück unterbrochen, da das Licht ausgeht und die Kellner im Dunkeln mit einer entzündeten Eistorte hereinkommen.

Ich bleibe, wo ich bin, und esse auf seinem Schoß Eis, wir füttern uns gegenseitig mit der gefrorenen Sahne, und wenn sonst keiner mitbekommt, was eigentlich vorgeht, Mutter tut es. Ich sehe, wie sie uns mit Glut im Blick mustert. Sie erkennt ein Drama, wenn sie eins sieht. Sie winkt mir mit ihrem Glas anerkennend zu, übersieht sogar Paul dabei. Das hatte sie jedenfalls nicht von mir erwartet.

Nach dem Essen werden die Tische wieder entfernt, und ich eröffne mit Paul den Tanz, während die Frauen miteinander um uns herum tanzen. Sie sind animiert und aufgekratzt wie im Hammam des Harems, es duftet nach Parfum und Puder, und Pauls Erektion drückt gegen mein Schambein.

Aus meinen Fängen schicke ich ihn wieder in Sabines, und während seine Ballkarte überschrieben wird, schleiche ich mich aus dem Wohnzimmer ins Schlafzimmer, wo Birgitte Zarina ins Bett gebracht hat. Eine Nachttischlampe ist eingeschaltet, und ohne mehr Licht zu machen, nehme ich die einzige Tasche, die ich noch habe, nachdem Heidi alle anderen bekommen hat. Sie hätte heute abend eigentlich auch hier sein sollen. Aber auf der anderen Seite. Sie gehört nicht zu dieser Therese. Sie gehört zu der neuen.

An der Wiege zögere ich. Mein kleines Schnuckelkind mit dem runden Profil. Ich möchte sie am liebsten mitnehmen, sehe aber ein, daß ich sie zurücklassen muß. Er braucht ein anderes Pfand als einen wertlosen Ring.

»Aber ich komme bald zurück«, flüstere ich und gebe ihr einen Kuß auf die Stirn. »Und ganz gleich, was geschieht, ich werde dich nie vergessen.«

Dann reiße ich mich los, öffne das Schlafzimmerfenster und werfe die Tasche auf den Hinterhof. Hole Ernsts Geld aus der Unterwäscheschublade. Ziehe Jeans unter das lange Kleid und schleiche unbemerkt in die Küche, wo die gemieteten Küchenmädchen zwischen Stapeln schmutzigen Geschirrs und dreckiger Töpfe stehen und nicht sonderlich Notiz von mir nehmen, als ich mich durch die Küchentür zur Hintertreppe schleiche. Unten gehe ich wieder von vorn ins Haus und werfe einen Zettel in den Briefkasten. Er wird ihn nicht vor morgen früh finden, und das wird sicher eine schreckliche Nacht für ihn. Aber das ist dennoch eine milde Strafe für ihn.

Ein ganzes Stück die Straße hinauf, erst am Sortedamssø, finde ich ein Taxi. Noch hier ist das Fest zu hören.

Der Pirat wirkt nicht die Spur überrascht, als ich plötzlich bei ihm am Schiff anklopfe.

»Kommst du?« fragt er nur und hilft mir in die Kajüte hinunter, wo er unter der Lampe Tarotkarten gelegt hat.

»Ja, aber nicht so, wie du denkst. Willst du mir einen Gefallen tun?«

»Ja?« fragt er.

»Bist du so lieb und segelst mit mir nach Læsø?«

»Læsø?«

Ich nicke.

»Das dauert mindestens vierundzwanzig Stunden...«

»Okay.«

»Hinten bei Læsø Rende ist starke Strömung.«

«Ist das Schiff nicht seefest?« frage ich.

»Doch, aber du?«

»Ich glaube schon.«

Er läßt einen breiten Finger meinen entblößten Hals entlangstreichen und weiter bis zum Taft des Kleides.

»Dann solltest du dich lieber umziehen!«

»Willst du mir noch einen Gefallen tun?« frage ich.

»Ja?«

»Und meinen Reißverschluß öffnen?«

Der Pirat hatte recht. Das Kattegat hat zu dieser Zeit rauhe See, während der Frühjahrssturm den April über den März bläst. Ich bin weder seefest noch mutig, übergebe mich und bete zur Göttin, mich sicher an Land zu bringen.

Der Pirat bemüht sich rührend um mich. Hält mich fest, wenn ich alles Flüssige über die Reling spucke. Hält meine Hand und redet mir gut zu, wenn das Schiff des Nachts rollt und ich nicht glauben will, daß es sich um ganz normalen Seegang handelt. Mir zuliebe suchen wir für ein paar

Stunden im Anholter Hafen Schutz, von wo aus ich Vater anrufe und ihm meine Ankunft ankündige. Er ist zu überwältigt, um etwas anderes als »Na, dann sehen wir uns ja!« zu sagen, und auch ich kann am Telefon nicht mehr sagen. Überhaupt habe ich nicht viel zu sagen, auch dem Piraten nicht, der es taktvoll vermeidet, meinen glänzenden Goldring oder meine Flucht Hals über Kopf zu kommentieren.

Ich quäle mich herum, und es ist nicht nur die Seekrankheit, die mich zusammengekauert in Fötusstellung in der engen Koje liegen läßt. Zarina, mein geliebtes kleines Mädchen, ich verlasse dich nie wieder. Ohne dich gehe ich zugrunde. Nach dieser Reise werde ich zu dir zurückkehren. Dir die Welt zeigen, dich die Namen der Tiere, der Pflanzen, der Vögel und der Fische lehren. Ich werde dich sprechen lehren, singen, tanzen. Lieben. Aber um das zu können, muß ich zunächst zu meinem Ursprung zurückfinden. Zu meinem eigenen Ursprung. Dorthin, wo nicht nur die Flucht meines Vaters, sondern meine eigene anfing.

Am anderen Morgen rüttelt der Pirat mich wach und berichtet, daß Land in Sicht ist. Das Meer ist zur Ruhe gekommen, wie oft im Morgengrauen, und ich nehme einen Becher Kaffee und ein Brötchen mit Marmelade entgegen, die er mir reicht. Die Sonne scheint, und ich sitze an Deck und frühstücke, während Læsø aus dem Meer auftaucht und ein Bild mit Hafen, Türmen, Spitzen und Fernsehantennen bietet. Wir sind immer mit der Fähre aus Frederikshavn angekommen, als wir noch Kinder waren. Aber ich erkenne alles sofort wieder und spüre die Wiedersehensfreude in mir aufsteigen, als der Pirat die Segel streicht und wir die Lage im Hafen peilen.

Sie hätten dabei sein sollen, Paul und Zarina. Ich hätte es ihnen gern gezeigt, diesen Morgen mit ihnen geteilt, an dem das Licht hoch und scharf über dem Seemannsheim auf dem Hügel steht. Am äußersten Ende der Hafenmole steht eine gebeugte Gestalt mit einem Fernglas vor den Augen. Ich brauche kein Fernglas.

»Vater!« rufe ich schrill wie die über uns kreisenden Möwen. Und als ich kindisch mit beiden Armen winke, senkt er das Fernglas und dirigiert mich an Land.

HELEN FIELDING

»Hinreißend! Was für ein herrlicher, unglaublich witziger Roman! Man wischt sich die Lachtränen aus den Augen!«
The Sunday Times

»Bridget Jones ist eine Kultfigur.«
Der Spiegel

44392

GOLDMANN

JANET EVANOVICH

Stephanie Plum ist jung, nicht auf den Mund
gefallen, und sie hat einen ungewöhnlichen Job:
sie jagt entflohenen Ganoven nach...

»Witzig, abgebrüht und politisch völlig unkorrekt –
Stephanie Plum ist die beste amerikanische
Serienheldin.«
Booklist

42878

GOLDMANN

JUNGE AUTORINNEN BEI GOLDMANN

Freche, turbulente und umwerfend komische Einblicke in die Macken der Männer und die Tricks der Frauen.

43865

44248

43595

44148

JUNGE AUTORINNEN BEI GOLDMANN

Freche, turbulente und umwerfend komische Einblicke in die Macken der Männer und die Tricks der Frauen.

43569

42964

43763

43899

GOLDMANN

GOLDMANN

*Das Gesamtverzeichnis aller lieferbaren Titel erhalten Sie
im Buchhandel oder direkt beim Verlag.
Nähere Informationen über unser Programm erhalten Sie auch im Internet unter:*
www.goldmann-verlag.de

★

Taschenbuch-Bestseller zu Taschenbuchpreisen
– Monat für Monat interessante und fesselnde Titel –

★

Literatur deutschsprachiger und internationaler Autoren

★

Unterhaltung, Kriminalromane, Thriller
und Historische Romane

★

Aktuelle Sachbücher, Ratgeber, Handbücher und
Nachschlagewerke

★

Bücher zu Politik, Gesellschaft, Naturwissenschaft und Umwelt

★

Das Neueste aus den Bereichen
Esoterik, Persönliches Wachstum und Ganzheitliches Heilen

★

Klassiker mit Anmerkungen, Anthologien und Lesebücher

★

Kalender und Popbiographien

★

Die ganze Welt des Taschenbuchs

★

Goldmann Verlag • Neumarkter Str. 18 • 81673 München

Bitte senden Sie mir das neue kostenlose Gesamtverzeichnis

Name: _____

Straße: _____

PLZ / Ort: _____